Esquin de Floyrac
O fim do Templo

Z. RODRIX

Esquin de Floyrac
O fim do Templo

ROMANCE

13ª edição

EDITORA RECORD
RIO DE JANEIRO • SÃO PAULO
2025

CIP-BRASIL. CATALOGAÇÃO NA FONTE
SINDICATO NACIONAL DOS EDITORES DE LIVROS, RJ.

R619e
13ª ed.
Rodrix, Z.
   Esquin de Floyrac: o fim do Templo / Z. Rodrix. –
13ª ed. – Rio de Janeiro: Record, 2025.
   (Trilogia do Templo; v.3)

   ISBN 978-85-01-07995-4

   1. Romance brasileiro. I. Título II. Título: O fim do
Templo. III. Série.

07-2676

CDD – 869.93
CDU – 821.134.3(81)-3

Copyright © José Rodrigues Trindade
Representado por AMS Agenciamento Artístico, Cultural e Literário Ltda.

Capa: Victor Burton
Foto do autor: Thomas Hinrich

Direitos exclusivos desta edição reservados pela
EDITORA RECORD LTDA.
Rua Argentina, 171 – Rio de Janeiro, RJ – 20921-380 – Tel.: (21) 2585-2000

Impresso no Brasil

ISBN 978-85-01-07995-4

Seja um leitor preferencial Record.
Cadastre-se no site www.record.com.br e receba
informações sobre nossos lançamentos e nossas promoções.

Atendimento e venda direta ao leitor:
sac@record.com.br

E agora, bendizei a YHWH,
servos todos de YHWH!
Vós, que servis na casa de YHWH pelas noites,
Nos átrios da casa do nosso Deus,
Levantai vossas mãos para o Santuário
e bendizei a YHWH!

Que YHWH te abençoe de Sião,
Ele que fez o Céu e a Terra!
(Cânticos Graduais de David, Salmo 134)

*Dedicado ao sublime poeta MÁRIO CHAMIE,
que com generosidade me deu de presente Nazimus,
um personagem de sua própria vida,
para que eu o tornasse personagem deste livro,
unindo ficção, poesia,
história e vida real,
para a maior glória
de todos os Mários.*

França (Languedoc) – Séculos XIII-XIV

Paris – Século XIV

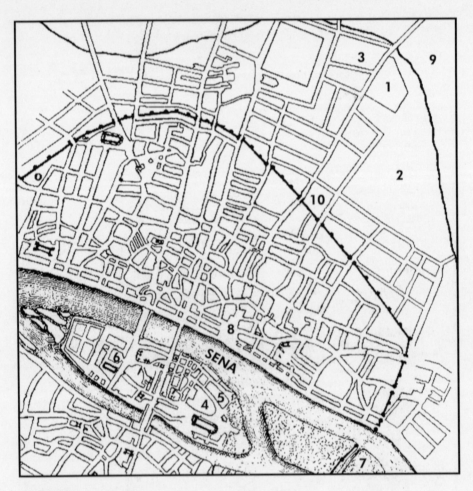

1. Templo
2. Cousture do Templo
3. Pátio dos Milagres – Marais
4. Notre-Dame
5. Pátio dos Milagres – Île-de-France
6. Palais Royal
7. Île-des-Javiaux
8. Place de Grève
9. L'Esgout
10. Muralha Romana

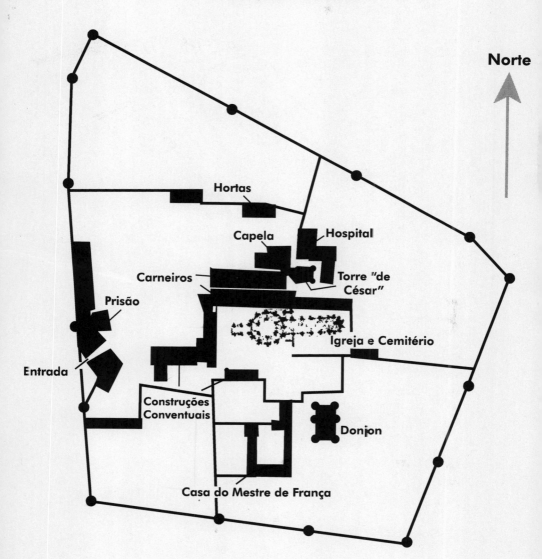

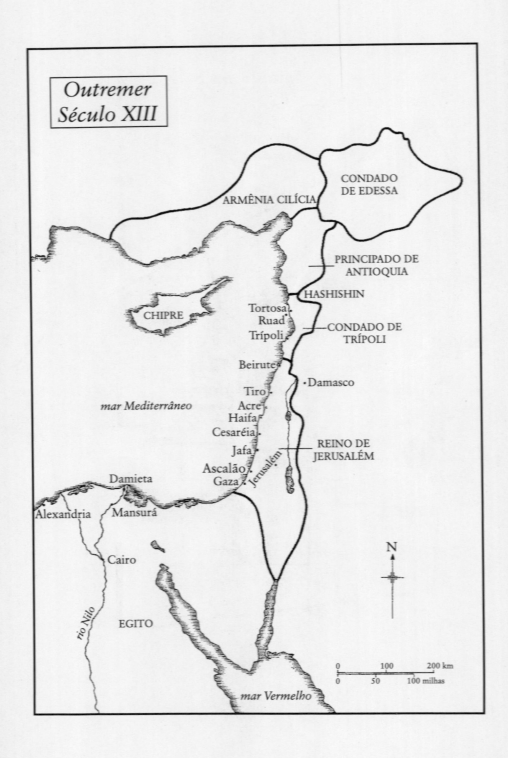

Prólogo

Não conto minha história para ser perdoado, pois não faz qualquer sentido pedir perdão, mas sim para ser compreendido, se é que isso algum dia será possível. No mundo em que vivo, costuma-se dizer que traidores são excelente fruta para estar pendurada das árvores, e eu certamente seria candidato a pendurar-me de uma delas por minha própria vontade, se não acreditasse que toda vida é sagrada, além de saber que para qualquer ação humana sempre existe um motivo que é preciso conhecer antes de passar julgamento sobre quem quer que seja. A justiça que herdamos dos romanos garante a todo réu o direito de testemunhar a seu próprio favor, tomando-se sua confissão como a mais importante das provas, mas com os traidores isso nunca se dá: somos condenados antes de ser julgados, executados sem ser condenados e integralmente desqualificados já muito antes de nossa execução. Podeis crer no que vos narro em sua íntegra ou cum grano salis, assim como também podeis tomar minhas palavras como fruto tanto de minha fértil imaginação quanto de meu provável remorso. Isso é vossa tarefa: a minha é contar-vos com a maior precisão possível os fatos dos quais fui personagem, vítima e algoz. Os que sofrem a traição, sofrem-na profundamente, mas os que a praticam também precisam ver reveladas todas as facetas de seu nefando crime, quando mais não seja para instrução de seus descendentes. Posso parecer-vos cínico, e não o sou: o que me move é a necessidade imperiosa de definir o que seja traição, já que quando o é nunca prospera, e quando prospera, imediatamente deixa de ser traição, tornando-se coisa diferente e boa aos olhos de quem a observa.

ESQUIN DE FLOYRAC

Peço-vos, portanto, alguma paciência para ouvir-me a voz e conhecer-me os argumentos. Creio que não vos desagradarei ao narrar minha história, pois ela traz em si a marca das aventuras e emoções dos tempos que já se foram, e que tantos desejariam ver de volta, como se tivessem sido os melhores dos tempos. Não foram, e eu sei-o bem, por tê-los sentido na própria alma. Mas há tarefas que precisamos cumprir, seja este ou não o nosso desejo pleno. Da minha, só posso dizer que a realizei exatamente como me foi ordenado, com todo o meu empenho, tornando-a o destino irrecusável que verdadeiramente já o era.

Só tenho a vos dizer, antes de iniciar minha história, uma palavra a mais: onde existe quebra de confiança, a traição toma sua forma mais horrenda, e é exatamente a ausência deste horror o que me alivia e tranqüiliza, mesmo em meio ao mais profundo desespero.

Capítulo 1

1304

Acordei por mim mesmo alguns instantes antes de soarem as Matinas no campanário de Montfaucon: depois de tantos anos de disciplina férrea no aquém e além-mar, obedecendo estritamente à Regra da Ordem, não me recordava da última vez em que tivesse despertado depois dos sinos. Tomando meu Livro dos Dias, recordei-me ser a data de meu nascimento, assim como o de meu Grão-Mestre e irmão Jacques de Molay, de quem me fizera bom amigo durante tantos anos de vida em comum, considerando-nos ambos quase irmãos de sangue, por termos nascido no mesmo dia, quem sabe na mesma hora. Ouvi os ruídos que marcavam o despertar de meus irmãos comandados: eu já era Prior de Montfaucon desde alguns anos, e mesmo não havendo necessidade de nos juntarmos para as primeiras orações do dia, cabendo a cada um fazê-las no silêncio e privacidade de sua própria cela, não havia entre os irmãos quem ousasse enganar-se a si mesmo, aproveitando as três horas que separavam as Matinas do Laude, às seis horas da manhã, para dormir mais um pouco. Todos se erguiam, o Priorado acordava *in totum*, e mais um dia de trabalho e devoções se iniciava, com o céu ainda escuro e o ar frio da madrugada assobiando por entre as frestas das janelas. O

ESQUIN DE FLOYRAC

Laude nos encontraria a todos com mais da metade das obrigações diárias iniciadas, e a primeira refeição seria tomada em silêncio total por parte de todos, menos do Irmão Capelão, que, sem dúvida, nos brindaria com a história do santo do dia, São Thiago, o irmão de Jesus, do alto de seu púlpito.

Lavei o rosto e as axilas com água fria, bochechando com as folhas de hortelã maceradas que descansavam em minha cabeceira desde a noite anterior, para limpar a boca e os dentes: eram hábitos de muitos anos, que eu assimilara em minha passagem pelo Oriente, muito antes de termos mais uma vez perdido os Lugares Santos. Nosso retorno ao Languedoc, onde a maioria de nós havia nascido, não me fizera perder os costumes alimentares e de higiene que aprendera no *Outremer* com os devotos de Yahweh e os fiéis de Allah: eu insistia em viver dessa maneira mais natural e limpa, fazendo mesmo questão de banhar-me o mais possível. Sei que muitos de meus irmãos estranhavam tais hábitos, e até me apostrofavam como não-cristão por causa deles. Minha saúde, no entanto, sempre foi melhor que a deles, e neste dia, em que completava sessenta anos de idade, ainda tinha corpo rijo e mente clara, não sentindo nem um pouco o passar dos anos, mesmo sabendo que eles me haviam marcado tanto a face quanto os cabelos e a barba, a cada dia mais completamente branca.

Havia outro hábito que eu desenvolvera durante todo esse tempo, e que me era mais caro que qualquer outra coisa: minha maneira de orar e prestar homenagem ao Deus que me criara não se dava com três pais-nossos, nesse primeiro e reservado horário do dia, como era praxe nos conventos da Ordem. Se quando estava junto a meus irmãos, eu proferia ungidamente as fórmulas impostas, no mais castiço Latim, essa língua franca que nem todos conhecíamos suficientemente, na solidão de minha cela eu preferia outro modo de ouvir o que Deus tinha a dizer-me. Apanhei a caixa de madeira trabalhada que viera comigo do Krak dos Cavaleiros, única lembrança dos terríveis momentos que lá vivera, apanhando dentro dela o saco de veludo vermelho já um tanto gasto, no qual descansavam as 22 lâminas de osso que eu mandara decorar, copiando as imagens dos frágeis retângulos de cartão com que Nazimus me havia presenteado quando de nossa despedida. Tantos anos de uso também haviam descorado as imagens que eu mesmo já conhecia de cor, esse livro-mudo que me indicava não um futuro determinado e imutável, mas sim as possibilidades infinitas dos momentos seguintes, alertando-me para eles da melhor maneira possível. Meu Tarot, quando eu estava fora de um de nossos Templos, nunca ficava a mais de duas braças de mim, e, sempre que em traje de batalha, trazia-o junto ao peito, entre a pesada cota de malha e a camisa de pano grosso onde aquela se apoiava.

As imagens tão familiares passaram por meus olhos, enquanto eu as embaralhava; não as via como estavam depois de tantos anos de uso, mas sim com os preciosos detalhes com que as vira no primeiro dia, e as letras hebraicas em quase todas elas eram marcos de um território tão familiar quanto inesperado. Virei-as de costas, observando os arabescos diligentemente traçados em seu verso, apanhando a primeira carta. Fazia isso todas as manhãs, e a carta virada indicava claramente o que o primeiro dia do resto de minha vida poderia vir a ser, só não revelando nada nos raros momentos em que, desatento, não a soubera interpretar. Coloquei minha mão direita sobre ela e, respirando fundo, roguei ao Deus que me criou que me desse a capacidade de, mais uma vez, poder ler nesta lâmina aquilo que me estaria reservado. Virei-a: era a carta dA Morte.

Não pude conter um arrepio, sem entender por quê: sabia com certeza que a carta dA Morte, antes de ser um presságio terminal como tantos acreditavam, indicava apenas uma mudança, radical e inesperada, o fim de uma velha vida e o desabrochar de uma outra, nova e diversa. Não havia em mim nenhum temor da morte física, e por isso auscultei meus sentimentos e minha disponibilidade para a mudança que tal carta me anunciava. Havia algum tempo eu estava em paz comigo mesmo, descansadamente Prior de Montfaucon, como se isso fosse um prêmio por meus atos passados, contando com o respeito de meus irmãos e a certeza de minha estabilidade, pronto a ser chamado para outras tarefas da Ordem, até mesmo o Grão-Mestrado, se essa fosse a vontade de meus iguais. Tudo era possível, e a carta sem nome em minhas mãos, a descarnada figura ceifando cabeças coroadas e tonsuradas, pés e mãos que floresciam em terreno de negra lama, onde um de seus pés ossudos se afundava, um sorriso arreganhado em sua boca sem lábios e a poderosa foice movendo-se incansavelmente na colheita do velho e do novo, indicava uma reviravolta inexorável. Essa reviravolta era minha responsabilidade, e eu deveria encará-la com a mesma tranqüilidade com que aprendera a encarar todas as reviravoltas de minha vida. O que tantos consideram como sendo apenas um jogo é muito mais do que isso, sendo também muito mais do que um simples oráculo, desses que a ignorância leva a encarar como maldição irrecorrível, com o poder de projetar sobre suas vítimas uma sombra malfazeja da qual nunca mais conseguem livrar-se. Neste caso, não havia em mim nenhuma sensação, fosse ela positiva ou aziaga. Só me restava aguardar o desenrolar dos acontecimentos, pois muito breve eles me dariam a direção a seguir, esperando de mim apenas que a seguisse ou não, segundo meus próprios desejo, entendimento e capacidade.

Guardei as lâminas em seu invólucro, ordenadamente, recolocando o saco de pano dentro da caixa onde sempre dormiam, junto com outras recordações de minha vida até esse dia, e apanhei sobre o banco o manto branco feito de fina lã marroquina, um dos três que possuía, todos com a cruz de nossa Ordem presa ao lado esquerdo, logo abaixo do abotoamento. Estando em casa e em tempos de paz, não vesti sobre a camisa de baixo a cota de malha feita de fino aço que recebera quando de minha aceitação definitiva no Templo, mas apenas a casula externa, com a mesma cruz em tamanho maior colocada sobre o peito, e na cabeça o turbante enrolado que aprendera a usar para sustentar o pesado elmo sem que ele me magoasse o cocuruto. Na parte de trás, esse turbante caía sobre a minha nuca, cobrindo meus cabelos, tão curtos quanto longa era minha barba. Nos pés, coloquei as velhas e gastas botas de marroquim vermelho, cingindo à cintura a espada de uso diário, mais um símbolo que propriamente uma arma, atando suas correias com frouxidão para que não me atravancasse o andar.

Quando abri a porta de minha cela, após cobrir a cabeça com o capuz do manto, vi do lado de fora meu escudeiro, o jovem Flavien, filho de pequenos nobres da região de Montfaucon, forçado pelos pais a inscrever-se na Ordem, e cujo desgosto eu me forçava por abater, fazendo-o trabalhar a meu lado e tratando-o com a mesmíssima consideração com que eu mesmo sonhara ser tratado quando tinha sua idade. A dureza de costumes dos Pobres Cavaleiros do Templo se refletia em nosso trato diário, sendo comum a todos o silêncio carrancudo durante a maior parte do tempo. Eu também era mais silencioso que gárrulo, mas por motivos diversos, pois precisava manter em meio a tudo a serenidade que o cargo me exigia, e que em mim nesse tempo era feita somente de paz e alegria. Muitos de nós, desde nossa fundação, havíamos sido postos entre a opção da espada ou da cruz, e de certa maneira a Ordem do Templo, unindo as duas vertentes, servia como refúgio dos que não conseguiam decidir-se entre uma e outra, ou dos que, não desejando nenhuma das duas, eram levados por seus pais a essa opção dúplice, quase sempre como forma de castigo por algum tipo de desobediência. Não tinha sido esse o meu caso, mas, por motivos vários, eu podia entender o que se passava no íntimo desse jovem, naturalmente tão vivaz quanto eu mesmo o fora na sua idade.

Flavien colocou o joelho esquerdo em terra e, tomando-me a mão, beijou-a, saudando-me:

— *Pax Vobiscum*, meu mestre.

Eu o ergui, sem hesitar, e, segurando-o pelos ombros, beijei-lhe a face esquerda, como era hábito entre os irmãos da Ordem. Fechei a porta de minha cela e segui pelo corredor ainda escuro, observando o tremular das chamas nas lamparinas de vidro colorido, recordando-me de tantas outras como essas em tantos outros lugares pelos quais havia passado. O azeite doce que as alimentava tinha delicioso cheiro-verde, e eu desci o longo corredor das celas em direção à escadaria do Priorado. Quando lá cheguei, apoiei-me na balaustrada de pedra, olhando o grande átrio coberto formado pelas colunas duplas que sustentavam o teto abaulado da entrada, percebendo o movimento de vários irmãos em busca de seus afazeres nessa hora do dia. O fato de ser Prior desta pequena comendadoria de Templários não me eximia de serviços: pelo contrário, era eu quem indicava a todos os outros aquilo que deveriam fazer. Recordava-me sempre de Nazimus, ensinando-me que "quem não sabe fazer, não sabe mandar", por isso de ninguém exigia o que eu mesmo não pudesse executar ou pelo menos indicar como deveria ser feito. Era pelo exemplo que os governava, e atravessei o átrio indo em direção à sala dos escribas, onde a contabilidade diária do Priorado me seria apresentada.

Os negócios da Ordem iam sempre bem, porque cada uma de suas células fazia com precisão o que devia ser feito. Não havia descontrole nem desconhecimento de nossas posses e investimentos, e as riquezas que a Ordem possuía estavam perfeitamente dispostas e com usos perfeitamente determinados, não havendo nenhuma emergência que nos apanhasse de surpresa. Outras ordens, outros conventos, outros reis e negociantes tinham passado a depender de nossa economia e de nossa fortuna nos dois séculos que já tínhamos de vida: mas nossa forma de ampliar e amealhar essa fortuna incalculável era sempre regida pelo mais consentâneo bom senso, olhando a todos segundo suas necessidades e de todos recolhendo exatamente de acordo com suas possibilidades, não sem antes cuidar para que os que nos cercavam pudessem viver dignamente. Nossas terras ao redor do Priorado de Montfaucon eram trabalhadas incessantemente, rendendo em fartura os nossos esforços conjuntos: os camponeses que as aravam e nelas colhiam tinham delas uma substancial parte, além da garantia de melhor preço e da segurança de que éramos responsáveis por sua sobrevivência e bem-estar.

No território que não pertencia à Ordem, tudo ia à matroca, com poderosos senhores de terras explorando ao máximo os seus vassalos, esgotando-lhes as forças até o último hausto, exigindo-lhes o que não podiam dar, sem pensar no futuro que seria negro quando todos morressem ou quem sabe se rebelassem contra seu poder discricionário. Até mesmo a Igreja de Roma, proprietária de imensas terras, agia da mesma maneira cruelmente profana, esquecendo-se das palavras de seu próprio deus: o que lhes interessava verdadeiramente eram os frutos gordurosos do poder secular, temporal, as riquezas e as benesses que desperdiçavam inconseqüentemente, tratando-as como se nunca fossem ter fim. Certamente, por conveniência, haviam esquecido que as riquezas são apenas a bagagem das virtudes, e quanto maiores, mais as atrapalham: em Latim, isso soa melhor, pois *impedimentus* traz, sem dúvida, o verdadeiro valor desse conceito, indicando que a bagagem perfeita é aquela que cada um pode carregar sem que ela o impeça de se mover. Assim como a bagagem atrasa um exército, a riqueza atrasa a virtude: sendo essencial, não pode ser diminuída nem deixada para trás, e ainda assim os cuidados que exige costumam perturbar ou impedir a vitória. Eu aprendera muito cedo em minha vida que o único verdadeiro uso da grande riqueza é a sua distribuição, sendo o resto apenas ilusão.

Nós, pobres cavaleiros do Templo de Jerusalém, sabíamos disso na carne, tendo sido soldados em cujas costas havia cada vez maior bagagem de riquezas, mas agíamos de acordo com as verdadeiras palavras que Jesus deixara a seus irmãos da Igreja de Jerusalém, fazendo de nossa riqueza a riqueza de todos os que dela necessitavam. No salão da contabilidade, os sargentos e escudeiros, em seus mantos marrons e negros, traçavam diligentemente em grandes livros de *vellum* os cálculos de nossas despesas e ganhos, que, contrapostos uns aos outros, indicavam não apenas o quanto havíamos ganho e gastado, mas principalmente o resultado de nossos esforços nessa direção. Tudo perfeitamente distribuído entre quem necessitava ou merecia, o que nos restava era sempre muito mais do que seria possível, certamente como recompensa por nossa maneira correta de pensar e agir.

Sentei-me à grande mesa de carvalho brunido por décadas de uso, e os escudeiros colocaram à minha frente, por ordem, os documentos que eu deveria assinar e marcar com meu anel de sinete, dando-lhes fé de verdade, antes que tomassem a direção em que deveriam ir. As cópias de nossa contabilidade seguiram não apenas para o capítulo de nossa região, mas também para o Templo em Paris, onde os arquivos da Ordem reuniam toda a nossa história, junto a dados mais que precisos sobre nossa fortuna e nossas propriedades. Esse era o mais completo arquivo sobre a vida de uma Ordem, disponível para consulta de quem, no futuro, pretendesse saber mais sobre nós, sem dar atenção à maledicência que nos cercava, em tudo semelhante ao mistério de que nós mesmos nos cobríamos.

Flavien fez passar pela minha frente uma série de documentos, faturas, cartas de crédito, todas as quais, depois de dar-lhes uma vista d'olhos, assinei e firmei com o anel de Prior sobre o lacre vermelho que um capelão fazia pingar sobre o documento, logo ao lado de minha assinatura. Terminada esta tarefa, ergui-me e dirigi-me para o refeitório, aguardando à porta que os sinos tocassem o Laude e pudéssemos entrar para tomar a primeira refeição do dia.

Sendo Domingo, dia de descanso do Senhor, tínhamos direito a uma porção de carne, e eu determinara que comêssemos a das aves, a dos carneiros e até a dos bois, mas nunca a dos porcos, que proibira dentro do Priorado: vários dentre meus irmãos detestavam essa decisão, mas ela era motivo de grande vigor, principalmente no verão, quando os assados feitos de porco causavam verdadeiras epidemias de diarréia entre a população campesina. Eu, acostumado com a dieta higiênica do Oriente, insistira nisso, e tinha a certeza de estar agindo bem. Em meu Priorado, as doenças digestivas eram raríssimas.

Em todos os conventos que não fossem de nossa Ordem, a leitura do vigésimo terceiro dia de Outubro certamente seria a da vida de São Rafael Arcanjo, mas entre nós, Templários, era de praxe nesse dia a leitura da vida e obra de Thiago, o irmão de Jesus, por ser ele o mais forte laço existente entre o Nazoreano e nossas crenças. Havia quem estranhasse isso, mas, sendo nossos capelães responsabilidade direta da Ordem, não devendo nenhuma obediência ao Papado, nem sendo membros de qualquer outra Ordem monástica menos livre, estávamos à vontade para perseguir nossas crenças de nosso próprio modo, como elas nos haviam sido ensinadas pela vontade de nossos Grão-Mestres desde quase dois séculos atrás.

Eu já conhecia de cor a história de Thiago, por tê-la ouvido neste mesmo dia durante anos a fio, desde que entrara para a Ordem, primeiro como operário do corpo de construtores, depois como escudeiro e finalmente como Cavaleiro de Cristo, e por isso não lhe dei muita atenção: separei a décima parte dos alimentos para ser distribuída aos pobres, comi a carne e os vegetais que me serviram em quantidade apenas suficiente para meu sustento imediato, e bebi a água fresca com que me acostumara e que era a única bebida que eu permitia entre nós, enquanto pensava no que poderia significar a carta dA Morte que esse dia me reservava. Uma mudança radical, por certo, e eu não me recordava de outro dia em que essa carta tivesse se revelado a mim de maneira tão intensa: minha mente não conseguia pensar em nenhuma outra coisa, e mesmo depois que nos erguemos da mesa em silêncio, deixando-a livre para os sargentos e escudeiros, a imagem da carta permanecia dentro de mim, verrumando meu cérebro com sua ainda insondável revelação.

Do lado de fora do Priorado de Montfaucon, o sol já brilhava, e o céu de meio do outono já mostrava as nuvens acinzentadas de que se cobriria durante todo o inverno. Era época de reformas, para que o tempo de frio não nos apanhasse despreparados: toda a colheita feita e negociada, celeiros abarrotados, era preciso cuidar do futuro, coisa que no Oriente nunca fizéramos. A luxuriante natureza do Mediterrâneo oriental impunha benesses durante todo o ano, sem que precisássemos nos preocupar com o que comeríamos quando viesse o inverno, que aliás pouca diferença fazia das outras estações. De volta à nossa terra natal, era preciso agir como agiam os sábios camponeses, sócios da natureza, reservando alimentos para quando eles não fossem fáceis.

Flavien, tendo se alimentado com rapidez, para que eu não ficasse só, aproximou-se de mim, dizendo:

— Mestre, as fundações da nova ala de dormitórios requerem vossa atenção.

Pus-lhe a mão sobre o ombro, como se nele me apoiasse, e seguimos com passo rápido para o lado oeste do Priorado, um edifício acanhado em comparação com outros conventos da Ordem, e até mínimo se o colocássemos ao lado do Grande Templo de Paris, mas ainda assim imponente sobre a pequena colina coberta de grama já ressecada. Do lado de trás, onde o sol se punha, tivéramos que erguer um novo dormitório para os novos cavaleiros que o Grão-Mestre prometera enviar-me: em Montfaucon, eles aprenderiam não apenas as artes do combate, que a qualquer momento poderiam voltar a ser necessárias, mas também a prática do trabalho na pedra, dividindo sua atenção entre o soerguimento de prédios e fortalezas, e os exercícios de suas próprias almas, pedras brutas que mereciam polir-se.

Quando vi o canteiro de obras, minha alma deu um salto para o passado, e eu me revi, jovem pedreiro do *Outremer*, desbastando os blocos de pedra para transformá-los em pedras cúbicas de perfeição quase que absoluta, tão bem aparelhadas que podiam ser apoiadas umas nas outras sem necessidade de qualquer argamassa, ali permanecendo para sempre, como se amalgamadas umas às outras. O barulho de maços e cinzéis mordendo o granito cinzento era música para os meus ouvidos, por isso apressei o passo, fazendo Flavien acelerar o seu para poder ficar à minha frente, seu ombro servindo de inútil apoio à minha mão. Eu ainda tinha a mesma higidez de minha terceira década de vida, mas permitia que meu escudeiro se sentisse mais útil, sempre que me recordava disso, o que não ocorria sempre.

A visão de pedreiros e cavaleiros trabalhando juntos era uma decisão minha, baseada em minha própria vida: nunca fora mais dono de mim mesmo que quando na lida da pedra, preparando os cubos necessários à construção de tantas de nossas fortalezas, e esperava que aprendessem uns com os outros aquilo que os unia, mais do que aquilo que os separava. A maior parte desse trabalho, eu fizera ao lado de meus amigos mais queridos, o *faylasuf* muçulmano Ayub e o hebreu Eliphas, em Acre, nos anos de nosso reencontro. Éramos uma trindade perfeita, porque cada um tinha em si aquilo que nos outros dois faltava, e perseguíamos o conhecimento disponível e oculto com a mesma sofreguidão, cada um por seus próprios motivos.

Avancei para um bloco de pedra que jazia abandonado e rachado em um de seus possíveis vértices: havia sido descartado por esse motivo, mas eu não via razão para o desperdício. Tomando de um cinzel e um maço que estavam ao lado de um aprendiz, mordi a pedra, levemente a princípio, marcando em sua superfície rugosa uma linha mais clara, sobre a qual iniciei os golpes fortes e seguros que eram minha forma de trabalhar a pedra. Não havia hesitação possível: era preciso confiar na visão da pedra perfeita que dali sairia e que eu só enxergava dentro de mim mesmo, como se o que sobrasse no bloco apenas ocultasse a perfeição que ali já havia. Eu aprendera a confiar nos meus próprios atos, e também a esperar quando o destino não dependia de mim: diversas vezes, tudo o que a vida me exigira fora a imobilidade mais absoluta, a inação mais completa, a quase invisibilidade. Dessas vezes, eu é que me transformara em pedra, aguardando os golpes do cinzel do Grande Arquiteto, que sempre vinham, mais cedo ou mais tarde, decididos, confiantes, definitivos.

Meus músculos reconheciam os movimentos que eu fazia, e, mesmo através do ligeiro enevoado de minha vista cansada eu podia perceber o quanto a cada golpe eu me retransmutava no jovem que tinha sido. Depois de cada pancada, pensava apenas na próxima, em paz comigo mesmo. O ruído de patas de um cavalo chamou a atenção de todos, menos a minha: tive certeza de que ali vinha a resolução do enigma que a carta dA Morte me havia proposto logo que eu acordara, e de que me esquecera tão logo tornara a ser o pedreiro que havia sido, maço em uma mão, cinzel na outra, aprimorando uma aresta que me escapara na pedra de meu próprio ser. O mensageiro, um escudeiro empoeirado, saltou da sela e, pondo um joelho em terra, entregou-me um sobrescrito lacrado, dizendo:

— Mestre Esquin, para vós, da parte do Grão-Mestre Jacques de Molay.

Olhei longamente o sobrescrito, reconhecendo a letra de meu Grão-Mestre nas letras de nossa língua natal diligentemente traçadas uma a uma, naquela mistura da antiga *Langue D'Oc* e do *Françõis* que a vinha lentamente substituindo. Meu Grão-Mestre era chamado de iletrado, por não ler nem escrever o Latim, que falava mal e mal, como quase todos: mas a língua de nosso país, sem dúvida, ele dominava, ainda que raramente tivesse oportunidades suficientes de dedicar-se à sua leitura e escrita. Por vir traçada de próprio punho, eu já sabia que era coisa pessoal e importante: ele não pudera ou não quisera recorrer aos préstimos de nenhum dos capelães escribas do Grande Templo de Paris. Ali dentro havia coisa que só interessaria a ele e a mim, e, enquanto desdobrava o escrito, me afastei de todos, indo em direção ao topo da colina, sentindo atrás de mim a figura dA Morte a sussurrar em meu ouvido:

— Eis-me aí! Eis-me aí!

"Querido Irmão de Floyrac, espero que esta te encontre com saúde e disposto ao serviço do Templo" — começava a missiva de meu Grão-Mestre, e eu quase podia vê-lo sentado à sua mesa, traçando vagarosamente as palavras sobre o grosso pedaço de pergaminho, a língua mordida entre os dentes, empurrando a bochecha esquerda por dentro. "Chegou a hora em que a Ordem precisa de teus serviços, e quanto mais cedo conheceres o que se faz necessário ver-te fazer, melhor para todos. Vem o mais depressa possível para o Templo de Paris encontrar-te comigo, mas não revela a ninguém que te convoquei para esse encontro. Quando aqui chegares, apresenta-te como em viagem para outro lugar qualquer, desejando apenas pernoitar entre teus irmãos antes de seguir jornada. Eu logo saberei que estás entre nós, e, assim que me for possível, nos encontraremos para falar do que apenas tu e eu devemos saber. Destrói esta carta antes que qualquer um possa nela pôr os olhos. Te aguardo, meu irmão."

O mistério da carta dA Morte se substituía pelo mistério que a revelação de meu irmão me traria: eu me sentia em plena mudança, como previsto, e agora só me faltava ouvir-lhe da própria boca o que o Templo necessitava que eu fizesse, para que eu pudesse cumprir meu último dever de Templário, como de mim sempre se esperara. Rasguei a missiva em pedacinhos muito pequenos, não sem certa dificuldade, jogando-os num braseiro que aquecia ferramentas, ficando ao lado dele até que tudo se transformasse em cinzas e fumaça. Depois, voltando sobre meus passos, retomei o cinzel e o maço com que vinha trabalhando, passando o resto do dia entretido no serviço de pedreiro, servindo de exemplo a todos os que me cercavam e que a princípio se espantaram com a presença do Prior entre eles, trabalhando duro como um simples pedreiro.

Mal sabiam eles que eu precisava daquilo, para acalmar o turbilhão de esperanças em que minha alma se encontrava: o chamado de meu Grão-Mestre, tão cercado de segredo e importância, punha-me o coração aos pulos, a mente à roda, a alma em confusão incontrolável. Eu pressentia que o que meu Grão-Mestre me pediria era coisa de subida importância, e que de mim talvez viesse a depender o futuro de nossa Ordem e de nossos irmãos em todo o mundo conhecido.

Ao soar da Nona, mais ou menos ao meio da tarde, interrompemos o serviço para orar, como fizéramos brevemente e sem abandonar o trabalho durante a Primeira, a Terceira e a Sexta, e para tal nos dirigimos à capela do Priorado, cópia em ponto menor da Grande Capela do Templo de Paris, por sua vez uma cópia fiel do Templo de Salomão em Jerusalém, destruído por Nabucodonosor e reerguido por Zorobabel, antes que mais uma vez viesse ao chão. Colocamo-nos em ordem no assoalho da capela, e no *Sanctus Sanctorum*, por entre os véus, podíamos ver a arca onde nosso maior tesouro descansava, longe dos olhares de todos. O capelão do dia, irmão Bernard, leu as orações de praxe, que me passaram despercebidas, tal meu estado de excitação com a viagem que deveria fazer para conhecer meu destino. Alguns irmãos mais recentes certamente estranhariam a diferença entre a missa templária e a missa a que estavam acostumados em seus lugares de origem, mas nem por isso ergueriam a voz: a disciplina férrea que era nossa marca mais forte também fazia parte deles, e, havendo um capelão que erguesse a comunhão, ninguém sentiria falta dos sangrentos símbolos e lembranças do martírio de Jesus, que em nossas capelas eram praticamente inexistentes. Acreditávamos na perfeita comunhão entre os homens, e se havia alguém que disso podia dar testemunho sincero, esse alguém era eu, seu Prior. Nesse dia, no entanto, acontecesse o que acontecesse, eu de nada me aperceberia: estava imerso em mim mesmo e na contemplação do futuro que se avizinhava, e quando a oração terminou e nos dirigimos em passo apressado para as Vésperas que seriam rezadas logo após a ceia, antes que o sol descesse, fui até mais ágil que de costume: queria que nosso dia se reduzisse imediatamente, para poder estar comigo mesmo e com meu Criador no silêncio de minha cela, perscrutando o futuro a partir de meu passado e meu presente, como sempre fazia. Em minha mente, uma única idéia vigorava: — Serei Grão-Mestre!

Não o desejara quando entrara na Ordem, não o desejara durante todo o tempo em que nela militara, como operário, como escudeiro, como cavaleiro: mas, desde que aceitara o humilde posto de Prior de Montfaucon, tive a certeza de que grandes coisas me estavam reservadas, talvez mesmo a maior dentre todas elas, e que meus irmãos um dia me aceitariam como seu Grão-Mestre, sendo esse o desejo mais verdadeiro de seu coração. Meu trabalho à frente do Priorado era comentado por todos, e desde que nos fixáramos em nossa terra de origem, depois da perda dos Lugares Santos, eu fizera por destacar-me a serviço do Templo, reconhecendo em mim mesmo a capacidade de liderá-lo cada vez mais acima e além do que de nós se esperava. Uma certeza se instalara em mim, sobreposta à imagem da carta dA Morte: eu seria o responsável pelo futuro dos Templários, e de mim dependeria a nossa existência nos séculos que ainda estavam por vir.

Dormi muito pouco nessa noite, acordando estremunhado com o som das Matinas soando em meus ouvidos: ergui-me do leito às pressas, e, sem nem mesmo consultar minhas lâminas, chamei meu escudeiro, aos gritos, o que causou imensa comoção entre os irmãos de meu corredor. Flavien chegou até mim, ainda em camisa de noite, e mal compreendeu quando eu lhe disse:

— Avia bagagens para nós, e manda que encilhem dois cavalos, os melhores que possuo! Partimos antes do Laude!

— Meu mestre, tuas ordens serão cumpridas... para onde vamos?

— Vamos para o lugar que devemos ir! — Flavien arregalou os olhos, com minha inesperada resposta ríspida. — Apressa-te! Devemos partir antes que se erga o sol!

Quando o sol surgiu a Leste de nós, eu e Flavien já trilhávamos por mais de uma hora a estrada de pedra que nos levaria a Paris. Nesse momento, eu me recordei de que não havia consultado meu oráculo de todos os dias, e cuidadosamente, ficando para trás, apanhei o saco que estava junto a meu coração, quente como se fosse vivo, por causa do calor de minha pele, e embaralhei cuidadosamente as cartas, olhando seu verso cheio de arabescos. Não me espantei quando mais uma vez vi surgir ante meus olhos a carta dA Morte.

Foi assim durante os sete dias de viagem que nos separaram de Paris: a carta dA Morte, onde e como quer que eu consultasse meu Tarot, vinha à tona, sobrenadando acima de todas as outras, como se meu baralho fosse feito apenas de cópias fiéis dessa décima terceira carta, um *mem* hebraico traçado em sua parte mais alta, símbolo das águas da decadência física. Nunca vira insistência maior de um presságio, nem mesmo antes das piores batalhas que enfrentara no corpo e no espírito, e por fim me aquietei, aceitando que, enquanto meu Grão-Mestre, irmão e amigo não me revelasse o que o futuro esperava de mim, nada mudaria em meu destino.

Atravessamos a terra dominada por Filipe, o Belo, vendo a cada passo o resultado de seus desmandos, em tudo e por tudo o inverso do que eu conhecia na Ordem do Templo: só os conventos e fortalezas da Ordem eram oásis de paz e fartura nesse deserto da bondade humana em que a jovem França ia lentamente se transformando, por obra e graça de um soberano cruel e mesquinho. Nos primeiros dias, cavalgamos o suficiente para pernoitar em uma propriedade da Ordem, na Comendadoria de St. Martin, à qual chegamos antes que o sol se pusesse e da qual partimos antes que se erguesse no céu. Eu tinha pressa, e pernoitamos onde nos foi possível, já que nem todas as aldeias e vilas do caminho possuíam Comendadorias ou conventos da Ordem. Montfaucon ficava no limite norte do Languedoc, e dali até Paris não havia muitas propriedades templárias, nem mesmo em cidades maiores, como Périgueux, Angoulême e Poitiers. Só fomos encontrar irmãos Templários na pequena Blois, onde uma comendadoria muito antiga nos deu abrigo. Nela, chegamos depois de posto o sol, mas nem por isso esperamos que ele nascesse para dela partir: na escuridão de um dia que nem ainda se acendera, retomamos nosso caminho em direção a meu destino.

Daí em diante, as estradas se alargaram, e atravessamos Orléans, Pithiviers, Étampes e Versailles exigindo o máximo de nossas montarias, chegando mesmo nesse último dia a nos arriscar pela noite adentro, protegidos por nossos uniformes Templários, que ainda despertavam tanto temor quanto respeito, e quando o sol se ergueu, entramos na grande Paris, onde ficava o Grande Templo, no qual eu saberia enfim o que o destino me reservava. Flavien me seguia sem hesitar, e ainda que seu rosto evidenciasse toda a incompreensão por meus atos inusitadamente impulsivos, quando chegamos à cidade ele substituiu esse sentimento pela fascinação com a maior cidade do mundo a movimentação de pessoas sem conta através de ruelas estreitas e sujas, que desembocavam em grandes praças de onde inúmeras outras ruelas sujas e estreitas nasciam.

Atravessamos os subúrbios ao sul de Paris, ainda em tudo semelhante à antiga Lutécia dos romanos, observando de um lado e de outro do caminho as herdades e chácaras em cujo fundo estavam as plantações de seus meeiros, e logo depois cruzamos a Porta de Saint-Jacques, assim nominada em homenagem ao mesmo Thiago que nos era tão caro, seguindo por uma rua enlameada que mudava duas vezes de nome, começando como Saint Séverin, tornando-se Rua dos Jacobinos e terminando como La Grand Ménagere, alargando-se um pouco antes que começasse a estreita ponte Saint-Denis, a única que nos permitia chegar à Île-de-France, onde pudemos ver à nossa direita, por sobre os telhados do Hostel Dieu, as intermináveis obras da imensa Catedral de Notre-Dame, cuja bagunça de obra estava por toda a grande ilha fluvial que cruzamos, em meio aos gritos dos pedreiros e ao pó de pedra que se espalhava pelo ar e a todos cobria da cabeça aos pés.

Do outro lado havia duas pontes cobertas, e eu tomei a que desembocava na rua que seguia à direita para chegar à praia de Gréve, onde logo depois do Hostel de la Ville começava a Grande Rua do Templo, aberta em terreno pantanoso logo depois das ruínas dos muros que os romanos haviam construído, e que seus sucessores tentavam manter intactos da melhor maneira possível. Na porta de Saint-Martin, atravessamos o lado norte da muralha romana e seguimos por ruelas fedorentas até alcançar pelo lado externo a porta do Templo, daí seguindo por uma rua mais ou menos larga e calçada de pedra até a *Cousture*. As casinholas pobres que nos cercavam não eram muito diferentes das que ficavam no outro lado da cidade, mas, sem dúvida, o cheiro de pântano do Marais onde haviam sido plantadas em nada as valorizava, e sua mesquinhez contrastava com a opulência da grande amurada do sítio do Templo, atrás da qual podíamos ver os telhados das construções templárias lá existentes, erguidas em espaço aterrado roubado da área pantanosa entre a muralha milenar e o Esgout centenário por onde as águas do Marais se escoavam.

Era sempre emocionante retornar a esse Templo gigantesco, exemplo de nosso poder, foco da inveja de tantos nobres e plebeus, de tantos leigos e religiosos, avidamente desejando o que possuíamos sem pensar em nenhum momento nos esforços e agruras que enfrentáramos para amealhar nossas riquezas. O sol fraco de Outubro brilhava por entre as nuvens cinzentas, e o vento gelado que rodopiava por Paris nesse época do ano fez com que tanto eu quanto Flavien apertássemos nossos mantos de encontro ao corpo, enquanto chegávamos à ponte levadiça que servia como portão entre as duas torres de guarda. Quando me dei a reconhecer, a ponte começou a girar em seus gonzos, descendo até cobrir o pequeno fosso cheio de água, profundo o suficiente para impedir que homens ou animais intentassem superá-lo. Atravessamos as amuradas e nos dirigimos à esquerda, onde uma fonte cercada por muros baixos servia como lugar de amarrar os cavalos, que deixamos por conta de dois serviçais menores, nenhum deles com fardamento da Ordem, e nos dirigimos ao prédio principal, onde fomos recebidos por um sargento de armas que me reconheceu da tomada de Acre e imediatamente me levou ao Senescal, o qual me encaminhou a uma cela confortável no prédio dos dormitórios, tendo ao lado uma menor, onde Flavien foi instalado.

A vontade de mandar avisar meu Grão-Mestre de nossa chegada era quase incontrolável, mas me obriguei a sufocar minha ansiedade e esperar que ele, tomando conhecimento de minha presença, decidisse sozinho quando e onde me informaria do que me estava reservado. O dia se passou, e não resistindo à inação forçada, ergui-me de meu catre e palmilhei os corredores, acabando por sair para o pátio onde não havia quase ninguém. O novo *donjon* do Templo, feito para que nele se guardasse o Tesouro de França, havia ficado pronto e se erguia em toda a sua imponência, mais alto até mesmo que a torre da Igreja com suas duas alas românicas, uma mais longa que a outra, e a cúpula em estilo oriental onde ficava nosso *Sanctus Sanctorum*.

O FIM DO TEMPLO

De volta, passei a manhã cortando o espaço de minha cela de um lado para outro, em passos ansiosos, e quando o toque da Sexta, exatamente no meio do dia, soou, gerando bulício à minha volta, desci para o pátio traseiro, passando pela Igreja e pelos carneiros cobertos onde os ossos de nossos irmãos descansavam, olhando por detrás dos muros a casa do Grão-Mestre, janelas fechadas, apenas uma mansarda aberta na torre, através da qual brilhava a luz de uma lanterna. Lá, certamente estaria meu irmão Jacques de Molay, cuidando de sua própria alma em completa solidão, como era seu costume. Alguns irmãos que se dirigiam para o refeitório no prédio de onde eu saíra me saudaram, e um deles disse:

— O irmão não se alimenta porque está cumprindo algum jejum?

Só entendi a pergunta quando me recordei que nesse mosteiro não havia trabalho nos campos, portanto a refeição do meio-dia era costumeira, e me dirigi para o longo refeitório, onde me deram assento à mesa do Grão-Mestre. Lá, já estavam vários outros irmãos mais velhos, a quem saudei como de costume, mesmo não sendo conhecido de qualquer deles. O lugar do Grão-Mestre ficou vazio durante todo o almoço, e meu estômago cheio de borboletas não deixava quase nenhum espaço para o alimento; portanto, depois de separar a décima parte da comida, devolvi-a junto com o resto para uso dos pobres que se amontoavam permanentemente à beira dos muros, e tomei apenas duas taças de água pura. Ergui meus olhos para as paredes e os tetos, emocionando-me com o belo trabalho de tantos irmãos pedreiros, acostumados à lida da pedra como eu mesmo um dia fora: as mordidas dos cinzéis nas superfícies das pedras rigorosamente esquadrejadas que formavam as grossas paredes do refeitório me trouxeram saudades de um outro tempo em que eu, livre de quaisquer responsabilidades, fora supinamente feliz. Não me arrependia de tê-los deixado para trás, é verdade: tivera o que desejara e vivera de acordo com minha vontade mais profunda, até o dia em que me comprometera com a Ordem do Templo como um de seus cavaleiros e passara sem nenhum remorso a viver dessa maneira ascética a que já me acostumara, sem outro amor que não o amor-próprio. Com a idade e o natural desapego das coisas físicas que ela trazia, ainda me recordava dos deliciosos prazeres de que fora capaz em meus tempos de pedreiro no Oriente, mas essas recordações se esgotavam em si próprias, nenhuma delas dando quaisquer sinais em meu corpo. Os banhos frios e a dieta frugal também eram certamente motivo para que eu tivesse deixado de lado tão radicalmente o que antes fora o móvel de minha vida, e desse tempo eu me recordava como se fosse a vida de alguma outra pessoa que me tivesse sido narrada com muita precisão de detalhes. Fosse a sensualidade a nossa única fonte de felicidade, melhor seria que fôssemos todos apenas animais, porque, neste caso, o instinto é um meio bem melhor de ser feliz que a razão de que somos dotados. Eu certamente era a negação do velho rifão que dizia que nenhum jovem sensual alguma vez se transforma em um velho racional, pois me tornara o oposto de mim mesmo, uma vez aceito o compromisso com a Ordem, bem à moda de Agostinho de Hipona, o mesmo que pedira a Deus que o fizesse casto apenas depois que a luxúria não mais tivesse sobre ele qualquer poder.

Jacques de Molay não apareceu em nenhum momento, e a tarde mergulhou na escuridão junto com o sol, enquanto o Grande Templo adormecia. Em minha cela, movido por ansiedade cada vez maior, eu nem conseguia pensar em dormir: puxara uma banqueta para perto da estreita fenda que era a janela e ficara olhando para o céu, onde farripas de nuvens escuras cobriam e descobriam uma lua cheia muito clara. Um movimento junto ao muro da casa do Grão-Mestre me chamou a atenção: era uma lanterna que balouçava de um lado a outro, como se seu portador estivesse andando em ziguezague, e subitamente me recordei de onde havia visto esse movimento. Fora durante a estadia em Acre, e eu mesmo fora instruído a caminhar pelo pátio dessa maneira, para que meus irmãos sentinelas não me confundissem com algum invasor. A lanterna parou e logo iluminou a porta lateral da igreja, onde foi erguida para revelar uma figura coberta com o manto branco da Ordem, que se virou em minha direção antes de desaparecer porta adentro. Eu tive certeza: era meu mestre e irmão Jacques de Molay chamando-me para o encontro que eu tanto aguardava, quando finalmente seria revelado o papel que eu viveria deste dia em diante.

Desci passo a passo, silenciosamente, os corredores e escadarias do dormitório, saindo para o exterior do prédio, onde um vento gelado me fez juntar o manto ao corpo, com um arrepio. Parei debaixo da janela de minha cela, para orientar-me, e percebi que a porta que meu irmão havia atravessado estava apenas recostada, e que uma luz bruxuleava lá dentro. Atravessei o pátio sem ruído, meus olhos rapidamente se acostumando à escuridão, e por um instante me vi novamente em plena luta, andando sorrateiramente entre os inimigos para melhor informar a meus camaradas de arma sobre suas intenções. Nesse momento, no entanto, eu era apenas um velho cavaleiro à beira de ter imposta sobre si a maior de todas as tarefas. Assim pensando, atravessei a fresta da grande porta de madeira e fechei-a sem ruído atrás de mim.

Essa porta ficava exatamente a meio da pequena abside, unida pelo lado oeste da Igreja à Grande Cúpula octogonal que tantos diziam ser uma cópia do Santo Sepulcro, mas que por dentro era idêntica à cúpula da mesquita de al-Akhsa, a mesma que os muçulmanos haviam construído para proteger a Grande Pedra, e que, mesmo tendo sido transformada em catedral cristã durante algum tempo, voltara enfim a seu formato original, depois que os francos definitivamente perdemos o *Outremer*. Ali, onde o Templo original de Salomão um dia se erguera, protegendo o Umbigo do Mundo, a Grande Pedra a partir da qual a Criação se dera no Terceiro dos Dias, a mesquita havia sido erguida depois que a derrubada do Templo de Herodes deixara a Grande Pedra exposta: era preciso protegê-la e venerá-la, como acreditavam aqueles poucos muçulmanos que tinham a seu respeito uma compreensão diferente da simples cobiça exclusivista de seus correligionários menos aquinhoados. As palavras de Nazimus, ditas muitos anos antes, me retornaram à mente:

"Nosso dever é entender o Universo de maneira inteligente, não apenas como uma questão de fé. Observa com cuidado e verás que a fé tem sido apenas e cada vez mais a ferramenta dos ignorantes. Como não somos ignorantes, para todas essas questões temos que ter o consentimento de nosso próprio raciocínio."

Era impressionante que, nesses dias tão especiais que vivíamos, ainda houvesse os que consideravam o mundo como território de luta entre diversos deuses, ávidos de possuí-lo integralmente depois de derrotar os inimigos. Ainda éramos poucos os que, usando o próprio raciocínio, percebíamos que todos os deuses não eram mais que aspectos específicos e determinados do Deus Único, e que as diversas formas de venerá-Lo não o tornavam exclusivo desta ou daquela igreja. Para nós, havia um Deus Único, não dois nem três, e qualquer forma de venerá-Lo nos era tão digna de respeito quanto a nossa própria, pois sabíamos reconhecer a presença Dele em cada homem, ainda que nem todos os homens compreendessem tê-Lo dentro de si.

Tudo isso me passou pela cabeça enquanto andei pela abside, atravessando o espaço da cúpula, em cujo assoalho de pedra se inscrevia gigantesco e quase indecifrável labirinto circular, e pisei o território da grande nave erguida de Ocidente para Oriente, segundo a antiga tradição, onde havia inúmeros bancos, misto de assento e genuflexório. Num deles estava sentado meu irmão e Grão-Mestre, mal iluminado pela luz de uma lanterna que colocara sobre um dos encostos, e que ao me ver descobriu a cabeça, jogando para trás o capuz de seu manto. O tempo havia sido mais cruel com ele que comigo, por certo: sua longa barba fazia forte contraste com a cabeça quase completamente calva, apenas cercada na altura das orelhas por mechas de cabelos grisalhos. O braço apoiado sobre o encosto deixava ver o brilho da cota de armas que ele nunca despia, nem mesmo para dormir, e seus olhos brilharam em minha direção. Atravessei as poucas braças que me separavam dele e pus um joelho ao chão, tomando-lhe a mão para beijar. Ele imediatamente, com força superior à sua aparência, ergueu-me e beijou-me as duas faces e a boca, abraçando-me depois com muita emoção, por um tempo que me pareceu interminável. Eu já não o via desde algum tempo, mas seu cheiro enferrujado, um misto de suor humano com suor de cavalos, era aquele mesmo odor com que acabávamos por nos acostumar quando em batalha. Eu certamente deixara de ser um soldado, nos últimos anos, mas meu irmão não sabia ser outra coisa, e portanto não se modificara nem um pouco: apenas estava mais velho, evidentemente mais cansado, e certamente mais sábio do que eu. Sentei-me a seu lado, de esguelha sobre o banco, para que nossos olhos ficassem frente a frente, e aguardei que ele me dissesse o que desejava de mim, ficando mais curioso ainda quando vi lágrimas em seus olhos. Havia neles algo que me era sumamente estranho, e que eu não pude decifrar. Jacques de Molay, com a voz enrouquecida de sempre, disse-me:

— Meu irmão, que bom que vieste a mim com tanta rapidez... Os acontecimentos se precipitam, e para que sobrevivamos é necessário que estejamos sempre alguns passos à frente de nossos inimigos. Ninguém sabe que estou em Paris. Vim às ocultas de Chipre especificamente para falar-te, já que ninguém pode saber do que trataremos; por isso, todo esse segredo, toda essa ocultação aparentemente irracional. O que vou te dizer e te pedir deve ficar forçosamente entre nós dois, e ninguém deve sequer desconfiar daquilo de que falaremos.

Minha garganta pulsava, como se meu coração nela estivesse localizado, enchendo-me os ouvidos com o som de meu próprio interior, cada vez mais rápido. Minha alegria era imensa, porque meu irmão certamente me indicaria para substituí-lo, e, ainda que para isso ele tivesse que morrer, eu acabaria por ser Grão-Mestre, apoiado não apenas por sua indicação, mas principalmente por minha capacidade pessoal, que era claramente maior que a de todos os outros priores e comendadores que eu conhecia. Jacques de Molay, sem conseguir ocultar sua profunda tristeza, continuou:

— Desde que nós, cavaleiros francos, fomos expulsos da Palestina, entre a queda de Acre e o abandono de Jerusalém, os poderosos do mundo começaram a duvidar que exista justificativa para nossa existência.

— Nunca nos aceitaram, meu irmão! — retruquei, com veemência. — Fomos sempre usados pelos poderosos de ocasião para que cumpríssemos seus nefandos objetivos. Enquanto nos mostramos capazes de realizar as tarefas que nos impunham, nos toleravam, mas bastou que nos tornássemos infensos a seu poder, para que passassem a nos rejeitar!

Jacques de Molay pôs-me a mão sobre o braço, desmanchando minha excitação verbal, e continuou:

— Não sabem quem somos, mas basta a desconfiança crescer um tantinho para que se voltem contra nós, agora que não temos mais acesso aos Lugares Santos. A verdade é uma só, meu irmão: perdemos, aos olhos dos que nos odeiam e invejam, a razão de existir. Já foste informado do projeto papal de unir, em uma só Ordem, a nossa e a dos Hospitalários?

Fiquei pasmo:

— O que me dizes, meu irmão? Como unir vinho e vinagre sem que um seja irremediavelmente conspurcado pelo outro? Ensandeceram?

— Precisam disso para justificar o poder que nunca tiveram mas pretendem ter sobre nós: se os Hospitalários são fiéis serviçais da Igreja de Roma e de seus apaniguados, o mesmo não acontece conosco. Não lhes bastam as riquezas que os Hospitalários colocam a seu dispor: querem o que crêem ser nosso, não apenas o que pode ser visto, mas principalmente aquilo que juram estar oculto em nossos subterrâneos.

Meu irmão me olhava com verdadeira tristeza nos olhos, e eu me preocupei: entre nós havia profunda amizade, e uma dor que o magoasse era como se estivesse perfurando a mim mesmo. Disse-lhe, com a voz embargada:

— Bendito o Grão-Mestre, que conseguiu que, mesmo sendo nós protegidos pelo Papado, não tivéssemos que dever a ele qualquer obediência!

Jacques de Molay sorriu a custo:

— Isso foi a prova de nosso valor, à época. Fomos os primeiros a compreender que o Papado, antes de ser a Igreja, é a vontade pessoal de cada Papa e de seus acólitos, e que nem todos são iguais. Hoje, esse privilégio começa a ser encarado como prova das iniqüidades que alegam realizarmos em nossos Templos, longe dos olhos vigilantes dos inquisidores da Santa Sé...

Eu tremi: a idéia de uma Inquisição me era profundamente desagradável, recordando-me a história de minha mãe e sua morte cruel. Meu irmão continuou:

— Filipe, o rei dos Francos, está a cada dia que passa mais disposto a tomar posse de nossas riquezas, por bem ou por mal. Recordas-te de quando tentou nos impor a si mesmo ou a um de seus filhos como Grão-Mestre?

— Um iníquo... como pôde um homem desses chegar ao poder?

— Ele, desde esse tempo, age como se quisesse de nós apenas as riquezas que amealhamos: mas eu sei que ele vai mais longe que isso, e que seu desejo de destruir-nos não passa apenas pela cobiça, mas também pela invasão de nossos segredos mais ocultos... nossos dias estão contados, irmão de Floyrac, medidos e pesados, e se não cuidarmos de preservar o que realmente somos, não restará de nós nem a lembrança! Por isso te convoquei.

O FIM DO TEMPLO

A chama da lanterna bruxuleava, fazendo com que grandes e longas sombras se movessem para a frente e para trás nas paredes do templo. A face de meu irmão também estava posta em sombra, e ele se aproximou mais de mim, sua voz tornando-se um sussurro, e enquanto eu só enxergava o brilho da luz em suas pupilas, ele continuou:

— A idéia que fazem de nós não chega nem perto do que realmente somos, e se algum dia vislumbrassem nossa verdade, cairiam em cima de nós com violência inacreditável. Eu já sei que nosso destino foi traçado, e que de agora em diante tudo que teremos serão as manobras políticas que nossos inimigos urdirão contra nós e a favor de seus desígnios mais insuportáveis. Mas o que somos precisa ser preservado, porque a verdade não pode ser perdida, e por isso tracei um plano que salvará nossos dedos, ainda que nos faça perder todos os anéis...

No mundo onde vivíamos, bem por culpa dos inimigos internos e externos que nele viviam e também da Igreja de Roma, havia se criado a idéia de que só os maus eram capazes de planejar, e que o bem vinha sempre por impulso, como graça divina alheia à vontade de todos. Dessa maneira, qualquer um que fosse capaz de planejar racionalmente suas ações era imediatamente colocado no lado dos maus e perversos, enquanto que os bons, impulsivos por natureza, cometiam seus enganos sob a proteção de Deus, totalmente ignorantes das leis de causa e efeito que regem o Universo. Entre nós, no entanto, o hábito de planejar racionalmente nossas vidas e ações era costumeiro, e quanto mais acima estivéssemos na hierarquia do Templo, maiores eram as exigências neste sentido.

Grossas lágrimas corriam dos olhos de meu irmão de Molay, enquanto ele me apertava o ombro com força desmedida, deixando-me nódoas roxas que levaram semanas para apagar-se:

— Se querem nos destruir, só conseguirão tomar posse daquilo que crêem que somos, em sua imensa ignorância: mas a nossa verdade mais profunda, esta ficará para sempre afastada de seu alcance, pois, enquanto estiverem tomando posse do que acham que somos, o que realmente somos estará cada vez mais longe de ser tocado por eles. E é para isso que precisamos de ti, meu irmão...

Nesse momento, eu tive certeza absoluta de que meu irmão me indicaria para ser o novo Grão-Mestre de nossa Ordem, deixando em minhas mãos a obrigação de preservá-la da sanha de nossos inimigos revelados e ocultos. Eu me sentia mais do que pronto para tal tarefa, mas, antes que pudesse dizer qualquer coisa, meu irmão sussurrou:

— Recordas-te da vida do Nazoreano? Lembras com clareza dos acontecimentos que se deram na noite de sua última ceia, esse momento que é o mais importante fato de nossa crença?

Não entendi a pergunta, e meu irmão continuou:

— Entre seus discípulos, havia um que era seu mais querido irmão, aquele a quem confiou todos os seus medos e verdades, o único em quem pôde depositar seu mais caro segredo. Sabes quem foi ele?

Fiquei em silêncio, e de Molay continuou:

— O que ele pediu a esse irmão, só a esse irmão poderia ser pedido, pois só esse irmão tinha como realizar a tarefa essencial para que tudo se desse conforme planejado. Havia entre os dois um laço indissolúvel, conhecendo-se tão bem que não havia o que um não fizesse pelo outro, e ambos por seu grupo de nazoreanos. Foi esse irmão quem, com seus atos extremamente pensados, possibilitou todos os acontecimentos que fizeram do Nazoreano o Filho de Deus em que se tornou, e em volta do qual o mundo passou a girar cada vez mais, ainda que sem verdadeiramente percebê-lo como realmente foi...

Eu a cada instante compreendia menos: quem seria esse discípulo a que meu irmão se referia de forma tão emocionada? Pedro? Thiago ou Tomé, irmãos do Nazoreano? Qual deles? Nesse instante, com a voz trêmula como a de quem lê uma sentença de morte, meu irmão disse com suavidade o nome com o qual por alguns instantes eu não atinei:

— Judas...

Subitamente, como um raio inesperado, a ainda imperfeita compreensão do que meu irmão me dissera caiu sobre mim, e eu perdi a respiração, erguendo-me do banco em um salto;

— O traidor? O que entregou o Nazoreano a seus algozes? O que tem ele a ver comigo, meu irmão? O que queres de mim???

— Senta-te, irmão, e baixa a tua voz... agora!

A voz de comando de Jacques de Molay ativou-me a disciplina duramente conquistada e impregnada em meu corpo e alma, e eu me sentei, mudo e teso, respirando sofregamente como se tivesse corrido algumas milhas na areia fofa do deserto. Meu irmão continuou:

O FIM DO TEMPLO

— Temos ambos um compromisso com o Templo, esqueceste? Somos ambos servos de nossa Ordem, a qual devemos preservar acima de tudo, para que a busca por nossos objetivos não se interrompa. Eu seria incapaz de dar-te uma ordem que eu mesmo não pudesse seguir...

Uma dor surda me emprenhava o íntimo, e eu ousei dizer:

— Mas, meu irmão, uma traição?

— Uma ação necessária, meu irmão, antes de tudo... cada um de nós tem um papel claro e definido no drama que se avizinha, e o teu não será menos terrível que o meu...

— Não creio que isto seja possível, meu irmão... que papel pode existir tão mau quanto o do traidor?

— O da vítima! Os dois são faces de uma mesma moeda, principalmente quando as ações combinadas entre ambos visam à preservação de algo maior e mais importante! Acredita no que te digo, esta é a única forma de preservarmos o Templo e nosso verdadeiro tesouro!

As mãos de meu Grão-Mestre novamente se impuseram sobre meus ombros, mas desta vez com suavidade e leveza:

— Se eu pudesse livrar-nos a ambos de nossas tarefas, pensas que não o faria? Se eu pudesse escolher outros a quem dar a ordem de fazer o que deve ser feito, crês que já não os teria comandado? Ah, meu irmão adorado, o juramento que fizemos nos impõe esta difícil tarefa, e em teu caso ela só é mais dura porque muitos anos se passarão até que sejas finalmente reconhecido como aquilo que realmente és, valoroso Cavaleiro do Templo!

Minha cabeça ia à roda, e eu me sentia envolto em uma bruma de incompreensão... a quem eu deveria trair, segundo os desejos de meu irmão e Grão-Mestre? O horror que eu sentia, no entanto, não era nada perto do que minha alma experimentou quando Jacques de Molay revelou seu plano de extrema inteligência, ainda que cruel e sangrento, com seus detalhes sórdidos, nascidos da plena compreensão do mal que habitava o coração dos homens:

— Nossos inimigos precisam ver confirmadas suas suspeitas e ilusões, para que preservemos a verdade mais profunda. Da mesma forma que coloquei alguns espiões em seu meio, para conhecer-lhes os desígnios, o Rei de França certamente também infiltrou entre nós alguns de seus prebostes, a quem por enquanto temos mantido em ignorância.

Não sei por quanto tempo isso será possível, sendo nós uma sociedade de homens com todos os defeitos que só uma sociedade de homens pode ter, além do fato de que muito poucos entre nós conhecemos os verdadeiros objetivos da Ordem. Tu e eu estamos entre eles, meu irmão, mas nenhum dos outros que poderiam conhecer o plano que urdi chegará algum dia a saber a verdade sobre nossas ações. O que te revelo tem que ficar só entre mim e ti, e esta será a última vez que nos falaremos frente a frente...

Meu peito se confrangeu com essa revelação, e meu mestre continuou a cravar-me no peito as farpas de seu plano:

— Do que faremos nos próximos anos, cada um saberá rigorosamente a sua parte, e só a sua parte, que deverá executar com perfeição e sem hesitação, mesmo nas circunstâncias mais adversas. A mais difícil delas, sem dúvida, é a tua, mas teu talento para imitar vozes e gestos, tua facilidade para línguas e sotaques, tua capacidade de transformar-te em outrem certamente são o material de que precisas para realizá-la a contento... pensa que não existe outro em toda a Ordem com os talentos que tu tens, e que esses talentos te foram dados com um determinado fim em vista, e eu creio que seja esse o melhor uso para eles...

A voz de meu irmão enrouqueceu, como se ele estivesse subitamente tomado por violenta febre, de que suas falas seriam o delírio:

— Antes que alguém nos traia sem nosso conhecimento, é preciso que tu nos traias, confirmando exatamente o que pensam de nós, para que o que não sabem de nós permaneça oculto e nossa missão não se interrompa. Entendes isso? És capaz de perceber a bendita impostura que estamos erguendo aqui, hoje?

Minha cabeça pulsava, como se a febre de meu irmão me tivesse sido transmitida, e, no fundo de mim, o juramento de fidelidade que anos antes eu havia feito começou lentamente a sobrepujar meus desejos, minhas vontades, minhas certezas e minhas ilusões. Eu me havia entregado a esse grupo de homens escolhidos e à sua idéia magnífica, que se tornara minha também, quando pude antever seus resultados.

— Tu farás exatamente o que se espera de ti, eu farei exatamente o que se espera de mim, e juntos salvaremos a Ordem e nosso maior tesouro. — Meu irmão parecia delirar, mas seu delírio era o meu também. — Resta-te alguma dúvida de que sejas o homem perfeito para viver o papel do traidor de que nossa Ordem precisa?

Meu irmão podia ler o mais profundo de minha alma, nesse instante cheia de dúvidas quanto à minha capacidade de ser aquilo que ele exigia de mim. Baixei a cabeça, enquanto de Molay colocava suas mãos em concha sobre ela, como que me abençoando:

— Poderias ser tudo dentro da Ordem, como tantos outros, mas isso que te peço só tu és capaz de realizar. Terás que ser muitos, um depois do outro, contando as piedosas mentiras que se farão necessárias, sempre com o objetivo final em vista, enganando e se fingindo de enganado, ocultando a verdade atrás de uma teia de mentiras tão saborosa que nenhum de nossos inimigos hesitará em nela cravar os dentes, e entregando à sua sanha apenas aquilo que não nos fará falta!

— Meu mestre, eu sou capaz de obedecer-vos como se fosses meu próprio Criador... mas temo não ser capaz de realizar esta tarefa a contento...

— Pois eu não tenho a menor dúvida de que o sejas! Há quantos anos nos conhecemos, de Floyrac? Quantos momentos sangrentos enfrentamos juntos, e tantas vezes? Eu te observo desde então, e sei que posso contar contigo!

— Meu mestre, é preciso que me instruas com mais profundidade! O que devo fazer? A quem e de que maneira devo denunciar meus irmãos? Quando isso deve acontecer?

Jacques de Molay ergueu os olhos para o teto da capela, suspirando profundamente: depois, tomando-me as mãos, olhou-me e disse:

— Isso fica a teu cargo: quanto menos eu souber sobre teus atos, menor será o perigo de que a Inquisição me faça revelar o que não devo... já sabes que deves trair-nos; portanto, vai e faze o que tens a fazer. Eu nada te revelarei também de minhas ações previstas, para que tudo tenha o frescor da autenticidade, quando acontecer... nada quero saber de ti, e tu nada saberás de mim. É suficiente que não percamos de vista nosso fim: revelar apenas o que pode ser revelado, para salvaguardar o que nunca poderá tornar-se conhecido...

— Não entendo vosso plano, meu mestre, mas, se assim me ordenas, cumprirei fielmente tuas ordens... crês verdadeiramente que eu deva agir assim?

ESQUIN DE FLOYRAC

Jacques de Molay sorriu, tristemente:
— Em quem mais confiaria eu, meu irmão, se não em ti? És o único capaz de cumprir-me as ordens sem que elas sejam dadas, o único com iniciativa suficiente para preencher as lacunas do existente em busca do necessário. E tão mais perfeita será tua obra quanto mais acreditares em tua própria traição: dia virá em que te perceberás traindo sem hesitações, não em tua mente, mas em tua alma. Esse será o dia em que tua tarefa estará sendo cumprida da forma mais perfeita, porque não basta que não haja dúvida nos que te cercarem: é preciso que não haja dúvidas em ti. Oculta o fim a que nos propomos, e realiza por todos os meios o que te peço. Se um dia nos reencontrarmos, já no fim de nossa tarefa, que nos tratemos como verdadeiros inimigos: há de haver um lugar onde nossa amizade perdure, longe dos olhos alheios. Nesse dia, não tentes salvar-me, em hipótese alguma, nem tenhas pena de mim, e se te forem postos nas mãos os ferros com que se torturam os corpos, fere minha carne sem dó. Meus gritos de dor e terror serão o reconhecimento de que és perfeito, como eu te ordenei que fosses... e eu te tratarei como o pior dos homens, para que saibas que te amo mais do que a mim mesmo...

Não resisti mais: caí em pranto convulsivo, abraçando-me ao irmão querido de quem eu certamente seria algoz e carrasco. Nossa amizade antiga, nossa identidade de propósitos, todas as semelhanças que faziam de nós irmãos gêmeos, estavam em jogo nesse instante. Seria a última vez em que elas poderiam ser expressas de maneira franca e emocional: daí em diante, seríamos dois seres exclusivamente racionais, dispostos a tudo para salvar a Ordem, que era nosso lar e nosso motivo de existência.

O pranto correu livre, durante longo tempo: depois foi-se amainando, enquanto a verdade do que devíamos fazer nos tomava de corpo e alma. Conversamos muito, recordando nossas experiências em comum, reafirmando em nós a identidade que para o mundo deixaria de existir a partir daquele dia, simplesmente para mais e mais fortalecer-se dentro de cada um de nós. A luz do sol nascente atravessou as janelas coloridas da parede leste, enquanto a grande cúpula se tingiu de rosa nas arestas onde se apoiava sobre as grossas colunas de pedra. Era a hora de irmos: abraçamo-nos com força, como se quiséssemos misturar nossos corpos da mesma maneira que nossas almas já eram misturadas.

O FIM DO TEMPLO

   Havíamos perdido Matinas e Laudes, e, como todos os irmãos já estavam no refeitório, despedimo-nos e saímos um por cada porta, não sem antes nos abraçarmos mais uma vez, separando-nos com dificuldade. Eu ainda olhei para trás e vi o vulto coberto pelo manto, traçando silenciosamente seu caminho para o prédio onde ficava o Grão-Mestrado: eu, de minha parte, voltei ao dormitório, subindo a escadaria e cruzando o corredor em absoluto silêncio, atirando-me ao catre e chorando convulsivamente, desta vez na solidão dos abandonados, a quem nem mesmo as maiores certezas de bem-querença conseguem preencher.
   Mais tarde, nesse mesmo dia, antes que o sol se pusesse, saímos eu e Flavien do Grande Templo de Paris, traçando na direção inversa o caminho que até lá fizéramos. Minha alma constrangia mais e mais meu verdadeiro eu dentro da impostura que já começava a se estruturar dentro dela, e minha mente media todos os caminhos e possibilidades de realizar a tarefa ordenada com o máximo de sucesso o mais rapidamente possível, pois eu temia não ter forças suficientes para levar até o fim estas ações que eram a negação absoluta de minha verdadeira forma de ser, já que teria que me transformar em um outro que não sabia quem era, mas de quem certamente não gostava nem um pouco. Esta conspiração de um só, pois ninguém dela teria notícias a não ser através de seus resultados, era mais do que eu podia suportar, e não cabia verdadeiramente dentro de mim. De toda forma, era a decisão de meu mestre, irmão, amigo, o Jacques de Molay que eu aprendera a respeitar por sua lisura nos campos de batalha do *Outremer*, e eu tinha certeza de que a esta hora ele também estaria lutando contra seu próprio desejo de sobrevivência, pedindo a Deus que, se fosse possível, afastasse de suas mãos aquele cálice de amargor. Se me cabia o papel de Judas da Ordem, a ele caberia certamente o de Jesus, para sofrer na carne a mesma degradação que outros me imporiam em seus espíritos, e era preciso que vivêssemos à perfeição os papéis desta Paixão que soergueria a Ordem do Templo acima das procelas do destino visível. O mundo invisível de nossa decisão mútua nos colocava como as duas faces do Janus dos romanos, este mesmo aspecto divino da dualidade das coisas, permanentemente ligados um ao outro mesmo depois que nossa carne e ossos já tivessem retornado ao pó de onde haviam vindo.

ESQUIN DE FLOYRAC

Numa estalagem em Saint Martin, já que eu me recusara a pernoitar na Comendadoria da Ordem onde estivéramos na vinda, meu mutismo pareceu a Flavien um acesso prolongado de mau humor: deixei que assim pensasse. E, ao recolher-me ao leito, recordei-me do saco de veludo onde jaziam esquecidas as lâminas do Tarot que eu não mais consultara, desde minha chegada a Paris, preocupado com a insistência com que a carta dA Morte me aparecia. Ela se configurara como verdade absoluta: eu passaria por intensa mudança, tornando-me o que não era para que o que ainda era continuasse sendo, longe do alcance de nossos inimigos. Aceitei meu destino, principalmente depois que, embaralhando as lâminas, elas, à luz da vela, me revelaram a carta dO Mago, a primeira de todas, o *aleph* negro encimando a imagem colorida do funâmbulo de feira, manipulador do destino segundo sua própria capacidade. Essa, entre todas, era a carta que eu conhecia mais, por ter sido exatamente a primeira que me revelara algo, quando de minha juventude.

Capítulo 2

1261

Nenhum momento de minha vida enquanto jovem foi mais marcante que aquele em que meu pai, Bertran de Capestang, ordenou que eu fosse vê-lo em sua câmara, de onde não mais se movera desde que a doença que o havia de matar o derrubara. Meus irmãos e irmãs, todos mais velhos que eu, já tinham suas vidas definidas e dedicadas: um se havia feito frade, uma se entregara a Cristo como noiva, outros se dividiram entre o cavaleirismo e o trabalho na terra, tendo sido praticamente expulsos de casa tão logo seu destino e dever pessoais foram traçados. Eu, sendo o mais novo, ainda não tinha caminho determinado, e, ao receber o chamado de meu pai, segui confiante e esperançoso para a audiência. Meus trajes eram de certa qualidade, ainda que já usados por todos os meus irmãos mais velhos: roupas não se desperdiçavam nessa região, mesmo entre os senhores da terra e seus familiares, e os tamancos de madeira que colocávamos nos pés para pisar na terra enlameada protegiam nossos calçados e botas de couro, feitos pelo sapateiro da cidade de Béziers, Nazimus, não o único, mas certamente o melhor dentre os que lá havia. Passei os dedos pelos cabelos longos, único luxo que podia ter: a barba que homens adultos usavam não me fora ainda permitida, sendo eu obrigado a escanhoar-me diariamente, mas com certeza isso mudaria nesse dia, com o reconhecimento de que eu já me havia feito homem e, como tal, teria meu destino determinado por meu pai, segundo o costume. Não tinha como imaginar que o que meu pai me revelaria nesse dia fosse um caminho irrecusável: se pudesse rejeitá-lo, hoje já não sei se o faria, mas à época essa recusa foi o que desejei, violentamente, com toda a força de minha alma jovem e inculta.

A casa do baronato de Capestang, construída em arcos romanos feitos de pedra, era térrea e ancha, uma longa sucessão de edificações espalhadas por uma grande extensão de terreno em uma colina. Ali, certamente houvera edifício mais antigo, e, como era comum nessa região, sobre as ruínas romanas do passado sempre se erguia o novo, com ar de velho, e que envelheceria mais ainda no correr dos anos, sob os efeitos da Natureza. Os edifícios se desdobravam em semicírculo uns após outros, com os estábulos, cavalariças e leiteria em uma ponta, e os celeiros na outra. Na casa principal, ao centro, ficavam os únicos aposentos de segundo andar, num amplo jirau apoiado em grossas vigas de carvalho embatumado, ao qual se chegava por escadaria de grande largura: lá, ficavam o quarto dos filhos e o quarto das filhas, separados por pesada parede de madeira, sem comunicação entre si. No andar de baixo, cercados pela pesada escada dupla, ficavam os aposentos de meu pai, que ali exercia seus afazeres quase litúrgicos de grão-senhor do território, recebendo aqueles com quem tinha maior intimidade: para os menos íntimos, era usado o salão contíguo à sala de refeições, da qual se via permanentemente a cozinha escura e enfumaçada.

Deixei meus tamancos à porta da cozinha e atravessei-a, brincando com todos os empregados e escravos que ali estavam, imitando a voz de um, o andar de outro, os olhos vesgos de um terceiro, o tremor das pernas de um quarto, criando verdadeira excitação e alegria à minha passagem. Eu nascera com esse talento: meu senso de observação e minha atenção precisa permitiam, com um mínimo de esforço, que eu notasse e guardasse os detalhes essenciais que diferem uma pessoa de outra, imitando-os a seguir com grande perfeição, no corpo, na voz, nos gestos, no ritmo do andar. Não havia quem não se divertisse com isso, exceto meu pai, homem sério e fechado, que detestava saber-me menos sério que ele próprio. Por isso, alcançando a porta quadrada cercada pelos dois lances da escadaria, me recompus, aliviando minha face e corpo de tudo que não fosse eu mesmo, batendo com cuidado nas largas tábuas, atrás das quais estava meu destino.

Quando a abri, estranhei: esperava ver meu pai sozinho, na grande cama de madeira escura. À minha frente, no entanto, estava o que se chama de conselho familiar: um senhor de terras como meu pai nada fazia por sua vontade pessoal, pelo menos na aparência. Sendo o primeiro entre todos, ainda assim levava em conta as mais diversas opiniões, quando o assunto o exigia, e eu percebi a seriedade do momento ao ver minha mãe Louise, os olhos muito abertos, ao lado de meu pai, de meus dois irmãos mais velhos e de seu senescal, cercados por seu camareiro e seu copeiro, além do frade dominicano que residia nos fundos da capela da herdade. Meu corpo ficou subitamente gelado, quando percebi que a reunião seria mais definitiva do que eu mesmo esperava. Meus irmãos Raymond e Yves, os dois mais velhos, já tinham suas pequenas herdades a alguma distância de nós, em terras que meu pai lhes doara na planície de Carcassone, e só nos visitavam em ocasiões muito especiais. Esta era uma delas, certamente: eu não os vira chegar, e sequer percebera a movimentação desse conselho, provavelmente por falta de atenção de minha parte.

Olhei para meu pai, vendo que ele se tornara uma pálida sombra do homem que fora, antes que a insidiosa doença o prostrasse: os cabelos e a barba estavam mais que grisalhos, havendo muito menos fios negros que brancos, mas os olhos encovados ainda brilhavam no meio da face subitamente enrugada. Esses olhos se fixaram em mim com a mesma dureza de sempre, só que desta vez havia neles alguma coisa a mais, que eu não soube definir o que era. Aproximei-me do leito e, ajoelhando com minha perna esquerda, tomei a mão de meu pai e a beijei, recebendo-a logo após sobre a cabeça, percebendo-a fria e trêmula. A voz grave de meu pai também estava trêmula, um fio do que antes fora, e ele me disse:

— Esquin, chegou a hora em que ambos teremos que enfrentar nosso destino: desejando fazê-lo em paz, mandei chamar a todos para que testemunhem minhas últimas vontades, a ti principalmente, porque hoje teu futuro também precisa ser determinado. Para isso, é preciso que conheças a verdade.

Senti um arrepio: essa palavra, verdade, raramente era usada entre nós, mormente quando forçados a uma confissão na capela, para livrar-nos das perorações do dominicano Frei Marey e dos intermináveis rosários a ser rezados sem interrupção. Os olhos de todos estavam postos em mim, como se apenas eu não soubesse o que me seria dito por esse pai moribundo, pretendendo nessa hora final limpar de seu caminho para o Paraíso tudo o que pudesse empaná-lo:

— Ouve o que te direi com paciência e perdão, filho: o que fiz foi para o teu bem...

Os olhos de meu pai se marejaram: eu nunca tinha visto isso. O poderoso Barão de Capestang, baluarte desse Languedoc onde vivíamos, que só se curvava a Deus e ao Visconde de Béziers, nessa ordem, finalmente demonstrava sua humanidade, diligentemente oculta durante toda a sua vida. Sua mão apertou a minha com toda a força de que ainda dispunha, e que não era muita:

— Tenho Deus por testemunha de que sempre te tratei como meu filho direto: mas tu não o és. O sangue dos de Capestang corre em tuas veias, mas não por minha causa. Tu és filho de minha irmã Bérenice, que te entregou a nossos cuidados quando ainda eras recém-nascido. És meu filho em segundo grau, meu sobrinho, e teus direitos de proprietário estão assegurados: a herdade de Floyrac, que teu pai recebeu quando se casou com tua mãe, é tua por direito, e se quiseres tomar posse dela imediatamente, podes fazê-lo. Todos aqui são testemunhas de que te reconheço como herdeiro desse dote, e se quiseres ir-te daqui e começar tua vida adulta em tua propriedade, a decisão é tua. Minha vontade é que aguardes meu passamento, que não deve tardar muito, mas se resolveres outra coisa, saberei entender.

Fiquei pasmo, hirto, mudo: nada houvera em minha vida que indicasse qualquer diferença entre mim e os filhos verdadeiros de meu pai. Ele sempre nos tratara a todos com a mesma imparcialidade, exigindo-nos comportamento irrepreensível em nome de sua linhagem, e eu não entendia por que motivos ele devesse ter-me ocultado a verdade sobre meu nascimento: pois se nesta mesma casa senhorial havia inúmeros primos e primas, sobrinhos e sobrinhas, parentes de todos os graus, e havíamos crescido juntos na medida exata do que era possível, sem que houvesse qualquer diferença entre nós. Os motivos desse engano eram o mais importante, e tive certeza disso quando meu pai, erguendo-se a meio sobre os travesseiros, não sem pouco esforço, ergueu a voz:

— Que saiam todos que não forem da família!

O senescal, o camareiro, o copeiro, até mesmo Frei Marey hesitaram, antes de perceber que era a eles que meu pai se dirigia: ele usara a palavra família no sentido estrito, e quando a porta se cerrou por trás de suas costas, meu pai novamente se recostou nos travesseiros, a face febril:

— Tua mãe foi dada como esposa a Jean-Marc de Villefranche, cavaleiro dessa região a noroeste de nós, que se estabeleceu aqui em Béziers com a concessão do moinho de uvas e olivas, para que o administrasse e cobrasse tributos por seu uso. Teu pai não se interessava muito pela lida na terra, deixando mesmo a propriedade de Floyrac para que um seu senescal dela cuidasse. A casa de teu pai e tua mãe ainda pode ser vista na praça central de Béziers, a poucos passos dos fundos da matriz, ao lado do lagar: foi lá que nasceste, logo depois que teu pai foi para a Terra Santa, antes que tua mãe partisse para Montségur.

Quando o nome dessa fortaleza foi dito, minha mãe e meus irmãos se entreolharam, sobrecenhos franzidos, fazendo-me pensar se não seria esse o fulcro dos segredos que meu pai estava por revelar-me:

— Tua mãe se uniu aos cátaros.

Louise, a mulher de meu pai, a quem eu sempre considerara como sendo minha mãe, persignou-se rapidamente, com ar de desespero, e meus irmãos fixaram seus olhares em mim, um deles com pena, com asco o outro. Eu, de minha parte, estava boquiaberto, tomado pelo rodamoinho de emoções violentas que girava cada vez mais rápido em meu interior. Em algum momento ele se ergueria, e talvez explodisse para fora de mim, mas não antes que eu soubesse tudo o que meu pai me pretendia dizer:

— Passaram por Béziers e Capestang em seu caminho final para Montségur, e tua mãe, recém-parida e abandonada por teu pai cruzado, se encantou com o que considerou a única maneira de ser verdadeiramente cristã. Vendo que já estavas forte, ela te deixou em nossa casa, e partiu para Montségur, o último baluarte cátaro do Languedoc, ajuntando-se a eles durante a trégua de março de 1244, pretendendo tornar-se mais uma *perfeita* entre os cátaros.

ESQUIN DE FLOYRAC

Uma tosse violenta sacudiu meu pai, que, depois de tomar um gole de água, a respiração ainda opressa, continuou:

— Era um risco imenso: nossa família já tinha sido praticamente dizimada no ataque cruzado aos cátaros de Albi e Béziers, e nosso avô havia feito um juramento solene de manter a família o mais longe possível do catarismo, preservando o nome e as propriedades dos de Béziers-Capestang. O que tua mãe fez foi uma quebra de juramento familiar: mas como nada tinhas com isso, e para livrar-te e a nós mesmos de possíveis danos futuros, apresentei-te a todos como meu filho quando chegou a hora. E assim foste criado.

— Fala baixo, meu senhor Bertran! — Louise tocou-lhe a fronte com a mão. — Nunca se sabe quem nos ouve por trás das portas! Frei Marey pode estar escutando e anotando o que dizes, para depois denunciar-nos a seus irmãos dominicanos!

Raymond, meu irmão, dirigiu-se à porta e a abriu com um repelão: do lado de fora não havia ninguém. Em meu peito, o coração batia doidamente: eu não entendia de onde nascia o medo que via no rosto de todos. Meu pai continuou, um pouco mais baixo:

— O Conde de Toulouse, Raymond VII, ao ser excomungado pelo Papa por apoiar os cátaros, exigiu um concílio não só para restabelecer a posse sobre suas terras, mas também para devolver a seus bispos cátaros a autoridade que o Papa lhes tirara. Nós, vassalos do Conde, estávamos na mesmíssima situação, porque lhe devíamos obediência, e portanto éramos também encarados como hereges. O Papa nada quis com ele, e nomeou como senescal de Carcassone a Hugo des Arcis, que se juntou ao arcebispo papista de Narbonne, organizando ambos o cerco a Montségur. Durante dez meses, os cátaros, quase em estado de inanição, esperaram a ajuda do Conde de Toulouse, que lhes mandava mensagens secretas diárias, anunciando um apoio que nunca se concretizou.

Meu pai respirou fundo, o catarro borbulhando em seu peito, e continuou:

— Uma imensa tropa de cruzados se uniu à Igreja de Roma para atacar Montségur. Lá, havia cavaleiros de todas as Ordens, com exceção dos cavaleiros do Templo, os únicos que se recusaram a participar do massacre. Foi um terror continuado, e até Março do ano seguinte mantiveram o cerco a Montségur. Nesse mês, o Rei Luís IX lhes concedeu uma trégua, esperando que os cátaros abjurassem de sua fé em troca da liberdade. Não aconteceu assim: cátaros de todo o país se dirigiram a Montségur para unir-se a seus irmãos, aumentando em muito o número dos que lá estavam. O ataque recrudesceu, e as tropas comandadas pelos dominicanos Ferrier e Duranti finalmente conseguiram invadir a fortaleza. Tua mãe foi uma das prisioneiras deles, e certamente estava entre os duzentos e cinqüenta *perfeitos* que foram queimados a 16 de Maio, cercando o bispo Bertrand Marty. Morreram todos cantando, em meio às chamas, defendendo sua crença.

Mais um suspiro fundo, e os olhos de meu pai se cerraram: acreditei que ele tivesse terminado, mas, sem abrir os olhos, ele continuou:

— Nos quatro anos seguintes, fomos invadidos pelos frades dominicanos da Inquisição, prontos a queimar quem quer que desse sinais de heresia. Eu mesmo, sendo vassalo de Raymond VII, tive que aceitar em casa um deles, a pretexto de cuidar da alma de minha família e meus servos, mas na verdade apenas um espião que pretendia certificar-se de que meu juramento de fidelidade a Roma não ocultava catarismo...

Bertran de Capestang ergueu um punho magro e descarnado para o céu:

— Cães do Senhor! *Domini Canes*, é assim que são conhecidos!

Minha mãe tampou-lhe a boca com as mãos, desesperada:

— Cala-te, Bertran!

Os olhos de meu pai, por sobre as mãos dela, mostravam-se como tinham sido antes, vivos, severos, cheios de fogo, mas logo esse fogo se amainou, e eles voltaram a ser os olhos de um velho doente:

— Em tantas casas senhoriais isso aconteceu, até que o Conde de Toulouse, finalmente vencido, entregou-se à misericórdia do Rei Luís, que imediatamente tomou posse do Languedoc, unindo-nos ao Reino de França. Hoje, somos vassalos do rei, e essa é a única forma que temos de sobreviver, obedecendo a seus ditames e doando a maior parte de nossos lucros para que os Cruzados combatam os *mam'luqs* de Baibars, o flagelo dos francos na Terra Santa!

Um incontrolável acesso de tosse sacudiu o corpo de meu pai, e ele caiu para trás nas almofadas do leito, a face cianosa, os olhos esbugalhados, só voltando a respirar, ainda assim com muita dificuldade, depois de um tempo que me pareceu imenso. Minha mãe, acudindo-o, tremia de terror, mas quando eu me aproximei dele para tocar-lhe a face, ela gritou:

— Sai daqui! Eu cuido dele!

Eu já conhecia os acessos de raiva de Louise de Capestang, mas esse me pareceu diferente, talvez porque eu agora já soubesse que ela não era minha verdadeira mãe, seus olhos com uma ponta de perfídia que eu não soube entender. Afastei-me, andando para trás, sem tirar os olhos do vulto do senhor Bertran, o poderoso Barão de Capestang, agora apenas um trapo nas mãos descarnadas da Morte, que se aproximava celeremente.

Não procurei a companhia de ninguém nas horas seguintes: enfurnei-me na leiteria, onde o cheiro de leite azedo e do estrume das vacas era mais agradável que o odor apodrecido que sentira no quarto de meu pai. Quando horas mais tarde ouvi os gritos que vinham da casa senhorial, soube que ele tinha partido, e que agora eu poderia ir em busca de meu próprio lugar, tornando-me senhor de minhas terras nessa Floyrac de que nunca tinha ouvido falar. Ergui-me do canto onde tinha me acocorado, olhando o mundo através das pernas das vacas leiteiras, e me dirigi à casa-grande para prestar as últimas homenagens àquele que tinha sido meu pai durante toda a minha vida.

Quando cheguei à porta da casa, ela se abriu e dei de cara com meus dois irmãos, Raymond e Yves, ambos com um ar de superioridade em suas faces rubras, e Raymond, pondo-me a mão espalmada no peito, gritou:

— Onde pensas que vais, filho de cátara?

E Yves o secundou:

— Não tens nada a fazer aqui dentro! Queres que chame Frei Marey para que te denuncie como herege? É pra já!

Yves ia se virando para dentro da casa, quando Raymond, segurando-lhe o braço, disse:

— Calma, irmão: o filho de cátara não há de querer perder a vida por tão pouco... basta que saia daqui com aquilo que trouxe quando veio ao mundo, ou seja: nada! E bem depressa!

— Quero ver meu pai!

O FIM DO TEMPLO

Yves mordeu os lábios, num muxoxo:

— Pai? Aqui não tens nenhum pai! Teu verdadeiro pai te abandonou, como se fosses um bastardo! Quem sabe não o és?

Eu estava em estado de absoluta incompreensão ante suas ofensas sem motivo: o que desejavam de mim, que eu desaparecesse de suas vistas? Eu aceitava sair de perto deles, mas antes deveria levar o que me pertencia:

— Quero a escritura da propriedade de Floyrac! Vosso pai disse claramente que ela é minha herança!

Raymond gargalhou, empurrando-me com força para trás:

— Nada tens, nada possuis, bastardo! Ninguém aqui ouviu nada sobre isso! Nosso pai está morto, e tudo que lhe pertencia agora é nosso! Sai daqui, antes que te mandemos prender!

O empurrão de Raymond me fez cair sentado sobre uma poça de lama, o que deflagrou nos dois um frouxo de riso tão violento quanto cruel. Meus olhos se toldaram de raiva, mas eu nada podia contra eles, que eram agora os senhores de Capestang, onde não havia mais lugar para mim. Ergui-me, desacorçoado, e quando virei as costas, Yves, sem hesitar, meteu-me a bota no traseiro, fazendo-me cair de cara na lama, que me respingou todo, fazendo-os rir ainda mais. Sua infinita cobiça os levava a essas atitudes incontroláveis, e a mim só restou erguer-me e afastar-me de seu alcance o mais depressa possível. Tomei o rumo da saída da propriedade, sendo ainda atingido por pedras que me atiraram, e depois pelos cães que atiçaram em meu encalço, obrigando-me a correr para não ser mordido por eles.

Meu estado físico era lamentável, pois estava coberto de lama, havia perdido primeiro um e logo o outro dos tamancos que protegiam as minhas botas, que se encharcaram no caminho enlameado, minha cara e cabelos cobertos de barro malcheiroso, fazendo de mim uma figura verdadeiramente nojenta. Perto de minha alma, no entanto, meu físico era de rara beleza: o ódio que me envenenava por dentro fazia com que minha cabeça pulsasse, e eu via luzes brancas que refletiam cada espasmo de meu sangue. Não havia como entender o que se passara tão rapidamente: cheguei a pensar em voltar e novamente exigir o que me pertencia, depois de alguns dias, quando a violenta emoção já tivesse passado. Logo percebi que isso nunca aconteceria, a não ser que eu conseguisse o apoio de um senhor mais forte que os de Capestang, que eu pensara ser a minha família: sem isso, não havia o que eu pudesse fazer. Raymond e Yves eram conhecidos como sujeitos de maus bofes, capazes de qualquer atitude para defender aquilo que chamavam de "nosso direito de senhores da terra": se nunca haviam recuado ante nada, por que recuariam ante mim?

A tarde foi terminando, enquanto eu tropeçava, cego de ódio, pela estradinha de terra: para completar meu desacerto, começou a chover, grossas bagas que logo se transformaram em caudal descido dos céus, caindo sobre minha cabeça e empapando-me, enquanto eu andava catacego pelo caminho de que não via à frente mais que uma ou duas braças. Não sabia se via menos por causa da chuva ou das lágrimas que me enchiam os olhos, travadas na garganta e me oprimindo o peito: de repente, uma sombra mais escura à frente me mostrou que eu tinha chegado à aldeia de Capestang, cuja primeira rua atravessei, saindo na praça deserta e acinzentada pela chuva torrencial, e cada vez mais escura, porque a noite caía célere, auxiliada pela escuridão das nuvens no céu.

A tempestade se transformou em flagelo, e uma torrente enlameada veio por trás de mim, arrastando lama e pedaços de árvore, tirando-me o chão de debaixo dos pés e empurrando-me, a princípio de pé e depois sentado e aos gritos, para o outro lado da praça, onde uma mão poderosa me tirou de dentro da lama e me ergueu até a calçada de pedra, logo depois atirando-me para dentro de um aposento e fechando a porta, o que me deixou em total escuridão. Lá fora, a tempestade rugia, e quando uma vela se acendeu, reconheci o lugar onde estava: era a oficina de Nazimus, o sapateiro da aldeia, que me havia tirado de dentro da torrente de lama e me colocado em segurança. Ele me olhava com espanto divertido, mas, ao ver meu ar de desespero, fechou o sobrecenho e me perguntou, enquanto secava com um pano a água que teimava em entrar na sua oficina por baixo da porta:

— O jovem senhor de Capestang está perdido? As botas que usa estão...

Dei um grito violento, soltando de vez toda a raiva e frustração de que estava repleto, fazendo com que Nazimus arregalasse os olhos, por sob as hirsutas sobrancelhas, tão despenteadas quanto o bigode que lhe escondia a boca. O cabelo não estava molhado, mas o bico-de-viúva que ele tinha por sobre a testa marcava mais ainda as profundas entradas de sua cabeleira crespa. O eterno avental de couro cru, marcado por anos e anos de uso, era para mim parte de seu corpo, já que eu nunca o vira sem ele, e do bolso que ficava na parte da frente despontava o cabo das sovelas e martelos que ele usava em seu mister. Nazimus, um homem pequeno mas de extremidades muito longas, segurou-me firmemente pelo cotovelo, puxando-me para o fundo da oficina, onde dois aposentos contíguos davam para um pequeno pátio aberto, no qual vicejava uma horta. Ele me sentou em um banco de sola, e eu enfiei a cabeça entre as mãos, escondendo o rosto enquanto soluçava.

Nazimus teve toda a paciência do mundo: esperou que minha emoção rompesse os diques de meu peito e se esvaísse por inteiro antes de dizer-me qualquer coisa. No fogo do aposento seguinte havia um caldeirão que fumegava, recendendo a couve, e quando meus urros se transformaram em soluços, ele me estendeu uma escudela cheia de líquido quente, dizendo-me:

— Toma isto: melhor sofrer de estômago cheio...

Pensei em recusar, mas o cheiro era tão bom que acabei tomando grandes goles e esvaziando a escudela rapidamente, antes mesmo que Nazimus me estendesse um pedaço de pão escuro, que acabei comendo a seco. Quando ele me viu alimentado, com as roupas já secando, sentou-se à minha frente, apanhando um par de meias grossas às quais cosia duas solas de couro, e seguiu com seu trabalho, enquanto me perguntava:

— O que te aconteceu, senhorzinho de Capestang?

— Nazimus, por tudo que te é mais sagrado, não me chames nunca mais por esse nome! Eu o abomino e abjuro!

O sapateiro me conhecia bem, e percebeu não ser minha frase mais um dos meus rompantes de menino: várias vezes freqüentara sua oficina enquanto crescia, fascinado por sua diligência no trato com os materiais de que dispunha, por sua habilidade de artesão e por seu silêncio inacreditavelmente calmo e tranqüilo, que também me acalmava e tranqüilizava. Desta vez não foi diferente: ele nada perguntou, voltando a perfurar as solas pela borda, para que pelos furos pudesse passar o cordão de couro que as uniria ao grosso tecido das meias, uma delas lisa, e a outra, listrada de branco e preto. Minha atenção foi-se desviando de minhas mazelas de espírito, e quando percebi, a tempestade já havia passado, as solas estavam completamente furadas, e minha boca não se achava mais tão amarga quanto no momento em que ali chegara. Quando percebi isso, e pude olhar o que me acontecera sem sentir novamente o nó na garganta, comecei lentamente a contar-lhe os fatos do dia, revelando-lhe meu desespero e minha vergonha.

    Nazimus a tudo ouviu, sem nem um comentário: ele me conhecia suficientemente para saber que o que eu menos desejava nesse instante era algum conselho benfazejo, mas também não estava disposto a acentuar-me o ódio com qualquer comentário mais impulsivo, como seria de esperar. Era um sujeito interessante, aquele Nazimus: nunca o vira curvar-se além da conta para ninguém, mas também nunca soubera que enfrentasse qualquer um por qualquer disputa. Fazia seu trabalho, recebia o que pedia, cumpria suas obrigações de vilão, pagava os tributos, freqüentava as festas religiosas e profanas, e de vez em quando saía para pescar na vila de Méze, uma aldeia de pescadores na parte interna do Étang de Thau, região sob o domínio do Visconde de Montpellier, que enriquecia dia a dia com a fartura da pesca em sua região. No caso de Nazimus, a pesca era prazer, e ele se entregava a ela, e também à colheita de ostras, como um local, apenas para poder trazer para Capestang, em sua carroça, alguns peixes que cozinhava com verdadeiro respeito, ainda que dissesse terem eles muito melhor sabor quando comidos exatamente onde haviam sido pescados.

    Quando terminei a minha irada narrativa, Nazimus se ergueu do banco onde sentara e foi avivar as chamas do fogo, que servia de forja, lareira e fogão, não se apagando nunca. Ficou algum tempo atiçando as brasas, até que elas novamente gerassem pequenas chamas, e depois voltou-se para mim, sentando-se e me fixando com seus olhos muito negros, a boca de cantos caídos, as mãos calosas descansando placidamente sobre o avental enodoado:

— Tua boa índole fez de ti um crédulo, desses que acham que todos os homens são bons e que nunca mentem... a eles só interessam as propriedades, cuja acumulação não garante nunca a qualidade do caráter do proprietário, ainda que o desenvolvimento do caráter seja impossível sem alguma propriedade. Criança como és, o que farias com a posse do que é teu por direito de sangue? Assim pensaram eles: se ele tomar posse do que é dele, logo a perderá. Melhor que fique em mãos que dela sabem tirar o melhor. O Barão de Capestang nunca pensou em nada a não ser deixar para os filhos o maior número de propriedades possível, em vez de legar-lhes alguma virtude, um bom e sólido nome, uma reputação ilibada, que são as únicas que duram para sempre. Se ele tivesse tido com o desenvolvimento do caráter de seus filhos metade da preocupação que teve com a acumulação de terras, como seriam melhores do que são! A maior das propriedades pode ser tomada de uma criança, mas a virtude estará sempre com ela, não importa quanto tempo passe ou que catástrofes a Natureza venha a causar. É o teu caso, menos pela criação que tiveste que pela tua bondade natural, essa mesma que te levou a este momento ridículo que acabaste de viver...

Eu me sentia passado de vergonha, porque agora via que meus irmãos teriam sempre grande dificuldade em pensar o mundo a não ser em termos de poder, riqueza e posses. Nazimus continuou:

— Como pudeste achar que agiriam de outra maneira? Pois se o próprio Barão só na hora da morte confessou a usurpação de tua herança, certamente buscando perdão através do arrependimento... se não tivesse caído doente, nunca saberias dela... os filhos são aquilo que o pai e a mãe fizeram deles, e como o material já não era de grande valor inicial, deram no que deram. Pois te esqueceste de como foste tratado por eles? Se nunca te trataram bem enquanto te acreditavam irmão, por que não fariam o que fizeram assim que te descobriram apenas primo?

Era lógico o que Nazimus me dizia; meus dois irmãos nunca me haviam tratado nem com cortesia nem com amor fraternal. Eu devia ser mesmo um grande idiota ao pensar que poderia tomar posse do que era meu sem que eles reagissem. Imenso arrependimento me assomou: por que não aceitara a oferta de meu pai imediatamente, saindo de seu controle com a posse legítima de Floyrac antes que ele morresse? Minha delicadeza natural, meu respeito ao homem que me criara, me haviam impedido de pensar em mim antes de qualquer um, e eu pagava o preço de minha estupidez:

— E o que farei agora, Nazimus? A quem devo recorrer? Quem pode me ajudar a retomar o que me pertence?

— Correção: o que te pertenceria se fosses proprietário... acho que hoje o que não tens é exatamente aquilo que não era para ser teu. És bem o tipo de gente que, em vez de herdar, faz imensa fortuna com as próprias mãos. Não achas isso bem melhor?

— Mas a justiça...

Nazimus bateu as palmas das mãos sobre o avental, com um alto ruído estalado:

— Ora, a justiça... a qual delas te referes?

— A da lei?

— Só seria possível se houvesse sabedoria: não havendo, será sempre a imposição do direito do mais forte sobre o mais fraco. Havendo justiça das leis, um juiz não precisaria ouvir nem advogados nem testemunhas, bastando-lhe estudar a causa em si, para dela tirar a sentença mais justa. O que está em conformidade com a justiça deveria estar em conformidade com as leis, mas infelizmente não é assim que o mundo gira...

— Então, a de Deus?

Nazimus sorriu amargamente:

— A Justiça, dizem, é a própria idéia de Deus, e portanto uma regra de conduta escrita na própria natureza da Humanidade. Infelizmente, esta verdade foi esquecida faz tempo, e os homens entre os quais vivemos sequer se recordam dela, dando importância apenas às leis imperfeitas que inventaram para substituir a perfeita lei natural que nos era comum a todos... portanto, só nos resta aguardar o encontro final com Deus, para entender de que maneira Sua justiça acontece... estás preparado para aguardar até o dia de tua morte, e finalmente conseguir justiça divina?

Eu tinha pressa, tanto por minhas emoções quanto por minha idade: a morte certa não me era nem um pouco íntima, nesse momento. Olhei bem para Nazimus, os cabelos a cada instante mais crespos, e decidi:

— A minha própria?

Nazimus sorriu:

— Interessante a tua escolha: pretendes impor ao mundo aquilo que te interesse, sem sequer te preocupares se interessa aos outros? E de que modo pretendes fazer isto?

O FIM DO TEMPLO

Embatuquei: na verdade, eu já nem sabia mais do que estávamos falando, meus olhos e corpo cansados pelos acontecimentos do dia. A tempestade lá fora se transformara em chuvinha miúda, daquela que empapa as roupas e os corpos, e pelo jeito assim seguiria pela noite e madrugada adentro. Não pude conter um bocejo, e Nazimus, percebendo meu sono, ergueu-me do banco de sola onde eu me derreara, levando-me para o fundo de sua oficina, onde ficava a cocheira do cavalo que puxava a sua carroça. Um jirau ao alto dela servia para guardar palha e forragem, e foi para lá que ele me dirigiu, tirando a escada depois que eu subi e ocultando-a sob alguns arreios que estavam ao chão. Intrigado com isso, perguntei-lhe:

— Crês que eu pretenda fugir, sapateiro?

— Creio que não pretendas ser encontrado... se não existe escada, ninguém pode subir, e se ninguém pode subir, quem pode se ocultar aí em cima? Dorme em paz e descansa o mais que puderes: amanhã venho te acordar e planejar contigo o que faremos do resto de teus dias.

A luz da candeia se afastou com Nazimus, e eu fiquei no jirau sobre a palha fresca, sentindo o cheiro da poeira e percebendo com o canto do olho o brilho fosco do lume, que lentamente foi-se apagando, junto com o fechamento de meus olhos. Nas primeiras horas da manhã; acordei estremunhado, com Nazimus me sacudindo e dizendo:

— A coisa está pior do que eu pensava... teus primos botaram gente para te procurar, porque decerto temem que reveles sua manobra infame. Há arautos da herdade de Capestang rodando pela cidade a avisar que se alguém te der abrigo enfrentará a ira dos de Capestang junto contigo. A tempestade de ontem foi severa, mas de certa forma pode nos ajudar: o rio transbordou, e há quem suponha teres sido carregado por ele... se pelo menos surgir algum corpo que sirva para iludi-los... creio que deverias tirar as tuas roupas para que eu as largue pelo caminho da enxurrada, esperando que te creiam morto. Depois disso, teremos apenas alguns dias de espera para que eu te tire daqui: neste próximo domingo devo ir ao Étang de Thau pescar e visitar minha família, e quero aproveitar a carroça para te levar o mais longe possível de Capestang...

Desci a escada e fui-me despindo dos trajes bastante estragados pela chuva, ficando completamente nu, encolhido de frio. Nazimus observou as roupas enlameadas e acenou com satisfação:

— Estão perfeitas para o fim a que se destinam: eu as rasgarei um pouco e sujarei com o sangue de um porco que matei ontem, largando-as na beira de alguma trilha. Quando as encontrarem, certamente pensarão que alguma matilha de lobos te destroçou, e poderei te levar daqui mais tranqüilamente.

Minha preocupação era outra, e eu disse a Nazimus:

— Sapateiro, se me levares daqui, como viverei? Nada sei fazer, não conheço nenhum ofício, nem mesmo o de mendigar. Sou um estúpido nobre sem valor nem talento... por que queres que eu morra de fome? Minha presença te desagrada tanto?

Nazimus me olhou seriamente, por um tempo, e depois me disse:

— Como podes pensar assim? Não te dei abrigo sem nem mesmo saber o que te acontecera? Minha preocupação é com tua integridade: preciso te afastar dos de Capestang o mais depressa possível, para que se esqueçam de ti. A perda de tua propriedade é preço bem baixo para permaneceres vivo, não achas?

— Não entendo do que falas, Nazimus...

— Como posso pensar em te manter comigo? Se te reconhecerem, teremos dois problemas em vez de um, o teu e o meu, pois passarei a ser inimigo dos de Capestang, e aí mesmo é que não te serei de nenhuma utilidade...

Nazimus saiu de minha frente, para avivar o fogo, certamente querendo aproveitar esses momentos para pensar sobre o problema em que eu me transformara: ele não tinha espírito capaz de me abandonar à minha própria sorte. Me encolhi, ainda sem roupas, tiritando no frio da manhã, e pensei se não conseguiria me tornar alguém bem diferente de mim. Um nobre sempre é mais reconhecido por suas roupas, seu porte e atavios do que propriamente por suas feições, e eu por diversas vezes já experimentara transformar-me em outras pessoas, enganando a todos em diversas brincadeiras na propriedade em que vivera: se fizera isso durante pouco tempo, o que me impediria de fazê-lo por tempo mais longo, abandonando a aparência que tinha e me tornando outra pessoa? Pus-me então a imaginar essa criatura em que me transformaria: meus cabelos deveriam ser cortados bem rentes, minha barba ainda incipiente deveria deixar de ser raspada, meu andar confiante deveria tornar-se hesitante, minha postura ereta de fidalgo deveria transformar-se na permanente curvatura submissa dos pobres camponeses... quem sabe um pé ou uma mão tortos não me ajudassem a melhor promover tal impostura, ou até mesmo uma corcunda... minha boca deveria deixar de sorrir, meus olhos deveriam ser mantidos sempre baixos, meus dentes escurecidos com alguma substância que tingisse seu esmalte, provavelmente a mesma com que tornaria minha pele opaca e encardida, e as roupas deveriam ser usadas, velhas, desbotadas, sem cor, provavelmente um tanto fedorentas, para que ninguém se sentisse à vontade muito perto de mim... mas mais do que tudo isto, meu verdadeiro espírito deveria ser ocultado no mais profundo de mim mesmo, para que essa nova criatura nada tivesse de remotamente parecido comigo, garantindo-me a sobrevivência até que eu pudesse tornar-me responsável por mim mesmo, longe do alcance dos malditos primos que me haviam roubado.

Quanto mais eu pensava nisso, melhor me parecia a idéia: se havia alguma certeza em mim, essa era a única de que podia pensar em me orgulhar. Eu certamente poderia ser outro homem, se o quisesse, e teria grande prazer em enganar a todos que me vissem e comigo se encontrassem, sabendo algo que nenhum deles conhecia, sendo tal segredo a minha garantia de sobrevivência.

Nazimus voltou para o celeiro, carregando uma trouxa de roupas quase que em trapos, jogando-a em minha direção para que eu dali tirasse alguma coisa com que me cobrisse. Fiquei fuçando entre os panos e acabei por escolher um par de calções muito sujos e uma túnica esburacada, mas feita de pano grosso e capaz de me proteger do frio. Nos pés, eu certamente usaria um par de tamancos de madeira, como faziam os menos aquinhoados pela riqueza em nossa região, usando-os tanto fora quanto dentro de casa, fazendo do ruído dos tamancos o ritmo diário de toda a aldeia. Encontrei também uma meia capa com capuz, que certamente me serviria não só como proteção em dias de frio intenso, como também para ocultar-me ainda melhor a face, e um pequeno capuz de couro bastante deteriorado que me serviria para cobrir a cabeça, dando a ela um formato bastante diferente da minha.

Nazimus olhou com atenção a minha escolha, feita com extremo cuidado, e acabou por sorrir, dizendo:

— Tanto escolheste e acabaste ficando com o que há de pior, nesse monte... os nobres não sabem nem mesmo escolher o que vestir.

Ele riu de seu comentário, e eu também, ainda que por razões completamente diferentes. O dia passou, e eu fiquei apenas com os calções e a túnica, enquanto Nazimus me ensinava os rudimentos da arte de cortar o couro. Duas vezes, pessoas se aproximaram da oficina, e duas vezes eu saltei para o seu interior, ocultando-me da melhor maneira possível, acabando por ficar apenas na sala do fundo, ao lado do fogo, diligentemente traçando e recortando pedaços de couro a partir de matrizes de madeira muito antigas que Nazimus me havia posto à disposição, junto com uma faquinha um tanto cega. O trabalho repetitivo me permitiu elaborar cada vez melhor dentro de mim aquele sujeito em que eu me tornaria, pretendendo fazê-lo imediatamente, para que Nazimus se tranqüilizasse quanto à minha presença. Voltei ao monte de roupas velhas, quando ele saiu para entregar alguns trabalhos feitos, e, às suas ocultas, selecionei outros trajes, com os quais tentaria convencê-lo de que eu não era eu, garantindo minha permanência junto a ele, único ser humano em que nesse momento eu me permitia confiar.

Na manhã seguinte, assim que os primeiros pássaros cantaram, ergui-me de meu leito no alto do jirau e, vestindo os trajes que ocultara, transformei-me na figura com que chegara a sonhar, movido por minha imensa vontade de ser outra pessoa. Enfiei as roupas que vinha usando entre o corpo e os trajes, ampliando minha barriga: esfreguei lama na face, escurecendo-a, sujei bastante as mãos e os pés, entortei a cara, espichando o maxilar para a frente, deixando que um fio de baba me escorresse pelo queixo, e ocultei meus longos cabelos debaixo do capuz da meia capa, soltando alguns fios que ensebei com as mãos engorduradas, permitindo que eles caíssem na frente de meu rosto. Quando ouvi os passos de Nazimus se aproximando, acocorei-me atrás do cavalo, fazendo barulho para que ele me notasse.

Nazimus, ao ver aquela figura grotesca em sua oficina, não tergiversou: apanhou num canto um porrete e avançou em minha direção, dizendo:

— O que fazes aqui, vagabundo? Como entraste sem minha permissão? O que pegaste de meu?

O FIM DO TEMPLO

Nazimus veio avançando com decisão, e eu ainda falei, forçando uma voz gutural e ciciante:

— Patrãozinho, me dá de comer...

Nazimus ergueu o porrete, e quando ia descê-lo sobre minha cabeça, arranquei o capuz e, saltando para trás, me revelei com uma gargalhada:

— Calma, Nazimus, sou eu... não quero comer nem te roubei nada!

Durante um átimo, o sapateiro piscou, o porrete parado a meio caminho entre o ar e minha cabeça, e de repente, entendendo a minha impostura, começou a gargalhar junto comigo, ambos presas de um frouxo de riso quase incontrolável. Acabamos ajoelhados, um abraçando o outro, apoiando-nos para não cair, e pelo resto do dia, de cada vez que nos recordávamos disso, o riso nos assomava incontrolável.

Nessa noite, depois da sopa de couve e de um naco da carne do porco que ele havia matado, decidimos que eu iria para Méze oculto debaixo da palha da carroça, e de lá voltaria a Capestang como sendo um seu sobrinho meio imbecil, provavelmente com os mesmos trejeitos com que o enganara, podendo viver razoavelmente às claras enquanto me preparasse para decidir o que faria de minha vida. Quando o sábado chegou, ajudei-o a arrear a carroça, mas quando me preparava para subir e me ocultar debaixo da palha, Nazimus me estendeu duas cordas de bom tamanho, cada uma delas tendo em suas pontas dois ganchos de metal, que seriam presos aos eixos da carroça, formando uma espécie de rede meio bamba que me manteria pendurado ao fundo. Achei aquilo excessivo, mas foi providencial: quando saíamos da aldeia, os prebostes do senhor de Capestang, agora sob as ordens de seus filhos mais cruéis, fizeram com que Nazimus parasse, perfurando e revirando toda a palha com suas lanças pontudas. Estavam seriamente decididos a encontrar-me, ou pelo menos ter certeza de que eu não mais existia. O sapateiro não disse uma palavra, mantendo-se de cabeça baixa: eu também fiquei em profundo silêncio, e quando seguimos viagem, só me manifestei depois de mais de meia hora, quando íamos atravessando a vila de Béziers, mas Nazimus, descendo da carroça e fingindo examinar o cubo da roda esquerda, grunhiu em minha direção:

— Depois que atravessarmos Béziers, poderás subir à carroça: resiste!

Minhas costas já estavam em pandareços, e minhas mãos sangravam com o esforço de manter-me pendurado sob o assoalho da carroça, que balançava doidamente pelo caminho empedrado. Foi com grande alívio que, depois de atravessarmos Béziers, finalmente subi para o lado de Nazimus, as mãos inchadas e cortadas, as feridas ardendo com o suor que me escorria pelo corpo devido ao esforço feito. Nazimus, penalizado, mandou que eu me deitasse na parte de trás, em meio à palha, e eu lá fiquei, vendo o sol caminhar pelo céu, olhando o mundo por esse ângulo tão raro, até que comecei a sentir o cheiro do mar e percebi que já havíamos chegado a Méze. Nazimus parou a carroça, subiu na parte traseira, me pegou pelos ombros, olhando-me fixamente nos olhos, e me disse:

— Aproveita bem estes momentos que aqui passaremos: talvez sejam os últimos em que poderás ser tu mesmo, antes de te transformares por um bom tempo naquilo que me mostraste anteontem, em casa...

Méze era uma aldeia de pescadores muito populosa: o Étang de Thau é uma lagoa de água salgada, separada do mar por uma restinga de areia e pedras, com uma imensa quantidade de peixes, mariscos e ostras, quase tão boas quanto as de Bouzigue, consideradas as melhores do mundo. Diferentemente dos terrenos controlados pelos senhores da terra, a água era prenhe de benesses para quem dela vivia, impossíveis de ser medidas e açambarcadas: os pescadores do Étang viviam em grande fartura, porque as riquezas do pequeno mar fechado ali estavam para ser colhidas, e se lhes faltasse o pão, sempre haveria os peixes, os mariscos e as ostras, que, mesmo tendo seus melhores exemplares direcionados ao Visconde de Béziers, ainda deixavam mais do que o necessário para que todos se empanturrassem com eles. Nunca em minha vida passei momentos tão saborosos, ajudando os pescadores a puxar as redes que vinham carregadas de peixes, vadeando as margens do Étang com crianças de todas as idades na colheita das ostras, que aprendi a comer ainda vivas, seu gosto de mar se firmando em minha língua e garganta enquanto eu olhava o céu azul e sentia o perfumado vento mediterrâneo agitando meus cabelos e arrepiando minha pele.

No meio da aldeia ficava uma capela já envelhecida, chamada dos Penitentes, frente à qual Nazimus parou e abaixou a cabeça, como se estivesse rezando. Mais à frente ficava o terreno reservado para a construção da Igreja de Saint Hilaire, por obra e graça dos de Carcassone, e cujas fundações já estavam determinadas havia mais de cem anos. Era preciso muita riqueza e muita disposição para erguer uma igreja tão grande, e por mais ricos que fossem os de Carcassone e os sacerdotes do Papa de Roma, era preciso manter por muito tempo a decisão de erguer uma obra dessas. Havia outras iguais espalhadas por todo o Languedoc, e acredito que em outras partes também, ruínas do que nunca havia sido erguido, marcando com seus restos envelhecidos a falta de persistência de seus construtores.

Saímos andando pela beira da praia, olhando os pequenos molhes onde se abrigavam os barcos, atravessando por entre as redes de pesca que secavam ao sol. Nazimus estava estranhamente silencioso, olhando para o horizonte e suspirando. Eu ousei perguntar-lhe:

— Sapateiro, o que te aflige?

— Nenhuma aflição, meu rapaz — disse Nazimus, um sorriso triste na boca oculta pelo basto bigode. — Apenas a nostalgia do que eu poderia ter sido e não fui, por minha própria escolha.

Nos dois dias que passamos em Méze, pude planejar melhor aquilo em que me transformaria para sobreviver tão perto de meus inimigos. Já não fazia a barba havia mais de uma semana, e a sombra negra que ela deixava em minha face fazia de mim um tipo bem diferente, como pude observar num remanso de água parada que me refletia a imagem. Os cabelos precisavam ser cortados, de preferência bem mal cortados, para que nenhuma semelhança tivessem com os cabelos do jovem herdeiro de Capestang, que precisava morrer e desaparecer para sempre até mesmo da memória dos que antes me haviam conhecido. Meu corpo também tinha que se modificar, tornando-se exemplar típico da aparência camponesa, desgastada por inúmeros esforços sem medida: minha primeira providência foi roer as unhas com certa violência, para que, maltratadas, tornassem minhas mãos tão suaves em verdadeiras manoplas de aldeão. Meus pés também, já desgastados pelo tempo imenso que eu passava descalço, estavam criando uma casca razoável em suas solas, e eu me encarreguei de esfregá-los o mais possível nas pedras que pisava. Era preciso que tudo em mim se modificasse e se tornasse uma segunda natureza, quem sabe até mesmo a principal delas, para que eu deixasse de fingir e efetivamente me transformasse naquilo que decidira ser.

Minha postura, portanto, foi sendo distorcida por minha própria vontade, até que de meu porte anterior nada restasse: meus pés cambaios se arrastavam pelo chão, o esquerdo mais que o direito, pois eu resolvera fazer desse meu novo eu um daqueles que sofrem insultos cerebrais que lhes deixam seqüelas, tais como pés que se arrastam, mãos e braços pendentes e sem muita força, cantos da boca caídos. Eu me recordei de um camponês que vira na casa dos senhores de Capestang, ainda criança, e que me chamara muito a atenção por causa de seu ventre muito pronunciado. Curvei as costas o mais que pude, atirando o ventre para a frente, encovando o estômago e o peito, sobre o qual deixei cair o pescoço: minha figura ficou sinuosa e sem força, e quando meu maxilar se projetou para a frente e para o lado esquerdo, exibindo meus dentes inferiores, pude sentir que meu novo eu estava pronto. Andei assim por algumas horas, até que as costas me começaram a doer pelo esforço: era preciso no entanto que eu me acostumasse com isso para que as dores se tornassem suportáveis, e eu pudesse efetivamente ser este em que me ia transformando.

No último dia em Méze, depois que fomos todos à missa, enquanto atravessávamos a feira de peixes onde ninguém verdadeiramente comprava nada, pedi a Nazimus que me cortasse os cabelos. Ele desencavou de sua bolsa um antiga tesoura de tosquiar, quando chegamos à casa de sua família, me aparou os cabelos de forma bastante canhestra, deixando como resultado exatamente a gaforinha mal-amanhada que eu desejava, e que eu escureci com uma gordura baça que encontrei, certamente resto de algum peixe, por causa do cheiro. Mostrei-lhe como eu me moveria e agiria quando não estivesse só, e ele riu bastante, percebendo que meu talento para a imitação era mais que suficiente para garantir que ninguém me descobriria, a não ser que eu falhasse ou me denunciasse sem perceber:

— Sabes que, quando estivermos em Capestang, os teus primos usurpadores poderão a qualquer momento entrar pela porta da oficina, não sabes? Sentes-te capaz de enfrentá-los sem revelar tua verdadeira identidade?

O FIM DO TEMPLO

— Nazimus, essa será a minha prova de fogo: se eu não conseguir convencê-los de quem sou, certamente não mereço viver... mas tenho confiança em mim, e estou mais que disposto a encarar meus inimigos sem que eles me percebam. Se tu não me revelares, ninguém saberá quem eu verdadeiramente sou...

Disse isso em tom de brincadeira, mas Nazimus levou a frase a sério, olhando-me severamente e dizendo:

— Eu não seria tolo de revelar-te, porque aí estaria dando meu próprio pescoço ao algoz. Não percebes que estamos perpetuamente enganchados um ao outro, e que nenhum de nós agora pode se permitir qualquer deslize?

Talvez esse tenha sido o primeiro momento em que eu, verdadeiramente, senti a responsabilidade pela impostura que estávamos por cometer: o ar preocupado de Nazimus me fez correr um frio pela espinha, e uma pequena centelha de dúvida se instalou em meu coração, mas minha boa natureza se encarregou de empurrá-la para o mais fundo do mais fundo de mim, deixando-a adormecida.

— Não percas nunca esse medo — admoestou-me Nazimus, enquanto escolhíamos as roupas que eu usaria. — Ele é a tua garantia de sobrevivência: desconfia sempre, está sempre atento, preocupa-te constantemente com o que estás querendo mostrar, e sobretudo não acredita em ninguém que não esteja tão comprometido contigo quanto eu.

Na manhã seguinte, saímos de Méze, o sol ainda longe de nascer, para que os parentes de Nazimus não me vissem transformado em outro que não eu mesmo. Na carroça havia dois peixes grandes, embrulhados em algas verde-escuras, que Nazimus acreditava serem suficientes para preservá-los durante o caminho para Capestang. Enquanto percorríamos a estrada, ele me recordou de mais alguns detalhes de meu novo eu:

— E a tua voz, como será? Que sotaque terás? Falarás pouco ou muito? Terás algum vício de linguagem que se repetirá enquanto falas?

— Creio que devo me afastar o mais possível de minha realidade e enrouquecer a voz, de maneira que pouco se entenda o que eu falo: a língua também estará enrolada, como se fosse mais uma seqüela desse insulto que me deteriorou os movimentos do pé e da mão esquerdos. O que achas, Nazimus?

ESQUIN DE FLOYRAC

Eu tinha dito tudo isso mudando a voz, e Nazimus foi-se espantando com a modificação gradativa do que saía de minha garganta, pois o resultado final nada tinha a ver comigo. Ele demonstrava imensa satisfação pelo que eu vinha conseguindo, dando-me às vezes a impressão de que a qualquer momento me aplaudiria, mais que seguro sobre minha capacidade de ser quem eu me propunha ser. Suas perguntas durante a viagem foram todas pertinentes, e cada uma delas me ajudou a melhor construir minha nova identidade, a de um seu sobrinho-neto nascido em Méze, que tivera problemas no parto e desde então ficara bastante lento, o lado esquerdo do corpo semiparalisado, inclusive a boca, que de vez em quando deixava escorrer um fio de baba, fazendo com que os olhares se desviassem de mim, o que era extremamente vantajoso.

Nossa entrada em Capestang foi diferente da partida: os prebostes de meus parentes me olharam de esguelha, mas nem por um instante chegaram a pensar que Nazimus pudesse me estar contrabandeando para dentro da aldeia. Mesmo assim, o sapateiro achou que deveria me apresentar a quem passasse, dando-me com fino humor o nome de Lepidus, o que fez rir a todos que me viram saltar mancando da carroça, carregar com dificuldade os peixes para dentro da oficina e lá me acocorar, o olhar perdido no nada, enquanto dentro do peito o sangue tamborilava freneticamente. Esse momento finalmente passou, e eu logo já me tornara familiar aos que circulavam pela praça da aldeia, onde ficava a oficina de Nazimus. Mantive meu papel de Lepidus até que a noite substituísse o dia, quando nos recolhemos: eu já ia subindo para o jirau do celeiro, mas Nazimus me chamou de volta:

— Desce daí, Lepidus: esqueceste que, com esse pé e essa mão estragados, nunca poderias subir a escada? Vais dormir neste catre aqui, ao lado do fogo, que deves manter vivo... da melhor maneira possível.

Um engano desses poderia nos levar à morte, e eu percebi que não poderia nunca deixar de ser Lepidus, mantendo a personalidade física do sobrinho-neto de Nazimus até mesmo quando ninguém me estivesse vendo. Tomei portanto a decisão de manter minha nova postura todo o tempo, nunca me permitindo afrouxar o ricto que me torcia a face e o corpo. Eu precisava me transformar total e completamente no aleijado meio idiota que era o meu disfarce de sobrevivência.

O FIM DO TEMPLO

Foi uma decisão sábia e ao mesmo tempo tremendamente prejudicial: só depois de muito tempo, compreendi que não apenas as emoções que sentimos modificam nosso corpo, mas também que as modificações pelas quais nosso corpo passa acabam por deteriorar nossos sentimentos, e certamente nossa personalidade e nossa maneira de encarar a vida. Fechado em mim mesmo, meu corpo, obrigado a comportar-se como não era, distorcendo-se e contorcendo-se para que eu melhor vivesse meu papel, acabou por criar em meu interior um caráter novo, de qualidade discutível, amargo, depressivo, negativo, pronto a encontrar o pior em tudo e incapaz de ver qualquer aspecto bom na vida que eu levava.

Enfrentei com cada dia mais amargor as atividades pelas quais Nazimus me responsabilizava, rejeitando cada uma delas enquanto as realizava, pensando que castigo infernal seria esse que me dava como tarefa tudo o que eu detestava e que não me recompensava com nada, a não ser comida e catre, onde cada noite me encontrava mais derrotado e rancoroso que na anterior. Várias vezes, nos meses que se seguiram, recebemos a visita de meus primos e de gente do baronato onde eu vivera: mas minha aparência era tão diferente e tão desagradável, que ninguém me dava mais que uma olhadela, descartando-me imediatamente como sendo apenas um ser sem nenhuma importância, valendo menos até que um animal. Eu mesmo me encarreguei de ajudar meu primo Yves a experimentar um par de botas de cabedal muito brilhantes, verdadeiro calçado de cavaleiro, e quando fiz mais força do que a esperada para que seu pé entrasse em uma delas, Yves não hesitou e chutou-me a cara, fazendo-me cair ao chão. O ódio me assomou, mas resisti e me mantive apático e sem reação: Nazimus imediatamente, admoestando-me pela indelicadeza, substituiu-me aos pés de meu primo, sendo recompensado com algumas moedas de prata que ao fim da prova Yves lhe atirou, antes de pavonear-se para fora da oficina, montar em seu grande cavalo de tiro e disparar em trote garboso para além de nossas vistas. Assim que pude afastar-me da sala da frente da oficina, atirei-me para dentro dela e, enfiando a cara na palha da cocheira, urrei desesperadamente, deixando escapar do peito todo o ódio que lá estava, alimentando-se de minha negatividade e crescendo mais e mais a cada dia. Nazimus se aproximou de mim e, tocando-me o ombro, ergueu-me e abraçou-me, sem nada dizer, permitindo que eu chorasse tudo o que tinha represado nesses poucos meses como Lepidus. Acalmou-me como todos os pais deveriam fazer com seus filhos, e isso num tempo e lugar em que mesmo os que tinham parentesco próximo se mantinham a uma distância considerável uns dos outros.

 De nada adiantou, no entanto, e na verdade talvez tenha até piorado meus sintomas: meu interior se fazia cada vez mais amargo e, sem o sentir, comecei a resmungar entre dentes, dialogando comigo mesmo sobre a melhor forma de lidar com a desgraça que me assomara. Tornei-me um obsessivo com minha própria vida, vivendo-a mais dentro de mim que fora, com a agravante de ter-me tornado por dentro tão aleijado quanto o era em meu exterior. Só fui perceber em que me tornara quando Nazimus, sua paciência completamente esgotada, arrancou-me de meu banco de sola, sacudindo-me pelos ombros e gritando:

 — Acorda, Esquin! Não suporto mais teus resmungos! Basta! Não és isso em que te tornaste! Olha para dentro de ti! Reage! Vamos!

 Deu-me dois tapas na cara: não reagi. Deu-me mais dois, depois mais dois, e mais dois, até que eu saísse da funda caverna onde me ocultara e o olhasse com meus próprios olhos, não os olhos de Lepidus. Ele sentiu a diferença, mas nem assim parou: continuou me espancando até que eu erguesse as mãos e o impedisse, primeiro só me defendendo, mas finalmente começando a agredi-lo também. Neste momento, Nazimus soltou uma gargalhada e me abraçou, regozijando-se:

 — Eis finalmente o Esquin que conheci ainda pequeno... cuidei que tivesse desaparecido para sempre! Teu *alter ego* é insuportável, meu menino: as torções a que obrigaste teu corpo também te distorceram a alma! Não é necessário viver a falcatrua: uma vez descoberto o personagem, basta imitá-lo à perfeição, em todos os detalhes, sem que tua alma também se envolva na impostura. É preciso defender com unhas e dentes o verdadeiro eu, e por isso acho que exageraste ao ser Lepidus durante todas as horas do dia. Várias vezes te vi dormindo, e, nem nesses momentos em que perdemos todo o controle sobre nós mesmos, tu deixavas de ser o aleijado... tua boca continuava babando, torta para o lado esquerdo... pensa que, mais dia menos dia, poderás abandonar esse personagem e voltar a ser tu mesmo. Como o farás, no entanto, se te esqueceres de quem verdadeiramente és?

O FIM DO TEMPLO

Eu respirava aliviado pela primeira vez em muitos meses, meu corpo relaxado, e os membros e músculos que vinha mantendo contraídos sem cessar, doendo terrivelmente. Tentei falar com minha voz natural, e só depois de algum tempo ela saiu como eu já não me recordava mais que era:

— Não te entendo, Nazimus: tu mesmo me disseste que eu não podia afrouxar minha vigilância nem um momento, e agora me verberas por te obedecer à risca?

Nazimus sorriu:

— Obedecer, mas sem perder o teu verdadeiro eu, menino! O teu instinto de sobrevivência não pode ser a causa da tua destruição. A impostura que engendramos serve para proteger a tua verdadeira existência, e se ela desaparecer, engolfada pela mentira, de que terá adiantado o esforço? *In medio virtus*: a virtude está no meio das coisas, no equilíbrio entre elas, no "nem tanto ao mar nem tanto à terra" de que o povo de Méze fala. É preciso que sejas aquilo de que necessitas para que aquilo que verdadeiramente és possa sobreviver e sustentar-te.

— Quem me sustenta é Lepidus, sapateiro! — Eu estava verdadeiramente irritado. — Se eu tivesse continuado aqui, já estaria morto! E como sabes tanto sobre isso? Não acredito que a arte da sapataria tenha te dado autoridade suficiente para falar desses assuntos!

Nazimus perdeu a paciência: agarrou-me pelo gasnete e me arrastou para a cocheira. Atrás do cavalo havia um grande baú de ferramentas velhas, e Nazimus, sem largar-me o pescoço, abriu o baú com violência, atirando para fora o que havia dentro dele. Eu me debatia, mas Nazimus me segurava com manopla de ferro. Quando o que estava dentro do baú jazia pelo solo, percebi que o sapateiro puxava o fundo, que se soltou, pois era falso. Ele girou a mão, pegando-me pela nuca, e me fez ajoelhar e olhar para o fundo verdadeiro do baú: lá havia vários livros com capas de couro, algumas delas finamente lavradas, cuidadosamente arrumados sobre uma peça de cabedal muito fino. Nazimus enfiou minha cabeça quase até o fundo do baú, fazendo-me sentir o cheiro de poeira e pergaminho velho, gritando:

— Precisas conhecer o saber da sabedoria!

Eu não entendi nada, mas estranhei que um sapateiro aparentemente ignorante como Nazimus fosse proprietário de livros, que eram coisa rara e só encontrada entre os poucos eruditos e doutores de que eu ouvira falar, não tendo até esse dia encontrado nenhum deles. Nazimus jogou-me para trás, e eu caí sentado sobre meu traseiro, enquanto ele, com extremo cuidado, tirava do baú os livros, todos diferentes uns dos outros, colocando-os à minha frente, sobre a palha limpa:

— Enquanto não aprenderes o que há para aprender, não serás ninguém! É preciso fortalecer teu espírito e tua mente, para que a impostura pela qual teu corpo se manifesta não te sobrepuje!

Meu rosto ficou vermelho, de vergonha, e Nazimus percebeu, tanto que seu ar de escárnio imediatamente se transformou em comiseração, vendo que eu não sabia ler. Ainda tentei explicar-me:

— Bem que o frei de nossa casa tentou ensinar-nos alguma coisa, mas era tudo um latinório tão sem sentido que imediatamente nos desinteressamos. Sei distinguir um A de um O, mas ajunto as sílabas com dificuldade, decifrando com muito vagar as palavras...

— Menos mal: algumas luzes já tens, e sabes do que se trata a arte da leitura. Não te exigirei que escrevas, a não ser depois que já dominares o que lês, porque aí será muito mais fácil. São muitas as línguas que precisas aprender, se queres realmente ter poder sobre teus inimigos. O estudo, por incrível que pareça, vale mais que a espada, e as letras e números podem fazer de um homem coisa muito melhor do que ele seria se não os conhecesse. Vamos juntos fazer de ti um poderoso homem, que se ocultará dentro de Lepidus até que chegue a hora de sair. Mas é preciso que o desejes ardentemente, pois, sem tua colaboração consciente, nada pode ser feito. Desejas isso?

Acenei que sim, e Nazimus me pegou pela mão, dizendo:

— O homem que quer se educar tem que educar-se a si mesmo, pois não há quem o possa fazer por ele, e precisa vencer antes de tudo a sua própria natureza. Tem que aprender a rir de seus próprios ídolos, tem que saber analisar com isenção todos os seus preconceitos, destruir, se for preciso, a sua mais querida e consoladora crença, questionar todas as suas certezas e arriscar-se com a verdade. Aceitas esse serviço?

Acenei afirmativamente mais uma vez, e Nazimus me ergueu do chão, pondo-me de pé. Juntos, apanhamos os livros que estavam sobre a palha, envolvendo-os na peça de cabedal que o sapateiro tirou do fundo do baú, que novamente se encheu da tralha que nele estava guardada, menos os livros, que eu e Nazimus levamos para meu catre à beira do fogo, guardando-os sob ele. O sapateiro, com ar muito sério, disse-me:

— Quando toda a cidade estiver dormindo, acordaremos para estudar. Durante todo o dia, serás Lepidus, e eu serei Nazimus, mas quando acendermos a candeia de nosso verdadeiro trabalho, voltarás a ser Esquin, e eu me tornarei de novo o Julien que um dia fui... aguardemos.

Verdadeiramente, não entendi a última frase de Nazimus, mas aguardei que ele me explicasse da melhor maneira possível o que queria dizer. Assumi de novo o ricto físico de Lepidus e voltei a cortar couro e pregar pregos em solas de botas e outros calçados, enquanto Nazimus media com precisão uma peça de cabedal vermelho, traçando nela as partes que eu depois cortaria com o máximo de cuidado. O dia passou, a tarde veio, e quando ouvimos o Angelus, Nazimus depôs suas ferramentas, espreguiçando-se, e depois foi até o fogo onde nossa sopa e nosso pão já esquentavam. Tomamos a sopa, comemos o pão, lavamos os pés e as mãos e nos dirigimos para o interior da oficina, trancando a porta da frente e dando de comer ao cavalo. A aldeia de Capestang já dormia quando Nazimus, erguendo uma candeia, prendeu-a por sobre sua mesa de trabalho e, falando aos sussurros, me chamou para sentar à sua frente, o que fiz como eu mesmo, deixando de lado os trejeitos de Lepidus.

Nazimus abriu um dos livros que tirou de debaixo de meu catre, mas não olhou para ele: fixou o olhar em mim e me perguntou:

— Sendo o mundo em que vivemos este que já conhecemos, cheio de desconfiança e temor, nunca te espantaste por eu ter-te ajudado sem nenhuma preocupação?

— Nazimus, confesso que por algum tempo fiquei ressabiado: não sabia bem o que te levaria a ajudar-me, até mesmo com risco de tua própria vida, se não tivesses algum interesse oculto. Hoje, já não penso assim: tens dado provas de que realmente te preocupas com minha integridade, em todos os sentidos.

— Pois acredita: o que fiz por ti, um dia já fizeram por mim, e esse foi o pagamento devido. O homem que me ajudou e me ensinou o ofício de sapateiro, quando nada mais me restava, pediu como recompensa que eu fizesse o mesmo por alguém que de mim necessitasse. Calhou de seres tu aquele através de quem pago a minha dívida, que agora passa a ser tua, devendo ser paga assim que a oportunidade se apresentar. Recordas do que te falei sobre ídolos e crenças, ainda hoje à tarde?

— E como poderia esquecer? — Eu não sabia aonde Nazimus queria chegar com aquela conversa. — Não me perguntaste se eu aceitava este serviço, e eu não disse que sim?

A face de Nazimus tomou um ar de nostalgia, e ele me disse, aos suspiros:

— Pois devo ensinar-te a te precaveres da idolatria que a tantos destrói, neste mundo em que vivemos. Eu tinha apenas 13 anos, em Méze, quando soube que em Cloyes surgira um pastor milagroso de nome Étienne, que era o Cristo redivivo, que estava fazendo milagres, como forma de ajuntar um exército de crianças para atravessar o mar e recuperar os Lugares Santos que tantos cavaleiros adultos não conseguiam tomar definitivamente. Fiquei encantado com a idéia: era a melhor maneira de tornar-me mais que um simples pescador, e a oportunidade dos feitos heróicos me deixou completamente tomado, tanto que alguns dias depois fugi de minha casa e me dirigi para Saint-Dennis, onde mais de quinze mil meninos e meninas como eu pretendiam se reunir para apoiar Étienne em seu pedido ao Rei Filipe Augusto. Ele queria o apoio real para essa Cruzada das Crianças, alegando ter ouvido do próprio Cristo que só os puros de coração poderiam tomar e manter os Lugares Santos. Quando cheguei a essa aldeia ao norte de Paris, algumas semanas depois, era imensa a quantidade de jovens que, como eu, lá estavam desejando as glórias do combate. Étienne estava cercado por inúmeros latagões dispostos a tudo, e a multidão exigia a presença do rei, dizendo que de Colônia estavam indo para os portos do Mediterrâneo dois imensos batalhões de crianças, liderados por um outro menino cervejeiro chamado Nickolas, que tinha sido instruído por um anjo a realizar a mesma coisa que Cristo ordenara a Étienne, e que os francos não poderiam nem deveriam ficar atrás dos germanos nessa instância.

Nazimus sorriu tristemente, com as lembranças que me narrava:

— Momentos ridículos, menino: não tínhamos o que comer nem beber, mas ali estávamos com toda a força de nossa crença, dispostos a tudo! Eu acreditava piamente que Étienne fosse finalmente o Cristo redivivo, que não tivesse retornado quando o ano mil chegara e passara, e durante um dia inteiro me apertei entre a multidão fedorenta para estar bem perto dele. Consegui meu intento exatamente quando o Rei Filipe Augusto chegou de Paris para encontrá-lo, velho e cansado sobre um imenso cavalo ajaezado com as cores de seu reinado, e cercado por um imenso exército de homens armados...

Não pude deixar de imaginar a chegada desse velho rei à assembléia de meninos e meninas, todos dispostos a enfrentar quaisquer malefícios para retomar dos infiéis os Lugares Santos. No fundo de meu espírito havia a certeza de que eu, se lá estivesse, também aceitaria sem hesitar as propostas de Étienne, crendo nele como o Cristo redivivo. Nazimus, no entanto, vendo meu ar enlevado, continuou:

— O Rei esperou durante algum tempo que Étienne cumprisse a promessa de realizar milagres, que fora o que o trouxera até ali: mas depois de meia hora, quando tudo o que vira fora um menino meio enlouquecido gritando frases sem sentido sobre a própria divindade, perdeu a paciência e ordenou, com voz estentórea: "Grato, mas não precisamos de auxílio nessa questão. Que voltem todos para suas casas e famílias imediatamente!" Nossa reação foi de descrença, a princípio, e logo depois de raiva: como poderia esse rei dispensar a única chance de retomada definitiva dos Lugares Santos? Nem bem pensamos em reagir, os batalhões de soldados avançaram sobre nós, descendo suas lanças e porretes sobre nossas cabeças sem hesitar, causando pânico e muitas machucaduras, algumas até muito graves. Eu mesmo tomei uma pranchada de um sabre que me deixou uma marca arroxeada nas costas durante alguns anos: mas alguns dentre nós chegaram a morrer, esvaindo-se em sangue e sendo pisoteados pelas patas dos cavalos.

— Mas como assim, Nazimus? — Meu ar devia ser de incredulidade absoluta. — E o poder divino de Étienne?

Nazimus sacudiu a cabeça, como que desejando livrar-se das imagens que recordara:

— Não havia poder nenhum, Esquin: Étienne era apenas mais um menino como qualquer um de nós, sumamente delirante e razoavelmente capaz de vender-se como deus enquanto a realidade dos fatos não o desmentisse. Foi um dos primeiros a cair, sob o peso dos exércitos reais, e não se ergueu nem ressuscitou no terceiro dia. O poder do velho Rei foi derrubado sobre todos nós com uma violência raras vezes vista, e os que sobramos fomos espalhados pelos caminhos que saíam de Saint-Dennis. Eu acabei entrando em Paris e me ocultando da melhor maneira possível entre a multidão de pedintes que enchia as ruas da cidade: soube depois que os germanos que tinham ido para os portos do Mediterrâneo haviam sido enganados por seus embarcadores e vendidos como escravos em Alexandria, e, com isso, acabei por mais tarde me regozijar pelas atitudes do Rei Filipe Augusto, que devolveu pelo menos a metade dos jovens seguidores de Étienne às suas respectivas casas e famílias. Eu me tornara, graças a isso, responsável por mim mesmo, porque não pretendia voltar a Méze sem poder apresentar-lhes uma vitória, e também não tinha mais nenhum ídolo digno desse nome: a experiência nessa tentativa de uma Cruzada das Crianças me ensinou que a fé cega é a eterna ferramenta dos ignorantes, e que devemos usar a mente, antes de tudo, para definir com clareza aquilo que somos e aquilo em que acreditamos.

O sapateiro, olhar absorto, passava entre os dedos as folhas do livro que tinha apoiado na mesa, revelando imagens coloridas que pareciam ter movimento, mas que logo se transformavam em outras, que ele voltava a folhear. Meu olhar ficou fixo nas gravuras pintadas, enquanto sua voz continuava narrando sua vida pregressa:

— Duas alternativas de vida me ensinaram muito enquanto morei em Paris, ambas tão similares e ao mesmo tempo tão opostas que em meu espírito se complementaram e se transformaram em uma só: a sociedade dos construtores que ainda hoje erguem a Catedral de Notre-Dame, e os meus queridos irmãozinhos do Pátio dos Milagres...

— Pátio dos Milagres? — Aquilo era uma novidade imensa para mim. — O que vem a ser isso, Nazimus?

Nazimus sorriu, enlevado:

— Os que vivem da caridade de quem tem mais que eles acabam se viciando na esmola, rejeitando qualquer possibilidade de trabalho honesto e estabelecendo diversos tipos de golpes, manobras e imposturas, com as quais passam a ganhar a vida. A partir de certo momento, a impostura se torna, mais que uma necessidade, um prazer indescritível, e quando um malandro finge conceder sua confiança a uma provável vítima, o faz apenas para conseguir em troca a plena e total confiança dela. Há os que se vangloriam de enganar os outros, armando seus golpes de maneira que a vítima só perceba que foi enganada quando nada mais puder fazer quanto a isso. Já eu acho que o melhor enganador é aquele que nunca se revela, garantindo assim a continuidade de suas vítimas em sua folha de pagamento.

Fiquei boquiaberto com o que ouvia: o Nazimus que se mostrava a mim nesse momento era em tudo e por tudo diferente do homem que eu viera a conhecer tão bem quanto a mim mesmo, pela intimidade constante. Me acostumara a ver os pobres de Capestang fazendo sua ronda em busca de esmolas para seu sustento, mas nunca imaginara que esmolar fosse seu ofício, como Nazimus me mostrava nesse instante:

— A Igreja de Roma, com sua imensa cobiça por tudo que seja alheio, tornou-se a maior divulgadora da esmola entre os burgueses de Paris, e como eles aprenderam a se orgulhar publicamente das esmolas que dão, quase competindo com seus iguais pelo título de O Burguês Mais Caridoso do Universo, os velhacos da cidade passaram a fazer a sua parte, dando-lhes inúmeras oportunidades de se engrandecerem perante os outros... mas isso é uma história para outra ocasião.

Minha curiosidade me fez saltar:

— Nazimus, por que não contar-me agora?

— Se eu te revelar tudo de uma vez, não terás motivo para continuar teus estudos. Calma, Esquin: tudo a seu tempo e em sua hora. Teremos um destes serões todas as noites, e em cada um deles, ao lado do conhecimento que te repassarei, revelarei coisas que nunca pensaste em conhecer: por ora, vais começar a ler este livro.

— Nazimus, tu já sabes.. eu não sei ler...

O sapateiro sorriu, colocando o livro fechado à minha frente:

— Este livro, lerás sem dificuldade, porque não tem palavras: é um livro-mudo, e sua leitura silenciosa certamente te trará imenso conhecimento, principalmente sobre ti mesmo. Observa cada gravura, cada traço, cada cor, estuda as relações entre estes detalhes, e depois compara cada gravura com todas as outras. Aqui existe uma história universal que é também a tua, infinita e mutável como tudo no Universo. Ocupa teu tempo de observação sem hesitar, deixando que tua intuição se una à tua razão para revelar-te o que existe para conhecer. Vamos: abre o livro e estuda a primeira gravura.

Obedeci: a primeira gravura mostrava um funâmbulo de feira, a mão esquerda erguida para o alto, e a direita pairando sobre uma mesa onde havia moedas, taças, varas e adagas. Parecia estar possuído por grande poder, com seu chapéu de estranho formato e sua roupa coloridíssima. No alto da gravura havia um sinal retorcido, feito de pequenas chamas negras. Eu nunca tinha visto nada parecido em minha vida, mas não consegui tirar os olhos da gravura pintada a mão. Olhei-a longamente, enquanto minha mente gradativamente substituía as parcas idéias que nela estavam por uma série de coisas novas, nas quais eu nunca havia pensado antes, e que me encheram de imensa esperança e confiança. Tive nesse momento a certeza de que nada me seria impossível dali em diante, e quando ergui os olhos, dei com a face de Nazimus, que sorria enlevado com meu próprio enlevo, dividindo comigo aquilo que eu sentia e não tinha como explicar, mas que ele certamente sabia o que era, por também já tê-lo experimentado. Nazimus passou a mão calosa sobre a gravura, com uma delicadeza inacreditável, e me disse:

— Aqui começas teu aprendizado.

Uma enorme emoção me assomou, e as lágrimas que ela produziu se misturaram ao meu primeiro riso de felicidade depois de tempos tão difíceis.

Capítulo 3

1305

Os meses seguintes, passei-os em terríveis dúvidas, tentando imaginar como poderia executar minha desgraçada missão sem meter os pés pelas mãos, prejudicando os projetos de meu Grão-Mestre. Todos os meus comandados em Montfaucon perceberam-me a mudança. Eu me tornara calado, fechado em mim mesmo, tomado de corpo e alma pela única idéia fixa que me fazia ainda mover-me: como trair? Flavien, que tinha feito a viagem comigo, devia ter dito a seus irmãos que alguma coisa acontecera em Paris para mudar-me tanto assim, mas que ele não fazia a menor idéia do que fosse, e nenhum deles, em vista de minha nova forma de ser e agir, teve coragem para questionar-me sobre isso, como certamente teriam feito em outros tempos. Nossas conversas em Montfaucon eram costumeiramente francas e sinceras, e nenhum de nós tinha pejo em abrir seu coração a qualquer um de seus irmãos, se pressentisse que isso poderia aliviar-lhe tristezas e dúvidas.

Eu, infelizmente, estava completamente só: não tinha com quem discutir a missão a ser realizada, e nem mesmo a quem revelar qual seria ela. As ordens de Jacques de Molay eram estritas, e não me restava outra saída a não ser obedecê-las à risca, para não arriscar nada do que pretendíamos ver salvo. É verdade que a solidão só serve integralmente aos animais ou aos deuses, pois não existe em nenhum outro lugar censura mais severa nem elogio mais imerecido: mas, em meu caso, era essencial que eu me retirasse do convívio com a humanidade, não apenas para realizar minha missão, mas principalmente para não ter que justificar nenhum de meus atos a quem quer que fosse. Recuei para um agressivo mutismo e até mesmo uma certa irritação na presença de outras pessoas, percebendo que, após algum tempo, eu passava a gerar silêncio imediato e agressivo quando me aproximava de alguém ou algum grupo. Melhor assim, pensei eu: quanto menos se condoerem de mim, mais perfeitamente poderei me transformar naquilo que devo ser, e pouco ou nada estranharão quando eu deixar de ser seu Prior e passar a ser seu algoz.

Passei a dar longos passeios solitários pelas imediações da Comendadoria, estendendo-me até os limites do Priorado de que ela era centro: os novos negócios, as novas construções, as atividades que dependiam de minha participação acabaram por acontecer sem ela, pois eu raramente dava o ar de minha graça a qualquer coisa que não fosse o mínimo estabelecido pela Regra de nossa Ordem, eximindo-me de tudo que não estivesse diretamente delineado por ela. Enquanto assim agia, minha mente trabalhava incessantemente, buscando o momento certo para iniciar minha infame e necessária tarefa, buscando dentro de mim diversas possibilidades de executá-la.

A lâmina dO Mago, a primeira que eu estudara em minha vida, voltou a mim com enorme nitidez: ela me marcara profundamente no caminho de volta a Montfaucon, fazendo-me perceber que o funâmbulo que eu tinha sido estaria de volta para mais uma de suas manobras, aparentemente negativa mas de resultados mais que corretos e felizes. Eu só não sabia como isso se daria, e estava quase tomando uma atitude impensada, quando me recordei dos três verbos que, em minha mente, se organizaram em círculo à volta da figura dO Mago: criar, recriar, descriar, unindo-se como se fossem uma só palavra, para fazer com que o futuro acontecesse.

Toda criação é reflexo da Criação original, seguindo seu processo sem hesitação nem falhas. Quando há falha ou hesitação, a criação se interrompe, mas quando se realiza, é sempre porque seguiu passo a passo os degraus da Criação, tornando-se matéria e existindo sobre o mundo. Com tal certeza, pus-me a conceber a nova personalidade de Esquin de Floyrac, para que tivesse vida real e indiscutivelmente verdadeira: era preciso que ninguém duvidasse por um instante sequer de minhas ações e palavras. Se isso acontecesse, todo o projeto de salvação da verdadeira Ordem estaria comprometido, e meu mestre não veria realizado seu plano, provavelmente muito bem urdido e que só dependia de minha ação inicial para se concretizar. Era preciso que minha traição tivesse indiscutível sabor de verdade, e para isso era necessário que eu verdadeiramente traísse, sem deixar dúvidas.

Por diversas vezes durante este processo me vi novamente jovem, a cabeça a prêmio por ordem de meus primos, tendo que criar-me de novo, descriando o que tinha sido durante tanto tempo, para que anos mais tarde meu Eu original se recriasse e eu pudesse seguir a minha vida. Não poderia desta vez contar com as modificações físicas de que fizera uso para ser Lepidus: minha mudança deveria ser flagrantemente íntima, para que todos tivessem certeza de que eu, em algum momento, havia mudado minha maneira de ser e me transformado em outra pessoa, internamente. Não sabia ainda se isso deveria ser gradual ou repentino, um choque inesperado entre duas realidades, mas tinha certeza de que não podia demorar muito, pois a realidade brutal já vinha se aproximando perigosamente da Ordem do Templo.

Num jantar formal, no horário das Vésperas, os irmãos estavam agitadíssimos com as notícias de que o novo Papa, Clemente V, como ficou sendo o nome de um arcebispo francês chamado Beltrão de Got, decidira morar em Avignon, em vez de ficar em Viterbo, Agnani, Nápoles ou mesmo Roma, onde o Papado tradicionalmente deveria se estabelecer. O irmão Jean Louis, meu marechal-de-armas, estava sinceramente preocupado:

— Nunca um Papa esteve tão à mercê de um Rei! Filipe IV o tem em suas mãos, e isso só pode significar problemas para nós!

— Filipe, o Belo! Nunca houve alma mais feia em toda a história da humanidade! — O irmão Phoebus, um velho cavaleiro sem um braço que vivia conosco desde minha designação como Prior de Montfaucon em 1292, estava quase possesso. — Se o corpo é belo, a alma é infernalmente desprovida de qualquer qualidade! Sabemos todos da conversa que ele teve com Beltrão antes que fosse eleito, e dos pedidos que lhe fez!

Jean Louis contou nos dedos:

— A nomeação de cardeais a favor dos francos, a reconciliação entre os Collonas e os que estiveram envolvidos no ultraje de Agnani, quando seqüestraram Bonifácio VIII, de quem também exigiu uma denúncia formal pela Igreja de Roma, e uma quarta demanda que preferiu manter em sigilo até que Beltrão se tornasse Papa...

— Beltrão? Poltrão, isso sim! Só um poltrão de marca maior aceitaria uma exigência oculta de um Rei tão tirano! Falar de uma condição secreta "misteriosa e importante" seria uma ofensa a qualquer um que se desse um pouco de respeito, quando não pessoal, pelo menos ao cargo que ocupa!

Os irmãos mais jovens resmungaram, em concordância com o irmão, mas eu bati com minha taça na borda do prato, silenciando-os. Todos me olharam, e eu fiz sinal para que Phoebus continuasse, o que ele fez com imenso prazer, já que era conhecedor da história de nossa Ordem e de nossos tempos, e adorava quando tinha a oportunidade de mostrar o que sabia tão bem:

— Em 1292, um ano antes que eu viesse para Montfaucon, um concílio organizado em Arles discutiu a possibilidade de reunir em uma só ordem os Templários e os Hospitalários: o Papa de então, Nicolau IV, fez saber em bula papal que considerava causa principal da queda de Acre as infinitas e estéreis disputas entre as duas ordens, nomeando o Templário Guilherme de Beaujeu como sendo o maior foco de desunião em toda a Cristandade. Daí em diante, todos os concílios endossaram essa idéia de união forçada, que se estabelecia cada vez mais, chegando a Igreja de Roma até mesmo a exigir que uma nova Cruzada fosse custeada com fundos das duas Ordens: idéia que caiu em esquecimento com a morte desse Papa, aliviando tanto a nós, Templários, quanto a nossos primos do Hospital.

Os resmungos foram mais altos, mas meu olhar severo e meu silêncio calaram a todos, permitindo que o irmão Phoebus continuasse.

— A defesa dos Lugares Santos tinha sido o principal objetivo tanto dos Hospitalários quanto nosso, ainda que por razões diversas. Tínhamos nos refugiado em Chipre, depois da queda de Acre e do Castelo

Peregrino, mas logo os Hospitalários voltaram seus olhos para Rhodes, pensando em livrar-se de nossa presença. A verdade é que apenas nos suportávamos, e a convivência forçada em Chipre nos tinha levado a um estado de exaltação muito próximo do conflito: não foram poucas as vezes em que Templários e Hospitalários, encontrando-se em lugar ermo, não se tivessem ofendido duramente, chegando quase que às vias de fato!

Phoebus tomou um gole de sua taça, limpando a garganta:

— A idéia de uma união não agradava a ninguém, a não ser ao Papa. Em 1300, para que os irmãos tenham uma idéia, éramos mais de 400 irmãos na Ordem do Templo em Chipre, muito a contragosto do Rei Henrique, e nesse mesmo ano enviamos para a Ilha de Ruad uma guarnição de 120 cavaleiros, acompanhados de 500 arqueiros e 400 servos. Em 1293, se não me engano, Teobaldo de Gaudin, nosso temido Grão-Mestre, morreu, e o irmão Jacques de Molay foi eleito Grão-Mestre da Ordem do Templo. Seu mais ardente desejo era retornar aos Lugares Santos e recuperar a verdadeira tarefa da Ordem nesses lugares. Acusaram-no de tudo, mas nenhum Grão-Mestre conseguiu para o Templo as benesses que ele diligentemente amealhou. E isso incomoda muito ao Rei Filipe IV... exatamente por isso proponho um brinde: longa vida a Jacques de Molay!

Os irmãos saudaram em altas vozes nosso Grão-Mestre, e eu me pus a pensar se não estaria nessa história uma boa oportunidade para que eu cumprisse minha nefanda tarefa. Filipe IV, eu sabia, tentava havia muito fundir as duas Ordens para justificar uma nova Cruzada. O rei não estava nem um pouco preocupado com os Lugares Santos, mas sim com a fundação de um reino francês no Oriente, como era voz corrente. Ele pretendia dar esse trono oriental a seu irmão Carlos de Valois, mais um de seus fantoches. Para isso, ele queria fazer das duas Ordens mais poderosas um seu braço armado, desejando até tornar-se Grão-Mestre da poderosa força resultante da fusão.

O irmão Jean-Louis parecia ter lido minha mente, pois disse:

— A Filipe, o Belo, só interessa ter cada vez mais poder: quer fazer de uma nova Ordem conjunta seu feudo hereditário, do qual ele seria o primeiro Grão-Mestre, e seus filhos, os Grão-Mestres subseqüentes... mais um império franco!

— E ninguém se opôs a isso, a não ser nosso irmão Jacques de Molay! — Phoebus se ergueu, com dificuldade, ficando de pé. — Ele enviou um documento ao Papa relacionando todos os Papas que tinham sido anteriormente contrários à idéia de fusão, pois tinham compreendido que a competição entre as duas Ordens seria sempre mais benéfica para todos: os Templários continuaríamos sendo soldados, e os Hospitalários permaneceriam exercendo a caridade, que era sua maior atividade.

O Papa, eu tive notícias, não ficara satisfeito com isso, e nem com a recusa de Jacques de Molay em participar de uma pequena força de luta contra os sarracenos: depois da negativa experiência de Ruad, todos sabíamos que uma Cruzada só poderia ser realizada em grande escala, como já havia sido feito.

— Jacques de Molay, no mesmo documento, defendeu uma Cruzada geral, em vez da pequena Cruzada que Filipe IV convenceu o Papa a apoiar. Todos ficaram contra ele, achando-o antiquado e teimoso. E isso tem feito com que tanto o Papa quanto o Rei Filipe nos olhem com olhos cada vez piores...

Era isso! A dissensão entre o Papado e a Ordem poderia ser usada com sucesso, ainda mais sabendo-se que era o Rei de França quem estava por trás dessas idéias de uma pequena Cruzada, pretendendo impor-se como o maior Rei de toda a Cristandade à custa da vida e do poder de nossa Ordem. Pigarreei e disse:

— É pena que nosso irmão Jacques de Molay não compreenda que o desejo de um Papa é o desejo de Deus... ou não somos suficientemente bravos para enfrentar os sarracenos, como tantas vezes já fizemos? Por que não colhermos esta glória para o Papado, para o Reino de França e para nós mesmos, sem dividi-la com mais ninguém?

Os irmãos mais jovens, cheios de fogo e ousadia, demonstraram em altos brados a sua súbita aprovação ao que eu dissera, mas os mais velhos, entre eles meu marechal e meu senescal, se entreolharam com espanto, sem no entanto discutir ou rejeitar minha fala, por pura obediência. Voltei a meu silêncio de sempre, fitando com o cenho franzido o prato vazio à minha frente, certo de já ter plantado na mente de meus irmãos a semente de uma discórdia entre mim e a Ordem, o que me permitiria fazer sem maior dificuldade aquilo que meu Grão-Mestre me ordenara.

O jantar continuou em um tom bem menos acentuado, depois de minha fala: Templários, não éramos acostumados a discordar em público de nossos dirigentes. Decidi aproveitar a oportunidade que o jantar me dera e persisti em meu mutismo nos dias que se seguiram, como se estivesse passando por imensa crise espiritual, coisa razoavelmente comum entre cavaleiros: havia vários que, descobrindo-se não aptos ao exercício da cavalaria, pediam retirada das Ordens em que tinham sido feitos. Eu mesmo comparecera, quando ainda jovem, junto com minha família, a um jantar cerimonioso em que um irmão de meu tio Bertran de Capestang promulgava o abandono de sua Ordem de cavalaria, considerando-se incapaz para a vida dura e gloriosa que ela lhe prometia. Era gordo, macilento, e pouco afeito a exercícios físicos, e durante o jantar ficara isolado em uma mesa exclusiva, vestido de negro, com a cabeça coberta e sendo tratado como se estivesse morto, pois essa era a tradição. Sei que, após isso, retirou-se para sua propriedade, de onde nunca mais saiu nem deu notícias. Não era isso que eu pretendia, contudo: para meus verdadeiros fins, era imprescindível que eu fosse rejeitado publicamente pela Ordem do Templo, enchendo-me de razões, aos olhos dos outros, para vingar-me dela, fazendo o que tinha que fazer. Poderiam não aceitar minhas ações, mas por certo as compreenderiam como atos violentos de um homem rejeitado por ter idéias diferentes.

Para um homem como eu, que conseguira passar da impulsividade mais intensa à racionalidade mais completa, exibir diariamente tais sinais de fraqueza de espírito era muito doloroso. Conseguir ser rejeitado pela Ordem da qual fizera parte durante mais de quarenta anos seria a tarefa mais terrível que eu poderia realizar, mas eu não poderia dela me eximir: era minha missão, determinada por meu irmão e Grão-Mestre, que eu não poderia recusar sob pena de perder meu respeito próprio. Os dias passavam, a oportunidade perfeita para colocar-me em campo oposto ao de minha adorada Ordem não surgia, e eu já começava a me preocupar, pois ninguém parecia recordar-se de minha postura no jantar que narrei, tratando-me como se meu mutismo e mau humor fossem apenas achaques de um velho.

Umas semanas depois, chegou à Comendadoria um mensageiro do Grande Templo de Paris, intimando-me e a meus comandados para comparecermos a uma cerimônia de elevação de determinados irmãos cavaleiros ao Círculo Interno da Ordem. Para esta cerimônia, só os irmãos que fossem parte do Círculo Interno deveriam comparecer, pois aí eram revelados os segredos sobre nossa verdadeira missão como Soldados do Templo. Retirando-me para minha cela, agradeci a Deus pela oportunidade que se avizinhava, da qual eu tiraria certamente o maior proveito possível, revelando-me como tendo pensamento contrário ao desse Círculo, fazendo o possível e o impossível para tornar-me indesejável a seus membros. Só esperava que meu irmão e Grão-Mestre Jacques de Molay percebesse que este seria o início da realização da tarefa que me fora dada por ele: teríamos que agir de acordo com o plano tácito que ele urdira, a respeito do qual ambos só tínhamos em vista o fim desejado, embora desconhecêssemos todos os seus detalhes, agindo de improviso a cada instante daí em diante, orando para que cada ato e cada omissão fizessem parte do quadro geral e nos levassem ao objetivo desejado.

Partimos para Paris em pequena caravana, eu, acompanhado de Flavien, meu escudeiro, e de dois sargentos da Ordem, com seus mantos marrons, e mais o irmão Jean-Louis, meu marechal; meu senescal, Pierre de Siméon, duro e curtido cavaleiro; um turcopolo ao lado do qual eu lutara nos Lugares Santos, por nome Reynaud des Avis, e ainda um pequeno grupo de capelães e escriturários da Comendadoria, carregando em suas montarias diversas caixas com documentos e riquezas a serem repassadas ao cofre do Templo de Paris. Sendo esta uma viagem oficial, estávamos todos ajaezados como mandava a tradição, em plena gala de nossos uniformes de batalha, causando sensação nas aldeias por onde passávamos, e também, não o nego, alguns narizes torcidos e cuspidas ofensivas, que por sorte eram dirigidas ao chão. Templários, não éramos mais unanimidade em nossa própria terra: as calúnias palacianas que insinuavam nossa a responsabilidade pela perda dos Lugares Santos tinham lançado raízes mais profundas do que queríamos acreditar, e foi com grande força de vontade que não reagimos, conscientes de não ser aquele nem o momento nem o lugar para enfrentamentos.

Refizemos, até Paris, o mesmo caminho que eu percorrera junto a Flavien quase um ano antes, atravessando as mesmas aldeias, a partir de um certo instante pisando em pedras ajustadas ao chão pelos romanos e depois por nossos próprios conterrâneos, percebendo o aumento no número de pessoas e no tráfego de veículos de carga quanto mais nos aproximávamos da grande cidade. Muitas vezes eu estivera em visita a ela, mas todas poderiam ser aglutinadas em um único estado de espírito, em tudo e por tudo diferente do que eu, nesta viagem, trazia dentro de mim. Eu era outro homem, a partir do que meu Grão-Mestre me ordenara fazer, transformando-me por amor à Ordem naquilo que nunca esperara ser, nem mesmo nos mais difíceis momentos e nas mais terríveis batalhas em defesa do que havia de melhor nos melhores homens que ocupavam o *Outremer*.

Entramos em Paris pelas ruas que mais pareciam estradas, as herdades e seus meeiros tocando seus afazeres à porta das casas, que se adensaram, transformando-se em vila, depois em cidade, depois em Paris. Meu coração tremia pela perda do que eu fora e nunca mais poderia ser: da mesma forma que, quando de minha iniciação na Ordem, o homem que eu fora morrera e renascera como o Pobre Soldado que eu tinha sido, este morrera no ano anterior, e dele renascera este ser ainda oculto que estava prestes a revelar-se. À direita estava a Catedral de Notre-Dame, aparentemente pronta, mas cujos detalhes de acabamento ainda consumiriam muitos anos para concluir-se: mesmo inacabada, ela já era usada como igreja, e às vezes até como santuário, nos momentos de maior necessidade.

As ruas estavam cheias de mendigos, como sempre: não havia nenhuma espécie de gente que se multiplicasse mais e com maior sucesso. Todos os tipos possíveis de malandros e necessitados se misturavam aos negociantes e ambulantes que bradavam em altas vozes as qualidades de seus produtos à venda, mesclando-se com leigos e sacerdotes das mais diversas ordens, um manancial de cheiros humanos de todas as qualidades possíveis, e no meio de tudo isso, como formigas que buscassem seus afazeres, crianças e cães em quantidades verdadeiramente impressionantes. Cidades forçam o crescimento, tornando os homens falastrões e divertidos, mas também profundamente artificiais: se é verdade que Deus fez o primeiro jardim, a primeira cidade certamente foi erguida por Caim, e penso que bastaria retirar delas todo o exorbitante amor por prazer e dinheiro, a curiosidade sem objetivo, os propósitos despropositados e a cobiça desregrada, e todas seriam calmas e tranqüilas como o próprio Jardin do Éden. Ao mesmo tempo, abençôo a Deus por nos permitir ter cidades: são as lâmpadas de vida que encontrei em meu caminho. Dentro delas fiz minhas mais nobres descobertas, lutei minhas melhores batalhas em nome da liberdade: elas permanecem para sempre na superfície da Terra como grandes quebra-mares, defendendo-nos das perigosas marés da ignorância, tornando-se, de maneira geral, o berço da humanidade. Nazimus um dia me havia dito: "Se queres conhecer sem ser conhecido, trata de morar em uma cidade." E esta era uma das verdades mais absolutas que eu tivera oportunidade de experimentar.

O caminho tomado ao pântano do Marais nos levou à porta do Grande Templo de Paris, onde estavam organizadas em fila diversas caravanas de irmãos vindos dos mais diversos lugares: o Marechal e o Senescal do Templo estavam dando entrada a todos, organizadamente, sob os olhares curiosos dos populares que nos cercavam. Logo à minha frente estava Oliver de Penne, Prior da Lombardia, e depois de saltarmos de nossas montarias nos cumprimentamos com os três beijos formais, o que causou grande agitação entre o povo que ali estava: não era costumeiro ver homens se beijarem em público, uma vez em cada face, e a última nos lábios. Esse hábito, principalmente o beijo nos lábios, fazia parte das práticas de saudação em todas as Ordens religiosas, que, tendo vergonha delas, por motivos que só elas mesmas conheciam, deixavam para praticá-las privadamente, longe dos olhares dos não-membros. Nós, ao contrário, orgulhávamo-nos muito de nossa fraternidade, que estava acima e além de quaisquer desejos físicos, o que parecia ser impossível para o homem comum: nossos corpos não eram mais os receptáculos de desejo que haviam sido, antes que a presença do Templo dentro de cada um de nós nos transformasse em seres praticamente alheios ao prazer carnal e à concupiscência.

Entramos lado a lado no pátio do Templo, eu e Oliver, e ele me disse:

— O irmão percebeu a má vontade do povo para conosco?

Fiz-me de desentendido:

— Na verdade, não, meu irmão: a que te referes?

Oliver suspirou:

— Andam sendo distribuídos panfletos em todos os lugares onde temos propriedades, caluniando-nos e chamando-nos de sodomitas. Um deles diz que o selo de nossa Ordem é sinal seguro dessa prática entre nós... e o povo, ignorante como sempre, e como sempre malignamente instruído pelos sacerdotes de suas igrejas romanas, a cada dia tem mais certeza de que somos uma Ordem de sodomitas...

O selo de nossa Ordem, para deixar claro o nosso voto de pobreza, trazia dois cavaleiros montados em um único cavalo: mas o povo maledicente preferia entender isso como sendo sinal seguro de uma prática a que eles mesmos recorriam, ainda que ocultamente, tornando-se críticos dela quando em público, na eterna e mais que perfeita hipocrisia das massas.

Não tranqüilizei Oliver, desejoso de mostrar-me a cada instante mais perigoso para meus irmãos:

— Isso é grave, e deve ter nascido de algum sinal maior que um simples selo, meu irmão: tomamos todas as providências para manter os desejos do corpo afastados de nossos dormitórios, mas quem sabe o que acontece entre homens quando os outros estão dormindo?

Oliver ficou seriamente chocado:

— O que me dizes, de Floyrac? Crês verdadeiramente que nós Templários possamos agir dessa maneira antinatural?

— Não nós, irmão, não nós, que já experimentamos a vida e seus mistérios, mas os mais jovens dentre nós, que certamente ainda têm muita curiosidade sobre seus corpos e tudo o que podem sentir com eles...

O olhar de meu irmão Oliver foi de pena e asco, e ele deu dois passos para trás, como se quisesse afastar-se de mim, dizendo:

— Nunca em meu Priorado, de Floyrac: se isso acontece no teu, deverias tomar alguma atitude imediatamente...

Com essa frase e um ligeiro aceno de cabeça, Oliver saiu de perto de mim, virando-me as costas. Ah, se eu pudesse fazê-lo saber que aquilo era apenas um papel que eu vivia, e não tinha nada a ver com a verdade que havia em meu peito... Meu irmão saiu em direção à sua caravana, e lá, sacudindo a cabeça com desgosto, certamente contou a seus companheiros o que eu havia dito, porque todos me olharam com espanto e comiseração. Mantive meu olhar neles, sem piscar, até que desistiram e afastaram os olhos de mim, certamente para narrar aos outros a iniqüidade que eu dissera, e que se espalharia como fogo na campina seca antes mesmo do que eu esperava. Determinados assuntos têm o condão de subverter as relações entre os homens, e os que tocam nos aspectos mais íntimos e sub-reptícios dessas relações são sempre os que maiores ofensas trazem: eu acertara em cheio, dando início ao processo de tornar-me inaceitável por meus irmãos, e que deveria chegar à sua realização o mais rapidamente possível, ainda nesses dias em Paris.

O Templo de Paris estava cheio, repleto de irmãos de todos os lugares onde tínhamos propriedades, e muitos deles haviam vindo de Chipre para participar da reunião que prometia ser intensa e importante. Só muito raramente algum irmão era guindado ao Círculo Interno, porque entrar nele exigia determinadas qualidades e serviços que nem todos os Templários possuíam, e os que as possuíam precisavam ser longamente examinados para que a Ordem não fosse prejudicada pela escolha equivocada de um irmão despreparado. Nem todos tinham real conhecimento dos objetivos verdadeiros do Templo, e a grande maioria, como Flavien, por exemplo, entrara na Ordem apenas para seguir a vocação familiar do cavaleirismo, unindo-a à religiosidade de aparência que se impunha a todos. Quando um irmão demonstrava capacidade real de pertencer ao Círculo Interno, era longamente sabatinado e preparado para poder enfrentar as duríssimas verdades que estavam incluídas nessa passagem de um degrau a outro. De maneira geral, todos os que ali estavam eram homens de luta em cujos corações a compaixão não havia desaparecido, e cuja razão trabalhava equilibradamente com a intuição, permitindo-lhes uma consciência e responsabilidade maiores que o normal.

Todos os que fazíamos parte desse círculo éramos Comendadores, Priores, ou tínhamos cargos de responsabilidade na condução da Ordem: isso não quer dizer, no entanto, que bastaria um homem ascender a um desses cargos para automaticamente tornar-se parte do Círculo Interno. Cada caso era analisado pessoal e exaustivamente, e eu não tinha notícia de que tivesse havido enganos nessas escolhas: mas me encarregaria de modificar essa realidade, a partir deste momento, da forma mais definitiva possível. Certamente se falaria de um Templo antes e um Templo depois de mim, e essa seria a herança maldita que ninguém reconheceria como sendo minha obra.

O FIM DO TEMPLO

As Vésperas, enquanto o sol se punha, nos encontraram a todos em pleno salão de comer, e o leitor da noite leu os textos em honra a São José, esposo de Maria e pai de Jesus, comemorado em 19 de Março, iniciando pelo intróito *Justus et Palma*. Enquanto ele lia, comemos silenciosamente, após separar a décima parte de cada prato para os necessitados que já nos cercavam desde a manhã, percebendo que a grande movimentação certamente traria mais sobras do que os dias comuns. O Grão-Mestre Jacques de Molay chegou atrasado ao salão, e todos nos erguemos para saudá-lo, recebendo dele os três beijos tradicionais, principalmente os que estávamos na mesa principal. Tive a impressão de que os beijos que meu irmão me deu duraram um tanto a mais que os dados aos outros: pressentiria ele que nessa noite eu iniciaria a execução daquilo que me havia sido pedido, ou só estava sendo gentil com o antigo amigo e futuro traidor da Ordem?

As conversas foram puramente institucionais, e eu de nenhuma delas participei, mantendo o ar amuado e distante, brincando com a taça e a borda do prato, na qual riscava inutilidades com a ponta da faca, enquanto aguardava o momento certo: assim que soasse a meia-noite, e todo o Templo estivesse adormecido, iniciaríamos a reunião secreta do Círculo Interno, que desta vez se daria na Grande Capela onde meu irmão me havia encontrado pela última vez. Quando a hora chegou, marcada pelo extemporâneo canto de um galo, dirigi-me para a mesma porta lateral que havia usado um ano antes, seguindo uma longa e silenciosa fila de irmãos embuçados que por ela passava. Atrás de mim vinham alguns poucos, e logo que passaram a porta se fechou, sendo barrada por pesadas trancas de ferro. Estávamos completamente sós e a coberto, e nos organizamos para que o ritual do Círculo Interno pudesse ter início, com o desfile de todos os que ali estavam à frente do altar onde se depositava nosso maior tesouro.

Todos vestíamos apenas a túnica dalmática que era nossa vestimenta unitária, com a grande cruz bordada do lado esquerdo do peito: os mantos foram deixados no chão ou sobre os assentos onde nos organizáramos em ordem. A Grande Capela estava iluminada apenas por candelabros de nove velas, e sobre o Altar havia o maior deles, uma *chanukiah* de ouro que nunca era usada a não ser em momentos como este. Entre juramentos de respeito à Luz da Verdade e ao eterno combate à Tirania e aos erros, o desfile aconteceu, com nossas espadas erguidas à frente do rosto, como que dividindo nossas faces em duas. Ao lado do Grão-Mestre estava o Procurador-Geral do Templo, Pedro de Bonomie, que recitou de cor a oração de Moisés sobre a Arca da Aliança tal como se encontra no Deuteronômio, enquanto baixávamos os olhos durante a abertura dos véus que ocultavam o *Sanctus Sanctorum*, o *Debir* onde nosso tesouro era guardado, como acontecia em todos os Templos que a Ordem possuía pelo mundo, dentro de uma réplica da Arca original.

O ritual seguiu-se como eu dele me recordava, trazendo à frente do Altar os cavaleiros que deveriam ser iniciados no Círculo Interno, cujo ar de expectativa era grande, principalmente quando ouviram a frase "é preciso reconhecer Deus naquilo que existe de melhor no Homem", e mais ainda quando se lhes disse "é preciso derrubar o Templo para que ele se reconstrua". O Círculo Interno trazia para seus novos membros uma série de noções bastante novas, e em muitos de nós elas levaram muito tempo até se estabelecer como sendo verdades indiscutíveis.

Olhando os rostos seriamente preocupados que estavam à minha frente, temi por eles: quantos não deixariam de aproveitar o melhor que havia dentro de si, movidos por preconceitos que sua criação lhes tivesse imposto? Pelo que eu vira nos últimos tempos, cada vez havia mais jovens na Ordem, que, sem a oportunidade de testar sua força de vontade em meio a batalhas reais, certamente teriam grande dificuldade de fazer brotar dentro de si a base do Templo que todos devemos erguer em nosso interior. Os mais antigos na Ordem tínhamos tido inúmeras oportunidades de descobrir em nós o verdadeiramente sublime, que é sempre a mais fácil e natural de todas as coisas: mas os jovens, sem chance de experimentar-se nos rigores da vida, eram agora apenas pálidas sombras do que poderiam ter sido em outros tempos.

Esse temor me fez tomar uma decisão: eu deveria interromper o ritual antes que o grande segredo lhes fosse revelado, para que não se perdessem dentro dele, como estava estampado em seus rostos. Podia ser soberba de minha parte, mas eu não via neles nem um pingo daquilo que houvera em mim e em outros irmãos, fortalecidos pela adversidade e encorpados pelas certezas que a lida da Ordem nos dera. Fiquei em meu lugar, esperando o momento certo: eu sabia que a dissensão entre o Papado e a Ordem seria excelente terreno para meu rompante, e nesse ritual, se eu bem me recordava dele, havia muitos momentos em que o abismo entre a Igreja de Roma e a Velha e Verdadeira Igreja de Jerusalém, da qual éramos guardiões, se fazia sentir. Seria num desses momentos que eu, por minha própria escolha, daria início à missão que me fora designada.

O Procurador do Templo, falando por todos, disse:

— A religião em que fostes criados vos aconselha a prática do Bem, dizendo contudo que apenas as boas ações não bastam para que vos salveis, e que é preciso obedecer aos desígnios de um sacerdote e à graça divina para que vossa salvação esteja garantida. Não deveis crer nisso: vossas boas ações é que preparam vossa salvação, sendo mais do que o bastante para que ela se dê.

Os rostos estavam em baldas: como podia um de seus irmãos mais velhos dizer-lhes o contrário daquilo que haviam aprendido durante toda a sua vida? A tensão na Grande Capela aumentou sensivelmente, e eu aguardei que ela se tornasse quase insuportável para tomar a minha atitude aparentemente impensada. Eu me recordava com clareza de todo o ritual, e já sabia exatamente quando tomá-la, por isso aguardei sem dar nenhum sinal de meus futuros atos. O Procurador do Templo continuou:

— Deus está dentro de todos nós e somos todos parte dele. A religião, portanto, não passa de um esforço imperfeito para atingir o Absoluto, e nenhuma delas é possuidora da Verdade Final, e cada um de nós pode e deve glorificar a Deus da maneira que melhor lhe aprouver.

Os neófitos quase saltaram, entreolhando-se com surpresa, e foi só graças à estrita disciplina que fazia parte de nossos hábitos que não se ergueram de onde estavam ajoelhados, rejeitando o que o irmão Pedro de Bonomie lhes dizia. Estava quase chegando o momento em que eu me revelaria inimigo de meus irmãos e minha Ordem, tornando-me falsamente traidor e perjuro, e daí em diante seguindo o caminho que o Destino me pusesse à frente.

Pedro de Bonomie continuou, dando-me as deixas perfeitas: em minha mente, eu repetia as palavras que ele dizia, por sabê-las de cor, esperando que a última delas fosse proferida para romper o silêncio e tornar-me abominável para meus iguais:

— Existe na Criação um bem precioso, que não reclamamos somente para nós, desejando reparti-lo com todos os homens, protegendo-o, defendendo-o e promovendo-o para todos que dele se virem privados, sejam eles amigos ou inimigos. Esse bem, o maior que foi dado aos homens possuir, chama-se Livre-Arbítrio!

Meu momento chegara: a deixa fora dada, e só me restava cumprir meu papel. Dentro de mim, em silêncio, despedi-me definitivamente de tudo que um dia fora e dei o primeiro passo para minha nova e desgraçada vida. Atirei a espada ao chão e gritei, com voz forte:

— Absurdo! A Igreja está acima do Livre-Arbítrio!

Com os olhos arregalados por minha ousadia, meu Grão-Mestre e irmão, como se nada soubesse de meus planos, gritou, mais alto que eu:

— O Livre-Arbítrio está acima da Igreja!

Eu gritei mais alto ainda, avançando um passo em direção ao *Sanctus Sanctorum*:

— Calai-vos! Isso é blasfêmia e profanação! Nada pode estar acima da Igreja que nos abriga!

Pedro de Bonomie, apontando a espada para mim, berrou:

— Cala-te, imbecil! Tu é que estás profanando o Templo que te abriga e te dá a vida!

Oliver de Penne, que estava quase ao meu lado, dirigiu-se a mim decididamente, apontando-me também a sua espada:

— Isso é traição! E aos traidores só se pode dar a morte!

Vários outros irmãos também avançaram em minha direção, com verdadeira ira em seus corações, todos também gritando "traição" e "morte" com o máximo de suas forças. Empurrei os que me estavam ao lado e abri espaço à minha volta, girando a espada e berrando:

— Vinde! Vinde de dois em dois, de três em três! Deus me protegerá! Vós sois os traidores da Santa Madre Igreja!

Por todos os lados eu via a aproximação de irmãos com suas espadas em riste, e temi por minha vida, quando a voz estentórea de Jacques de Molay se fez ouvir:

— Não lhe toqueis um só cabelo!!!! Qualquer que tenha sido a sua intenção, Esquin de Floyrac tem direito de pensar o que quiser! Ninguém pode obrigá-lo a compartilhar de nossas convicções!

O plano sinistro estava em jogo, e meu querido Grão-Mestre, preservando-me para o resto dele, salvava-me a vida mais uma vez, como tantas outras já o fizera, só que nesta ocasião por motivo que ninguém conhecia, a não ser eu e ele. Seu grito inesperado, sua decisão de permitir-me ser quem eu desejasse, conspurcando um ritual do Templo, passaram despercebidos no calor do momento, e eu fui caminhando para trás, ainda sem relaxar a espada.

Oliver de Penne, sem tirar os olhos de mim, gritou para o Grão-Mestre:

— Irmão de Molay, não ouvistes o grito que ele acaba de dar? Ele nos insultou, e do insulto à delação vai uma distância menor que um fio dos cabelos que não nos permitis tocar!

O irmão Phoebus, erguendo sua espada com a mão esquerda, gritou, olhando-me com ar de desvario:

— O Rei Filipe nos espiona e trama contra nós! O Papa tem cada vez mais medo de nossa independência! O que o Prior de Montfaucon disse entre nós, se cair nos ouvidos de qualquer um deles, é o pretexto de que precisam para tornar-nos proscritos e fazer-nos enfrentar as ferramentas de sua tortura!

Jacques de Molay me havia dito que certamente havia entre nós espiões tanto do Papa quanto do Rei Filipe: estariam eles no meio desses irmãos que me ameaçavam? Dar-se-iam a conhecer? Olhei à minha volta: se havia quem concordasse comigo ou nos estivesse traindo, pelos mais variados motivos, certamente disfarçava bem, pois não vi nenhum rosto que não estivesse congestionado pelo ódio.

Jacques de Molay voltou a falar, com voz ainda mais alta:

— Ou respeitamos o Livre-Arbítrio que proclamamos como sendo o maior bem da Humanidade, ou nada valeremos. Esquin de Floyrac, até hoje valoroso Soldado do Templo, pode a esta altura de sua vida equivocar-se quanto a nossos mistérios e crenças. Vós vos esqueceis que, como todos nós, ele também prestou juramento de silêncio sobre tudo que se passa aqui? Eu não posso duvidar de sua palavra de cavaleiro!

Meu irmão fazia melhor do que eu o que devia ser feito: ninguém tinha pensado nisso, mas bastou sua menção a meu juramento para que uma sombra de dúvida passasse pelas faces de todos, e desse momento em diante ninguém mais duvidou de que eu perjuraria, se já não o tivesse feito. O irmão Pedro de Bonomie ainda tentou ponderar:

— Mas irmão Grão-Mestre, ele colocou a Igreja de Roma acima do Livre-Arbítrio, que é a sustentação de nossas vidas! O Papa tem recomendado a muitos de nós o perjúrio, desconfiado de que estamos fora de seu alcance, nos acusando das piores iniqüidades e desejando trazer-nos de novo para seu controle! Esquin de Floyrac dá um péssimo exemplo! Se Roma recomenda o perjúrio, o que nos garante que ele não se torne perjuro, depois de tornar-se traidor?

A assembléia, inclusive os jovens de quem eu me condoera, urrou em concordância com o Procurador do Templo. Jacques de Molay, a face cada vez mais séria, os olhos faiscando, fixou-me a face, enquanto se dirigia aos outros:

— Esquin de Floyrac sempre veio até nós de sua livre e espontânea vontade: como podemos pensar em sacrificar nossas crenças em benefício de uma segurança que também é dele? Não nos resta outra coisa a fazer a não ser entregá-lo à sua própria consciência, à sua própria honra e sinceridade, ao seu próprio destino, lembrando-lhe pela última vez o juramento que fez! Recorda-te, Esquin de Floyrac, que o nome dos traidores e perjuros se torna eternamente maldito!!!

Sustentei o olhar de meu irmão, tentando fazer com que meus pensamentos chegassem até ele: infelizmente, não existe entre os homens a leitura dos pensamentos alheios, a não ser através das atitudes, e, como eu e meu Grão-Mestre estávamos mostrando, até mesmo estas são enganosas. Olhamo-nos durante longo tempo, e, como eu nada disse, ele suspirou e baixou os braços, que mantinha até então erguidos acima da cabeça:

— Tua vida é responsabilidade tua, de Floyrac, assim como a vida de teus irmãos. Lembra-te sempre disso!

Resolvi acrescentar insulto à minha já imensa desonra:

— Vos devíeis lembrar-vos do Deus que vos criou, e do Filho dele, em nome de quem nos unimos, e que morreu para nos salvar!

Jacques de Molay sorriu, entristecido, e me disse:

— Pareces ter-te esquecido que Jesus não foi um deus que se fez homem para nos salvar, mas sim um homem que se fez deus para nos dar o exemplo... por que não queres mais seguir esse exemplo, irmão de Floyrac?

Virei-me para a assembléia, erguendo os braços no ar, numa imitação de meu Grão-Mestre:

— Vede? Ele renega a divindade do Cristo! Devíeis todos ser denunciados à Santa Inquisição!

A palavra Inquisição fez correr um frêmito de terror entre todos, até mesmo os mais empedernidos. E então Jacques de Molay, calmo como sempre, disse-me, em voz bastante baixa e suave:

— Se pensas assim, não te resta outra saída, de Floyrac: vai e faze o que tens a fazer...

A frase do Cristo para Judas, a mesma frase que de Molay me havia dito em nosso último encontro, quando combinamos o que agora iniciávamos... neste instante, sem que mais ninguém o percebesse, ele me fazia saber que estava tudo em conformidade com seus desejos, e seu olhar triste, um fraco sorriso nos lábios, me encheu de forças para continuar a executar o que ele me ordenara. Atirei a espada ao chão, rejeitando meu grau de cavaleiro, e virei as costas, dirigindo-me para a saída, enquanto um pranto amargo me travava a garganta. Arranquei a dalmática que me cobria, e, nu como tinha vindo ao mundo, parti pela porta da Grande Capela, atravessando o pátio e me dirigindo à minha cela, onde vesti minha armadura, e por sobre ela, mais nada. Do manto branco de lã muito fina, um dos três que eu possuía, arranquei violentamente a cruz, percebendo que, depois de tanto tempo, ela havia deixado uma marca indelével no tecido. Cobri-me com ele e saí de volta ao pátio, percebendo as luzes trêmulas pelos vitrais da Grande Capela: dirigi-me às cavalariças, lá arreando um cavalo, sem que nenhum dos sargentos ou mesmo um simples cavalariço surgisse para ajudar-me. Eu estava irremediavelmente só, e assim seguiria. Montei e dirigi-me à porta levadiça do Templo, onde fui parado por duas sentinelas. Gritei meu nome e cargo, pela última vez me apresentando como Prior de Montfaucon, coisa que já tinha deixado de ser com meus atos, e quando a ponte desceu, atravessei o muro da *Cousture*, saindo para a rua da cidade de Paris, dirigindo-me a qualquer lugar onde não pudessem me achar.

Acabei sendo encontrado na manhã seguinte, pois trilhava a esmo o caminho do Sul para fora de Paris, completamente desorientado, quando atrás de mim ouvi o tropel de alguns cavalos; olhando para trás, percebi serem dois cavaleiros como eu fora, que se aproximavam a galope, certamente para justiçar-me. Eu de nada valeria à minha Ordem se estivesse morto, portanto espicacei minha montaria e disparei à frente deles. Fui perseguido por mais ou menos duas milhas, e quando estávamos em um pequeno bosque nas cercanias de Juvisy St. Orge, resolvi enfrentá-los: era ridícula a minha fuga. Virei a montaria e, mesmo sem espada, preparei-me para eles.

Os dois cavaleiros se vestiam como Templários, mas não traziam em seus rostos as emoções violentas que eu temia, parecendo mais aliviados que qualquer outra coisa. Reconheci-os, apesar de não saber seus nomes: eles também haviam estado na reunião do Círculo Interno. O que vinha à frente saltou de seu cavalo e se dirigiu para mim, com a mão estendida em sinal de amizade:

— Irmão cavaleiro, ainda bem que paraste... nossa perseguição já estava se tornando ridícula... afinal, somos todos irmãos!

O outro cavaleiro também saltou de seu cavalo e aproximou-se de mim, apertando-me a mão: não os beijei como de costume por pura desconfiança. Não permitiria que se aproximassem de mim o suficiente para enfiar-me uma faca nas costas, como tinha aprendido no Oriente, por isso, mantive-os à distância de um braço.

O primeiro irmão resolveu tranqüilizar-me, apresentando-se:

— Meu nome é Gerard de Byzol, cavaleiro de Gisors, e este irmão a meu lado é Bernard Pelet, Prior da Comendadoria de Mas-d'Agenais.

— Somos ambos Priores, meu irmão, e como tal subidamente responsáveis pelos destinos da Ordem... — O outro irmão sorria. — Tuas palavras da noite anterior nos calaram fundo...

Os espiões que eu aguardava para algum momento se revelavam, antes mesmo do que eu esperava: com toda certeza iriam coalhar-me de préstimos, concordando com tudo que eu havia dito e tentando levar-me para seu redil. Havia no entanto uma possibilidade de que fossem Templários verdadeiros, fingindo-se de espiões para ganhar-me a confiança. Só o decorrer da conversa me daria alguma certeza; assim, mantive-me como antes, aguardando. Eu era o único responsável pelo que tinha que fazer, e esses homens, se fossem mesmo os espiões que eu presumia, poder-me-iam ser muito úteis.

Bernard Pelet continuou, tirando o elmo e mostrando uma cabeça de ralos cabelos louros, empapados de suor:

— O que disseste ontem, irmão, é exatamente aquilo que pensamos: o Templo a cada dia se afasta mais da Igreja de Cristo, a única verdadeira Igreja, e portanto está cada vez mais longe do único Deus, o pai de Jesus. Estamos perdendo o sentido e o motivo de nossa existência, e se não servimos para recuperar para a Cristandade os Lugares Santos, de que serviríamos?

— O Rei de França, nosso soberano Filipe, o Belo, também anda muito preocupado com as notícias sobre práticas escusas dentro da Ordem, e certamente precisa de quem possa ajudá-lo a recuperar a Ordem do Templo para seu verdadeiro objetivo. — Gerard de Byzol fazia grande esforço para convencer-me de seus argumentos. — Por que estaríamos contra o Papa e o Rei de França, se um é o Vigário de Cristo sobre a terra, e o outro, o maior de todos os reis cristãos?

Continuei calado: mas em minha mente comecei a vislumbrar alguma luz. Pelas palavras de Gerard, pelo menos ele estaria na lista de pagamento de Filipe IV. Fiz-me então de ofendido:

— Se me davam razão, por que não me apoiaram contra Jacques de Molay? Tudo de que eu precisava naquele momento era que irmãos de valor concordassem comigo, e o poder do Grão-Mestre se esvairia!

Alguma preocupação surgiu nos olhos dos dois, e Bernard disse:

— Não poderíamos revelar-nos sem ter certeza do que estava acontecendo, irmão! Foi só depois que o irmão deixou a Grande Capela que percebemos ter sido rigorosamente real tudo o que acontecera! Ali mesmo o irmão foi destituído de seu Priorado, e certamente, graças ao longo braço do Templo, será rejeitado em todos os lugares Templários em que buscar abrigo! Não podemos permitir que isso aconteça, irmão! Queremos ajudá-lo, ajudando a nosso Rei e nosso Papa!

Para mim estava claro: ambos eram homens de Filipe IV, o horrível belo Rei de França. Esses dois podiam ser-me muito úteis, se tinham os canais para que eu executasse minha impostura como ela devia ser executada, abrindo mão de todos os anéis para preservar a maioria dos dedos. Falei-lhes, com ar de franqueza:

— Era preciso que envolvêssemos outros reis cristãos numa denúncia clara de Jacques de Molay!

Gerard apressou-se em corrigir-me:
— Não apenas a ele, mas a toda a Ordem do Templo, preservando apenas os cavaleiros que forem verdadeiros cristãos e estiverem dispostos a obedecer ao Papa e ao Rei de França!

Eles certamente se incluíam entre esses bons cavaleiros, ansiando por mais poder do que já tinham. Era impressionante como suas almas ficavam transparentes a mim, e eu conseguia quase ouvir por trás de suas frases pomposas outras frases mais honestas, que revelavam seu verdadeiro intento: queriam tudo, não apenas parte, e seriam capazes de qualquer coisa para conseguir esse tudo almejado. Podia ser poder, podia ser dinheiro, podia ser até mesmo um destaque maior: quem sabe, como eu mesmo um ano antes, também não sonhassem em ser Grão-Mestre? A cobiça, sendo de maneira geral o vício mais constante dos anos de decadência de uma pessoa, se enraíza de tal maneira em nós, que a coisa possuída é que parece nos possuir, em vez de ser o contrário. Tornamo-nos dependentes daquilo que ambicionamos ou almejamos ter, não medindo esforços para dela ser donos, terminando por nos tornarmos seus escravos, vergonhosamente dominados por ela.

Os irmãos que ali estavam eram assim, e eu me reconhecia neles: se Jacques de Molay não me tivesse dado a gloriosa tarefa infame que me dera, quem sabe eu não estaria, como eles, ainda ambicionando o cargo de Grão-Mestre, tornando-me capaz de tudo para alcançá-lo? Ninguém poderia saber disso, nem mesmo eu, que me acreditava bom e decente: o tempo havia mudado os meus caminhos, e o que seria já tinha ficado perdido, oculto pelo que tinha que ser.

Saímos do bosque de Juvisy St. Orge juntos, conversando e nos familiarizando uns com os outros: como desejava deles a confiança absoluta, acabei por dar-lhes a minha confiança, ainda que falsa, narrando-lhes uma história cheia de detalhes que fui urdindo à medida que narrava, feita na medida para que se sentissem conhecedores de toda a minha vida e leitores de toda a minha alma, daí em diante sentindo-se à vontade para entregar-me as verdades de suas vidas e almas. Nazimus me havia feito compreender isto: toda impostura nasce sempre de uma entrega de confiança, não restando ao que será prejudicado nada a fazer a não ser confiar em quem parece confiar tanto nele, dessa forma tornando-se vítima por sua própria vontade. Ele aprendera isso no Pátio dos Milagres: eu ainda trazia no dedo o pequeno anel de ouro que ele me havia dado, dentro do qual estava inscrita a frase que me permitiria ingressar na confraria dos malandrins, se tal se fizesse necessário.

Abrigamos-nos em Corbeil, numa hospedaria que os dois espiões conheciam, onde tomei um quarto no segundo andar, sem comer nem beber, louco para ficar só comigo mesmo, esgotada minha capacidade de inventar mentiras, piedosas ou não. Assim que fiquei só, corri a folhear minhas lâminas do Tarot, buscando mais uma vez uma indicação de como se estavam processando os meus estados de espírito, em permanente turbilhão desde que visitara meu Grão-Mestre, um ano antes disso. Era para isto que essas lâminas serviam: seus desenhos despertavam em mim processos de pensamento e intuição que me iluminavam muito mais sobre mim mesmo do que se eu tentasse fazê-lo sem nenhum apoio. A mente costuma estar viciada em determinadas formas de pensar, e, para chegar a resultados diferentes, é preciso mudar as formas de pensar: se um homem não muda a sua forma de pensar, nada muda em sua vida, e o mundo permanecerá para sempre idêntico aos nossos olhos, tomando-nos de surpresa quando se modificar à nossa revelia.

Decidi armar um jogo que me era conhecido e funcionara bem em diversas ocasiões, tirando quatro lâminas e colocando-as em cruz e depois que elas estivessem abertas, tirando uma quinta, que seria posta no centro desta cruz, coroando a idéia que as quatro me tivessem trazido. Virei-as uma a uma: a primeira era A Papisa, a seguinte A Imperatriz, a outra a dO Imperador, a quarta a dO Papa. Eram cartas seguidas, encontradas exatamente nessa ordem no livro-mudo que Nazimus me havia feito conhecer, e quando as abri exatamente na ordem em que haviam sido criadas, pensei se não trariam como corolário exatamente a sexta lâmina do Tarot. Peguei a próxima e virei-a, com a certeza de que ali estaria O Enamorado. Não foi nenhuma surpresa quando isso aconteceu. A lâmina dO Enamorado ali estava, brilhando com as cores de sua dúvida cruel.

Todos os momentos em que minha tarefa inglória se misturava com o Tarot o traziam em ordem perfeita, e isso me fez pensar se eu não estaria desta vez vivendo aquilo que apenas lera e estudara quando jovem: as letras hebraicas, acima dessas lâminas, *beth, guimel, dalet, heh* e *vav*, apareciam exatamente nessa ordem no *alef-beit* hebraico. Esta ordem tão rigorosa me dava a certeza de que, tudo estando escrito, ainda me restava a opção pessoal para fazer com que ocorressem todas as mudanças, e enquanto eu escolhesse corretamente, a ordem em que as gravuras sairiam seria sempre perfeita.

Poderes femininos e masculinos, poderes materiais e espirituais, misturados dois a dois em seqüência indiscutível, coroando-se com a dúvida permanente entre o novo e o velho, o passado e o futuro, o corpo se dirigindo ao futuro enquanto o olhar permanece aferrado ao passado, tudo isso me surgiu na cabeça enquanto observei as cinco lâminas. Existe uma ordem no Universo aparente que só enxergamos com os olhos da imaginação: essa que me surgiu aqui, ao mesmo tempo em que parte de minha mente analisava os acontecimentos do último dia, me trouxe a certeza de que os espiões de Filipe IV precisavam ser testados, o que devia ser feito imediatamente, pois não havia mais tempo a perder. Os poderes temporais e espirituais que Filipe e Clemente acumulavam neste momento precisavam ser organizados por suas polaridades, cada um de uma vez, garantindo que uma certeza ganha não se perdesse por falta de atenção a todos os fatos.

Com isso, na manhã seguinte comecei a experimentar os dois cavaleiros, Gerard e Bernard, insistindo em denunciar as iniqüidades do Templo ao maior número possível de reis católicos, como forma de acumular apoio ao Papado e ao Rei de França. Eles queriam me levar imediatamente à presença de Filipe, mas eu recusei:

— Filipe já tem sua posição tomada, e não precisa de mim... precisamos levar esses fatos ao conhecimento de todos os outros. Depois dos francos, o maior número de Templários fica em território sob o domínio do Rei de Aragão, Jaime II, fiel seguidor do Papado. Por que não vamos até ele? Se ele ficar de nosso lado, certamente teremos um grande apoio à nossa causa...

Os dois se entreolharam, receosos de rejeitar minha proposta: afinal, deviam estar-me encarando como um prêmio que lhes tivesse caído às mãos. A idéia de meu Grão-Mestre era perfeita: assim que me revelara como sendo um possível traidor, imediatamente outros traidores de mim se aproximaram. Quantos mais não surgiriam nos tempos que ainda estavam por vir?

O FIM DO TEMPLO

Dois dias depois, tendo eu rejeitado qualquer outra possibilidade, já estávamos a caminho de Aragão, atravessando grande território, comendo e dormindo à custa da bolsa dos dois cavaleiros, que parecia ser sem fundo, tal a facilidade com que produziam dinheiro. Templários, não éramos ricos, apesar da riqueza de nossa Ordem, e nunca dispúnhamos de dinheiro suficiente para viver sem preocupações: em viagem, sempre andávamos de Comendadoria em Comendadoria, recorrendo às hospedarias e albergues profanos apenas quando não havia outra alternativa, vivendo à custa do Templo sempre que trabalhávamos para ele, e, como ao entrar na Ordem deixávamos de lado nossa vida pessoal, esse era o nosso normal. Fiz-me de desentendido, mostrando-me tão preocupado com outros assuntos, que sequer daria atenção a coisa tão comezinha quanto dinheiro, mas, enquanto os cavaleiros me estudavam e vigiavam, não me permitindo nenhum momento de solidão que não fossem os da hora do sono, eu também os estudava, ainda que nada em minhas atitudes mostrasse isso. Seu jeito de agir, a maneira como comiam e bebiam, as fórmulas de santidade de que faziam uso quando em público, a arrogância de que eram capazes com qualquer um que não considerassem de seu mesmo nível, e, mais tarde, a subserviência a todos os que tivessem mais poder que eles, indicavam claramente o equívoco de seu ingresso na Ordem, que cada vez cometia mais falhas desse tipo. A necessidade de ampliar o número de cavaleiros ativos tinha levado o Templo a reduzir em grande parte as suas exigências para ingresso, e agora que não tínhamos muito a fazer, as falhas de caráter sobressaíam, como sempre acontece em momentos de inação e vadiagem. Gerard de Byzol e Bernard Pelet pouco falavam comigo, mas cochichavam muito entre si, e quando a mim se dirigiam, parecia ser de caso pensado, dizendo algo que tivessem combinado dizer, com um objetivo bastante claro: percebendo sem me deixar perceber, eu fazia seu jogo, imbuído da certeza do que estava por fazer.

Em Mas d'Agenais, à beira do Garrone, pousamos durante duas noites na Comendadoria de que Bernard Pelet era Prior, enquanto descansávamos para nosso último estirão até Aragão e o Rei Jaime. A cidadezinha de Agen era ponto obrigatório para os andarilhos que refaziam o caminho de São Thiago, havendo nela uma igreja erguida no século anterior em que muitos se abrigavam entre orações e penitências, e o mais comum nessa trilha era o encontro com homens com grandes chapéus desabados, cajados e capas negras enfeitadas com as conchas que eram a marca registrada dos que traçavam tal caminho, em busca de uma verdade interior que de maneira geral lhes escapava. Ninguém me identificou, mas Bernard Pelet me informou que já haviam corrido informações por toda a Ordem dando notícias de minha exoneração do cargo de Prior de Montfaucon, e que, se eu me desse a conhecer, não seria bem-vindo em lugar algum.

Continuamos a viagem, depois de dois dias, apenas eu e Gerard, pois Bernard tinha mais o que fazer em seu Priorado, enchendo-nos de cartas a serem entregues a oficiais do Rei Jaime II quando chegássemos a Aragão. O Rei, praticante da caça, estava em um abrigo na aldeia de San Lorenzo de Morunys, do outro lado dos Pireneus, que atravessamos com alguma dificuldade, mesmo acompanhados por quatro escudeiros que Gerard tinha insistido em trazer consigo, e que cuidaram de todas as nossas necessidades durante o trajeto.

Depois de muitos anos, eu via neve outra vez, e as capas forradas de pele que Bernard Pelet nos havia feito trazer conosco foram mais que suficientes para que atravessássemos sem grandes danos à saúde os caminhos que cortavam os Pireneus. San Lorenzo de Morunys estava quase toda branca, e sua famosa queda-d'água semicongelada, à beira da luxuosa cabana de caça do Rei Jaime, para onde nos dirigimos assim que o sol nasceu. Perdemos algumas horas em entrevista com seus senescais, mas finalmente, graças às cartas de Bernard Pelet que nos identificavam como Soldados do Templo com graves assuntos trazidos ao conhecimento de Sua Majestade, pudemos finalmente ir até a presença do Rei, conhecido como Jaime II, o Justo. Eu contava com esta justiça: se conseguisse fazer com que Jaime II rejeitasse o apoio à causa de Filipe IV, a sobrevivência do Templo estaria mais que garantida. Um só Rei, acompanhado do Papa a quem dominava, certamente não seria suficiente para iniciar nenhum processo, por mais interessante que ele pudesse parecer, e quanto mais alucinadas parecessem as acusações, mais dificilmente haveria apoio a elas. Eu cumpriria as ordens de meu Grão-Mestre, e ao mesmo tempo impediria que o Templo fosse destruído ou desgraçado. Quem sabe com esta medida minha traição se tornasse inútil, e o Templo fosse salvo antes da hora?

O FIM DO TEMPLO

Gerard deixou que eu fosse sozinho ao encontro de Jaime II: por algum motivo, ele preferiu que eu me revelasse sem correr qualquer risco pessoal, e isso foi para mim uma grande lição: o verdadeiro combatente é aquele que sobrevive para combater mais um dia. Na sala escura, enfeitada com recortes de madeira e móveis pesados, que muito me lembrou a sala de Bertran de Capestang em minha casa de infância, Sua Majestade estava sentado sem nenhum atavio de nobreza, afiando facas e colocando penas na ponta de suas flechas, meticulosamente e sem desviar a atenção de seu trabalho, mesmo quando comecei a falar:

— Majestade, tenho grave denúncia a fazer!

— Faze-a, então, sem mais delongas. — Jaime II tinha a voz rouca e os esses vibrantes dos aragoneses, sem estranhar que eu, um cavaleiro franco, dominasse o *catalán*, sua língua natal. — Não é preciso supervalorizar o que tens a vender, cavaleiro...

Os poucos serviçais que o cercavam, guarda-caças e palafreneiros em sua maioria, sequer erguiam os olhos para nós. Eu insisti:

— Majestade, o assunto é grave e requer privacidade: não poderíamos falar em outra língua que ambos dominemos?

Jaime II levantou os olhos muito claros, fixando-me com certa incompreensão:

— Cavaleiro de Floyrac, estamos completamente sós: não existe ninguém à nossa volta. E quando o assunto de que o cavaleiro tem a me falar deixar de interessar-me ou de ser importante para mim, o cavaleiro também desaparecerá de minha vista. Estamos compreendidos?

Não havia nenhuma empáfia no que Jaime II me dissera: era a sua própria natureza de Rei que o fazia agir desta maneira. Conhecido em todos os lugares como compassivo e equilibrado, fora criado na certeza de ser superior a todos os que o cercavam, e na crença absoluta de que seu poder, sendo de origem divina, não podia ser nem nunca seria questionado pelos que não eram Reis. Curvei-me a seu desejo, e continuei:

— Compreendo perfeitamente, Majestade, e tentarei ser o mais conciso possível para não incomodar-vos além da conta. Aqui, onde Vossa Majestade me vê, sou um pobre cavaleiro rejeitado pela Ordem do Templo, simplesmente porque não aceito que eles tenham se transformado em uma fonte de iniqüidades e de heresia!

Não pude certificar-me do interesse de Jaime II pelo assunto, porque, enquanto eu contava a ele, da maneira mais trágica e escandalosa, minha versão espúria e mentirosa das heresias do templo, ele continuou recolocando as penas de suas flechas de caça, mordendo a língua enquanto as fixava em seu lugar com um fio de cor parda. Narrei-lhe tudo, carregando nas tintas dos pecados dos Templários, em sua descrença na divindade de Jesus, em seu desrespeito ao Papado de Roma, em seus hábitos sodomitas. Era preciso que eu convencesse Sua Majestade de meu desespero, talvez de alguma loucura; por isso, me emocionei até as lágrimas, desgrenhado e com as vestes em desalinho, e atirei-me ao chão à frente dele, balbuciando, entre soluços:

— Salvemos a Igreja, Majestade! Salvemos as almas dos que caíram em heresia! Só Vossa Majestade pode salvar-nos a todos! Vós sereis o nosso Cristo redivivo!

Jaime II atirou as flechas ao chão, com fúria:

— Isso sim é heresia! Comparar-me com Cristo? Enlouqueceste, cavaleiro? Por mais importância que eu tenha, nada nela se compara à do nosso Salvador! Se queres saber, não creio em nada do que me contaste! Conheço os Templários, conheço sua fidelidade e respeito, e nunca vi qualquer sinal dos enganos e vícios que narraste! Creio que estás completamente louco, e tua atitude descontrolada é a maior prova disso. Só não entendo por que virias de tão longe para contar-me coisas tão improváveis!

— Majestade! Juro por tudo o que existe de mais sagrado que nenhuma mentira saiu de minha boca! Fui expulso do meio dos Templários exatamente por ter sido testemunha de sua traição ao Cristo!

— Cala-te, cavaleiro! Se te expulsaram, fortes razões tiveram! Não sei de ninguém na Ordem do Templo que dela tenha sido expulso a não ser por motivos terríveis! O teu deve ser a loucura, que exibes com tanta prodigalidade, ou então algum desses pecados infames que tentas impor a eles... Se não fossem as cartas de Bernard Pelet, um Templário de família argonesa que conheço muito bem, tirar-te-ia de minha presença com capelo e baraço! Nada do que me disseste desperta qualquer interesse... a não ser que tivesses alguma prova a apresentar... tens?

Meu plano estava funcionando: Jaime II rejeitara completamente o que eu lhe dissera. A falta de provas seria um argumento a mais para que ele não me levasse em consideração. Mantive meu ar apalermado, levemente ofendido, como se fosse obrigação de Sua Majestade aceitar sem discutir os fatos revelados. Com a rejeição de Jaime II, quem sabe Filipe IV não se isolasse, e sem apoio de nenhum outro Rei, talvez até tendo que enfrentar a ira de alguns deles, não desistisse de seu intento? Neste momento, congratulando-me comigo mesmo, eu acreditava ter feito melhor do que me havia sido ordenado, protegendo o Templo e garantindo-lhe a perpetuidade.

Por dentro de mim eu ria, satisfeito: por fora, mantinha meu ar idiotizado, olhos arregalados, boca aberta. Jaime II, percebendo que dali nada mais sairia, recolheu as flechas do chão e disse:

— Eu já o presumia: esta conversa está terminada.

Sentou-se novamente à mesa, recomeçando a atar as penas de suas flechas, agindo como se eu nunca tivesse estado ali: por seu desinteresse, como ele já havia deixado claro, eu efetivamente desaparecera de sua presença, só me restando curvar-me e deixar o aposento.

Do lado de fora, mantive o ar de desagrado, quando Gerard me questionou, enquanto saíamos para o exterior gelado:

— O que disse Jaime II?

Eu fiz cara de enfado:

— Ele não compreendeu nem a décima parte do que eu lhe disse! Prefere crer nas boas qualidades dos Templários, em vez de se preocupar com a saúde do Papado! Por mais que lhe tivesse contado as coisas terríveis que acontecem dentro da Ordem, ele não as levou em consideração, chamando-me de louco... e acabando por colocar-me para fora de sua sala, pedindo provas! Mas que provas podemos dar-lhe, a não ser nossas palavras de cavaleiros?

Gerard sorriu, cinicamente:

— Por isso não entrei lá contigo: os Templários são muito importantes em Aragão, em Valência, na Catalunha, e até na Sicília, onde o Rei é o irmão mais novo de Jaime II. Sabia que era perda de tempo tentares convencê-lo de qualquer coisa: ele é justo, mas extremamente turrão, e não muda de idéia com tanta facilidade. Compreendes agora que devemos ir a Filipe IV e dar-lhe nosso apoio em sua luta?

Gerard estava se sentindo superior a mim, e ao mesmo tempo eu me sabia superior a ele: com minha aparente tolice, eu conseguira desviar um importante Rei cristão do caminho que Filipe trilhava, enfraquecendo-o, em seus desejos de destruição do Templo. Se não conseguisse convencer Jaime II, como convenceria o Papa? Fiquei mudo durante todo o caminho até a estalagem em Puigcerdá, depois de atravessarmos a Cerdaña del Cadí, regozijando-me internamente, dando a Gerard a certeza de que estaríamos de volta diretamente a Paris, para falar com Filipe IV. Eu poderia ir até ele, mas meu ar alucinado, por piores que fossem as coisas que eu lhe dissesse, certamente o faria desconfiar de minha sanidade, ou então não dar-me tanta importância assim. Eu não podia saber: com Reis, nunca se tem certeza de nada. Sempre se diz que um Rei que deseja ser absoluto deve ter antes de tudo o amor de seus súditos: máxima admirável, mas apenas fora dos palácios, porque dentro deles causa grandes risadas entre os Reis e suas cortes. Uma pena: sendo os Reis o modelo a partir dos qual os povos se desenvolvem, suas atitudes e hábitos acabam tendo muito mais força que as leis que promulgam.

Na hospedaria em Puigcerdá, recolhi-me a meu quarto, dizendo estar muito triste e necessitado de rezar por uma luz que me iluminasse nesse transe terrível. Gerard aceitou a idéia, mesmo porque havia desencavado com o estalajadeiro uma garrafa de vinho e dava mostras de pretender tomá-la toda. Fechei minha porta e, acendendo uma vela, apanhei minhas lâminas dentro do saco de veludo junto a meu peito, embaralhando-as e colocando-as à minha frente com as costas para cima. Eu já percebera que, enquanto agisse de maneira correta nesse caso, as cartas sairiam todas em ordem crescente, da primeira à vigésima segunda, na ordem exata em que o livro-mudo havia sido escrito, mostrando-me o acerto de minhas atitudes. Segundo esse raciocínio, a próxima lâmina seria O Carro, e eu não resistia à vontade de vê-la, dando-me garantia de precisão e continuidade de que necessitava, depois destes dias de esforço mental tão acentuado. Virei a carta lentamente, e meu coração se confrangeu: ali não estava O Carro, mas sim O Mago, o início do livro.

Eu me enganara, portanto: alguma coisa eu fizera que não estava de acordo, e o livro se reiniciava, alertando-me de que teria que recomeçar minha tarefa da melhor maneira possível, para não perder aquilo que já construíra. Tomara um atalho que se revelava sem saída, e só me restava voltar sobre meus próprios passos, humildemente, até encontrar o lugar onde me desviara do caminho, e daí em frente segui-lo sem hesitação.

O Mago estava na lâmina como eu nunca o vira: estupidamente cheio de si, crente em um poder que não possuía, manipulando as mentes dos que não conheciam a verdade, e com isso gerando mais e mais mentiras, desequilibrando o Universo e a si mesmo. Pela primeira vez, vendo-o, vi a mim mesmo como o que realmente éramos: apenas funâmbulos de feira, dando-nos ar de grande coisa mas nada valendo, certos de ter grande poder sem reconhecer que, se não fôssemos simples transmissores de alguma força superior a nós, teríamos que mentir, burlar, enganar, tornando a prática da intrujice o nosso natural diário, para poder sobreviver.

Eu era exatamente assim: enganado, equivocado, tateando pela vida como um cego de nascença, mentindo para realizar a tarefa maldita que me fora imposta por causa de meu próprio talento em mentir, enganar e fingir ser quem não era. Dizem que quem mente não consegue olhar na cara do outro: eu, pelo contrário, era capaz de encarar com desfaçatez a quem quer que fosse, até o próprio Deus que me criara, se isso fosse essencial para que eu realizasse o que desejava.

Capítulo 4

1264

Durante três anos fui Lepidus em público, e Esquin na privacidade, e Nazimus, mestre de Lepidus na sapataria, foi mestre também de Esquin na prática da sabedoria, em todas as facetas que pôde. O livro-mudo por onde ele iniciara minha instrução era muito estranho: de cada vez que eu olhava uma de suas lâminas, ela se mostrava sensivelmente diferente da vez anterior em que eu a havia estudado. Algumas delas, por incrível que pareça, eram visões diversas uma da outra, havendo entre elas tal semelhança e concordância que não era possível que isto fosse uma simples coincidência, como nas lâminas dO Enamorado e dO Julgamento: olhando-as com cuidado, percebi que eram a mesma cena vista pelo outro lado, com as mesmíssimas figuras em foco, só que modificadas em seus aspectos mais importantes — numa, totalmente vivas, na outra, ressurgindo dos mortos —, e que o anjo que numa delas apontava uma flecha para o coração dos amantes, fazendo-se de Cupido, era o mesmo que na outra tocava as trombetas do Juízo Final. Eu disse isso a Nazimus, que as olhou longamente, comentando:

— O que é a natureza... Estudo essas lâminas há mais de quarenta anos e nunca tinha percebido tal semelhança.

Eu sorri:

— Nazimus, tu mesmo me disseste que mais vale aquilo que aprendemos do que aquilo que nos ensinam...

Nazimus gargalhou, enquanto me apontava as letras hebraicas acima das duas lâminas: na dO Enamorado estava um *vav*, enquanto a dO Julgamento trazia um *resh*, traçados com o que pareciam ser pequenas labaredas de fogo congelado em sinais:

— Com as 22 letras do *Aleph-Beit* hebraico, escreveu-se tanto a *Torah* quanto o livro-mudo que tens em mãos. Quem sabe se, observando-as com a mesma atenção, não encontrarás as mesmas semelhanças e ligações entre as letras?

Ajudado por Nazimus, pus-me a estudar o alfabeto hebraico, e depois de algum tempo um pequeno livro que meu mestre tirou de dentro de seu baú, juntando letras com letras, formando palavras, perguntando a Nazimus como elas eram pronunciadas e o que significavam, tornando-me capaz de em pouco tempo ler e traduzir grande parte do que ali estava escrito. Fiquei também fascinado ao saber que aqueles sinais eram tanto letras quanto números, e que todas as palavras tinham valores numéricos definidos, além de seus significados lingüísticos. Os textos desse livrinho eram muito estranhos: às vezes, parecia que nada neles fazia qualquer sentido; outras, uma intensa compreensão do que ali estava escrito se instalava em mim, em tudo semelhante ao processo de leitura silenciosa do livro-mudo, que por vezes me preenchia de uma imensa compreensão das coisas sem que houvesse qualquer razão clara para que isso se desse.

Nazimus também lia em voz alta os textos do livrinho, e a qualidade quase líquida das palavras me penetrava e me colocava em um estado além do físico, mergulhado em um ambiente de bem-estar mental que nunca antes havia conhecido. Os sons das palavras, ditas diretamente sem nenhuma pausa entre elas, me permitia perceber um mundo que não era como o mundo da *langue d'oc* que falávamos a maior parte do tempo, quase sendo suplantada pelo *françois* que Filipe IV nos impunha como língua dos francos: a *langue d'oc* também era líquida, mas não da mesma forma, e o *françois* com que se ia misturando, já carregado de sons da *langue d'oi*, emprestava-lhe uma qualidade orgulhosa que antes ela não possuía, tornando a mistura das duas qualquer coisa a meio caminho entre a alegria de viver e a obrigação de ser poderoso. O hebraico, por outro lado, era líquido como as águas dos regatos, que nunca repetem nem seus ritmos nem seus sons na mesma ordem, fluindo naturalmente de maneira quase desorganizada, penetrando em nossos ouvidos como os sons da natureza o fazem ao acordarmos pela manhã. Ouvir as línguas faladas por Nazimus era fascinante; ele tinha grande traquejo em cada uma delas, e quando ousei começar a falá-las, foi como imitação de sua prosódia que o fiz. Ele se admirava com minha rapidez, que dizia ser muito maior que a sua quando aprendiz de línguas, e fiquei muito feliz com isso, porque minha capacidade de imitar e fingir se enriquecia bastante com o que ele me ensinava.

Uma noite, meio sonolento, estava ouvindo a leitura do livrinho, absorto em mim mesmo, quando de súbito percebi que a língua estava bem diferente do normal. Ergui meus olhos para Nazimus, e ele estava impávido como sempre. Alguma coisa não estava certa, e eu, mesmo compreendendo uma boa parte do que ali vinha sendo dito, perdia muitas palavras, como se tivesse retornado aos primeiros momentos em que as ouvira sem ter delas nenhum conhecimento. No final do texto, em vez de dizer como sempre *shalom aleichem*, ele disse *salam aleikum*, olhando-me interrogativamente. Eu perguntei:

— O que aconteceu com o hebraico, Nazimus? Tu o transformaste em alguma coisa diferente, um dialeto, talvez?

— Ainda bem que não estavas de todo desatento... Quem te disse que o que estou falando é o hebraico? Não é nem mesmo um dialeto, mas outra língua.

— Mas como pode ser outra língua, se eu a entendi quase toda?

— Duas filhas de uma mesma raiz comum, filhas do mesmo pai, ainda que tendo mães diferentes, exatamente como os povos que as falam: olha.

O livro que Nazimus tinha nas mãos era diferente: em vez das letras separadas e feitas de pequenas labaredas, ali estavam verdadeiras volutas, lindas e coleantes como serpentes, enfileiradas umas após outras, com pequenos sinais sobre algumas delas. Notei a semelhança desses sinais com os pontos massoréticos que o hebraico utilizava abaixo das letras para determinar os sons vocálicos, pois o hebraico só possuía consoantes, mas Nazimus me corrigiu, rindo das semelhanças que eu havia encontrado:

— Cada uma destas belas serpentes é de maneira geral uma palavra, e os pontos que vês são parte integrante de seu desenho, pois o árabe soma as letras umas às outras, e sua união forma as palavras que se desejam escrever. As semelhanças com o hebraico são infinitas, até mesmo nos sons das letras. Olha: este pequeno risco vertical chama-se *alif*, e é o mesmo *aleph* do hebraico. Este outro sinal horizontal chama-se *bá*, e é o mesmo *beit* do hebraico. Uma curiosidade: a palavra "casa" tanto em hebraico quanto em árabe, é a mesma, *beit*, e o valor de ambas as letras é o mesmo, dois.

— Números também? Até nesse uso indiscriminado de seus sinais como letras e números, as duas línguas se confundem?

Nazimus pousou o livro sobre os joelhos e me encarou:

— Há estudiosos dessas particularidades em todas as línguas, Esquin: e, sendo o hebraico e o árabe parentes tão próximos, não há como negar esse parentesco. O que alguns estudiosos fazem com uma, outros fazem com a outra: a ciência matemática das letras sagradas, praticada pelos estudiosos judeus com o nome de *ghematria*, é exatamente igual àquilo que os eruditos árabes executam no *ilmul-hurûf*, traçando as operações de substituição de letras por números para sustentar seus conceitos filosóficos com precisão acima de qualquer expectativa. Em hebraico, por exemplo, essa língua tão fascinante e precisa, quando se lhe aplica a *ghematria*, a palavra *chem*, que quer dizer "nome", e a palavra *sephar*, que quer dizer "Número", têm o mesmo valor numérico, 340. Um *falsafa* árabe, desejando significar o Grande Nada no qual todas as coisas têm origem, inventou o zero, que chamou de *sifr'*, a mesma palavra *séphar* que os judeus usam para "Número", como acabei de dizer-te. O zero, ainda que seja Nada, é um número e uma palavra como todos os outros. Viste como de uma simples palavra tanto aprendeste? Se te dedicares um pouco a isso, certamente terás grande avanço mental.

Assim foi meu aprendizado: enquanto o sol brilhava, eu me tornava um capacitado artesão do couro, habilitado a fazer sapatos e botas de todos os tipos e para todos os pés, sempre sob a máscara de Lepidus, o aleijado babão. À noite, no entanto, eu me retransformava em Esquin, ganhando de Nazimus a bênção de sua imensa sabedoria, sem conseguir descobrir de onde ela vinha. Não foram poucas as vezes em que questionei meu mestre sobre a fonte de seu saber, mas ele preferia usar o tempo que tínhamos para ilustrar-me o espírito com tudo que me seria útil, segundo sua maneira de enxergar o meu futuro.

Nazimus tinha realmente uma visão de meu futuro, que só admitiu discutir comigo depois de dois anos e meio de estudos: estávamos em mais uma de nossas viagens mensais a Méze, durante as quais eu me permitia ser Esquin à luz do sol, deitado sobre o fundo da carroça, vendo passar as árvores, os pássaros, as nuvens, e ele começou a falar mansamente, fazendo-me ouvir sua voz como se ela viesse de lugar nenhum:

— Está chegando a hora em que já podes tomar um rumo em tua vida: teu nascimento te deu certos direitos que não devem ser desperdiçados. Filhos de cavaleiros, mesmo que sejam bastardos, têm, não o dever, mas o direito de seguir os passos do pai. Pensaste nisso, algum dia?

Eu não tinha pensado: me acostumara com a vida disciplinada dividida entre dias de sapateiro e noites de estudo, e ela me era muito satisfatória, mas eu nunca cogitara do que faria com aquilo que aprendera, e nem se aquilo me seria útil para algo mais que as artes da fabricação de calçados:

— Nazimus, acho que me satisfaria em ser apenas sapateiro, como tu. De sapateiros o mundo sempre terá necessidade: já de cavaleiros, pelo que eu pude observar, nem tanto assim...

— Tu te enganas, rapaz: o mundo tem necessidade de tudo, até mesmo dos piores entre nós. O que importa para o Universo onde vivemos é que haja equilíbrio entre as diversas forças da Natureza, que os aspectos mais ásperos se contraponham aos mais suaves, especificamente, para que o mundo não seja nem suave nem áspero, mas sim uma mistura equilibrada das duas coisas, permitindo que toda espécie de vida nele floresça, da maneira como o fez o Criador dos mundos. E então, não te apraz ser cavaleiro, como teu pai?

Fiquei sem saber o que dizer, mas, perscrutando meu íntimo, percebi que não tinha pelo pai que nunca conhecera qualquer sentimento, o que era o mesmo que dizer que por ele minha alma não se movia positivamente: se ele não tivesse seguido os anseios de sua discutível coragem, minha mãe e eu não teríamos sido abandonados, ela não se deixaria envolver pelo catarismo que a destruiu, e eu não teria sido criado em engano e desconcerto. Tivesse tudo corrido bem, hoje eu é que seria o senhor do moinho de Capestang, este que girava dia e noite ao nosso lado, estraçalhando grãos e sementes, das quais sempre restava um dízimo para o moleiro, fosse ele quem fosse. De qualquer maneira, meu pai desconhecido não me causava nenhuma boa impressão: eu não tinha por ele qualquer resquício de carinho ou respeito, e se tivesse que ser cavaleiro, certamente não pretendia agir da mesma forma que ele. Disse isso a Nazimus, que me respondeu:

— Cada um age da maneira que mais achar conveniente: não é por seres filho de teu pai que terás que ser como ele, ou agir da maneira como ele agiu. Cada um faz a sua vida... e então, já sabes quem queres ser? Sapateiro, cavaleiro, Lepidus, Esquin?

— De uma coisa tenho certeza, Nazimus: nunca usarei o sobrenome de meu pai, porque aqui dentro não me sinto um de Villefranche, da mesma forma que não sou um de Capestang. Hei de começar minha vida do zero, ainda que para isso tenha que me tornar um trabalhador braçal!

— Trabalhador braçal tu já és, rapaz! — Nazimus riu com vontade. — O que tens feito enquanto te disfarças de Lepidus é trabalho braçal, indigno de um fidalgo! Por menos esforço que te exija, o trabalho de produzir coisas é braçal... mas, se não sabes, existem fidalgos que, rejeitando os adereços de seu nascimento nobre, se tornam homens de ação. Os Templários são desses...

Reagi ao que Nazimus me disse, e me ergui sobre um cotovelo:

— Templários? Se aceitaram a meu pai entre eles, não devem ser de todo bons... um homem que não assume a responsabilidade por sua família, mulher e filho deveria ser rejeitado por qualquer Ordem de cavalaria com um mínimo de seriedade...

— Bem, aos Templários interessa menos aquilo que um homem é do que aquilo em que ele pode se transformar... não existe nenhum que não tenha se modificado integralmente, alguns até para pior, é verdade: mas nenhum deles é hoje o homem que era antes de entrar na Ordem. Tu precisas compreender as necessidades dos tempos em que vivemos, e de que maneira os Templários se dedicam a eles, tentando aprimorá-los.

Por isso é tão importante o estudo, o trabalho interno, o crescimento de cada um. Os exercícios da Ordem do Templo são intensos e profundos, e fazem de cada um que é aceito por ela um homem muito melhor do que era, mas apenas se ele desejar isso. Se não desejar, não há o que se possa fazer: há de tornar-se tão mau quanto poderia ser, e às vezes pior ainda.

O que Nazimus dizia despertava meu interesse, gradativamente, e eu comecei a pensar que talvez pudesse fazer uso de minha prerrogativa como filho de nobre e cavaleiro para ser parte dessa Ordem tão importante. Por isso, perguntei-lhe:

— Dize-me, Nazimus, como se entra na Ordem do Templo?

— Há várias maneiras, mas a mais direta delas é ser-se fidalgo, disposto a entregar-se ao trabalho da Ordem, começando por doar ao Templo todos os bens que possuir.

Só me restou rir:

— Então não posso sê-lo: nada possuo de meu, como bem sabes... um cavaleiro que nada possui não pode arrogar-se o título de cavaleiro...

Nazimus corrigiu-me:

— Engano teu: quando um homem é de origem nobre, mesmo que tenha perdido todos os bens que possuía, a Ordem o aceita, como cavaleiro falido, desde que haja nele devoção e entrega. Existe riqueza bastante no Templo para sustentar cavaleiros que não tenham contribuído para a riqueza comum a todos, ainda mais quando esta riqueza se multiplica milagrosamente dia a dia.

— Não quero passar por essa vergonha, Nazimus: prefiro ser outra coisa...

— Ah, o maldito orgulho de quem nada possui... pois bem: tens então a possibilidade de ser um dos sargentos da Ordem, irmãos de manto marrom que acompanham seus superiores cavaleiros. Ou então, se assim calhar, um dos servos da Ordem, nas mais diversas funções que ela precisa ver preenchidas... conheço-as todas. Se desejares, podes ser o que já és, sapateiro, trabalhando no vestuário dos Templários, mas, se me fosse dado escolher, eu faria exatamente aquilo que já fiz: seria operário do Templo, trabalhando no erguimento de seus grandes edifícios, aqui e além-mar.

Não pude me furtar à pergunta:

— Então estiveste com os Templários no além-mar, Nazimus?
Meu mestre sapateiro desviou-se da pergunta, como sempre:
— Por pouco tempo: estive mais do lado de cá do Mediterrâneo, principalmente em Paris, onde vivi os momentos mais interessantes de minha vida... mas essa é uma história para outra ocasião. Não precisas decidir imediatamente aquilo que serás: tens tempo. Que tal responder-me no final de domingo, quando estivermos retornando para Capestang?

Nazimus era assim: não falava do que não desejava, a não ser no momento em que achasse mais conveniente. Preferia ensinar-me as línguas de nossa região, o *françois* de Paris misturado com a *langue d'oi*, os poemas de amor em *langue d'oc*, os verbos e declinações do Latim da Igreja de Roma, alguma coisinha de grego, o *catalán* que se falava logo ao sul de nossa região e que por vezes interpenetrava nossa conversa, e que era por demais semelhante àquilo que se falava em Portugal e Algarves. Havia em tudo isso a mão silenciosa dos Templários: todos esses lugares ferviam com sua existência, e eles eram neles uma força cada vez maior e mais poderosa.

Pensei muito em tudo isso durante os dois dias que passamos em Méze, meu corpo e mente em total liberdade, sem precisar disfarçar-me ou ocultar-me de quem quer que fosse, o que me dava grande prazer. Foi aí que percebi que qualquer resquício de disciplina me soava como uma imposição sem sentido, e a soma das disciplinas militar e religiosa que o Templo praticava me parecia excessiva. Não acreditava que seria feliz nem produtivo se fosse obrigado a agir sob ordens irracionais, obedecendo-as sem entender seus motivos e razões. Ensimesmei-me muito, pois sabia que Nazimus me exigiria uma resposta, como realmente o fez, na noite de domingo, quando retornamos para Capestang, sentindo o perfume das plantas noturnas e deixando o cavalo à vontade em sua marcha lenta pela estradinha escura:

— Então, rapaz, decidiste?
Eu quis brincar, para aliviar a tensão do momento:
— Tens tanta pressa assim de te livrares de mim, sapateiro?
A voz de Nazimus ficou repentinamente muito séria:
— Se eu fizesse isso, seria como se estivesse me livrando de mim mesmo. Não percebeste ainda que somos por demais parecidos? Quero

que tenhas sucesso da mesma forma que o desejei para mim, só que desta vez que vás ainda mais longe que eu. Como um dia me ajudaram, hoje te ajudo, esperando que pagues o que faço por ti com teu auxílio a alguém que dele necessite. A melhor forma de pagar-se a Caridade é levá-la adiante, porque aí ela se torna eterna.

Nazimus era assim: dizia coisas fenomenalmente importantes em meio a coisas sem qualquer importância, e suas frases, conceitos e idéias se tornavam parte integrante de mim, a ponto de eu sentir como se tivessem sido construídos no interior de minha mente. Este pensamento sobre a Caridade se tornou essencial para mim: nunca pude deixar de praticá-la, mas sempre lembrando do que haviam feito por mim e tentando seguir essa corrente sem deixar que ela se interrompesse, e sempre no mais absoluto sigilo, sem permitir que minha mão esquerda soubesse o que minha mão direita andava fazendo. De certa forma, minha vida tornou-se também isto: por vezes eu sentia como se estivesse ocultando até de meu Eu mais profundo as intrujices e fingimentos que urdira para sobreviver.

Fiquei calado durante algum tempo, respirando lentamente, tentando acalmar a ansiedade de que meu coração se enchera: programar a própria vida e suas mudanças não é tarefa fácil, principalmente para quem, como eu, pretendia apenas seguir vivendo sem percalços. Nazimus entendeu isso, e soube respeitar meu tempo, ficando a assobiar uma ciranda sem muita forma, esperando minha palavra final sobre minha própria vida.

Trabalhar como construtor junto aos Templários me deixou intrigado: afinal, quem ergueria seus imensos prédios, priorados, quartéis e Comendadorias se não os operários? Os cavaleiros nunca o fariam, manietados que eram por sua disciplina férrea e sua imensa devoção, além de seu subido valor: mas ser parte deste esforço certamente me interessava. Eu estaria ao lado da Ordem, mas não seria dominado por ela, participaria de suas vitórias sem ter que me imiscuir demasiadamente nas batalhas sangrentas, e teria a meu alcance todo o poder do Templo sem ter que necessariamente viver segundo seus padrões. Por isso, disse a Nazimus:

— Creio que ser operário do Templo me interessa: o que devo fazer para alcançar isso?

O FIM DO TEMPLO

A respiração de Nazimus se interrompeu, num hausto, e ele a prendeu por um tempo, deixando finalmente o ar escapar com um suspiro: algum tempo depois, com a voz embargada, disse-me:

— Ainda bem que escolheste isso: não vejo melhor forma de poderes estar junto ao Templo e ao mesmo tempo aprender aquilo que maior bem fará ao teu espírito. O conhecimento místico de que o Templo é detentor só faz sentido quando se articula com as realidades práticas que seus operários dominam. Não creio estar enganado ao dizer que as duas coisas são ambas mutuamente importantes e enriquecedoras, e que não existe melhor maneira de chegar-se ao âmago do Templo do que ser um de seus construtores.

Nesse dia, compreendi muito pouco do que Nazimus me disse, mas a sua emoção verdadeira me foi profundamente benéfica, dando-me a certeza de estar fazendo o melhor que poderia. No dia seguinte, eu já de novo transformado em Lepidus, ele me falou longamente em voz muito baixa, para que apenas eu o ouvisse, enquanto do lado de fora da oficina um vento gelado soprava nuvens cinzentas pelo céu de Capestang. Só depois de ouvir sua história foi que entendi que ele não a poderia contar-me sem que antes eu tivesse feito minha escolha, pois o que ela continha certamente me teria influenciado antes que meu espírito tivesse optado livremente.

Nazimus falou do fundo de seu coração, contando-me sua vida e o que ela fora antes que ele se homiziasse em Capestang, na simples e humilde função de sapateiro:

— Quando me vi sozinho em Paris, depois do fracasso da Cruzada das Crianças, passei fome durante três dias, até ficar tão enfraquecido que mal podia arrastar-me. Atirei-me a uma esquina por onde passavam muitas pessoas e, envergonhado, estendi a mão, esmolando pela primeira vez em minha vida. Lá fiquei durante não sei quanto tempo, e nenhuma alma notou minha presença. Comecei a chorar de desespero, sentindo que minhas forças se esvaíam e que estava a ponto de morrer, sem que nada pudesse ser feito por mim. Subitamente, uma mão forte me pegou pelo braço, e eu me vi frente a um mendigo asqueroso, seus braços mal enrolados em ataduras sujas manchadas de sangue seco, das quais evolava uma fedentina indescritível. Ele me olhou por um tempo demasiadamente longo, apertando-me o braço com força inacreditável, até dizer-me uma frase que não compreendi: "Num te manjo aqui nem nunca. Quem te abriu este ponto? Quem te plantou aqui? Que malandrim era pra ser?" Pus meus olhos sobre ele, desesperado demais para temê-lo: se a morte me viesse naquele instante, seria bem-vinda, pois eu não suportava mais a fome e a fraqueza que me enchiam a cabeça. O mendigo percebeu, e disse: "Escoteiro, né? Se atarantou: o otário não liga pra fome verdadeira. Tá morrendo, né?" Não pude nem dizer que sim, e o mendigo me arrastou para um beco meio afastado da rua onde estávamos, tateando dentro de seus trapos enquanto me segurava firmemente. Achei que ia me esventrar com um cutelo, mas o que saiu lá de dentro foi um saco de pano muito alvo, do qual ele tirou um pedaço de pão escuro que eu engoli em dois bocados, encontrando em meu corpo uma força que não sabia ter. O pão caiu em meu estômago como uma bênção, mas não foi o suficiente, e eu olhei para o saco mais uma vez, só para ouvir do mendigo: "Te acalma, frouxo: com a famina que tu tá, se engolir mais que isso empanturra e bate os dez." Dos mesmos trapos sujos saiu uma garrafa de vidro que tinha dentro o mais delicioso vinho de minha vida, do qual eu só tomei um gole, pois o mendigo não me deixou beber mais. Minha cabeça imediatamente ficou à roda, e o mendigo se pôs a olhar com muita atenção, como que querendo ler o que me ia na mente, e deve ter ficado satisfeito com o que viu, porque, notando que o sol já ia descendo, ergueu-me e saiu me arrastando para o fundo do beco, que atravessamos apenas para entrar em outro ainda mais estreito e escuro. Não sei quantos becos desse tipo atravessamos, mas finalmente desembocamos em um enorme pátio, coberto pelos mais diversos materiais, e que foi-se enchendo lentamente até ficar superlotado. O barulho que as pessoas faziam era imenso, e eu vi que todos eram aleijados, mendigos, cegos e leprosos dos mais diversos tipos, começando a temer por minha saúde e me esgueirando para um canto. O mendigo riu de meu temor, e quando ia explicar-me alguma coisa, o som de um imenso sino soou dentro do pátio, mas todos os que o ocupavam baixaram sua cabeça, enquanto na ponta mais distante de nós um casal vestido com trapos muito coloridos subiu três degraus e sentou-se em dois tronos de madeira pintada de dourado. O homem, que trazia sobre a cabeça uma imitação de coroa, bateu com um báculo no chão por três vezes, gritando: "Que se faça o milagre!" E aí, para meu espanto, os aleijados começaram a se desenroscar e esticar, tomando a forma de homens saudáveis. A meu lado, um cego de pupilas esbranquiçadas lentamente tirou de sobre elas uma película que escondia seus olhos muito vivos, piscando e pondo-se a rir. O mendigo que me salvara, quando olhei para ele, estava desenrolando as ataduras que o cobriam e que, ao serem retiradas, mostraram uma pele limpa e sem nenhuma ferida. Pernas surgiram de onde só havia cotocos asquerosos, braços apareceram como que por encanto, e a saúde inexistente brotou dos lugares e corpos mais inacreditáveis. Mulheres e crianças completamente aleijadas e disformes subitamente voltavam a ter forma humana, rindo desbragadamente. Barrigas imensas desinflaram, tumores desapareceram, doenças viraram fumaça, e uma alegria sem medida tomou a todos, enquanto homens com grandes sacos distribuíam comida e bebida indiscriminadamente, ainda que ninguém comesse antes que o homem com a coroa sobre a cabeça tivesse provado seu alimento, sob os olhares atentos da assembléia, que a um sinal de aprovação dele se atirou sobre o alimento entre risadas e cantorias.

Eu estava boquiaberto, pois não compreendia que portentos eram esses que Nazimus me narrava: ele, percebendo meu espanto, riu mansamente e me disse:

— Eu caíra no Pátio dos Milagres, assim chamado porque lá dentro os cegos vêem, os aleijados andam, e as doenças desaparecem miraculosamente. Sabes por quê? É tudo fingimento: os malandrins de Paris ganham sua vida da maneira que podem, mas são tão organizados que formam como que uma corte paralela à corte do Rei. Esse em que eu caíra, no Marais, era apenas um dos 12 Pátios dos Milagres que Paris sempre tivera: regiões abandonadas pelas pessoas de bem, seja pela localização, seja pela convivência, e que acabaram sendo tomadas pelos vagabundos de Paris, que lá criavam seu reinado, escolhiam seu rei viviam em comunidade segundo regras muito estritas, pois entre iguais não se admite nenhuma das iniqüidades praticadas do lado de fora de seus domínios. Mendigo não esmola a mendigo, ladrão não rouba ladrão, enganador não engana a um seu igual: e todos, sem exceção, devem obediência ao Coësre e à Coesrette que escolheram para serem seus soberanos, e que os lideram com benevolente mão-de-ferro...

— Coësre? Coesrette? O que é isso, Nazimus? Do que estás a falar?

— Sei que parece invenção, mas é a pura verdade: os mendigos e malandrins de Paris têm seu rei e sua rainha, que se chamam Coësre e Coesrette, mandando e desmandando em cada Pátio dos Milagres. O mais importante desses Pátios é o que fica nas cercanias da Notre-Dame, onde mora o Grand-Coësre, que vem a ser o rei e senhor de todos os malandrins e mendigos de Paris, e a quem cada um deles pode recorrer caso uma desavença entre irmãos de ofício não seja solucionada pelo Coësre de seu Pátio de origem.

Minha cabeça rodava:

— O que me contas, sapateiro? É inacreditável! Pois então até mesmo os bandidos, mendigos e malandrins de Paris obedecem sem hesitar a seu Rei e sua Rainha particulares?

— Sem dúvida, e sabes por que é assim? Porque, entre eles, a honra ainda é o bem mais precioso, o único de que ninguém pode abrir mão: lá, ninguém vale mais que ninguém, não importa que parte do ofício tenha escolhido ou o tamanho das esmolas que arrecade. Sua honra é uma lei puramente natural e vale para todos, sem exceção, o que não se pode dizer do mundo aqui fora, onde os privilégios valem mais que a vida humana. Aqui fora, a honra é instável, e raramente se repete da mesma maneira, pois se alimenta das opiniões alheias, sendo muito ganjenta com o que come. A honra dos homens que não vivem no Pátio dos Milagres é uma imensa estrutura erguida sobre a estima arenosa daqueles que mudam de opinião ao sabor do vento. No Pátio, não: sua união contra o mundo dos otários é verdadeira e sempre constante e fiel, pois eles só conseguem sobreviver a partir da obediência cega às leis de sua sociedade.

— São certamente mais nobres que nós, Nazimus... aqui no mundo dos homens de bem, dos aristocratas e dos padres, dos grandes senhores e de seus obedientes servos, nada é menos obedecido que as leis, sejam elas as dos homens ou as de Deus. Ninguém em nosso mundo se move a não ser por interesse...

— Pois aprende uma coisa, Esquin: tudo no Universo se move por interesse, e o que importa verdadeiramente é a qualidade desse interesse, não a sua existência. Tanto os vícios quanto as virtudes são postos em movimento pelo interesse, e tão melhor esse interesse será quanto mais enraizado estiver na consciência de cada um, porque não pode haver interesse sem haver responsabilidade sobre os atos que ele nos leva a realizar. Só em dois lugares no mundo encontrei esse interesse baseado na consciência e na responsabilidade pessoais, e ambos não poderiam ser mais opostos: a Sociedade dos Malandrins e as corporações de operários que erguem os belos edifícios de que nosso mundo está cheio. O mais curioso é que ambas as sociedades em Paris falam a mesma língua, o *argot* com que o mendigo se dirigiu a mim e que tive que aprender durante minha temporada entre os malandrins.

— E foi longa essa temporada, sapateiro?

— Foi de alguns anos, durante os quais aprendi a maior parte das coisas que me foram e são úteis, e conheci um bom pedaço do mundo em que vivemos. As línguas oficiais deste mundo e do *Outremer*, as gírias e jogos de palavras do *argot*, a arte de ser quem precisam que eu seja sem deixar de ser quem sou, e até mesmo o talento de sapateiro, tudo isso foi aprendido nessa temporada que passei entre o Pátio dos Milagres e os operários, principalmente os do Templo, que eram como que uma casta especial entre todos os outros. Mesmo quando os encontrei na Catedral de Notre-Dame, eles já mostravam essa disposição para erguer-se sobre seus iguais, baseados exclusivamente em seus valores pessoais.

— Ouvi falar muito dessa catedral. É mesmo tudo que dizem?

— Basta que te diga que foi construída sobre as ruínas da maior de todas as catedrais merovíngias, que não se sabe quando foi erguida, mas que foi reformada e enriquecida 150 anos antes do fim do milênio. A pedra fundamental de Notre-Dame foi colocada em conjunto pelo então Rei Luís VII e pelo então Papa Alexandre III, e durante anos verdadeiros batalhões suaram sobre suas pedras, erguendo-a em beleza e esplendor. A obra demorou tanto tempo para ser feita que ainda estava em andamento em 1245, sob Filipe Augusto, quando a inauguraram oficialmente: mas isso não é verdade. Inauguraram a parte principal da catedral, mas seus detalhes mais trabalhosos continuam sendo executados por muitos operários que nela ainda vivem. Creio mesmo que nunca estará de todo pronta, como acontece com a maioria das igrejas de nossa terra.

— E por que isso, Nazimus? Por que essa obra sem fim?

— Porque, se a derem por terminada, a entrada de dinheiro sob a forma de esmolas diminuirá muito, e isso os sacerdotes de Notre-Dame não podem suportar. A Igreja de Roma também é esmoler, mas com muito menos competência para esse ofício que os mendigos de Paris, por exemplo...

— E foste mendigo durante muito tempo, Nazimus?

— Alguns anos: mas para que eu me tornasse malandrim, foi preciso muito estudo e muita aplicação. Primeiro fui examinado por um Arquimestre, que é como se chamam os que treinam os novos adeptos na arte da malandrice, e só depois que ele definiu meu campo de atividade, é que não apenas começou a treinar-me nas técnicas necessárias, mas também me ensinou o *argot* e as formas de reconhecimento e sinais de que os malandrins fazem uso quando precisam comunicar-se sem que ninguém em volta perceba o que dizem. Só quando me encontrei em meio aos operários do Templo, é que percebi que eles também fazem uso desses mesmos meios para preservar os segredos de seu ofício: sinais de reconhecimento, gestos aparentemente sem sentido mas que significam uma miríade de coisas, e a língua secreta do *argot*, que certamente assimilaram dos malandrins, por sua proximidade, já que afinal são todos egressos do mesmo patamar social.

Fiquei curiosíssimo sobre esse fatos que Nazimus me narrava, e até mesmo ansioso para conhecer esses novos mundos que me eram apresentados de maneira tão viva e interessante. Quando Nazimus me contou sua vida pela primeira vez, com tal precisão de detalhes, pude notar que o mundo à minha volta era bem maior que Capestang, Méze e até mesmo Paris. Por outro lado, as opiniões do sapateiro sobre os assuntos mais díspares eram no mínimo inquietantes: ele pensava de uma maneira tão pessoal e singular, que eu verdadeiramente o invejava, desejando ser como ele e usar minha cabeça e capacidades para abrir meu caminho pelo mundo de maneira tão individual quanto ele parecia ter feito. Mas eu estava longe disso, e o percebi com o decorrer da narrativa:

— No início, enquanto eu era peixe pequeno, só me permitiram esmolar como "Anjinho sem Asa"...

— "Anjinho sem Asa"? O que é isso?

— Mendigos iniciantes, que só podíamos pedir esmolas durante o inverno, quando todos tínhamos que produzir o máximo possível, para garantir a vida dentro dos Pátios. Fui estudante da arte da malandrice durante dois anos, trabalhando dentro do Pátio em todos os serviços que fossem necessários, inclusive o de sapateiro, que aprendi nas horas vagas, quando o Arquimestre não estava me enfiando sabedoria pela cabeça adentro. Lá, aprendi muito cedo, todos devemos ter um ofício alternativo, para ganhar a vida caso a arte da mendicância não esteja podendo ser exercida: a maior de todas as vergonhas é passar necessidade e morrer de fome, com toda a riqueza do mundo à nossa disposição, e para evitar isso os malandrins são capazes até de trabalhar honestamente, se for necessário... Já os operários, uma vez aceitos nas corporações, insistem em uma vida correta e honesta, havendo até mesmo punições para os que caírem no vício da esmola, das falcatruas ou do roubo. São visões diferentes da vida, mas ambas impõem a seus praticantes uma moralidade rígida, ainda que específica de seus grupos. Melhor essa que nenhuma, não é verdade?

A risada de Nazimus era contagiante, e continuamos a conversa por sobre nossas tarefas do dia:

— O mendigo que me encontrara, por nome Salvatore, era um Molestário, como se chamavam todos os que cobriam o corpo de feridas falsas, exigindo diante das igrejas as esmolas que lhes permitiriam fazer a peregrinação que os salvaria. Todo dia de manhã, Salvatore enrolava os braços e pernas com ataduras muito sujas, e entre elas e a pele colocava pedaços de qualquer carne que pudesse conseguir, dando a seus membros aquele aspecto putrefato que me impressionara tanto, pois sua aparência era a de um leproso, e os otários lhe ofereciam qualquer coisa para não serem tocados por ele, o que o divertia muito: mas todas as noites antes de comer, ele se lavava com muito cuidado, vestindo roupas limpas e brancas que tinha guardadas em sua cafua, numa das casas abandonadas que formavam o Pátio onde morávamos. Era fascinante vê-lo pavoneando-se em suas alvas vestes durante a refeição, e cuidando para que nem um pingo de pó ou sujeira as conspurcasse. Foi ele quem me ensinou, durante os Domingos Santos, o ofício de sapateiro, que tinha aprendido com seu pai, e no qual era um verdadeiro mestre. Não se dirigia a mim a não ser através do *argot*, proibindo qualquer um de falar comigo em língua citadina, para que eu desenvolvesse mais rapidamente o domínio sobre nossa forma de falar, e sempre cuidava dos sapatos de quem precisasse, dizendo: "Abandonar meus talentos? Neres..." Era mesmo um sujeito interessantíssimo, esse Salvatore, vindo da Córsega para Paris uma vintena de anos antes de mim. Foi ele quem me ensinou a reconhecer que tipo de malandrim passava à minha frente, principalmente os que eram essenciais à sua existência, como por exemplo os Saqueiros, que coletavam comida por toda Paris, por esmola ou por roubo, guardando-a em seus grandes sacos e redistribuindo-a equanimemente entre todos os que habitavam os Pátios. Havia grandes Saqueiros, conhecidos por toda Paris, como Roland Mão-de-Vaca ou o famoso Empelicado, de imensa sorte em matéria de comida, pois conseguia roubar coisas que nem em toda uma existência veríamos em nossas mesas. Havia por exemplo os Adolentados, gente que sabia fingir tão bem uma doença qualquer, que chegava a enganar até mesmo aos médicos em cujas mãos caíam, acabando por conseguir imensas vantagens com seus fingimentos tão perfeitos.

Nazimus tomou um pouco de água e, recomeçando a costurar peças de couro, prosseguiu:

— De certa forma, eram as doenças os meios pelos quais os malandrins agiam, porque nada satisfaz mais a um homem que considerar-se livre de todo tipo de doença, e é por isso que, ao encontrar uma delas, faz o que for preciso para afastá-la de suas vistas o mais rápido possível, de maneira geral dobrando a esmola que daria como forma de comprar a idéia da saúde, que lhe seria mais agradável. Tudo o que interessa a um desses otários é poder saber-se diametralmente oposto ao doente que lhe pede uma esmola, e é por isso que se sente tão superior ao malandrim, não pensando um instante sequer que pode estar sendo levado no bico. A possibilidade das curas milagrosas também os emociona muito, pois saber que um mal irreparável pode ser curado por intervenção divina os deixa muito propensos à doação, na certa para garantir-se quando da remota possibilidade de também precisarem de milagre idêntico: há entre os malandrins os Hubertinos, que apresentam certificado de ter sido curados da raiva por intervenção de Santo Huberto, e que, como de costume, precisam de dinheiro para fazer a peregrinação a Saint-Hubert des Ardénes. A cura milagrosa da raiva! Já imaginou o quanto essa possibilidade excita as mentes dos otários? Também os Espuméticos ou Babões, mendigos que se fazem de epiléticos, tendo ataques e espumando pela boca graças a um pedaço de sabão que manipulam com a língua e a própria saliva, dos quais todos se afastam com medo do contágio, mas a quem sempre concedem uma esmola penalizada. Há ainda os Pedintres, que imitam os aleijados e amputados, cuja marca permanente são as muletas, e os Cabelindos, gente de basta e bela cabeleira que alega ter sido curada da pelagra pela intervenção da Santa Rainha de Flavigny...

— Para onde desejam fazer uma peregrinação, certo?

— Exatamente: essa vertente da peregrinação rende muitos tipos de malandragem. De vez em quando, a cidade é invadida por homens de manto e chapéu negro, com as vestes cobertas de conchas de São Thiago: são os Concheiros, malandrins que se fazem de peregrinos do Caminho de São Thiago, pedindo esmolas com muita delicadeza.

Minha gargalhada foi forte, e Nazimus me pediu silêncio, com um ar divertido:

— Há mais: os Refodidos, sempre acompanhados de mulheres e crianças, apresentando um atestado de que um raio caído do céu destruiu todas as suas posses e propriedades; ou os Mercadistas, escroques que se vestem com belas roupas, mas sapatos muito ruins, sempre dois a dois, alegando ter sido mercadores de sucesso, infelizmente arruinados pela guerra, o fogo ou qualquer outro ato de Deus. Isto também deixa os otários ansiosíssimos para dar-lhes esmolas, na certeza de que, assim fazendo, não se tornarão vítimas dos mesmos males e desgraças.

— Bela corte para um Rei dos Malandros!

— Muito bela e completa, se quer saber: há até mesmo aristocratas entre os malandrins, como por exemplo os Marcalhos, que formam o círculo mais próximo ao Coësre, e suas mulheres, as damas de companhia da Coesrette, que se denominam, sem nenhuma vergonha disso, Marquesas! Mas há também os que, deplorando a arte de pedir, decidem tomar aquilo de que precisam pelos mais diversos meios, sem rejeitar nem mesmo a violência, quando ela se faz necessária. Não são lá muito respeitados pelos malandrins, mas, como fazem a sua parte no ofício e nunca se negam a nenhum confronto em defesa de seus iguais, podem até ser considerados como as forças armadas do Pátio. Os Boas-Praças são antigos soldados que se reúnem em grupo para extrair esmolas de algum otário solitário simplesmente ameaçando-o com sua presença e número, e com as espadas que fingem desembainhar: o otário amedrontado, acaba abrindo a bolsa por sua própria vontade, pois os Boa-Praças nunca são totalmente claros em seus objetivos, e, depois de passado o susto, é que o otário percebe que nada aconteceu e que deu o dinheiro porque quis, o que o envergonha tão profundamente que ele desiste de denunciar seus achacadores, como seria de esperar. Essa ironia acompanha praticamente todos os que não esmolam: o jogo de despertar o interesse dos otários em algum lucro inesperado também é parte do ofício, como no caso dos Socapas, que circulam pelas tabernas e lugares públicos simplesmente atraindo passantes a uma mesa de jogo na qual estão seus asseclas, que a princípio perdem continuamente, dando ao otário uma falsa sensação de segurança e sorte. Quando este está seguro de que é vencedor, a sorte vira e ele perde tudo, normalmente muito mais do que ganhou, e ao sair ainda agradece ao Socapa que lhe permitiu tal experiência, à qual acaba muitas vezes por retornar, crente de que será possível recuperar as riquezas perdidas. Os mais agressivos mesmo são os Polissões, gaiatos devassos que andam sempre em grupos de quatro, vestidos como burgueses: a única diferença é que não trazem camisa por baixo do gibão. Usam chapéus sem fenda e uma garrafa pendurada à bandoleira, da qual bebem sempre que possível. Não são boa companhia, e nem vale muito a pena ter amigos entre eles, porque são verdadeiramente incontroláveis.

— E existem crianças nessa corte?

— Como em todas as cortes: pois não te disse que eu mesmo entrei para a confraria ainda com 13 anos? Não importa a idade, todos trabalham em prol da Sociedade dos Malandrins: os que não desenvolvem nenhum talento especial para qualquer das especialidades que já enumerei, são sempre transformados em Orfelinos, treinados para andar praticamente nus, com ar adoentado e tremendo de frio, mesmo no verão, conseguindo com isso esmolas suficientes para justificar sua presença no Pátio. Como vês, Esquin, em matéria de ofício e sustento, até mesmo os degradados pela vida encontram forma de unir-se e sobreviver. Vivi entre eles muito tempo, em diversas ocasiões, porque nem sempre me sentia disposto a exercer o ofício da malandrice, e quando não estive trabalhando na pedra com os operários do Templo, cheguei a ser sapateiro no Marais, bairro do qual nunca consegui me afastar muito.

O FIM DO TEMPLO

Lá fica o Pátio dos Milagres que te descrevi, e lá também fica o Grande Templo de Paris, que ajudei a erguer com estas mãos, junto a muitos outros como eu. Por isso te digo: de todos os ofícios que exerci, o mais satisfatório foi o de trabalhador na pedra; quando ganhamos intimidade com ela, ela se torna parte de nós, e sabemos instintivamente como tocá-la e acariciá-la, como feri-la e aparar suas arestas, de forma a produzir os belos cubos com que os belos prédios se erguem. Nas duas sociedades, no entanto, sempre fui bem recebido, não apenas por conhecer-lhes a língua e os hábitos, mas principalmente por respeitar sem hesitação todas as suas leis e costumes: e creio que ainda hoje poderia retornar a qualquer uma delas, sendo tratado como se nunca tivesse partido.

— Então, não me recomendas o Pátio dos Milagres? Pela tua narrativa, Nazimus, me pareceu muito mais interessante que qualquer outra coisa...

— Esquin, aprende uma coisa: nada se pode recomendar sem perscrutar fielmente a alma daquele a quem se faz a recomendação. Se eu não tivesse podido entender-te como agora entendo, não saberia o que dizer.

Nazimus suspirou, deixando de lado as peças de couro já costuradas:
— De toda forma, eu te farei aprender o *argot* que serve indiscriminadamente aos dois ofícios. Quando chegares a qualquer corporação de pedreiros, poderás destacar-te pelo conhecimento do jargão que, entre os malandrins, também é conhecido como a Língua dos Pássaros, pois crêem ter sido com eles que essa língua se desenvolveu, em tempos ainda remotos, como rezam suas lendas. Claro que existem diferenças entre o *argot* dos malandrins e o dos pedreiros, mas são muito específicas e fáceis de assimilar, e quem o fala se move com familiaridade nos dois universos. Se estás decidido a ser um dos operários do Templo, em vez de um de seus cavaleiros, é essencial que conheças o *argot* que falam.

Desse dia em diante, mais uma língua se uniu às tantas que Nazimus me fazia falar, acrescentando a estas, com seus jogos de palavras e sonoridades, com seus conceitos ocultos e sub-revelados, uma compreensão tão grande de mim mesmo e do mundo quanto a que eu experimentava quando lia ou escrevia o hebraico e o árabe, encontrando nessas línguas a riqueza de idéias que nunca mais deixei de admirar. Era estranho que eu me preparasse tão intensamente para ser operário, sem nunca tocar em uma ferramenta que fosse; mas Nazimus me garantiu que a lida com as ferramentas do ofício de pedreiro são uma conseqüência do trabalho que cada pedreiro faz dentro de si mesmo, "lapidando a pedra bruta", como ele mesmo dizia, "mais no espírito que na matéria".

Com o passar dos dias, semanas e meses, eu já me considerava pronto para deixar de ser Lepidus e voltar a ser Esquin em toda a minha plenitude: a vida em Capestang se tornava a cada dia menos interessante, com sua eterna repetição de movimentos, atos e fatos, e as possibilidades ímpares que me traria meu ingresso na corporação dos Pedreiros do Templo, como eu me acostumara a denominar o grupo que seria meu próximo refúgio, me soavam a cada momento mais ansiadas. Nazimus, no entanto, não cessava de me testar e ensinar a cada dia uma coisa a mais, experimentando meu traquejo em todos os aspectos do aprendizado e deixando-me pronto para ser o melhor que eu podia ser. E só nos últimos meses do ano de 1264 foi que me considerou pronto para enfrentar esse novo momento de minha vida, me exortando a preparar-me para a primeira oportunidade em que pudesse abandonar permanentemente a persona de Lepidus e, longe dos olhos de meus algozes, tornar-me definitivamente Esquin, o mais novo dos pedreiros do Templo. O Grande Templo de Paris estava em vias de conclusão, mas ainda havia muito serviço a ser feito, e eu certamente viria a ser parte dele, se me tornasse útil como operário.

Pouco tempo antes da entrada do ano de 1265, Nazimus me fez saber:

— Chegou a hora: as tempestades de inverno se aproximam, e não existe melhor oportunidade para um aleijado se perder nas marés de Méze...

Um arrepio de medo e nostalgia me percorreu o corpo: depois de quase três anos, eu abandonaria o personagem que me permitira sobreviver tão próximo de meus inimigos, enquanto acumulava o manancial de conhecimento que Nazimus me franqueara e que seria extremamente útil para o prosseguimento de minha vida, longe do Languedoc e da família que me espoliara. Nada me interessava mais que poder ser eu mesmo durante todas as horas do dia, sem ter que me ocultar sob nenhuma máscara, e estava seguro de que, perdido no meio dos pedreiros do Templo, eu teria a oportunidade de ser eu mesmo sem que ninguém se desse conta disso.

Nazimus, ao me ver falar do Templo de Paris, jogou um balde de água fria sobre minhas pretensões:

— Em Paris, só se encontram os melhores dos melhores, pedreiros com longa lista de realizações em benefício da arte de construir, e que só são aceitos em tão subidas obras depois de exibir, sem deixar dúvidas, a arte de que são capazes. Não é o teu caso: temo que, se te meteres a querer ser pedreiro em Paris, não o consigas e te frustres, acabando por cair em uma vida que não te seja positiva.

— Nazimus, isso não me assusta, porque, caso seja rejeitado pelos pedreiros, sempre posso me refugiar nos Pátios dos Milagres: se tu viveste entre os malandrins de Paris durante tanto tempo quanto me contaste, eu também poderei fazê-lo.

Nazimus riu:

— Não tens nenhum estofo para isso, rapaz: eu, que sou eu, levei quatro anos de aprendizado para conseguir ser um dos piores malandrins que os pátios já viram, primeiro como Orfelino e depois como Cabelindo, até ingressar no corpo de pedreiros intinerantes que ergueu uma série de capelas e igrejas por toda a França, entre elas a capela dos Penitentes, em frente à qual me viste rezar com devoção. Foi depois desse trabalho que me reconciliei com minha família e me tornei permanentemente sapateiro, preferindo fazê-lo em Capestang, onde havia mais necessidade de um artesão de minha especialidade. Sem conhecimento real do que cada um se propõe fazer, não existe possibilidade de sucesso: se queres aprender a ser pedreiro do Templo, tens que fazê-lo onde esse aprendizado verdadeiramente se dá, no *Outremer*, onde os imensos batalhões de pedreiros conhecidos como Armênios erguem, ampliam e reformam sem cessar as fortalezas, ermidas e capelas para as Ordens que controlam e defendem o Reino de Jerusalém.

— Então, o que devo fazer, Nazimus? Atirar-me ao mar em Méze e de lá ir nadando até o *Outremer*?

— Ah, quanto drama! — Nazimus riu gostosamente de meu rompante. — Por que nadar, se podes embarcar? Do porto de Marselha, seguirás sem grande esforço para o porto de Acre, onde são recrutados os operários que ali se reúnem, vindos de todas as partes do mundo conhecido. A lida da pedra tem um atrativo especial capaz de congregar homens das mais diversas origens em torno de um mesmo ideal, ou seja, erguer imensas construções enquanto lapidam a pedra bruta de seus próprios espíritos. Se te tornares um deles, acabarás por compreender a que me refiro: se não tiveres em ti aquilo que é necessário para tal, o que duvido, hás de saber mudar de rumo. Quem sabe não seja isso o que precisas para tornar-te cavaleiro do Templo, como foi teu pai? De toda forma, teu conhecimento do *argot* e das outras línguas que aprendeste é um grande detalhe a teu favor, e certamente te destacará entre os candidatos ao ofício.

Minha cabeça já estava calculando os percalços e alegrias de uma viagem dessas, e imediatamente me dei conta de que não dispunha de nada com que me sustentar durante o trajeto:

— Nazimus, e como faria eu isso? Se tiver que mendigar durante a viagem, não chegarei nem à metade dela... Não sei nem mesmo mendigar...

Meu mestre sapateiro me olhou longamente, os olhos apertados: subitamente, ergueu-se de seu banco e foi até seu catre, de onde tirou uma pequena arca que abriu à minha frente; dentro dela havia dinheiro e jóias, que ele, sem dar-me atenção, dividiu em dois montes iguais, colocando um deles em um saco de couro que me estendeu, silenciosamente. Depois, apertou-me as mãos, dizendo:

— São minhas economias, uma parte das quais amealhei depois de tua estada em minha companhia. Nada tenho a fazer com elas, e nem creio que me reste tempo suficiente para gastá-las comigo mesmo. Leva a metade do que possuo; o que me restar será mais do que suficiente para que eu recomece a economizar, se for preciso.

Meu coração ficou apertado, e a emoção que senti com o desprendimento de Nazimus não podia ser maior. Então, ele era capaz de dar a metade do que possuía simplesmente para que eu pudesse recomeçar minha vida, mesmo não havendo entre nós nenhuma relação de parentesco, mas apenas a de mestre e discípulo? Isso não podia ser verdade, eu devia estar sonhando, delirando. Quedei mudo, enquanto as lágrimas me apontaram nos olhos, derramando-se contra a minha vontade. Nazimus precisou colocar-me a bolsa nas mãos para que eu a pegasse, e riu:

— Calma, rapaz: não faço por ti nada que não tenha sido feito por mim quando chegou a minha hora de andar por meus próprios pés. Quando decidi seguir com os pedreiros de volta para minha região, fui falar com Salvatore no pátio onde ainda morávamos, pois, mesmo quando fui pedreiro em Paris, não soube desatar os laços que me prendiam a meus companheiros malandrins. Na verdade, visitei-o em busca de conselho e segurança, e Salvatore não só me exortou a seguir meu caminho sem hesitar, mas também dividiu comigo as economias que diligentemente amealhara, dando-me aquilo que mais tarde usei para me estabelecer como sapateiro aqui onde estamos. Dentro dessa bolsa deve haver ainda algumas das moedas que Salvatore me deu, e que guardei para que se multiplicassem como sementes, mantendo a corrente sem interrupção, esperando que faças o mesmo com quem necessitar de teu auxílio para seguir em frente. Usa o que te dei com sabedoria.

Nenhum pai que eu conhecesse faria isso; a parentalha dos de Capestang era toda onzeneira e unha-de-fome, abrindo mão das obrigatórias heranças filiais com extrema relutância, e não eram poucos os casos em que a justiça tivera que intervir a pedido de um filho para que o pai lhe desse o que era seu por direito. Mas, sendo a justiça um apanágio dos poderosos, isso raras vezes dava resultado positivo, havendo mesmo pais que mandavam matar os filhos, e vice-versa, simplesmente de olho na herança, que se não pudesse ser dividida em vida, sê-lo-ia na morte, natural ou causada.

Mas ainda não era tudo: Nazimus preparou-me com carinho uma bolsa de viagem, dentro da qual colocou um par de botas de grosso marroquim vermelho que havia feito sem minha colaboração, e que, quando experimentadas, mostraram ser do tamanho exato de meus pés, suaves, protetoras, resistentes. Dentro dessa bolsa havia roupas diferentes das que eu usava como Lepidus, que Nazimus aparentemente havia cerzido, consertado e lavado durante minhas raras ausências, preparando um figurino de meu novo personagem de forma a que eu, como Esquin, nenhuma semelhança tivesse com o quase moribundo Lepidus. Algumas dessas roupas eram de boa qualidade, e Nazimus me revelou o porquê delas:

— Há de chegar o dia em que terás que te apresentar como filho de teu pai, cavaleiro por direito de sangue, ou mesmo penetrar disfarçadamente onde não te desejem. É para isso que essas roupas mais finas e essas botas te servirão: nos lugares aonde vais, assim como no mundo em que vivemos, a aparência de um homem é sempre o primeiro detalhe que se nota, e graças a elas poderás entrar em determinados lugares onde, como operário, isso seria impossível. Guarda-as com cuidado: eu mesmo as usei em tempos passados, quando precisei visitar lugares onde não me seria franqueada a passagem, e as venho guardando desde essa época, por sentir que um dia ainda seriam úteis.

Examinei o pano das roupas: era finíssimo, e, mesmo com toda a idade que tinha, ainda mostrava uma qualidade rara em nossos tecidos, que eram rústicos e grosseiros. Minha emoção era imensa: eu nunca havia ganhado nada que não fosse dado de maneira entojada e com aquela alta dose da caridade equivocada e agressiva que sempre envergonha quem a recebe. A forma como Nazimus abria mão de sua pequena riqueza pessoal, colocando-a em minhas mãos, era quase inacreditável:

— Nazimus, não posso aceitar... como te recompensarei por isso?

— Não entendeste ainda, rapaz? Não me deves recompensar, pois não faço nada disso buscando recompensa, mas sim levar adiante a idéia dessa corrente do bem que se perpetua entre um homem e outro, filiando o passado ao futuro apenas pela repetição desinteressada daquilo que um dia nos beneficiou. Basta que te lembres de mim quando fizeres por outro aquilo que fiz por ti, lembrando também de Salvatore e daquele que ajudou Salvatore a sobreviver para que me ajudasse: quem pode saber quando essa infinita linha de auxílios começou? Basta que não a interrompas, e estarei recompensado.

No fim dessa mesma semana, quando percebi Nazimus arrumando a carroça para a costumeira viagem a Méze, notei que minha vida como Lepidus estava chegando a seu definitivo fim. Viajamos em silêncio, quando a manhã de sábado rompeu, e em Méze, cobertos pelo céu plúmbeo de outono, andamos pela costa do Étang de Thau, indo até o ponto em que, depois de passarmos por Frontignan, ele se separava do mar apenas por estreita faixa de terra, em Balaruc-les-Bains, na borda do monte Saint Clair. Ali, Nazimus me abraçou longamente, exortando-me a trocar de trajes, abandonando a casca de roupas que me transformara em Lepidus durante tanto tempo. Foi uma libertação saber que nunca mais precisaria andar aleijado e babujar com a boca torta, e a barba que me crescera, forte e enviesada, já cobria minha face o suficiente para que algum conhecido não me reconhecesse antes que eu me pudesse desviar dele. Certamente não encontraria quem quer que fosse no caminho para Marselha, pois em Capestang ninguém, fora Nazimus, viajava com regularidade, havendo mesmo os que nunca tinham saido da aldeia onde nasceram e morreriam. Depois que vesti os trajes de andarilho, colocando às costas a bolsa com minhas únicas posses terrenas, Nazimus me olhou longamente e disse:

— Bom, rapaz, de agora em diante estás por tua conta e risco: no teu caso, eu não me preocuparia com isso, porque tens tudo de que um homem da tua idade necessita para sobreviver, desde que mantenha atenção ao caminho e respeite mais os fatos que as ilusões. Desejo-te toda a felicidade do mundo, mas antes quero dar-te dois últimos presentes.

Assim dizendo, Nazimus tirou de seu saco de sapateiro o livro das gravuras que me fizera estudar e que eu já sabia de cor, estendendo-o em minha direção:

— É teu, pois tu o entendes com grande profundidade, mais até mesmo que eu, e, por isso, creio que te será mais útil que a mim. Estuda essas gravuras sempre que puderes, e se acaso não tiveres como manter o livro unido, separa-o nas 22 gravuras que o constituem e carrega-as contigo, sem que chamem a atenção que um livro chamaria. No Oriente, há quem as mande traçar em lâminas menores, que usam para jogar determinados jogos de azar, onde também lêem a própria sorte: não importa sob que formato, carrega-as sempre junto ao teu corpo, para que se tornem parte de ti.

De olhos baixos, para não chorar, guardei o livro em meu saco, enquanto Nazimus me tomava a mão, dizendo:

— Se algum dia estiveres em Paris e necessitares de auxílio para causas aparentemente impossíveis, vai até o Pátio dos Milagres que fica no Marais, a uma pedrada do Grande Templo. Lá, ao te abordarem, pede o direito de ver o Coësre e fala a ele em meu nome, mostrando este anel.

Assim dizendo, Nazimus colocou-me no dedo mínimo da mão esquerda um anel de ouro razoavelmente grosso. Quando eu quis tirá-lo, ele me disse:

— Não o tires de teu dedo, a não ser quando ele se tornar estritamente necessário. O que está escrito em seu interior é uma mensagem que te permitirá ser reconhecido e respeitado pelos malandrins de Paris, e que não precisas conhecer até que isso se torne imperioso. Só recorras a ele em última instância, rapaz: não o uses sem que seja verdadeiramente essencial que o faças, quando não tiveres mais nenhuma arma a que recorrer. Em Marselha, escolhe um navio que vá para Acre, onde são arregimentados os operários da Ordem do Templo. E agora vai, antes que eu me debulhe em lágrimas...

O pedido de nada adiantou: abraçamo-nos fortemente, até que nos separamos e eu, tomando o rumo nordeste, avancei por algum tempo, antes de voltar os olhos para trás e perceber a figura de Nazimus acenando em minha direção, e depois virando-se para Méze, desaparecendo atrás de uma duna. Meu mestre e único amigo desapareceu de minhas vistas para sempre, deixando-me só no mundo, pronto para encarar meu próprio destino segundo minha própria capacidade e entendimento. O ar frio do outono, quase inverno, dava uma tonalidade cinza ao mar e ao céu, e eu apertei a roupa ao corpo, para livrar-me do vento frio que soprava do mar, carregado de goticulas que me empapavam a cara de sal a cada borrifo mais forte.

Andei bastante pela restinga que agora formava o Étang de Vic, em tudo e por tudo tão semelhante ao Étang de Thau, que por um instante acreditei ter perdido o rumo; mas logo que vi a aldeia de Maguelonne, a meio caminho entre o mar e a laguna, tranqüilizei-me, decidindo-me descansar e pernoitar. Falando com o sotaque litorâneo imitado de Nazimus, consegui pousar na casa de alguns pescadores, que me ofereceram os mesmos peixes que iriam comer, dividindo-os comigo, assim como a cama de seus seis filhos, que ressonavam a sono solto. Eu demorei a dormir, pesaroso e solitário, mas quando o dia nasceu, já estava de pé, ajudando o pescador a carregar seu barco para o mar encapelado, e tomando a estradinha para nordeste, em direção a Palavas-les-flots-des-Aigues-Mortes e Carnon, de onde se via ao longe a Ponta de L'Espiguete, marcando o início da Petite Camargue. Dois dias depois, à beira do Étang de Vaccarés, cheguei à vila das Saintes-Maries-de-la-Mer, dominando o Golfo de Beauduc, onde passei dois dias, embasbacado com as procissões contínuas que os ciganos faziam em homenagem à mãe de Jesus, a Maria Madalena, e a uma sua criada por nome Sara, que para eles também era santa e merecedora de todo tipo de homenagens. A afluência de ciganos era imensa, e eles vinham de todas as partes do mundo para prestar devoções às santas a quem deviam tanto, segundo seus relatos; um deles, com um chapelão desabado, me disse:

— Deverias passar por aqui no mês de maio, quando acontece a grande festa para as Três Santas Marias vindas da Palestina!

Um outro cigano mais velho o corrigiu:

— Sara Kali, a Negra, foi uma mulher desta região que acolheu exilados vindos da Palestina, mas as mulheres que Sara salvou, e que depois se tornaram santas, eram Maria Salomé, a mãe de Thiago e João, e Maria Jacobé, prima da Virgem Maria.

Um terceiro, mais jovem, se aproximou do grupo por trás de mim e corrigiu a informação, dizendo:

— Que tolice! Maria Salomé era exatamente Maria, mãe de Jesus, pois Thiago e João eram irmãos dele, e nessa embarcação ainda estavam Lázaro, com suas irmãs Marta e Maria Madalena, esposa de Jesus, além de Maximino e Sidônio, o cego de Jericó.

Os outros dois não aceitaram o que o mais jovem disse, e a disputa entre eles começou a tomar ares de conflito. Não querendo incorrer na ira de ninguém, afastei-me do grupo, que gritava em altas vozes. As crenças do mundo eram infinitas, e não foram poucas as notícias de gente que entrava em conflitos por causa de crenças religiosas e acabava por perder a própria vida, sem sequer percebê-lo. Perder a vida no entanto não era o pior: quando me dirigi para uma taberna, procurando alimento e descanso, notei que minha bolsa de moedas havia sido surrupiada, certamente por um dos três ciganos que me haviam distraído com sua discussão. Voltei sobre meus passos, sem dar sinais de ansiedade: queria que eles, se ainda estivessem na praça onde os encontrara, pensassem que eu não tinha percebido nada, e quem sabe me pudessem roubar ainda mais. Um deles estava a um canto da praça, exatamente o mais jovem, que me viu e se preocupou, mas meu sorriso franco o desarmou. Cheguei-me a ele, calmamente, e perguntei-lhe:

— O mano sabe onde posso deitar meus ossos para descansar, e talvez colocar um pouco de forragem na barriga? Sou capaz de pagar por isto. Podes me ajudar?

O sorriso que ele abriu foi de pura alegria: certamente imaginava que eu, sem saber ter sido roubado, estava por exibir-lhe riqueza ainda maior que a de que me haviam aliviado, e imediatamente pôs-se a meu serviço, andando na minha frente e me guiando para um labirinto de becos, onde certamente me atacaria para tirar-me tudo, talvez até mesmo a vida. Numa curva de um desses becos, ele tropeçou, apoiando-se na parede, fazendo-me sinal para que passasse à sua frente, e eu senti que esse seria o momento em que me atacaria. Antes que percebesse, dei-lhe um cachação no pescoço que o jogou emborcado sobre umas barricas velhas que ali estavam, pulando-lhe sobre as costas e gritando:

— Devolve meu dinheiro, cigano infeliz, ladrão vagabundo!

Meu aperto era forte e firme, e como ele não esperava por isso, eu havia conseguido pegá-lo de jeito; sua cara estava começando a avermelhar-se, sua respiração era entrecortada, e ele começou a tatear na cintura, certamente procurando um facão para se defender. Apertei mais o seu gasnete, e ele começou a virar os olhos, sem conseguir respirar. Estendi minha mão até sua cintura, para livrá-lo da faca com que pretendia me atacar, e subitamente dei com a mão na minha própria bolsa de moedas, exatamente aquela que Nazimus me havia dado, e que não parecia vazia. Joguei-o a um canto do beco, afastando-me num salto e revirando-a: lá estava praticamente tudo, com exceção de algumas moedas que ele certamente havia repassado a seus asseclas na intrujice a que me haviam levado. Minha perda não era grande, mas certamente era o preço que eu pagara pela lição aprendida.

O rapaz, que eu agora percebi ser bem mais jovem do que eu, apesar de seus trajes e ar de adulto, estava chorando, sentado ao chão no lugar onde eu o havia jogado, completamente desconsolado. Eu nada havia perdido, e podia até me orgulhar de ter enganado um cigano que me enganara, levando sobre ele uma vantagem que ninguém tinha como negar. Não tive coragem de deixá-lo só: seu choro, mesmo que fosse de mentira, era muito sentido, e o exemplo de Nazimus, que me dera o benefício de sua amizade quando eu também chorava, desconsolado e sem rumo, sob a tempestade na praça de Capestang, fez-me ir até ele e estender-lhe a mão, que ele afastou com um repelão. Não recuei: mantive a mão estendida, até que ele, percebendo que eu não pretendia fazer-lhe mal, aceitou-a e se ergueu, espanando o pó das roupas coloridas e muito puídas, certamente pertencentes a um homem bem maior que ele, pois usava as mangas do gibão enroladas e mostrando o forro por cima dos punhos. Na sua garganta, pude ver as manchas roxas no lugar onde eu lhe havia aplicado a munheca, e por um instante temi pela possibilidade de tê-lo matado, agradecendo aos céus por ter parado antes que tal acontecesse. Ele me olhou com os olhos muito escuros, ensombrecidos por alguma tinta que usava à sua volta, e tirou o barrete pontudo, esfregando os cabelos como se estivesse com piolhos, e depois me disse:

— Tens uma tenaz na ponta do braço, hem, mano? Me grudaste o gasnete como se fosses parte dele, e eu quase perdi o ar para sempre... onde aprendeste isso?

— Em nenhuma parte especial, gitano: no mundo, no mesmo lugar onde aprendeste a aliviar os passantes de suas posses...

O rubor que subiu às faces do rapaz me deu a certeza de que ele não era um sujeito de má indole, e que certamente me roubara movido por alguma necessidade. Por isso, perguntei-lhe:

— Por que fizeste isto, gitano? Que mal te fiz eu?

— Na verdade, nenhum: eu estava quase desistindo de levar para meu bando a minha parte de ganhos do dia, mas te vi dando sopa com a carga às costas, todo ancho de si e tão entretido na charla com meus dois conterrâneos, que não pude me conter; vim pelas tuas costas e, antes de dizer qualquer coisa, peguei o saquinho que me pareceu mais promissor, sem saber o que tinha dentro, e depois entrei na conversa dizendo aquilo que sei sobre o assunto... quando te afastaste, tirei agumas moedas e repassei a meus conterrâneos, para que se calassem, e fiquei na encolha esperando por outra vítima... e tu voltaste tão tranqüilo que pensei "esse patinho nem percebeu que as peninhas de seu rabo foram arrancadas, e agora volta para me dar a carne de seu peito"... Me enganei redondamente, eis aí!

Não pude deixar de rir de seu ar desacorçoado, e ele, vendo-me rir, pôs-se a rir também, o que selou a paz entre nós, sendo o começo de nossa amizade. Perguntei-lhe:

— Precisas da guita tanto assim?

O rapaz se espantou ao ver-me usar a palavra do *argot* para dinheiro, e me perguntou:

— Tu és um de nós, primo?

— Gitano? Não. Por que perguntas isso?

— Pois se nos conheces a língua... Ou não conheces?

— Alguma coisa do que sei deve estar na tua língua, mas não tudo, e certamente se me falares nela, entenderei menos do que espero. Alguma coisa, no entanto, deve haver em comum entre o *argot* que falo e a língua de teu povo. Como te chamas?

Meu novo amigo tirou o barrete, com uma reverência um tanto cômica, e disse:

— Felício des Nuits. E tu?

Hesitei, mas muito pouco: o que disse já vinha se firmando em minha mente, pois, não desejando ser nem Villefranche nem Capestang, havia decidido pelo patronímico da propriedade que me haviam tomado, e lhe disse:

— Esquin, de Floyrac. Interessante o teu sobrenome: existe mesmo um lugar com o nome de Nuits?

— Não é um lugar, mas apenas o nome de meu bando, que vem atravessando o mundo desde que o tempo começou a ser contado; somos todos gente de hábitos noturnos, inclusive para viajar, daí o nome des Nuits, das Noites... e o teu? Nasceste nesta cidade? Onde?

Descrevi-lhe Capestang como se ela se chamasse Floyrac, a que nunca vira, e fui razoavelmente feliz na descrição, pois Felício não desviou sua atenção de mim nem por um instante, enquanto saíamos do beco e nos dirigíamos para a estalagem onde eu descobrira ter sido roubado, e da qual retornara para encontrá-lo. Ao cruzar o portal da taberna, percebi que Felício ficara para trás, e me virei para vê-lo: ele estava hirto na porta, olhando a tudo com ar de medo. Cheguei-me a ele, que me disse:

— Esta taberna não deixa entrar ciganos: eu te espero aqui fora.
Senti-me ofendido com aquilo, e disse:
— De forma alguma! Vais entrar comigo e certamente tomar uma refeição decente, pela qual pagarei: e se quiseres pousar comigo em meu aposento, serás muito bem-vindo!
Sacudi algumas moedas no ar, como um dia vira meus primos fazerem, e gritei:
— Onde está o responsável por esta pocilga?
O silêncio na sala animada foi subitamente sepulcral, mas o ruído das moedas trouxe até nós um homem de maus dentes, que se desfez em mesuras e me disse:
— Estamos prontos a receber o senhor e seu criado, e até para lhes oferecer uma refeição quente antes que se recolham. É isso que desejam?
Não discuti: atirei minha bolsa de viagem nas mãos de Felício, e entramos na taberna como se fôssemos senhor e criado, para não ter que dar maiores explicações. Nessa noite, conversamos muito, comemos bem, dormimos ainda melhor, e no dia seguinte, ao acordarmos, Felício me disse, com ar entristecido:
— Bem, Esquin, aqui nossos caminhos se separam. Tu segues para a Palestina, e eu, mesmo contra a minha vontade, vou retornar à vidinha de sempre. Desejo-te boa viagem!
Uma súbita inspiração me assomou a mente: peguei na bolsa o livro de gravuras que Nazimus me fizera trazer e abri-o ao acaso. Era a prancha dO Sol, em que dois gêmeos, dentro de um belo jardim murado, recebem as gotas de ouro que caem do grande e dourado sol que os ilumina. Minha vontade e desejo se concretizavam na gravura, e aquilo que eu desejara se mostrava possível, e por isso disse a Felício:
— Por que não vens comigo? Onde viaja um, viajam dois, e certamente nos apoiaremos um no outro durante a jornada, que será mais leve, porque a dividiremos tanto no que tiver de prazeres quanto no que tiver de desgraças. Vamos?
Felício olhou-me boquiaberto, enquanto sua mente elaborava meu convite; eu quase podia ouvir as questões se entrecruzando por detrás de seus olhos vivos, e quando ele finalmente sorriu, eu soube que havia ganhado um amigo, um irmão, um companheiro de jornada e provavel-

mente aquele a quem eu ajudaria, seguindo a seqüência da corrente do bem que Nazimus continuara comigo, sem que eu esperasse. Passei-lhe o braço pelo ombro e seguimos em direção a Marselha, onde um navio qualquer nos levaria à Palestina e ao futuro dourado que nos acenava por detrás de nossa juventude crédula e feliz.

Capítulo 5

1306

Minha volta para Paris foi tumultuada e sombria: depois do fracasso com o Rei Jaime IV, que a princípio eu considerara uma vitória, mas agora não era nem uma coisa nem outra, como minha intuição me dizia, só me restara aceitar a idéia dos dois cavaleiros traidores: visitar o mais rápido possível o Rei Filipe, o Belo, dando-lhe notícias de minha defecção e deixando clara minha disponibilidade para acusar meus antigos irmãos de traição e do que mais o Rei achasse necessário. Pela conversa dos dois, ainda na Comendadoria de Mas-d'Agenais, da qual Bernard Pelet era Prior, fui levado a acreditar que o projeto real contra o Templo já tinha algum tempo, e nascera muito antes do que se imaginava: Filipe, o Belo, vinha cultivando esta idéia fixa, junto com uma série de outras, desde o dia em que, pretendendo ser cavaleiro do Templo e mais tarde tornar-se seu Grão-Mestre, teve suas pretensões peremptoriamente destroçadas pela Ordem, que não aceitou nem mesmo a seu filho como Soldado do Templo. É bem verdade que Jacques de Molay, tentando amaciar a ira de Filipe, o Belo, aceitara ser padrinho deste filho, que ele pretendera ver como seu representante no trono máximo da Ordem: mas Filipe não se deixou enganar pela manobra, fingindo tanto quanto Jacques de Molay um estado de paz entre seu poder e o do Templo, enquanto urdia planos cada vez mais sinistros.

Gerard de Byzol, durante a viagem de volta, depois que deixamos Mas-d'Agenais, tornou-se untuoso e pedinchão, tentando levar-me a um comportamento além do aceitável quando chegássemos diante do Rei Filipe: na certa, acreditava que eu, sendo um cavaleiro expulso, teria motivos de sobra para o exagero e a burla no trato com a verdade, e me disse:

— Naquilo que Filipe te disser sobre o Templo, é preciso que acredites e concordes! Já faz tempo que ele vem coletando informações secretas sobre a Ordem, e eu mesmo fui um dos que o esclareceram sobre determinados aspectos discutíveis de nosso ritual: o que ele sabe é a soma de todas as informações que recolheu, e mesmo se te disser alguma coisa que não te soe verdadeira, não o desdigas, porque certamente é algo que ele descobriu por meio de outras fontes a que não tiveste acesso. Só Filipe tem a visão completa dos enganos e equívocos do Templo, e só ele possui autoridade suficiente para utilizar o que sabe. E aquilo que ele intuir, ao articular o que lhe informares com todo o resto que já sabe, é a verdade absoluta, tal como o Deus que o fez Rei inspirar em sua mente!

Raras vezes em minha vida vi a mentira tão bem protegida sob a capa da realeza, e ainda por cima em nome de Deus... O que Gerard me dizia era que não refutasse os enganos de Filipe, mas que os aceitasse e me movesse de acordo com eles, mesmo se não fossem totalmente verdadeiros. Eu já era o agente de imensa impostura, e a impostura oposta não me incomodava mais do que o necessário: minha missão havia sido ordenada por meu Grão-Mestre, e eu a cumpriria à risca, ainda que pondo em perigo minha própria vida. Tudo o que eu desejava era que meu próximo passo me colocasse na trilha certa, e que isso se comprovasse quando a carta dO Carro surgisse sob meus olhos, dando-me a certeza de que meus atos estavam de acordo com o que devia ser feito.

Gerard dispunha de fundos praticamente infinitos, como se sua bolsa de dinheiro fosse a cornucópia dos deuses, dentro da qual a riqueza se produzisse sem cessar. Acostumado à frugalidade da vida de monge-soldado que a Ordem nos impunha, eu estranhava muito sua prodigalidade, e também sua liberdade: sendo Soldado do Templo, como eu fora, ele vivia de maneira muito livre e totalmente desregrada, agindo e se comportando como um profano de posses, sem deixar de se privilegiar do fato de ser Templário. Testei-o de todas as formas, inclusive com a inveja, que muito o agradou: seres humanos como Gerard sempre agem como se a inveja fosse o maior dos elogios, sem perceber-lhe o poder destrutivo. Numa das noites de nossa viagem, depois de abater quase que uma garrafa de vinho inteira, ele me revelou a verdade:

— O Rei Filipe disponibiliza fundos quase infinitos para quem estiver trabalhando para ele: e o mais interessante é que, nos últimos dois anos, o dinheiro que ele usa para aparelhar agentes contra o Templo é exatamente o dinheiro que ele pega do Templo, sob a forma de empréstimos que nunca pagará!

Meu coração de Templário se confrangeu com essa revelação: se pelo menos eu pudesse avisar o Grão-Mestre sobre isso! Nada havia, no entanto, que eu pudesse fazer, mas Jacques de Molay certamente sabia como Filipe usava os fundos que o Templo lhe disponibilizava: ele mesmo me havia revelado conhecer a campanha insidiosa, e eu só podia presumir que esse detalhe também fosse de seu conhecimento. Resolvi engolir a informação, e agir de acordo com ela. Afinal, eu também iria precisar de dinheiro, e havia uma certa justiça histórica na possibilidade de que o dinheiro do Templo, usado contra o Templo, passasse a ser usado a seu favor, sem que os inimigos da Ordem o soubessem.

Passamos ao largo do Languedoc, em nossa viagem de volta: a paisagem tão familiar fora substituída por outras, em nosso caminho por Toulouse, Castelsarrasin, Agen, onde não nos hospedamos em Comendadorias ou Priorados Templários, mas em estalagens do conhecimento de Gerard, que nos aceitavam em troca de moeda sonante e nos disponibilizavam a satisfação de todas as necessidades que tivéssemos. Eu apenas comia frugalmente e dormia, mas Gerard se embebedava, e nas maiores estalagens conseguiu companhia feminina para aquecê-lo durante a noite. Eu não tinha mais o hábito do contato físico com as mulheres, mas comecei a perceber, pela conversa de Gerard, que ele estava estranhando muito a persistência de meus hábitos monásticos, já que eu tinha sido expulso da Ordem. Pus-me a pensar se não seria melhor que eu abandonasse o comportamento aprovado pelo Templo e me pusesse novamente a viver como vivera em meus tempos de operário no *Outremer*, ou mesmo na época em que fora membro dos Filhos de Salomão, sob as ordens de meu pai, vivendo em sua casa e me privilegiando do *harim* que ele me franqueara. Minha masculinidade continuava viva, ainda que adormecida; as cinco dúzias de anos que eu já vivera certamente me haviam feito perder grande parte do vigor que tivera, e não fora pouco, mas, sem dúvida fora o não-uso dessa capacidade que a adormecera, e eu temia que, se a despertasse, ela novamente se transformasse no ponto central de minha vida, como tinha sido enquanto eu fora jovem.

De toda forma, era preciso que eu me mostrasse disponível para o que quer que o Rei Filipe decidisse: a traição que eu devia executar não podia dispensar nenhuma oportunidade para concretizar-se, e era melhor que eu estivesse dentro dela, agindo a favor do Templo, que fora dela e sem a capacidade de influenciar os fatos de maneira a "entregar os anéis para salvar a maioria dos dedos". Era preciso que eu me tornasse exatamente aquilo que os inimigos da Ordem desejavam de mim, para que a traição fosse feita a favor do Templo, e não contra ele: um falso impostor realizando uma falsa impostura para que uma falsa verdade substituísse a realidade dos fatos, e estes permanecessem ocultos de todos que não devessem conhecê-los. Portanto, vagarosamente, comecei a relaxar meus hábitos, para, sem pressa, tornar-me uma cópia de Gerard de Byzol, com exceção do consumo de vinho, do qual eu não conseguia beber mais que uma taça, e ainda assim acompanhando-o de água em grande quantidade, para diluir-lhe os efeitos em meu organismo. Na noite em que chegamos a Bordeaux, aceitei companhia feminina para a noite, mas a moça tinha um cheiro tão desagradável e forte, que eu aleguei cansaço e a coloquei em um canto de meu aposento, para que dormisse sem tocar-me: tive nessa noite imensa saudade das *houris* que conhecera no *Outremer*, perfumadas, limpas, sensuais, adoráveis criaturas que me povoaram os sonhos durante toda esta noite, fazendo-me acordar com uma ereção tão forte quanto as que experimentara durante minha vida fora do Templo. A moça, sem titubear, e não desejando dar sinais de sua incapacidade para satisfazer um homem, desceu as escadas para o salão de baixo com ar vitorioso, dando a entender a todos que o velho cavaleiro ainda era capaz de satisfazer uma mulher, o que só me auxiliou no estabelecimento de minha nova maneira pública de ser.

Os hábitos de pouca higiene de meus compatriotas me eram muito desagradáveis: o cheiro de corpos suados e cobertos por grossa camada de sujeira me incomodava muito, e eu mesmo já estava me sentindo doente, porque, desde a noite de minha expulsão do Templo, não tomava um banho digno desse nome, limpando-me da melhor maneira possível com a pouca água de que dispusera nos diversos quartos de estalagem que ocupara, o que não era suficiente. Quando chegamos a La Rochelle, descobri uma antiga casa de banhos romana, ainda em funcionamento como curiosidade da cidade e sanatório para determinados doentes que ali viviam, e me dirigi a ela, chafurdando solitário nas banheiras de água quente, morna e fria, livrando meu corpo de cracas inacreditáveis, sentindo minha pele respirar pela primeira vez em muitas semanas. Olhei-me a um espelho que jazia a um canto do salão de descanso, sob os olhares incrédulos dos vigias do local, que nele não me impediram a entrada por medo de minha condição de Templário: eu era uma figura verdadeiramente assustadora, com meus cabelos curtos, minha barba grisalha muito longa e não aparada, a pele da face crestada por décadas de sol, enrugada por anos de vida, percebendo que muito em breve eu teria que abandonar essa aparência, criando uma outra que servisse ao meu novo jeito de ser.

No retorno à estalagem, encontrei Gerard de Byzol vistoriando a arrumação de sua pequena bagagem por um par de jovens escudeiros, ambos com as marcas do Templo, de quem Gerard me disse:

— São nossos escudeiros: daqui em diante viajaremos como cavaleiros sob a proteção do Rei de França, e em Poitiers ganharemos a companhia de um destacamento de soldados do Rei.

— Gerard, isso não faz sentido: eu não sou mais cavaleiro do Templo, e essa impostura pode causar-nos problemas seriíssimos...

Gerard riu:

— Acalma-te, irmão Esquin: o conhecimento de tua expulsão ainda é limitado aos cavaleiros do Templo, e as notícias não andam tão depressa quanto pensas: o povo nas ruas não distingue um Templário de outro, com certeza, tratando-nos a todos da mesma maneira cada vez mais desrespeitosa. Como a animosidade contra os cavaleiros da Ordem cresce dia a dia, quando o informei de tua adesão à nossa causa, Filipe houve por bem enviar-nos o destacamento que nos protegerá na chegada a Paris e durante todo o tempo em que lá estivermos: ele reconhece o valor da tua união à sua campanha e deseja proteger-te de todo o mal.

A idéia de Filipe era dúbia, e eu acreditei que ele desejava não apenas proteger-me, mas principalmente vigiar-me, para certificar-se de minha adesão a seus projetos e garantir que eu não recuasse e o denunciasse ao Templo. Restava-me, pois, tranqüilizá-lo quanto a isso, tornando-me um de seus mais fiéis colaboradores, deixando-o tão à vontade quanto à minha traição, que ele enfim se descuidasse, para que eu pudesse executar as ordens de meu Grão-Mestre como este me havia ordenado. Eu teria que me transformar não apenas naquilo que não era, mas principalmente no tipo de homem que estivesse exatamente no feitio desejado pelo Rei Filipe. Para isso, o auxílio inconsciente de Gerard me seria utilíssimo: seguindo seus passos como se ele fosse objeto de minha admiração, eu treinaria para agir igualmente em relação ao Rei. Ninguém, principalmente os poderosos, está livre dos efeitos venenosos da lisonja, que só ativa nossa metade cega, com isso nos cegando por inteiro. Eu mesmo levara muitos anos para me livrar da submissão à lisonja, portanto conhecia bem seus poderes, e saberia usá-los em prol de minha tarefa.

A chegada a Paris foi como sempre: tumultuada, confusa, tensa, ainda mais que estávamos cercados por oficiais e soldados de Filipe, o Belo, e, para o povo das ruas, a visão dos Templários que odiavam, cercados pelos soldados que odiavam ainda mais, era suficiente para fazê-los perder a noção do perigo e ofender-nos com os piores palavrões que conheciam. Eu não me sentia nada bem em estar cercado pelos que me vigiavam, mas tinha que aceitar essa realidade e agir como se ela me fosse prazerosa: por isso, quando vimos ao longe o palácio do Rei, cercado por imensa multidão de pedintes e requisitadores em busca de sua caridade e benevolência, respirei fundo. Ali terminava uma viagem e se iniciava outra, que eu faria em companhia de Filipe, o Belo, levando-o a fazer o que não conhecia simplesmente ao colaborar com ele naquilo que ele acreditava ser seu dever real.

Quando entrei no Palácio de Paris, recordei-me de tudo que havia aprendido sobre ele com meus irmãos construtores na corporação dos

O FIM DO TEMPLO

Filhos de Salomão: era uma imensa fortaleza de luxo, erguida sobre as ruínas do palácio que os romanos haviam construído na Île-de-la-Cité, e que passara por tantas reformas, que só um olho treinado na arte da construção podia perceber os volumes, as proporções e os fundamentos detalhados de cada época em que ele havia sido refeito. Os detalhes góticos impostos pelo abade Suger de Saint-Denis aos Luíses VI e VII lá estavam, assim como a austeridade substancial do pensamento escolástico que se impusera como reação do pensamento tradicional da Igreja de Roma, ambas as idéias se negando mutuamente. Filipe Augusto, ao transformá-lo em seu centro de governo, mantivera-o paradoxalmente dividido, até que o Rei Luís IX impôs sobre toda a mixórdia uma profusão ainda maior de detalhes romanescos, influenciado que estava pelos mitos do Santo Graal. Este Rei que agora o ocupava, no entanto, havia superado a todos, com uma excessiva decoração exageradamente rica e luxuosa, de beleza mais que discutível, diretamente ligada à sua personalidade exuberante e sem nenhuma substância verdadeira.

Entrar pelos corredores dessa antiga fortaleza travestida de palácio real foi angustiante: eu não sabia quem iria enfrentar, e temia não ser capaz de enganar a Filipe, conhecido em todo o reino de França como um grande analista de caráter e personalidade. Como eu tinha uma missão a cumprir, no entanto, fiz das tripas coração e adentrei a sala do trono, onde, entre música e pelotiqueiros, refestelava-se o todo-poderoso Filipe IV, dito o Belo, Rei de França.

Sou forçado a reconhecer que ele era possuidor de grande beleza de rosto: traços finos, cabelos dourados que lhe emolduravam a face, longos cílios cercando olhos de um azul muito profundo, corpo bem-proporcionado, gestos educados e voz doce. Seria um anjo vivendo entre os homens, se não tivesse uma vaziez de semblante tão intensa: por detrás desses traços, não havia nada, como se dentro desse corpo tão bem-feito não vivesse ninguém. A frieza de que ele era praticante, não se movendo por nenhuma emoção, dava-lhe a aparência vazia de uma estátua a que o escultor não soubesse impor nenhuma característica humana: e quanto mais nossa conversa prosseguiu, mais eu me espantei com sua incapacidade de sentimentos humanos, transformando-se muito rapidamente em uma caricatura de si mesmo, dessas feitas com crueldade e sem nenhum pingo de compaixão pelo objeto caricaturado. Foi durante essa conversa que tive a certeza de que a melhor parte da beleza é sempre aquela que não se pode enxergar à primeira vista, pois a Filipe só restava ser belo, e nada mais que isso.

A seu lado estava seu poderoso conselheiro, Guilherme de Nogaret, advogado e professor da Universidade de Paris, onde lecionava as Leis que dificilmente respeitava em seus serviços prestados a esse Rei cruel: seu olhar de servo qualificado era, sem dúvida, mais terrível que o de seu senhor, pois ele tinha uma posição a manter, um nome a zelar e negócios a preservar, com seu sorriso inexistente, seu longo nariz bulboso, os olhos miúdos e a calva incipiente sorrateiramente surgindo logo abaixo do capelo de doutor que usava como símbolo de seu poder e de sua importância, pois, talvez, sem tais símbolos externos, fosse confundido com um qualquer, por sua absoluta e completa falta de personalidade.

Do outro lado do Rei estava Enguerrand de Marigny, seu primeiro-ministro e financista-mor, com sua barbicha rente e sua fala ciciosa, entre dentes, fazendo com que os SS soassem como FF, provavelmente numa imitação exagerada de Filipe, que sofria brandamente do mesmo defeito de dicção. O que o Rei desejava, Enguerrand fazia acontecer, levantando os fundos necessários, e Guilherme a tudo justificava através de chicanas sem outro fundamento que não sua submissão aos desejos de seu Rei: mas, no caso de Guilherme, parecia haver um interesse pessoal na destruição completa dos Templários, pois ele se comportava de maneira muito mais emocional e visceral que o próprio Rei a quem servia.

Chegáramos em meio a uma comemoração, que só fui entender depois de lá estar. Filipe e seus dois asseclas haviam promulgado um decreto que impunha a todos os judeus de França a expulsão para fora de suas fronteiras, não sem antes confiscar-lhes todas as riquezas e assimilá-las ao tesouro real, que manipulava sem nenhum resquício de consciência do seu papel como Rei de seu povo. A corte de Filipe se regozijava com isso, e seus dois auxiliares, um de cada lado de seu trono, trocavam olhares de satisfação a cada comentário sobre o acerto e a correção das atitudes do Rei proferido por um de seus cortesãos. O país estaria, desse dia em diante, por algum tempo, presa do poder discricionário dos esbirros de Sua Majestade, com poderes absolutos para invadir, expulsar, confiscar todo tipo de riquezas e castigar os recalcitrantes, muitas vezes com a morte. Os que se salvavam desse destino eram enviados para todos os cantos do território, carregando não mais que suas posses pessoais, porque até mesmo animais e carroças foram tomados pelo Rei para mais uma vez tentar equilibrar as finanças de seu reino.

Filipe ria com verdadeiro prazer quando nos aproximamos de seu trono:

— Desta vez, os assassinos de Cristo receberam o que merecem: a partir de hoje, toda a riqueza que acumularam durante anos e anos de prática do crime pertence ao povo de França, através de nós, que somos seu Rei. Podem sair às ruas e ver que a população se sente tremendamente satisfeita com nossa atitude, saudando-nos com vivas e muita alegria...

— Pois se sois o Rei que Deus lhes concedeu, meu senhor! — Guilherme de Nogaret não fazia nenhum esforço para ser menos untuoso. — Como não se regozijariam, se aquilo que vós fazeis é sempre a vontade de Deus expressa através de vossa capacidade real?

Enguerand de Marigny, seu financista, pigarreou e pontificou, com as mãos erguidas em ogiva à frente do rosto:

— Não há o que façais que não tenha o beneplácito do povo, meu senhor, e isso é uma garantia divina, pois as atitudes que temos a tomar em defesa de Deus e da França serão todas aceitas com alegria e regozijo, até mesmo pelos que num primeiro momento se sintam prejudicados por elas, porque o bem do Rei, que congrega em si todo o povo de França sob a égide de Deus, é certamente mais importante que o povo de França sem Deus nem Rei...

Estávamos em meio aos cortesãos que aplaudiam as palavras de seu Rei, e Filipe, correndo os olhos pela audiência, buscando o néctar de sua aprovação, deu com os olhos em Gerard e em mim. Seu sorriso abriu-se mais ainda, e ele nos fez sinal para que nos aproximássemos, dizendo:

— Cavaleiro Gerard de Byzol, nosso querido servo, folgamos em te ver com saúde. Quem é esse cavaleiro que te acompanha?

Gerard de Byzol curvou-se, numa reverência:

— Majestade, este é o irmão Esquin de Floyrac, de quem já vos havia dado notícias, e que vem hoje à vossa presença para apresentar seus préstimos de auxílio na importante campanha em que estamos envolvidos...

— Silêncio, cavaleiro! — A voz de Filipe IV ergueu-se, rispidamente. — O que tens a dizer interessa só a nossos ouvidos, e te ordeno que aguardes o momento certo para isso!

Certamente havia motivos para essa conspiração de silêncio, pois não apenas o Rei, mas também seus dois auxiliares diretos, assim como o cavaleiro de Byzol, se curvaram a seu desejo. Eu, imitando-os, curvei meu corpo e cabeça, olhando o chão finamente trabalhado em que pisávamos e pensando quanto me seria difícil conviver com tamanha prepotência. Filipe ainda não tinha dado início à verdadeira campanha contra os Templários, já que muitos de seus cortesãos e uma imensa parte de seu poder se sustentavam na Ordem do Templo: o que começava a surgir nas ruas era fruto da maledicência que ele vinha cuidadosamente plantando entre o povo de Paris, fazendo uso de pequenos detalhes supervalorizados que se tornavam dignos de nota e faziam com que o povo a cada dia olhasse os Templários com menos benevolência. O ataque frontal à Ordem, contudo, ainda não estava maduro o suficiente para ser colhido, e eu teria grande importância em seu estabelecimento: afinal, era essa a minha missão, e eu não poderia recusá-la, pois nascia de um juramento de obediência que eu nunca poderia refugar. Só me restava fazer o que me era devido, orando aos céus para ter forças e constância e perseguir sem esmorecer meu objetivo.

A corte, depois de algum tempo, distanciou-se do trono, girando em pequenos círculos que se articulavam como elos de uma corrente viva, da qual o centro e o eixo eram o Rei, em volta do qual todos se moviam; foi nesse instante que Filipe, erguendo-se com ar de enfado, declarou:

— Agora temos graves negócios de Estado a tratar com nossos ministros. A corte pode deixar-nos até que chegue a hora de nossa refeição noturna.

O grande salão do trono foi-se esvaziando de cortesãos, músicos, servos e assemelhados, ficando nele apenas o Rei e seus ministros, além de mim e Gerard, ambos ainda de cabeça baixa. Filipe, ao ver-se longe de sua corte, pôs a perna direita sobre o braço do trono, escarrapachando-se e nos encarando com estranho interesse:

— Com que então, cavaleiro de Floyrac, és tu o homem que nos confirmará as suspeitas que já sentimos?

O FIM DO TEMPLO

O olhar de coruja de Filipe se fixou em mim, sem pestanejar, ao mesmo tempo em que seus dois conselheiros se debruçaram para a frente. Subitamente, eu era o foco de sua atenção individida, e decidi ser calmo, mantendo um ar de franqueza diferente da aparência delirante que exibira a Jaime IV:

— Majestade, não conheço vossas suspeitas, mas posso contar-vos tudo que vi entre os Templários, fatos que me confrangem o coração pela alta taxa de iniqüidade e heresia que contém... tenho mais de trinta anos como membro da Ordem do Templo, e se enquanto fui soldado raso tudo me parecia perfeito, bastou que eu galgasse alguns degraus na hierarquia da Ordem para que a terrível verdade me fosse sendo revelada pouco a pouco, e quanto mais eu ascendia nessa hierarquia, mais chocado ficava com o que me era apresentado, até que eu e a Ordem nos tornamos inimigos naturais um do outro.

Gerard de Byzol curvou-se com um sorriso, dirigindo-se a Guilherme:

— Não vos disse, preceptor? Não sou o único a chocar-se com as iniqüidades que o Templo oculta em seus desvãos.

Guilherme, como se fosse seu reflexo em um espelho, repetiu o gesto de enfado de Filipe, que disse:

— Já faz tempo que vimos percebendo a heresia em todas as atividades do Templo, certamente causada pelos longos anos passados no Oriente, em companhia de muçulmanos e hebreus, cujo poder para o engano é sobejamente conhecido. Alguém aqui ignora as ligações do Templo com o Velho da Montanha e seus Assassinos? Alguém aqui ignora a predileção dos Templários pelo modo de pensar dos hebreus? Pior do que isso, no entanto, é ver a cada dia mais e mais provas de que os Templários são uma forma muito mais poderosa e perigosa de Catarismo!

A inesperada menção aos cátaros, dos quais minha mãe fizera parte, me fez reagir com um esgar: estranhamente, vi o mesmo esgar se repetir em Guilherme de Nogaret, como se desta vez fôssemos espelho um do outro. Nossos olhos se cruzaram, e ele desviou o olhar, subitamente, retomando seu ar santarrão, fixando com devoção a seu Rei, que continuou:

— É obrigação de minha família, os Capetos do Valois, combater todas as heresias, principalmente essa que até hoje se imiscui em nosso reino e território, pela vontade de Deus! Os Templários nunca enganaram os Capetos, e nunca nos esquecemos de quando, instados a combater a heresia cátara em Montségur, recusaram-se, não enviando nenhum de seus homens, sem dar para isso nenhuma explicação. Certas coisas nunca se esquece, e esta é uma das que estão gravadas a fogo em nossa alma de Capeto!

Interessante: Filipe tinha motivos mais profundos para este combate a que se propunha que a simples cobiça pelos bens do Templo, como todos pensávamos. Havia por trás de tudo a defesa de sua dinastia e a punição a quaisquer ofensas que a ela tivessem sido feitas: os Reis sempre se crêem portadores de algum direito divino que os transforma em executores da obra de Deus, e Filipe não era nem um pouco diferente disso, fazendo uso de todo o seu poder para realizar as barbaridades que sua mente doentia lhe propusesse.

De toda forma, ali estava eu, dando a ele o material que poderia usar na destruição de minha Ordem, e o fazia simplesmente cumprindo as ordens de meu Grão-Mestre Jacques de Molay, conforme as havia entendido na reunião que tiverámos. Narrei-lhe, portanto, com tranqüilidade e sem nenhuma emoção mais forte, tudo que já havia dito a Jaime IV, em Aragão, e desta vez os resultados foram diferentes: Filipe me olhava sem piscar, como se estivesse absorvendo cada palavra minha para uso posterior, e quando terminei, perguntou-me:

— O cavaleiro de Floyrac seria capaz de narrar esses fatos em audiência pública, como forma de combater a heresia?

— Sem sombra de dúvida, majestade: sendo esta a minha crença, estou disposto a defendê-la até mesmo com o risco de minha vida!

Filipe sorriu, e eu percebi que havia conseguido tornar-me parte de seu projeto. Enguerand de Marigny acenou a cabeça em minha direção como que me cumprimentando por minha atitude, e Guilherme ficou me olhando, com os olhinhos porcinos apertados e o lábio mordido, como que duvidando de mim. Filipe me disse:

— Quero marcar uma audiência imediata com o Papa Clemente V, onde ele estiver. Estás preparado para repetir a Sua Santidade aquilo que nos disseste?

Agora que eu já estava descendo celeremente a encosta inclinada de meus atos, nada me seria mais útil que vender minhas mentiras também à Igreja de Roma. Clemente V havia tido como seu grande eleitor exatamente este Rei que me observava com tanta curiosidade, e certamente não rejeitaria nada que Filipe IV lhe impusesse como sendo verdade, principalmente se no meio disso houvesse crimes e heresias. Se ele se convencesse do que eu lhe diria, talvez fosse sutil e rápido no castigo ao Templo, sem precisar recorrer a seu braço armado, os dominicanos da Santa Inquisição. Por isso, ergui-me em toda a minha pureza de traidor e lhe disse:

— Não há o que Vossa Majestade me ordene rindo que eu não faça chorando: quando meu Rei desejar, estarei pronto a repetir minhas acusações.

Filipe esfregou as mãos, como um onzeneiro, rindo muito:

— Aí está, senhores: desta vez o Templo não escapará do que lhe é devido!

O Rei ergueu-se de seu trono e, coleante como uma cobra, dirigiu-se a seus aposentos internos, acompanhado por Engerand de Marigny, que havia sorrateiramente passado uma bolsa de dinheiro às mãos de Gerard. Mas, antes que se movessem, eu, me curvando e andando de costas em direção à saída, olhei-os sorrateiramente e tive a visão do Rei e de seus dois asseclas como a gravura dO Diabo, o que me fez tremer. Eram exatamente três seres diabólicos, os dois menores dominados pelo maior, mas nem por isso menos infernais. O Rei sumiu no interior, e Gerard ficou discutindo com Engerand qualquer assunto provavelmente muito sério: eu ia saindo quando ouvi a voz de Guilherme, dizendo-me:

— Cavaleiro de Floyrac, uma palavrinha, por obséquio...

Guilherme dirigiu-se a mim e, pousando-me o braço no ombro com espantosa familiaridade, disse-me, em voz baixa:

— Sua Majestade crê em tudo que lhe soe verdadeiro, mas eu, como seu Procurador, não sou assim tão crédulo. Fico impressionado com o fato de que o grande Prior de Montfaucon tenha, de um dia para outro, se tornado traidor da Ordem que o abrigou desde muito jovem, sem nenhum motivo que não seja um súbito arrependimento cristão... pelo que sei, o cavaleiro nunca foi dos mais devotos, pois não?

Mantive-me silencioso, enquanto dentro de mim uma voz gritava: "Foge! Tudo foi descoberto!" Qualquer reação que eu tivesse poderia ser o meu fim. Por isso, fiz-me de desentendido e continuei ouvindo a Guilherme, seu braço pesando em meus ombros como uma canga:

— Pode ser que sejas sincero, pode ser que não: tua amizade com Jacques de Molay é por demais conhecida, e há uma possibilidade de que estejas agindo assim sob suas ordens... isso seria uma loucura, claro, pois quem se atira nos braços do inimigo dessa maneira tão imbecil? Seria um verdadeiro suicídio com a mão alheia, não é verdade? Mas tudo pode acontecer, e quando essas questões estão em jogo, tudo efetivamente acontece. O que me dizes, cavaleiro?

A violenta emoção do medo que me havia tomado me salvou, pois comecei a chorar convulsivamente, aproveitando meu desamparo para mostrar-me ofendido, não com Guilherme e suas suspeitas, mas com meu Grão-Mestre:

— Jacques de Molay traiu nossa amizade de mais de trinta anos, Procurador! Quando percebi, ele já me havia inserido em seus esquemas heréticos de negação do verdadeiro Cristo e da verdadeira Igreja! Posso aceitar tudo, menos perder minha alma imortal! Eu tenho medo do inferno, Procurador!

— Eu também, cavaleiro, eu também... ainda mais por saber que o verdadeiro inferno abre suas fauces aqui na Terra, e não na vida eterna... conheço cada lugar e cada oportunidade em que essas fauces incendiadas se abrem, e também não desejo vê-las voltar-se em minha direção...

Guilherme olhou-me longamente, por debaixo das borlas de seu capelo, afastando-se de mim para ver-me por inteiro. Depois, dando-me dois tapinhas suaves nas faces, disse-me:

— Por ora estou satisfeito, e conto contigo para que possamos castigar os infiéis. Se tu fores um deles, reza para que eu não te descubra, cavaleiro: enquanto isso não acontece, aproveita bem a proteção de teu Rei, e serve-o tão bem quanto eu mesmo o faço. Que Deus vos proteja, cavaleiro!

Curvei-me, as lágrimas escorrendo pelas faces, e o suor frio empapando meu corpo, por debaixo das roupas: Guilherme, de alguma forma incompreensível, intuía meu verdadeiro papel nesse jogo e apostava todas as suas fichas em minha revelação como aquilo que eu não desejava que ele visse. Eu não compreendi senão muito mais tarde o que havia em seu comportamento para que agisse dessa maneira, mas sei que nesse dia passei por um dos mais difíceis momentos de minha vida.

Gerard retornou de seu colóquio com Engerand sopesando duas bolsas de dinheiro, uma das quais me passou: era pesada, e eu fiquei em baldas. Não havia tido em meu poder tantas riquezas desde que me tornara cavaleiro do Templo, fazendo meu voto de pobreza. Gerard, um sorriso de satisfação iluminando-lhe a face, disse-me:

— Eis aí a primeira parcela de tudo que receberás por teu adjutório, de Floyrac! Filipe é muito pródigo com aqueles que toma sob sua proteção, e Engerand, embora hesitando, não deixa de cumprir suas ordens, mesmo que ele não as tenha dado expressamente. Foi assim que consegui que a bolsa de hoje se transformasse em duas, e de agora em diante será sempre dessa maneira: o dinheiro do rei servirá para que nos alimentemos, vistamos e sobrevivamos, e também para que compremos algumas consciências em nosso caminho. Já tens para onde ir, cavaleiro?

Eu não tinha, mas não desejava ficar junto de Gerard: seus hábitos não me agradavam, e eu temia que a comparação entre sua forma de vida e a minha me fosse perigosa. Por isso, com ar de segurança, disse-lhe:

— Não te preocupes comigo, Gerard. Tenho familiares em Paris, que me abrigarão, ainda mais agora que posso pagar-lhes pela hospedagem. Queres marcar um lugar de encontro, onde possamos nos falar sempre que necessário?

Disse isso antes que Gerard, curioso, perguntasse onde ficava esse meu abrigo, e ele soube respeitar meu desejo de privacidade, indicando-me uma estalagem quase ao pé da Conciergerie, parte desse palácio de onde estávamos saindo, dizendo que eu ali o encontraria todas as noites. Eu certamente não lhe era a melhor companhia possível, não tendo como exercer minhas paixões carnais com a liberalidade com que ele o fazia, e talvez por isso ele não tenha insistido em que ficássemos juntos, o que só me ajudava. Despedimo-nos; ele entrou na estalagem, de onde saíam vários cantos fesceninos de salas de guarda, e eu segui meu caminho, montado em meu cavalo, no lusco-fusco do entardecer da grande cidade. Meus pensamentos viajaram por todos os fatos de minha vida até este dia, desejando organizar-se de forma a mostrar-me o futuro, como sempre acontece comigo em momentos desse tipo; mas nada me indicava sequer uma remota possibilidade. Apalpei meu peito: lá estava, junto a meu coração, o saco de veludo com as lâminas que eu poderia usar para indicar-me o futuro, mesmo sabendo que impor a este livro-mudo o papel de oráculo seria desqualificá-lo além do possível. Portanto, não o fiz: o livro-mudo era meu companheiro de estudos, não de previsões, e o que ele me ensinara em todos esses anos de contato fora sempre muito mais útil que a simples revelação do que o momento seguinte me traria.

Quando percebi, meu cavalo, andando por sua própria conta, estava passando pela antiga muralha romana, entrando no Marais e dirigindo-se para a *Cousture* do Templo: com um sobressalto, interrompi seu andar e olhei em volta, buscando uma saída. Não poderia, de forma alguma, ser visto nas proximidades de minha antiga Ordem, pois isso poria em risco não apenas minha vida, mas também a missão que eu deveria cumprir.

À minha esquerda, vi dois aleijados, ambos de muletas, dirigindo-se para um beco no qual entraram, depois de olhar para todos os lados, sumindo em sua escuridão. Logo após alguns homens de gibões muito bem cortados, mas com seus calçados em petição de miséria, entraram no mesmo local, agindo da mesma maneira. O estado de seus sapatos me fez recordar de Nazimus, e subitamente olhei para minha mão esquerda: no dedo mindinho, marcando com uma ruga permanente a última falange desse dedo, estava o anel de ouro que ele me dera, dizendo-me que nunca o tirasse a não ser que precisasse da Confraria dos Malandrins. Eu estava exatamente em frente à entrada do Pátio dos Milagres, tinha certeza, e se bem me lembrava das lições aprendidas quase quarenta anos antes, era ali que deveria buscar meu abrigo. Hesitei durante algum tempo, lembrando-me das palavras exatas que Nazimus me dissera: "Se algum dia estiveres em Paris e necessitares de auxílio para causas aparentemente impossíveis, vai até o Pátio dos Milagres que fica no Marais, a uma pedrada do Grande Templo. Lá, ao te abordarem, pede o direito de ver o Coësre e fala a ele em meu nome, mostrando este anel. Não o tires de teu dedo a não ser quando se tornar estritamente necessário. O que está escrito em seu interior é uma mensagem que te permitirá ser reconhecido e respeitado pelos malandrins de Paris. Só recorras a ele em última instância, rapaz: não o uses sem que seja verdadeiramente essencial que o faças, quando não tiveres mais nenhuma arma a que recorrer."

Por alguns instantes, fiquei sem ação, temendo por minha vida, pois, quanto mais a noite caía, mais escura ficava a entrada do beco, no qual volta e meia alguns mendigos entravam disfarçadamente. Se a escuridão tomasse totalmente aquele canto do Marais, tornar-se-ia impossível entrar nele: eu não conhecia seus desvãos, e certamente cairia em alguma armadilha de defesa que seus habitantes tivessem montado. Por um instante, pensei em abandonar minha idéia, tomando aposento em alguma estalagem, mas repensei: eu me tornara um pária, ainda que sob a proteção do Rei de França, e, para párias como eu era, nada mais adequado que os marginais da sociedade como abrigo e proteção. Assim pensando, açulei meu cavalo e atravessei a entrada do beco, ouvindo os cascos do animal sobre as pedras e a lama que o cobriam.

Não cavalguei muito: meu animal subitamente espetou as orelhas e se recusou a dar mais um passo que fosse, não me deixando outra alternativa que não saltar e seguir a pé. Foi o que fiz: tateando meu caminho, encostei-me a uma parede e fui andando para dentro do breu, de onde vinham ruídos e algum bruxulear de luzes. Seguindo o som, andei mais alguns passos e subitamente fui agarrado por quatro homens de má catadura, vestidos como burgueses mas sem camisa, todos armados de porretes e com garrafas de vinho penduradas à ilharga. Reconheci-os pela descrição que Nazimus me havia feito, muitos anos antes: eram Polissões, agressivos membros da Confraria dos Malandrins, que defendiam com toda a violência, se fosse necessário. Por isso, dirigi-me a eles no *argot* que já não falava havia tempo, esperando que os anos não houvessem modificado tanto a língua, que o que eu diria soasse estrangeiro a meus ouvintes:

— Polissões do Marais, sou da mixadura, como os manos... não sou turro nem belega! Minha gana é charlar com o Coësre, pra quem tenho uma caça, e tenho esse direito, pois não?

Os quatro, ante a minha apresentação em sua língua dizendo não ser nem mal-intencionado nem polícia, e que tinha uma mensagem para seu Rei, hesitaram: não devia ser comum um homem de minha idade, vestido como cavaleiro do Templo, usar o *argot* de maneira tão corriqueira. O mais ativo deles, ainda bem desconfiado, jogou por sobre mim uma torrente de perguntas, que eu não respondi, erguendo os braços em sinal de rendição, e dizendo:

— Nanja-nanja-nina-nanja: só o majorengo pode provar a caça que eu tenho. Só a ele lampo o que trago, e ninguém mais vai filar, seguro?

Devia ser um espanto para os Polissões, que faziam a segurança do Pátio, a minha figura, entregando-me em suas mãos para poder falar com o Coësre sobre assunto que não era de sua alçada. Pelo sim pelo não, acharam melhor levar-me manietado para dentro do Pátio, mantendo-me seguro entre seu grupo, não sem antes haver-me aliviado de tudo que eu trazia, a bolsa de dinheiro e o saco de veludo com as gravuras gravadas em marfim. Não reagi, pois, naquele momento, o mais importante era dar-me a conhecer. Um deles perguntou-me, enquanto seguíamos para dentro do labirinto de vielas que nos levavam cada vez mais para dentro do quarteirão:

— Quem te deu a pala?

— Nazimus.

— Não está no meu bolso, e nunca esteve. Foi esse pássaro quem te ensinou o verde?

— Deves ser bizu por aqui: meu Arquimestre não é do teu tempo. O Coësre manja, fica rassurado.

— Exibe aí o que tens pro Coësre...

— Nem por uma dúzia de verguinhas amestradas! Pro olho do majorengo, e só pro olho do majorengo, e tenho dito!

Eu certamente me arriscava: se eles quisessem, numa curva mais escura me matariam e ninguém ficaria sabendo. Mas meu domínio do verde, como chamavam o *argot*, os deixava em estado de incompreensão, e eles não desejavam correr o risco de prejudicar seus negócios por mero impulso destrutivo. Assim, fomos caminhando, e de repente desembocamos no grande Pátio que Nazimus tão bem me havia descrito, e que era sensivelmente maior, mais colorido e mais animado do que ele me dissera. A comida estava sendo distribuída pelos Saqueiros e seus ajudantes, e, nos dois tronos do outro lado do pátio, eu podia ver um casal moreno cercado por homens e mulheres vestidos de maneira tão escandalosamente colorida quanto eles, ainda que sem nenhuma elegância.

O FIM DO TEMPLO

Os Polissões que me haviam aprisionado me empurraram por entre as grandes mesas de cavalete, criando imensa agitação entre as pessoas que ali estavam: um estranho como eu, de longa barba e trajes de cavaleiro, não era visão com que estivessem acostumados, e o ruído cresceu e depois diminuiu, enquanto eu me aproximava dos tronos. O Coësre olhou em minha direção com curiosidade, fazendo um muxoxo interrogativo na direção de meus guardas, e o mais afoito disse:

— Coësre, o barbaças aqui diz que traz caça para teu bico: estava bem forrado e acavalado. Abatemos a presa ou deixamos que fale?

— Se ele piasse como piamos, poderia cantar por si: quem verte de gente pra pássaro?

Adiantei-me e disse:

— Pio como tu pias, Grande Coësre: o passarão que foi meu Arquimestre me ensinou a fazer o fiu-fiu como ele mesmo piava...

A assembléia fez um "oh" de admiração, pois nunca tinham visto tal absurdo: um cavaleiro educado e rico falando o verde dos malandrins? O Coësre, apertando os olhinhos e dobrando a cabeça para que seu ouvido esquerdo ficasse mais perto de mim, disse:

— E quem foi esse Arquimestre, barbaças? Um daqui?

— Era um boteiro cordoneiro de nome Nazimus...

A assembléia deu um grito de espanto, e o meu espanto foi ainda maior: teria eu dito alguma coisa proibida? O Coësre, fitando-me cada vez mais intensamente, como se quisesse ver-me por dentro, perguntou:

— E o que nosso antigo Coësre enviou para mim?

Não acreditei no que ouvi: então Nazimus, meu mestre, havia sido Rei desses malandrins, e nada me revelara? Atordoado, tirei com dificuldade do dedo mínimo da mão esquerda o velho anel e entreguei-o ao Coësre, que o apanhou e leu pelo lado de dentro. Olhou-me novamente e perguntou-me:

— Como te chamam quando te chamam?

— Minha mãe me chamava de Esquin, e Deus me deu a aldeia de Floyrac como sobrenome...

O Coësre saltou de seu trono, pulando em minha direção e apertando-me contra seu peito de tal forma, que caímos pelos degraus, enquanto ele gritava:

— Esquin? Esquin de Floyrac! Não me reconheces, mano? Sou eu, teu mano Felício des Nuits!

O espanto se somou à alegria: então o Coësre em cujas mãos eu entregara minha vida era meu velho companheiro de viagens, Felício des Nuits? E mais: meu mestre havia ocupado esse mesmo trono, neste mesmo lugar? Abracei Felício, a quem não via desde que o perdera na fuga de Acre, os dois ainda caídos ao solo, nos estapeando como dois ursos. Depois, separando-nos, ficamos sentados um em frente ao outro, rindo como dois tontos, enquanto a assembléia se mostrava perplexa:

— Quem diria que nos reveríamos assim, mano! Devia ter percebido que eras tu, o único cavaleiro do Templo capaz de usar a língua dos pássaros tanto com os malandros quanto com os pedreiros! Como vieste parar aqui?

— A sorte decidiu a surtida, mano! A besta veio vindo, deixei-a ir, e ela me largou na frente de teu covil... o resto, teus Polissões é que sabem, não é?

Felício olhou firme para os quatro Polissões que me haviam trazido até ele, e o chefe deles imediatamente recolocou em minhas mãos a bolsa de dinheiro e o saco de veludo, que Felício olhou, encantado:

— Ainda estudas esse livro desmembrado, mano? Quantas vezes te vi com essas gravuras, filosofando em companhia de teus irmãos Ayub e Eliphas... que fim levaram eles, mano?

— Perdi-os no mesmo dia em que te perdi, Felício: a queda de Acre foi violenta, e eu já era cavaleiro do Templo, precisando cumprir meu dever para com minha Ordem. Desse dia em diante, nada mais soube deles; mas se hoje te reencontrei, quem sabe também não os reencontre, possivelmente aqui dentro deste Pátio de Milagres?

Felício ergueu-se, ajeitando a coroa e o manto, e, batendo com o cajado no chão, gritou:

— Malandrins! Malandrins! Malandrins!

A assembléia toda ficou em silêncio sepulcral enquanto os toques de cajado iam se repetindo por todo o espaço, como num eco. Felício ergueu um archote para o alto, iluminando-me e gritando!

— Apresento-vos um de nós! Fala a língua, conhece a arte e é meu mano de muitos anos e muitas aventuras! Recebamos nosso mano como se sempre tivesse vivido entre nós! Chama-se Esquin, no mundo externo, mas aqui há de escolher um novo nome e um novo ofício antes que o dia nasça! Eu falo por ele, e gritaremos seu nome por três vezes, até que fique marcado nas paredes!

Num urro que subiu aos céus, a assembléia inteira gritou meu nome:
— Esquin! Esquin! Esquin!

Eu fora aceito na Confraria dos Malandrins, e, pela primeira vez em muitos meses, não me senti completamente só, mas aconchegado e em família. A saudade de trinta e tantos anos em companhia de meus irmãos do Templo me assomou aos olhos, e eu chorei, sentindo que a pior de todas as tarefas possíveis era essa que me havia sido confiada, exigindo de mim que os destruísse para salvá-los, como se isso não fosse uma impossibilidade absoluta. Ao mesmo tempo, a calidez do tratamento que vinha recebendo entre a dita "escória" de Paris era supinamente superior ao que receberia em qualquer patamar da burguesia ou da realeza: esta sociedade se parecia em tudo e por tudo com a Irmandade da Pedra, pelo carinho com que um novo irmão nela era recebido, e eu me regozijei por estar entre eles, da mesma forma como um dia esperava novamente estar entre meus irmãos Templários, se Deus nos permitisse isso.

Felício fez questão de organizar uma longa fila, como a de um beija-mão, para que seus malandrins viessem até mim e me conhecessem, guardando em suas memórias os meus traços para destacar-me como um dos seus, caso houvesse necessidade disso. Eu os cumprimentei até que meus olhos começassem a dar sinais de sono, mas resisti bravamente, enquanto o pátio ia se acalmando e adormecendo, ao mesmo tempo em que os trabalhadores da noite, Saqueiros, Polissões, Boas-Praças e Socapas, saíam para exercer seus misteres onde estes pudessem ser exercidos com sucesso. A Confraria dos Malandrins do Marais se organizava para dormir, e quando a fila se tornou mais rala, Felício se ergueu, pegando-me pelo braço e também erguendo-me: sua companheira, a Coësrette, já havia se recolhido, acompanhada por suas Marquesas, e nós dois traçamos um caminho por entre as ruínas de casas abandonadas, que pelo lado de dentro nada tinham a ver com seu aspecto externo: eram como jogos de dobrar feitos de pergaminho, desses em que uma face revela dois avessos, ou um avesso subitamente se transforma em seis lados de um cubo.

Nos aposentos de Felício, várias salas razoavelmente grandes, mas lotadas de gente adormecida, amontoada uns sobre os outros, encontramos um canto ao pé de uma lareira de tijolos, que exibia um fogo razoável. Ele tirou de um socavão uma garrafa de vinho, e eu aceitei uma copa, que fiquei bebericando enquanto conversávamos. Ele também pôs à mesa um filão de pão escuro e uma perna de carneiro já bastante roída, da qual tirou algumas fatias com seu cutelinho, servindo-me: eu aceitei, pois não comia nada fazia algum tempo, e, sem forrar o estômago, minha cabeça, com o vinho, ficaria mais leve do que já estava sem ele.

Depois de servir-me, Felício se despiu de seus atavios de Coësre e ficou em trajes comuns: eu também me livrei de meu manto e de minhas botas, ficando de peúgas e dalmática, sentindo grande prazer na intimidade que me permitia esta quase nudez a que eu me desacostumara. Felício tomou um grande gole de vinho e pôs-se a falar-me:

— Quando Qalawun se aproveitou do ataque dos Cruzados aos muçulmanos, a primeira coisa que fez foi exigir que os canalhas que mataram muçulmanos lhe fossem entregues para serem justiçados. Lembras-te que os senhores de Acre se recusaram a isso?

— Sim. Mas lembras-te também que, de todos os Cruzados, o único que pensou com alguma racionalidade foi Gulherme de Beaujeu, oferecendo, em lugar dos impulsivos soldados da Lombardia, a devolução de todos os prisioneiros muçulmanos que lá estavam? Sua proposta também foi recusada, é verdade...

— Mano, Qalawun estava se aproveitando da situação para criar um fato novo que lhe permitisse a retomada de Acre... mesmo quando o Rei Henrique enviou emissários para explicar que os soldados eram recém-chegados que não entendiam os hábitos da terra, Qalawun não lhe deu a menor atenção: seus conselheiros disseram o que ele queria ouvir, que havia causa justa para uma guerra, e ele imediatamente se preparou para ela.

— O que não sabes, mano, é que o emir al-Fahkri era um espião a serviço do Templo, que já tinha avisado a Guilherme de Beaujeu sobre o ataque a Trípoli, que foi completamente arrasada. O emir deu notícias da guerra que se aproximava ao Templo, mas ninguém acreditou em nós: foi aí que Guilherme decidiu enviar a Qalawun um seu mensageiro, para negociar a paz em troca de dinheiro, que era o que Qalawun mais amava. Sabes quem foi esse mensageiro?

Felício sorriu, encantado:

— Certamente foste tu, mano... não havia ninguém em Acre com a tua capacidade de transformar-se naquilo que era necessário para entrar no território do inimigo... acertei?

— Na mosca, mano! — Eu também sorri, relembrando esses fatos tão intensos. — Disfarcei-me mais uma vez de mameluco e atravessei as linhas inimigas, indo até o Cairo. Lá, ofereci a Qalawun, o que ele desejasse para livrar a cidade de Acre: ele pediu apenas um cequim de prata por cada habitante de Acre que deixasse vivo. Voltei com essa mensagem, e Guilherme a apresentou à Alta Corte em Acre, que a rejeitou decididamente. Foi triste vê-lo sair de lá sob os apupos da multidão, sabendo que em breve as vidas de toda essa multidão valeriam bem menos que esse cequim... Quando retornei a Acre, não mais te encontrei: para onde foste?

Felício se sacudiu, com um arrepio:

— Mano, saí de lá como vivandeiro das tropas de Bartolomeu Pizan, teu companheiro Templário, que foi mandado para negociar com al-Ashraf, o filho de Qalawun, que havia morrido subitamente, fazendo o filho jurar que continuaria a guerra que ele iniciara. Fomos todos presos no Cairo, mas eu consegui escapulir graças a minhas artes de cigano, trocando minhas jóias pessoais por uma farda de mameluco. Só não voltei para Acre porque soube que al-Ashraf já a estava cercando com catapultas e manganelas... e eu não era besta de me jogar no meio do fogo, certo?

— Pois fizeste muito bem: aquilo foi uma carnificina continuada, que durou meses. Já estávamos mais ou menos preparados, mas erámos pouco: mesmo juntando os Templários com os Hospitalários, mais os cavaleiros que Henrique mandara de Chipre, e Eduardo, de suas terras sob o comando de Otto de Grandson, não somamos mais que mil cavaleiros para comandar 14 mil soldados a pé, inclusive os lombardos que haviam causado toda aquela confusão. Isso não era suficiente para defender uma cidade com mais de quarenta mil almas, porque as tropas de al-Ashraf somavam mais de cem mil homens...

Filício arrepiou-se novamente:

— Ainda bem que não voltei... detesto situações em que sou minoria... no Cairo, pelo menos, arranjei o que comer e pude quase que imediatamente entrar na tripulação de um navio que se dirigia para o norte do Mediterrâneo, saltando dele em Chipre e de lá tomando meu rumo por minha própria conta... e tu, meu mano, até quando ficaste em situação tão embaraçosa?

— Meses, como te disse, e a cada dia uma novidade nos fazia perder um pouco mais a esperança de vitória: ora, os 18 cavaleiros se enredavam nas cordas de seus próprios acampamentos; ora, uma torre era destruídas pelas máquinas de guerra dos muçulmanos... Em maio, rechaçamos um ataque dos mamelucos à Porta de Santo Antonio, mas nem tivemos tempo de nos regozijar com isso, pois imediatamente tivemos a notícia da iminente queda da Torre Maldita. Guilherme de Beaujeu, desesperado, foi para lá sem vestir toda a sua armadura, e acabou ferido, vindo a morrer nessa mesma noite.

— Pela Santa Sara Kali! Que o Duvél se apiade de sua alma! Morreram muitos mais?

— Bem, os Hospitalários perderam seu Marechal e seu Grão-Mestre João de Villiers também foi ferido, mas não mortalmente, sendo levado por seus homens para uma galera Hospitalária que estava no porto. Muitos morreram tentando escapar por mar, alguns deles soçobrando nos botes que os levariam aos navios, ou se afogando ao tentar nadar até as galeras que ficavam ancoradas ao largo... Quando eu soube que Rogério de Flor, o Templário que se transformara em pirata, estava cobrando altas somas de mulheres e crianças para tirá-las de Acre, percebi que esses eram nossos últimos momentos de poder sobre aquele lugar: abutres como esse Rogério só se aproximam do que já é carniça...

— Disso não resta dúvida, mano... e depois, como saíste de lá?

— Logo notamos que os muçulmanos já haviam dominado o porto e a cidade quase inteira, fazendo escravos e matando quem não lhes agradasse... estávamos reduzidos à fortaleza dos Templários, recordaste dela? Saímos na escuridão e tomamos um navio da Ordem até Sídon, enquanto o Marechal do Templo ficou na fortaleza com um pequeno número de nosso cavaleiros. Soubemos depois que al-Ashraf, fingindo querer renegociar a trégua, atraíra o Marechal e seus homens para uma reunião em seu acampamento, onde os aprisionara e degolara a todos!

Felício pôs a mão no pescoço, engolindo em seco:

— Mano... ainda bem que já estavas longe de lá... Para onde fostes?

— Levamos o tesouro que salváramos para Sídon, onde nos abrigamos por um tempo até podermos ir para Chipre: alguns de nós ficaram por lá, e depois se moveram até o Castelo Peregrino, de onde foram finalmente expulsos em 14 de agosto, dia da Vigília da Assunção. Assim acabou o reino cristão na Palestina...

Felício tomou mais um gole de vinho, persignando-se à moda ortodoxa e depois me dizendo:

— Por mais que eu tenha sofrido, não trocaria minha vida pela tua: tens mesmo o couro grosso e a cabeça dura, meu mano... eu voltei a Paris como pude, entreguei-me a meus negócios, eventualmente passei a fazer parte deste Pátio e desta Confraria, e no ano passado, sendo o principal Marcalho do velho Coësre, acabei por herdar-lhe o lugar e as mulheres, cuidando deste povo com o máximo de cuidado, como se fosse minha própria tribo, o bando de Nuits... o *argot* completo que me ensinaste me foi essencial, pois se eu chegasse aqui só falando apenas língua de gitano, teria certamente tido o mesmo fim dos mamelucos de Acre... E depois?

Narrei-lhe sem hesitar, e de forma bem sucinta, minha corriqueira e disciplinada vida de Templário em Chipre, depois a ida para o Templo de Paris, depois minha escolha como Prior de Montfaucon, e estaquei. Chegara o instante que eu temia, e que desejava mais do que tudo ver afastado de mim como um cálice de amargor, mas não podia rejeitá-lo: ou contava tudo a meu mano Felício, ou não conseguiria sobreviver a mais esta noite, tal o peso que me oprimia o peito. Felício, agora Coësre do Pátio dos Milagres do Marais, me olhava com o mesmo olhar limpo de sentimentos que eu percebera em nosso primeiro encontro, no beco de Marselha, e que me fizera confiar nele sem que nenhum motivo houvesse para isso. Em vista disso, movido por um impulso incontrolável de meu coração, abri-o para ele, sem pensar nas conseqüências. Narrei-lhe tudo, as desconfianças e a ordem expressa de meu Grão-Mestre, minha impostura ainda mal começada, meu desespero, minha solidão e minha necessidade de abrigo.

Dessa maneira, coloquei nas mão de Felício des Nuits, o meu antigo amigo, o meu destino e o meu futuro, como antes já havia colocado nas mãos de Nazimus. Durante alguns anos, acreditara que Felício des Nuits era o homem a quem eu ajudaria, para seguir a corrente do bem de que Nazimus me falara, mas agora que me punha nas mãos dele, essa certeza se esvaía. Ele certamente estava em condições de ajudar-me, se assim o desejasse, mas também de entregar-me aos beleguins do rei ou a meus irmãos do Templo, ignorantes dos verdadeiros motivos pelos quais eu me havia tornado o pária que agora era. Tudo dependia especificamente da vontade de Felício des Nuits, e também de seu caráter de cigano, em tudo e por tudo o oposto do que dele dizia a crendice popular, como eu várias vezes já havia percebido.

Felício não negou minha crença: pôs a mão em meu joelho, os olhos brilhando, e disse:

— Mano, estamos unidos por muito mais do que o sangue ou as crenças: somos amigos verdadeiros, temperados através das desgraças e alegrias pelas quais passamos. Como posso deixar um mano ao relento, no abandono? Não seria digno de mim mesmo, se o fizesse. De toda forma, já és um de nós: basta apenas que escolhas teu nome e teu ofício, e para sempre terás um abrigo entre nós, garantido pela longa linha de Coësres que começa em teu mestre Nazimus e chega até mim. Teu segredo está preservado comigo e mais ninguém: não o revelarei a quem quer que seja, nem mesmo meus confrades. Agora, descansa: quando acordares, teremos muito a fazer não apenas para ajudar-te a ser quem tens que ser, mas principalmente a realizar a tarefa que é o teu dever. Eu sei o que é isso: também sou movido pelo dever, mas, antes de tudo, pela verdadeira amizade.

Abraçamo-nos como nunca havíamos feito, e eu pude respirar aliviado, como não respirara no último ano. Felício mostrou-me a enxerga onde eu dormiria, um colchão de crina sobre um estrado de madeira, ao pé do qual estava um acolchoado de penas de ganso, que eu usaria se sentisse frio. Acreditei que não: o coração repleto de alegria dificilmente me permitiria sentir as agruras do clima.

Mesmo estando entre mendigos e malandros, a higiene parecia maior que a das classes mais altas: necessitando transformar-se duas vezes a cada dia, era sempre preciso que a maioria dos malandrins se banhasse, para livrar-se dos detalhes de seu personagem, e isso os levava ao salutar hábito de lavar-se pelo menos uma vez por dia, antes do jantar, quando todos tinham que estar apresentáveis para a reunião diária com seu Coësre e seus iguais. Agradeci a Deus por isso: os percevejos e pulgas que infestavam as casas de Paris já me deixavam a pele em petição de miséria, pois eu passava a maior parte de meu tempo livre a me coçar, e desejava mais que tudo poder lavar-me de corpo inteiro, como havia aprendido no *Outremer*.

Na manhã seguinte, fui acordado por Felício, que me perguntou:

— Já escolheste nome e ofício, mano? Entre nós, isso vale por um registro civil ou um batismo religioso...

— Tenho algumas idéias, mano, mas nada ainda muito preciso. Outras coisas me passam pela cabeça: como poderei ser e não ser eu mesmo, disfarçando-me a ponto de não ser reconhecido, se uma barba imensa não nasce do dia para a noite?

Felício riu:

— Quantos dos barbaças que existem entre nós são verdadeiramente barbados? Pouquíssimos: aqui se desenvolveu uma arte de tecer os fios de cabelo das barbas em entretelas muito leves, que são fixadas à face por meio de verniz de móveis ou cola de mocotó e farinha. Se cortares tua barba, podemos remontá-la dessa maneira, e sempre que precisares retomar teu ar de Templário, ela estará à tua disposição. Do que mais precisas?

— De outras roupas, outros trajes, que me permitam avançar em meu intento da melhor maneira possível, sem entregar-me como quem sou. Podes ajudar-me nisso também?

— Claro que sim: os Saqueiros não aliviam os burgueses apenas de alimentos e bebida, mas também de seus trajes e atavios, que guardamos entre nós para quando se fazem necessários. Os Mercadistas usam esses gibões de que aliviamos seus verdadeiros donos, por exemplo: mas o que quer que precisares, basta dizer. Eu mesmo, quando sinto saudades da vida fora destes muros, experimento meu traquejo entre os passantes das ruas, cada vez com um personagem novo; portanto, tenho à disposição o grande guarda-roupa da Confraria, que coloco a teu serviço. Podes nele escolher o que quiseres ser: burguês, agricultor, mercador, membro do clero e da nobreza, pois nele existe de tudo, e tudo pode ser usado por ti. Creio mesmo que temos entre nós alguns trajes de Papa e de Rei, se desejares transformar-te em um deles...

 Depois que rimos, Felício apanhou uma candeia, erguendo-a sobre a cabeça e me puxando pelo braço para dentro de um outro socavão de sua casa. Atravessamos alguns arcos escuros, paredes cheias de limo e salitre, e subitamente estávamos frente a uma parede de madeira escura, que Felício apertou em dois pontos. Alguma coisa fez ruído, e a parede se afastou de si mesma, girando sobre gonzos e revelando uma pequena sala onde havia uma mesa, algumas cadeiras, um olho-de-boi em uma das paredes e uma escada de madeira que descia para o rés-do-chão. Felício me chamou, dizendo:

— Olha.

O que vi ao olhar pelo olho-de-boi foi quase inacreditável: a paisagem era a da Rua do Templo, quase em frente à entrada da *Cousture*, e eu me virei para Felício, que me explicou:

— Algumas vezes, em nossa vida de malandrins, precisamos de uma saída de emergência: esta é a minha, que por acaso sai na Rua do Templo, atrás do Pátio, em uma casa de dois andares onde antes funcionava um lingüiceiro. Se precisares trocar de personagem, entrando por um lado e saindo por outro, como eu mesmo faço, este é o modo ideal: com o devido cuidado, ninguém desconfiará que o mesmo homem é muitos homens, e poderás fazer o que desejares com toda a segurança. Que tal?

Um acaso me punha frente a frente com aquilo de que fatalmente precisaria para executar minha missão: disfarces, roupas, um abrigo inexpugnável e, o que era melhor, com uma abertura pela qual eu poderia sempre mirar o foco de minha vida, o Templo pelo qual me tornara traidor e perjuro, especificamente para salvá-lo. Meu talento para a impostura e o fingimento, que tantas vezes fora útil a meus irmãos, quando no *Outremer*, seria mais uma vez posto em ação, provavelmente a última. Eu realizaria a obra final de minha vida, mesmo que a custo de meu próprio ser, e os materiais de que faria uso ali estavam, para ampliar a minha capacidade de ser muitos, dando a cada um deles o poder de falar em meu nome e agir de acordo com as ordens expressas que apenas eu tinha recebido.

Aceitei, portanto, todas as ofertas de Felício, pedindo-lhe que me permitisse ocupar esta casa em que estávamos, porque um de meus personagens seria exatamente o homem que moraria nela, e que dela sairia para seus afazeres sempre que necessário, sem levantar nenhuma suspeita de quem quer que fosse. Andaria por Paris em busca de minhas tarefas em absoluta liberdade, aquela que só os que se tornam rigorosamente desimportantes possuem, desde que essa desimportância seja uma escolha pessoal e não uma imposição social.

Todo um mundo de possibilidades se abria com aquilo que meu mano Felício me apresentava: se por um lado eu estava obrigado por meu juramento a agir da maneira mais correta e ordenada, por outro me sentia livre para fazer o que quer que fosse necessário, na busca de meu objetivo. O fim a que me determinara acabaria por justificar os meios que usaria para alcançá-lo: e deste lugar eu poderia, de certa maneira, ver os resultados de minhas ações, corrigi-las a tempo, e quem sabe até mesmo entrar em contato com meus irmãos, dando-lhes notícias daquilo que descobriria em meus contatos com seus inimigos, dos quais fazia parte desde que recebera o dinheiro de Filipe IV. Traidor, uma espécie de corda de espia que ligasse dois navios inimigos, eu devia deixar bem claro a um dos lados que era a ele e só a ele que servia, enquanto dava o melhor de mim a serviço do outro. Só contava com meu talento para isso, e andaria equilibrado nessa corda de espia enquanto me movesse de um navio para outro, agindo de maneira insondável para todos, enquanto os mantivesse certo de que sabiam tudo sobre mim.

Felício me disse:

— O que é meu é teu, mano: não foi sempre assim entre nós? Não importa de que necessites, eu me transformarei nisso, se for preciso, porque és tu, meu mano, quem disso necessita. Nunca esquecerei que foste tu que me deste a primeira chance de ser melhor do que podia ser, e se hoje estamos juntos, deve haver uma forte razão para isso.

Baixei os olhos, emocionado:

— Pois então, mano, consegue-me equipamentos de sapateiro: aqui nesta casa, na antiga loja do lingüiceiro, abrirei uma oficina de fabricação e conserto de calçados, que não só me dará algum sustento, como será o ofício honesto que me justificará perante a sociedade: ao mesmo tempo, dou-te o direito de escolher-me um ofício entre os vários disponíveis para os malandrins, pois me conheces melhor que eu mesmo, e sabes de antemão aquele para o qual estarei melhor capacitado.

— Nada mais fácil que isso, mano: hoje mesmo terás em teu poder uma oficina completa de sapateiro... algum sapateiro em Paris perderá tudo que lhe pertence, mas Deus saberá recompensá-lo por essa perda... ainda dominas a arte da fabricação e conserto de calçados?

— Ela faz parte do personagem que eu vivi enquanto a aprendi: acreditei ter-me livrado dele para sempre, mas me enganei. Hoje mesmo renascerá Lepidus, o sapateiro aleijado e babão, cuja aparência não permite que ninguém o fite por mais que pouco tempo, mas a quem todos procuram por causa de seu talento para a sapataria...

Felício riu, encantado:

— Se assim o desejas, assim será: hoje mesmo, quando a noite cair, apresentarei a ti e aos teus comparsas o teu outro novo nome, aquele que usarás quando não fores Lepidus... Lentus... o que achas disso?

Eu ri, e Felício continuou:

— Apresentarei a todos também o teu novo ofício, que ainda não escolhi, sem que nenhum deles saiba que terás dois, um para o Pátio, e outro para a Rua do Templo. Só eu conhecerei tuas duas faces mundanas, para que a verdadeira nunca te seja exigida por ninguém. Lepidus e Lentus, duas faces de uma mesma moeda, para que Esquin nunca precise revelar-se. E agora, mano, deixa que me vá: tenho graves assuntos de Estado a resolver...

Entre gargalhadas, Felício deixou-me, e eu fiquei só, olhando a Rua do Templo e os muros da *Cousture* através do sujo olho-de-boi. Um novo hausto me preenchia o peito, e subitamente me recordei das lâminas que nunca mais consultara, por medo de que me revelassem engano e equívoco. Tirei-as de perto do coração, ainda quentes pelo contato com meu íntimo, e embaralhei-as, tirando a que havia ficado por cima, sem nenhuma esperança ou intuição sobre ela, disposto apenas a olhá-la e entendê-la exatamente como o que era, um reflexo de meu próprio ser que se estabelecia sobre o mundo exterior sem que eu soubesse como.

Virei-a: era a carta dO Carro. Eu estava novamente no caminho certo.

Capítulo 6

1265

Nossa busca por um navio que nos levasse a Acre foi razoavelmente frutífera: sabendo bem a língua do porto, Felício acabara por conseguir-nos lugar em uma urca bem profunda, que fazia regularmente viagens entre Marselha e Acre. Capitão e marinheiros eram igualmente mal-encarados, e não foi sem certo receio que embarquei na urca, para a viagem de duas semanas: primeiro, porque nunca havia viajado por mar, e temia os efeitos da imponderabilidade sobre meu organismo, e depois porque, assim que entrei na embarcação, recordei-me de Nazimus contando o fim dos seguidores de Nickolas, o menino cervejeiro, que havia atraído milhares de germanos de tenra idade para uma Cruzada das Crianças. Não pude deixar de lembrar-me de que aquelas crianças haviam sido enganadas: os mercadores que lhes tinham dado lugar em seus navios, em vez de levá-los para Acre, desviaram-nos para Alexandria, onde foram todos vendidos como escravos. Por isso, quase não dormi: ficava permanentemente vigiando o rumo e a rota da urca.

Nossa rota fazia paradas estratégicas de comércio e reabastecimento em várias ilhas que ficavam pelo caminho, e eu só me tranqüilizava um pouco quando encostávamos em uma delas. Paramos na Córsega, depois na Sardenha, uns dias depois na ilha de Palermo, quase em frente ao cabo onde ficara a famosa Cartago. Daí seguimos para Khalami, e depois para Creta, onde esperamos por um dia inteiro até que uma tempestade de vento contrário nos permitisse seguir viagem. Depois aportamos em Karpathós, Rhodes, no porto de Megisto, em Limassol, na ilha de Chipre, e daí em diante só fizemos mais uma parada, no decadente porto de Tiro, antes de baixarmos âncora em Acre. Saltei do navio o mais rapidamente possível, pagando aos marinheiros o que Felício havia combinado, espantado por ter chegado a meu objetivo sem sofrer nenhum dano: a preocupação com minha segurança fora tanta, que nem me recordei de ficar mareado.

Acre, como os Cruzados haviam denominado a Akko, nome que recebeu em homenagem ao Ptolomeu que a controlara, era o porto mais importante de toda esta parte do Mediterrâneo, por ser o único abrigo natural contra as tempestades que ali se formavam. Apesar de ser feudo dos Hospitalários, que ali ainda estavam erguendo a cripta de São João de Acre, os Templários controlavam o porto, e lá se fazia a seleção de homens para o trabalho no erguimento das imensas fortalezas, Priorados e outros edifícios que a Ordem do Templo plantava em grande quantidade sobre o território do *Outremer*. Mesmo depois da derrota e perda de Jerusalém, Acre continuou sendo a sede do Reino Cristão no Oriente, e um enclave de poder franco e Templário na região. Havia ali uma verdadeira cidade subterrânea que os Cruzados estavam cavando, e grande parte dos esforços de quem ali trabalhava era dedicada à ampliação dos imensos porões, tornando-os capazes de abrigar, se necessário, todos os cinqüenta mil habitantes de Acre de uma só vez.

O porto, apesar de tudo isso, ainda era a maior e mais fascinante característica da cidade: havia sido construído pelos persas, seis séculos antes, e depois bastante ampliado pelos muçulmanos, mas quem lhe dera este tamanho e capacidade gigantescas foram os Cruzados, principalmente os Templários, tornando-o capaz de receber até sessenta navios de uma só vez, além de disponibilizar imensos espaços para as caravanas que vinham do interior e ali negociavam a compra e venda de seus produtos e necessidades.

Assim que saltei do navio, percebi alguns homens se dirigindo para um edifício vistoso a poucas braças de lá, e, curioso, perguntei a um marinheiro do que se tratava. Ele cuspiu no solo e vociferou:

— Uma porcaria! Imagina que homens ali se juntam para lavar-se em água quente, correndo o risco de pegar uma doença mortal! Antes, também as mulheres o faziam, em total promiscuidade umas com as outras, mas isso agora só é permitido em determinados dias, e uma de cada vez! Vícios pagãos herdados dos romanos...

Nunca imaginei que tal coisa existisse, mas fiquei curioso: de maneira geral, o cheiro de Acre não era o fedor rançoso que me acostumara a sentir nos corpos de meus compatriotas, mas sim um perfume de frutas e especiarias que se evolava pelo ar, mesmo por sobre os odores fortes que sempre existem em portos de mar. Felício se movia neste ambiente com uma familiaridade desconcertante, explicando-me:

— Todos os portos são iguais: quem já viu um, viu todos. Quanto queres apostar que dentro de pouquíssimo tempo já estarei íntimo de tudo o que aqui existe?

Dito e feito: Felício se pôs a andar pelo porto, falando com um, rindo para outro, contando histórias que só ele mesmo sabia de onde tirava, e subitamente já estava mais à vontade que se ali tivesse nascido. Fiquei esperando por ele sob o céu azul-esmalte, que com o brilho do sol quente tomava uma tonalidade que eu nunca havia visto: sentei-me à beira do porto, os pés balançando sobre a água, observando o movimento incessante de barcos à minha frente e caravanas às minhas costas, fascinado com as pedras que eram tão bem aparelhadas e unidas umas às outras, que nem pareciam pedaços separados, mas sim uma pedra só. Na minha mente, uma questão se impôs: quem seriam os homens que realizavam esse trabalho tão perfeito? Decerto, não os Templários, nem os outros Cruzados, ocupados com a defesa do território e a manutenção de seu hábitos e crenças: além do mais, isso não era trabalho para poucos. Muita gente seria necessária durante longo tempo para erguer não só este molhe gigantesco em que eu estava, mas também os imensos edifícios que formavam a cidade ela mesma. Comecei a perceber que Nazimus tinha razão ao dizer-me que os operários que erguiam os Templos certamente eram tão ou mais importantes que os que lhes davam as ordens.

Felício voltou com boas notícias:

— É bem perto daqui o lugar onde se reúnem os que pretendem trabalhar como operários: uma comissão de Templários e de outros homens grados da cidade se encarrega de selecioná-los, e pelo que pude notar acho que todos são aceitos. Queres mesmo fazer isso?

— Não me resta outra opção, Felício: se tiver que apresentar-me como filho de cavaleiro, terei que fazê-lo como falido, entregando-me à caridade dos que me receberem, e isso não me sabe bem: prefiro ganhar meu sustento em trabalhos braçais, onde ninguém me poderá exigir mais do que eu tenho para dar, sem nenhum tipo de problemas.

— Concordo: acho mais importante desaparecer em meio a qualquer multidão que destacar-me nela com risco de minha própria vida. Há homens que descendem de guerreiros, sábios, santos: eu sou de uma longa linhagem de sobreviventes, e, para sobreviver, aprendi desde muito cedo a arte de me misturar às multidões de tal forma que ninguém me perceba, se eu assim o desejar. Pois bem: se queres ir, vamos.

— Tu também irás comigo, não é, Felício?

Felício franziu o sobrecenho, ainda rindo:

— Pelo menos até a porta de seleção, quem sabe até a fila dos escolhidos: mas acho muito difícil me empenhar em tanto esforço físico como pretendes. Não sou dos mais dispostos a pegar no pesado, coisa que aqui se faz verdadeiramente, não como figura de linguagem...

Rindo, ambos, atravessamos o porto de Acre e nos dirigimos para um edifício de bom tamanho, erguido em rua larga, próximo à entrada do terreno das caravanas, na frente do qual já se formava uma longa fila. Quando conseguimos entrar, vimos um espaço redondo de grande altura, construído através de imensos arcos, sustentando abóbadas combinadas que se erguiam perfeitamente arredondadas, sem que em seu centro houvesse qualquer viga ou sustentação. Não fui o único que ergueu os olhos e ficou boquiaberto com a beleza da arquitetura: a maioria dos que lá estavam não olhava para a frente, mas para cima, impressionados com o que provavelmente nunca tinham visto.

À nossa frente estava uma mesa larga, ocupada por alguns homens, entre eles um cavaleiro Templário de longas barbas e cabelos bem curtos, quase parecendo tonsurados por causa da calva que já existia no alto de sua cabeça, e vestido com um manto branco em cujo peito esquerdo ressaltava uma cruz de estranho formato arredondado. A seu lado estavam alguns burgueses de Acre, vestido à moda franca, e suando em bicas, capelões do Templo com seus mantos negros, e do lado direito, alguns homens com trajes que eu nunca havia visto, de quem Felício sussurrou a meu ouvido:

— São armênios...

Na ponta da mesa estava um homem vestido de maneira totalmente diversa dos outros: seu manto branco sem nenhuma marca estava jogado por cima da cabeça, e suas barbas e bigodes, ele os usava aparados e cuidados, com caracóis perfeitamente frisados, e um ar de lassidão que se refletia em uma ventarola de palha que abanava na frente do rosto, os olhos semicerrados e um sorriso tranqüilo na boca. O Templário lhe lançava olhares não muito amigáveis, de quando em vez, e os senhores grados de Acre pareciam imitá-lo nisso: mas os armênios que estavam na mesa o encaravam com muito respeito, como se ele fosse o seu chefe.

Os armênios, como percebi quando um deles se levantou, traziam na cintura um avental de couro, com a abeta, que normalmente fica à frente do peito, de forma triangular e dobrada por sobre a parte de baixo. Um deles tirou de dentro do avental um pedaço de grafite, com o qual riscou alguma coisa em um pedaço de pergaminho ou papel, não tenho certeza, mostrando que o avental era um bolso no qual guardavam seus instrumentos de trabalho. Falavam entre si de forma muito circunspecta, e de onde eu estava quando a fila se aproximou deles, pude reconhecer palavras do *argot* que Nazimus me havia ensinado.

Na fila havia de tudo, gente de todos os cantos do mundo, em busca de trabalho e sustento, e ao que tudo indica o serviço de pedreiro era um dos mais procurados, por ser aparentemente fácil e não requerer nenhum apuro intelectual. Esta não era a verdade: de vez em quando, respondendo a perguntas dos selecionadores, alguém chamava a atenção do homem que se abanava, e ele fazia um sinal a um de seus armênios, o qual dirigia o escolhido para perto dele, passando os dois a conversar em voz bem baixa, o inquiridor dando ao inquirido uma atenção individida, após o que fazia um sinal para o armênio que lhe estava mais próximo, e este direcionava o escolhido para um aposento ao fundo do salão.

O FIM DO TEMPLO

Era uma seleção dentro da seleção, e eu comecei a pensar o que seria necessário para ter este destaque: Felício notou meu interesse e disse:

— Esses são os que certamente comerão melhor... não há forma de um destaque desses acontecer e não se refletir na comida que se recebe. Vamos tentar estar entre eles, mano?

As visões que Felício tinha da realidade eram sempre muito interessantes e diferentes das minhas, e ele raramente se enganava: por isso, eu lhe disse:

— Sem sombra de dúvida, mano: só precisamos descobrir se temos aquilo que eles estão procurando... e agora, atenção: está chegando a nossa vez.

Ficamos frente a frente com os selecionadores, eu e Felício, que eu trouxe para meu lado, deixando claro que estávamos juntos e que assim pretendíamos continuar. O Templário olhou-nos com um ar sério e disse:

— Pretendeis trabalhar como operários?

— Sim, senhor!

— E tendes alguma experiência nesse tipo de trabalho?

Felício se adiantou, mentindo:

— Muita, meu senhor! No Porto de Marselha, eu...

O Templário o interrompeu, olhando para mim:

— É verdade?

Fui sincero:

— Não de minha parte, senhor: meu ofício é o de sapateiro, mas sei que posso tornar-me operário, porque tenho a vontade para tal.

O Templário virou-se para Felício, que ficara parado, com a boca semi-aberta e uma mão erguida no ar:

— É o teu caso?

— Senhor Templário, trabalhei no Porto de Marselha, ajudando na manutenção de seus molhes de pedra. Não foi um trabalho constante, mas me ensinou a diferenciar pedra de argamassa! Podes crer em mim, senhor!

Um dos armênios riu e disse:

— Isto é o que veremos a seguir...

Outro armênio, mais velho, mostrou-me seu avental e disse:

— Sabes que couro é este?

— Sem tocar nele, só posso arriscar um palpite: parece-me couro de carneiro.

O armênio se recostou para trás, aparentemente satisfeito, e eu percebi que o que faziam era certificar-se da melhor forma possível sobre as alegações de todos que ali se apresentavam. Os exagerados, como Felício dera sinais de ser, certamente seriam testados em suas afirmações, de forma a pô-las em xeque e certificá-las se fossem reais.

— Aceitas os horários de trabalho, os dias de descanso, a paga de costume? — O Templário me fez essas perguntas enquanto eu ainda olhava para o armênio mais velho. — Queres verdadeiramente ser um operário de Acre?

— Esse foi o motivo pelo qual deixei minha terra e vim até aqui, senhor. Se não fizer isso, o que mais me resta fazer?

O armênio velho, olhando-me, fez-me um sinal, e quando dei um passo em sua direção, indicou-me o homem de manto sobre a cabeça, que me olhava com muita atenção. Enquanto Felício continuava sendo interrogado do outro lado da mesa, certamente se enredando em suas mentiras, fui até a frente do homem, na ponta da mesa, permitindo que a fila andasse, enquanto ele me dizia em voz baixa, sem deixar de abanar-se:

— De onde vens, rapaz?

— Do Languedoc, senhor... — antes que ele me perguntasse, fui o mais sincero que pude. — Sou de Floyrac, e meu nome é Esquin.

— Também sou do Languedoc. Por que vieste para o *Outremer*?

— Meu antigo mestre, aquele que me ensinou a arte da sapataria, também foi pedreiro entre vós, e me fez ver que, não sendo cavaleiro, não havia melhor oportunidade de servir a Deus que esta.

— Depende de a que Deus te referes... aqui, se não tiveres grande competência e firmeza, Ele te abandonará. Queres realmente aprender o ofício de pedreiro, tornando-te um de nós?

Seu olhar era firme e penetrante, como se me estivesse lendo por dentro, e eu fixei suas pupilas ao responder:

— Sim, eu o quero.

O homem sorriu, fechando os olhos, e um armênio me fez sinal para que o seguisse. Perguntei-lhe:

— E meu amigo, senhor?

— Teu amigo vai ter sua capacidade testada, mas não junto contigo...
Fiz pé firme:
— Se meu amigo não está comigo, prefiro ficar com ele onde ele estiver.

O armênio franziu o cenho, mas o homem a seu lado, que parecia ser o chefe de todos, colocou-lhe a mão no braço, e então o armênio disse a seu companheiro, no outro lado da mesa:
— Irmão, manda para cá o pedreiro do Porto de Marselha...

Quando olhei para o homem, desejando agradecer-lhe, ele estava de novo com os olhos fechados, abanando-se, sem me dar nenhuma atenção: Felício chegou a meu lado, ainda asustado, e ficou bem perto de mim. O armênio que me chamara olhou para o homem que se abanava, e ele, quase imperceptivelmente, acenou com a cabeça, sem nem mesmo abrir os olhos.

Fiquei muito curioso sobre esse chefe dos armênios, não entendendo por que cargas-dágua tinham tanto destaque: o que nos acompanhava era um deles, razoavelmente jovem, e quando lhe perguntei sobre isso, respondeu:
— O Reino da Armênia é quem tem dado ao mundo cristão os melhores artesãos e operários: mesmo hoje, em que já há gente dos mais diversos lugares entre os construtores, os armênios ainda são uma parcela muito importante na arquitetura desses lugares. O povo se acostumou a chamar operários de Armênios, e os dois nomes quase se tornaram sinônimo um do outro.
— E o chefe de vocês, o homem que me entrevistou, também é armênio? Não me pareceu ser...
— Não: aquele é um franco, antigo Templário, que se dedicou tanto às obras e edifícios em que trabalhou, que preferiu deixar a Ordem, para melhor servi-la como arquiteto e empreiteiro. Por causa disso, ganhou um novo nome: os francos o chamam de l'Armenius, o Armênio... Jean-Marc l'Armenius.
— Muito interessante: ele me disse que era do Languedoc, como eu: qual é seu verdadeiro nome?
— Cavaleiro Jean-Marc de Villefranche...

Tropecei sobre meus próprios pés, apoiando-me na parede, enquanto uma tontura indescritível me tomava a mente. Jean-Marc de Villefranche, meu pai, surgia ali, inopinadamente... e eu, que o acreditara morto, ou desaparecido, vinha a encontrá-lo exatamente onde me inscrevera, e provavelmente teria que trabalhar sob suas ordens. O ridículo a que o destino me forçava nesse momento era quase insuportável: seria este acidente fortuito uma exibição da providência divina, colocando-me ao lado de meu pai onde eu menos esperava encontrá-lo? Hoje sei que não existe acidente terrível o suficiente para que os sábios dele não se aproveitem, nem coincidência tão maravilhosa que um tolo não consiga prejudicar-se com ela: mas naquele momento me senti como que jogado de um lado para outro pelos ventos do Destino. Sem saber o que fazer, como agir... deveria voltar atrás sobre meus passos e apresentar-me a ele num rompante de impulso emocional? Ou pedir-lhe uma audiência e revelar-lhe a verdade na intimidade, sem que ninguém dela soubesse além de nós dois? Além disso, o que me restava? Calar-me para sempre, ou só revelar-me a ele quando estivéssemos ambos capazes de nos orgulharmos um do outro?

Continuei andando pelo corredor como se estivesse em um sonho, flutuando em meio a uma bruma de inesperado, empurrado para a frente por meus próprios pés sem conseguir fazer mais que isso. Felício ia um pouco à minha frente conversando com o armênio que nos guiava, e eu comecei a arrastar-me cada vez mais, parando finalmente, a mão apoiada na parede, paralisado pelo acontecimento. Um pai, ao ver pela primeira vez um filho, quando este nasce, deve sentir uma emoção violenta: mas esta que eu sentia, a de um filho que subitamente reconhece em um estranho o seu próprio pai, sem que haja reconhecimento mútuo, deve ser uma das mais terríveis que existem. Eu não tinha por ele nenhum afeto, mas meu coração ansiava por isso, e só agora que ele me surgia como que por encanto, eu percebia que o afeto de pai me fizera falta, e que, por mais que o Barão de Capestang ou Nazimus me tratassem como filho, eu realmente não o era, e sabia disso. Temia, portanto, que, sendo filho desse homem tão estranho, eu nunca viesse a sê-lo, na realidade.

Felício, percebendo que eu parara de andar, veio a meu encontro, com o armênio em seu encalço:

— Sentes-te mal, mano?

Minha garganta estava fechada, a voz não me saía, por isso fiz-lhe um sinal de que não se preocupasse, o que não adiantou muito, pois Felício me abraçou pelos ombros e me sustentou, quando minhas pernas se dobraram e eu caí de joelhos ao solo. O armênio ajoelhou-se a meu lado e perguntou:

— Já comeste hoje?

Eu não havia comido nada desde a noite anterior, mas não fora isso o que me abalara: em todo caso, para não ter que dar explicações muito longas, acenei que não. O armênio, sorrindo, ergueu-me, com o auxílio de Felício, e ambos, um de cada lado, sustentaram-me até entrarmos em um salão cheio de longas mesas e bancos, em cuja extremidade o fogo de uma cozinha brilhava. Era um longo refeitório, nesse momento ainda vazio, mas que logo se encheria de gente faminta e barulhenta. O armênio sentou-me a uma mesa, deixando Felício comigo, e foi até o fogo, de onde trouxe duas tigelas de uma papa muito saborosa, com cheiro de gergelim, que eu coloquei para dentro do estômago sem hesitar. Felício deu cabo da outra, e quando o calor do alimento nos aqueceu por dentro, olhei para nosso salvador, dizendo-lhe:

— Muito grato pela comida, mano, mas ainda não disseste teu nome...

— Chamam-me Eliphas, aqui entre os Filhos de Salomão, dos quais os dois já fazem parte, tendo sido escolhidos pelo próprio patrão para estar entre os melhores.

Dizendo nossos nomes, apresentamo-nos a ele, que nos saudou com um aperto de mão muito forte, rindo muito:

— É sempre um prazer receber dois novos irmãos! Tendes que aprender tudo, certamente, mas o aprendizado será muito agradável, com certeza. Mestre l'Armenius nunca se engana na escolha dos que serão parte de nosso grupo, e eu garanto que muito em breve já sereis tão Filhos de Salomão que vos sentireis como se nunca tivésseis sido outra coisa!

Impressionante como do nada absoluto pode nascer um laço de amizade que nos sustenta durante anos, como tinha sido com Felício, e agora parecia também estar acontecendo com Eliphas. Seu sorriso franco e aberto, sua hesitação ao falar, repetindo várias vezes o que dizia, como se o que viria depois ainda não lhe estivesse claro na mente, eram características muito interessantes, e eu me senti ligado a ele com a maior naturalidade. Eliphas nos levou para os dormitórios do grande edifício, que ficavam em seu porão, iluminado e ventilado por janelas celestórias junto ao teto, que deixavam tudo agradabilíssimo. Imaginei como seria se estivesse todo ocupado, e a grande quantidade de camas me deu a idéia de que ali estivessem todos os operários do Templo, o que depois vim a saber não ser verdade. Ali se reuniam especificamente os Filhos de Salomão, aqueles que a sensibilidade de meu pai percebia serem capazes de tornar-se artesãos da pedra e que, segundo Eliphas, sempre se mostravam os melhores entre os melhores.

Eliphas nos designou duas enxergas bem próximas à sua; na que ficava ao lado da dele, estava um outro rapaz moreno e alto, de olhos sombreados e miúdos, aparentemente brincando com pequenas pedras polidas, que organizava e desorganizava sem cessar, empilhando-as e agrupando-as segundo padrões que só ele mesmo compreendia, e tão absorto em sua tarefa que foi preciso que Eliphas gritasse seu nome por três vezes antes que nos desse atenção, olhando para nós sem nos ver, a mente ainda naquilo que estava fazendo, mas vagarosamente retornando ao mundo real onde estávamos e nos cumprimentando enquanto dizia seu nome:

— Chamo-me Ayub, irmãos: chegastes agora?

Eliphas nos cutucou com o cotovelo, jocosamente, dizendo para as paredes:

— Ayub, Ayub, pretendes continuar procurando Deus nessas pedrinhas?

Ayub imitou-lhe o gesto:

— Eliphas, Eliphas, se Ele está dentro até mesmo de ti, por que não nestas pedrinhas?

Ambos riram, e eu percebi que aquela era uma brincadeira que os dois faziam sempre, regozijando-me por vê-los fazê-la em nossa presença, como se já fôssemos amigos de velha data. Sentamo-nos à beira da enxerga de Eliphas, e nos apresentamos a Ayub, contando de onde vínhamos e de que maneira nos havíamos conhecido.

Eliphas ficou curiosíssimo ao saber que Felício era um gitano, dizendo:

— És o primeiro que conheço! Entre meu povo, diz-se que os gitanos são os remanescentes da décima terceira tribo, que se perdeu junto com as outras nove tribos. Pela semelhança física, mais te pareces com o povo de Ayub, os nômades do deserto, inclusive pelo nomadismo que teu povo ainda pratica...

— Falas de nomadismo como se teu povo também não fosse nômade pela maior parte de sua história... — Ayub suspirou profundamente. — Tu sempre te esqueces que teu povo e o meu são primos em primeiríssimo grau, ambos descendentes de nosso pai Abraão...

A conversa dos dois passava por sobre a minha cabeça como se estivesse voando junto com os pássaros. Felício, por outro lado, já tinha compreendido melhor do que eu o que eles diziam, e disse aos dois:

— Então vós sois dos dois Povos do Livro, um hebreu e outro árabe?

Minha mente imediatamente me pôs à frente o velho Nazimus, lendo o outro livrinho e me mostrando as semelhanças entre o hebraico e o árabe. Ergui-me da enxerga e, com uma curvatura para cada um, disse-lhes:

— *Shalom Aleichem! Salaam Aleikum!*

Eliphas e Ayub riram e me apertaram a mão, encantados, enquanto eu lhes dizia:

— Aprendi vossas duas línguas, mas nunca tive com quem falá-las... se me permitirem, tentarei me aprimorar em ambas, com a vossa ajuda... mas preciso saber algo: abandonastes vossas crenças ao entrar neste ofício?

Eliphas e Ayub olharam para todos os lados, antes de novamente se sentar, e Ayub disse, em voz baixa:

— Ainda somos crentes no Verdadeiro Deus de cada um, mas ninguém precisa saber disso, nem mesmo de nossa origem... aqui entre os Filhos de Salomão somos todos iguais, e os deuses de cada um são questão pessoal de cada um...

— O patrão nos escolheu sem pensar nisso, e entre nosso grupo somos gente de todos os cantos da terra, unidos, apesar de nossas diferenças, pelo trabalho que temos em comum: a lida da pedra. — Eliphas estava subitamente sério. — Não nos interessa saber que nome tem ou de que maneira cada Deus é adorado por seus fiéis. Eu mesmo, aqui onde me vês, me interesso muito pouco por Deus, mas bastante pela existência e sobrevivência de meu povo. Já Ayub, com suas pedrinhas...

— Se os hebreus são o Povo da Letra, eu sou do Povo do Número: a aritmética pode nos mostrar, sem deixar dúvidas, que existe uma inteligência superior ordenando e guiando este Universo em que vivemos...

— Acorda, Ayub! Deus fez este mundo e deixou-o por nossa conta, sem se meter em nossos negócios! Meus compatriotas insistem em adorá-lo como se ativo fosse, mas não é! Afinal, por que misturar o sagrado com o profano, o espiritual com o material? Aqui vivemos, aqui morremos, e ninguém perde por esperar pela resposta sobre a existência ou não de Deus!

— Descrente, homem sem Deus! Ainda bem que não estás entre os que defendem Allah! Já terias tua cabeça decepada a golpes de cimitarra!

O assunto era um espanto para mim: nunca imaginara que a discussão sobre Deus pudesse acontecer fora das igrejas, e nunca ouvira dizer que simples homens se preocupassem com tal questão, principalmente os hebreus e muçulmanos, muito menos com a bonomia e a amizade que caracterizavam as discussões entre Ayub e Eliphas. Por maiores que fossem as suas dissensões, e por vezes elas chegaram às raias do desespero, nunca os vi perder um pelo outro o respeito que se haviam mutuamente conquistado, pois sua fraternidade era, sem dúvida, maior que todas as suas possíveis discordâncias.

Mais tarde, quando chegou a hora da refeição noturna, o salão se encheu de homens de todas as idades, cores, aparências e modos: eu nunca havia visto tanta diversidade em um só lugar, a não ser neste *Outremer* que seria agora o meu lar. Fiquei trêmulo de emoção quando vi meu pai entrar e tomar lugar na mesa principal, entre seus auxiliares mais próximos, mas guardei o que sentia apenas para mim: não podia revelar a quem quer que fosse, nem mesmo a Felício, o que havia entre mim e aquele homem de tez queimada de sol, gestos suaves, mais parecido com os que habitavam esta Palestina que com os homens do Languedoc, onde ambos nascêramos. Felício notou minha mudança de atitude, e perguntou:

— Por que ficas assim quando nosso patrão entra? Não gostas dele?

Tive que dizer o que me veio à cabeça:

— Não é questão de gostar ou deixar de gostar, mas sim de não saber o que ele espera de mim... e se eu não for capaz de dar-lhe o que ele quer?

Felício sorriu, e me disse, baixinho:

— Tu te preocupas muito com o que os outros podem pensar de ti, mano: acredita que tua opinião sobre ti mesmo é a mais importante de todas, e é nela que tua vida deve se basear... Que tolice, ficar tentando agradar aos outros, às vezes desagradando a ti mesmo!

Felício dizia coisas que me pareciam terríveis, segundo minha criação cheia de dogmas, mas que de certa forma sempre aplacavam meu sentimento sobre o assunto: neste caso, era preciso que eu me valorizasse, antes de poder mostrar-me a quem quer que fosse. Eu só poderia fazer aquilo que me era possível fazer, e, desde que o fizesse bem, estaria livre de tentar realizar o que não estava ao meu alcance. Meu pai carnal não precisaria amar-me pelo que eu não era, mas apenas pelo que eu verdadeiramente era. Se não me fosse possível preencher-lhe as expectativas, nada podíamos fazer quanto a isso, nem eu, nem ele. Portanto, decidi tornar-me o melhor de todos os pedreiros e mostrar-lhe que, mais do que seu filho, eu era um homem digno de respeito.

A refeição da noite, depois do dia de trabalho, era um verdadeiro ritual! Os homens e rapazes que formavam os Filhos de Salomão se mostravam muito compenetrados, e só depois vim a saber por quê: para estes homens, a refeição que tomavam depois de suas tarefas era, sem dúvida, parte integrante delas, servindo para uni-los cada vez mais como verdadeiros irmãos, e tratada com a mesma seriedade com que tratavam o trabalho que executavam, e que eu depois também vim a saber ter valor maior que o simples lapidar de pedras brutas. A forma como se tratavam entre si, a maneira como os brindes eram erguidos a todos os homens e idéias que fossem de importância para sua existência, eram fascinantes: quando se levantaram todos e ergueram um brinde a Zoroastro, o homem que havia criado este ágape ritual que lhes permitia aprofundar cada vez mais sua fraternidade, eu desejei ardentemente ser parte deles, percebendo que tal sentimento também florescia dentro de Felício, que me olhou e sorriu, emocionado. A idéia de um banquete místico e religioso, que encerrasse os trabalhos do dia, vinha de muito antes de nós, no tempo, e certamente se repetiria, nos séculos vindouros, por todos aqueles que conosco se irmanassem nesta busca de identidade fraterna. Ergueram-se libações a todos os planetas, aos santos João Batista e Evangelista, e a todos os pedreiros que neste mesmo instante estivessem reunidos em banquetes igualmente rituais, onde festejassem o triunfo da Luz sobre as Trevas, não no mundo exterior e visível, mas sim no mundo interior de cada um, como símbolo da conquista de maturidade.

Eu desejei esta maturidade desde essa noite e durante os meses subseqüentes, lutando por ela enquanto me esfalfava sobre as pedras que, trazidas pelos outros operários das pedreiras de onde elas eram extraídas, deveriam ser trabalhadas até ficar perfeitamente cúbicas, ou então seguindo as formas e medidas especiais que os documentos preparados por meu pai e seus mestres de obra determinassem, segundo as necessidades de cada parte do edifício que estava sendo reformado em Beaufort, algumas milhas acima e para dentro do território, em um contraforte na margem direita do Rio Litanie, para onde eram levadas como peças de um jogo de armar, marcadas e numeradas, prontas para ser colocadas em seu devido lugar, sem deixar qualquer dúvida quanto a isso. Beaufort tinha sido tomada e retomada por francos e muçulmanos desde 1139, e, de cada vez que trocava de dono, passava por modificações estruturais mais intensas, na tentativa de tornar-se inexpugnável para o próximo invasor. Jean de Sagette havia sido o último senhor de Beaufort, mas, depois de perder tudo o que possuía em uma surtida mal combinada com os mongóis de Baibars, tivera que vender sua fortaleza aos Templários, que imediatamente se puseram a reforçá-la e reconstruí-la. Segundo o projeto de Jean-Marc l'Armenius, era preciso não só erguer uma nova obra de defesa como posto avançado da fortificação, mas também uma bela sala abobadada em seu interior, usando o novo sistema de ogivas que estava sendo aplicado nas catedrais da França, unida ao corpo do pátio por um arco de proporções quase inacreditáveis.

O que nosso grupo de Filhos de Salomão estava preparando eram exatamente as pedras necessárias para o erguimento desse salão abobadado, de beleza ímpar, segundo os desenhos que eu pudera observar. Meu pai era muito detalhista: seus planos incluíam desenhos extremamente realistas de praticamente cada pedra a ser preparada, com medidas e formatos rigorosamente definidos, e todos os seus contramestres tinham ordem de não aceitar nenhuma pedra que não estivesse exatamente como ele ordenara. O objetivo de todos os operários, entre os quais eu e Felício, era realizar exatamente o que lhes fora pedido, surpreendendo o patrão com a qualidade de seu trabalho e tornando-se, a seus olhos, uma peça indispensável e de grande valor.

Fui colocado junto com Felício em um grupo de aprendizes de pedreiro, trabalhando em blocos de tamanho razoável e dando-lhes o formato básico, deixando para operários mais aptos e escolados o seu acabamento. Depois de algumas semanas em que nossas mãos e braços doíam sem cessar, quase se recusando a colaborar na obra, acabamos por entender o funcionamento da coisa, desenvolvendo uma certa intimidade com os malhetes e os cinzéis com que mordíamos as pedras e achando cada dia mais fácil fazer o que fazíamos. Os contramestres vinham até nós de tempos em tempos, observando com atenção o desenvolvimento de nosso trabalho e, sendo necessário, corrigindo-nos.

Ayub e Eliphas eram dois desses contramestres, que trabalhavam em lugares determinados do canteiro de obras, um a oeste, um a leste, e outro, ao sul do terreno. O terceiro, que ficava exatamente a oeste, era um Armênio de cara fechada e nariz erguido, com pouca paciência para os erros dos aprendizes. Chamava-se Kayam, sendo um dos poucos verdadeiramente nascidos na Armênia, de crença monofisista, e aparentemente se achava o mais importante de todos os homens da região, graças ao lugar de terceiro contramestre a que seu talento o havia feito chegar. Enquanto Ayub e Eliphas eram compassivos e instrutivos, ensinando a cada erro e perdendo muito tempo no auxílio ao progresso dos aprendizes, Kayam era apenas exigente, brusco, e conhecido por seu hábito de fazer jogar ao entulho qualquer coisa que lhe fosse apresentada sem estar rigorosamente de acordo com seus padrões pessoais, sem se preocupar se havia condições de aprimoramento daquilo com um pouco mais de trabalho.

Os aprendizes haviam aprendido apenas a temê-lo, por seus rompantes de agressividade em busca da perfeição: não havia nenhum respeito por ele, só temor, e o temor é sempre péssimo território para a qualidade de qualquer trabalho, pois faz aflorar o pior que as pessoas têm a dar, nunca o melhor. Eu, em diligente procura de uma possível excelência que me servisse para encantar meu pai, dediquei-me diuturnamente ao trabalho na pedra, sendo obrigado, a partir de certo momento, a usar luvas que me protegessem as mãos da intensidade com que eu perseguia aquilo que me faria destacar-me entre os outros. Por vezes, estava tão cansado que perdia a noção do que fazia, e era exatamente nesses momentos que a imperfeição se instalava em mim, e eu errava fragorosamente.

Uma vez, já fazia quase cinco meses que eu e Felício havíamos nos ajuntado aos Filhos de Salomão, chegaram a nosso canteiro os projetos para as pedras que serviriam especificamente no erguimento do arco de entrada do salão abobadado de Beaufort, que, pelo tempo, já devia estar quase pronto. Os contramestres estudaram as plantas e distribuíram o trabalho, dando a cada um de nós uma pedra específica que deveríamos esculpir com o máximo de perfeição possível: medidas muito claras foram determinadas, com precisão de um quarto de polegada, buscando a identidade absoluta das pedras finais com as desenhadas no projeto do l'Armenius.

Quando me foram passadas as medidas e formas da pedra que eu devia lapidar, senti-me razoavelmente depreciado: era uma das menores, sem nenhum traço característico, com medidas corriqueiras, o que me fez acreditar que poderia lapidá-la em pouco tempo e sem grande dificuldade, e também sem chance de destacar-me entre os pedreiros, aos olhos de meu pai. Havia irmãos mais qualificados que eu, certamente, e a eles foram dadas pedras maiores e de formato retangular, visivelmente mais difíceis de fazer que as puramente cúbicas, para as quais já havia técnicas simplificadas, com o uso de esquadros: de toda forma, eu me sentia digno de receber trabalhos mais importantes, pois já fazia muito tempo que nem mesmo o irascível Kayam rejeitava qualquer de minhas pedras. Percebendo que isso não aconteceria, busquei um calhau que tivesse as medidas mais naturalmente próximas daquilo que eu devia executar, para facilitar o desbaste, e rolei-a até meu canto de trabalho, sob o telheiro que nos protegia do sol e da chuva, para iniciar meu labor.

Apliquei as medidas pedidas sobre o calhau com o compasso de que todos dispúnhamos, e que ficava sobre uma bancada de pedra, na qual o apanhávamos e à qual deveríamos sempre devolvê-lo. Observei os riscos sobre a superfície rugosa e tentei visualizar em minha mente o formato que dali deveria ser extraído, com o desbaste das arestas: seria bastante fácil fazer daquele bloco sem forma definida a pedra cúbica e de traços simples que me coubera no processo, e por isso comecei a morder sem muita pressa os pedaços da pedra que deveriam ser descartados. Felício, a meu lado, lidava com as ferramentas de maneira bastante canhestra, ainda que estivesse capacitado a trabalhar na pedra tão bem quanto eu: era seu espírito pouco afeito à disciplina que lutava contra o maçante trabalho de pedreiro, buscando sempre em seu sonho uma forma de voar, para livrar-se do que o atava ao solo.

Nesse dia, me percebi mais sonhador que de costume, como se os hábitos de Felício me houvessem contagiado: imagens de pedras que eu nunca havia visto sobrevoavam minha cabeça, com cores e formatos bastante diferentes dos que eu conhecia. Enquanto cortava o calhau nas linhas que havia marcado, certificando-me de tempos em tempos de que estava fazendo o que devia, pus-me a pensar na infinita variedade de cores que as pedras tinham, como eu as via em minha mente: havia rochas de cores variadas, não só as já existentes, mas também até mesmo algumas que eu nunca vira, eivadas de veios de outras cores diversas, que nelas se instalavam como as veias em um organismo, pelas quais corria o sangue que o fazia mover-se, preenchendo-o de vida. Num susto, caí em mim, e, ao olhar para o calhau que eu trabalhava, pensei ver nele exatamente as veias que vira nas pedras de minha mente. Sacudi a cabeça, esfregando os olhos com as costas da mão: não adiantou muito, pois os veios do calhau ficaram ainda mais nítidos, mostrando-me a pedra como um organismo vivo, pelo qual circulava a seiva dourada feita de luz que eu nunca antes havia visto. Isso me deixou encantado, mas, antes que eu pudesse chamar a atenção de alguém a meu lado, os veios da pedra deixaram de ser como eram e se transformaram em linhas precisas e retas, traçando no interior da pedra, que agora eu via como se fosse de vidro, uma forma completamente diferente daquela que me havia sido designada. Com certeza, se eu tentasse impor a esse calhau o formato que me haviam pedido, ele se partiria em muitos pedaços, pois nascera para ser assim como me mostrava que desejava ser.

O desejo da pedra, a vontade da pedra, o futuro da pedra foram mais fortes que meu desejo e vontade, interferindo em meu próprio futuro: minhas mãos calejadas seguiram quase que por si sós as linhas que a pedra decidira ter, definindo uma forma tão diferente de tudo que eu já havia visto, que por um instante temi estar perdendo a razão.

Não estava, contudo: havia dentro de mim uma onda de felicidade e identidade com a pedra, como se eu e ela fôssemos um único ser, e repentinamente me vi em meio a uma imensa série de homens de todos os tempos, cada um deles capaz de, como eu, enxergar a vida dentro de cada pedra, percebendo-lhe o desejo e a vocação, da mesma forma que a pedra sentia a vocação de cada um de nós, estas duas vocações se juntando em um todo unificado, homens e pedras em desenvolvimento constante, erguendo o Universo em toda a sua glória.

Fui despertado pela mão rude de Kayam em meu ombro, gritando:

— O que fazes, incompetente? O que é essa tolice que esculpiste?

Pronto: eu me equivocara, me enganara, me deixara levar por meu delírio pessoal, e acabara por mostrar-me o pior de todos os pedreiros, criando uma coisa disforme e sem sentido, em vez de fazer o que me havia sido ordenado. Olhei para Kayam, que, fulo da vida, colocara as mãos na cintura, parecendo uma jarra feita de desagrado. Ele bateu a cabeça de cima para baixo, os lábios apertados, os olhos bravios:

— Com que então agora não se cumprem mais ordens? Que coisa estúpida é essa que fizeste?

Nem pensei em contar-lhe do belo momento que vivera, e que agora me parecia pura loucura: nunca antes eu havia passado por nada disso, e subitamente, sob o sol do dia claro, tudo me parecia sem nenhum sentido. A sensação de plenitude que o momento mágico me dera se recusava a me abandonar, e eu certamente ainda exibia um sorriso de beatitude, que irritou mais ainda a Kayam:

— É um desperdício de boa pedra! Não posso receber teu trabalho, porque não está de acordo com os planos!

Quando isso acontecia, o aprendiz humildemente se submetia ao que seu contramestre dizia, descartando o mau serviço e prontamente reiniciando-o em outro calhau: cheguei a pensar nisso, mas o formato inusitado da pedra que eu esculpira se tornara por demais caro a meu coração. Não entendia por que a beleza que eu antevira e realizara deveria ser destruída, e decidi-me a defendê-la de todas as maneiras:

— Se o contramestre não deseja a pedra que esculpi, não há problema: posso fazer outra, mas não permitirei que esta seja destruída, como deseja o contramestre... é a MINHA pedra, e eu não pretendo abrir mão dela...

A boca de Kayam se abriu em incredulidade, e ele avançou para minha pedra, tentando tomá-la de mim: aferrei-me a ela, e ficamos tentando cada um arrancá-la das mãos do outro, até que a voz de Eliphas se fez ouvir:

— Qual é a disputa, irmãos?

Kayam se recompôs, retomando seu ar de autoridade suprema:

— O aprendiz errou fragorosamente ao executar o que lhe foi ordenado, e agora pretende defender seu erro como se acerto fosse!

— Não é verdade, irmão Eliphas! Se errei, reconheço meu erro em não seguir as ordens que me foram dadas, mas não permitirei que a pedra que eu esculpi seja descartada ou destruída! Olhe para ela: sei que não está dentro do nosso padrão, mas o trabalho que fiz nela deve merecer algum respeito! Desejo apenas guardá-la para mim, nada além disso! Tenho esse direito?

Eliphas também embatucou com minha pergunta: esse assunto nunca havia sido aventado por nenhum aprendiz, e os contramestres estavam habituados a receber obediência integral a suas ordens, sem discussões.

— A quem pertence a pedra que eu fiz? À obra? A mim? Ao dono das pedras? Ao mestre e patrão? Eu não tenho o direito de preservar o que me parece belo, mesmo que para os outros pareça inútil?

Levantei todos esses pontos enquanto abraçava a pedra que fizera, como se pretendesse enfiá-la dentro de meu peito para protegê-la. Eliphas, calmamente, tocou-me o braço, tranqüilizando-me:

— Calma, irmão Esquin: os pontos que tu levantas são interessantes e bastante inéditos, mas certamente não é este o momento para filosofarmos sobre a propriedade das coisas. Pior não é fazer uma pedra equivocada, mas interromper o trabalho necessário, como conseguiste. Vês como todos os aprendizes pararam de trabalhar?

Ao ouvir esta frase, os aprendizes à nossa volta retomaram o trabalho interrompido, sem deixar de dar alguma atenção à disputa que lhes parecia incompreensível. Kayam, sentindo Eliphas como um aliado, retomou seus vitupérios:

— A falta de respeito do aprendiz é flagrante! Ele certamente deseja desarticular nosso sistema de trabalho, impondo a vontade pessoal dos aprendizes como sendo o ideal!

— Tua falta de entendimento das coisas é fenomenal, irmão Kayam! Não desejo nada a não ser guardar para mim uma pedra que não vejo por que deveria ser destruída!

— O erro não tem salvação nem utilidade! O erro sem utilidade deve ser descartado e atirado ao entulho, como todos os outros! Voltemos ao caminho certo imediatamente, antes que essa desobediência se torne corriqueira entre os aprendizes!

— Da maneira como o irmão contramestre fala, deve ter apenas acertos em sua vida. O irmão nunca errou?

— Errei muito, mas nunca pretendi nem transformar o erro em acerto nem guardá-lo comigo como se valor tivesse!

— Eu não pretendo preservar nenhum erro: apenas desejo guardar para mim mesmo uma pedra que me parece bela! Não posso?

— Não estamos falando de poder, irmão aprendiz, mas de dever! O irmão não deve persistir no erro sob nenhuma de suas formas!

Kayam e eu estávamos cada um aferrado a seus próprios argumentos, incapacitados de perceber o lado do outro, e Eliphas, percebendo isso, propôs uma saída:

— Os irmãos aceitariam o julgamento do contramestre principal, como se fosse o julgamento do próprio patrão? Afinal, não vale a pena interferir em seus afazeres com isso, não é?

Eu me calei, ainda abraçado ao foco dessa discussão: Kayam, arrogante, acenou que sim, dizendo:

— O irmão Ayub saberá resolver esta disputa: estou disposto a aceitar o seu julgamento, qualquer que seja ele, sem discutir, como se fosse a palavra do próprio patrão!

— E tu, irmão Esquin? Estás disposto a aceitar o julgamento de teu irmão Ayub?

Profundamente mobilizado pelos acontecimentos, acenei que sim, sem dizer nem uma palavra, e Eliphas, pegando a mim e a Kayam cada um por um braço, atravessou o canteiro de obras e nos levou até onde estava Ayub, estudando plantas e projetos, com seu material de traçados e medidas bem à mão. Quando nos viu aproximarmo-nos, fez um olhar inquisidor, e Eliphas, chegando até ele, disse:

— Temos um problema totalmente novo, irmão Ayub, e precisamos de teu auxílio para dar-lhe uma solução.

Ayub olhou-nos a todos, e depois mirou a Eliphas, que lhe narrou o acontecido. De cada vez que ele mencionava um de nós, Ayub dirigia o seu olhar para mim ou para Kayam, perscrutando-nos a face, certamente em busca de algum sinal. Quando Eliphas acabou de contar o acontecido, Ayub pediu para ver a pedra: entreguei-a a ele, muito a medo, temendo que não a devolvesse mais, e ele a examinou por todos os lados, fazendo uso de um esquadro:

— Trabalho bem-feito, mas muito curioso, nem quadrado nem oblongo, do tipo a que estamos acostumados. Vamos estudar os planos e ver se ela se inscreve em algum deles.

Ayub limpou sua mesa de tudo que havia sobre ela e abriu uma série de rolos de papel, onde estavam traçados, com a curiosa característica do l'Armenius, os projetos de todas as pedras que deveriam ser feitas por nós. Estudou-os cuidadosamente, durante um bom tempo, até que suspirou e disse:

— Não existe nada nestes planos que sequer se assemelhe a essa pedra: ela não tem nenhum ângulo reto, e em sua parte mais larga mostra uma curva perfeita, que, apesar de muito bem esculpida, nada tem a ver com o projeto em questão. Estou impressionado com sua beleza e originalidade.

— Foi isso que me trouxe até ti, irmão Ayub: não queria responsabilizar-me por descartar peça tão bem-feita. — Eliphas pegou a pedra e devolveu-a a mim, e eu a abracei com força. — Mesmo ela não estando de acordo com nada que tenha sido ordenado, o desejo do irmão Esquin é apenas o de preservar sua obra, ficando com ela em seu poder, e substituindo-a por uma outra que seja exatamente aquela que lhe foi ordenado esculpir.

— Mas esse é o verdadeiro problema aqui! — Kayam estava possesso. — Um aprendiz não tem vontade própria, e nem pode trabalhar em seu próprio benefício! Está entre nós para realizar o trabalho que lhe é ordenado, e deve realizá-lo com o máximo de obediência! Até mesmo nós, contramestres, devemos obedecer aos planos do patrão! O próprio patrão, uma vez tendo decidido o que será feito, não arreda pé de suas decisões nem por um instante!

— Mas não estamos aqui discutindo se a pedra está certa ou não: já sabemos que está errada, que é um equívoco, um engano, um erro do aprendiz. — Ayub me olhou com seriedade. — Quanto a isso não resta a menor dúvida: resta-nos apenas decidir o que fazer com ela.

Eliphas pigarreou e disse:

— De minha parte, não vejo nenhum problema em deixá-la com o aprendiz: ele tem o direito de resolver o que fará com sua obra.

— A obra não é dele! — Kayam gritava, quase apoplético. — É do patrão! Ele é apenas o executor de uma parte! Imagine se permitirmos que ele mantenha o engano em seu poder, e de hoje em diante todos os aprendizes resolvam resguardar os erros que cometem, e que não são poucos! Não haverá nem pedras para corrigir os enganos, nem lugar para depositar suas posses! Não podemos abrir nenhuma exceção, nem hoje, nem nunca. Aprendizes obedecem, em silêncio e sem discutir! Se isso não for respeitado, nada mais o será!

Ayub ergueu a mão, e Kayam se calou: depois de algum tempo, olhando para os desenhos, disse:

— Nesse ponto, o irmão Kayam está certo: não podemos abrir nenhum precedente, sob pena de vermos impedida a realização de nossas tarefas.

Olhando para mim, Ayub disse, o olhar muito entristecido:

— Irmão Esquin, sinto muito: é preciso que tua obra seja atirada ao entulho, e que reinicies o trabalho como te foi ordenado. Por mais que a beleza dessa pedra me emocione, não posso agir em desacordo com as regras: tudo aquilo que não estiver de acordo com os planos do patrão, deve ser descartado. Vamos fazer isso?

Ayub ergueu-se de seu lugar e, passando o braço por meus ombros, levou-me para fora dali, caminhando a meu lado em direção ao entulho, que ficava em uma depressão do terreno, já quase cheia de pedras rejeitadas e quebradas, que depois seriam transformadas em cascalho. Caminhei aos soluços: no fundo de mim, eu não entendia por que aquela pedra que esculpira me emocionava tanto. Certamente a estava confundindo com a experiência pessoal pela qual tinha passado antes de esculpi-la, a visão da pedra como sendo uma coisa viva, em cujos veios corria a bela luz dourada, e a imagem da pedra que finalmente realizara sobressaindo dentro do calhau transparente. Disto eu nunca mais me esqueceria, mesmo que a pedra fosse atirada longe, quebrada e esmagada sob os poderosos rolos de pedra e metal com os quais se fazia o cascalho: entre lágrimas, entendi que ela nunca mais se apagaria de minha memória.

Chegamos à beira do entulho, e Ayub, tirando de minhas mãos a pedra, chamou Eliphas, que a pegou do outro lado. Balançaram-na para a frente e para trás por três vezes, e quando o impulso já era forte, atiraram-na ao fundo do lixo, onde ela caiu ainda inteira, em meio a muitas outras rejeitadas que lá estavam. Meus olhos ficaram fixos nela, para que eu não me esquecesse de sua existência e forma, mas Ayub me virou delicadamente pelos ombros e disse, com voz triste:

— Agora volta para teu canteiro e recomeça tua obra, e desta vez faze apenas o que te foi ordenado.

Acenei em silêncio e dirigi-me ao lugar de onde viera, seguido de perto por Eliphas e Kayam: a meio caminho, selecionei um outro calhau que me pareceu bem-proporcionado e fi-lo ser arrastado sobre uma prancha para o lugar onde eu estava trabalhando.

Quando lá cheguei os aprendizes estavam todos em absoluto silêncio, e só se ouvia o martelar dos maços e o ruído áspero dos cinzéis que mordiam as pedras: sentei-me em meu lugar, ao lado de Felício, que só me olhou, e dei início à medição de meu novo calhau, enquanto as lágrimas de raiva e frustração me empanavam a visão. Felício pôs a mão em meu ombro, mas eu, com um repelão, afastei-o: nesse momento, eu não desejava a compaixão de ninguém: queria apenas ficar sozinho com minha mágoa e amargura. Era compreensível: eu havia desejado tanto, e tão pouco alcançara. Tornara-me um rebelde sem causa justa, a não ser meu próprio desejo de preservar o que interessava apenas a mim, e a mais ninguém.

Trabalhamos até que o sol caiu, e nos dirigimos para o salão de refeições, onde o ritual nunca me pareceu tão vazio e desprovido de sentido: minha alma estava profundamente magoada, e eu percebi ser verdade que as grandes dores são mudas, pois nada me saía da garganta, entravada por um nó de choro que só se desfez quando me deitei para dormir, na solidão de minha enxerga.

Na manhã seguinte, voltamos ao canteiro de obras, depois da primeira refeição do dia. Eu me mantive em silêncio, agora apenas por não desejar falar sobre o assunto: a mágoa pela perda da pedra se havia tornado uma dor surda em meu peito, com toda a aparência de que nunca mais se desfaria. Lidei com os materiais em absoluta concentração, e quando o sol começou a descer a oeste, vi que meu trabalho estava quase concluído: eu havia dedicado a totalidade de minhas forças à obediência estrita, e, mesmo sem nenhum prazer nisto, havia realizado o que me fora ordenado com o melhor de minhas forças. Por mais que soubesse que o corpo tem dificuldades em obedecer àquilo que o coração não deseja, eu havia me dedicado a fazer o que devia, e o fizera, restando-me apenas o polimento de meu serviço, pois seu aperfeiçoamento de certa maneira me daria a satisfação que eu tão ansiosamente buscara.

No dia seguinte, como anteriormente definido, todas as peças deveriam ser apresentadas ao patrão em seu estado final: meu pai não costumava estar junto aos aprendizes, cuidando do erguimento dos prédios, e havia passado algumas semanas em Beaufort, certamente cuidando do adicional que havia planejado para aumentar a segurança do lugar. Esses momentos eram aguardados ansiosamente: sendo o patrão um homem de exíguos elogios, a possibilidade de receber-lhe algum sinal de aprovação era o desejo secreto de todos e de cada um. O meu, no entanto, era outro: não sabia bem o que queria, se desejava ser seu filho ou não, se queria a sua vida ou não, e nem se pretendia seguir-lhe os passos. Seu modo de viver, refletido em suas roupas, modos e hábitos, me era profundamente estranho, e eu não sabia se, caso algum dia viéssemos a nos reconhecer mutuamente, estaria disposto a tomar-lhe o lugar, seguindo-lhe as pegadas. Alguma coisa nele me atraía e me repugnava ao mesmo tempo: mas aquilo pelo que eu ansiava, assim como o que eu rejeitava, não era claro nem para mim mesmo, por mais que eu desejasse tal clareza.

Um movimento na entrada do canteiro de obras nos colocou a todos em prontidão: era o patrão que chegava, cercado por seus auxiliares mais próximos, cavalgando seu árabe negro de longas crinas, enquanto um escudeiro ia a seu lado com um imenso pálio que o deixava na sombra. Ele saltou do cavalo de frente, escorregando pelo flanco, e veio até nós, andando calmamente, arrastando os pés, abanando-se com sua eterna ventarola de palha, as botas vermelhas de bicos erguidos levantando a poeira do chão, o manto sobre a cabeça, deixando seus olhos na sombra. Sentou-se em um banco que seus auxiliares colocaram sobre um terraço de pedra, a cavaleiro do canteiro de obras, e lá ficou, tranqüilo como eu o havia visto pela primeira vez, aguardando o desenrolar dos acontecimentos.

Nós aprendizes fizemos uma fila que se desenrolou à sua frente, enquanto ele comparava as pedras que apresentávamos com os desenhos que tirara de uma imensa pasta de marroquim vermelho, trabalhada com arabescos dourados, onde mantinha uma série de papéis traçados com suas linhas tão características. Os contramestres nos haviam colocado em fila pela ordem de montagem das pedras no arco, e eu fui um dos primeiros a mostrar minha pedra, pela qual ele simplesmente relanceou o olhar, sem fixar-me nem uma vez. Os contramestres estavam hirtos, aguardando o veredicto final do patrão, para quem éramos apenas extensões de suas mãos e mente, sem nenhum outro valor além desse. Eu, que certamente desejava mais, pelo sangue que corria tanto em minhas veias quanto nas dele, senti-me mais desprestigiado ainda.

A grande fila finalmente se desenrolou de todo à sua frente, e quando estava tudo terminado, ele se recostou, fazendo um sinal para os contramestres, que se aproximaram dele com presteza:

— Um excelente trabalho, irmãos contramestres: devo dizer que nada tenho a reclamar do que vi. Espero agora ver aquilo que não me foi mostrado...

Os contramestres se entreolharam, e meu pai, sem pressa nenhuma, tirou de sua pasta uma folha desenhada, dizendo:

— Onde esta a pedra-chave do arco?

Os três contramestres deram um passo à frente, e Ayub tomou a folha das mãos de meu pai, ficando subitamente branco como cal, sem um pingo de sangue nos lábios, exibindo a folha para Eliphas e Kayam, que pôs a mão na boca, com ar de pavor. Os olhos de Ayub percorreram toda a assembléia de pedreiros e se fixaram em mim, causando-me um tremor no coração: depois, ele disse ao patrão, em voz baixa:

— Irmão l'Armenius, uma pedra como esta passou por nossas vistas, anteontem. Infelizmente, não estando de acordo com nenhum dos planos que nos foram entregues, não a aceitamos.

— Não é possível que não tenham recebido todos os planos: eu mesmo me encarreguei de copiá-los e referendá-los, um por um. Para que não haja dúvidas, é preciso que seja procurada a planta que falta: queres fazer isso, irmão Ayub? Se não for encontrada, eu serei o responsável pelo fato.

Ayub, com uma curvatura, disparou em direção à sua mesa de trabalho, no lado oriental do terreno: meu pai ficou aguardando sua volta sem nenhuma reação, de olhos fechados, abanando-se lentamente, com grande prazer. Era impressionante como seu corpo flagrantemente se voltava para o prazer, exercendo movimentos e ações com uma naturalidade fascinante, quase invejável, e ao mesmo tempo tão diferente das posturas e comportamentos dos outros; quase tive vontade de ir até ele e obrigá-lo a portar-se como devia.

O irmão Ayub voltou rapidamente, segurando nas mãos uma folha de papel amassada: subindo ao terraço, colocou-a à frente do patrão e, ajoelhando-se com o joelho esquerdo, estendeu-a para ele, dizendo:

— Não sei como pôde escapar-me das vistas, mestre: estava caída ao lado dos instrumentos de medição, amassada por eles. Deve ter-me escapado das mãos quando eu examinava os planos, para distribuí-los aos aprendizes. Não sei como desculpar-me pelo acontecido, mestre.

— Não te desculpes: essas coisas acontecem, e eu deveria ter-te alertado sobre a importância desta pedra, que fará do arco que estamos erguendo uma obra ímpar, nunca antes tentada por nenhum construtor. Não o fazendo, fui desleixado, e espero que todos me perdoem.

Nunca havia visto isso: um poderoso que pede o perdão de seus comandados, assumindo como seu o erro de outrem? A assembléia emitiu um murmúrio de espanto, mas logo se calou, quando o patrão ergueu os olhos e disse:

— E onde está a pedra semelhante a esta, que dizes ter visto anteontem?

Kayam tremia, e Eliphas pôs-se à sua frente:

O FIM DO TEMPLO

— Irmão l'Armenius, a decisão de descartá-la foi de nós três: reunimo-nos e achamos melhor que ela fosse atirada ao entulho, como fazemos com todas as pedras que não têm serventia...

O patrão, meu pai, suspirou profundamente, dizendo logo após:

— O entulho talvez não fosse o lugar para esta pedra: mas, como existe a chance de que ela seja apenas parecida e não exatamente igual à que desenhei, acho que devemos procurá-la e, se for encontrada, analisá-la com cuidado.

Meu pai se ergueu do banco e, vindo até a borda do terraço, ergueu com as duas mãos a folha de papel, mostrando-a a todos os aprendizes, entre os quais estava eu, paralisado de assombro, ao ver que o desenho que meu pai exibia tinha correspondência exata com a pedra que eu produzira, depois de visualizá-la tão viva e bela dentro do calhau que me coubera. Meu pai falou a todos:

— Irmãos aprendizes, ide até o entulho e procurai com cuidado uma pedra como esta: deve ser trazida até mim, para análise e medição.

Nem esperei que meu pai terminasse sua fala: saí em desabalada corrida, dirigindo-me ao entulho, sentindo atrás de mim o tropel dos outros aprendizes, tão dispostos a encontrar a pedra procurada quanto eu. Meus motivos eram outros, no entanto: eu desejava ansiosamente erguê-la à frente de meu pai, mostrando a todos que me haviam feito descartá-la o quanto eu era abençoado. Nesse momento, alguma coisa me fez hesitar: e se o que eu tinha produzido nada tivesse em comum com a pedra que meu pai havia desenhado? E se as medidas fossem incorretas, havendo apenas uma vaga semelhança entre o que eu realizara e a pedra-chave necessária? Comecei a suar frio, e afinal cheguei ao entulho.

Na borda do grande buraco cheio de pedras quebradas, pude ver que também havia lixo de todos os tipos, ali jogado por quem não desejava ter o trabalho de ir mais longe para livrar-se dele: como o trabalho de produção de cascalho a partir do entulho era raro e feito por operários sem conhecimento do ofício, de quem só se exigia força física para empurrar os rolos de metal e rocha sobre a pedra trincada, quebrando-a, não havia nenhum respeito pelo monte de pedras inúteis, que chegava mesmo a soltar vapores e miasmas por entre as fendas formadas.

Havia também uma chance de que a pedra que eu fizera tivesse se quebrado na queda: eu não vira isso, mas certamente, com o entulho que havia sido jogado sobre ela nos dois últimos dias, estaria bastante prejudicada, provavelmente rachada ou inutilizada, sua beleza intrínseca completamente destruída pela incompreensão dos que me cercavam. Por isso, desci pela borda do buraco, dirigindo-me ao lugar onde mais ou menos me recordava de tê-la visto cair, e que já não tinha nenhuma semelhança com a paisagem de que eu me lembrava, fixada na minha memória pela emoção que eu sentira ao despedir-me dela para sempre. Se eu soubesse que o dia de hoje chegaria, nunca me permitiria deixá-la partir! Comecei a revirar o entulho, sentindo o coração bater-me com força no peito e nos ouvidos. Ao meu lado, vários outros aprendizes reviravam os calhaus empoeirados e sujos, e eu me adiantei a eles, porque queria eu mesmo encontrar minha pedra.

O coração batia cada vez mais alto em meus ouvidos, e esse tambor se espalhava pelo meu corpo: eu estava perdido, sem saber onde procurar, quase desistindo. Subitamente, em meio a um monte de entulho fresco, percebi o mesmo pulsar que me tomava o corpo, e avancei para lá, escavando o monte de cascalho e restos com minhas mãos: depois de algum tempo, toquei algo que era quente e vivo, e arranquei de dentro da sujeira a bela pedra que havia feito, espanando-a e limpando-a da melhor maneira possível, enquanto galgava a borda do buraco, correndo em direção ao patrão, sendo seguido pelos outros aprendizes, em alarido imenso, até chegar à beira do terraço, ofegante e suado.

O patrão, meu pai, Jean-Marc l'Armenius, ergueu os olhos para mim, e Eliphas lhe disse:

— O próprio autor da pedra a encontrou, irmão... este é o aprendiz que a esculpiu, anteontem...

Meu pai, olhando-me com interesse, tomou a pedra de minhas mãos, limpando-a com um pano que um de seus assistentes lhe entregou: depois, fazendo uso de um compasso e um esquadro, mediu suas faces e arestas, certificando-se de que estavam todas de acordo com o projetado e que seus ângulos eram todos como deviam ser. Terminado isso, acenou com a cabeça, um muxoxo de satisfação em seus lábios sorridentes, e disse:

— Como te chamas, irmão aprendiz?

— Esquin de Floyrac, mestre.

Jean-Marc l'Armenius recostou-se, seu rosto na sombra do pálio:

— Pois, irmão Esquin de Floyrac, eu te congratulo não apenas pela capacidade espantosa que demonstraste ao esculpir esta pedra, mas também por tua boa sorte em teres sido quem a encontrou sem nenhum estrago, depois de ela ter sido rejeitada pelos contramestres. Tiveste em algum momento acesso aos planos desta pedra?

— Em momento algum, meu mestre.

— Então, como me explicas a perfeição com que a esculpiste? Não te enganaste em nenhuma medida e em nenhum ângulo, coisa que raramente se pode dizer de quem trabalhe na pedra, havendo sempre uma ou outra diferença entre o projeto e a coisa criada. Neste caso, não há nenhuma: como me explicas isso?

— Não explico, meu mestre: apenas senti que deveria fazê-la assim, e não consegui me furtar a fazê-lo...

Meu pai debruçou-se para a frente, olhando-me com interesse ainda maior:

— Como assim, sentiste? Alguma coisa te passou pela mente quando isso aconteceu?

De tudo que me acontecera, resolvi narrar apenas o menos chocante: não tive coragem de dizer, em público, que havia visualizado as veias da pedra:

— Tive a impressão de que essa era a forma de melhor aproveitar a natureza da pedra...

O patrão recostou-se, novamente satisfeito, como se eu lhe tivesse revelado algo que esperava ouvir. Fiquei à sua frente, completamente sem jeito, temendo não ser capaz de dizer-lhe quem eu realmente era, ou então me equivocar ao tentar fazer-lhe a revelação de nosso laço indelével. Ele me livrou do silêncio embaraçoso, perguntando-me:

— De onde mesmo disseste que és?

— Do Languedoc, meu mestre.

— Eu também. E nasceste nessa Floyrac que trazes no nome?

— Não, senhor: esse é o nome da aldeia onde fica a herança paterna que meus primos me roubaram.

— Entendo: e onde nasceste?

Engoli em seco, antes de dizer-lhe:

— Em Capestang, senhor.

Meu pai franziu a testa:

— Essa eu conheço bem: és de família nobre ou comum?

Só poderia ocultar-lhe a verdade se mentisse, e já não desejava isso: assim, disse-lhe:

— Nasci na família de minha mãe, que era uma de Capestang. Chamava-se Bérenice... — A boca de meu pai começou a abrir-se, junto com seus olhos. — E meu pai se chamava Jean-Marc de Villefranche.

— Meu deus!!!!!! — Meu pai se ergueu num salto, dando esse grito imenso e me pegando pelos ombros enquanto me olhava por todos os lados. — Jean-Marc de Villefranche sou eu! Tu és meu filho!

Eu nada disse, as lágrimas já escorrendo por minha face: o momento que eu mais temera chegara e passara, e eu agora já não o temia mais: meu pai me reconhecera publicamente, entre irmãos, e aquilo que eu retivera dentro de mim durante tanto tempo, por medo, não me havia dado nada senão a experiência do alívio pela verdade. Meu pai me puxou para si, estreitando-me contra seu peito com um só braço, enquanto gritava para todos:

— Este é meu filho, que eu não sabia por onde andava! Um verdadeiro milagre o fez surgir à minha frente! É meu filho, Esquin de Villefranche! A pedra hoje uniu um filho e um pai que não sabiam estar tão próximos! Deus seja louvado!!!!

Os gritos de alegria da assembléia fizeram eco aos urros de meu coração apaziguado pela descoberta da humanidade de meu pai, por quem eu sempre acreditara não ter nenhum afeto. Eu estivera enganado: o afeto que sentia por ele, um misto de ausência e necessidade, brotou de mim e nos envolveu, como a luz dourada da pedra antes me havia envolvido.

Capítulo 7

1305

Meu reencontro com Felício provou-se como mais um dos inexplicáveis acasos de que minha vida sempre foi cheia, levando-me mesmo a acreditar não serem simplesmente acasos: cada escolha que eu fizera em minha vida, levado por esta ou aquela necessidade imediata, acabara por fundamentar-se em um desses acasos, que sem dúvida existem, não havendo no entanto razão para que a Providência Divina não faça uso deles em sua insondável ação. Sei, depois de tantos anos, que nada existe sem causa, e que muitas vezes a causa dos acasos é nossa escolha pessoal, gerando fatos sobre fatos e direcionando nossas vidas para uma região que jamais esperávamos pisar, e que subitamente se torna nossa casa e lavra. Minhas escolhas pessoais, ainda que feitas por mim mesmo e mais ninguém, sempre desencadearam em minha vida a mudança da qual ela estava necessitada, pois, cada vez que me vira frente a uma dessas escolhas, minha vida ou se tornara estabilizada demais ou animada de menos, necessitando da mudança para justificar sua continuidade.

Foi assim que reassumi, na manhã seguinte, a personalidade de Lepidus, um aleijado e agora velho sapateiro e remendão, com oficina na Rua do Templo, portas abertas para todos que necessitassem de meus serviços, pois logo minha capacidade para a sapataria se tornou conhecida no Marais e fora de suas fronteiras. Ao mesmo tempo, Felício apresentou-me à Confraria dos Malandrins como Lentus, com o ofício de Hubertino, conseguindo-me mesmo um certificado falso de ter sido curado da raiva por intervenção do santo, necessitando amealhar fundos que me permitissem a peregrinação à sua santa capela. Experimentei-me como Hubertino logo no segundo dia de minha vida como Lentus, e cheguei a espantar-me com o sucesso desta impostura: quando voltei ao Pátio, trazia comigo quase seis luíses de prata, conseguidos através da exploração da credulidade dos burgueses de Paris. Nesse dia, descobri o principal problema da esmola: sendo fácil e rendosa, pode envergonhar o pedinte no início, mas com o decorrer do tempo torna-se vício cada vez mais satisfatório.

Tudo isso, no entanto, era apenas a cobertura necessária para que eu pudesse melhor realizar a tarefa inglória que me havia sido designada: a prática da impostura entre os malandrins me preparava cada vez melhor para o exercício da traição ordenada que era minha missão irrecusável. Como Esquin de Floyrac, Templário banido do convívio com meus irmãos, eu deveria prosseguir na destruição dos aspectos mais aparentes da Ordem, preservando-lhe a essência, que nossos inimigos desconheciam. Estar como Lepidus na oficina em plena Rua do Templo me permitia observar o movimento do Grande Templo de Paris, imaginando a vida que se desenrolava dentro dele: não foram poucas as vezes em que vi meu Grão-Mestre Jacques de Molay entrar e sair da *Cousture*, e um aperto de saudade me confrangeu o peito. Mas a maior dessas saudades aconteceu no dia em que Flavien, meu antigo escudeiro, agora vestido como Templário, já usando uma barba e os cabelos curtos, entrou em minha oficina mancando e me disse:

— Sapateiro, preciso que me recoloques o salto nesta bota imediatamente: não desejo entrar no Templo em mau estado...

Meu primeiro impulso foi o de sorrir e dar-me a conhecer a meu antigo escudeiro, mas me contive e continuei babando e resmungando: preguei-lhe o salto com rapidez, quando ele se apalpou para pagar-me, dispensei-o disso, acenando com brusquidão, como se não desejasse mais ser incomodado com ninharias. Flavien me agradeceu, e quando saiu, suspirei aliviado: ele não me reconhecera sob os trajes, os cabelos desgrenhados e o esgar facial de Lepidus.

Ser Lepidus e Lentus, alternadamente, preparou-me para me transformar em todos os outros que minha tarefa principal impunha que eu fosse: O traquejo nas transformações se fazia a cada dia com maior rapidez: eu entrava pelo Pátio como Lentus, e surgia na oficina de Lepidus em menos de um átimo, ou então fechava as portas da oficina de Lepidus em determinados horários e surgia dentro do Pátio como Lentus, o Hubertino. Mas isso não era suficiente, por isso fui até Felício e pedi-lhe que me auxiliasse a montar, com a barba que eu cortara, uma barba falsa que me permitisse retomar minha personalidade de Esquin quando desejasse. Ele me enviou duas Marquesas, que, com extrema diligência, entremearam os longos fios de minha barba em um pedaço de entretela fina, de tal forma que, ao ser colada em meu rosto com o verniz de que dispúnhamos, parecia ser verdadeira, principalmente se vista à luz baça das velas e lanternas noturnas. Meus trajes de Templário desgarrado ainda existiam, mas não me eram suficientes, e para isso consegui trajes um pouco melhores, uma mistura das roupas dos Templários com as dos burgueses, mantendo entretanto o manto branco que usara durante tantos anos, com a marca da cruz que dele eu despregara ainda visível de seu lado esquerdo. Era uma forma de preservar minha antiga identidade e ao mesmo tempo poder andar pela cidade com relativa liberdade. O cavalo sobre o qual eu chegara ao Pátio havia sido recuperado e estava na cocheira comunitária dos malandrins, sendo usado por mim em raras ocasiões, principalmente à noite, quando um homem a pé tem maior dificuldade de encontrar respeito e segurança que um homem montado.

Foi vestido dessa maneira, com a barba firmemente colada ao queixo, que retomei o contato com Gerard de Byzol, dirigindo-me à taberna que ele me indicara, onde o encontrei entre mulheres e jogadores, tomando vinho. Sentei-me a uma distância segura dele e esperei que seus olhos passassem por mim, fazendo-lhe um discreto sinal de saudação, que o trouxe até mim quase que imediatamente:

— Irmão Esquin, cuidei que tivesses morrido ou desistido de nosso objetivo! Por onde andaste todo esse tempo?

Fiz cara de preocupado:

— Um homem como eu não pode facilitar: meus inimigos andam à minha procura, e eu não desejo enfrentá-los sozinho, antes de poder dar-lhes o troco pelos seus malfeitos. E então, como vai nosso rei?

— Curiosíssimo sobre teu paradeiro, mas não tanto quanto Guilherme de Nogaret, que não tem comigo outro assunto que não seja o cavaleiro Esquin de Floyrac: parece que, para ele, és a pessoa mais importante do mundo... tu já o conhecias antes?

Fiquei receoso com esse interesse, mas fiz-me de tolo:

— Nunca o tinha visto antes... para mim, foi um momento de grande orgulho conhecer o Procurador do Rei de França... e por falar nisso, como vai Filipe, o Belo?

— Cada dia mais belo e mais Filipe, como de costume... — Gerard estava bem tocado. — Ele só esperava que reaparecesses, para marcar a reunião com o Papa Clemente V.

— Pois informa ao nosso Rei que estou às suas ordens, para quando ele desejar e lhe for possível: nada me interessa mais do que realizar minha tarefa o mais rápido que puder!

— Muito bem, irmão Esquin! É assim que se fala! Mas como faremos para te avisar do que nosso Rei decidir?

Pensei um pouco e disse-lhe:

— Na Rua do Templo existe um sapateiro por nome Lepidus, que me deve alguns favores: deixa com ele uma mensagem, que ele a fará chegar às minhas mãos...

— Mas por que não me dizes onde moras, irmão? Seria muito mais fácil encontrar-te diretamente...

O extremo interesse de Gerard fez-me temer por minha segurança; por isso fiz cara de preocupado e disse-lhe, olhando para todos os lados:

— Não posso... o inimigo está onde menos se espera... quando estiver em segurança absoluta, te direi onde me oculto. E agora, permite que eu me vá: não me sinto à vontade em lugares públicos. Até mais ver, Gerard de Byzol!

— Não queres que eu vá contigo, para te proteger?

— Não, Gerard: um escapa mais facilmente que dois, e dois estão sempre menos seguros que um...

O FIM DO TEMPLO

Sem esperar resposta, saí da taberna, montando em meu cavalo e seguindo a passo médio pelas travessas da Sainte Chapelle e da Conciergerie: olhando para trás, percebi que estava sendo seguido, e que era Gerard quem assim o fazia, esgueirando-se pelas sombras e dando voltas para não ser iluminado pelos fogos das tabernas que de vez em quando encontrávamos em nosso caminho. Eu precisava livrar-me dele, porque via que meu paradeiro seria matéria de poder, com a qual ele satisfaria a estranha curiosidade que Guilherme de Nogaret sentia por mim.

Ao virar uma esquina, percebi perto de um chafariz um grupo de Boas-Praças conversando, enquanto aguardavam um incauto a que pudessem ludibriar. Movido por súbita inspiração, levei o cavalo até o chafariz e deixei beber, enquanto dizia, em *argot* simplificado:

— Boas-Praças do Marais?
— Notre-Dame. Tu?
— Hubertino, obrigação de meu Coësre: me segue um nigô desguisado de escurial, precisa levar a breca e me gaspilhar. Auxílio?
— Somos todos família: devemos cupar-lhe a gorja?
— Bastam um susto e um atraso, e eu escapo: nada definitivo.
— Está feito: vai-te!
— Cobri-me agora e cobrai-me outro dia.

Açulei a montaria: a conversa toda não durara mais que alguns segundos, e, como nos reconhecêramos mutuamente, eu podia contar com a proteção dos manos de Notre-Dame, que se aproximaram de Gerard e, como era seu costume, imprensaram-no até que ele puxasse da bolsa e lhes molhasse as mãos. Não fiquei para ver o resultado: corri o mais que pude pelas ruas escuras até ver ao longe a entrada do Pátio do Marais, por onde me enfiei sem hesitar, saltando da montaria assim que o breu se instalou à minha volta e indo para as cocheiras deixar o animal e depois para o lugar onde dormia. Para chegar lá, passei pelos aposentos de Felício, que estava deitado entre sua Coesrëtte e algumas Marquesas, entre elas as que me haviam feito a barba, que descolei com cuidado, e chamei-o para falar comigo. Felício levantou-se, colocando um par de pantufas de pele e enrolando-se em um xale de lã, e chegou-se a mim, dando-me o beijo na face com que costumávamos nos saudar.

Narrei-lhe minha noite, inclusive a ação dos Boas-Praças, que o fez rir muito, e também minha preocupação extrema com o estranho interesse de Guilherme de Nogaret por mim, que o fez coçar a cabeça, com ar de estranheza:

— Esse não é flor que se cheire sem correr o risco de envenenar-se: não existe ninguém em toda a Paris que não o tema, pois, sendo grande conhecedor das leis, é capaz de distorcê-las em seu próprio benefício, fazendo dos culpados inocentes, e dos inocentes criminosos. O que ele pode querer contigo?

— Da única vez que nos vimos, fez-me tantas ameaças veladas, que não pude achar que fosse só impressão minha, mano: não posso arriscar-me a tê-lo em minha cola, impedindo-me de fazer o que devo. Se ele se tomar de cuidados comigo, pode atrapalhar-me, e muito!

— Fica em paz, e cuida-te: verei o que podemos saber sobre ele. Sendo das leis, deve certamente tê-las ferido muito mais do que podia, e isso pode ser-nos útil. Agora, vai dormir: queres companhia? Uma das Marquesas que te costurou a barba mostrou grande interesse em ti, mano... posso garantir-te que entende do riscado e sabe como dar muito prazer a um homem...

— Ainda não, mano: meu voto de castidade não se rompeu, porque não depende de minha vontade, mas sim de meu juramento, o qual não pretendo quebrar. Quem sabe um dia?

— Tua vontade, teu mestre: mas não sabes o que estás perdendo...

— Posso não saber o que estou perdendo, mas sei exatamente o que estou deixando de ganhar, mano... boa noite!

Meu mano Felício, com um erguer de ombros, acenou-me um boa-noite e fechou sua porta, enquanto eu me dirigi à minha cafua, atravessando a parede de madeira que girava sobre seus gonzos; e me encontrando na sala de segundo andar, guardei minha barba falsa, lavando os restos secos de verniz que ela deixara em minha pele, e sentei-me à mesa para meditar, à luz de uma vela. Os acontecimentos desta noite tinham sido um risco, mas eu me livrara deles com galhardia e rapidez de pensamentos: se Gerard não desconfiasse de mim, o que me parecia difícil, eu poderia iludi-lo por mais algum tempo até estar seguro sobre as intenções de Guilherme de Nogaret para comigo. Era preciso estar sempre à frente dos acontecimentos, a cavaleiro deles, usando-os em benefício de minha missão, para a qual me degradaria ainda mais, se necessário fosse, já que tinha jurado eterna fidelidade a meus irmãos. Não pretendia perjurar, ainda que tivesse fingido fazê-lo, porque não pretendia trocar bens permanentes por vantagens temporárias: minha desonestidade aparente era só a estritamente necessária para que eu me tornasse atraente aos olhos de meus inimigos, e eles pensassem estar me usando, quando na verdade quem os usava éramos eu e meu Grão-Mestre.

Eu não sabia como agir: haveria de chegar uma hora em que teria que falar com meu Grão-Mestre, dando-lhe notícias de meus progressos, mas ao mesmo tempo me lembrava de que ele me proibira terminantemente contar-lhe o que quer que fosse, da mesma maneira que nunca me informaria sobre nenhuma de suas ações. Estávamos acostumados a viver assim: uma ordem dada devia sempre ser cumprida à risca, cada um dando em seu benefício o melhor de suas capacidades, realizando sua parte na tarefa sem precisar a todo instante certificar-se de estar agindo com correção. As vantagens de nossa disciplina Templária, neste caso, eram imensas: desde que eu não perdesse de vista o objetivo final que me fora ordenado por meu Grão-Mestre, não havia nada que eu não pudesse fazer.

Tirei do saco de veludo vermelho as lâminas, que não tinha consultado nos últimos tempos por absoluta falta de respeito a mim mesmo, e embaralhei-as com cuidado, observando os arabescos que Ayub criara para enfeitá-las. Cada um de meus dois amigos e contramestres no *Outremer* fora responsável por uma parte essencial de meu aprendizado com as lâminas que ambos chamavam de Tarot, inclusive disputando muito pela primazia que cada um de seus povos havia tido na criação de tão poderosas imagens. Em mim, o que elas causavam era sempre um direcionamento específico de minhas idéias e pensamentos, colocando-os no rumo certo para que eu seguisse minha vida em ordem: nunca as usara como oráculo nem como maldição irrecusável, mas sempre como indicativo de uma possibilidade que eu mesmo escolheria seguir ou não.

Tirei a lâmina de cima, como era meu costume: era a dA Justiça, olhando-me de frente, uma espada numa das mãos, e uma balança egípcia na outra. Mais uma vez eu tinha a certeza de estar seguindo o rumo perfeito dos acontecimentos, pois essa era a lâmina que vinha depois dO Carro, e ao mesmo tempo me amarguei com a lembrança de Guilherme de Nogaret, o poderoso Procurador de Filipe IV, responsável por sua justiça, não importava a forma com que esta se apresentasse. A imagem na lâmina era absolutamente neutra, não se decidindo por nenhum lado, fixando-me nos olhos com seus trajes vermelhos e azuis, sentada à frente de duas colunas rigorosamente idênticas, unidas por um véu amarelo-ouro. Tudo dependia do movimento que a balança, perfeitamente equilibrada com seus pratos vazios, fizesse ao ter colocados nestes pratos os diversos ingredientes da questão que se me apresentava: como agir em relação a Guilherme de Nogaret?

Felício certamente me daria informações úteis, ao revelar-me tudo que pudesse descobrir sobre o Procurador: mas, ao mesmo tempo, eu não saberia o quanto este já tinha descoberto sobre mim, e quanto disso estava em jogo na sua análise de minha possível utilidade. Eu deveria acolher com equanimidade tudo que a vida me revelasse sobre Guilherme, deixando-me livre para usar esse conhecimento apenas se e quando ele fosse necessário: por mais que eu me sentisse obrigado a resguardar-me, não podia dar qualquer sinal nem de que percebia a desconfiança latente em nossa relação, nem de que exercia sobre ele algum poder. Fazer o jogo do inimigo como se fosse a única possibilidade, deixando-o tão seguro de sua superioridade que não tivesse que se preocupar com nenhum revés.

No dia seguinte, acordei cedo, abrindo a loja de Lepidus e sentando-me à bancada de sapateiro, para observar, sem dar sinais disso, o movimento que acontecia na frente do Templo. Os pobres do Marais lá estavam, esperando a distribuição do dízimo de alimentos, tradição Templária onde quer que a Ordem se reunisse. Eu sentia muita falta da disciplina mista de caserna e claustro, que praticara durante a maior parte de minha vida adulta, e que agora só podia ver de longe. Minha cara torta, minha boca que babava não permitiam que muitos fixassem os olhos em mim, e, como o trabalho que eu fazia era de excelente qualidade, preferiam olhá-lo a olhar-me, o que só me ajudava em meu disfarce. O sol já estava quase a pino, quando vi aproximar-se Gerard de Byzol, sobre seu cavalo finamente ajaezado, vestido com trajes de nobre e não de Templário. Ele percorreu a Rua do Templo meio de lado, olhando para a calçada oposta à da *Cousture*, livrando-se de ser reconhecido por qualquer de nossos irmãos que lá estivesse. Largou o cavalo nas mãos de um menino muito sujo que brincava com dois sapos quase à minha porta e, pisando duro, entrou por minha oficina adentro, gritando:

— Ei! És tu o sapateiro de nome Lepidus?

Resmunguei qualquer coisa, sem parar de martelar, e ele, estendendo-me duas moedas de cobre, fez cair sobre minha bancada um sobrescrito lacrado em vermelho, dizendo:

— O cavaleiro Esquin de Floyrac vem muito aqui?

Querendo ganhar tempo para pensar, mordi as duas moedas para testar-lhes a dureza, babando-as todas, o que fez Gerard torcer o nariz, com asco. Peguei o sobrescrito e cheirei-o, como fazia com tudo quando estava disfarçado de Lepidus; abanei as mãos como se em dúvida, sem dizer sim ou não, voltando a martelar e fazendo com a outra mão sinais para que se fosse. Ele percorreu com o olhar toda a minha oficina, sem perceber a escada oculta atrás de feixes de vime, e depois afastou-se a pé, levando o cavalo pela rédea, flanando como se nada tivesse a fazer. Ele queria vigiar a minha oficina, para ver se eu lhe dava algum sinal da localização de quem procurava, e por isso ainda martelei durante algumas horas, espreguiçando-me sem nenhuma pressa e finalmente fechando as portas da oficina, como se fosse retirar-me mais cedo. Quando me vi só, subi correndo a escada oculta e me coloquei atrás do olho-de-boi que me permitia uma boa visão da rua: Gerard de Byzol ainda ficou por ali, mas, quando um batalhão de cavaleiros montados saiu do Templo, resolveu partir, dirigindo-se para o norte, em vez de voltar por onde havia vindo. Esperei mais um pouco: assim que o batalhão Templário sumiu na poeira, Gerard voltou de onde estava e atravessou a rua, sem tirar os olhos de minhas portas fechadas. Vendo que dali nada sairia, acabou por açular a montaria e partir, desta vez em direção ao centro de Paris.

Ele também não reconhecera, por baixo dos traços deformados de Lepidus, o homem que procurava com tanta ansiedade: e só depois que ele partiu, foi que abri o sobrescrito, lacrado com um sinete real, onde estava traçada com letra muito enfeitada a seguinte mensagem: "Cavaleiro: Vosso Rei vos aguarda de hoje a três dias, ao nascer do sol, na estrada que vai para Lyon, onde nos espera S.S. o Papa Clemente V. Não deveis faltar, sob pena de lesa-majestade."

Estava feito o jogo de Filipe e Guilherme de Nogaret: haviam conseguido a audiência com o Papa a que se haviam referido quando de nossa última reunião, e contavam comigo para revelar-lhe todas as iniqüidades de que eu me declarava testemunha ocular, para com isso conseguir o apoio do Papa a seus planos malignos. Eu não podia faltar, mas a viagem não era curta: como eu faria para preservar meu disfarce de mim mesmo, com barba falsa e tudo, se estaríamos juntos por pelo menos cinco dias, por terra até Orleans, e de lá embarcados pelo Loire até Lyon, à beira dos Alpes? Eu temia que, ao disfarçar-me de mim mesmo, acabasse por entregar-me como a impostura que não era: tinha que encontrar uma saída que me permitisse fazer o que devia ser feito sem precisar arriscar minha integridade...

Nessa mesma noite, depois da ceia comunitária do Pátio, aproximei-me de Felício, que estava encantando mais uma mulher, olhando-a sem piscar, com as pálpebras levemente abaixadas, sem fechar os olhos totalmente. Era impressionante que, com a idade que tinha, ainda fosse um sedutor tão ativo. Ele nada dizia, mas, pelo rubor que tomava as faces da moça, eu bem podia imaginar o que lhe passava pela cabeça. Ao ver-me, Felício abriu um largo sorriso, chamando-me para perto de si e dizendo:

— Já coloquei gente no encalço de fatos interessantes sobre Guilherme de Nogaret: creio que muito em breve teremos novidades. E contigo, o que se passa?

Contei-lhe tudo o que ocorrera, a visita de Gerard de Byzol, a ordem real, meu temor pela intimidade durante os cinco dias de viagem. Felício me olhou de lado, sopesando a minha real preocupação:

— Mano, isso não é problema: existem muitas maneiras de te manteres à distância de Sua Majestade, sem que ele possa perceber tuas barbas falsas.

— Não é ao Rei que temo, mano, mas a seu Procurador, que certamente está em meu encalço, tentando revelar-me como falso aos olhos de todos.

— Sabes que é isso o que me chama a atenção sobre ele? Não conheci ninguém em toda a minha vida que não acusasse a falsidade alheia apenas para ocultar a própria... Mas Guilherme de Nogaret também pode ser enganado, sem dúvida: não existe nada que incomode mais aos poderosos que a possibilidade de vir a sofrer de qualquer dos males que afetam os pobres. Se exibires uma doença bem agressiva, creio que poderás manter-te a distância segura dele, sem deixar de fazer aquilo que te é pedido. Nós aqui no Pátio temos diversas formas de fingir com perfeição doenças que não nos afetam: os Adolentados são mestres nisso. Temos um aqui que conseguiu iludir a toda uma junta médica durante mais de uma semana, e alguns desses médicos até hoje têm a certeza de que ele morreu bem em frente a seus olhos... chama-se Gênant, o Bearnês. Vou mandar chamá-lo.

Gênant apareceu em nossa frente logo depois de ter sido convocado: ninguém recusava uma ordem de seu Coësre, principalmente quando ela lhe era dada dentro do Pátio. Trazia a tiracolo uma caixa de madeira que, quando aberta, mostrou ser uma botica ambulante, cheia de vidros de mezinhas e caixas de pós que certamente usava em suas falsas afecções. Felício deu-lhe uma visão rasteira daquilo de que eu necessitava, dizendo que teria que manter-me razoavelmente afastado da companhia em que estaria, sem no entanto prejudicar-me as tarefas que devia cumprir. Gênant me olhou com cuidado, pediu que eu lhe mostrasse a língua, e falou:

— Nada mais fácil que começar com um homem saudável para transformá-lo em um doente imaginário: tens tido febres, espasmos, algum mal-estar que te impeça de respirar?

— Não, Gênant: aqui onde me vês, no vigor de meus quase 62 anos, nunca tive nenhuma doença que me atrasasse a vida por mais que algumas horas, ou que uma boa noite de sono não curasse.

— Pois olha, Lentus, se não me dissesses isso, juraria que eras mais novo que eu, que só tenho cinqüenta primaveras... mas a vida de malandrim exige muito de nós, e ainda mais de mim, que sobrevivo fingindo as doenças que nunca me atacaram. Tens sorte: creio que posso recomendar-te uma doencinha bem na tua medida. És bem o tipo que não espantaria a ninguém se desenvolvesse tremores, espasmos, tosses bruscas e profundas, daquelas que parecem espantar a todos que se aproximam. Aceitarias isso? Não será muito confortável, te digo... Mas se te sentires muito mal, pensa que, depois de cinco dias, se conseguires não fazer a viagem de volta com eles, estarás livre dos achaques que te proporcionarei. Se tiveres que retornar com eles, precisarás te aplicar os mesmos sintomas novamente, o que será mais desconfortável ainda...

— Não posso recusar tua oferta, Gênant, mesmo que ela me venha a fazer sofrer mais do que eu pretendo. Quando começamos?

— Na noite anterior à tua partida: quando te encontrares com eles pela manhã, já estarás em estado lastimável...

Gênant não mentiu: na noite anterior à minha partida ao encontro de Filipe e sua comitiva, deu-me de beber uma enjoativa ementa feita com os frutos do agno-casto, da qual ingeri mais de uma caneca bem cheia. Gênant me disse:

— De maneira geral, isto se toma aos poucos, para curar moleza nos membros, mas em quem não sofre disso, o agno-casto causa tosse, tremores e espasmo. Amanhã, antes de partir, pega dois dentes de alho e coloca-os um embaixo de cada sovaco: em menos de meia hora estarás tão febril como se fosses tuberculoso, o que os manterá ainda mais afastados de ti...

Dito e feito: quando cheguei à beira da estrada que levava até Orléans e ao porto onde tomaríamos as barcaças para Lyon, eu estava em petição de miséria, suando em bicas, com tremores esparsos por todo o corpo, e uma temperatura que fazia fumegar as roupas que usava, molhadas pelo orvalho da manhã. Temi por minha saúde depois que os sintomas artificiais passassem: estava tão mal que até pensei ter Gênant liberado em meu organismo alguma doença terrível que lá se ocultasse, e da qual eu nunca mais me livraria.

A comitiva de Filipe IV era luxuosíssima, e quando Gerard me viu chegar a passo lento pela estrada, adiantou-se e veio ao meu encontro:

— Sua Majestade já estava indócil... mas o que tens? Por que tampas o rosto? Estás doente?

Quando tentei falar, uma tosse rouca e seca, tosse de cachorro, como se dizia em Capestang, subiu-me pela garganta, fazendo-me quase perder o fôlego e ver pequenas luzes como mosquitos que se movessem na fímbria de minha visão. Gerard fez o cavalo afastar-se de mim, temeroso:

— Estás ardendo em febre, irmão: que mal é esse que te aflige?

Com a boca e o queixo tampados pelo manto, como faziam os muçulmanos no *Outremer*, balbuciei:

— Uma febre que apanhei na Palestina, faz muitos anos, e que de vez em quando me ataca o peito e a garganta: nada sério.

— Como podes dizer isso, irmão? Estás em péssimo estado... crês poder viajar?

Fiz-me de forte:

— Faço questão disso, meu irmão! Sua Santidade não pode esperar!

Gerard foi até o Rei e contou-lhe como eu estava: percebi o esgar de asco e temor que contorceu a face real, e logo os cavaleiros da comitiva saíram trotando, enquanto Gerard veio até mim:

— Sua Majestade pede que te mantenhas no fim da coluna, a distância segura dele, e que, uma vez em Orléans, tomes a barcaça dos soldados, e não a barcaça real. Podes fazer isso?

Eu quase sorri de alegria com o acerto do plano de Felício e Gênant, mas outro acesso de tosse me assomou, e eu só fiz sinal que sim, e que seguissem à minha frente, o que Gerard fez imediatamente, também amedrontado com meu estado geral. Pelo menos até esta noite eu estaria livre de proximidades embaraçosas com os que me levavam ao Papa, e, com certeza, se os sintomas se mantivessem, eles também se manteriam longe de mim até o fim de minha tarefa. Os aristocratas, é verdade, temem mais do que tudo ser acometidos por qualquer das doenças de consumição que dizimam os pobres, por considerá-las indignas de seu sangue nobre, preferindo moléstias como gota e os males digestivos e hepáticos, prova de sua riqueza e dissipação.

Nesse dia e no seguinte, cavalgamos sem cessar, a passo confortável, chegando a Orléans no final do dia, dirigindo-nos imediatamente ao porto fluvial onde as barcaças nos esperavam: a primeira era imensa e muito enfeitada, com penachos e panejamentos de azul e ouro, as cores dos Capetos, recamada de flores-de-lis bordadas de espaço a espaço. Ali viajariam Sua Majestade Filipe IV e seus auxiliares mais próximos: o resto da comitiva se dividiria entre duas barcaças menores, a segunda das quais ocupada pelos soldados da guarda real, que também se mantinham o mais afastados de mim que pudessem. Assim, fiquei mais três dias na popa da última barcaça, comendo depois de todos, e tão longe deles que nenhum certamente perceberia a barba colada que eu eventualmente retocava com um pouco do verniz que havia trazido. No terceiro dia, deixamos o Loire e, após quase um dia de cavalgada, encontramos o Rhône, onde três outras barcaças nos esperavam, sendo a real ainda mais luxuosa que a que Filipe usara no Loire. A tarde do quinto dia nos mostrou ao longe os Alpes, que escondiam o caminho para Grenoble, e ao pé das montanhas, ainda que bem afastada delas, a cidade de Lyon, onde ficava um dos palácios papais, exatamente aquele em que Clemente V descansava seu corpo santificado.

Os cavalos, inclusive o meu, foram desembarcados das barcaças, e tomamos imediatamente a rua que ia para o palácio papal de Lyon, quase na confluência do rio e seu afluente, o Saône, que nele derramava imensa quantidade de água. Eu continuava usando os dentes de alho debaixo dos sovacos, o que mantinha minha febre bastante alta, ainda que nem tanto quanto antes: provavelmente meu organismo já estava combatendo os sintomas artificialmente criados, e se defendendo deles, tentando voltar a seu normal. Não sei dizer direito por onde passamos e nem onde ficava o palácio, ao qual nunca mais retornei: essa passagem por Lyon está em minha memória como um sonho desagregado, daqueles que escorrem para um abismo profundo assim que dele acordamos. Só me recordo com firmeza do encontro com Clemente V, que se deu imediatamente após a nossa chegada a seu palácio.

Como durante toda a viagem, caminhei alguns passos atrás da comitiva real, que na porta da câmara de Sua Santidade se encontrou com Bernard Pelet, já sem trajes Templários e de barba raspada, com quem Gerad conferenciou brevemente, olhando em minha direção, já que eu sentara no chão, incapaz de mover-me mais do que o que me movera até aí. Bernard veio até mim, acompanhado por Gerard, e me disse:

— Cavaleiro de Floyrac, estimo vê-lo entre nós: segui vosso exemplo e também abjurei a Ordem do Templo. Não sou mais o Prior de Mas-d'Agenais... Sentes-te mal, cavaleiro?

Pelo cheiro que eu exsudava, resultado de cinco dias de suor febril e sem banho, minha aparência devia ser desagradabilíssima: ergui-me, a custo, apoiando-me nas paredes perto das quais me sentara, e disse a Bernard:

— Fizeste-o bem, irmão Pelet: não podemos nem devemos ter qualquer proximidade com os hereges. Estou apenas sofrendo de um ataque da febre que peguei no *Outremer*, e que de vez e quando me assoma. Nada disso, no entanto, há de me impedir de contar a Sua

Santidade os fatos horrorosos que ambos presenciamos. Quando o veremos?

Antes que Bernard Pelet me respondesse, o Camerlengo do Papa abriu a porta da câmara papal, dizendo a Filipe:

— Majestade, podeis entrar com vossa comitiva: Sua Santidade o Papa Clemente V, vos aguarda ansioso.

Quando atravessamos o longo corredor, eu me recriminei: se Bernard Pelet, abandonando a Ordem, tomara a providência de raspar a longa barba, por que eu insistia em manter a minha, ainda mais sendo falsa, e à custa de um verniz cada vez menos estável? Nesse momento, tomei a decisão de livrar-me da barba nesse mesmo dia, assim que cumprisse a vontade de meu Grão-Mestre e denunciasse o Templo ao Papa. Eu me livraria de um problema seriíssimo, que nesse momento não me atrapalharia, por causa da penumbra em que estavam o corredor e a câmara onde Clemente V nos aguardava. Eu certamente narraria ao Papa minhas histórias grandemente exageradas, convencendo-o de que a mentira era verdade, ao mesmo tempo em que garantiria meu sossego e segurança frente a Guilherme de Nogaret e a seu Rei.

Clemente V estava sentado em seu trono, paramentado em ouros e grenás, tão coberto pelos trajes de sua posição, que mais parecia uma criança a quem tivessem envolvido em ricos panejamentos, deixando-a ainda menor do que já era: a cabeça calva, cercada por uma auréola de ralos cabelos brancos, a face comprida e pontiaguda, todas as feições, sobrancelhas, olhos, boca, caídas, como se ele estivesse em permanente estado de choro. A gola do manto superior o cobria quase que até acima das orelhas, e as luvas púrpura eram sensivelmente grandes para suas mãozinhas mirradas. Ele estendeu a direita, em cujo anular brilhava o anel de Pedro, e nós, em ordem de chegada, o beijamos, tendo eu sido o último de todos, sentindo-o retirar a mão antes mesmo que eu a tocasse com meus lábios. A conversa foi pontuada de pausas, pois ele apertava o estômago enquanto tentava arrotar, inutilmente; e Filipe IV, mais arrogante do que seria esperado de um Rei que é recebido por um Papa, disse:

— Santidade, como vos fizemos saber, trazemos aqui os três irmãos Templários que vos deixarão de cabelos em pé, tal a gravidade de suas acusações. O que nós, Filipe de França, temíamos, concretizou-se: a mistura dos Soldados do Templo com os infiéis muçulmanos e os judeus assassinos de nosso Cristo Rei acabou em heresia e sodomia.

Clemente V, entre eructações que não se concretizavam, mantinha o sorriso institucional no rosto, como sempre faziam os Papas, para garantir a aparência de beatitude e bondade, mas sua mente deveria estar trabalhando celeremente, porque seus olhos espertos saltavam de um para outro, tentando antecipadamente ler em cada face as verdades e mentiras que lhe seriam narradas.

Filipe e Guilherme de Nogaret fizeram sinal a Gerard, que se adiantou e, tocando o solo com um joelho, disse:

— Santo Pai, é tudo verdade, e eu vos digo isso por ter visto e até participado da heresia...

— Não duvido de tuas palavras, meu filho, mas pensa que aquilo que chamas de heresia pode não sê-lo. A que te referes?

— Os rituais dessa Ordem se transformaram muito, Santo Pai: os sacerdotes exclusivos dos Templários não seguem a tradição homilética da Santa Madre Igreja, mas uma tradição própria, substituindo uns santos por outros...

— Meu filho, o que entendes disso, se nem sacerdote és? O Papado deu aos Templários, Soldados de Cristo, o direito de estabelecer seus próprios sacerdotes em seus conventos, e isso é uma decisão maior que a tua. O Papado deu, o Papado tira, se assim o desejar, e enquanto ele não mudar de idéia sobre o que quer que seja, tudo permanece como o Papado determinou...

Bernard Pelet também se ajoelhou em frente a Clemente V:

— Santo Padre, a heresia vai mais longe que isso: os rituais secretos dos Templários exigem que o candidato cuspa na cruz de Cristo!

Clemente fechou os olhos, respirando fundo, e depois, ao abri-los, olhou sorridente para Bernard

— E tu cuspiste, Bernard?

Desta vez foi Bernard quem ficou mudo, sem saber o que dizer: Clemente V o tinha colocado contra a parede, pois admitir que cuspira seria o reconhecimento de sua própria heresia, e negar que tivesse cuspido significaria que tal infâmia não era obrigatória, deixando de haver dolo. Um silêncio nervoso se estabeleceu no salão: o Rei Filipe, sem perceber, roía a unha do polegar. Guilherme de Nogaret me olhou: havia chegado a minha hora. Adiantei-me e também me ajoelhei à frente de Clemente V:

— Santo Pai, é bem pior que isso: esses rituais não apenas exigem que se cuspa na cruz de Cristo, mas também que o candidato beije o Grão-Mestre na boca e nas nádegas!

— Como fazem as feiticeiras em seus sabás, quando lhes aparece Satanás! Eu vos havia dito que os Templários eram adoradores do diabo, Santíssimo!

Filipe IV não resistira: devia ser um argumento que preparara com intensidade, e ao ser exibido tivera que apoiá-lo, veementemente.

— Eu me recusei a isso, Santo Pai! — Bernard, tardiamente, respondia à questão que Clemente lhe havia proposto. — Por isso não sou mais membro da Ordem, por ter-me recusado a participar de seus rituais demoníacos!

— Tardiamente, ao que vejo: se conseguiu chegar até o posto de Prior de Mas-d'Agenais, certamente não foi rejeitando os rituais da Ordem... meu filho quer convencer-me de que chegou aonde chegou desobedecendo às ordens de seus mestres?

Clemente tinha uma mente privilegiada para a argumentação, ao que tudo indica, e certamente já tinha opinião formada sobre os Templários, como sua frase seguinte veio a mostrar:

— Entendo vosso cuidado e empenho em pretender salvar vossas almas imortais, mas não vos esqueçais de que a Ordem do Templo foi estabelecida por nosso santo Bernardo de Clairvaux, segundo as exigências mais antigas do santo Benedito da Núrcia: credes mesmo que estes santos homens deixariam qualquer falha em seus mandatos, permitindo que fatos como esses acontecessem? Não creio que vos seja necessário inventar fatos improváveis para explicar vossos problemas com a Ordem do Templo: se decidiram vos expulsar, certamente sois *personae non gratae* aos olhos de vossos superiores. A mim me interessa muito mais saber o que vós três fizestes para ser expulsos da Ordem, do que ouvir estas alegações infundadas de heresia, certamente baseadas no desejo de salvar a própria honra, mesmo que à custa da degradação pública da Ordem que um dia vos abrigou...

O Papa tinha mesmo opinião formada sobre o Templo, e não estava disposto a acatar as opiniões de três perjuros como prova suficiente para penalizá-lo: ele certamente desejaria muito mais, e eu me senti na obrigação de dar-lhe o que ele pedia:

— Santo Pai! Eu mesmo fui vítima dessa obediência insensata! Os Grão-Mestres do Templo agem com seus comandados de forma vil e impositiva, despojando-nos de nossas riquezas e herança, e obrigando-nos a tudo que satisfaça seus caprichos para humilhar e degradar almas imortais!

— Vossa regra diz claramente: "A fim de executarem seus santos deveres e obterem a Glória do regozijo do Senhor, escapando do medo do fogo do Inferno, é conveniente que todos os irmãos professos obedeçam estritamente a seu Mestre: nada é mais caro a Jesus Cristo que a obediência". Vós que aqui estais são, antes de tudo, revéis e desobedientes a vossos Mestres, e portanto a Jesus Cristo, Nosso Senhor. Por que o Papado deveria acreditar em vós?

Alguém deveria tomar uma atitude definitiva, e eu me achei no dever de fazê-lo. Se alguém desejasse defender o Templo, que o fizesse: eu deveria simplesmente cumprir minha tarefa e degradar minha Ordem amada e meus irmãos queridos da maneira mais candente possível. E foi o que fiz:

— Santidade! Vós não podeis deixar de crer em nós! Fomos vítimas de nossas famílias e devoção! Uma vez dentro do Templo, fomos tornados prisioneiros de sua forma vil de convivência, e forçados a participar não apenas de seus rituais demoníacos, mas também de seus hábitos perversos, adquiridos no Oriente, onde estabeleceram seu território de poder!

— A que hábitos perversos tu te referes, meu filho?

Engoli em seco antes de lançar-lhe à face a minha mentira mais escabrosa e nojenta:

— A sodomia, Santo Pai!

Filipe IV deu um tapa na própria coxa, gritando um "ah!" de regozijo, continuando logo após:

— Não vos havia dito isto, Santidade? Vossa Santidade duvidou de mim, e no entanto aqui temos três irmãos que garantem com seus testemunhos que o maior e mais asqueroso de todos os pecados é parte essencial dos rituais e da vida dos Templários! De que mais Vossa Santidade precisa para colocá-los sob o controle estrito do Papado?

— O povo nas ruas já comenta essa preferência deformada dos cavaleiros do Templo, Santíssimo. — Guilherme se dirige ao Papa pela primeira vez. — Os boatos sobre sua sexualidade...

— Boatos? O Procurador pretende convencer este Papado de tais fatos simplesmente recorrendo a boatos?

Clemente ficara subitamente sério, sua voz tornando-se um pouco mais alta: Guilherme como que se encolheu, dizendo:

— A voz do povo, Santíssimo, é a voz de Deus...

— Mas não é a voz da Santa Madre Igreja! — Clemente subitamente se tornara uma fera, de voz portentosa em defesa de seu território. — Se tivéssemos que levar em conta a voz do povo para exercer nosso magistério estaríamos, aí sim, em estado de constante heresia! A Igreja existe para instruir, guiar e conduzir o rebanho dos povos, não para segui-los em suas crenças pagãs, em sua idolatria asquerosa, em suas ilusões sem fundamento nos Evangelhos! Para isso existem os Concílios, que nos levaram a abandonar todos os hábitos de nossos antepassados, sempre que eles não estivessem de acordo com a vontade de Deus! Se há quem ainda persista nos erros antigos, festejando o Primeiro de Janeiro com a oferta de alimentos para os mortos na sé de Pedro ou venerando determinadas pedras ou fontes ou outros lugares naturais, é obrigação da Igreja reconduzi-los ao caminho de Cristo, proibindo-lhes essas tolices sob pena de excomunhão! O povo é burro, Procurador!

— Concordo, Santidade: o povo é burro. Mas não o é sempre, sabendo reconhecer nos que se equivocam a marca do erro... se assim não fosse, por que esses boatos se tornariam cada dia mais fortes?

— Por haver grandes poderes interessados em torná-los respeitáveis aos olhos de todos! Um boato mil vezes repetido pode se tornar verdade, ainda que apenas na aparência... e é dessa particularidade que os poderosos se privilegiam para espalhar e tornar verdadeiros os boatos que lhes interessem!

— Sua Santidade não está se referindo a nós, certamente... — Guilherme de Nogaret se entregara com facilidade. — Não seríamos capazes de traçar tal linha de conduta: estamos sempre estritamente dentro da Lei!

— Vosso amor às Leis é sobejamente conhecido de todos, Procurador! Foi certamente por amor às Leis que comandaste o ataque a meu antecessor em Agnani, não foi?

ESQUIN DE FLOYRAC

Havia mais do que se via nessa disputa entre o Papa e o Procurador do Rei: de toda forma, era a Filipe que Clemente atacava, através de seu chanceler, porque a ordem para atacar Bonifácio VIII partira diretamente de Filipe, que tivera com ele uma relação conturbada, variando entre a amizade mais intensa e o ódio mais venenoso.

Guilherme não teve o que dizer: baixou os olhos, ungidamente, mas eu pude perceber, por sob suas sobrancelhas, o olhar de ódio que dirigia a Clemente V, além de uma ponta de medo que eu não entendia por que estaria ali, mas que certamente o fizera recuar de maneira tão absoluta ao primeiro argumento mais forte do Papa. Se havia alguém entre nós com conhecimento de retórica argumentativa suficiente para enfrentar tal discussão, este era Guilherme: por que então recuara e se calara?

Filipe estava boquiaberto: havia feito esta viagem para dar um golpe de mestre contra os Templários, e até agora só conseguira reforçar mais ainda em Clemente V a defesa da Ordem, perdendo a capacidade de impor sua vontade real sobre o Papado. Eu precisava mostrar-me apto a auxiliá-lo, e por isso me adiantei:

— Santidade, ouvi-me, por caridade! Juro-vos por tudo que me é mais sagrado que o que vos conto assisti com meus próprios olhos e enfrentei em minha própria carne, ainda que contra a vontade de minha alma e de meu corpo!

— Se o que contas é verdade, devias ter denunciado teus algozes no primeiro dia: ao que me consta, tens mais de trinta anos de Ordem... só te incomodaste com isso depois de velho? Não seria por terem perdido interesse por ti, nas orgias que insistes em narrar? Cala-te, cavaleiro! Não desejo mais tocar em assuntos tão inverossímeis! Conheço bem aos Templários e sei de seu valor e de sua devoção! Tua imaginação está dominada por teus desejos insensatos, e pretendes impor a quem te abrigou a falha de teu próprio caráter! É melhor que te cales, para não incorreres na ira deste Papado!

Minhas faces ficaram rubras de vergonha: eu mentira e me mostrara como o que não era, e Clemente V me reduzira a ainda menos do que eu me mostrara, por não crer em nada do que eu dizia. Como impostor, eu era realmente uma negação: não só não conseguira convencê-lo de minhas mentiras, como conseguira o oposto, deixando-o cada vez mais propenso a uma defesa intransigente dos Templários, em nome de seu Papado.

Filipe jogou a espada ao chão:

— O Papa pretende então incorrer na ira do Reinado de França? Porque insiste em desqualificar todas as denúncias verdadeiras que este Rei patrocina e das quais vos fala desde nosso primeiro encontro! Sua Santidade se esquece de quando era apenas Bertrand de Got e veio até nós pedindo apoio para eleger-se Papa? Que acordo fizemos, Santidade? Nós, Rei de França, vos propusemos quatro condições para isso, e Vossa Santidade as aceitou sem hesitar! Pretende agora ser tão perjuro quanto acusa as três testemunhas de sê-lo?

— Vossa quarta condição é um equívoco tremendo, Filipe de França! Vós a impuseste a mim sem que eu a conhecesse, e quando ela me foi revelada, encheu-me de horror! Por que pretender destruir a Ordem do Templo, um dos maiores, se não o maior baluarte da cristandade? Cobiça pelas riquezas da Ordem? Temor de ter nela uma oposição a vossos desejos de poder cada vez mais infinito? Ódio familiar por tudo que não vos seja submisso?

— Não existe em toda a cristandade nenhum Rei maior que eu, nem maior defensor da Igreja e do Papado! A condição que vos impus poderia ter sido recusada! E por que não a recusastes, Bertrand de Got?

Chamar o Papa por seu nome profano, aquele pelo qual atendia antes de se transformar no que era agora, configurava uma ofensa limite. Clemente V ficou boquiaberto com a ousadia de Filipe, que continuou, um sorriso irônico na boca:

— Tínheis grande interesse no trono que agora ocupas, não é verdade? Éreis capaz de tudo para sentar-vos no Trono de César e serdes senhor do mundo, não é verdade? Pois aprendei, Santíssimo Papa: o domínio do mundo não é o domínio das almas, e quem pretende um deles, como fez Bonifácio em Roma, perde o outro!

— Filipe de França, se tu te colocas como senhor do mundo, eu me coloco como teu senhor, sendo representante de Jesus Cristo no mundo de que te arrogas a posse. Frente ao poder de Deus e de sua Igreja, nada vales! És apenas um homem que se acredita poderoso, e que pretende impor a todos a sua vontade pessoal, sem que haja qualquer razão para isso!

Filipe mostrou-se chocado:

— Vossa Santidade se dirige a mim tratando-me por tu?

— Assim como fizeste, ao me chamar pelo nome anterior a meu Papado, eu te trato como o ser humano que és, e nada além disso! Um Rei não pode considerar-se acima de Deus! Quando o faz, vale menos que o menos importante de seus servos!

Filipe, qual criança birrenta, sapateou pelo chão, à frente de Clemente, chutando o que encontrava pela frente, sua espada, uma banqueta, destilando tanta raiva que nem mesmo Guilherme de Nogaret ousou aproximar-se dele. Isso durou alguns minutos, até que a falta de fôlego fez Filipe cessar seu destampatório sem sentido. Ele gritou:

— Água! Vinho! Qualquer coisa de beber! Este palácio não tem nada que possa servir ao Rei?

O Papa fez um sinal a seu Camerlengo, que bateu palmas, atraindo dois criados que, imediatamente, trouxeram copos e jarras de água e vinho. Filipe IV atirou-se sobre o vinho, tomando em três goles duas taças bem cheias, o que fez suas faces se avermelharem. Ele aparentemente se tranqüilizou, mas seus olhos continuaram chispando, só que desta vez com determinação e ironia:

— Vossa Santidade tem razão: o fato de estar vivendo em um palácio de nossa propriedade, em nosso território de França, sob nossa proteção, é uma garantia para a integridade de Vossa Santidade. Tudo que vos propusemos e que vos prometemos foi em defesa da cristandade e da Santa Madre Igreja, principalmente a denúncia contra os hereges e traidores da Ordem do Templo. A condição que vos exigimos sem revelá-la foi exatamente para que pudéssemos estar juntos nessa empreitada. Eu sou o fiador das denúncias que esses cavaleiros fazem, por não ser de hoje que tenho conhecimento sobre as iniqüidades do Templo! O que fizemos durante todo esse tempo foi buscar testemunhas confiáveis que sustentassem minhas suspeitas, e as trouxemos hoje aqui para cobrar de Vossa Santidade o cumprimento da promessa solene que nos fez! Sua Santidade pode ter certeza de que, se esta promessa não nos tivesse sido feita, hoje ainda seria Bertrand de Got, e não o Papa Clemente V! É disso que queremos vos recordar, com nossas palavras...

— Vossas suspeitas não me são de todo desconhecidas, Rei de França! Elas já vêm sendo divulgadas por toda a cristandade desde vossa tentativa de tornar-se Grão-Mestre da Ordem, e se por um momento eu tivesse desconfiado que era a isso que se referia a promessa não-revelada que me obrigaste a fazer, certamente teria recusado vosso apoio. Deus sabe escolher os seus, e, com vosso patrocínio ou sem ele, eu seria o que hoje sou, sendo essa a vontade de Deus!

Antes que Filipe novamente se irritasse, Clemente ergueu sua mão direita, em sinal de paz, e sorriu para o Rei de França, dizendo-lhe, com suavidade:

— No entanto, uma promessa solene feita em nome de Deus deve ser cumprida da melhor maneira possível. Não tenho plena confiança em vossas testemunhas, mas tenho toda confiança em vossa realeza e determinação. Se existe em vós essa suspeita, eu a devo levar a sério o mais que puder, nem a descartando como sendo pueril e mentirosa, nem abraçando-a como se fosse a verdade absoluta e revelada. Serei equânime e justo, fazendo investigar da melhor maneira possível os fatos que vos deflagraram tais suspeitas e agindo em relação a eles com o máximo de minha justiça, vinda de Deus.

Clemente V ergueu-se, colocando à cabeça a mitra papal, erguendo a mão em sinal de bendição e falando com o peso de seu cargo de Vigário de Cristo sobre a terra. O que ele diria dessa forma seria a sua posição oficial sobre o assunto, e, qualquer que fosse ela, deveria ser tomada com o máximo de respeito:

— Eu, Clemente V, Papa, dificilmente posso crer em tudo que aqui foi dito: não sendo esta, no entanto, a primeira vez em que chegam a meu conhecimento fatos estranhos sobre a Ordem do Templo, decido, mesmo que à custa de grande pesar, angústia e dor no coração, instituir uma investigação oficial sobre os fatos que me foram narrados.

Filipe abriu um enorme sorriso, que Clemente V, notando, fez diminuir um pouco:

— Só ordeno que, enquanto essa investigação não der frutos, ninguém tome qualquer atitude ou patrocine qualquer ação precipitada. A Ordem do Templo, como é de conhecimento de todos, está sob a responsabilidade do Papado, e este será o responsável pela investigação que os punirá ou inocentará. Faço isso atendendo não apenas ao pedido de Filipe IV, Rei de França, mas também a uma requisição do cavaleiro

Jacques de Molay, o Grão-Mestre da Ordem do Templo, com quem já tive a oportunidade de debater sobre o mesmo assunto.

— O Grão-Mestre Templário vos falou sobre isso? Com que então ele já sabe que existem suspeitas sobre ele e seus comandados? — Filipe estava espantado. — Acreditei que estivéssemos agindo em silêncio, Santidade...

— Todos fazemos o maior silêncio possível, na medida de nossos interesses. O Rei de França se esquece que ambos estiveram comigo aqui em Lyon na cerimônia de minha coroação, e que à época recebi a ambos em audiências privadas? Se o Rei de França, nesse dia, falou-me de suas suspeitas sobre o Templo, por que o Grão-Mestre desse mesmo Templo, também muito bem informado, não teria comigo uma conversa franca e sincera sobre o mesmo assunto?

— Esperamos sinceramente que não haja da parte de Sua Santidade nenhuma preferência ou proteção por qualquer das partes, nesta disputa... — Guilherme de Nogaret, sempre o zeloso jurista, buscava garantias de sucesso. — É preciso que a justiça divina, expressa nas leis humanas, nos inspire a todos na busca da verdade!

Clemente deu dois passos à frente, descendo os degraus do Trono de César:

— A verdade e a justiça divina são uma e a mesma coisa, sem sombra de dúvida, e interessam ao Papado, acima de todo e qualquer desejo humano. Convido-vos a pernoitar até amanhã neste palácio antes de seguir viagem de volta a vossas terras: não vos poderei receber mais, porque tenho não apenas graves negócios a resolver, mas também que cuidar de minha tão debilitada saúde, de forma a poder servir a Deus com o máximo de minhas forças.

Todos nos curvamos, e Clemente V deixou a sala: quando a porta se fechou por trás de suas costas, Filipe mais uma vez chutou o que viu à sua frente, explodindo de ódio:

— Maldito Jacques de Molay! Ele se antecipou a nós, e certamente conseguiu convencer o Papa de suas boas intenções, certamente oferecendo-lhe riquezas sem fim! Como poderemos vencê-lo?

Guilherme de Nogaret, suave como uma serpente, disse:

— A primeira pedra da catedral da suspeita foi colocada hoje em seu alicerce, Majestade... é preciso ter paciência e constância, não esmorecendo na busca de nosso objetivo. A investigação que pretendíamos será realizada, por ordem do Papado, e só nos resta agora produzir o maior número possível de evidências que comprovem a correção de nossas afirmações.

— E como faremos isso, se até as testemunhas que trazemos ele desqualifica? O que mais pode ser feito?

— Temos que buscar testemunhos a que ele dê valor, por motivos só seus, e também provas que sejam inegáveis e sustentem nosso ponto. Contra fatos não há argumentos, e se os fatos existentes não forem suficientes, devemos gerar outros que o sejam... Mas isso devemos discutir em liberdade e sem a presença de estranhos.

Filipe olhou-nos, aos três cavaleiros, com desagrado: ele contava conosco como sua grande esperança no convencimento do Papa, e a seus olhos havíamos falhado redondamente. Se pudesse, nos desfaria em pó, para que desaparecêssemos de sua vista: não podendo fazê-lo imediatamente, deixava patente o seu desagrado com nossa existência, virando-nos as costas e saindo do salão. Nós nos curvamos, e quando ele se afastou, Guilherme de Nogaret nos disse:

— Cavaleiros, dormi em paz, se conseguirdes, e amanhã pela manhã terei novas tarefas para vós... afinal, ainda estais em nossa lista de assalariados, e até segunda ordem deveis servir-nos na exata medida do dinheiro que vos demos...

Guilherme saiu atrás de Filipe, deixando-nos em baldas. Gerard não ficou nada satisfeito, e fez-nos saber disso:

— Ora, se era para ser destratado pelo Papa e pelo Rei, melhor não tivesse vindo! Se fosse pelo dinheiro, acho pouco aquilo que nos pagam para que tenhamos tanto trabalho!

— Garantiram-me que não haveria perda de poder... se era para ser assim, eu não teria abjurado o Templo, e hoje ainda estaria em meu Priorado, sendo respeitado...

Bernard também estava insatisfeito, e ambos olharam para mim, que lhes disse:

— Pois eu só desejo livrar-me desta barba e destas roupas, que me recordam minha antiga condição: algum dos cavalheiros possui lâminas que possa emprestar-me?

ESQUIN DE FLOYRAC

Nenhum dos dois as possuía, acostumados que estavam a ser cuidados por serviçais desde que haviam deixado a Ordem: e eu não poderia entregar-me às mão de nenhum servo, porque ninguém poderia perceber-me a falsidade da barba. Agradeci aos dois, que ficaram discutindo sua perda de riquezas e poder, e fui atrás de um servo, não levando muito tempo até conseguir ser conduzido aos aposentos que ocuparia nesta noite, e também dispondo de duas lâminas bem afiadas, com as quais raspei a face, que já tinha uma barba verdadeira de cinco dias por trás da barba falsa feita com os pêlos de minha antiga barba Templária, que piquei em pedaços, deixando dentro da bacia de água, para que ninguém desconfiasse de mim. Ali ficava um pedaço de mim, trinta anos de vida disciplinar e de trabalho a favor de meu Templo e meus irmãos, lutando por um mundo melhor, mais justo e mais fraterno: da mudança pela qual eu passara, desde que entrara na Ordem até ser guindado a seu Círculo Superior, esta velha barba era testemunha, tendo-me acompanhado em todas as tarefas que realizara, das mais sublimes às mais sangrentas e degradantes para um homem que se reconhece como tal.

A pele irritada pelo verniz que eu usara se avermelhou ainda mais com a ação das lâminas, e eu fiquei sentindo as faces inchadas, enquanto dispunha minhas cartas de marfim sobre a mesa, pretendendo verificar se meu processo e empenho estavam até este dia corretamente direcionados. A primeira lâmina que virei era a seguinte na série, exatamente a que viria após a lâmina dA Justiça: O Eremita. Embora me desse a certeza de que eu estava no caminho certo, ao mesmo tempo me impunha uma tristeza imensa. Eu ficaria cada dia mais só, se tudo corresse como devia: se não tivesse reencontrado Felício, estaria perdido, desesperado, e sem ter com quem abrir o coração. Por mais que um homem esteja no caminho de conhecer-se a si mesmo, como preconizavam os gregos, é preciso que este autoconhecimento seja dividido com alguém também disposto a abrir-se, para que, na troca mútua, ambos se enriqueçam. Não existe quem possa ajudar-se sozinho, e a figura dO Eremita, com suas vestes longas e sua lanterna tentando inutilmente iluminar o crepúsculo de suas certezas, era por demais parecida comigo. Eu precisava partilhar de mim com quem me pudesse entender, e, por vezes, o esforço de fingir era demasiado: eu me sentia empobrecido e degradado por ele, mesmo com a certeza de estar fazendo o que devia fazer.

O acaso me vinha sendo sempre benfazejo, pelo que eu podia perceber, e eu decidi deixar por conta dele a minha necessidade de amigos e confidentes: se o destino me havia representeado com Felício, por que não me daria outros, em quem eu pudesse confiar incondicionalmente? já os tivera no *Outremer*, e quem sabe não os reencontraria, ou então algum substituto que me servisse de apoio neste transe infinitamente doloroso? Assim pensando, deitei-me e adormeci.

Na manhã seguinte, o acaso deu sinais de existência: quando saí de meus aposentos, dirigindo-me para o longo corredor que dava no Salão Papal, encontrei Guilherme de Nogaret, que, ao me ver abriu os braços, dizendo:

— Enfim, um de vós está aqui... quase não vos reconheci sem a barba! Passei a manhã toda procurando Gerard de Byzol e Bernard Pelet, sem sucesso. Criados me informaram que cavaleiros Templários deixaram o palácio antes que nascesse o sol, e eu cuidei que tivesses ido com eles. Ainda bem que não foste: serás tu quem realizará a tarefa que se faz necessária!

Sinceramente, tremi: estar com Guilherme de Nogaret em minha proximidade, principalmente ouvindo-o falar de uma tarefa para a qual eu certamente não estaria preparado. Bernard e Gerard tinham roído a corda, certamente, e, sem o saber, me haviam colocado entre a cruz e a caldeirinha. Eu não tinha a menor confiança em Guilherme de Nogaret, figura untuosa e desagradável, mas, por minha missão, ainda teria que conviver com ele durante um bom período de tempo. Por isso, fiz cara de interessado e atento, ouvindo-o dizer:

— É preciso convencer o Papa de que aquilo de que acusamos os Templários é a mais pura verdade. Isso só será possível se a informação vier de alguém a quem ele respeite e em quem confie, e entre nós não há ninguém com estas características. No entanto, sei que ele tem um amigo, um burguês de Bordéus chamado Yves de Tourlain, que foi seu confidente durante todo o seu arcebispado nessa cidade, e do qual não tem por que duvidar. Precisamos apenas repassar nossas informações a esse Yves, de forma rigorosamente assustadora, para que ele as leve a seu amigo, o Papa. Não é um bom plano?

Eu nada compreendera, mas mesmo assim fiz cara de aceitação, dizendo:

— Seria excelente, mas... como convenceremos esse Yves da verdade?

— Homens no limiar do perigo se comportam de maneira muito diversa daquela como se comportariam se estivessem em segurança: não mentem, não distorcem a verdade, tentando reconciliar-se com aquilo que possuem de melhor. Se alguém em tais condições narrar a outro nas mesmas condições uma verdade, ainda que mentirosa, o outro nunca duvidará dela.

— Entendo... mas por que exatamente esse homem? Por ser o único amigo que Clemente V possui?

Guilherme deu um sorriso triunfante:

— Simplesmente por estar em nossas mãos! Yves de Tourlain foi preso por dívidas e transferido para a cadeia de Paris, onde reside a maioria de seus credores. Clemente está tentando de todas as formas libertá-lo, mas para isso depende de acordos financeiros com todos os credores de Yves, que não são poucos, e que pretendem negociar a libertação de seu devedor com grandes vantagens pecuniárias. Enquanto isso, Yves mofa nas masmorras do Palais de Paris, no mesmo quarteirão da Conciergerie, rigorosamente à disposição para ser convencido daquilo que desejamos! E é aí que entras!

Nesse momento, desejei profundamente não estar ali, rezando para que um buraco me tragasse o corpo ou que um mal súbito me tirasse a vida: eu teria que mentir sob as ordens de Guilherme de Nogaret, que me olhava como se me estivesse oferecendo a oportunidade de minha vida. Fiz-me novamente de desentendido, esperando que ele não me dissesse o que eu sabia que ele diria:

— Procurador, não compreendo o que tu me dizes...

— É simples, cavaleiro: eu te colocarei na mesma cela de Yves, como um condenado à morte, e, enquanto estiverdes juntos, tu te encarregarás de convencê-lo, com toda a tua capacidade dramática, das iniqüidades de que foste testemunha! Um condenado à morte não tem direito à confissão, e tu pedirás a ele que te ouça, para que não morras em pecado. Que tal? Não deves nem mesmo te apresentares com teu nome verdadeiro: com essa cara glabra, não tens nenhuma semelhança com o cavaleiro que eras na tarde de ontem, e podes dar a ele o testemunho de um outro Templário, que inventarás especificamente com esse fim!

Eu não podia aceitar tal coisa, por isso me mostrei tímido:

— Não sou capaz de fingir, Procurador...

Guilherme riu, apertando os olhinhos:

— Como não, cavaleiro? Tua capacidade para o drama é bastante flagrante... eu não costumo me equivocar, e, só de te olhar, tive a certeza de que és um mestre do engano e da impostura... Não, não te faças de modesto: eu sei reconhecer um verdadeiro talento quando o vejo... e teu talento neste transe nos será muito útil. Pensa que, se fores capaz de convencer o amigo do Papa de tudo que nos interessa, teu lugar de importância junto a Filipe de França estará permanentemente garantido... não é isso o que desejas?

— Procurador, eu posso contar-lhe toda a verdade, como a conheço... não precisarei mentir!

— Sim, é certo, mas, se precisares, saberás como fazê-lo, pois não? Vamos, busca aí dentro de ti esta capacidade para a mentira e a falsidade... se ainda não te percebeste capaz delas, acredita que elas estão aí dentro de ti, prontas para revelar-se ao mundo como o teu verdadeiro talento...

— Mas eu...

Guilherme me interrompeu, pegando-me com força pelo braço:

— Só te resta essa saída, se queres que eu confie em ti... se não fores capaz de convencer ao amigo do Papa, eu também não ficarei convencido de teus préstimos e de tua consideração. Tenho te observado muito, cavaleiro, e creio que ainda tens muitas provas de tua sinceridade a dar-me... essa é só a primeira delas. Espero que não falhes em tua tarefa, do contrário...

Guilherme soltou-me, deixando no ar uma ameaça muda, e em meu braço a marca de seus dedos como tenazes em brasa: eu teria que fazer o que ele me ordenava, com boa cara, e sem permitir que ele viesse a desconfiar de mim mais do que já desconfiava. A frase de Felício tornou-me à mente: "Não conheci ninguém em toda a minha vida que não acusasse a falsidade alheia apenas para ocultar a própria..."

Respirei fundo, e disse a Guilherme de Nogaret:

ESQUIN DE FLOYRAC

— O que me ordenares, farei, Procurador: afinal, estamos todos numa mesma missão...

— Isso é o que veremos a seguir, cavaleiro: tudo depende de tua capacidade de convencer-me, convencendo o amigo do Papa, de forma que ele vá até Sua Santidade e o coloque do nosso lado. Está certo?

Suspirei e curvei-me, submetendo-me ao poder de Guilherme, enquanto rezava que Felício já tivesse conseguido informações suficientes sobre seu passado, para que eu pudesse equilibrar o jogo que ele estava jogando comigo. Eu não podia revelar-me em nenhuma hipótese, e tinha que obedecer a esse inimigo, como forma de prestar obediência a meu Grão-Mestre. Não existe princípio mais nobre que a verdadeira obediência, e, sendo Templário, eu aprendera não haver terreno fértil para nenhuma de minhas ações que não fosse a obediência mais perfeita. O domínio de minhas vontades, de minhas paixões, de meus desejos, até de meus vícios, era o que me justificava perante mim mesmo, ainda que não me justificasse perante Deus. Eu vivera os últimos trinta anos de minha vida na mais descansada e perfeita obediência, e ela era um bálsamo em minha alma.

Na viagem de volta, desta vez já no meio da comitiva, a menor distância de Filipe e de Guilherme, que me observava o tempo todo, pude entender o que se passava comigo: eu subitamente tinha que me tornar responsável por meus próprios atos, sem ninguém que me ordenasse o que quer que fosse, livrando-me do ato de decidir por mim mesmo. Durante trinta anos de obediência, eu desaprendera a ser responsável, pois as ordens que dava a meus comandados eram simplesmente um reflexo das ordens que recebia de meus superiores, numa linha de comando tão perfeita, que não precisara preocupar-me nem com motivos nem com conseqüências: tudo estava planejado e decidido antes que eu agisse, de tal sorte que, mesmo tendo alcançado posição tão sublime quanto a de Prior de Montfaucon, eu precisava apenas obedecer ao que me ordenavam, impondo a vontade alheia como se minha fosse. No *Outremer*, eu também fora apenas um soldado obediente de meus Comandantes, inicialmente lutando para defender a cristandade, como se esperava de um Cruzado, e depois de um certo tempo, quando a compreensão do verdadeiro papel dos Templários me tomara, fazendo-o apenas para defender a humanidade e o que de melhor nela havia, não permitindo que isso fosse destruído pela sanha assassina da ignorância mais violenta.

Desta vez, no entanto, eu era meu próprio senhor, tendo que tomar por mim mesmo as decisões sobre meus próximos passos: meu Grão-Mestre se recusara pela primeira vez a dar-me a régua e o compasso, deixando-me desgovernado entre eles, buscando o rumo certo com o máximo de minha atenção. Era novo, era diferente, era assustador: eu tinha que fazê-lo, movido por minha intuição e minha razão em partes iguais.

Quando entramos em Paris, tentei despedir-me da comitiva, mas Guilherme de Nogaret, açulando sua montaria, chegou-se a mim, dizendo:

— Um instante, cavaleiro: não podes partir ainda. Temos tarefas a cumprir, esqueceste?

— De forma alguma, Procurador: eu esperava apenas ir até minha residência, organizar meus negócios, para poder colocar-me a teu serviço sem nenhuma outra preocupação que não aquilo que devo realizar...

— Não penses nisso: creio mesmo que uma certa preocupação com o que chamas de teus "negócios" te ajudará a cumprir tua missão com mais presteza, para que possas voltar a eles o mais rápido possível. Preciso que sejas posto junto a Yves de Tourain imediatamente, de forma a teres tempo para convencê-lo do que nos interessa... ele certamente não ficará entre meus dedos por muito mais tempo, porque Sua Santidade está disposto a gastar o que for preciso para libertá-lo, e isso pode se dar a qualquer instante. Vamos, cavaleiro: eu vos necessito sujo, preocupado, intenso e disposto a tudo... e estás exatamente assim. Por que desperdiçar condições tão perfeitas?

Não pude dizer mais nada, porque quatro de seus guardas me ladearam, cercando meu cavalo, tendo um deles, inclusive, tomado as rédeas de minha mão, guiando-me daí em diante até a prisão de Sua Majestade, nas masmorras da Conciergerie. Não vi mais a face de Guilherme, que ficara para trás, mas podia imaginar com certeza seu ar de vitória pelo problema insolúvel que me causara.

Quando entrei na cela que me havia sido destinada, tremi: ela estava vazia, e subitamente percebi que caíra na armadilha mais velha do mundo. Guilherme me prendera com minha própria anuência, jogando-me em uma suja masmorra, em cujo canto mais escuro uma *oubliette* deixava ouvir ao longe as águas onde terminava, pela qual tantos como eu já haviam sido atirados ao esquecimento eterno. Eu nunca mais sairia dali, a não ser morto, provavelmente por minha própria vontade de escapar dos maus-tratos a que seria submetido, atirando-me nesse buraco imundo por onde tantos outros prisioneiros também haviam escapado de um destino pior que a própria morte.

O arrependimento tardio raramente é verdadeiro, mas o verdadeiro arrependimento nunca vem tão tardiamente assim: se eu tivesse sabido o que me esperava, teria me debatido, quem sabe me livrado a tempo. Se arrependimento matasse, eu morreria e me livraria mais rapidamente da trampa em que Guilherme me havia feito cair, inventando para mim esse Yves de Tourain que certamente não existia. A figura dO Eremita, última lâmina que eu vira, me veio à mente, com uma diferença: sua lanterna, cuja chama bruxuleava, era cada vez mais fraca e menos capaz de combater as trevas que o cercavam, e quando se apagou e o deixou no mais intenso breu, no território imponderável de minha mente, eu tive certeza de que ali naquela cela minha vida se acabaria definitivamente.

Capítulo 8

1266

Encontrar meu verdadeiro pai entre os operários do Templo de Acre foi uma emoção controvertida e intensa, menor apenas que aquela que ambos sentimos, tenho certeza, quando eu me dera a conhecer a ele, por causa da pedra-chave que havia esculpido, sem nenhuma razão que não fosse a minha incontrolável vontade. Nem eu nem ele conseguimos dar a tal momento outra explicação que não o destino agindo de maneira insondável para reunir o que estava separado. Com isso, ele me disse, eu me justificava como membro dos Filhos de Salomão, pois, de maneira geral, todos os que ali estavam, em um dos estágios mais avançados, tinham dado sinais dessa intuição inesperada, que lhes fazia realizar coisas estranhas, até então incompreensíveis ou fora de seu alcance. Ele mesmo, ainda Cavaleiro da Ordem, sentira essa ligação insólita com as pedras que eram usadas para erguer os edifícios de que o Templo precisava, o que o levou a abandonar gradativamente a prática e a disciplina da Ordem, tornando-se cada dia mais próximo dos operários, primeiro observando sua vida, depois trabalhando junto a eles, e finalmente, quando sua vocação de pedreiro veio à tona, tornando-se um deles, para depois transformar-se em seu Mestre, quando a ocasião se apresentou. Como havia confiança integral dos Templários em seu antigo irmão, ele era quem administrava e empreitava as obras do Templo no *Outremer*, conseguindo dirigir ao mesmo tempo até cinco obras diversas em cinco localidades diferentes, como uma vez acontecera, dando com isso prova de seu talento e vocação para o exercício da arquitetura e da construção.

    No nosso primeiro dia juntos, em sua bela casa nas cercanias de Acre, erguida em uma colina da qual se vislumbrava não apenas a cidade, mas também o mar e o deserto, por janelas opostas, senti-me erguido a alturas incalculáveis, tratado como um príncipe pelos serviçais e associados de meu pai, que, ao saber-me seu filho, me estendiam o mesmo respeito com que o tratavam. Fui tirado de meu dormitório coletivo na cidade para ocupar um grande aposento claro e arejado, de onde podia ver ao longe o azul do mar Mediterrâneo, que tanto me atraía, quase não me deixando tempo para observar outras coisas interessantes que a casa possuía. Os espaços entre seus aposentos eram muito diferentes daqueles dos prédios a que eu me acostumara em minha cidade, escuros, pesados, sem ventilação nem conforto, pois tudo neles era voltado para dentro, rejeitando a natureza que os cercava, implantados em meio a ela como uma resposta atravessada a alguma ameaça que ela lhes tivesse feito. As casas em Acre, todas permeadas de maior ou menor influência oriental, eram claras, amplas, com grandes janelas fechadas apenas por gelosias leves e vazadas, varandas em que apenas um toldo criava um pouco de sombra, terraços em que as pessoas passavam a maior parte de seu tempo, até mesmo para dormir, e imensos pátios ajardinados, no meio dos quais sempre brotava uma fonte que cantava o tempo todo, refrescando a casa ao refrescar o ar que por ali circulava. O sol canicular de Acre não era nenhum problema para quem vivia desta maneira perfeitamente a favor da Natureza ao redor: quem ali se sentia muito mal eram os Francos, que, tentando repetir nesta outra parte do mundo a realidade na qual tinham sido criados, rejeitavam o melhor jeito de ali viver, sofrendo muito nesse processo.

    A sala de jantar da casa de meu pai, que ele fazia questão de dizer que era agora minha, não cheirava a gordura nem a leite azedo, mas a ervas e especiarias que eu não conhecia, e tudo que me puseram à frente, em mesas baixas de cobre marchetado, era tão leve e saboroso quanto os perfumes que dali se evolavam. Os pratos se sucediam sem interrupção, em um desfile de sabores e imagens que era tão ou mais excitante que o próprio ato de comê-los, experimentando coisas inacreditavelmente saborosas tanto absoluta quanto comparativamente, com texturas, cores, cheiros e temperaturas que se completavam pela diferença. Os servos vinham uns atrás dos outros, e sempre havia quem mantivesse cheio o meu grande prato de cerâmica decorada.

Uma única coisa ali não havia: mulheres. Eu não ouvia seus ruídos nem percebia suas presenças, cuidando mesmo que na casa de meu pai elas não existissem, pois até nas mais severas mansões do Languedoc as mulheres eram sempre bem-vindas às refeições, quando ocupavam uma mesa à parte dos homens, onde podiam ser observadas por nós mas não nos podiam ouvir. Na casa de meu pai, o comedor era um grande espaço ocupado por muitas almofadas, entre as quais se colocavam as mesinhas de cobre com pés de madeira torneada, e cada uma delas tinha um ou mais pratos de cerâmica e taças de barro e metal, onde vinho e água eram servidos. Os homens que ali estavam pareciam todos ser muito íntimos de meu pai e de seus negócios, e depois eu vim a saber que eram todos fornecedores dos materiais de construção necessários, sendo uns donos de pedreiras, outros de bosques, serrarias, tecelagens, fundições, todos interessados em manter com meu pai um fluxo constante de fornecimento, para que ele os mantivesse sendo pagos sem interrupção com o dinheiro que administrava.

Meu pai vivia de forma rigorosamente oriental, não tendo preservado nenhum hábito de nossa terra: em sua casa não havia nada que minimamente recordasse o território dos Francos. Ele havia perdido toda e qualquer ligação com os costumes e a forma de viver em que tinha sido criado, substituindo-os por um jeito completamente palestino, esta mistura de hábitos de vida muçulmanos e judeus que mais tarde vim a conhecer bem de perto. Sua alegria em ter-me a seu lado, principalmente entre os homens que o admiravam, foi subitamente empanada quando, ao apresentar-me mais uma vez a seus amigos como "meu filho há muito perdido", confessei-lhe saber que ele era meu pai antes que ele o soubesse. Sua face ficou rubra de ódio, e ele cuspiu as palavras mais duras que pôde em minha direção:

— Com que então sabias que eu era teu pai? E ocultaste isso de mim? Por que, rapaz? O que pretendias com essa ocultação sem sentido? Que vantagem pretendias tirar disso?

— Senhor meu pai, nenhuma vantagem: eu apenas não sabia se seria bem recebido por ti, e nem se te interessarias por mim a ponto de me reconheceres como sendo teu filho... afinal, tu me abandonaste antes que eu nascesse, não é verdade?

— O único navio da Ordem com permissão para usar o Porto de Marselha estava por partir, e eu não podia esperar para cumprir meu mandato: alguns dias fariam muita diferença para mim, e não creio que a tivessem feito para ti...

Minha garganta novamente acumulou um nó, enquanto eu lhe disse:

— Nem tanta nem tão pouca, senhor meu pai: acabei na ignorância de tua existência, vivendo como se fosse filho de meu tio e irmão de meus primos. Só quando soube de tua existência e que eu não era um de Capestang, como pensava, foi que percebi a falta que me fizeste e a diferença de tratamento que me haviam dado durante todo o tempo. Meus primos imediatamente me espoliaram de minhas terras, a herança que tu me havias deixado, e eu só me salvei graças aos préstimos do sapateiro Nazimus...

— Eu me recordo dele, na oficina ao lado de meu lagar... — Meu pai ainda estava irado, mas um tanto envergonhado. — O irmão de tua mãe te maltratou?

— Não, meu pai: tratou-me sempre como tratava a todos os outros, seus filhos de sangue, e só quando revelou ser apenas meu tio, foi que sua mulher e filhos passaram a me tratar como arrivista e invasor, roubando-me a herança deixada por ti, meu pai.

Meu pai atirou uma taça na parede branca, manchando-a com o vinho que nela estava:

— Malditos! Como puderam fazer isso?

— Com muita tranquilidade, senhor meu pai. — Eu sabia que minhas palavras o feriam, e, por algum motivo desconhecido, tinha algum prazer nisso. — Sendo eu um órfão sem mãe e abandonado pelo pai, descobri valer menos que um bastardo: pelo menos, foi assim que me chamaram, ao expulsar-me de suas terras.

— E tua mãe?

— Também não a conheci: assim que me desmamou, partiu com os Cátaros. Como tu, ela também seguiu sua vontade, sem pensar nas conseqüências. Dois meses depois, foi queimada em Montségur...

Os convidados reagiram com espanto, e nos olhos de meu pai surgiu um brilho diferente, misto de raiva e pena. Ele se virou para seus convidados, com ar de desprezo no rosto, e lhes disse:

— Vêem, meus amigos, como os Francos agem irracionalmente assim que a oportunidade se lhes apresenta? Basta surgir a ocasião, e imediatamente brota pelo menos um ladrão, que se aproveita dos fatos para prejudicar a quem lhes passar pelo caminho... e ainda existe quem me acuse de ter abandonado o modo de vida Franco, assimilando a vida oriental, como se esta escolha pelo Bem não fosse a mais racional que eu poderia ter feito...

A conversa se dava em árabe, a língua que Nazimus me ensinara logo depois do hebraico, que viera junto com o latim e o grego, e um pouco antes do *argot*, o que me tornara a vida mais fácil, pois os três anos de esforço no aprendizado lingüístico se provavam agora muito úteis, ainda que nem tanto quanto o seriam no futuro. Os associados de meu pai, homens de todo tipo e de toda origem, tinham muitas perguntas sobre a vida no território dos Francos, e quando mencionei minha mãe, quiseram saber que diabos eram estes Cátaros a quem ela se associara, apenas para morrer. Meu pai ficou de lado, observando minhas palavras, com um certo orgulho, ainda que de certa maneira se sentisse negligenciado por seus amigos, que nesse instante davam mais atenção a mim que a ele: de certa forma, ele começava a me perceber como sua possível continuidade com os mesmos talentos e capacidades que ele, presumindo que eu também tivesse a mesma vocação e os mesmos desejos. A diferença entre nós, como o tempo se encarregou de mostrar, era que ele acreditava que cada homem pode ser o artífice de sua própria vida, e eu logo percebi que só poderia ser o arquiteto de meu próprio caráter, singular e original, não desejando tornar-me uma simples cópia de meu pai, mesmo que esse fosse o seu maior desejo.

O jantar, mesmo com tantas revelações, transcorreu de forma muito agradável, sendo eu o centro das atenções nessa noite. Eu soube aproveitar ao máximo a oportunidade que o momento me dera: mostrei-me engraçado, sábio, interessado e interessante, certamente acumulando maior compreensão sobre a vida que ali se vivia do que os que me questionavam ficaram sabendo sobre minha vida pregressa. Eu não lhes dera nenhum sinal de minhas emoções, por saber instintivamente que são as emoções que revelam o interior de um homem. Meu pai, eu percebi, apenas parecia beber: seus criados mantinham todos os copos sempre cheios, e ele apenas molhava os lábios no seu, que desta maneira não se esvaziava nunca: já eu, percebendo isso, pedi que mantivessem meu copo apenas com água, pois o sabor do vinho não me agradava, sendo forte, ácido, frutado e com uma ponta de verniz em seu perfume e gosto. Os três muçulmanos que estavam entre os convidados também não faziam uso do vinho, e se sentiram muito próximos a mim, erguendo suas taças de água fresca em minha direção a cada gole.

A noite já ia alta quando os convidados se ergueram de suas almofadas e, com saudações em altos brados, se retiraram da casa de meu pai, deixando-nos a sós entre os restos do banquete que os criados recolhiam silenciosamente. Meu pai olhou-me com intensidade, por sobre as mesas, e me disse:

— Foste muito agradável para com meus convidados, ainda que não o tivesses sido para comigo... era mesmo necessário revelar aos outros os nossos problemas familiares?

— Só teríamos problemas familiares se fôssemos uma família, meu pai. Sejamos sinceros: hoje, aqui, somos apenas dois homens que se conheceram e que, por causa de um laço de sangue, se juntaram. Foi isso que me fez ocultar-te nosso parentesco: só desejo ser teu filho se esse for realmente o desejo de teu coração.

— É o desejo do teu?

Meu pai me apanhou desprevenido, e eu baqueei: as lágrimas se avolumaram em meus olhos, mas eu agüentei firme, apertando os dentes e ficando sem piscar, para não dar sinais de minha emoção. Com a cabeça quase estourando, disse-lhe:

— Ainda não sei, senhor meu pai: é preciso que nos conheçamos e aprendamos a amar e respeitar um ao outro.

Meu pai debruçou-se para a frente, abanando-se com sua ventarola:

— Espero que isso aconteça o mais rapidamente possível: tu deverás ser meu sucessor nos negócios de construção, que eu não tinha para quem deixar. O Bom Deus foi misericordioso e te trouxe até mim, para que os de Villefranche não se extinguam...

— E se eu não tiver talento para esse trabalho, meu pai?

— Tolice! Já deste sinais inequívocos desse talento!

— E se me faltar a vocação, meu pai?

— Farás uso de tua vontade, decidindo-te a ser quem deves ser e dominando todos os desejos que não estejam de acordo com tua decisão... Afinal, para que vieste até a Palestina? Não foi para procurar teu pai e ser um operário do Templo? As duas coisas já aconteceram: se não te resta nenhum outro desejo, só te resta cumprir o meu... mas isso veremos no decorrer dos dias. Tenho certeza de que serás tão bom quanto eu no mister que ambos escolhemos!

Meu pai se ergueu, retirando-se para seus aposentos, e eu me dirigi para os meus, pensando como ele reagiria se, em vez de ser tão bom quanto ele, eu me mostrasse melhor do que ele, superando-o... meus sentimentos eram um rodamoinho em minha mente, apertando-me o coração e me deixando trêmulo por dentro; por isso, deitei-me nas almofadas, com as mãos entrelaçadas na nuca, fixando o teto em que as sombras vazadas das gelosias traçavam desenhos geometricamente deformados, observando sua irregularidade tão regular, dividido entre a vontade de ser quem meu pai queria que eu fosse e a necessidade de ser eu mesmo, não importando a que preço.

No dia seguinte, meu pai me acordou cedo e me levou ao canteiro de obras, onde eu trabalhara até o dia anterior, apresentando-me a todos, oficialmente, como seu filho, seu sucessor, e a pessoa a quem todos deveriam obediência e respeito em sua ausência. Nada me faria sentir-me pior: eu seria ali apenas um donatário da vontade paterna, sem nenhum valor que não fosse o que ele me legava. Por isso, decidi-me a ser o melhor homem que pudesse ser, provando-lhe que o que me legava era pouco, quem sabe até mesmo indigno de meu próprio valor. Para isso, contei com o auxílio e o apoio de três amigos sem os quais não me acreditava capaz de mover um cisco: Felício, que viera comigo de nossa terra, e os dois contramestres que tão bem me haviam recebido quando eu chegara a estas terras, o judeu Eliphas e o muçulmano Ayub. Pelo que percebera, eles me eram indispensáveis exatamente por suas dessemelhanças tão complementares: Ayub, com sua religiosidade tão fascinantemente racional; Eliphas, com uma racionalidade tão intensa que era quase religiosa; e Felício, com a prática da vida como ela é, sem deixar-se envolver em nenhum assunto acima e além da compreensão imediata das coisas em seu aspecto mais flagrante e menos profundo. Os três, sem sombra de dúvida, se tornaram os parâmetros pelos quais pude estabelecer minha compreensão da vida em seus múltiplos aspectos, ora movido pela razão que me sustentava a fé, ora movido por uma fé que me justificava a razão, mas sempre chegando ao uso prático de tudo que aprendia e descobria, principalmente sobre mim mesmo.

Foi assim que eu trouxe Felício para morar comigo, na casa que tinha sido apenas de meu pai: para todos, ele era meu criado, mas, para mim, era o irmão que eu nunca tivera, trazendo-me para a realidade dos fatos cada vez que minha intuição ou minha razão se despregava do solo. Eu me sentia profundamente protegido pelas características dos três, com quem passava a maior parte de meus dias, ouvindo tanto a Ayub quanto a Eliphas, em seu permanente costume da dissensão afável, e sempre terminando por escutar a Felício, que, com sua mente de praticidade inacreditável, sempre punha em seu devido lugar quaisquer delírios e vôos mais altos de meu raciocínio ou de minha imaginação. Ninguém poderia ter mestres melhores que esses que tive, nesta temporada em casa de Jean-Marc de Villefranche, meu orientalizado pai.

Eu acordava todos os dias na mesmíssima hora, o sol apenas nascendo, mas, quando saía de meus aposentos, percebia que o mundo já andava desperto havia algum tempo: depois de uma refeição bastante frugal, eu e Felício descíamos a colina a cavalo em direção a Acre. A sela árabe era muito mais confortável que as selas que os Francos usavam, e eu me sentia muito à vontade sobre elas, principalmente depois que passei a usar roupas mais de acordo com o lugar onde estávamos, livrando-me das inúmeras camadas de panos grossos de que eram feitas as roupas de minha terra natal. Nesse sentido, percebi que meu pai estava certo: o jeito de vestir dos orientais, fossem eles muçulmanos ou hebreus, gerava grande conforto e satisfação, permitindo menor preocupação com o bem-estar e um sensível aumento na capacidade de trabalho. Quase tudo era muito interessante neste lugar, e eu de vez em quando me percebia tão satisfeito com minha sutil mudança de hábitos, que até me culpava por isso: estaria eu, como meu pai, deixando de ser um Franco para me tornar um homem sem Rei nem lei?

Fiquei mais preocupado ainda quando descobri que havia mulheres na casa de meu pai, mas todas separadas em um edifício do outro lado do pátio interno, num aposento recluso que era chamado de *harim* pelos muçulmanos e hebreus, de *seraglio* pelos Francos e armênios, e de *zenana* pelos que tinham vindo do outro lado do Bósforo, por influência dos indianos. Ninguém podia entrar nesse lugar, a não ser meu pai, que, ao se ausentar, deixava-o guardado por uma meia-dúzia de imensos negros armados de cimitarra e porretes. Felício me satisfez as dúvidas, quando lhe perguntei:

— Mas se não se permitem homens no *harim*, como meu pai pode deixar que esses negros fiquem por lá?

— Eles não oferecem nenhum perigo, Esquin: são eunucos, homens emasculados, como os *castratti* que de vez em quando cantam nas igrejas de nosso país. Eles não possuem testículos...

Eu ri, com ironia:

— Grande solução! Pois se ainda mantêm a ferramenta essencial...

— Isso não lhes adianta de nada, Esquin: com a castração, eles perdem o desejo sexual, mas, mesmo se o mantiverem, não podem procriar, como acontece com os touros transformados em bois. Ficam dóceis e engordam, e não são nenhuma ameaça à integridade do tesouro de teu pai... que certamente também é teu!

A idéia de que eu teria em minha posse um número aparentemente infinito de mulheres encheu-me a cabeça de idéias e imagens, enquanto o corpo era tomado por desejos e sensações físicas. Eu tivera pouco contato com mulheres, mesmo porque entre os Francos também havia separação entre elas e nós, mas nenhuma das nossas ficava isolada a tal ponto, podendo ser vistas e até mesmo convocadas para alguma conversa em determinadas ocasiões festivas. Entre os Francos, no entanto, a idéia de um homem possuir oficialmente muitas mulheres era não só ofensiva como também fascinante, e eu tive a certeza de que meu pai, ao decidir-se pela vida à moda dos orientais, levara esta possibilidade mais em conta que qualquer outra.

O *harim* de meu pai passou a ser o foco de toda a minha atenção, quando eu estava em casa, me alimentando e me preparando para dormir, ou no dia de descanso, que, se entre os Francos era tradicionalmente o Domingo, para meu pai se iniciava na sexta-feira ao pôr-do-sol, indo até o pôr-do-sol do dia seguinte, sendo o Domingo um dia como todos os outros, que usávamos para planejar e preparar os trabalhos da semana seguinte. A ida à missa era de praxe, e meu pai a realizava como uma tarefa irrecusável, participando da cerimônia entre os sacerdotes, tomando a comunhão junto com alguns cavaleiros das outras Ordens que por ali estavam, e, logo que a missa terminava, retornando à casa, onde se dedicava ao estudo e preparação de suas tarefas para os próximos dias, enquanto os cristãos de Acre apenas descansavam e nada faziam.

Cheguei a pensar em invadir o *harim*, mas não tive coragem para tanto, e me decidi a discutir o assunto com meu pai, exatamente num Domingo, quando chegamos da missa na capela de S. João de Acre, ainda em obras mas já sendo usada para reunir os crentes em Cristo que ali moravam. Eu, como ele, também tomara a comunhão, e ficara mais uma vez impressionado como a Igreja de Roma, da qual esta era seguidora, havia distorcido a vida de Cristo, valorizando-lhe a morte em vez de festejar-lhe a vida. Por toda parte se viam estátuas sangrentas e sofredoras do pobre Crucificado, cada uma mais terrível que a outra, e os 14 passos da Via-Crucis, expondo aos olhos de todos as vísceras e o sofrimento do Cristo, ao passo que a Ceia, o momento da comunhão entre Deus e seus fiéis, era esquecida e reduzida a coisa sem nenhuma importância. Os sacerdotes peroravam e ameaçavam a todos, cristãos e não-cristãos, com o fogo do Inferno, gerando imagens de violência inaudita, como se fosse possível arrebanhar fiéis pelo terror.

Quando entramos em casa, ele ia se dirigindo para seus aposentos, mas eu chamei-lhe a atenção:

— Senhor meu pai?

— O que desejas, meu filho?

— Seria possível conversarmos?

Meu pai franziu o cenho, curioso: não era seu hábito conversar, mas apenas determinar o que deveria ser feito, e ser obedecido sem hesitação. Sendo seu filho, deve ter pensado, eu teria alguns direitos a mais, e por isso fez-me um sinal para que nos sentássemos nas almofadas do comedor, onde os criados nos serviram chá de hortelã fresco e adocicado. Tomei uns goles do meu, sem saber como puxar o assunto, e meu pai me disse:

— Vamos, filho: o que desejas saber?

Eu hesitei, mas não havia forma de escapulir da situação que eu mesmo havia criado, e por isso lhe disse:

— O que existe no prédio ao fundo do pátio, meu pai, onde ninguém a não ser tu mesmo pode entrar?

Meu pai sorriu, fechando os olhos e se abanando com a perpétua ventarola:

— É o maior tesouro que um homem nestas terras pode possuir, e eu só consegui o respeito dos hebreus e muçulmanos com quem convivo depois que amealhei um tesouro maior que o de todos eles. Sem isso, creio que não me prestariam nenhum respeito, e até me desqualificariam como sendo pobre e sem poder.

Ele se recostou e me olhou entre as pálpebras, tentando perceber se eu realmente sabia do que ele estava falando: é comum os pais não terem pelos filhos respeito suficiente para perceber que eles os conhecem melhor do que acreditam, costumando assustar-se quando o filho lhes exibe uma maturidade que eles não acreditavam possível. Com meu silêncio, ele quis crer que eu não compreendia, e continuou:

— Ali fica o meu *harim*, meu filho, um tesouro incalculável que amealhei durante minha vida aqui no *Outremer*, e ao qual tenho dedicado grande parte de meus ganhos, simplesmente para garantir ganhos ainda maiores. Sabes o que significa a palavra *harim*?

Fiz-me de desentendido, para ver até onde meu pai era capaz de ir:

— Conheço a palavra do árabe, meu pai, significando aquilo que é sagrado ou proibido: também conheço *haram*, que quer dizer santuário. Guardas ali dentro alguma relíquia sagrada que ninguém pode ver?

Minha imitação de um ignorante convenceu meu pai, que se decidiu a ser o mais sincero possível comigo:

— As mais sagradas de todas as relíquias, meu filho: ali ficam as mulheres que venho acumulando durante todos os meus anos no Oriente. São fonte de prazer e de importância, e me fazem ser invejado por muitos de meus conhecidos. Minhas esposas são a maior riqueza que possuo...

— Meu pai disse "esposas", no plural? Mas um homem só pode ter uma esposa de cada vez, segundo me ensinaram...

— Em cada terra segundo o uso da terra: aqui, nós, os Francos, somos apenas visitantes, e não muito respeitados, ainda que nossa força bélica seja suficiente para isso. Um homem nestas terras deve viver exatamente como aqui se vive, se desejar destacar-se, praticando com muito maior intensidade aquilo que para os naturais da terra é corriqueiro. Eu não poderia apresentar-me aos ricos fornecedores de materiais da Palestina como um fraco e desfibrado cristão, incapaz de acumular poder em seus próprios termos. Quando entendi isso, decidi tornar-me o proprietário do maior *harim* deste lado do Mediterrâneo, e há mesmo grandes senhores que foram superados por mim nesse mister...

Eu estava quase sufocado pela desfaçatez de meu pai, e ele, sem perceber, continuou:

— Uma esposa é o maior e melhor presente que os céus dão a um homem, sua jóia de muitas virtudes, sua caixa de muitas jóias; a voz como música, o sorriso o mais belo dos sóis, o beijo sendo o guardião de sua inocência, os braços sendo o escudo de sua segurança; e quanto mais industriosa, maior a riqueza que representa; quanto mais econômica, maior o serviço que presta; sua boca o mais fiel dos conselheiros, seu seio o mais macio de todos os travesseiros... se uma esposa apenas é tudo isso, imagina a minha riqueza, eu que possuo quase trezentas mulheres em minha posse?

Quase engasguei com meu chá: trezentas mulheres? Era quase inacreditável: meu pai era senhor de três centenas de mulheres, e eu, seu filho, herdaria tudo isso? Não me contive:

— E dessas, meu pai, quantas são minhas?

Meu pai não entendeu:

— Como assim, meu filho?

— Se sou teu filho e teu herdeiro, quantas me pertencem, ou melhor, de quantas posso dispor imediatamente, para iniciar minha própria riqueza?

Meu pai se ergueu, ficando de pé tão perto de mim, que tive que olhar para cima para a fim de encará-lo:

— Queres saber quantas? Pois ouve: nenhuma! Se queres mulheres, trata de acumular as tuas próprias... ora, tem graça, eu agora me tornar o teu *proxeneta*, como diziam os latinos... se queres esse tipo de poder, trata de conquistá-lo por ti mesmo!

Minha fúria cresceu, e eu me ergui, ficando um pouco mais alto que ele: eu era certamente maior e mais forte, e nesse instante não tinha nenhum respeito filial por ele:

— Se tu crês que desejo viver como tu vives, estás bastante enganado! Não pretendo ser uma cruza malfeita entre um cristão e um palestino, com teus hábitos asquerosos e tua satisfação sexual tão descontrolada! Foi por causa disso que abandonaste minha mãe, não foi? Ela, sendo uma só, era pouco para teu prazer, não é verdade? Se pensas que farás de mim uma cópia tua, esquece! Eu me recuso a isso!

Durante alguns instantes nos encaramos, fogo e ódio exalando de nossos corpos, dois homens que se enfrentavam, cada um pretendendo subjugar e vencer o outro. Mas, depois disso, algo em mim se quebrou, e eu perdi toda a vontade de brigar com ele: sentei-me nas almofadas e voltei a bebericar o meu chá, como se nada tivesse acontecido. Meu pai ainda ferveu à minha frente, mas, percebendo que eu não tinha nenhum interesse no conflito com ele, sentou-se também e me disse, em voz baixa:

— Se pensas que eu vim até estas terras sabendo o que aqui encontraria, estás muito enganado: se não fossem os irmãos Templários, creio que teria enlouquecido de saudades do Languedoc, nos primeiros tempos. Não conseguia viver entre os muros da Ordem, e quando meu Grão-Mestre percebeu isso, designou-me para acompanhar os operários que erguiam nossas fortificações. Foi a minha salvação: o trabalho na pedra me pareceu tão saboroso, que logo me dispus a ser um deles, desenvolvendo tão rapidamente o entendimento que hoje tenho sobre a arte da arquitetura e da construção, que me tornei mais útil ao Templo sendo um bom mestre-de-obras do que um mau cavaleiro. Meus irmãos entenderam isso e me liberaram da disciplina da Ordem, permitindo-me uma vida secular como empreendedor, ainda que intimamente ligado a eles.

Eu me fazia de desinteressado, mas respirava suavemente, não desejando perder nenhuma das palavras de meu pai. Ele continuou, cada vez mais baixo, enquanto as sombras do dia se moviam muito lentamente do lado de fora das janelas:

— Nada do que sou hoje era o que eu pensava que seria quando aqui cheguei: tive que me tornar isto que hoje sou simplesmente para cumprir meu papel na ordem geral das coisas. Por sorte, ou destino, não sei, havia em mim a capacidade de lidar com a pedra, a mesma capacidade que pressenti em ti e em alguns outros no dia em que chegaste de tua terra. Por que não me revelaste nesse dia que eras meu filho? Teríamos poupado tanto tempo e esforço... mas, de toda forma, te entendo: eu também teria feito o mesmo, se estivesse em teu lugar. Na verdade, eu o fiz: não me permiti considerar-me nada enquanto a pedra não falou comigo, e só no dia em que isso aconteceu é que me dispus a ser o que hoje sou.

Meu pai sentou-se a meu lado, passando-me o braço pelos ombros, enquanto eu me mantinha duro como um pedaço de pau, mesmo com a represa de meu pranto quase explodindo dentro do meu peito:

— Quero o melhor para ti, quero que sejas tudo aquilo que eu não pude ser, e para isso não medirei nenhum esforço... tudo o que é meu, é teu. Se desejares meu *harim*, toma-o: não preciso de mais nada. Minha vida está no fim, e sei que posso contar contigo para que ela se perpetue como deveria... tu me compreendes?

Eu ouvia as palavras, mas não era penetrado por nada do que elas significavam: meu coração era subjugado por minha má vontade, fruto do abandono que eu sentia mais que tudo dentro de mim. Meu pai, esse estranho poderoso que repentinamente me dava tudo o que possuía, estava apenas me desqualificando, e eu lhe disse isso:

— Não, meu senhor, não quero nada que me dês. O que serei, conquistarei com minha própria força e vontade, sem que me passes a mão pela cabeça nem me cedas o teu lugar na ordem geral das coisas, como disseste. Se eu puder te ser útil naquilo que tens a fazer, darei o melhor de minhas forças e te provarei que posso ser eu mesmo. Mas não pretendo vencer como teu filho, nem como o herdeiro dos de Villefranche: quero ser eu mesmo, Esquin de Floyrac, e usarei para sempre o patronímico do lugar que me foi roubado, para nunca me esquecer de que o que sou não depende nem da vontade nem das benesses de quem quer que seja! Tudo o que gastares comigo, espero que seja anotado até o mínimo detalhe: não pretendo dever-te nada, e assim que estiver de posse das riquezas que amealharei por meu próprio esforço, farei questão de pagar-te tudo o que te devo, uma moeda sobre a outra!

A face de meu pai se tornou dura como pedra: creio que esperava tudo de mim, menos isso. À rejeição que ele me fizera sofrer, eu só podia responder com outra rejeição, recusando tudo aquilo que ele era, desejando tornar-me poderoso por meus próprios méritos, provavelmente chegando a patamares que ele nem mesmo considerara possíveis de ser alcançados. Ele se ergueu e me disse:

— É tua última palavra, Esquin de Floyrac?

Quase desisti, mas, tendo chegado a esse ponto, não podia recuar, por vergonha. Por isso, disse-lhe:

— Exatamente, senhor meu pai.

— Se eu pudesse fazer o tempo voltar atrás, reiniciando no dia em que te apresentaste como meu filho, eu o faria, para que não tivesses que carregar esse peso que tanto te incomoda: mas como agora todos já te conhecem como meu filho, não posso recuar. Terás que seguir da maneira que todos esperam de ti, vivendo em minha casa e exercendo as tarefas que se esperam de meu herdeiro, mas entre nós haverá uma contabilidade que te dará o salário digno de tua posição e teu trabalho, e se um dia decidires deixar essa posição, aceitarei o ressarcimento de tudo que gastei contigo, se essa ainda for a tua vontade. Tornar-me-ei simplesmente o teu patrão, e tu, meu gerente-geral, encarregado de tudo que seria de minha responsabilidade mas que eu não possa realizar pessoalmente: se publicamente nos trataremos como pai e filho, entre nós seremos apenas patrão e empregado, agindo de acordo com esta realidade. É isso o que queres?

Eu havia ido longe demais, e não tinha mais como recuar: acenei em concordância, para não deixar que minha voz se embargasse, mostrando-lhe a mágoa que me preenchia. Ele me apertou a mão, firmemente, curvou-se discretamente e deu-me as costas, entrando para seus aposentos. Assim que ele saiu da sala, caí em pranto convulsivo, à beira do arrependimento, sabendo com certeza que ali havíamos tomado uma decisão de pedra, imutável, irreversível, da qual eu talvez me arrependesse, mas que nunca deixaria de ser o único ponto em comum entre mim e meu pai. Diz-se no Languedoc que "duro com duro não faz bom muro", e eu e meu pai teríamos que erguer a parede-mestra de nossa vida sem o apoio da suave e dútil argamassa da amizade e do amor entre pai e filho. Seríamos pedra sobre pedra, pedra contra pedra, e ainda que publicamente nos comportássemos com grande afabilidade, esta seria impossível quando estivéssemos sós, numa intimidade que nunca se desenvolveria.

Nos dias que se seguiram, organizei a gerência dos negócios de meu pai segundo a forma mais coerente e racional: tudo deveria ser perfeitamente planejado e decidido com antecipação suficiente, para que os acidentes não nos pegassem desprevenidos. Requisitei Eliphas e Ayub para formar a minha equipe, e eles mesmos se encarregaram de trazer-me Kayam, que mantinha os olhos baixos, para ser o terceiro contramestre, a quem tratei com imensa bonomia, bem à moda de meu pai: era a minha maneira de mantê-lo para sempre meu devedor, pois, mesmo se eu um dia esquecesse do que ele me fizera, ele nunca mais conseguiria deixar de lembrar-se daquilo. No grande prédio que a comunidade de Acre reservara para que meu pai organizasse sua empresa, tomei posse de uma sala logo ao fim do corredor central, antes que ele desembocasse nos refeitórios e dormitórios, fazendo-a equipar com mesas de desenho e cálculo, cadeiras e *divans* em número suficiente para abrigar meus contramestres e também os visitantes que ali viessem para negociar comigo. Era preciso que as pessoas tomassem conhecimento de que havia agora em Acre um poder tão grande quanto o do L'Armenius, através do qual as obras continuariam sendo erguidas de maneira constante e determinada: antes de falar com meu pai, deveriam todos falar comigo, e eu só levaria a ele aquilo que não pudesse ou não tivesse como decidir. Os fornecedores de Acre já sabiam que o filho do L'Armenius aparecera entre os Filhos de Salomão, e que tinha imenso talento para o trabalho na pedra; portanto, quando meu pai se ausentava, era a mim que recorriam, e eu não creio ter feito um mau trabalho, porque, com o auxílio de meus amigos, as coisas iam correndo muito bem, e eu começava a me destacar não como filho de meu pai, mas como um competente mestre-de-obras, função que estava exercendo sem ter com ela nenhuma intimidade pregressa, usando apenas de meu bom senso natural e dos conselhos de quem sabia dessas coisas mais que eu.

Uma manhã, ao entrar na sala, vi meus auxiliares tomados por grande nervosismo: a razão era a presença inesperada de meu pai, fuçando todos os papéis e cálculos, como se estivesse desconfiado de que algo não ia bem e pretendesse tomar alguma atitude severa contra quem tivesse agido em desacordo com seus preceitos. Estranhei sobremaneira essa atitude intempestiva: ele estivera viajando por Safed, onde estávamos reformando a fortaleza templária que lá havia, por causa das ameaças que os muçulmanos comandados por Baibars vinham gradativamente fazendo chegar ao conhecimento de todos, não havendo motivo para que, dessa forma tão inesperada, viesse desvalorizar o meu trabalho à frente de seus negócios. Cheguei a pensar em gritar com ele, trazendo-o de volta à realidade, mas Ayub, com calma, colocou-me a mão no ombro, dizendo:

— Acalma-te, Esquin: é teu pai, e certamente tem razões para fazer o que está fazendo... respeita-o, se pretendes ser por ele respeitado...

Kayam estava acolitando meu pai, andando à sua volta e tentando satisfazer-lhe os desejos mesmo antes que ele os revelasse. Meu pai estava quase que acocorado, folheando inúmeros rolos cobertos de números e cálculos. Eliphas, lívido, pois também era responsável pelos cálculos dos gastos, sussurrou:

— Teu pai exorbita... de vez em quando tem esses rompantes de poder e se põe a verberar quem lhe passe pela frente, sem pensar nas conseqüências de seus atos.

— O pior é ver Kayam se desdobrando para agradá-lo... começo a achar que fizemos uma péssima escolha ao trazê-lo para trabalhar conosco.

— Calma, irmãos... — Ayub nos tranqüilizou com sua voz suave. — Algum motivo existe para isso. Nada vem do nada...

Meu pai atirou para cima uma caixa cheia de rolos de papel desenhado, que se espalharam pela sala, fazendo com que Kayam se atirasse ao chão, tentando recolhê-los como se fossem algumas das santas relíquias. Colocando as mãos na cintura, Jean-Marc L'Armenius, nosso temido patrão, gritou:

— É dessa forma que cuidam de meus negócios? Vejam a bagunça sem limites que encontrei aqui!

Tive vontade de dizer-lhe que, antes de começar a jogar o que encontrara para o alto, a bagunça não era tão grande assim: mas estava claro que meu pai desejava ardentemente criar um conflito, por motivos que só a ele interessavam, e que eu era o alvo desse desejo. Portanto, calei-me, e esperei para ver o que daí se desenrolaria.

— Cães malditos! Não é assim que trabalhamos, nós, os Filhos de Salomão! Onde estão os desenhos que determinam o talhe das pedras necessárias?

— Estão todos no canteiro de obras, meu senhor. — Eu me apressei a responder o que parecia óbvio a todos. — Logo de manhã, os contramestres redistribuem os planos que recolheram na noite anterior, e é assim que sempre lidamos com os pedreiros. Pelo menos, foi assim que aprendi a lidar com eles...

— Tua arrogância é insuportável, rapaz! Não tens nem um ano de trabalho na pedra e já te sentes dono e senhor de conhecimento e traquejo para dar-me lições? Aqui mando eu! Se te disser que deves saltar miudinho enquanto equilibras uma rocha sobre a cabeça, é isso que deves fazer, e se não o fizeres, podes ir embora, deixando o canteiro de obras para quem domine a arte!

— Meu senhor está me mandando embora?

Meu pai me olhou duro, e eu subitamente percebi que, tendo me desenvolvido de maneira tão rápida no ofício de que ele era mestre, talvez houvesse plantando em seu espírito alguma inveja, e me recriminei por isso: afinal de contas, como poderia regozijar-me por ter causado em meu próprio pai sentimento tão torpe? Ao mesmo tempo, uma parte de mim se sentia vitoriosa: eu efetivamente o havia vencido em sua própria seara, e ele estava dando sinais claros de que se sentia ameaçado por mim. Com essa sensação, pude dar-me ao luxo de sorrir, o que de certa maneira o desarmou. Ele simplesmente fechou a cara, mantendo o ar de irritação, mas já sem nem a metade da violência com que se exibira até então:

— Não se trata disso, rapaz: quero apenas que ninguém mude a maneira de trabalhar que estabeleci. Nosso jeito de construir está mais do que correto, e qualquer mudança nele pode trazer graves conseqüências e prejuízos.

O FIM DO TEMPLO

Com essa frase, meu pai se sentou em uma cadeira, e eu notei a ausência de sua indefectível ventarola: a testa perlada de suor, ele estava com a face macilenta e cansada, como se não se sentisse bem, e quando estendeu sua mão para apanhar a esmo um dos rolos que ficara sobre a mesa, percebi a finura de seu pulso e braço, magros o suficiente para chamar-me a atenção. Ele percebeu meu olhar para seu pulso, e rapidamente ocultou-o nas dobras do manto, olhando-me de soslaio, esperando que eu não tivesse notado nada de diferente nele. Eu, da minha parte, não dei nenhum sinal do abalo que me havia ocorrido dentro do peito, fingindo naturalidade enquanto pensava que aquele homem à minha frente estava doente, sem saber o que fazer nem como agir em relação a isso. O sentimento de vitória, a pena pela inveja que lhe causara, tudo isso se desvaneceu quando olhei em seus olhos e percebi que a vibrante criatura que eu encontrara e a quem admirara à primeira vista já não mais existia: ele era agora uma pálida sombra do homem ativo e confiante a quem eu invejara, de quem me enciumara e a quem desejara agradar acima de tudo. Meu pai estava doente, e era como se a sombra da morte já lhe perpassasse pelo rosto ensombrecido: de tudo, no entanto, pior era não poder reconhecer-lhe o verdadeiro estado, tendo que fingir nada saber, assim como ele fingia nada sentir.

Ele se ergueu da cadeira, tentando agir como sempre, e me disse:

— Por motivos pessoais, tenho que te pedir que me substituas em Safed: deves partir para lá imediatamente, de preferência ainda hoje, deixando-me aqui em teu lugar. És capaz de fazer-me esse favor, Esquin?

— Senhor meu pai, se me permitires ser acompanhado por meus contramestres, não há lugar aonde eu não vá, principalmente sendo uma ordem tua.

Meu pai fez um muxoxo:

— Não era isso que eu esperava: os meus contramestres já estão por lá, e eu pretendia ficar com os teus, para que o abalo no processo seja mínimo... fazes questão disso? Não te sentes capaz de trabalhar com outros auxiliares?

Falei-lhe francamente:

— Senhor meu pai, cada um de nós, como tu mesmo pudeste observar, tem sua maneira de trabalhar: eu, por sorte, pude cercar-me de homens competentes e de bom caráter, sendo esse o verdadeiro motivo de meu sucesso no que faço. Por que abriria mão disto em nome do que não conheço?

— Eu penso da mesmíssima maneira. — Meu pai estava sorrindo. — Não me sentiria bem experimentando o trabalho com homens a quem não conhecesse profundamente. Pois bem, fica então determinado: tu vais para Safed com teus contramestres, e os meus virão para cá. Precisas de alguma coisa mais para isso? Olha que lá habitarás a própria fortaleza templária que estamos ampliando, onde não terás nenhuma das facilidades que Acre te oferece...

A conversa que começara tão mal havia se transformado em coisa bastante diferente: o embate entre mim e meu pai, inexplicável por outros motivos que não fossem os mais ocultos dentro de nós dois, se atenuou quando ele me considerou disposto a ser como ele, enquanto que eu, percebendo a decadência física que ele tentava esconder, decidi amainar minha reação às suas vontades. Em vista disso, na manhã seguinte já estávamos na estrada, montados em cavalos e camelos, eu, meu fiel escudeiro Felício des Nuits, e os três contramestres, Eliphas, Ayub e Kayam, prontos para galgar as montanhas que ficavam a norte-nordeste de Acre, onde Safed se ocultava.

O território era inóspito, mas ainda assim belo, com a vegetação desconhecida que deixava um perfume estontante no ar puro e fresco, as diversas formações de pedra pelas quais passávamos, e o brilho do sol cada vez mais penetrante, à medida que subíamos a trilha nas montanhas. Ayub, como sempre, manipulava as pedrinhas que nunca abandonava, contando-as e recontando-as em incessantes operações, para desgosto de Eliphas, que fazia gestos de irritação a todo momento, enquanto Kayam e Felício cochilavam, cada um sobre sua montaria. Eu, disposto a aprender tudo, tudo observava à minha volta, regozijando-me com a existência de uma natureza tão fértil e diversa, cheia de plantas que eu nunca imaginara pudessem existir, enchendo os pulmões com o revigorante ar das montanhas.

Levávamos um salvo-conduto, que Eliphas duvidava fosse nos servir para alguma coisa:

— As tropas de Baibars estão acampadas em algum lugar perto de Safed, e se estiverem em nosso caminho e decidirem nos imolar em nome de seu deus, só nos resta orar para o nosso e entregar-lhe a alma...

O FIM DO TEMPLO

Ayub suspirou:

— Quem te disse que os muçulmanos imolam operários, Eliphas? Pois se também têm uso para nossos talentos... Além do mais, a aldeia de Safed é tão sagrada para nós quanto para os judeus e cristãos, em alguns casos pelos mesmos motivos...

— Superstições! São elas que fazem com que Deus se torne o butim de batalhas sem sentido! E tu ainda persistes nessas crenças, Ayub? Com a tua privilegiada mente racional, tinhas tudo para não crer nessas tolices!

— Se são ou não são tolices, ainda está por ser comprovado: o que sei é que aquilo em que as pessoas acreditam na maioria das vezes tem imenso fundamento na realidade, e é exatamente a esse fundamento que pretendo chegar...

— É incrível! Como podes pensar que este mundo tenha sido criado à imagem e semelhança de um ser supremo, estando cheio de Mal e de defeitos? Se alguém criou o mundo em que vivemos à sua imagem e semelhança, deve ter sido o imperfeito Adversário, ou então o Deus criador se afastou de sua obra o mais depressa que pôde, quando a percebeu defeituosa e impossível de se tornar perfeita como Ele...

— Teu mal é te acreditares tão pouco capaz de escolher teu destino que só te reste seguir fielmente as ordens que esse perigoso Adversário te deu... Deus não precisa de criaturas forçadas a Lhe obedecer por sua própria natureza, mas sim de seres que, sendo livres para escolher entre Ele e o Adversário, O escolham conscientemente...

Eliphas e Ayub estavam sempre envolvidos em disputas como essas, cada um erguendo à volta das falas do outro uma bateria de argumentos a princípio imbatíveis, mas que por sua vez geravam tantas outras inúmeras baterias de argumentos e conceitos, que por vezes nem eles mesmos sabiam onde haviam iniciado a disputa. Mesmo em meio a tal barragem, no entanto, as setas eram sempre setas amigas e sem pontas que os ferissem: sua amizade mútua nunca estava em jogo, por mais que discordassem um do outro.

Atravessamos as montanhas ascendentes sem ver sinais de soldados de Baibars, e Felício, aparentemente acordando de seu cochilo infinito, disse:

— Desde que estejamos vivos, pode ser pela obra de Deus ou de Satan... a mim pouco importa! Comida para comer, vinho para beber, mulheres para amar, amigos para conviver, ar para respirar e oportunidades de sobreviver ainda mais um dia: Aquele que me conceder tais benesses terá em mim um fiel seguidor... Pelo menos enquanto um Outro não me conceder benesses ainda maiores...

Entrei rindo na fortaleza templária que ficava ao alto da cidade, depois de atravessarmos com dificuldade as inúmeras e estreitíssimas ruelas que levavam até ela, todas feitas de pedra branca, o chão formando inúmeros degraus. Era um castelo mandado erguer pelo Rei Folco d'Anjou, seu primeiro proprietário, mais de cem anos antes, e que agora vinha sendo reformado e ampliado segundo os planos de um franciscano chamado Benedict d'Alignan, aparentemente a partir de uma visão mística que dali tivera como sendo o lugar de onde Jesus surgiria para sua Segunda Vinda... Os Templários tudo aceitavam, desde que o papel deste castelo fosse realmente o de fortaleza em defesa do Vale de Tiberíades, que se via ao longe, à beira do Mar da Galiléia. Eliphas me chamou a atenção para o outro lado, o das seteiras do Sul, de onde se descortinava um panorama inacreditável:

— Vês? Lá à distância, havendo capacidade para isso, se poderia ver Jerusalém, e mais ao longe Hebron, em linha reta: diz-se entre meu povo que esse será o caminho escolhido pelo Messias, traçado assim para que os mortos ressuscitados, descendo aquela ladeira que ali vemos, saibam exatamente para onde se dirigir...

— Safed, Zefat, Tsfat, Zfat, Safad, Safes, Safet... — Ayub repetia esses sons como se fossem uma oração. — Esta cidade tem todos esses nomes, e se para os judeus ela é o berço do Messias, para nós árabes é o berço dos *djins* do Ar, sendo Hebron o dos *djins* da Terra, Jerusalém os do Fogo, e Tiberíades os da Água. Não é incrível como determinados lugares têm valores tão diversos e ao mesmo tempo tão iguais para crenças diferentes e antagônicas?

— Provavelmente por não serem nem um pouco antagônicas, sendo religiões... — Eliphas não resistiu a mais este golpe sobre seu amigo, que suspirou e se calou.

Apresentamo-nos ao Comandante de Safed, um velho combatente cheio de cicatrizes, chamado Bertrand de Ardéche, acompanhado por seu Marechal e seu Turcopolo, um sírio de nascimento chamado Tomé de Cazelier, cujo filho Léon era o intérprete oficial nos contatos entre muçulmanos e cristãos, quando das ameaças de combate, que a cada dia se avizinhavam mais e mais. Na fortaleza inteira, só quem falava a língua dos muçulmanos era Léon de Cazelier, e quando o Comandante soube de meus talentos nessa área, dominando até mesmo a língua dos sacerdotes, quis manter-me junto de si, principalmente ao saber que eu era o primeiro filho do antigo Templário Jean-Marc de Villefranche, com plenos direitos para o ingresso em sua Ordem. Eu, delicadamente, me escusei desse convite durante todo o tempo em que lá estive, lidando com a realização dos projetos que meu pai deixara meio solucionados: não tinha nenhum interesse nem na disciplina nem na postura mista de soldado e frade que cada Templário exibia. Estava plenamente satisfeito sendo mestre-substituto, lidando com as asperezas e as realidades da pedra e do edifício que me haviam encarregado de reformar e ampliar, principalmente os muros, já tão abalados por inúmeros ataques. A vida de meu pai era exemplar, neste sentido: ele não pudera seguir sendo Templário, quando percebera que a pedra lhe exigia imensa dedicação, e abrira mão de sua vida como cavaleiro, sendo agora um homem comum, ainda que o mais importante de todos os que eu conhecia, seu nome se destacando por sobre as obras que erguia, em vez de apagar-se sob elas, como era costume entre os Templários, capazes de perder a própria individualidade sob a marca geral de Cavaleiros do Templo. Eu não me via como um desses que abrem mão de sua própria existência para dedicar-se a algo que lhes seja superior: para mim, nada interessava que não me desse espaço para ser quem efetivamente desejava ser, colhendo os frutos desse destaque, exatamente como meu pai fazia.

Minhas ligações com os Templários, portanto, eram mínimas: eu os servia da melhor maneira possível, e, mesmo sendo diariamente atraído pelo velho Comandante para conversas em que ele me tentava convencer da grandeza de ser-se membro de sua Ordem, me mantinha estritamente dentro de meu papel de empreiteiro, cuidando de realizar em pedra e argamassa as ordens que ele me dava, jamais colocando minha vida e desejos nessa mistura. O único com quem eu conversava mais amiúde e com liberdade era Léon de Cazelier, que se dera ao trabalho de corrigir-me determinados vícios de pronúncia, também substituindo em meu vocabulário algumas palavras que já não eram usadas desde o tempo em que Nazimus as havia aprendido. Tínhamos mais ou menos a mesma idade, e ele era o braço direito de seu pai, um sírio de crença cristã cuja família se colocara a serviço do Templo e de Safed desde os tempos de Fulco d'Anjou. Ele tinha um jeito todo especial de expressar-se: falava em voz pausada, fechando e abrindo os olhos em cada pausa, e ciciando determinadas palavras, como se sua língua fosse maior que a boca. Sempre que o encontrava, eu ficava fascinado com seu jeito tão especial de ser, e depois o imitava para Felício, que ria muito de minha capacidade, a única que eu não havia perdido desde minha infância.

Outro homem que conheci em Safed foi um jovem cavaleiro do Templo chamado Jacques de Molay, e nos tornamos bastante amigos quando descobrimos que ambos tínhamos nascido no mesmo dia de São Thiago, provavelmente na mesmíssima hora, quase como se fôssemos irmãos gêmeos. Um dia em que eu estava imitando Léon de Cazelier para Felício, o cavaleiro de Molay se aproximou sem que eu o visse e, pelas minhas costas, pôs-se a rir, dizendo:

— De Floyrac, se estivesses com a roupa certa, só por ouvir-te eu teria certeza de estar na presença do verdadeiro Léon! E olha que não és muito diferente dele, a não ser nos cabelos, que ele os tem negros retintos...

O trabalho prosseguia sem cessar: no ano anterior, as tropas de Baibars tinham atacado e tomado o castelo de Assuf, já que o Castelo Peregrino se mostrara inexpugnável, e, depois de ter-lhe rompido as muralhas com suas catapultas e aríetes egípcios, Baibars fingira aceitar os termos da rendição que o Comandante de Assuf havia proposto para si e para os outros noventa cavaleiros remanescentes da batalha. Infelizmente para esses homens, Baibars rompeu o acordo e aprisionou todos os sobreviventes, dando-lhes o pior tratamento possível, pois os manteve vivos e escravizados, coisa que nenhum Templário aceitaria sem muito sofrimento. Essas tropas agora se aproximavam de Safed, conquistando e mantendo todos os territórios à nossa volta, reduzindo a cidade e a fortaleza templária a um enclave isolado. Nos vales abaixo de nós podia ser vista a imensa movimentação de tropas que seguiam as ordens do sultão *mamluq* Baibars, e a cada dia elas se acercavam mais de nossa posição, aumentando gradativamente o seu número e a exibição de sua força. As obras que eu viera realizar se multiplicavam à medida que o temor de Baibars penetrava os corações dos habitantes de Safed, e até mesmo os dos Templários que viviam na fortaleza: durante a noite, as conversas tomavam contornos cada vez mais assustadores, requerendo cada vez mais coragem de quem se visse obrigado a enfrentar o embate com os *mamluqs*.

Uma manhã de junho, sem que esperássemos, ouvimos nos terrenos à volta de Safed um grande alarido: os sentinelas soaram os alarmes, a cidade se pôs em atenção redobrada, pois os exércitos de Baibars, usando flechas e catapultas com pedras envolvidas por grandes fardos de lã em chamas, começavam a atacar o baluarte cristão, levando a população de Safed ao desespero. Dentro da fortaleza ainda havia como sobreviver por muitos dias, e a população da cidade acorreu em peso para abrigar-se atrás dos muros Templários, o que diminuiu sensivelmente nossas provisões, deixando-nos com menos de vinte dias de alimento e água para enfrentar um possível prolongado cerco dos *mamluqs*.

As obras se interromperam, e eu não tinha mais nada a fazer ali: não era habitante de Safed e nem soldado, portanto não precisava participar desse embate que não era de meu interesse. O problema era escapulir disso: da maneira como o cerco se organizara, não havia como fugir. Eu e meus companheiros estávamos presos dentro da cidade em vias de ser invadida, e o máximo que podíamos fazer era esperar que o destino nos fosse benfazejo, o que sinceramente me parecia difícil. Os operários que meu pai colocara em Safed também não desejavam participar de um combate que não lhes dizia respeito, e eu tive que enfrentar vários motins dos menos graduados, sinceramente assustados com a possibilidade de perecer nas crudelíssimas mãos dos ferozes soldados de Baibars. Só os mais graduados, todos parte dos Filhos de Salomão, alguns com mais experiência em situações desse tipo, mantinham ainda alguma coerência e tranqüilidade, esperando por tudo, até mesmo uma quase impossível vitória templária ou então a desistência dos *mamluqs*, como acontecera no Castelo Peregrino.

No quinto dia de cerco, a água para a higiene foi reduzida a um mínimo, o que começou a incomodar a todos, porque, com o calor, o mau cheiro de corpos suados amontoados em espaços pequenos aumentava estupidamente, e, sendo a comida tão regulada quanto a água, gerava terror e desconforto. Os *mamluqs* a cada dia se aproximavam mais do castelo, e quando percebemos, já estavam ocupando as ladeiras e vielas de Safed, jogando para fora das casas tudo que lhes parecesse infiel ou obsceno, ateando fogo a muitos móveis e roupas dos habitantes, que sentiam na pele o medo de vê-la queimada da mesma maneira que suas posses materiais. O medo aumentava, e até mesmo os bravos Templários exibiam faces preocupadas e cheias de ansiedade.

Nesta tarde, uma chuva de flechas pesadas, algumas com chamas nas pontas, cobriram o céu, atingindo a muitos de nós: a maior perda foi Léon de Cazelier, atingido no olho esquerdo por uma flecha que lhe varou o cérebro, matando-o instantaneamente. O pai nem teve tempo de chorar a morte do filho, preocupado com a defesa dos baluartes: quando a noite se aproximou e os soldados de Baibars nos deram uma pequena trégua, fomos contar os mortos. Descobrimos com terror que eram mais de duzentos os cadáveres que tínhamos nas mãos, dos quais precisaríamos nos livrar o mais rapidamente possível, antes que nos empestassem com miasmas infecciosos. Felício foi rápido:

— Cadáveres devem ser tirados da presença dos vivos sem demora! Se não temos como enterrá-los, é melhor queimá-los ou jogá-los do alto dos muros, para que se tornem problema dos que nos atacam!

A proposta de Felício foi recebida com grande consternação: ninguém desejava tratar os corpos de seus parentes e amigos como restos, mesmo que isso lhes trouxesse riscos para a saúde. Depois de muita discussão, preferiram separar um trecho dos subterrâneos para guardar os cadáveres em estado inicial de putrefação até que pudessem enterrá-los em campo santo. Meus operários e eu fomos obrigados a carregá-los para esse lugar, ao som dos gritos e lamentos dos que só carpiam, e amontoá-los em um fundo de subterrâneo, colocando, a separá-los dos vivos, uma parede de pedras mal alinhada, pois com o passar do tempo certamente precisaríamos voltar ao local com mais cadáveres.

As piores flechas, no entanto, eram as outras, aquelas que traziam salvo-condutos firmados pelo próprio Baibars, garantindo a todos que os usassem liberdade para sair de Safed e respeito à sua integridade: dia a dia, o número de pessoas dispostas a defender a cidade e a fortaleza diminuía, porque, na calada da noite, muitos fizeram uso dos salvo-condutos para escapar do destino que lhes parecia definitivamente mau.

O FIM DO TEMPLO

Os dias se passaram, a comida e a bebida se reduziram ainda mais, os ataques dos *mamluqs* se tornaram erráticos e imprevisíveis, deixando-nos em estado de rigoroso e completo desespero. Eu e meus operários, colocados nesse lugar por força de nosso ofício e por manobras do destino, chegamos a pensar em organizar um grupo que se entregasse à misericórdia de Baibars, correndo o risco de perder a vida ao tentar deixar Safed. Fomos demovidos pelos que, mais temerosos do que nós, pretendiam aproveitar suas vidas até o último momento, mesmo que tal espera significasse o adiamento da inevitável dor, isso sem contar com os que escapuliam de Safed, tornando-nos cada dia menos capazes de uma defesa coerente.

Alguma coisa tinha que ser feita, e na manhã do décimo quinto dia fui chamado à presença do Comandante da fortaleza, o velho e endurecido Bertran de Ardéche, que, em companhia do pai de Léon de Cazelier e do cavaleiro Jacques de Molay, me aguardava na sala de comando. Quando entrei, o Turcopolo Tomé de Cazelier me olhou e se pôs a chorar grossas lágrimas, que só fui compreender quando Jacques de Molay disse aos outros:

— Não é verdadeiramente parecido com nosso Léon?

— Com os trajes certos, nem eu mesmo, que fui seu pai, saberia diferenciá-lo de meu filho...

O velho de Ardéche me olhou com expressão indecifrável:

— Mestre de Floyrac, tu rejeitaste meus pedidos para que te unisses a nós, mas infelizmente agora todos em Safed dependemos de ti: é preciso que tomes o lugar de Léon de Cazelier e leves a Baibars uma proposta de trégua... serás capaz de fazer isso por nós? Lembra-te que és o único entre nós que fala a língua dos muçulmanos, e além disso tens o mesmo talhe do falecido Léon, que muitos dos oficiais de Baibars conhecem...

O que o cavaleiro de Ardéche me pedia era uma insensatez: ele esperava que eu me travestisse como o sírio morto e me entregasse à boca da fera, para ser descoberto e torturado até a morte? Loucura!

Desesperado, olhei para todos os lados, e dei de cara com a face inchada e molhada de lágrimas do Turcopolo Tomé, que me olhava com a saudade de quem não tinha podido prantear o filho morto: sua emoção me cortou o coração, e vi em sua face a de meu pai, sem qualquer certeza de que ele, ao me perder em condições similares, reagiria dessa forma. Como poderia eu rejeitar um pedido desse tipo, sem sofrer o remorso que já começava a me encher o peito?

O cavaleiro Jacques de Molay foi o primeiro a perceber o enfraquecimento emocionado de minha vontade, e se aproveitou disso para, tomando-me as mãos entre as suas, dizer-me:

— De Floyrac, tu és filho de cavaleiro e, na pior das hipóteses, o teu sangue te garante um valor superior ao comum dos homens! Aquilo que um homem pode fazer, sendo para o bem de muitos, deve ser feito! Como te sentirias se recusasses a última chance de salvar-nos a todos, e depois nos visses todos mortos, por tua recusa?

— Cavaleiro, o que tu me pedes está além de minhas forças! Eu não sou capaz disso!

Tomé de Cazelier limpou as lágrimas das faces e me disse, a voz ainda trêmula:

— Quantas vezes não sofri por ter que enviar meu filho a um destino que era indefinido, mas que sempre se mostrou glorioso? Pensas que, tivesse eu podido ir em lugar dele, não o teria feito? Mesmo agora, pensas que não sinto pena de não ter a capacidade que tu tens, para enfrentar o sultão que nos ataca?

— Léon foi a ele quatro vezes, e esta seria a quinta, se ainda estivesse vivo... — O Comandante Ardéche me envolvia com sua grossa voz. — Nunca falou com ninguém que não fossem os oficiais *mamluqs*, mas desta vez teria forçosamente que parlamentar com o próprio Baibars, pois levaria uma mensagem de meu próprio punho. Tu sabes a língua, tu imitas o filho de Tomé com perfeição, como me foi dito: podemos fazer de ti uma cópia fiel dele, e teu talento para fingir te levará até o feroz Baibars, a quem entregarás minha mensagem. Ele não conversa com ninguém que não fale sua língua, e tem verdadeira ojeriza por Francos e hebreus: se não o fizeres, não há quem o faça... acredita, de Floyrac, estamos desesperados!

Seria excessivo narrar tudo o que me disseram, todas as manobras que tentaram, todos os argumentos que urdiram para convencer-me a executar tarefa tão temerária: mas posso dizer que, movido por um remorso absolutamente imbecil, além de algum orgulho por sentir-me o único com tal poder, logo estava sendo vestido com os trajes de Léon de Cazelier, mandados apanhar em seu cadáver, no subsolo por detrás da parede de pedras soltas. Estranhamente, não havia nessas roupas nenhum fedor de morte, o que encarei como um bom presságio. As botas de Léon eram pequenas demais para meus pés, e por isso decidi usar as botas de marroquim vermelho de que nunca me separava, aquelas que Nazimus me havia dado quando eu o vira pela última vez, e que logo, sujas de poeira, pareciam mais velhas e usadas do que realmente eram. Minha face foi escurecida com argila, e com o véu por sobre a face, como os Turcopolos usavam em batalha, não me assustei quando os olhos de Tomé de Cazelier bateram sobre minha pessoa e ele embranqueceu, como quem vê um fantasma. Meus companheiros Eliphas e Ayub, trêmulos de susto, não perceberam que não era Léon que ressuscitara até que eu lhes falasse com minha própria voz, e Ayub, fascinado com minha mudança, até aproveitou para corrigir-me a dobra do turbante, que eu enrolara pelo lado oposto. Falando como Léon, fui até o Comandante da fortaleza e lhe disse:

— *Patron*, aqui estou, pronto para cumprir a missão que tu me deste: mas quero que me permitas tirar daqui meus amigos como paga pelo que farei. É justo?

O cavaleiro de Ardéche ficou boquiaberto, dando-me a certeza de que eu podia suceder-me bem na empresa a que ele me me forçava a dedicar-me. Depois de negociarmos um pouco, acabei conseguindo que meus três amigos Felício, Ayub e Eliphas tivessem permissão para usar três dos infames salvo-condutos que Baibars continuava jogando sobre a fortaleza: Kayam não estava à vista, e não podíamos perder tempo procurando-o, porque o sol já se punha, e eu contava com as sombras do crepúsculo para melhor enganar aos guardas de Baibars. O Comandante destacou exatamente o cavaleiro Jacques de Molay para descer a montanha conosco, trilhando um caminho entre abismos do lado sudoeste de Safed, por onde chegaríamos a um antigo aqueduto cavado na rocha, que nos colocaria quase que ao pé do morro. Ali nos dividiríamos: eles usariam os salvo-condutos e partiriam em direção a Acre, e eu, solitário e a pé, seguiria para um pequeno vale ao Norte, onde ficava o acampamento de Baibars, levando na bolsa de combate, além de um salvo-conduto que trazia para qualquer eventualidade, o documento assinado pelo chefe Templário.

ESQUIN DE FLOYRAC

Enfrentar os caminhos do deserto em torno de Safed sem qualquer companhia era terrível, e, para não me perder entre terrores e temores, aproveitei a viagem para treinar minha personagem de Léon de Cazelier, movendo-me, falando e até pensando como ele. Dentro de algum tempo, eu já me sentia como um homem novo, à vontade em meus trajes de Turcopolo e cada vez mais preparado para o encontro com o temível Baibars, sultão dos *mamluqs*. Eu sabia que ele, sendo nascido entre os Kipchaks, tinha sido vendido como escravo para o sultão al-Sâlih nad-Dim Ayub, que o treinou para as artes da guerra, nas quais ele tanto se destacou que se tornou Comandante dos exércitos que prenderam o Rei dos Francos, Luís IX, libertando-o em troca de polpudo resgate. Baibars também tinha assassinado Turhan Shah, o último sultão ayubida, tornando-se depois disso grande vencedor tanto dos mongóis quanto dos Francos, seguindo as ordens do sultão do Egito, Qutuz, a quem acabou matando, para unir Síria e Egito e tornar-se o flagelo dos Cruzados na Palestina. Não era de todo confiável, tendo atacado os que não eram muçulmanos pelo menos uma vez por ano, com imensa força e nenhum respeito a qualquer tipo de acordo: e eu deveria negociar com ele uma trégua que permitisse ao povo de Safed, principalmente os Templários que lá estavam, uma saída honrosa e segura.

Quando cheguei às portas do acampamento, fui saudado pelas sentinelas, que pareciam conhecer-me muito bem, desejando saber como eu estava e por que não aparecera mais entre eles:

— *Nâhárac saáid, quif hálac, al-Léon? Lex-ma aett bai iânt?*

Respondi-lhes da mesma maneira alegre e familiar, mas dentro de mim me questionava por que motivo havia entre os *mamluqs* e um Turcopolo tanta intimidade. Disse ao sentinela que desejava falar com Baibars, e ele sorriu, chamando um menino de recados e mandando-o à grande tenda central, enquanto conversava comigo:

— E então, *çaHêb*, os Francos ainda crêem que és devoto de seus três deuses de pele branca e penas?

Ali estava a explicação: Léon, verdadeira ou falsamente, dera aos *mamluqs* a impressão de estar abjurando o deus dos Francos e se convertendo a Allah, o que o tornava um espião de Baibars dentro da cidade. Se isso era verdade ou mentira, eu deveria usar esse conhecimento da melhor forma possível, realizando a partir dele a tarefa que o cavaleiro de Ardéche me impusera, pela qual eu trocara as vidas de meus amigos. Mesmo se eu não sobrevivesse, eles estariam a salvo longe de Safed.

Fiquei conversando fiado com a sentinela, enquanto observava a movimentação das tropas que saíam para uma surtida noturna: pelo jeito, eu estava mais parecido com Léon que o próprio Léon, pois em nenhum momento o sentinela deu qualquer sinal de espanto ou estranheza. O menino logo voltou, e, fazendo um sinal para o sentinela, liberou-me para seguir para o centro do acampamento. Saudei o sentinela com alegria:

— *Búcra mneltê-í, çaHêb, bi Katrac!*

O menino, ágil e desperto, atravessou as sombras do acampamento de guerra com um imenso conhecimento dos lugares onde pisava: eu, por minha vez, sem sair do papel de Léon e sem perder-lhe os trejeitos, segui-o da melhor maneira possível.

A tenda central, onde Baibars me aguardava, era maior por dentro que por fora, graças ao sistema de cordas e mastros deslocados que a tornava um espaço muito amplo. Em imensas almofadas ao centro dela, chupando a boquilha de uma *narg'hillah*, Baibars me olhava, seus olhos azuis fixos em mim, a mancha branca no olho direito tornando esse olhar qualquer coisa de amedrontador, como diziam todos os que o conheciam. Assim que me ajoelhei na entrada da tenda, fez-me um sinal com a mão, mandando que eu me aproximasse. Tão logo pus-me a caminhar em sua direção, ele começou a se abanar com uma ventarola, ficando tão semelhante a meu pai, que quase me fez cair do personagem: mas me recompus e, ajoelhando-me a seus pés, disse-lhe:

— *Âbb Baibars*, que o Deus Único te favoreça com vitórias e sucessos: venho aqui em tarefa desagradável, fazer-te um pedido em nome do Comandante Templário de Safed.

Baibars, usando calças de tecido grosseiro enfiadas dentro das botas de marroquim trabalhado com pontas erguidas para o alto, um cinto de couro cheio de pedrarias, fechando-lhe ao peito um colete de pelúcia negra acolchoado e costurado com desenhos quase inacreditáveis de tão elaborados, tinhas as longas e negras barbas e cabelos frisados, e seus olhos penetravam profundamente em cada pessoa ou coisa sobre a qual os pousasse. Num tamborete do lado oposto da *narg'hillah* havia um capacete com três longas plumas ao alto, tecido de metal em toda a volta, para proteger-lhe a nuca e os lados da face quando em combate, e, sobre as pernas cruzadas uma sobre a outra, uma longa cimitarra desembainhada, da qual ele não se separava nem mesmo enquanto dormia.

O poderoso Baibars me olhava através das pálpebras, e finalmente se dirigiu a mim, convidando-me para sentar e tomar alguma coisa:

— *Ruh-la ne'Aod u níxrab-xi...* Café? Chá? Água fresca?

— Nada, meu pai, muito agradecido... estou em tua presença para atender a um pedido do Comandante Franco de Safed, ainda que isso muito me desagrade.

— Os Francos se sentem senhores do mundo, e acham que merecem todas as benesses de Allah! Por que deveria eu fazer-lhes a vontade, malditos infiéis que são? Se pelo menos tivessem agido como tu, *Kkâi* Léon, que reconheceste a verdade de Allah e a ele te entregaste...

— Meu pai, tu me fazes grande homenagem tratando-me como irmão... se te consideras meu irmão, recorda-te então que meu pai então é também teu *Âbb*, e como tal deve ser tratado por ti... os Francos nada desejam que não seja o direito de deixar Safed para que tu faças dela aquilo que desejares, e tudo te entregarão se permitires que saiam de lá com vida e sem temor... não pretendem nada a não ser suas próprias vidas, guardando-as para que possam lutar outro dia, dando-te o respeito que sempre dão aos verdadeiros combatentes...

Baibars parou de se abanar, virando a cabeça em minha direção, e me disse:

— Não preciso do respeito deles, porque eles não me causam nenhum temor... *Ana má Bkáf men Háda...* mas, se te é importante, posso livrar-te o pai e mais alguns de teus amigos... por que os Francos não usam os salvo-condutos que tantos têm usado nas duas últimas semanas?

— *Haqem* Baibars, *hêda men lútfac, iâ kauâja...*

Baibars ergueu as sobrancelhas:

— Não é bondade nenhuma... e por que me chamas de governador, se há pouco eu era teu pai e teu irmão? O que tens dentro da mente que te faz perder o prumo de nossa conversa?

Eu tremi por dentro, mas imediatamente me rojei ao solo, pondo a cabeça entre os joelhos, na exata posição de oração que os muçulmanos praticavam, e solucei:

O FIM DO TEMPLO

— Allah é grande, *Âbb*, e depois do Profeta só tu tens o poder de realizar-lhe a Palavra! Meu sangue chora por meus companheiros de Safed, meus parentes, meus irmãos, até mesmo pelos Francos... A misericórdia de Allah também está em ti: por que não concedes a eles o presente da vida?

Baibars debruçou-se sobre mim, e sua sombra me cobriu as costas:
— O que me pedes talvez nem o Profeta pudesse conceder-te: e seria tão fácil sobreviver... bastaria que os Francos reconhecessem Allah como o único e verdadeiro Deus, deixando de lado as patacoadas sobre os Três-Deuses-Em-Um que tentam impor a todos sem nenhum motivo lógico! O Deus Único lhes seria tão mais benfazejo, teriam em mim um irmão... e poderiam retornar para suas terras em paz e com o sangue correndo dentro das veias, não espalhado na areia dos desertos... Passaram anos em nossas terras tentando converter-nos à força, e agora que estão sendo derrotados, por que não aceitam a idéia de que chegou a hora de se converterem ao Verdadeiro Deus... ou a conversão só tem valor quando é feita em direção ao Deus-Três-Em-Um dos Francos?

Eu não tinha mais argumentos, por isso enfiei a mão em minha bolsa de combate, temendo por minha vida, e lentamente estendi a Baibars o pedido de trégua, que ele não leria, por estar escrito em *françois*, mas que trazia o selo do Templo e a assinatura de seu Comandante, coisa que ele reconheceu imediatamente, passando os dedos por sobre o lacre vermelho. Baibars suspirou, sorriu, e me perguntou:
— O que traz este documento, *Kkâi*?

Fui o mais persuasivo que pude, criando frases de beleza ímpar, todas extremamente elogiosas ao valor e bravura de Baibars, através das quais os Francos e os outros habitantes de Safed reconheciam seu poder supremo e se entregavam à sua misericórdia, rogando-lhe apenas que lhes permitisse viver mais um dia, para que o gastassem todo com homenagens e orações em seu louvor. Pude perceber que Baibars ia suavizando sua postura, refletindo-se nas palavras que eu lhe dizia como num espelho mágico, desses que não mostram a realidade, mas apenas aquilo que se deseja ver. Seu ar de vitória era imenso, e certamente me ajudaria a convencê-lo do que eu desejava: ele estava quase me concedendo o que eu lhe pedia, e eu então lhe disse:

— Somos ambos crentes no Verdadeiro Deus, *Âbb*, e é em Seu nome que te peço: permiti que Safed seja abandonada sem sangue, e vosso nome será erguido até os céus. Pai de todos os Crentes, em nome de Allah eu te faço este pedido!

Baibars esticou o pé direito e, com a ponta, levantou-me o queixo: quando o olhei, ele estava sorrindo, e me disse:

— Teu pedido será satisfeito: como preciso de Safed, por ficar acima de Cesaréia, permitirei que todos a deixem sem derramar-lhes o sangue. Em nome de Allah, eu o juro! E te agradeço pela oportunidade que me deste, e pela promessa que me permitiste fazer em nome de Allah!

Meu alívio foi imenso, e eu beijei o pé calçado que Baibars mantinha a meu alcance. Ele bateu palmas, e dois de seus comandados, que esperavam do lado de fora da grande tenda, entraram no aposento, para ouvi-lo dizer:

— Levem nosso irmão para uma tenda de campanha, onde ele possa descansar, lavar-se, comer e ser cuidado por uma das mulheres que nos acompanham. Amanhã ele precisa estar bem descansado, para assistir ao cumprimento da promessa que lhe fiz!

Agradecendo e me curvando, saí da tenda, sendo escoltado pelos dois soldados até uma tenda um pouco menor, de onde uma fumaça olorosa se esvaía: era uma das cozinhas de campanha do exército de Baibars, onde pude comer uma deliciosa papa do trigo chamado *búrgol* e a carne picada de um cabrito muito temperado, tudo acompanhado por chá de hortelã e coalhada misturada com água fria. Depois que eu já tinha me alimentado, estando com o corpo e a alma em paz, os dois soldados me levaram a uma tenda menor, de interior escuro, onde estavam três vivandeiras, que, ao ver-me, me saudaram com imensa alacridade. Corri a lavar o rosto, para que não percebessem que eu o trazia escurecido com argila, e as três mulheres me despiram de meus trajes, com risadas e pequenos toques de seus dedos ágeis, passando-me um tecido úmido pela pele, o que me fez arrepiar e imediatamente ter uma ereção incontrolável. As três mulheres, cada vez rindo mais, me deitaram despido sobre as almofadas que existiam no centro da tenda, todas rindo muito, e uma delas me fez beber um estranho vinho com sabor de café, enquanto outra me fez fumar de uma *narg'hillah* um tabaco estranho e doce, que me arranhou a garganta e me pôs a cabeça à roda. Minha ereção se destacava de meu corpo como se fosse algo que não me pertencia. As três, organizadamente, como se estivessem ensaiadas, dispuseram de mim com sabedoria e experiência, e eu nunca senti maior prazer em minha vida que nesses momentos na tenda, durante os quais as três mulheres e eu pudemos alcançar o prazer inúmeras vezes.

Tinha ouvido em algum lugar que o prazer deve ser antes de tudo sem pecado e sem excesso, o que não foi possível nesta noite e madrugada: mas, sendo mútuo e recíproco, não tive por que me preocupar, pois, cada vez que o prazer parecia ter terminado, uma delas retomava o toque em meu corpo, e eu novamente recrudescia a seu serviço, como se estivesse iniciando nessa hora o jogo que já ia mais do que a meio. Acabei por adormecer, um sono sem sonhos e profundo como o maior dos abismos, do qual fui acordado pelo alarido das tropas de Baibars na esplanada do acampamento. A tenda estava vazia, e quando coloquei a cabeça para fora dela, piscando ao sol forte que nos iluminava, notei que as tropas de Baibars estavam todas perfiladas formando um grande círculo, no centro do qual vi os habitantes de Safed, entre eles os Templários, manietados e desarmados, sendo obrigados a andar de cabeça baixa sob os apupos da soldadesca brutal que gritava à passagem de cada um. Andando para o meio das tropas, vi o pai de Léon, vi o cavaleiro de Ardéche, e me regozijei por ter-lhes salvado a vida, quando subitamente os gritos de "Baibars! Baibars!" superaram a todos os sons, e, por sobre um magnífico cavalo, vi o sultão com quem eu havia estado no dia anterior, as três plumas de seu elmo destacando-se por sobre as cabeças da multidão. Ele parou em frente ao grupo de Templários que ali estava e falou em árabe, sendo traduzido mal e porcamente por um de seus soldados mais próximos:

— O Pai Baibars, Senhor de todos os crentes, prometeu em presença de Allah não deixar correr sangue em Safed! Mas aqui não é Safed, e Baibars exige, em troca de sua promessa, que os infiéis reconheçam a existência do Deus Único, Allah, Senhor do Universo, e de Muhamad, seu único profeta, para que o sangue que foi poupado em Safed não molhe a areia desta planície! Os que abandonarem o deus dos Francos serão escravos para sempre, enquanto a vida lhes pulsar nas veias, mas os que se recusarem terão a cabeça cortada e irão ao encontro de Allah, para reconhecer-lhe a sublime existência!

Um grito de terror ficou preso em minha garganta: eu havia sido enganado pela mente cavilosa de Baibars. Ele não tinha nenhuma intenção de libertar os inimigos; mas simplesmente desejava pôr as mãos neles para deles fazer o que bem entendesse: a promessa que eu lhe tinha arrancado era dúbia, e ele a cumpriria sem nenhuma falha, tirando a todos de Safed, que agora lhe pertencia, e preparando-se para deles dispor segundo sua vontade malévola.

Como sempre acontece em momentos como esses, os covardes se adiantam e fazem tudo aquilo que lhes for ordenado, preferindo a vida de escravo à morte como homem livre. Assim fez grande parte dos prisioneiros, rojando-se ao solo e erguendo as mãos atadas na direção de Baibars, que sorria, abanando-se com sua ventarola: do meio destes, destacaram-se os Templários e alguns Turcopolos, que mantiveram a altivez honrada, cabeça erguida, fixando os céus enquanto rezavam um *Credo*, erguendo a voz para que não restasse em Baibars nenhuma dúvida de que acreditavam na Santíssima Trindade, e não no Deus Único que ele lhes desejava impor.

Baibars não tergiversou: sem mais que um gesto de mão, liberou seus soldados mais próximos para, erguendo as cimitarras, descerem-nas com toda a força sobre os pescoços dos recalcitrantes, separando suas cabeças de seus corpos. A cada cabeça que rolava no pó, a grita da soldadesca era imensa: *La Illahah illa Allah! Muhamad rasul Allah!*, reafirmando o poder do deus de Baibars sobre o deus dos Francos, pois os vencedores sempre crêem ter na vitória a prova da existência do Verdadeiro Deus. A carnificina durou alguns minutos, e o chão empapado de sangue tornou-se um mar negro de lama, enquanto as cabeças dos que não se tinham curvado à vontade de Baibars eram colocadas sobre a ponta de chuços e erguidas aos céus em holocausto a Allah, havendo entre elas apenas cabeças de homens capazes de defender sua crença até a morte, se necessário.

Entre os que restaram de pé estava eu, incólume em meio à multidão andrajosa e violenta que formava o exército de Baibars, e enquanto meu corpo, temendo o mesmo castigo de meus iguais, gritava *La Illahah illa Allah! Muhamad rasul Allah!*, minha alma se retorcia de covardia

e desespero, desgraçada pelo engano que eu havia cometido e que trouxera a morte sem glória de tantos que em mim haviam confiado. Eu os havia iludido e destruído, e não tinha nem mesmo a coragem de ser como eles, enfrentando o que o destino me reservara. Só me restava fingir ser quem não era, fazendo-me de crente, urrando em agonia dentro de minha alma, enquanto minha boca temerosa e covarde gritava haver um só Deus, Allah, e um só profeta, seu servo Muhamad:
— *La Illahah illa Allah! Muhamad rasul Allah!*

Capítulo 9

1305-1306

𝒟evo ter purgado todos os meus velhos temores nessa inesperada temporada de férias nas masmorras de Sua Majestade, o Rei Filipe IV: o protegido de Clemente V demorou três dias para ser transferido para a cela onde eu já começava a apodrecer, pois Guilherme de Nogaret fizera questão de que eu fosse tratado como um prisioneiro terminal, sob a acusação de ter matado o Comandante de Mont Carmel, de forma que nenhuma desconfiança vicejasse no espírito de Yves de Tourlain quando eu o emprenhasse com as notícias, idéias e conceitos deformados que ele precisaria retransmitir a seu amigo em Avignon. Eu me sentia cada vez mais sujo, e o suor que me empapara as vestes durante a viagem azedara o seu tecido, tornando-as dignas apenas de ser transformadas em trapos e jogadas a um monturo qualquer. O bafio que perpassava todos os desvãos da masmorra onde eu estava, principalmente o fedor de pântano que subia da *oubliette*, somava-se a meu próprio asqueroso aroma, feito de sujeira e medo.

Apenas uma refeição diária, passada por um buraco na pesada porta, e ai de mim se não colocasse a escudela imunda no lugar: a concha de grude seboso largava seu conteúdo sem olhar onde ele caía, e duas vezes tive que catá-la do chão imundo, para não morrer de fome. Havia água num balde que era cheio a intervalos irregulares, e eu tentava bebê-la o menos possível, deixando que descansasse para que as impurezas que trazia fossem para o fundo da vasilha. Guilherme de Nogaret não poupara esforços para que o amigo do Papa, assim que me visse, acreditasse estar em companhia de um verdadeiro prisioneiro do Rei. Durante cinco dias, penei as agruras da prisão, acreditando-me vítima de uma manobra infernal do Procurador do Rei, desejoso de render-me e dar-me fim, sem que ninguém pudesse salvar-me, e, o que é pior, com minha anuência e colaboração: quando Yves de Tourlain foi jogado em minha cela, junto com dois outros prisioneiros que ali estavam certamente para fazer número, quase estranhei sua presença, custando a recordar-me do motivo pelo qual ali estava.

Yves de Tourlain era um burguês bem fornido de carnes, ainda que meio descorado pela permanência na prisão: não parecia estar sofrendo mais que o mínimo necessário, consciente de que sua libertação era uma questão de dias, quem sabe de horas, e que seus algozes sem dúvida enfrentariam a ira de seu protetor, o Papa Clemente VI, tão logo ele estivesse fora da prisão. Deixei que ele tomasse assento a meu lado, sem dizer-lhe nada: não podia falhar na tarefa que Nogaret me havia dado, e para isso teria que ser o mais natural possível, ocultando meu verdadeiro objetivo sob uma capa de sofrimento bem similar ao que realmente sentia. Quando a comida apareceu, os dois outros prisioneiros avançaram para o grude, Yves foi logo atrás deles, e eu me mantive em meu canto, ensimesmado. Yves me olhou longamente, e quando a minha concha de papa caiu ao chão, num flagrante desperdício, perguntou-me:

— O amigo não come?

Pisquei os olhos, como se saísse de um longo sono, e olhei-o sem dar sinais de reconhecimento: depois, como se voltasse a mim, sorri debilmente, e lhe disse:

— Não tenho ânimo para comer: preferia morrer logo a continuar nesta vida...

O amigo do Papa assumiu um ar curioso, sentando-se a meu lado e manducando enojadamente o que lhe havia sido posto na escudela. Mantive-me em silêncio: nada excita mais a curiosidade que o mutismo, quando se deseja saber seu motivo. Yves perguntou-me:

— Também tem dívidas?
— Minhas dívidas são outras, amigo... — suspirei como se tivesse um grande peso no peito. — Meu crime é apenas saber e falar a verdade, e como ela não interessa a ninguém, fui obrigado a matar meu Comandante... estou condenado à morte, e só desejava confessar-me antes de enfrentar o carrasco...

Disse isso e me calei, mergulhando para dentro de mim mesmo, enquanto aguardava a reação de Yves. Ela não demorou: alguns instantes depois, com voz insegura, ele me perguntou:

— O amigo pode confessar-se a mim: em casos como este, a Igreja permite que um leigo ouça a confissão... Gostaria muito de ouvir-te... afinal, aqui onde estamos não nos resta muito a fazer...

Eu o fisgara: estava em minhas mãos, e só me restava ser o mais impressionante possível, para que ele fizesse a tarefa que Guilherme de Nogaret lhe havia determinado. Contei-lhe, portanto, quem eu tinha sido e os motivos pelos quais havia abjurado a Ordem do Templo, meu asco pelos atos antinaturais que lá eram realizados, e a narrativa deles ao Papa. Yves saltou:

— Sou amigo do Papa, que está fazendo o que pode e não pode para tirar-me daqui...

Numa súbita inspiração, afastei-me dele, com medo:

— Amigo do Papa? Pois se foi o próprio Papa quem me mandou encerrar nesta cela, para que eu não revele a verdade sobre seus protegidos, os Templários! Por favor, não leve em consideração nada do que te disse, amigo! São apenas delírios da minha mente cansada e amedrontada pela proximidade da morte...

Dito isso, aconcheguei-me em meu canto, novamente emudecido: a perda da refeição havia dado resultado melhor do que parecia. Yves de Tourlain, a cada instante, me olhava com curiosidade, tentando saber mais, e quando a água chegou, fez questão de encher-me o balde, colocando-o a meu lado. Não agradeci: estava determinado a fazer dele o veículo da denúncia, como o Procurador do Rei havia planejado, sem perceber que esse plano, por motivos diversos, também acabara por ser o meu plano. Um enredado de desejos, vontades, motivos e tarefas a cumprir, e eu devia fazer deles o melhor que pudesse: caso conseguisse, teria obedecido fielmente às ordens de meu Grão-Mestre.

O FIM DO TEMPLO

Nos dois dias seguintes, me abri mais um pouco com o burguês, contando-lhe com mais detalhes a pretensa traição templária, carregando nas tintas dos atos antinaturais que pareciam mobilizar com facilidade as emoções das pessoas, enchendo-as de temor e desprezo pelos Templários:

— Ouvi falar disso: parece que os Templários impuseram a regra do celibato simplesmente para poder exercer a sodomia em seus conventos...

Decidi ir mais longe:

— Não vê o selo dos Templários, que traz dois cavaleiros montados em um só cavalo, um atrás do outro? Sendo a Ordem rica como é, acha realmente que ela com isso revela seu voto de pobreza? Ou está na verdade declarando ao mundo que seus cavaleiros são sodomitas, e que esta é a verdadeira regra da Ordem? — Fiz cara de drama, exibindo meu ar mais compungido. — Não aceitei isso, meu amigo: rejeitei a iniqüidade, e por isso a Ordem me rejeitou, expulsando-me de seus quadros! Já tentei revelar a verdade a todos que pude, inclusive ao Papa, e ele não me levou em consideração, mandando prender-me aqui nesta cela, esperando que eu me cale para sempre!

Repeti esse discurso mais ou menos da mesma maneira durante os próximos três dias, e quando finalmente chegou a ordem de soltura de Yves de Tourlain, ele não apenas acreditava em tudo que eu lhe contara, mas principalmente estava disposto a fazer por mim tudo o que pudesse, inclusive levando a seu importante amigo as verdades que eu lhe revelara. Quando ele saiu da cela, e eu suspirei aliviado, percebi o mesmo alívio nos dois outros prisioneiros, que tinham se mantido mudos durante todo o tempo. O mais velho deles me disse:

— Não suportava mais fingir que não estava prestando atenção ao que dizias... que incômodo!

Diante do meu ar de espanto, ele sorriu:

— Somos homens do Procurador, que nos colocou aqui para certificar-se de que tua tarefa estava sendo cumprida... acho que fizeste muito bem o que deverias fazer, ainda que eu não entenda o porquê disso.

O mais jovem bateu com a escudela nas grades da porta, gritando "Guardas! Guardas!", até que, algum tempo depois, dois esbirros asquerosos, os mesmos que me haviam jogado naquele buraco, abriram a porta da cela. O mais velho me disse:

— Pronto, podes sair: estás livre...

— Pelo menos por enquanto... — disse o mais jovem, o que os fez cair em um frouxo de riso quase incontrolável, deixando a cela e seguindo pelo corredor.

Fui atrás deles, sem acreditar no que me acontecera, mas percebendo que assim seria daí em diante: Guilherme de Nogaret, não crendo em minha sinceridade, me manteria sempre sob vigilância. Minha atenção teria que ser redobrada, triplicada, multiplicada ao infinito, para que eu pudesse realizar minha missão com sucesso, sem deixar arestas que me pudessem revelar como o que realmente era.

A cidade de Paris estava coberta por um céu plúmbeo e frio, mas mesmo assim a liberdade reconquistada me sabia bem: quando chegamos ao portão da prisão de Sua Majestade, os dois espiões do Procurador me saudaram com uma mesura exagerada, rindo muito, e eu, me sentindo um ridículo joguete em suas mãos, virei as costas e dirigi-me ao Marais, buscando abrigo entre os malandrins, que nesse momento me pareciam ser os mais honestos e gentis de todos os homens.

Quando entrei no Pátio que abandonara mais de duas semanas antes, senti um nó na garganta: ali me sentia abrigado e protegido, ali era respeitado e tratado pelo que era e não pelo que parecia ser, ali ninguém me forçava a nada nem me obrigava ao que quer que fosse. Minha vontade era respeitada, e a cooperação entre pessoas que nunca se haviam visto, mas se sentiam ligadas por laços mais indeléveis que o sangue, era fascinante. Eu só me recordava de um lugar assim, e era exatamente a Ordem do Templo, a que eu nunca mais retornaria, para que ela pudesse salvar-se. Saudei os sentinelas com as palavras de praxe, e eles me deixaram passar: atravessei o grande pátio, vazio a essa hora do dia, em que todos estavam pela cidade exercendo seus misteres com o máximo de sua capacidade, e me dirigi aos aposentos de Felício des Nuits, o único amigo que me restara e a quem eu podia confiar os anseios e temores de meu coração, sem temer nada de mal.

Quando cheguei aos seus aposentos, eles estavam vazios: eu os atravessei e, girando a parede falsa nos gonzos, me vi no segundo andar da loja de Lepidus, olhando a Rua do Templo pelo olho-de-boi de vidros cada vez mais sujos. A *couture* do Templo lá estava, flâmulas tremulando sobre os mastros, e, no teto do *donjon*, a bela bandeira retangular branca e negra, Beauséant, a mesma que nos guiava em batalhas e combates, e que contra todos os costumes tremulava sobre o Templo, indicando a quem sabia ler que não estávamos em tempos de paz, mas sim nos preparando para o bom combate, aquele do qual sairíamos cada vez mais fortes e poderosos. Não resisti: sentei-me à mesa cambaia que ali estava e, colocando a cabeça entre os braços, apoiada no tampo empoeirado, chorei como uma criança abandonada.

Horas mais tarde, já transformado em Lepidus, observando a rua pela porta entreaberta da oficina de sapateiro, ouvi um assobio maroto às minhas costas: virando a cabeça um pouco, percebi uma sombra no vão da escada oculta. Levantei-me, espreguiçando, guardei meus instrumentos e fechei a oficina, só então galgando celeremente os degraus da escada para cair nos braços de Felício, e os dois nos abraçamos com verdadeira amizade, enquanto ele me dizia:

— Cuidei que tivesses sido morto, meu amigo... depois de cinco dias de silêncio absoluto, já não sabia mais a quem recorrer: um de meus súditos me confirmou que tinhas sido visto entrando manietado na Prisão do Rei, e eu esperei o pior. De lá não sai ninguém com vida ou pelo menos apto a seguir vivendo com alguma capacidade... o que te aconteceu?

Narrei-lhe as aventuras e desventuras, desde o encontro com o Papa até minha saída da prisão, meia hora antes: Felício riu, fechou a cara, mordeu a língua, passou a mão pela face como se quisesse apagar da mente o que eu lhe contava. Eu lhe disse:

— Como vês, estou sob o tacão da bota de Guilherme de Nogaret, a quem não sei mais como dar provas de minha lisura...

Felício deu um tapa na testa:

— É isso! Quase ia me esquecendo! A irmã de um dos nossos Saqueiros tem parentesco com as velhas criadas da casa dos Nogaret, e numa visita ficou sabendo que a família tem uma imensa sombra em seu passado, que o Procurador do Rei tenta esconder a qualquer preço, sendo provavelmente isso o que o faz agir da maneira que age...

— E que sombra é essa, Felício? Fala!

Felício riu:

— Eu não te disse que desconfiasses sempre daqueles que se preocupam com a impostura alheia? Ele é um desses: abomina os fingidos porque ele mesmo é um deles, e tenta ser mais realista que o próprio Rei quando se trata de punir os hereges... sabes por quê?

— Se não me disseres, nunca saberei! Fala, anda!

Felício fez cara de mistério: erguendo as mãos, com voz cavernosa e trêmula, disse:

— Os Nogaret são cátaros!!!

Senti em meu coração o mesmo baque que experimentara quando me contaram a verdade sobre minha família: eu e Guilherme de Nogaret tínhamos muito mais em comum do que qualquer um poderia imaginar, dividindo um passado familiar de heresia e ocultação. O caso dele, no entretanto, era bem pior que o meu: ele tinha muito a perder, principalmente em minhas mãos, se eu soubesse jogar corretamente os dados que possuía. Felício continuou:

— Eles são de Nogaret, uma aldeiazinha perto de Saint-Félix-de-Caraman, mas o pai de Guilherme vivia em Albi durante a primeira Cruzada contra os cátaros, chamados de albigenses, por causa da cidade... eram de Toulouse, que abandonaram quando o pai foi condenado à morte, enforcado e queimado como herege! A família mudou de nome e foi habitar essa aldeiazinha, de onde ele saiu para se tornar jurista e professor de leis, acabando por ser mestre dos Delfins de França e eventualmente tornando-se a alma negra de Filipe, o Belo! Entendes agora os motivos desse homem?

— Os motivos explicam, mas não justificam, Felício: por que essa ansiedade pelo poder, esta violência contra os que certamente são como seu pai condenado à morte? Na pior das hipóteses, deveria unir-se aos que pensavam como seu pai, nunca aos que o mataram! Eu também tive mãe cátara: tu consegues me imaginar trabalhando como carrasco de hereges?

— Meu mano, aí vai do caráter de cada um: há os que temem a igualdade, há os que temem a diferença. Quem não se incomoda de ser diferente do resto, marchando ao ritmo de um tambor pessoal, não se preocupa com o que pensam dele, e age de acordo com sua mente e sua emoção. Já os que temem acima de tudo ser diferentes, precisando muito ser reconhecidos como parte do que está estabelecido, se tornam os mais incansáveis combatentes de tudo que não lhes soe correto... acredita em mim, eu nasci gitano e sei do que estamos falando... o homem não pode nem pensar em ser revelado como filho de herege, e, se for preciso, é capaz de destruir tudo que possa recordar-lhe o passado... Só estará satisfeito quando toda a memória dos tempos aziagos não existir mais: já imaginaste que tarefa hercúlea?

— Mas eu também temi ser diferente, meu mano, e exatamente por isso tornei-me Templário, para perder minha individualidade na disciplina e no ritual, apagando toda e qualquer vontade pessoal que pudesse ter... não serei eu mais parecido com Guilherme de Nogaret do que pretendia?

— Isso só tu podes saber: mas pensa que agora tens contra ele uma arma infinitamente poderosa, que só deves usar quando for o momento certo... — Felício admoestou-me brandamente. — Infelizmente, não a poderás lançar mais do que uma vez, porque ele não te dará essa oportunidade. Será preciso que penses muito bem na forma como isso se dará, e que objetivo terás alcançado com isso. E agora, ajuda-me: as Marquesas e minha Coësrette não apareceram ainda, e eu preciso ataviar-me e descer para o salão. Hoje tu te sentarás a meu lado e comerás do bezerro gordo que mandarei sacrificar em tua honra: não é assim que se trata a todos os filhos pródigos?

Comemos, bebemos, meu mano Felício des Nuits, Coësre do Pátio dos Milagres do Marais, tratando-me com fidalguia e bondade infinitas, fazendo com que toda a grande assembléia me olhasse com outros olhos, também finalmente regozijando-se com meu retorno a seu convívio. No fim da noite, Felício ordenou que a Marquesa que insistia em olhar-me com olhos lânguidos me acompanhasse até meus aposentos: eu pedi que ela se fosse, mas seu olhar de abandono era tão triste que acabei permitindo que ficasse comigo. Deitamo-nos lado a lado, e ela me deu a mão, e eu a apertei como faz um pai ou avô com uma criança amedrontada, em caso de terror noturno. Fosse ou não verdade, eu me condoí de sua carência, e acabei dando-lhe algum prazer, certamente em dose igual ao que ela rapidamente me deu, do que me arrependi muito. Em nome da carência alheia, eu acabara de romper meu voto de castidade de mais de trinta anos, ficando muito envergonhado de mim mesmo, pela fraqueza. De toda forma, quando acordei no dia seguinte, ela já não estava, e não precisei enfrentar a mim mesmo, ante seu olhar e presença à luz do dia.

ESQUIN DE FLOYRAC

Voltei à minha vida como Lepidus na oficina e como Lentus pela cidade de Paris: palmear as ruas da cidade como Hubertino me fez compreender melhor a vida que me restava viver. Não era difícil recolher alguma esmola, por menor que fosse, e com ela cumprir minha obrigação para com o Pátio em que me abrigava: como ali cuidavam de minha sobrevivência e segurança, nada mais justo que eu contribuísse para o fundo comum com aquilo que pudesse. Teria sido fácil pescar uma moeda no saco de dinheiro que havia recebido do Rei, mas isso me parecia desonesto: se esperavam de mim que esmolasse, eu o faria, até mesmo como exercício de humildade. Como Lepidus, o sapateiro, também comecei a ganhar algum dinheiro: os burgueses de Paris sempre precisavam de quem lhes remendasse os sapatos, e eu, além disso, também os fazia sob encomenda, o que começou a trazer bastante gente à minha porta. Meu dia, portanto, estava cheio de tarefas, deixando muito pouco tempo para que eu cumprisse a verdadeira tarefa de minha vida.

Como Esquin de Floyrac, fui até o palácio do Rei e deixei uma mensagem para o Procurador, colocando-me à sua disposição para dar seqüência ao trabalho: indiquei a oficina de Lepidus como o lugar onde ele poderia deixar-me mensagens sempre que precisasse de mim. Era preciso que eu me mantivesse útil a ele, ainda mais agora que sabia como feri-lo profundamente, se preciso fosse.

A malquerença contra os Templários crescia a olhos vistos, por vezes até se confundindo com a rejeição aos judeus de França, que eram os eternos sacos de pancada da cristandade. Havia uma intensa má vontade para com eles, sempre excitada pelos tacanhos sermões dos sacerdotes da Igreja Romana, acusando os judeus de serem os assassinos do Cristo, esquecendo-se de que, antes de ser Cristo, Jesus era judeu, e por seus atos e palavras um dos mais firmes de todos.

Impor a uma raça ou a um grupo as mazelas da humanidade é uma tolice imensa: existe gente boa e gente ruim em toda parte, em todos os grupos, em toda a humanidade, e mesmo dentro de cada pessoa convivem e se digladiam coisas boas e más, não havendo senão a escolha pessoal como determinadora de cada caráter e ação. Reis e poderosos, no entanto, sempre se utilizam desses preconceitos como forma de exercer seus nefandos poderes sobre as mentes menos esclarecidas, e Filipe IV não era nem um pouco diferente de seus antecessores. Todas as guerras em que ele tinha metido o reino de França haviam sem dúvida esburacado seu tesouro. A primeira delas, quando o pai de Filipe guerreara contra Aragão, já o fizera herdar uma despesa extra de mais de um milhão e meio de *livres tournois*, quantia inacreditável, quase infinita, que esgotara todas as obrigações dos feudos e exagerara na coleta de impostos. Para fazer frente às despesas sempre crescentes sem perder prestígio, Filipe empenhou sua palavra e seu reino com todos que dispusessem de dinheiro para emprestar-lhe. Primeiro recorreu aos mercadores lombardos de Paris, com quem se endividou, comprometendo futuras arrecadações de tributos. Chegando a hora de pagar-lhes, aplicou-lhes o golpe dos maus pagadores quando têm poder: iniciou uma campanha sórdida de multas e confiscos cada vez maiores, tomando-lhes gradativamente o que ainda lhes restava e, quando já nada mais possuíam, expulsando-os de França sem dar-lhes nenhuma oportunidade de reaver o que era seu. Tomou dinheiro com todos os banqueiros judeus de França, fazendo fantásticas promessas de comportamento irreprochável, chegando mesmo a empenhar as jóias da Coroa com os Templários, como forma de conseguir dinheiro para pagar aos judeus, o que não fez, ficando daí em diante devedor de dois credores, os banqueiros judeus e o banco da Ordem do Templo. O Papa Inocêncio III havia decretado que os judeus, por terem sido os assassinos de Cristo, estavam perpetuamente condenados a ser os escravos da humanidade, e, como Caim, só lhes restavam o nomadismo e a fuga. Recordei-me de uma frase de nosso Grão-Mestre, quando de uma reunião administrativa, em que ele narrara esses fatos, dizendo:

— De agora em diante, é preciso que protejamos os judeus a todo custo: se Filipe os expulsar como expulsou os lombardos, os próximos a serem expulsos seremos nós...

Em que pese o humor da idéia, Jacques de Molay tinha toda razão: só os judeus ainda eram considerados piores que os Templários, sendo expulsos e aceitos em fases sucessivas e antagônicas, e essa situação se ampliava de maneira violenta, chegando a uma séria crise quando Filipe, que já vinha gradativamente desvalorizando a moeda de França, de maneira a não incomodar muito o povo, permitindo-lhes acostumar-se aos poucos com a penúria que isso trazia, sentiu-se pronto para agir de maneira extrema e radical.

Eu conhecera no Pátio um tal Noffo Dei, antigo banqueiro lombardo que havia sido empobrecido por Filipe, e por isso lhe votava um ódio gigantesco. Ele pedira asilo a Felício, alegando extrema necessidade, e, como era hábito depois da decisão da assembléia, acabara ficando entre nós. Noffo Dei era um sujeito atarracado, sobrecenho pesado graças a duas sobrancelhas hirsutas, olhos pequeninos como os dos javalis, maxilar projetado para a frente, o que lhe dava um eterno ar de rebeldia, e uma imensa energia, que devotava toda ao ódio a seu inimigo principal:

— Rei? Isso não é nada! Rei dos malditos, senhor dos infernos, o mais canalha de todos os canalhas! Foi capaz de destruir a riqueza de todo um povo, simplesmente não cumprindo os compromissos que assumiu! E nessas horas não aparece ninguém que se anime a matar um porco desses! Bando de covardes!

— A que covardes o amigo se refere? — Felício era um verdadeiro anfitrião, não tratando a ninguém com menos que bonomia, quando à mesa. — Espera sinceramente que um povo se levante contra seu Rei e o assassine? Covardia seria todo um povo assassinar o Rei que seu Deus lhe concedeu, não acha?

— A massa nunca é covarde! A massa tem todo o direito de agir como bem entende! Sua vontade tem que ser respeitada, pois quando não o é, eles a fazem ser! A história do mundo está cheia disso!

— Tu te enganas, amigo: a multidão é apenas um animal selvagem com milhares de cabeças, pouco cérebro e nenhum coração! Apesar disso, numa coisa tenho que concordar contigo: a existência dessa multidão incontrolável que preconizas é responsabilidade do Rei, sendo a espuma que sobe quando as nações fervem!

— É verdade... não penses que tenho pela multidão todo esse amor, amigo! São apenas um monstro que adora ser enganado, e neste sentido nunca se desapontam... mas nós, que sabemos como usá-los, temos esse dever, antes que o inimigo os use! O Rei de França está a cada dia que passa preparando mais e mais essa multidão para usá-la contra os inimigos de ocasião... e faz isso exatamente para que eles não percebam a forma desonesta com que os empobrece dia a dia, desvalorizando a moeda francesa para enriquecer a própria burra!

O assunto me interessou, e eu perguntei a Noffo Dei:

— Sabes como ele faz isso, amigo? Afinal, se a moeda se desvaloriza, ele também perde!

— Engano teu! O lastro de riquezas que o Rei domina continua sendo o mesmo, mas cada moeda passa a valer menos do que valia, e não há nenhuma garantia de que assim permanecerá, já que é a vontade do Rei que estabelece esse valor... ele o vem fazendo de maneira delicada e sutil, mas sua cobiça e arrogância são tão grandes, que não demora querer morder mais do que sua boca pode agüentar! Esta será a hora em que poderemos levantar o povo contra ele!

Fiquei muito curioso sobre as idéias de Noffo Dei: ele parecia saber com muita clareza o que se daria no futuro, como se adivinhasse ou estivesse bem informado sobre o que se daria.

— O estúpido Filipe, que de Belo nada tem, está começando a perder a noção do perigo! Isso o fará abandonar a sutileza e agir com brutalidade inesperada, desqualificando a multidão que ainda o apóia e respeita... e essa multidão, como a rã no tacho de água fria, não há de suportar a súbita imersão no tacho de água quente! O Rei se arrisca muito!!!! Está pondo em perigo o seu pescoço real!!!

— Basta! — Felício fez valer sua autoridade de Coësre do Pátio, batendo com seu cetro sobre a mesa. — O amigo é aqui um convidado, e como tal deve comportar-se: não discutimos nenhum assunto que possa dividir nossa assembléia, a não ser que seja de nosso supremo interesse! E esse não o é! É melhor que o amigo se cale, se não serei obrigado a pedir-lhe que se retire da mesa e do Pátio.

Noffo Dei ergueu-se da mesa, jogando a colher sobre ela, e afastando-se pelo corredor, sem dizer palavra, ofendidíssimo. O silêncio se tornou um mar de murmúrios, e quando o lombardo chegou à porta, virou-se e disse:

— Se for para ocultar a verdade, prefiro retirar-me: acreditei que os malandrins de Paris fossem amigos da liberdade, mas vejo que me enganei! Quando a mão de ferro do Rei de França cair sobre todos, certamente vos recordareis de minhas palavras!

E com tal destampatório, o lombardo deu-nos as costas, sumindo pelas sombras de um dos becos que levavam ao Pátio, certamente para se perder entre eles até que o acaso o pusesse do lado de fora. Em minha mente, mesmo depois que o assunto foi esquecido, permaneceu uma suspeita sem sentido: eu sentia que aquele homem ali tinha surgido com uma missão específica, como se as palavras que dissera tivessem endereço certo, e ele as tivesse preparado exatamente para alcançar o resultado que alcançou. Não havia nada em mim que desse garantias disso, a não ser uma desconfiança extrema que era mais forte do que minha mente racional, como se minha intuição estivesse em pleno funcionamento, seus fogos integralmente acesos. Foi por isso que, após a refeição, corri para meus aposentos e, trancando a porta, abri o saco de veludo vermelho que ali me aguardava, embaralhando as lâminas de marfim e me preparando para aceitar delas o indicativo que me dessem. Quando virei a lâmina de cima, era a dA Roda da Fortuna, seus estranhos animais e seres fictícios girando sem parar, os que estavam embaixo subindo para o alto e trocando de lugar com os que lá estavam, atirados ao fundo de sua sorte, até que mais um giro da Roda os fizesse retornar à posição anterior. Nazimus, muitos anos atrás, me havia dito que nada dura para sempre, nem o sucesso, nem o fracasso, e as palavras do lombardo Noffo Dei, somadas à visão desta décima lâmina, me fizeram rolar no leito quase que até de manhã: eu sentia que estava agindo de maneira correta, mas nem mesmo esse sentimento me dava a certeza de que o resultado seria aquele para o qual eu trabalhava, e que, sendo o Universo este lugar insondável onde a única coisa permanente é a mudança, eu devia me preparar para tudo e mais um pouco.

Os dias se seguiram como de costume, minhas duas personalidades protetoras agindo de maneira oposta e complementar, enquanto meu verdadeiro eu, Esquin de Floyrac, descansava no fundo de mim mesmo. Lentus me ocupava pouco tempo, pois logo após o mês de Maio, as esmolas dos burgueses aumentavam muito, o que me fazia amealhar com relativa facilidade as moedas para minha pretensa peregrinação à capela do Santo Hubert: tais moedas, eu as destinava na totalidade ao fundo comum do Pátio dos Milagres, como se fossem o imposto que eu pagaria ao Rei se fosse um simples burguês citadino, e não cavaleiro ou mendigo. Já Lepidus, graças à arte que Nazimus me havia ensinado, trabalhava sem parar: eu me chamava de *cordonnier*, sem coragem para apresentar-me como mais que isso, mas, como fazia tanto o trabalho remendão de um *savetier* quanto os calçados sob medida que eram a tarefa de um *bottier*, acabei por atrair cada dia mais atenção, e meu nome e talento se espalharam para além do Marais. Em mim, nada criticava nem diminuía o valor do que eu fazia: eram minha fonte de sobrevivência em todos os sentidos, preservando Esquin de Floyrac para agir na direção certa quando isso se fizesse necessário.

O Templo no outro lado da rua era uma imagem sempre presente em minha retina: enquanto Lepidus trabalhava, meus olhos baços não deixavam de observar o movimento para dentro e para fora da *Cousture* do Templo, tentando imaginar que atrás dos muros altos estivesse em curso um movimento ativo para defender a Ordem, ou até mesmo uma sublime conspiração que novamente nos elevasse aos patamares onde estivéramos enquanto os Lugares Santos não foram retomados pelos *mamluqs*. Não parecia haver nada: a vida estava como sempre, cavaleiros e seus escudeiros, carroças carregadas, caravanas e tropas saindo e entrando pelo portão, o dízimo de alimentos sendo dado duas vezes ao dia aos pobres que ali se amontoavam, e só a Beauséant tremulante sobre o teto do *Donjon* indicando que não estávamos em paz, mas sim prontos para o combate sem trégua. Eu a olhava e lembrava de quantas vezes surgira sobre as batalhas, dando provas a todos de que ainda estávamos vivos e lutando para defender nossos ideais, ainda que estes não fossem aqueles em que todos acreditavam, mas simplesmente algumas idéias novas surgidas de mentes que não acreditavam em nada a não ser na Grande Fraternidade Humana, a despeito de raças, credos e preconceitos. Uma Europa Unida, um Mundo Unido, uma Humanidade Unida... quantas vezes eu mesmo sonhava com isso, para estar agora reduzido ao que vinha sendo, um misto de sapateiro, mendigo, traidor e louco, a serviço do que já não sabia bem o que era.

Num certo dia do mês de Junho do ano seguinte, 1306, eu estava na oficina de Lepidus, costurando as botinas de festa de uma senhora muito rica, quando percebi a pequena porta no Portão do Templo abrir-se e por ela sair um sargento-de-armas, que atravessou a rua e veio em minha direção: não o olhei diretamente, mas me perguntei que diabos um soldado do Templo estaria fazendo do outro lado da rua. Ele continuou avançando, e eu percebi ser exatamente para minha oficina que ele se dirigia, começando a sentir-me ansioso. Quando ele chegou à minha porta, pôs a mão sobre os olhos, tentando enxergar-me na penumbra, e gritou:

— Ei, sapateiro? Onde estás?

Meu desejo era o de que um buraco se abrisse debaixo de mim e me engolisse: mas eu tinha que saber de que se tratava essa visita inesperada, e por isso, remungando, fiz um movimento com a mão, o que o fez sorrir:

— Ah, aí estás! Cuidei que a oficina estivesse vazia... gostas de trabalho, sapateiro?

Babujando, como era hábito de Lepidus, acenei que sim, o que o fez continuar:

— Pois então fecha tua oficina, apanha teus apetrechos e segue-me: o sapateiro que trabalhava para nós está impossibilitado de exercer seu mister, e o Grão-Mestre mandou que eu te viesse buscar para substituí-lo.

Trêmulo por dentro, já que não esperava nunca mais adentrar aquele espaço que para mim era mais que sagrado, hesitei durante alguns momentos: mas o sargento-de-armas, estalando os dedos, exortou-me a segui-lo, o que fiz, depois de encher um saco de couro com minhas ferramentas. Claudiquei atrás dele com o coração batendo doidamente em meu peito, vendo o portão se aproximar de mim a cada instante, até que estávamos à sua frente, e o sargento-de-armas, gritando, chamou a atenção do sentinela na torre mais alta, que demorou a olhar na sua direção:

— Ei, sentinela, não me vês aqui?

— Perdão, sargento-de-armas, mas daqui de onde estou observo uma grande multidão que se move depois da ponte que sai da Île-de-la-Cité: o que estará acontecendo ali?

— Manda alguém a pé ir investigar o motivo do bulício e voltar correndo com as notícias frescas: e agora desce a ponte e abre a porta, que eu preciso entrar...

O sentinela cumpriu as ordens, e eu segui o sargento para dentro da *Cousture*, indo em direção à Armeria, onde ele me fez entrar e ver uma imensa pilha de botas de cavalgar, dessas que se usam por debaixo dos pés das armaduras, e de que eu mesmo possuía um par, o mesmo par de marroquim vermelho com que Nazimus me presenteara e que eu vinha remendando e cuidando com carinho durante mais de trinta anos, como se fosse minha própria vida que ali estivesse consertando para que durasse mais. O sargento disse:

— Podes trabalhar em paz, e do que precisares, é só pedir: os almoxarifes estarão à tua disposição logo atrás daquela porta. Faz as tuas contas direito, que não gostamos de ficar devendo nada a ninguém! E trabalha rápido!

Senti algum prazer em receber as ordens desse sargento-de-armas, em tudo e por tudo parecido com o que me treinara em Acre e que não tinha nenhuma paciência com hesitações ou receios, indo direto ao ponto e nunca tergiversando. Olhei a pilha: era imensa, mas ali nenhuma bota parecia estar necessitada de mais que uma pequena limpeza, algumas poucas precisando de um novo salto, novas correias, e pouquíssimas precisando de uma meia-sola para durar algum tempo mais. Sem ter outra coisa a fazer, pus-me a lidar com as botas, que ia separando em duas pilhas, as aproveitáveis com uma simples limpeza, e as que precisariam de consertos reais, deixando as primeiras para depois e mergulhando nas costuras e colagens de que as segundas necessitavam. O cheiro de inúmeros corpos e pés que haviam usado aquelas botas se misturava ao cheiro de couro e das terras que elas haviam pisado, e, sem nenhum tipo de nojo, eu quase podia detectar a vida de quem as usava, seus sonhos e anseios, suas lutas e derrotas. Lidei com elas durante algum tempo, mantendo minha atenção no que fazia e ao mesmo tempo em minha postura, para que Lepidus não revelasse meu verdadeiro eu.

Dois escudeiros entraram na Armeria e se dirigiram ao almoxarife, aos gritos:

— Armeiro! Devemos nos preparar e ficar de sobreaviso! A multidão de Paris se sublevou! Se vierem para nosso lado, teremos que nos defender, impedindo-os de entrar em nosso território!

— Mas o que causou isso?

— O Rei decretou a desvalorização da moeda, tornando-a três vezes menos valiosa, capaz de comprar mais ou menos aquilo que comprava no tempo de seu avô... e o povo faminto não suportou esta terrível idéia! Estão todos nas ruas, burgueses, pequenos camponeses das imediações, homens, mulheres, crianças, até mesmo soldados e gente que trabalha para o Rei, dispostos a tudo...

Senti imenso frio na alma: Noffo Dei havia profetizado com correção. Filipe, o Belo, perdera a noção do perigo e caíra na armadilha de seu próprio poder, desvalorizando a moeda de França tanto e de uma só vez, que ninguém podia suportar a perda. A irritação da multidão parecia ser gigantesca, pelo ruído longínquo que cada vez aumentava mais, a cidade inteira era como um animal descontrolado que rugisse cada vez mais alto. Eu estava ali oculto dentro de Lepidus, cuidando das botas dos Templários, enquanto por dentro minha alma fremia de tensão e antecipação.

O sargento-de-armas veio até mim e disse:

— Larga as botas, pega tuas ferramentas e segue-me. Vamos!

Certamente me poriam para fora do Templo, enquanto se preparavam para o combate contra qualquer inimigo que deles se aproximasse: mas, estranhamente, o sargento-de-armas me guiou para fora da Armaria e se dirigiu para o *Donjon*, abrindo a pesada porta e subindo os quatro lances de escada que levavam até a sua mansarda, a uma altura de 16 braças do chão. Lá, sentado em uma cadeira de espaldar, estava meu irmão e Grão-Mestre Jacques de Molay, acompanhado por Hugo de Payraud e Geoffroy de Gonneville, que eu conhecia do *Outremer*. No centro da sala ficava uma enorme roldana, e a corda que nela se enrolava descia verticalmente por um poço de pedra fechado por imensa tampa de ferro: eu sabia que esta corda era a única maneira de se pôr as mãos nos tesouros guardados no *Donjon* erguido para tal fim, e que subiam por esse poço sem janelas nem aberturas de um porão a dez braças de profundidade, apoiados na pedra dura que ficava debaixo da terra macia do antigo Marais. Parei à porta, e o sargento-de-armas, passando a meu lado, disse:

— Grão-Mestre, eis aqui o sapateiro que me mandaste buscar!

Nunca me senti tão inoportuno em minha vida: não sabia como agir, se me dava a conhecer, se obedecia às ordens anteriores, se falava, se ria, se chorava... felizmente, Jacques de Molay, sem perceber minha agitação, estendeu-me uma bota escura e muito usada, mostrando-me uma fivela que não estava firme. Eu a tomei de suas mãos, a proximidade com meu irmão despertando um imenso desejo de abraçá-lo, que contive quando ele me disse:

— Sapateiro, esta fivela arrebentou: poderias consertá-la, por obséquio?

Ele não me reconhecera: minha suja e envelhecida aparência sem a barba, os dentes inferiores aparecendo por entre os lábios babujados, os cabelos da cabeleira falsa e cor de rato ocultando-me a maior parte da face, que ele só vira sem a longa barba templária mais de trinta anos antes. Meu corpo também estava muito diferente, graças ao rito corporal que Lepidus me exigia, e que me tornava um tanto mais baixo e atarracado do que era. Eu sabia que é nos olhos que reside a verdade de cada um, e portanto mantive-os fora de seu alcance: peguei a fivela e percebi que ela tinha sido arrancada, olhando de soslaio para o Grão-Mestre, que nenhuma atenção me deu, falando com nossos irmãos como se eu não estivesse ali:

— Resta-nos apenas aguardar: a multidão está empurrando a caleça do Rei nesta direção, forçando-o a tomar a nossa rua. Dentro de muito pouco tempo, Filipe estará à porta de nossa *Cousture*, e só nos restará oferecer-lhe abrigo para livrar-se da violência da multidão. Ele sabe que, enquanto aqui estiver, nada lhe acontecerá, e eu quero aproveitar essa oportunidade para uma conversa franca e sincera com ele. Afinal, somos compadres, seu filho é meu afilhado. Por mais que nossas idéias sejam opostas, e todo um universo conspire contra nossa união, existem uns poucos laços que nos unem, e quem sabe a partir deles possamos descobrir um território comum onde marchemos numa mesma direção?

Geoffroy de Gonneville, sacudindo a cabeça, disse:

— Grão-Mestre, sei que nem tu mesmo crês naquilo que dizes: essa é uma esperança infundada.

— Infundada ou não, é meu dever trabalhar por ela: não posso abrir mão de nenhuma tentativa de limpar o caminho...

Eu continuei de cabeça baixa, costurando lentamente a fivela no corpo da bota, tentando recuperá-la da melhor maneira possível, mas desejando que meu trabalho não terminasse nunca, para poder ali ficar para sempre.

Um alarido maior tomou conta do Pátio do Templo, e Hugo de Payraud, olhando pela janela, disse:

— A caleça de Filipe acaba de entrar no pátio: os guardas estão com grande dificuldade de fechar o portão... vejam sobre aquela outra casa:

é Noffo Dei, esbravejando contra o Rei e açulando a multidão contra nossos portões!

— Assim que a ponte levadiça for erguida, ninguém passará: a multidão detesta água fria, e o fosso não é nada convidativo... fique observando, irmão Hugo. Assim que os portões se fecharem, estará em andamento o nosso plano. Filipe deve ser trazido até esta sala onde estamos, pois é aqui que faremos o que deve ser feito...

Os três ficaram em silêncio, enquanto a multidão lá fora urrava cada vez mais alto e descontroladamente. Eu, ali onde estava, não tinha coragem nem de passar a agulha pelo couro, temendo que o ruído quebrasse algum encanto que mantinha a todos tão paralisados, Hugo à janela, Geoffroy a meio caminho entre esta e a escada, e Jacques de Molay sentado calmamente em sua cadeira. Subitamente. Hugo gritou:

— Entraram!

Jacques de Molay ordenou:

— Descei ao pátio e trazei-o até mim, preferencialmente sem ninguém que o acompanhe: a conversa deve ser entre mim e ele, sem testemunhas...

Geoffroy e Hugo acenaram e desceram as escadas, o ruído de suas botas diminuindo gradativamente. Eu, às costas de Jacques de Molay, não sabia o que fazer: ele certamente se esquecera de minha presença, e quando dela se lembrasse, certamente me atiraria pela escadaria abaixo. Fiquei hirto, olhando as espáduas e o cabelo encanecido de meu irmão. O ulular da multidão do lado de fora mudou de qualidade: agora gritavam contra nós, os Templários, certamente por termos protegido o Rei que queriam justiçar, e uma série de pedras era atirada por sobre os muros da *Cousture*, atingindo o nada e o desconhecido. Repentinamente, ouvimos ruídos nas escadas, que se aproximavam cada vez mais desta mansarda onde estávamos. Foi nesse momento que Jacques de Molay, sem se virar, disse-me, em voz pausada:

— Oculta-te atrás daquela papeleira...

Por um momento, cuidei ter sido enganado por meus ouvidos, mas a mão direita de meu irmão acenava discretamente em direção a um armário cheio de documentos. Ergui-me, arrebanhando tudo o que trouxera, inclusive a bota que estava consertando, ocultando-me detrás do armário, um espaço exíguo coberto de poeira e teias de aranha, onde fiquei quase sem respirar, não apenas pelo inusitado da situação, mas principalmente por não entender que papel meu Grão-Mestre esperava que eu cumprisse com minha presença nessa reunião que só a ele e ao Rei Filipe interessava.

Os ruídos e passos cresceram, e subitamente ouvi Filipe IV irromper na sala, com sua voz ácida e irritadiça, gritando:

— Tu estás me seqüestrando, de Molay? Todos sabem que estou aqui contra a minha vontade!

— Irmão Geoffroy, irmão Hugo, podeis deixar-nos: ide cuidar da comitiva de Sua Majestade, enquanto o Rei e eu conversaremos sobre os assuntos que temos em comum...

Ouvi os passos dos dois irmãos descendo as escadas, e quando o ruído se tornou baixo demais para ser ouvido, Jacques de Molay disse:

— Majestade, bem-vindo ao Templo de Paris: estamos ao teu dispor para auxiliar-te e defender-te no que quer que sejamos necessários. Desejais sentar? Algum refresco ou alimento?

Pelo som, percebi que Filipe não se sentara: pelo contrário, estava pisando duro e caminhando de um lado para outro da sala, esbravejando.

— Nada tens a me oferecer, de Molay, nem a mim nem ao reino de França, que estais seqüestrando e mantendo em cárcere privado! Quem te disse que podes fazer isso comigo?

— O desejo de salvar vossa vida, Filipe: a multidão lá de fora está sinceramente disposta a arrancar-vos a cabeça do corpo, e isso não é bom nem para vós nem para ninguém... não percebêsteis o perigo que vos envolvia, e que a qualquer instante a turba perderia por vós o respeito que deve a seus governantes, tratando-vos como tratariam a um qualquer? O que fiz foi apenas salvar-vos a vida, para que pudésseis viver mais um dia...

— E o que queres em troca disso, de Molay? Achas que o Rei de França negocia sua vida com vis seqüestradores?

— Não, Filipe, não sou vosso seqüestrador, mas vosso protetor: aqui não é vosso cárcere, mas sim vosso refúgio. Que melhor lugar para proteger o tesouro da vida de um Rei do que a sala onde o tesouro de sua casa real está guardado?

Um instante de silêncio e Filipe, com a voz mais baixa, disse:

— É aqui onde guardas o tesouro de França, de Molay? Onde está ele? É meu, e eu insisto em vê-lo, para saber se realmente existe e se não me estás enganando!

— Não, Filipe, não é vosso, mas da França, e vós sois apenas o seu fiel depositário, enquanto a Ordem do Templo é a sua guardiã... se guardamos o tesouro de França, por que não deveríamos também cuidar de seu representante, o Rei de França? Vinde vê-lo, se isso tem para vós tanta importância assim...

Ouvi a tampa de ferro sendo aberta, e a roldana sendo girada, enquanto o Rei e de Molay mantinham estrito silêncio: uma luz mais clara iluminou a sala, e eu não entendi por quê, mas Filipe arquejou, como se lhe faltasse o ar, e Jacques de Molay disse:

— Vedes? O tesouro de França está em excelente companhia... guardado em meio a tantos outros, que perto deles chega a perder o valor... era isso que vós imagináveis, Filipe?

O silêncio de Filipe era mais intenso que seus gritos: ele devia estar completamente embasbacado com o que vira, e sua mente onzeneira, calculando como fazer para que aquilo lhe pertencesse, como o fazem todos os Reis cobiçosos. Jacques de Molay, mais baixo, disse-lhe:

— Era isso que ambicionáveis, não é verdade, Filipe? Que outro motivo vos faria desejar ser não apenas um de nós, mas o chefe de todos nós, a não ser dispor deste tesouro?

— Tu me entendes muito mal, Grão-Mestre do Templo. — Filipe estava com a voz rouca e embargada. — O que tenho contra vós, Templários, é coisa mais antiga e mais valiosa que um tesouro... existem entre os Reis de França e os Templários diferenças irreconciliáveis!

Eu não acreditava naquilo que ouvia: Jacques de Molay, sem nenhuma mudança na voz, perguntou-lhe:

— E quais seriam elas, Filipe?

Filipe riu com amargor e deboche:

— Tu te fazes de estúpido, de Molay! Os Templários se recusaram à Cruzada contra os cátaros, quando o Rei de França vos pediu ajuda; a Ordem do Templo rejeitou o desejo real e fez tudo o que pôde para proteger hereges, aqui e nos Lugares Santos! Os Capetíngios nunca se esquecem de quem os rejeita... e não duvido que isso tenha sido conseqüência do acordo que os Templários fizeram com Saladino e com os

Assassinos do Velho da Montanha, ainda no *Outremer*! A heresia é sangue e carne dos Templários!

— Filipe, Filipe, pensai bem no que dizeis: se somos assim tão maus, por que insististes tanto em ser parte de nós? Tínheis tanta vontade assim de unir-te à heresia?

— A única salvação para os Templários seria estar sob as ordens dos Reis de França! A influência de muçulmanos e judeus sobre o Templo tinha que ser extinta, e os cavaleiros tinham que voltar às hostes cristãs o mais rápido possível, antes que se tornassem uma influência deletéria sobre o mundo! Nós, Filipe de França, nos dispusemos a prestar esse serviço à Cristandade, trazendo-vos de volta ao vosso aprisco e extinguindo a heresia que grassava entre os Templários... o que não nos foi possível fazer, e hoje a peste herética já domina a todos os Templários, transformando a Ordem no maior de todos os perigos, que deve ser abolido sem dó nem piedade!

Um instante de silêncio, e logo ouvi a voz calma e segura de Jacques de Molay:

— E quem vos disse que sois o escolhido para salvar o mundo, Filipe? Quem vos impôs essa noção alucinada, que vos faz passar até mesmo por cima de Deus, na incansável busca por mais e mais poder? Os Reis existem para servir a seus povos, com humildade e devoção, e não para impor-lhes seus desejos pessoais ou suas alucinações de grandeza inexistente... sendo essa a verdadeira razão pela qual paira sobre nós a gloriosa idéia de um Governo do Mundo...

— Eu também creio num Governo do Mundo, de Molay!

— Mas apenas se vós fordes o escolhido para ser o Governante... Filipe, nos conhecemos há algum tempo, vosso filho é meu afilhado, e mesmo assim pareceis não compreender o que move os Templários... quem vos deu a idéia de que poderíamos ser vossos serviçais? Um valor mais alto que qualquer Rei nos guia e garante, e o Rei do Mundo, quando existir pela vontade de Deus, será bem diferente de vós, Filipe de França... o que produz a realidade que sonhamos é o desejo de muitos, não apenas o de um só...

— O que produz a realidade é o poder, de Molay, e este eu o possuo, e o direciono exatamente para concretizar a realidade que ele anuncia! Meu poder como Rei de França é mais do que suficiente para reinar sobre o mundo!

— Aí é que reside o vosso maior engano, Filipe... Fostes colocado nessa posição para servir ao mundo, e não para servir-se dele... o que sentistes quando vistes a multidão alucinada avançando sobre vossa caleça, armada de paus e pedras, gritando impropérios?

— A canalha de Paris não tem nenhuma importância!

— Como assim? Se tivessem conseguido alcançar-vos antes que entrásseis aqui, não teriam conseguido matar-vos? Vosso poder seria suficiente para controlar o desejo da multidão? Vossa figura real seria o bastante para que se ajoelhassem devotamente e desistissem de seu intento assassino? Como disse antes, vós vos enganais redondamente, Filipe de França, e esse poder que vos arrogais em possuir nada significa frente aos desejos que produzem a realidade...

A voz de Filipe tomou-se de ódio:

— O que queres dizer com isso, de Molay? Crês verdadeiramente que não sou capaz de colocar-vos a todos de joelhos, obrigando os Templários a fazer exatamente o que me der na veneta? O engano é teu, Grão-Mestre de um Templo decadente: eu sou o maior dos Reis e tenho tudo e todos em meu poder... até mesmo o Papa, o único a quem deveis obediência, está sob meu controle, e há de fazer exatamente aquilo que eu lhe ordenar, e quando chegar a tua hora, isso também acontecerá. Não existe quem não seja meu súdito, e para os súditos de um Rei, a desobediência é impossível!

— Existe um poder muito maior que o vosso, Filipe, o de Deus! Podeis controlar os padres, os bispos, os arcebispos, podeis controlar até mesmo o Papa, mas a vontade de Deus ninguém controla! É nele que reside nossa esperança, porque estamos dispostos a seguir-lhe os desígnios sem hesitar... vós vos esqueceis que o Governo do Mundo há de existir para todos que o mundo abriga, e não apenas para aqueles a quem vossa vontade premiar?

— Os inimigos de Cristo têm que ser destruídos, os Lugares Santos têm que ser recuperados para seus verdadeiros donos! Fiz disso minha tarefa mais importante, e se uma depende da outra, foi vossa recusa a uma nova Cruzada quem me fez reconhecer os Templários como meus inimigos! Sou Filipe, Rei de França, o mais importante de todos os Reis, o mais cristão, o mais divino! Não ouses enfrentar-me, de Molay! Eu vos destruirei a todos, sem hesitar!

— E no processo certamente vos apossareis dos tesouros que acabais de ver... que diferença dos tesouros do reino que dizeis guardar em vosso palácio, não e verdade, Filipe? Mas isso já não importa mais: quis aproveitar vossa presença entre nós para aparar as arestas existentes entre o Reino de França e a Ordem do Templo, o que não foi possível. Amanhã mesmo vos enviarei soldados com todo o vosso tesouro, para que fique sob vossa responsabilidade real: não havendo confiança entre nós, não podemos mais guardá-lo para vós. Peço-vos então que me acompanheis para vossos aposentos, onde ficareis até que a situação do lado de fora da *Cousture* esteja sob controle, e enfim possais voltar para vosso palácio.

— Uma cela, certamente?

— Não, Filipe: aposentos dignos de um Rei, pois para nós a autoridade e o governo devem andar sempre juntos, e aquilo que representais é para nós muito importante. No refeitório da Ordem, os Templários vos aguardam, para homenagear-vos e entregar-vos nosso respeito incondicional. Sois o Rei de França, e portanto livre para fazerdes o que vos der na veneta: o que vos oferecemos é a defesa de vossa vida e o abrigo de que necessitardes, enquanto isso vos for conveniente... podemos ir?

— De Molay, tu sabes que eu sou teu inimigo, não sabes?

— Não tenho nenhuma dúvida quanto a isso, Majestade: mas nossa inimizade nada tem a ver com o respeito que o Rei de França nos merece...

Em silêncio, os dois deixaram a mansarda do tesouro, e eu, muito tempo depois, saí de detrás da papeleira, ainda trêmulo de emoção: vivera tão só nos últimos tempos, jurando que meu irmão e Grão-Mestre não queria nem mesmo saber de mim, e que minha existência já não era mais parte de seu rol de preocupações, e no entanto ele não apenas reconhecia minha existência, mas também sabia onde eu estava, sob que nome e figura me escondera, e mandara trazer-me à sua presença especificamente para que eu testemunhasse aquela que provavelmente seria a última das conversas que teria com Filipe. Uma imensa alegria me tomava o coração: eu não tinha sido abandonado por meus irmãos, e minha missão ganhava agora um novo alento, com o presente de confiança que meu Grão-Mestre me havia feito, permitindo-me testemunhar fatos tão importantes, que me enchiam de nova força, suficiente para que eu prosseguisse em minha tarefa sem esmorecer.

Saí do *Donjon* sem que ninguém me visse ou se aproximasse de mim: o pátio interno da *Cousture* estava deserto, e ao longe eu podia ouvir, dentro do refeitório da Ordem, as saudações de praxe ao Rei de França. Deixei o Templo, saindo pelo portão da frente, encontrando uma rua estranhamente deserta, a mesma que alguns instantes atrás estava tomada por incontrolável multidão, que desaparecera como que por encanto. Não pude deixar de pensar, enquanto me dirigia para a oficina de Lepidus, que havia tudo sido muito oportuno: a rebelião do povo, o passeio do rei, o chamado que me haviam feito para estar dentro do Templo exatamente nessa ocasião, o testemunho da conversa entre o Rei e o Grão-Mestre. Noffo Dei, o lombardo líder da rebelião popular, desaparecera, e com ele, a turba violenta que parecia não poder mais ser controlada, como se nunca houvessem existido.

Em minha casa, na mesa do segundo andar, vendo o Templo pelo óculo sujo, mais uma vez pus a cabeça entre os braços e chorei de alegria e alívio: depois da prisão pela qual passara, eu andava me sentindo esquecido e rejeitado, pois nem mesmo Guilherme de Nogaret procurava mais por mim. A impressão que eu tivera nos últimos tempos era de que, para livrar-se de mim sem grandes percalços, o Grão-Mestre houvesse inventado essa conversa fiada para que eu deixasse a Ordem sem me sentir rejeitado por ela. Com os acontecimentos desse dia, eu me sentia renovado em meu papel de traidor consentido, e chegava mesmo a reconsiderar importantes as atividades que vinha exercendo nesse sentido cada dia com menos empenho e naturalidade. A mesa molhada pelas minhas lágrimas me chamou a atenção: ultimamente, era apenas como depósito de meu choro que ela vinha sendo usada.

Nos dias seguintes, ninguém veio até mim, nem o sargento-de-armas, nem qualquer membro menos destacado do Templo, a tal ponto que cheguei a cogitar se não era ilusão aquilo que se passara, a conversa que ouvira, os momentos de tensão a que todos nos submetêramos: eu conhecera muitos loucos que consideravam suas alucinações como sendo fatos reais, e os seres imaginários que lhes povoavam as horas como sendo gente de verdade. A única coisa que me garantia um mínimo de sanidade e crença nos fatos era a bota de Jacques de Molay, que eu não terminara de consertar e trouxera comigo, inadvertidamente. Cheguei a pensar em terminar o serviço e devolvê-la ao dono, mas aí eu me tornaria refém de meus receios, e por isso preferi mantê-la comigo, olhando-a sempre que alguma dúvida me assaltava. A bota de Jacques de Molay era meu símbolo de sanidade.

Mantendo minhas vidas protetoras à frente, permiti que Esquin de Floyrac se fortalecesse, pois, após a conversa franca e agressiva entre Jacques de Molay e Filipe IV, os fatos certamente se precipitariam e eu teria muito a fazer. Os Templários deram notícias de que iriam fazer uma expedição à Grécia, e essas notícias foram utilizadas da pior maneira possível pelos homens do Rei: havia quem dissesse que eles estavam se preparando para abandonar a França e ir estabelecer um seu reino independente no Oriente Próximo, a partir do qual se uniriam aos muçulmanos e judeus para atacar a Europa, dominando a todos os cristãos e obrigando-os a professar a heresia da qual eram defensores. Boatos de cusparadas na cruz e de fezes jogadas sobre a imagem de Cristo tornaram-se corriqueiros, sendo levados em consideração estrita por muitos que, se tivessem oportunidade para isso, fariam o mesmo com os símbolos das religiões dos judeus e dos muçulmanos, sem hesitar nem achar que as desrespeitavam. Havia mesmo quem pretendesse que a Ordem Templária fosse desmontada, e suas riquezas transferidas para os Hospitalários, que neste momento pareciam ser mais cordatos e obedientes que os Templários. Eu, que os conhecia bem, não conseguia levar nada disso a sério, mas sentia que cada pequena maldade dita contra um Templário se solidificava no grande edifício da calúnia que seria usado para nos destruir, assim que a oportunidade chegasse. Fulco de Villaret, o Grão-Mestre dos Hospitalários, era um homem de grande astúcia, e, cada vez que se tocava neste assunto, fazia questão de vir a público dando provas de respeito ao Templo, com textos tão inteligentemente escritos que só serviam para degradar-nos mais ainda aos olhos da opinião pública. Era preciso que alguém lhe agradecesse, mas dissesse que não precisávamos de sua ajuda, pois ela acabava por ser um prejuízo maior que o simples silêncio.

Felício me revelou mais uma parte dos temores de Filipe IV, que eu não conhecia, pois envolviam sua tribo e nação gitana, o bando Des Nuits:

— Quando a mãe de Filipe morreu, seu pai pouco aparecia em casa, ocupado com sua Cruzada pessoal, durante a qual veio a morrer de febre, e quem o criou foi a madrasta Maria de Brabante, de quem Filipe tinha terror pânico, principalmente depois que seu irmão Luís morreu envenenado. A cigana acusada do crime revelou nada saber sobre isso, a não ser que Maria de Brabante, sua acusadora, a havia visitado para dela conseguir um veneno que destruísse toda a casa dos Capetíngios, deixando-a no poder. Foi então que Filipe se refugiou na igreja e na figura de seu avô Luís IX, o santo Rei das Cruzadas, desenvolvendo uma piedade doentia, que envolvia o silício e as chibatadas, prática que foi corriqueira em sua vida até se casar com Joana de Navarra, aos 16 anos.

— Interessante... como sabes disso, Felício?

— A gitana que foi acusada e justiçada era minha tia-avó, escolhida por Maria de Brabante exatamente por seu conhecimento de medicina e ervas: por causa disso, ficamos proibidos de entrar em Paris durante muitos anos. Filipe, mais do que a Deus, teme a bruxaria e os filtros venenosos, e quando sua mulher morreu, ano passado, acusou o bispo de Troyes, que era inimigo dela, como responsável por sua morte através da magia negra! Quanto a Nogaret, soube mais sobre ele...

— Conta-me, então, Felício!

— Não foi apenas seu pai que foi queimado por heresia em processo contra os cátaros de sua região: sua mãe e muitos outros de seus parentes acabaram seus dias na fogueira da Inquisição, pelo mesmo motivo... Como vês, Esquin, sempre há quem seja o bode expiatório dos poderosos: judeus, muçulmanos, hereges, gitanos, bruxas, banqueiros, somos todos os que acabamos por simbolizar o mal que há no mundo...

— E agora também os Templários. Estamos unidos por mais que nossa amizade, Felício: a espada de Dâmocles, que sempre pendeu sobre a tua cabeça, agora pende da mesma forma sobre a minha. Em qual delas ela cairá primeiro?

— Isso não importa, meu mano: em qualquer de nós que ela venha a cair, estaremos todos sofrendo o golpe... os rejeitados do mundo somos todos iguais, e cada vez mais unidos na desgraça que nos impõem...

O preconceito, estando mais longe da verdade até mesmo que a ignorância, era a forma de ação mais comum nesses dias: não havia modo de convencer nenhum preconceituoso do equívoco de suas idéias, porque nenhum argumento conseguia penetrar a couraça grosseira de seus pensamentos cristalizados no medo de tudo que lhes parecesse diferente daquilo que acreditavam ser.

Nem um mês se passou, e finalmente compreendi o silêncio de Guilherme de Nogaret quanto aos Templários: havia coisa mais momentosa a ser executada, e como um dia previra Jacques de Molay, chegara a vez de os judeus serem expulsos do reino de França. O decreto que Guilherme de Nogaret redigiu para alcançar esse desejo de Filipe era uma obra-prima de chicanice, um imenso edifício de manobras legais baseado exclusivamente no preconceito que o povo de França gostava de expressar em seu dia-a-dia. Quando veio a público, lido três vezes por dia pelos arautos reais em todas as praças da cidade, a multidão que antes torcia o nariz para seu Rei passou subitamente a aplaudi-lo, porque, com uma penada, Sua Majestade satisfazia todos os desejos que seus maus instintos geravam.

Uma longa fila de judeus, levando apenas o que podiam carregar, começou a se desenrolar pelas ruas de Paris, em direção ao sul: os esbirros e prebostes de Guilherme de Nogaret, apoiados menos no decreto real que na positiva reação popular a seus atos, os expulsava de suas casas, tomando todas as suas riquezas, móveis, quadros, adereços, jóias, vestes, livros, objetos de culto, e o que não lhes interessava era jogado ao chão e pisoteado. Cada judeu, homem, mulher, criança, velho, estava livre para levar apenas o que pudesse ser carregado com as mãos e o corpo, não lhes sendo permitido o uso nem de animais de carga nem de carroças, como era hábito entre eles: era triste vê-los com ar aparvalhado, arrastando suas bagagens, tentando torná-las maiores do que suportariam, e a partir de certo momento começando a largar pelo caminho aquilo que não conseguiam mais levar consigo, abrindo mão de coisas essenciais, que a partir desse instante se tornavam totalmente desimportantes. Os guardas de Filipe ainda se davam ao luxo de examinar as bagagens de todos, extraindo delas tudo que pudesse parecer valioso ou interessante para o Rei onzeneiro a quem serviam, e o povo, sem nenhuma piedade, açulava cães contra os judeus, atirando-lhes pedras e lixo, fuçando naquilo que os expulsos iam gradativamente abandonando, fazendo troça do que ali encontravam e de que não sabiam reconhecer nem uso nem utilidade. Os gritos de "Fora, judeu! Sai daqui, assassino de Cristo! Feiticeiro! Ladrão! Adeus para sempre, Judeu Errante!" se multiplicavam e aumentavam cada vez mais, porque a crueldade das multidões sempre se dirige a quem estiver momentaneamente colocado em posição inferior, abusando da situação. Engana-se quem pensar que esta multidão era feita apenas de gente do povo: a burguesia de Paris também tinha ido toda para as ruas verberar os judeus, acusando-os de agiotagem e práticas anticristãs, exatamente porque agora não precisariam mais pagar as dívidas que haviam contraído com os banqueiros judeus a quem tinham recorrido em momento de necessidade.

Os judeus atravessavam mais essa provação com a filosofia de quem já está acostumado a ser rejeitado: quando o Papa Inocêncio III os carimbara definitivamente como os assassinos de Cristo, abrira espaço para que a qualquer instante um devedor de mau caráter fizesse uso dessa apóstrofe para deixar de pagar o que devia. A longa fila atravessou Paris durante três dias e três noites, e na última delas a população já os abandonara, indo atrás de novos prazeres e diversões, porque os judeus não reagiam, não devolviam os insultos, não tentavam se defender, apenas procuravam seguir seu caminho em busca de um abrigo, por mais temporário que fosse.

Minha face ficou permanentemente rubra de vergonha, enquanto o povo do reino de França exibia desavergonhadamente o pior que tinha dentro de si: recordei-me de meus irmãos Eliphas e Ayub durante todo o tempo, e da forma absolutamente civilizada com que tratavam a todos que conheciam, mesmo que com eles tivessem dissensões terríveis. Eliphas sempre dizia "quando a discussão é logica, não existe conflito", idéia que eu levei muito tempo para entender, só me sendo possível assimilá-la quando percebi que as pessoas raramente tinham algo a ver com as idéias que professavam e defendiam, e que o faziam confundindo-as consigo próprias, ofendendo-se como se a rejeição de uma idéia fosse a rejeição delas mesmas.

A cidade vazia de judeus respirou aliviada, até que os negócios necessários precisaram ser retomados, e a ausência dos banqueiros judeus começou a ser notada. Filipe IV e Nogaret estabeleceram regras emergenciais para os serviços bancários de forma a que fossem feitos apenas por cristãos, tentando dominar as transações financeiras em benefício do Tesouro Real, assim como já se beneficiava dos dízimos da Igreja de

O FIM DO TEMPLO

Roma. Nunca tantos reclamaram tanto de tão poucos: os banqueiros cristãos, organizados segundo a vontade de Filipe, eram milhares de vezes mais incompetentes e menos caridosos que os banqueiros judeus ou lombardos, e começaram a incomodar tanto os negócios de Estado, que a burguesia se pôs a reclamar pela volta dos banqueiros lombardos ou mesmo dos judeus, sob cujas garras avarentas eram sensivelmente mais felizes.

O poeta satírico Godefroy de Paris, percebendo com clareza o que estava se passando, espalhou uma sextilha de sua lavra que correu pela cidade como fogo de palha, porque representava com precisão o pensamento de todos:

> *Os judeus eram bonzinhos*
> *Como não são os cristãos...*
> *E se tivessem ficado*
> *Aqui no reino de França*
> *Nos dariam a ganhança*
> *Que os cristãos já não nos dão...*

Esta sextilha tornou-se tão popular, que Filipe IV ordenou aos clérigos de Paris que a proibissem em seus sermões, e que os que a proferissem fossem ameaçados de expulsão e até excomunhão, caso a repetissem novamente em voz alta. Isso fez com que essa sextilha e outras subseqüentes, de autoria do mesmo Godefroy ou de outros não-nominados, se tornassem um sucesso maior ainda, o que levou o rei a proibi-la sob pena de castigo e prisão nas masmorras. Aí então é que a sextilha se tornou universalmente conhecida, ampliando-se em muito e até incluindo em algumas de suas versões várias críticas bem-humoradas ao equívoco de Filipe IV.

O Templo, desde a reunião entre o Grão-Mestre e o Rei, deixara de financiar o reino de França, que sem esse apoio começava a perder o poder financeiro. Isso ficou bem claro para mim na manhã em que, sem que eu pudesse prever, surgiu na Rua do Templo a figura quase esquecida de Gerard de Byzol, saltando de um cavalo muito bem ajaezado, vestindo um traje riquíssimo e enfeitado, como se estivesse numa festa da corte. Mantive-me à parte de tudo, como era meu hábito quando me fazia de Lepidus, mas pelo canto do olho percebi sua entrada em minha loja, com a face torcida por causa do cheiro e da poeira, e imediatamente espirrei, tossi, escarrei, cocei o traseiro e peidei, causando-lhe mais mal-estar ainda: a vida entre os malandrins me fazia a cada instante ter menos respeito pelos ditos homens de bem, dos quais Gerard de Byzol era representante fidelíssimo, e como Lepidus, mais do que como Lentus ou como Esquin, eu agia mais e mais no sentido de colocá-los em seu devido lugar simplesmente com a naturalidade humana que tanto os incomodava.

Gerard chamou-me a atenção, batendo os pés no chão:

— Ei, sapateiro! Atende-me!

Olhei para todos os lados, como se não soubesse de onde vinha o barulho, e Gerard agitou os braços, até que o vi, minha boca aberta e babando. Olhei-o e, sem dar nenhum sinal, voltei a martelar a sola de um sapato, levando-o às raias da apoplexia:

— Sapateiro, acorda!

Continuei martelando, e quando ele me colocou as mãos sobre o braço, ergui o martelo, parando-o no alto da cabeça e olhando-o com olhos frios e perigosos. Ele deu um salto para trás, e eu voltei a martelar, rindo por dentro. Ele recuou e, jogando-me sobre a mesa de trabalho um rolo de pergaminho e algumas moedas, disse:

— O Procurador do Rei precisa de Esquin de Floyrac! Por favor, passa-lhe este recado!

Minha reação deve ter sido assustadora, porque Gerard de Byzol saiu rapidamente de minha oficina, montando em seu cavalo e partindo de minha porta em trote acelerado. Fiquei rindo por dentro e, logo que pude, subi para minha sala particular, onde desenrolei o pergaminho e li a mensagem de Guilherme de Nogaret:

"Cavaleiro de Floyrac, tua presença é imediatamente necessária, porque os acontecimentos se precipitam e está na hora de darmos um golpe final nos traidores do Templo. Comparece amanhã pelo desjejum ao Palais de Paris, sem falta."

Dormi mal nessa noite: não sabia o que aconteceria e nem o que esperavam de mim, mas sentia que algum desenlace estava sendo preparado, pelos motivos de sempre ou por algum fato novo que tivesse surpreendido a todos. Eu não pretendia ser surpreendido, disso tinha certeza, e o contato com Sua Majestade, em tempos tão aziagos, certamente seria dispensável, não tivesse eu uma missão a cumprir. Mas depois de ter sido premiado com o inesperado reconhecimento de meu Grão-Mestre, minhas forças haviam aumentado, e eu me sentia pronto para tudo, até mesmo para enfrentar Guilherme de Nogaret, que, mais do que o Rei, era a quem eu verdadeiramente temia, ainda que agora tivesse uma arma contra ele, que infelizmente só poderia ser usada uma vez, e, por isso, apenas no momento certo.

Na manhã seguinte, atravessei a cidade a cavalo, vestido com dignidade: afinal, ia ao encontro do Rei, e se não me ataviava mais como o Templário que era, precisava preservar pelo menos um pouco de minha verdade pessoal através da roupa simples e digna, de cor discreta, negra e marrom-escura. Na porta do Palais de Paris, fui recebido com presteza e imediatamente enviado aos aposentos do Rei, que acabara de acordar e estava tomando seu desjejum: ao entrar em seu quarto extremamente enfeitado senti-me um pardal, em meio a um bando de pavões, porque todos os que ali estavam brilhavam como flores de primavera, ataviados com as mais exuberantes cores possíveis, quase se misturando aos adamascados das paredes e reposteiros. O único que usava cores sóbrias era Guilherme de Nogaret, que me saudou com um sorriso cínico nos lábios:

— Folgo em vê-lo com saúde, de Floyrac! Sua Majestade precisa muito de ti!

O Rei estava em seu leito, sendo alimentado por seus serviçais, cada um deles lhe colocando na boca um pedaço de alimento, uma bebida, um doce, faltando apenas alguém que os mastigasse em seu lugar para que ele nenhum trabalho tivesse. O Rei me olhou com severidade e disse:

— De Floyrac, chegou a hora de pormos à prova a tua sinceridade: vamos dar o golpe final no Templo, e para isso és indispensável. Consegui convencer o Papa a marcar uma reunião definitiva em Poitiers, agora para o dia de Todos os Santos, entre os Grão-Mestres do Templo e do Hospital, para que as duas ordens se unam em uma só a serviço do Papado... o que achas disso?

Estranhei que Filipe me pedisse uma opinião, mas fui o mais sincero possível:

— Majestade, creio que da parte do Templo isto não será possível: o Grão-Mestre rejeita essa idéia desde que ela surgiu, anos atrás, e lutará com todas as suas forças para que isso não se dê!

— Mas se é exatamente isso o que eu desejo! — Filipe quase pulou da cama. — Jacques de Molay deve preocupar-se com isso, para não prestar atenção ao que realmente importa! Devemos mantê-lo entretido com as questões que lhe parecem essenciais, enquanto preparamos o golpe final... Nogaret, lê para o cavaleiro a carta que enviarei a todos os oficiais do reino assim que estivermos prontos para dar o golpe final no Templo!

Nogaret buscou entre os papéis de uma mesa um rolo muito riscado e rasurado, de onde começou a ler a seguinte mensagem real:

— Uma coisa amarga, uma coisa deplorável, uma coisa seguramente horrível de se pensar, terrível de se entender, um crime detestável, uma empreitada execrável, um ato abominável, uma infâmia horrenda, uma coisa absolutamente inumana, e mais, estranha a toda a humanidade e, graças aos relatórios de inúmeras pessoas dignas de fé, repercutida em nossos ouvidos, não sem nos abater com grande estupor e nos fazer tremer de violento horror; e, pesando sua gravidade, uma dor imensa cresceu em nós, ainda mais cruelmente por não deixar dúvidas de que a enormidade do crime transborda até se tornar uma ofensa para a Majestade Divina, uma vergonha para a Humanidade, um pernicioso exemplo do Mal e um escândalo universal. Essa gente, os Templários, se iguala aos animais completamente desprovidos de razão; e mais, ampliando sua desrazão com sua bestialidade assustadora, essa gente se expõe a todos os crimes soberanamente abomináveis e odiosos que fogem da sensualidade das feras irracionais elas mesmas... Não somente por seus atos e suas obras detestáveis, mas também por seus discursos imprevistos, eles conspurcam a terra com sua sujeira, suprimem os bens do orvalho, corrompem a pureza do ar e estabelecem a confusão de nossa fé...

Era um arrazoado absolutamente sem sentido, mas que me fazia tremer por dentro, principalmente porque o Rei e o Procurador se deliciavam com ele, rindo tanto que pareciam estar em contato com alguma bem-aventurança indescritível. Minha cara de pasmo deve ter sido flagrante, porque o Rei me olhou, dizendo:

— Não percebeste, cavaleiro? Não entendeste o que estamos fazendo?

— Majestade, ainda que concorde com cada vírgula do que o Procurador leu, não entendo de que maneira isso será um golpe definitivo contra os traidores...

O Rei e o Procurador riram mais ainda, e Nogaret me disse, com seu eterno ar de empáfia e superioridade:

— É simples: esta carta chegará no mesmo dia a todos os oficiais de França em todos os lugares onde houver Templários, não deixando de fora nenhuma Comendadoria, nenhum Priorado, nenhum Convento. Terá data marcada para ser aberta, e, sendo lida por todos no mesmo instante, só lhes restará seguir as ordens reais que irão junto a ela, ou seja: no mesmo momento em todo o Reino de França, os Templários serão presos sem exceção de nenhum! E quando já estiverem todos sob a mão do Rei de França, serão destruídos completamente, um por um... não te parece perfeito, de Floyrac?

O Procurador e o Rei estavam tão felizes com seu plano, que não puderam ler o que ia dentro de mim: eu tinha o coração apertado, ao perceber que a qualquer momento o Reino de França cairia sobre os Templários com toda a força de suas armas, atacando-nos sem dó nem piedade... era preciso avisá-los a todos, porque a surpresa, sendo parte essencial do plano real, precisava ser anulada. Mas quando isso se daria? Era preciso fazer-me de sócio voluntário da empreitada, descobrir o que nela era fundamental, dando disso notícias a meu Grão-Mestre...

Nesse instante, percebi a importância de meu papel de traidor: era de mim que dependia o sucesso ou o fracasso do que eu tinha diante dos olhos, e creio que nem Judas, ao executar o que seu Mestre lhe ordenara, tivera dentro de si tanto medo de falhar.

Capítulo 10

1268

Quando consegui retornar a Acre, depois de três dias arrastando-me com fome e sede por entre as montanhas, desviando-me com dificuldade dos soldados e tropas que fervilhavam pelo caminho, era outro homem: o arrependimento me tolhia os movimentos, e eu quase me paralisava, achando que meus atos e minhas vontades tinham sido a causa da morte de tantos homens, mulheres e crianças, entre eles noventa cavaleiros do Templo, decapitados pelos homens de Baibars entre gritos de alegria e saudações a Allah. Chegando à casa de meu pai, desconhecemos-nos mutuamente: ele, certamente preocupado com os anos que menos de um mês em Safed me havia adicionado à idade, e eu, por percebê-lo a cada dia mais doente e mais fraco, ainda que tentasse manter-se e apresentar-se como o forte e poderoso empreiteiro do Templo que eu conhecera. Estava muito doente, pelo que eu pude perceber, e sua magreza cada vez mais acentuada, ainda que não desse nenhum sinal de mal-estar ou sofrimento físico: mas não falava do assunto, não abria espaço para que eu ou qualquer outro falasse dele, e seguia vivendo como sempre vivera, em absoluta crença na própria imortalidade, considerando-se o único, entre todos os homens do mundo, a quem as doenças e a decadência física nunca tocariam.

Antes de sair de Safed, vi as cabeças cortadas dos Templários espetadas em lanças por todo o perímetro da fortaleza que Baibars tomara, e que agora ocupava com o mesmo objetivo de seus antigos donos, o controle do acesso à Galiléia, e daí às cidades de Sídon, Tiro e Acre: essa imagem de infinita crueldade embaçou durante anos os meus sonhos mais terríveis, e as notícias sobre o lento mas seguro avanço de Baibars sobre o território que havia sido nosso, fortificando-se e estabelecendo-se em defintivo onde antes fôramos senhores, eram um fantasma que pairava permanentemente sobre nossas vidas à beira-mar.

Meu pai reclamou muito das perdas em Safed:

— De tudo que lá coloquei, só recuperei a ti e a dois de teus três contramestres, além desse gitano que carregas contigo para toda parte: as perdas em material, homens e mesmo dinheiro, sem falar no tempo que lá desperdiçamos, precisam ser contabilizadas e imediatamente repostas. É preciso que recuperemos os ganhos perdidos, reforçando nossos cofres com o reforço de nossas empreitadas.

— Senhor meu pai, estou às tuas ordens para que isso aconteça: basta que me ordenes, e farei o que desejas...

Meu pai fez um gesto brusco, que a cada dia se repetia mais amiúde, à medida que sua irascibilidade crescia:

— Precisas aprender a tomar decisões por tua própria conta, sem que eu precise mandar-te fazer as coisas... Já conheces bem o ofício, de dentro para fora e de trás para a frente: o que te impede de tomar conta dos negócios sem me incomodar? O que mais precisas para isso além do teu talento?

— Tua experiência, meu pai: nada substitui o talento, a não ser a experiência de um pai como tu.

Eu falara francamente, e meu pai se emocionou tanto quanto eu: mas imediatamente disfarçou o que sentia e pôs-se a me explicar o que deveríamos fazer para proteger Acre da próxima invasão. Baibars, tendo vencido os mongóis de maneira quase que definitiva, agora queria dar o mesmo tratamento aos cristãos, e não mediria esforços para fazê-lo, ainda que para isso precisasse de mil anos. No caso dele, a experiência também era essencial: já estava ativo no ofício de destruição e domínio havia quase vinte anos, desde que comandara a cavalaria egípcia na batalha de La Forbie, em 1244. Na Cruzada do Rei Luís, fora ele quem massacrara pessoalmente Roberto de Artois e seu exército de cavaleiros, fora ele quem matara Turan-Shah, o sobrinho de seu ídolo Sal-ad-Din, fora ele quem vencera os mongóis em Ain Jalut. Mas não era competente só nisso, sendo também genial governante: reequipara a frota dos egípcios, reformara as cidades que os mongóis haviam destruído, expulsara da Síria os sucessores de Sal-ad-Din e tomara dos Assassinos do Velho da Montanha várias de suas fortalezas consideradas inexpugnáveis.

Meu pai admirava profundamente a capacidade de Baibars, e eu, que conhecera sua crueldade, mesmo não a sentindo na própria pele, acabei por me admirar de seus aspectos positivos, ainda que os negativos me enchessem de horror, repetindo-se ciclicamente em meus pesadelos mais terríveis. Meus dias, no entanto, eram bem diferentes das noites: recheados de trabalho, eu controlava tudo em que a empresa de meu pai estivesse envolvida, deixando de lado apenas as obras afastadas de Acre, por não desejar ficar longe dele nem um instante. No meio dos Filhos de Salomão de Acre, acabei encontrando homens de competência inegável, aptos a se tornarem mestres-de-obra e gerentes de tudo o que vínhamos erguendo em outras cidades e aldeias, recebendo deles relatórios semanais extremamente detalhados, através dos quais podia visualizar o estado de desenvolvimento de cada obra. Interessante era que esses homens, sem exceção, tinham todos dado mostras de um talento intuitivo e quase mágico na lida com a pedra, e todos podiam contar-me uma experiência similar à minha, em que a pedra também os tinha levado a fazer dela o que ela própria desejava, transformando a vontade desta e a vontade deles em uma vontade única, natural e intuitiva. Entre eles estavam meus auxiliares cada dia mais próximos, o judeu Eliphas e o muçulmano Ayub, praticamente o oposto complementar um do outro, gerando com sua oposição constante o melhor de todos os serviços, como se separados nada valessem, mas juntos fossem bem mais que o resultado da soma dos dois. Nas outras obras, eles estavam sempre prontos a encontrar quem também fosse Filho de Salomão, e entre estes, aqueles que demonstrassem um talento especial ou inexplicável para o ofício da pedra, separando-os e enviando-os a meu pai para que ele os analisasse e visse a que fim direcioná-los.

Os Filhos de Salomão estávamos espalhados por todo o mundo conhecido, e onde quer que houvesse necessidade de construtores e pedreiros, surgíamos como que por encanto, erguendo os belos edifícios pelos quais nos havíamos tornado conhecidos desde a época dos caldeus, e partindo em direção a outra obra quando a última estivesse terminada. Em cada país, reino, região, cidade, tomávamos um nome diferente, mas nossa forma de agir e realizar as obras era sempre a mesma, graças aos segredos do ofício que vínhamos preservando desde nossos primeiros dias, junto com alguns conhecimentos diferentes que também vínhamos amealhando, recolhendo-os em todos os lugares e sociedades nas quais tivéssemos exercido nosso trabalho essencial. A livre investigação da verdade, por assim dizer, tornara-se o foco central dos Filhos de Salomão, e não a temíamos em nenhuma de suas formas, porque sempre soubéramos que a verdade consciente e responsável liberta e faz evoluir.

Eliphas, por exemplo, falava a língua dos naturais de Bolonha, tendo nascido nesta cidade, filho de um mestre de obras dos *Magistorum Muri et Lignaminis*, a quem não importava a crença ou a religião de quem quer que fosse, mas sim o talento e a capacidade de trabalho: havia entre eles vários *ebrei*, como os bolonheses chamavam aos judeus, e nunca eram nem rejeitados nem estigmatizados pelos *Muratori* de Bolonha. Se a sociedade dos *Muratori*, mesmo sendo herdeira dos *Collegia Fabrorum*, de formação romana e pagã, tinha que estabelecer em seus documentos oficiais uma aparente prática cristã e católica, isso era feito simplesmente para que a sobrevivência do grupo em feudos eminentemente cristãos não fosse prejudicada: entre eles, em seu trabalho e reuniões, nada disso tinha qualquer importância, e ninguém se preocupava com quem fosse o Deus ou a origem de seu companheiro de ofício, desde que o talento e a capacidade de trabalho deste companheiro se destacassem. Talvez viesse daí o aparente desrespeito que Eliphas desenvolvera quanto a coisas religiosas, pelas quais não só não se interessava, mas das quais também era um crítico profundamente áspero:

— Deus é incompreensível para a mente humana, que, por mais que se aproxime de Sua verdade, ainda estará a incomensurável distância dela. Como pode um homem arrogar-se o conhecimento de Deus, tentando impor aos outros a sua ilusão pessoal sobre Ele, usando até mesmo de violência para conseguir isso? Sem a mente que Deus nos deu, é impossível até mesmo considerar-Lhe a existência: porque então abrir mão da inteligência, trocando-a por uma fé sem fundamento, e a partir disso considerar-se dono de Deus?

— Irmão Eliphas, por que insistes em falar contra a fé? — Ayub manipulava suas pedrinhas sem parecer dar-lhes atenção, ao mesmo tempo que olhava com curiosidade para Eliphas. — Não a consideras essencial ao verdadeiro crente?

— Só a fé que conquistamos, irmão Ayub, nunca a que se dá por antecipação: o verdadeiro crente tem certeza absoluta dos motivos de sua fé, em vez de crer sem outro fundamento e motivo que não a sua personalíssima emoção. Precisamos ter o consentimento de nosso próprio raciocínio para tudo, até mesmo para as questões de fé... as almas humanas não podem ser como essas pedras que giras entre teus dedos. Deus não nos criaria com tantas capacidades maravilhosas para tratar-nos tão desrespeitosamente quanto tu tratas teus seixos... com desatenção, tornando-nos movidos pelo acaso...

— Aí é que tu te enganas, como sempre... é com estes seixos que me certifico a cada instante da maravilha do Universo, tendo provas completas de que só uma inteligência divina o teria feito com tal perfeição, e que não existe acaso. Nunca jogo com eles, mas uso-os para fazer os cálculos que me permitem ver a sublime mão de Deus erguendo a ciência da geometria. De cada vez que isto se revela a meus olhos e sentidos, eu passo por um êxtase incomparável, e creio mais ainda na existência do Deus que a tudo criou!

— Tudo está em tua mente, Ayub, até mesmo a tua fé e o teu êxtase! Se meus compatriotas dizem que tudo no Universo são as letras, queres agora convencer-me de que tudo em Deus é número? A aritmética é cálculo, e o cálculo é razão, não é nem crença nem fé!

Ayub jogou as pedrinhas na mesa à sua frente, organizando-as em um triângulo crescente, em que cada linha tinha uma pedra a mais que a outra:

— Eis a *tetrakys* de Pitágoras, o grande sábio grego: vês como ela se multiplica em si mesma, gerando novos números a cada soma? Um mais dois, três, mais três, seis, mais quatro, dez, e assim por diante... agora, organizemos um triângulo apenas com os números pares sucessivos: dois mais quatro, seis, mais seis, doze, mais oito, vinte... não notaste nada?

— São apenas números, Ayub: o que há para notar?

— A sabedoria divina! As somas dos pares sucessivos dão, na mesma ordem, sempre o exato dobro das somas dos sucessivos simples: três e seis, seis e doze, dez e vinte... crês que isso se deve a algum acaso? Ou é a Santa Sofia de Deus que dá sinal de sua existência miraculosa?

— Ayub, Ayub, insistes em ver Deus onde Ele não está!

— Eliphas, Eliphas, persistes em não vê-Lo quando Ele se mostra a ti!

Era sempre assim: os dois se digladiando entre Fé e Razão, cada um encontrando nos argumentos do outro os motivos exatos para se convencer de seu próprio acerto, e nunca chegando a nenhum objeto comum que os unisse. Mesmo assim, sua amizade era inabalável, e nesta manhã de Domingo, durante o planejamento da semana seguinte, não agiram nem um pouco diferente de sempre. Eu e Felício, mais os outros irmãos auxiliares que ali estavam, já esperávamos por esses embates, durante os quais muito aprendíamos, ainda que deles nenhuma conclusão definitiva jamais fosse tirada. Um aprendiz de pedreiro chegou à porta da sala e disse:

— Contramestre Ayub, há um de vossos parentes à porta da oficina...

Ayub ficou sem nenhum pingo de sangue no rosto, erguendo-se bruscamente, sem nem mesmo recolher as pedrinhas das quais nunca se afastava, e saiu da sala, dirigindo-se ao portão. Eu nada compreendi, e fiquei ainda mais espantado ao ver o ar de preocupação de Eliphas; sendo seu superior, chamei-o a um canto e lhe perguntei:

— Por que te amolaste tanto com essa visita, quase tanto quanto o próprio Ayub? Quem é esse que veio visitá-lo?

Eliphas corou como um menino apanhado em flagrante delito de desobediência, e eu fiquei mais curioso ainda. Pressionei-o com firmeza, e ele acabou por dizer-me:

— Certamente é o irmão de Ayub, que de vez em quando aparece por aqui para falar com ele.

— E eles não se dão?

— Pelo contrário, Esquin! São irmãos que muito se amam...

— Então não compreendo o desagrado patente de Ayub: agiu como se não quisesse ver o irmão...

— Não é bem isso, meu mestre, mas Ayub certamente preferia que seu irmão não viesse vê-lo em seu local de trabalho... cada um escolheu sua maneira de viver, e isso não deve gerar problemas para nenhum dos dois...

— Cada vez entendo menos o que dizes, Eliphas: a que problemas tu te referes?

Eliphas olhou para todos os lados, depois, puxando-me pelo cotovelo, falou-me ao ouvido:

— O irmão de Ayub, Sayed, é um *hashishin*... muito próximo a Hasan ben-Sabah, o atual sucessor do primeiro Velho da Montanha. Ficou entre os que milagrosamente escaparam do massacre mongol em Al-Halamut, quando Hulagu matou Rukn al-Din, chefe dos *hashishin* dessa fortaleza, que o mongol Mongka mandou queimar, destruindo uma das maiores bibliotecas de todo o mundo árabe.

— Então o irmão de Ayub é um Assassino, desses que se entopem de *hashish* buscando coragem para perpetrar os crimes que seu chefe ordena?

Eliphas sorriu, falando mais baixo ainda:

— Entendes agora por que Ayub tenta ocultar da melhor maneira possível a existência de seu irmão? São esses preconceitos que os Francos impõem sobre os *hashishin* o que os torna tão ciosos de sua segurança... já imaginaste o que sucederia se chegasse ao conhecimento de Acre que um dos nossos é irmão de um *hashishin*? Na certa, até mesmo os Filhos de Salomão seríamos tomados como inimigos da Cristandade, e justiçados em nome de Deus...

Calei-me e não falei mais sobre o assunto, nem mesmo com Ayub, para quem fingi nada ter percebido: mas à noite, em minha casa, depois que vi meu pai mastigar com dificuldade a comida que lhe serviram, tirando dela só o sumo, incapaz de engolir qualquer sólido, puxei o assunto dos *hashishin*, disposto a compreender o que pudesse sobre eles, já que minha curiosidade havia se ampliado em muito com as palavras que Eliphas me dissera.

Meu pai foi mais inesperado ainda:

— Acredita, meu filho: sem os *hashishin* não haveria Templários. A forma de organização que temos é uma cópia fiel do sistema hierárquico dos *hashishin*, que não são, como a maioria pensa, assassinos drogados e cruéis, prontos a agir sem hesitar na defesa de seus vis desejos. *Hashishin* é uma Ordem como a nossa, formada por militantes ismaelitas ortodoxos, de crença xiita, que por isso mesmo odeiam os sunitas, o que não quer dizer que odeiem a todos que não pensem como eles. Enganam-se redondamente os que pensam que seu nome vem da palavra *hashish*, essa droga que entorpece e vicia: na verdade, vem de *hâshâsh*, a palavra árabe para "Guardião" ou "Protetor", e eles se autodenominam Protetores da Terra Santa ou Guardiões do Segredo.

— Mas a que segredo se referem, senhor meu pai?

— O Segredo do Livro, aquele a que judeus, muçulmanos e cristãos devem respeito e atenção: ou não percebeste ainda que existe entre essas três crenças muito mais identidade que diferença? Os *hashishin* dividem com os que pensam como eles os segredos que estão no território da Gnose, as técnicas da Alquimia, o estudo de sua Qabalah específica, a que chamam de *sufi*, que decifra o conhecimento que o Livro oculta. Eu tive a honra de conhecer um Velho da Montanha, o grande e sábio Hasan ben-Sabah, que me fez ver a sabedoria do lema dos *hashishin*: NADA É VERDADE. Foi ele quem me disse: "Mantém uma coisa sempre à frente das outras, a Verdade; se o fizeres sempre, mesmo que isso te leve para longe do respeito dos outros homens, certamente estarás cada vez mais perto do Trono de Deus."

— Não compreendo, meu pai: ou a Verdade nada vale, ou vale tudo. Ele me parece ser muito incoerente.

— Não se trata de valor, Esquin, mas sim da essência das coisas: só a crença no Nada nos concede uma vida melhor. Hasan ben-Sabah trazia no pescoço o Escapulário da Misericórdia, dentro do qual estão dois discos de marfim onde a palavra Nada foi escrita em trinta línguas diferentes. Pensa bem naquilo que os *hashishin* dizem: NADA É VERDADE, e não confundas tal lema com aquilo que tens dentro de ti. Eu te disse que NADA É VERDADE, mas não te disse que A VERDADE É NADA...

Meu pai, talvez por causa da doença, não parecia estar dizendo coisa com coisa: servi-lhe um copo de chá de hortelã, a única coisa que ele parecia conseguir beber sem sofrimento. Limpando as gotas de suor que lhe perlaram a fronte, ele continuou:

— Nosso fundador, Hugo de Payens, aprendeu muito com Sirhan, o Primeiro Velho da Montanha, que lhe revelou a existência do Tesouro Sacerdotal por baixo do Monte do Templo. Ou não vês que os Nove Irmãos originais da Ordem do Templo são o reflexo cristão dos Nove Desconhecidos, os míticos senhores do mundo a quem até os *hashishin* respeitam? Os cargos dos Templários são traduções fidelíssimas da hierarquia dos *hashishin*: o Sheik al-Djebel se transformou no Grão-Mestre, cada Daïs foi chamado de Prior, cada Refig tem sua contraparte num Cavaleiro, e cada um de seus escudeiros é o que os *hashishin* chamam de Fidavi. Todos se tratam por Lasig, que entre os Templários foi traduzida como Irmãos Serventes. O emblema vermelho, a cruz arredondada sobre fundo branco, é uma cópia cristã do emblema dos *hashishins*, que eles trazem sobre o peito bordado em seus mantos: um Crescente vermelho. Foi destes ismaelitas tão sábios e poderosos que Hugo de Payens copiou os graus de iniciação templária, tornando os Cavaleiros do Templo, como eles, uma sociedade secreta...

Meu pai começou a tossir violentamente, ficando com a face lívida e os lábios azulados, levando muito tempo para retomar o fôlego: achei melhor que ele fosse dormir, e ergui-o das almofadas para que dois servos o levassem a seu quarto, interrompendo aquilo que a mim parecia ser apenas um delírio de sua mente enfraquecida. Antes que eu o erguesse, no entanto, meu pai me disse:

— Tenho para ti outra missão, mais fácil e prazerosa que as que já te dei. Neste estado ridículo em que me encontro, não tenho podido cumprir com minhas mulheres os deveres de esposo e senhor, e, como já me substituíste em tudo o mais, chegou a hora em que me substituas nisso também. És a partir de agora o senhor de meu *harim*, e, como tal, deves erguer bem alto o meu nome, satisfazendo a todas e a cada uma, sem exceções, dando-lhes o prazer que eu lhes garanti durante tantos anos... não é uma missão leviana, como pode parecer aos que não conhecem o mundo em que vivemos, e das boas palavras que elas disserem a seus pais depende em muito o sucesso continuado de nossos negócios... que sejas com elas tão bom quanto eu fui...

O FIM DO TEMPLO

Quase não acreditei no que ouvi, e quando meu pai finalmente se retirou, encaminhei-me para o prédio do *harim* onde estavam os indefectíveis guardas, cimitarras em punho. Nunca havia conseguido dar mais que dois passos para dentro do desenho em mosaico que decorava o chão sem que os dois erguessem suas lâminas e me barrassem a entrada, mas desta vez eles se curvaram em sinal de respeito e me franquearam a passagem.

Meu espírito estava em plena confusão: seria preciso que meu pai se extinguisse para que eu pudesse finalmente definir-me como homem? E que padrão eu usaria para isso? O de meu nascimento cristão ou o desta cultura oriental que meu pai assimilara e que tanto o transformara? A idéia de que minha mãe não tivera nada do que ele hoje possuía me amargava a boca, pensando que as mulheres de seu *harim* haviam desfrutado de todo o seu amor, enquanto ela morrera nas chamas de uma fogueira, certamente lembrando daquele que a abandonara com um filho de colo. Ao mesmo tempo, estava sendo tomado pelas lembranças da noite de prazeres no acampamento de Baibars, quando passara além de mim mesmo nas mãos das três *houris* que me haviam guiado, e a tal ponto que, quando acordei, o massacre dos cristãos de Safed me pareceu um pesadelo inspirado pelo vinho de café e a fumaça que se evolava da *narg'hillah*.

O cheiro do sangue empapando a areia se misturou em minha mente com os perfumes das três *houris*, e eu me senti pronto para penetrar a primeira que de mim se aproximasse, ao mesmo tempo em que tremia de medo pelas cenas que havia visto, as cabeças dos Templários caindo ao solo, o sangue esguichando do toco de seus pescoços, a alegria dos *mamluqs* a cada um que morria.

Atravessei o limiar do mundo que não conhecia, e dentro dele reconheci, por sobre os perfumes novos, os perfumes das peles femininas, cada um tão pessoal e particular que nunca mais esqueci deles nem os confundi uns com os outros: as pequenas lâmpadas que estavam nas paredes penduradas a cada dois ou três palmos iluminavam o ambiente de forma muito especial, dando-lhe um brilho ambarino que só acentuava os variadíssimos tons das carnes ali guardadas, em diversas posições e exercendo os mais diversos afazeres, até que uma delas deu acordo de minha presença e, depois de um susto, gritou para as outras:

— *Sultan! Sultan!*

As mulheres todas se moveram, num estranho círculo que se aproximava e afastava de mim, até que do meio delas surgiu uma com mais idade: era a *valide*, a esposa mais velha, com poderes de governo sobre todas as outras, fossem elas as *hasekis*, favoritas do senhor, as *kadin*, favoritas entre as favoritas, as *qonq'ubini*, cuja única função era entreter o senhor da casa em seu quarto de dormir por apenas uma noite, e as *od'alishq*, virgens versadas nas artes da poesia e da música e que ainda não tinham sido transformadas em *qonq'ubini*, podendo até mesmo ser cedidas a um amigo importante caso estivessem intactas. Tudo isso a *valide sultan* me explicou com suavidade, como se estivesse seguindo um antigo ritual, enquanto as mulheres de todos os tipos passavam à minha frente, exibindo-se e ocultando-se com graça e leveza, pondo minha cabeça à roda. Ao terminar, a *valide* perguntou-me:

— O *sultan* tem experiência?

Minha face subitamente rubra deu-lhe a certeza de que não, e por isso ela me perguntou com delicadeza o que eu conhecia da arte do amor, e eu, confiando em seu ar de quem sabia muito sobre o assunto, acabei por contar-lhe a noite nas planícies abaixo de Safed, e sobre as três mulheres que me haviam cuidado e satisfeito por toda uma noite, sem que eu esmorecesse nem por um segundo. Colocando as mãos cruzadas sobre a testa, a *valide* pareceu mergulhar em profunda meditação, e subitamente gritou três palavras:

— *Zah'ra! Hamámi! Tântana!*

Três mulheres se destacaram das outras, cada uma um exemplar único e completamente diferente de todas, na idade, no porte, na cor dos cabelos e nas vestimentas. Só no Oriente se podem encontrar mulheres com nomes tão descritivos: Flor, Pomba, Renda, e cada uma das três tinha em suas vestes ou corpo alguma coisa que remetia quem a observasse para o significado de seu nome. Elas se aproximaram de mim, parando à minha frente na pose clássica, os quadris lentamente meneantes, o pé direito levemente avançado sob a fímbria das vestes, os olhos entreabertos e fixos, os lábios separados, as mãos sob os seios arfantes, enquanto a *valide* me disse:

— De agora em diante és nosso senhor, e todos os teus desejos serão realizados, em troca do amor e abrigo que nos dás: para que te sintas à vontade, Flor, Pomba e Renda te tratarão como foste tratado nessa noite que acabaste de me narrar. Estarei junto de ti todo o tempo, e se necessitares de alguma ajuda, ou desejares algo que não sabes o que é, basta que me digas e eu farei com que elas o realizem para ti, como é dever delas, e teu direito. Agora vai para teus aposentos e aguarda por nós, senhor: em breve lá estaremos para fazer-te companhia.

Voltei para meu quarto e lá aguardei ansioso a visita das três mulheres, pensando se não estaria exorbitando em meu papel de novo senhor da casa: mas como nada tinha pedido, e tudo me havia sido oferecido, acalmei-me o quanto pude e aguardei a chegada das três. Elas logo entraram em meu quarto, acompanhadas pela *valide*, que se colocou à cabeceira de meu leito e, durante todo o tempo em que Renda, Pomba e Flor me deram o prazer de seus corpos tão diferentes e complementares, sussurrou comandos e frases, direcionando os movimentos e empenhos das três para a satisfação de meu prazer mais absoluto. Não sei quando, mas adormeci, plenamente saciado, pelo menos naquela noite, acordando com os barulhos da casa, diferentes dos de todo dia, pois era o descanso semanal: na mesa do desjejum, farta e apetitosa, encontrei meu pai, os olhos enevoados, que me perguntou:

— Foste feliz na noite que passou?

Se ele me tivesse perguntado se eu tinha ficado satisfeito, ou se tinha alcançado o prazer que buscara, e quantas vezes, e de que maneira, eu saberia responder-lhe: mas a felicidade não estava entre minhas preocupações, o que me levou a ficar calado. Meu pai bateu com o punho na mesa, chacoalhando os pratos que lá estavam, e disse:

— Tens que me contar tudo! Esse é o preço que tu pagarás pela liberdade de usar meu *harim*! Quero saber de tudo, cada detalhe, cada palavra dita, cada sussurro... quero sentir-me lá, onde estiveste!

O que meu pai me pedia estava além de minhas forças: não tendo com ele nenhuma intimidade razoável, sendo nós verdadeiramente dois estranhos um para o outro, mais patrão e empregado que verdadeiramente pai e filho, eu não tinha como satisfazer-lhe tal desejo. No entanto, olhando para sua face descorada e emagrecida, seus olhos rútilos nas órbitas encovadas, percebi que desse dia em diante era através de mim que ele viveria, e eu seria o agente de seu prazer, um prazer levemente usado, mas que para ele, na condição em que estava, era o máximo a que se podia permitir. Por isso, tornei-me o *mumâcel* de meu pai, representando-o nos atos a que ele desejava estar presente, e depois narrando-lhe com riqueza de detalhes tudo o que vivera em seu lugar. Isso me envergonhou no primeiro dia e em todos os outros, mas segui em frente como seu representante, mesmo com a mente carregada de dúvidas e vergonhas, imagens de minha mãe na fogueira, imagens de meu pai no leito com nossas mulheres, imagens de morte e destruição, cimitarras cortando cabeças, sangue quase negro empapando a areia, e por sobre tudo isso o prazer indescritível que meu corpo sentia e que confundia todas as coisas boas e más em um mesmo sentimento sem definição.

No dia seguinte, soubemos de mais um ataque violento de Baibars a Toron, acontecido exatamente na noite anterior, enquanto eu estava envolvido com as mulheres do *harim*. Como em Safed, meu prazer pessoal acontecera enquanto seres humanos eram atacados e destroçados: minha alma tremeu de terror, e em algum lugar de minha mente começou a se instalar perversamente a idéia de que meu prazer era a causa de tanta morte, tanto sangue derramado, tanta violência sem sentido. Testei-me para me certificar de que isso podia ser verdade, e, sem que eu entendesse por quê, minha próxima noite com as deliciosas mulheres de meu pai também reverteu em violência, bem próxima a nós: Jafa fora atacada pelos *mamluqs* e destruída em apenas uma noite, provavelmente enquanto eu me refestelava em almofadas de seda, experimentando os prazeres que o Profeta só concede a seus fiéis mais próximos. Comecei, portanto, a buscar formas de não estar com as mulheres, nem usar de seus favores para satisfazer-me, ao mesmo tempo em que desenvolvia faculdades narrativas cada vez mais intensas, porque meu pai, preso ao leito, exigia com cada vez mais detalhes que lhe contasse os acontecimentos da noite anterior, fazendo com que eu me tornasse um mentiroso piedoso, por respeito à sua condição.

Assim seguiam meus dias, entre mentiras e sofrimento, entre culpa e desejo, impossibilitado de responder sinceramente a meu pai sobre se estava ou não feliz, usando de todos os artifícios para que ele acreditasse que sim, e ao mesmo tempo me recriminando por ser o causador da morte de gente que eu nem mesmo conhecia. A natureza foi madrasta, em suas manifestações do acaso: de cada vez que eu não resistia, algo acontecia no mundo exterior ao *harim*, e pessoas morriam nas mãos dos *mamluqs*. A 18 de Abril, caiu a guarnição do castelo de Beaufort, depois de dez dias de cerco impiedoso. Em 14 de Maio, Baibars chegou com seu exército às portas de Antióquia, e lá gerou tal estado de desespero, que houve quem se suicidasse para não ter que sofrer nenhuma vilania nas mãos de seus soldados: restavam poucos quando Baibars conseguiu abrir uma brecha nos muros. Lá dentro, mandou que seus seguidores trancassem as portas, para que ninguém mais saísse, e se puseram metodicamente a matar todos a seu bel-prazer, lhes levando os restantes como escravos de seus desejos, jogando os corpos dos mortos nas grandes fogueiras que tinham feito com toda as posses que encontraram e que destruíram sem lhes dar maior atenção.

De cada vez que um massacre desses acontecia, eu era terrivelmente criativo e espetaculoso na narrativa que fazia a meu pai de meus sucessos na noite anterior, inventando de cada vez possibilidades e fantasias mais e mais novas, de forma a deixá-lo tão feliz quanto eu era desgraçado. Minha alma imortal se retorcia na certeza de ser responsável pelo sangue derramado, e sobre tudo o que eu via pairava a figura trágica de minha mãe, sendo queimada nas chamas da fogueira da Inquisição: esta imagem se sobrepunha a tudo, e a partir de certo instante comecei a me sentir como se estivesse eu mesmo açulando as chamas sob seu corpo, acrescentando cada vez mais dor e sofrimento ao seu martírio.

Meu pai definhava cada vez mais rapidamente, e só tinha momentos de alegria quando eu o visitava para contar-lhe meus feitos cada dia mais fictícios. Eu deixara de visitar o *harim* para não criar mais nenhum momento de violência, porque não suportava mais a imagem do sofrimento de minha mãe, que agora me surgia de cada vez que uma das mulheres do *harim* de mim se aproximava. A situação em Acre se tornava gradativamente menos segura, e quando recebemos notícias de Baghras, nos montes Amanus, a que chamávamos O Portão da Síria, também fui eu que compareci à reunião dos grados senhores da cidade, para ouvir-lhes a narrativa das desgraças e projetos periclitantes de vitória e sucesso num *Outremer* que já não era assim tão nosso.

Na grande sala em que eu pela primeira vez vira Jean-Marc de Villefranche, sem saber quem ele realmente era, cercado pelos mesmos senhores e cavaleiros de Acre, entre os quais desta vez eu me sentava como *mumâcel* de meu pai, o clima era insuportável, verdadeiramente caótico, pois ninguém se sentia seguro, e a insegurança sempre leva os homens a gerar cada vez mais confusão, perdendo a visão racional das coisas. Não havia nenhuma racionalidade ali, onde estávamos: gritos cruzavam os ares, bravatas eram superadas por outras bravatas felizmente apenas desejadas, choros, ranger de dentes, e eu me sentia tão alheio a tudo aquilo, que pude observar com frieza e método as armadilhas que cada um dos presentes montava para si mesmo. Na mesma mesa estavam os Templários de Acre, e entre eles eu vi o cavaleiro de Molay, que me cumprimentou com um aceno: não o via desde a noite em que ele havia saído de Safed, escoltando meus três companheiros, Eliphas, Ayub e Felício. Parecia preocupado, mas nem por isso se misturava com os que, perdendo a racionalidade, se permitiam dominar por emoções violentas e pensamentos imperfeitos, com isso perdendo tudo que neles significasse humanidade.

Os Templários e os Filhos de Salomão se mantinham em tranqüilidade, enquanto os outros se desesperavam, cada um deles impondo a si mesmo tanto negativismo, que era de espantar se tudo o que temiam não viesse mesmo a acontecer, tal o empenho com que já se sentiam dominados por seus temores puramente imaginários:

— Querem desistir e entregar-se, os canalhas! — Quem assim gritava era o mais rico Franco de Acre, sua face rubicunda avermelhada pelo terror. — Os Templários nos traíram a todos!

— Basta! — O Grão-Mestre do Templo, Tomás Bérard, bateu com a manopla de ferro sobre a mesa. — Isso é uma inverdade sem sentido! Toda a fortaleza está unida e disposta a defender o Portão da Síria até a morte!

— Tens certeza, Templário? E onde está agora o cavaleiro Guis de Belin?

Ao ouvir esse nome, Tomás Bérard baixou a cabeça, desconsolado, e depois, erguendo os olhos tristes, disse:

— Não podeis tomar-nos a todos pela fraqueza de um só, senhor... Guis de Belin perdeu o senso e resolveu propor trégua a Baibars por sua própria conta...

— Mas isso não é tudo, Templário! — Um comerciante vestido à moda síria se ergueu, vociferando. — Não é verdade que Guis de Belin saiu escondido da fortaleza e levou as chaves da cidade a Baibars? Não é verdade que, mesmo havendo decisão dos Templários de defender Baghras até o fim, os Sargentos da Ordem estão dispostos a render-se ao *mamluq*?

Guilherme de Beaujeu, o segundo em comando, gritou:

— Isso é uma calúnia, espalhada pelo próprio Baibars, para enfraquecer os espíritos de todos!

Na bagunça que se seguiu a esta frase, só pude perceber o ar triste de Jacques de Molay, olhando-me como se pretendesse dividir comigo algum segredo: a assembléia estava em polvorosa, e, a um sinal de de Molay, eu me ergui da mesa, indo para a sala que ficava atrás dela, sendo seguido por ele, que me cumprimentou e disse:

— Quanto mais se debatem, em pior estado ficam... desde Safed que nenhuma guarnição templária pode pedir trégua a Baibars: Tomás Bérard o proibiu terminantemente, e ordena que todos morram antes de entregar-se...

— Sei que os Templários são bravos, cavaleiro, mas esse pedido me parece demasiado: quem em sã consciência se entrega à morte assim, de mão beijada?

Jacques de Molay sorriu, tristemente, pondo-me a mão ao ombro:

— Nunca se sabe, amigo... nenhum de nós pode prever como se comportará frente à própria morte. Tu mesmo deves ter passado por momento terríveis, em Safed: sentiste a morte em teu encalço?

Esse era um assunto que me incomodava, mas frente a de Molay eu me sentia livre para externar minha verdade:

— Tive muito medo, cavaleiro, e por um instante me senti capaz de fazer qualquer coisa que fosse necessária, se disso dependesse a minha vida... não me recordo de quantas vezes gritei loas a Allah e Muhammad, enquanto via os *mamluqs* decapitando cavaleiros Templários...

— O que importa é que te salvaste, Esquin, e com tua coragem de fingir ser quem não eras, muitos se salvaram, como eu mesmo, escoltando a teus amigos: se Baibars roeu a corda do acordo feito, esta iniqüidade deve ser posta em sua própria conta corrente, não na tua nem na minha... Como poderemos nós, então, pensar mal de Guis de Belin ou dos Sargentos da Ordem?

— Sempre soube que o medo dói mais na covardia que a morte na coragem, mas como só conheço os dois primeiros, não me sinto à vontade para garantir que isso seja verdade... estamos em má situação, não é verdade, cavaleiro?

— A pior possível: a esta altura, Baibars deve estar causando a deserção da guarnição de Baghras. Ele sabe lidar muito bem com os medos alheios, fazendo-os parecer muito maiores do que realmente são. Se bem conheço meus irmãos, neste momento devem estar destruindo todas as armas e alimentos da fortaleza, antes de entregar-se a seu inimigo vitorioso. Hoje mesmo foi até eles o irmão Pelestort, para dizer-lhes que se entreguem e se retirem para La Roche Guillaume, vindo depois para Acre, prestar contas a seus irmãos.

— Mas quem pode crer em Baibars? Ao vê-los passar, ele certamente os decapitará, sem hesitar... como podem pretender confiar nesse monstro?

— Acredita no que te digo: desta vez os Templários sairão incólumes de sua fortaleza: quem realizou esse acordo não fomos nem nós nem Baibars, mas sim um membro dos *Hashishin* chamado Sayed, que já nos tinha avisado das intenções dos *mamluqs* faz mais de um mês... Foi ele quem se pôs como garantia nas mãos de Baibars, entregando sua vida em troca da vida dos Templários de Baghras...

Eu tremi: esse Sayed era o irmão de Ayub, e neste instante deveria estar passando pelos terrores que eu mesmo havia passado, enquanto a situação de Baghras não se resolvesse. Um refém consciente, coisa que eu não fora ou não soubera ser, certamente necessitava de muita força interior para se entregar a um cruel poderoso em troca de homens a quem nunca vira:

— Mas, cavaleiro de Molay, não compreendo por que um *hashishin* se entrega a Baibars para proteger Templários! Será verdade o que meu pai me disse, que sem os *hashishin* não haveria Templários?

Jacques de Molay ergueu as sobrancelhas, intrigado, dizendo-me, após algum tempo:

— Teu pai falou demais, Esquin, revelando-te coisas que só poderias saber sendo um de nós, e mesmo assim depois de um certo tempo e uma certa posição... mas, de toda forma, agora que já o sabes, não há por que tentar ocultar-te o que é verdadeiro. É isso mesmo: e um dia certamente saberás de tantas outras ligações e tantas outras verdades que pairam acima do que é apenas aparente a todos... Basta que creias que tudo o que fazemos é a serviço de Deus e da Verdade... podes crer nisto, como prova de confiança em mim e em teu pai?

Jacques de Molay desenluvou a mão direita, estendendo-a em minha direção, e eu a apertei: ele se adiantou e me beijou em ambas as faces, afastando-se de mim com os olhos rútilos de emoção, novamente vestindo a luva, e dizendo:

— Posso ter-me adiantado em muito, meu amigo, mas sinto em meu coração que ainda estaremos ambos do mesmo lado e sob o mesmo estandarte... o que já fizeste por nós não se esquece...

— Eu nada fiz, cavaleiro: enquanto me satisfazia, chafurdando no prazer das *houris*, teus irmãos morriam decapitados, enganados pelo mesmo homem que me enganou...

— E, graças a isso, hoje conhecemos melhor o nosso inimigo... sabendo a que ponto podemos confiar nele e a partir de que ponto ele se torna perigosamente falso... tranqüiliza-te: a meu ver, já és um dos nossos, e eu me orgulho muito de ti...

A reunião terminou sem que nenhuma certeza dela nascesse, como acontece em reuniões desse tipo, quando as mentes estão subjugadas pelas emoções mais torpes e nada de positivo pode ser vislumbrado. No dia seguinte, chegou ao nosso conhecimento que a guarnição de Baghras, sem exceção de um só cavaleiro, havia saído incólume da fortaleza, entregue aos soldados de Baibars, e que já estava em La Roche Guillaume, bem perto de Acre, onde era esperada no dia seguinte. O Templário Pelestort, que havia ido até eles para dar-lhes as ordens do Grão-Mestre, tinha chegado tarde: antes que pudesse repassar-lhes as ordens superiores, Baibars os havia libertado, sem lhes dar tempo nem de acabar com todos os alimentos de Baghras e muito menos dar fim a todas as armas que lá havia.

Na outra manhã, os Templários de Baghras chegaram a Acre sob os apupos do povo, que os aguardava nas ruas: nada satisfaz mais à multidão que desqualificar aqueles que lhe são vendidos como heróis, superiores a eles em tudo, pois é no erro e na falha que os heróis retomam sua condição meramente humana, tornando-se iguais ou até mesmo inferiores aos que os apupam. Atravessaram as ruas de Acre com as cabeças baixas, entrando silenciosamente na fortaleza, cujas portas foram fechadas, deixando a todos sem saber o que lhes aconteceria. Nessa mesma noite, a notícia correu a cidade como fogo: a guarnição templária de Baghras seria punida. O Comandante havia sido informado de que lhes seriam franqueadas a saída e uma rendição honrosa, mas não pensou no butim de armas e alimentos que deixariam para Baibars e seus *mamluqs*, restando ao Grão-Mestre, segundo a Regra da Ordem, punir a todos severamente.

Em casos de desobediência, só havia uma punição; a expulsão desonrosa do cavaleiro. Para todos os efeitos, a guarnição de Baghras havia desobedecido a seu Grão-Mestre, rendendo-se sem sua autorização, merecendo a pena máxima: mas como o caso era controverso, acabaram apenas perdendo o direito ao uso de seus hábitos de cavaleiros Templários pelo prazo de um ano, sentença irrecorrível que lhes foi imposta imediatamente, permanecendo eles dentro da fortaleza de Acre sem nenhum dos direitos de um cavaleiro Templário, vivendo como simples servos e aguardando pacientemente o fim de sua penitência.

Nessa mesma noite, depois de narrar a meu pai um fictício encontro com uma de suas *odalishq*, deixando-o satisfeito, toquei no assunto da punição, e ele foi taxativo:

— Um Templário tem que saber prever as ordens de seu Grão-Mestre: para isso, basta que siga sem hesitar os parâmetros que a Regra da Ordem lhe dá. Se não tiver capacidade para tal, o melhor é deixar de ser Templário!

— Será possível, senhor meu pai, que a Regra da Ordem cubra todas as possibilidades da vida de um Templário, principalmente em momentos de combate?

— Se um homem já sabe o que se espera dele, e é disciplinado, não há o que temer. Basta seguir as ordens que traz dentro de si, e estará livre de toda e qualquer responsabilidade pessoal...

Para um espírito temeroso como o meu, isso pareceu ser o paraíso: com que então havia uma maneira de um homem eximir-se de toda e qualquer responsabilidade, bastando apenas que se entregasse de corpo e alma a uma regra, uma idéia, uma ordem ou uma autoridade? No estado dilacerado em que me encontrava, isso soava como a mais bela das soluções, talvez a única que me pudesse aliviar de todas as tensões e sofrimentos mentais que vinha experimentando cada dia com maior intensidade. A obediência total e completa, na qual eu submergiria como uma gota no oceano, perdendo até mesmo a noção de mim mesmo, certamente me livraria da dor: para isso, eu teria que me entregar a alguma coisa mais poderosa que eu mesmo, que me preenchesse de tal maneira que eu não tivesse como existir. Todos os meus desejos e anseios se diluiriam, todos os meus medos e perdas se apagariam, e eu estaria morto com eles, porque estaria livre deles.

Tornei-me um sujeito muito calado depois dessa conversa com meu pai: ficava tanto tempo imerso em meus pensamentos de libertação, que não me sobrava muito ânimo para falar qualquer coisa que não fosse estritamente necessária. Meus três amigos restantes, os seres humanos mais próximos de mim que eu já tivera, notaram minha mudança, e chegaram a questionar-me sobre ela: mas foi apenas com Ayub que me senti à vontade para discuti-la, numa tarde em que nos encontramos a sós em nossa tenda de trabalho. Ele andava tão macambúzio quanto eu, e quando nos entreolhamos por sobre a mesa de trabalho, planejando edifícios que sequer sabíamos se um dia seriam realmente erguidos, percebemos o turbilhão que nos ia no espírito, e então nos sentamos à porta da tenda, olhando para oeste e vendo o sol que descia lentamente por detrás das montanhas, enquanto o ruído próximo dos cinzéis mordendo pedras nos envolvia em uma estranha emoção.

Perguntei a Ayub por seu irmão, e ele me disse:

— Ah, se eu soubesse... os laços familiares entre nós se romperam muito cedo, quando eu me recusei a fazer parte dos *hashishin*. Sendo ambos ismaelitas, era quase uma tradição em nossa família entregar os filhos jovens ao Velho da Montanha, para que enfrentássemos os sunitas em nome de Allah: mas eu me recusei, quando percebi que teria que deixar de ser eu mesmo e se tornar um ser sem vontade própria. Meu irmão não discutiu a vontade de nosso pai, mas eu fugi de casa sem hesitar, acabando por entrar no corpo de operários de Acre e mais tarde nos Filhos de Salomão, e se passaram muitos anos até que eu e ele nos reencontramos, sempre com o coração cheio de mágoas e a vontade nunca realizada de trazermo-nos um para o lado do outro.

— Percebi teu abalo quando ele veio te visitar... mas só hoje compreendo o motivo. E por que não seguiste o mesmo destino que ele, Ayub? Prezavas tanto assim a tua própria vontade?

— Se Allah não desejasse que eu usasse minha vontade própria, não a teria dado a mim: faria de mim um animal escravo de Sua vontade, sem mente nem desejos, incapaz de pensar por mim mesmo... como não fez isto, sinto-me razoavelmente seguro de estar no caminho certo, recheado de dúvidas...

Da maneira como eu me sentia, não conseguia entender:

— Que valor pode ter a dúvida, Ayub? Nenhum, pelo que eu saiba... a dúvida só desvia o homem de seu caminho verdadeiro, tornando-o um cínico e um descrente...

— Pelo contrário, Esquin: só a dúvida ensina. Não vês como eu vivo sempre calculando e me certificando da correção de meus cálculos? É porque duvido, e quanto mais duvido, mais certezas tenho. A existência de Allah é hoje em mim uma certeza plena, porque só Sua mão divina nos daria a beleza perfeita da geometria e do cálculo!

— Se duvidas tanto assim, tuas certezas devem ser imensas, meu irmão...

— Nem tanto. Cada dúvida me leva a uma certeza, mas cada certeza abre um novo universo de dúvidas, que devem ser trabalhadas até se transformar em novas certezas, que por sua vez abrirão novas dúvidas... entendes que essa é a maneira mais perfeita de entendermos o infinito criado por Allah?

— E teu irmão?

Uma sombra passou pelo rosto de Ayub:

— Sayed? Este só tem as certezas que lhe foram impostas, e nenhuma dúvida: entregou sua alma e sua mente ao Velho da Montanha, a quem obedece fielmente, sem hesitar. Deve ser bem mais confortável não ter que se responsabilizar por nenhum dos próprios atos, não te parece?

— Agora criaste em mim uma séria dúvida, Ayub: não seria melhor para qualquer homem obedecer sem hesitar?

— Depende: obedecer a quem e a quê? Quando o Rei Luís IX de França conheceu o Velho da Montanha, este lhe deu provas de seu poder ordenando que dez de seus seguidores, um após o outro, se atirassem de um abismo, e todos lhe obedeceram sem hesitar... tu obedecerias a uma ordem assim?

— Certamente que não!

— Então tua vontade própria é mais forte que teu desejo pela obediência cega... e já que falamos em Luís de França, tu sabes que ele novamente tomou a cruz e está a caminho do Oriente em uma nova Cruzada, não sabes? Pois desta vez o Rei de França está apenas seguindo os desejos de poder de seu irmão Carlos d'Anjou, e ao que tudo indica pretende começar sua nova escalada de poder tomando Cartago, e depois Túnis... temo pelo futuro dessa empreitada, principalmente em um mundo onde os cristãos estão cercados por mongóis e *mamluqs*, com cada vez menos espaço de manobra entre eles...

— Há irmãos e irmãos, Ayub: o de Luís de França o leva ao combate, o teu salvou a vida de quase uma centena de Templários...

— E provavelmente fez isso trocando a sua própria vida pela deles, seguindo as ordens do atual Velho da Montanha, de quem hoje em dia só conhecemos o nome, Hasan ben-Sabah...

O silêncio caiu entre nós, e ali ficamos, unidos por nossa amizade, nossa tristeza, nossas certezas e nossas dúvidas, todas profundamente diversas, mas, como mais tarde vim a perceber, todas complementares e articuladas.

Com o decorrer das semanas, as notícias sobre Baibars se tornaram cada vez mais assustadoras, e ao mesmo tempo mais controversas. Seus exércitos pareceram abandonar os cristãos e se dirigir novamente aos mongóis, enquanto que em Acre chegavam as notícias de que comerciantes cristãos de Gênova e Veneza estavam vendendo aos egípcios a madeira e o metal de que necessitavam para fazer novas armas, não havendo quase nenhuma reação a isso, porque os grados senhores de Acre também tinham negócios com os genoveses, principalmente o comércio de escravos que, através deles, faziam com o Egito de Baibars, tornando a guerra uma fonte de ganho tão esplendorosa que, se lhes fosse dado escolher entre o fim dela e sua continuidade, decidiriam pela segunda, pensando no recheio de suas bolsas. Para os Filhos de Salomão, era difícil viver entre as mentiras e falsidades dos ricos senhores de Acre: não acreditávamos em escravidão nem em ganhos ilícitos, por nossa própria natureza, e entre nós não havia nenhum homem de quem pudesse se dizer que tinha um dono, porque tudo o que reiterávamos em todas as ocasiões possíveis era o valor da liberdade para quem fazia parte de nosso colégio.

Meus três amigos mais próximos estavam cada vez mais próximos, porque eu, envolvido com as contradições de minha mente e espírito, cada vez me fechava mais em mim mesmo, e eles intuíam o valor da amizade em momentos como este: Felício não me abandonava um só instante, tornando-se um auxiliar indispensável, e tanto Eliphas quanto Ayub me apoiavam em tudo, sentindo minha necessidade de amizade e compaixão, ainda que eu fosse incapaz de externá-la, vivendo como se de nada necessitasse e nada me incomodasse.

Já meu pai estava a cada dia mais fraco e mais doente, havendo mesmo dias inteiros em que sequer saía de seus aposentos, de onde eu ouvia sua tosse seca e profunda, a partir da qual seu fôlego se encurtava cada vez mais, forçando-o a tomar o ar em largos haustos, a boca de lábios azulados escancarada como se não houvesse no mundo ar suficiente para satisfazer-lhe a necessidade. Num desses dias, chegando a casa mais cedo, encontrei seu médico, um antigo muçulmano sírio que havia se convertido ao cristianismo para não ter que abandonar sua clínica em Acre, onde seu pai e seu avô já tinham sido médicos, curando a tantos homens e mulheres que se tornavam quase milagrosos no imaginário dos habitantes de nossa cidade. Dirigi-me a ele com uma curvatura:

— *Hâqim* Ibn-Ria-a, te agradeço pelos cuidados que tens prestado a meu pai: podes dizer-me como vai ele?

O *hâqim* esfregou as mãos com um pano embebido em cânfora, sem me olhar, limpando cada junta de cada dedo, enquanto pensava como dizer-me o que me devia dizer. Fez-me sinal para que me sentasse e, sentando-se à minha frente, tomou-me as mãos entre as suas, dizendo:

— Já deves ter percebido que teu pai está prestes a encarar a Indesejada... queres saber como ou quando isso se dará?

— Antes de tudo, quero saber o porquê, *hâqim*! — Meus olhos ferviam com o pranto que teimava em querer sair por eles. — Pois se nem mesmo sei que doença é essa que ele tem!

— O pulmão de teu pai abriga um *salta-âun*, doença que, como o caranguejo de que tomou o nome, vai enfiando suas garras em todo o órgão e se alimentando dele, aumentando de tamanho e acabando por substituí-lo. Já vi vários desses em minha vida de médico: e o de teu pai, por maior que seja, está isolado no lado esquerdo do pulmão, a meu ver não afetando nenhum órgão próximo a ele.

— E o que isso quer dizer?

— Que teu pai tem ainda algum tempo de vida: com exceção dos sintomas locais do *salta-âun*, ele não demonstra nenhum outro achaque, estando com o físico bastante preservado...

— Como pode o *hâqim* dizer isso? — Minha voz saiu alta e irritada. — Ele está a cada dia mais magro, menos saudável, mais triste e incapaz!

— Pois ainda assim é um dos doentes mais saudáveis que eu já tive entre as mãos, e creio que ele pode durar várias luas antes que o desenlace se dê... teu pai é forte, e não se entrega assim tão facilmente.

— *Hâqim*, ele não engole nada sólido há meses, só mastiga os alimentos, tirando-lhes o sumo e cuspindo o bagaço... a única coisa que toma com prazer é o chá de hortelã que lhe servem, pois nem mesmo a água lhe sabe bem...

— Ainda bem que ele o toma: o princípio ativo da hortelã alivia a congestão em suas vias aéreas, e ele respira melhor... é uma pena que o cancro seja pulmonar. Se fosse em qualquer outro órgão, eu poderia alivia-lo da dor com o uso de *hashish*, como se faz no novo hospital da Madrasa Mustannsiriya. Fui aluno dos grandes *Hûcamma* Al-Baytas e Ibn al-Nafuz, na Escola Médica de Dimashq, e com eles aprendi o valor dessa erva no alívio da dor...

Meu peito se apertou:

— Ele sente dor? Mas por que não pede ajuda?

Ibn-Ria-a sorriu:

— Teu pai é corajoso, meu rapaz: e se recusa a dividir com quem quer que seja um incômodo que é só dele. É preciso respeitar o desejo do doente: antes de tudo, ele tem direito à sua própria dignidade e a decidir quando, como e onde quer morrer.

— Mesmo se pudermos salvá-lo?

— Se ele não desejar ser salvo, mas apenas livrar-se do fardo de existir, sua vontade é soberana. Fica com ele sempre que puderes: ele há de sentir-se bem em tua companhia, desde que não perceba que ali estás para aliviar-lhe os últimos momentos, o que certamente lhe soará como uma hipocrisia. Nem mais, nem menos: escolhe com sabedoria os momentos certos de estar com teu pai, e ele certamente se sentirá melhor...

ESQUIN DE FLOYRAC

Nessa mesma noite, depois de narrar a meu pai um encontro amoroso de características muito marcantes, que o deixaram mais arfante do que já era, graças à minha fértil imaginação, recolhi-me a meu leito, pensando seriamente no que estava fazendo de minha vida: eu me tornara um jovem amargo e sem perspectivas, vivendo entre desejos e frustrações, medos e necessidades, perdas e danos. Cumpria minhas obrigações da maneira como podia, sem que meu íntimo nelas estivesse empenhado dia após dia, com a sensação de que apenas abati momentos de minha cota pessoal de momentos, tornando-os cada vez menos freqüentes. Se a vida de doente de meu pai lhe era um fardo, a minha, mesmo sem outra doença que não a minha profunda inadaptação, era sem dúvida um fardo tão grande quanto o dele, e eu não sabia mais onde buscar alento para seguir vivendo. As palavras do *hâkim* sobre a vontade soberana de cada um rodavam em minha cabeça como pássaros na tempestade, porque eu, ao mesmo tempo em que sentia necessidade de exprimir minha vontade pessoal, tinha dela profundo receio, já que não pretendia assumir qualquer responsabilidade além daquelas que o destino me havia imposto, e das quais me encarregava como um simples representante, um substituto, agindo no lugar de tantos outros sem outro motivo que não a obediência, e ao mesmo tempo me desgastando profundamente com essa ausência de mim mesmo naquilo que fazia.

Minha mente desgovernada subitamente destacou a figura de Nazimus, meu mestre-sapateiro, com quem aprendera tanto e de quem fazia tempo não me recordava. Estávamos de novo na estradinha de Méze, no dia de nossas despedidas, e ele me dava o último dos presentes que me reservara, dizendo: "Estuda estas gravuras sempre que puderes, e se acaso não tiveres como manter o livro unido, separa-o nas 22 gravuras que o formam e carrega-as contigo, sem que chamem a atenção que um livro chamaria. No Oriente, há quem as mande traçar em lâminas menores, que usam para jogar determinados jogos de azar, onde também lêem a própria sorte; não importa sob que formato, carrega-as sempre junto ao teu corpo, para que se tornem parte de ti."

Não me recordara desse livro por tanto tempo quanto me esquecera de Nazimus, e isso me pareceu tempo demais; a saudade dos dias felizes que com ele vivera, comparativa e absolutamente, me preencheram o coração, e eu, erguendo-me do leito num rompante, pus-me a mexer em meu baú de guardados, de onde finalmente tirei o embrulho de pano grosso onde estava guardado o livro muito empoeirado, colocando-o sobre as almofadas de meu leito e puxando uma candeia para poder enxergá-lo melhor. As gravuras de que ele era feito estavam soltas, o fio de algodão que as mantinha juntas, rompido em diversos lugares, e eu acabei por soltá-las, separando-as, mas colocando-as em ordem, segundo as letras hebraicas que traziam na parte superior. Estavam em bom estado, as cores brilhantes ainda vivas, e eu subitamente tive a intuição de que ali, naquele instante, algo me poderiam dizer, quem sabe lendo-me a sorte e indicando-me a saída de meus labirintos. Feitas em papel, ainda que grosso como era, certamente se desfariam com o uso continuado, e eu não poderia ficar sem elas; quem sabe se eu conseguisse mandar traçá-las em lâminas menores, de algum material mais resistente, não as preservasse, e a seu conhecimento, com maior segurança?

Um homem as havia traçado e pintado, um outro homem certamente poderia copiá-las, e entre nós havia um exímio desenhista, meu irmão Eliphas, que certamente se sentiria satisfeito em poder prestar-me esse serviço, e na outra manhã, sopesando o embrulho onde estavam as 22 gravuras, chamei-o até a tenda de trabalho, em pleno canteiro de obras. Ele veio até mim, o rosto e os cabelos acinzentados pelo fino pó da pedra, menos na parte entre o nariz e o queixo, que ele tampava com um pano mais ou menos grosso. Perguntei-lhe o porquê, e Eliphas me disse:

— A doença que consome teu pai é muito comum entre os pedreiros, principalmente os que trabalham nos detalhes e com ferramentas de precisão, produzindo o pó muito fino que respiram; não pretendo morrer disso. O que desejas de mim, meu irmão?

Abalado pela noção de que o talento de meu pai era a causa de sua morte, levei algum tempo até me recordar do assunto que levara Eliphas até mim, mas logo abri o embrulho e mostrei-lhe as gravuras, que ele examinou com encanto e curiosidade, dando especial atenção às letras hebraicas que estavam traçadas em sua parte superior, tateando sobre elas como um cego que as lesse com as pontas dos dedos. Fixou-me a face então com os olhos úmidos, um sorriso de beatitude e encantamento:

— Onde conseguiste isto, meu irmão? É obra muito rara e importante, da qual eu só tinha ouvido falar mas nunca havia visto... meus compatriotas de Bolonha sempre mencionavam este livro-mudo, que alegavam ser repositório de grande conhecimento para cada um que o folheasse, porque cada um que o lia nele encontrava uma história diferente, que era a sua própria. É verdade?

— Presumo que sim, Eliphas: o homem que o deu de presente a mim também falou dessa característica, que eu até hoje não percebi, apesar de ele me dizer que eu o lia muito melhor que ele... ele também mencionou que em certos lugares do Oriente ele pode ser transformado em um jogo, que não só diverte mas também lê a sorte... é verdade?

— Quanto à leitura da sorte, talvez Felício te possa ser mais esclarecedor, porque esse é um hábito de sua tribo; eu, deste livro-mudo, só sei que ele traz conhecimento antigo que meu povo vem preservando desde os tempos de nosso pai Abraão, como as letras hebraicas indicam.

— Pois preciso que tu me faças uma cópia fiel dessas gravuras, em material mais resistente, e também em um tamanho mais manuseável, para que eu possa, como me recomendou Nazimus, trazê-las sempre junto ao corpo e consultá-las sempre que tiver vontade. Podes fazê-lo?

Eliphas examinou as gravuras com extrema atenção, olhando-as por todos os lados e até contra a luz, para ver seus detalhes. Quando se deu por satisfeito, fechou os olhos por um longo tempo, pensando. Quando os abriu, olhou-me com seriedade e disse:

— Creio que sim, meu irmão: podes deixá-las comigo. Tens pressa disso? Espero que não: é trabalho para bastante tempo, se devo fazê-lo como deve ser feito. Deixa que eu cuide disso a meu modo, e quando estiver pronto, te avisarei.

Agradeci a meu irmão Eliphas, que imediatamente saiu para continuar cuidando de seus afazeres, deixando-me em minha tenda de trabalho, remexendo inutilmente sobre projetos e cálculos que já não me diziam mais nada. O belo momento que eu experimentara quando a pedra falara comigo, mostrando-me como fazer dela exatamente o que ela desejava ser, nunca mais se repetira, e minha lida com a pedra se tornara corriqueira e sem brilho, apenas um trabalho braçal, nada além de um simples artesanato que tantos poderiam realizar em meu lugar. Controlar as obras que estavam em andamento também não me animava: era serviço puramente mecânico, e se houvesse uma máquina capaz de fazê-lo, certamente o faria melhor do que eu, que pretendia sempre encontrar em todas as minhas ações um empenho que neste momento não tinha. Nada havia em minha existência que fosse exclusivamente meu, nem atos nem emoções, e tudo se tornara tão vazio de significado, que qualquer um dos milhões de seres humanos do mundo poderia vivê-los por mim sem que houvesse nisso qualquer perda significativa. Minha vida não tinha nem individualidade, nem singularidade, nem originalidade, e eu, caso deixasse este mundo repentinamente, não deixaria nele nenhuma marca, nada de meu.

Era essa falta de individualidade o que me estava matando, essa ausência de marca pessoal o câncer que me consumia. Eu perdera o gosto e a coragem de viver, reduzindo-me a uma simples cópia de tantos outros, esmagado sob toneladas de sonhos desfeitos, enterrado bem fundo no entulho de meus desejos. Eu na verdade já estava morto, e para reviver só tinha duas alternativas possíveis, que requeriam de minha parte uma decisão firme: ou me entregava totalmente aos desejos de algum poder superior a mim mesmo, ou me desvencilhava de todo o meu entulho e renascia de minhas próprias cinzas.

Foi no dia em que meu pai morreu que tomei a decisão: ele estava na penumbra de seu quarto, arfando, quando entrei para narrar-lhe mais uma aventura sexual inventada, como se tornara nosso hábito após o jantar, a que ele não mais comparecia. Levei-lhe aos lábios o copo de chá de hortelã, sentindo o cheiro amargo de seu suor nas almofadas e panos com que se cobria, intuindo na penumbra a magreza quase cadavérica de seus braços e pernas. Ele me olhava com olhos muito afundados nas órbitas, dentro dos quais ainda brilhava um fogo inesgotável, que eu não sabia decifrar. Achei-o mais cansado que em outros dias, e disse-lhe:

— Senhor meu pai, não prefere dormir e descansar? Posso contar-te tudo amanhã...

— Não! — Sua mão em garra apertou-me o punho. — Quero hoje! Agora!

— Mas por que, meu pai?

Ele me disse a frase que subitamente revelou o que era o fogo que lhe ardia no fundo dos olhos:

— Eu gosto tanto...

Era verdade: meu pai adorava tanto o prazer sensual, que até mesmo quando experimentado por outrem lhe dava satisfação. Ele vivera toda a sua vida movido por esse prazer extremo, que sempre era apenas prelúdio do próximo, certamente maior e mais satisfatório que o de agora, como se os prazeres do corpo fossem se somando uns aos outros, e o último fosse tão grande quanto a soma do primeiro a todos os seus subseqüentes, numa imitação sensual da pirâmide pitagórica que Ayub me havia mostrado. O meu, embora igualmente imenso, só se traduzia em morte e violência, até este momento para os outros, mas um dia certamente para mim, tornando-me sua principal vítima. Eu também me iniciara gostando muito, mas a cada dia gostava menos, não do que ele me dava, mas do que ele construía com meu orgasmo, transformando meu supremo gozo em sangue derramado na areia, ou línguas de fogo lambendo e esturricando a pele dos supliciados.

Mesmo sabendo que isso era apenas um delírio de minha mente equivocada, eu não conseguia livrar-me dessas visões insuportáveis, principalmente porque andara sem coragem para rejeitar os anseios de meu corpo, mandando buscar mulheres no *harim* apenas para temer as notícias que no dia seguinte os mensageiros me trariam. Cheio de culpa pelo mal que acreditava causar aos outros, eu me arrependia do que fazia, e mesmo enquanto estava alcançando o sublime prazer, ejaculando vigorosamente meu sêmen no calor de uma vagina quente e úmida, que pulsava à volta de meu membro no mesmo ritmo de nossos corações irmanados, chorava a morte e destruição que estava causando a tantos que nem mesmo conhecia.

Meu pai esperava com os olhos rútilos por minha narrativa, e eu comecei mansamente, primeiro descrevendo-lhe as duas mulheres que escolhera para esta história, dando notícias de seus cabelos, pele, perfume, da viscosidade atraente de suas partes, do sabor de fruta madura que elas aí ocultavam, da forma como me haviam tocado, primeiro com vergonha, depois com temor, e finalmente com enorme ansiedade, desejando-me cada vez mais fundo em si mesmas. Daí em diante, minhas palavras se aceleraram, e quando eu estava quase chegando ao clímax de minha história, meu pai apertou meu pulso, fazendo-me parar, e me disse:

— Quando eu me curar, voltas para o Languedoc comigo?
Enlevado por minhas próprias palavras, resmunguei uma rápida concordância, que o fez suspirar, aliviado, e eu continuei minha narrativa por mais alguns instantes, até perceber o silêncio de sua respiração, entendendo que o suspiro não tinha sido de alívio, mas sim de entrega, e que ele se fora.

Coloquei minha mão sobre suas mãos, cruzando-as sobre seu peito encovado, estranhando a pequenez dos ossos, e depois sobre sua testa, sentindo o calor de seu corpo lentamente ir se esvaindo, a pele tornar-se fria, os olhos ficarem vidrados, um leve tom amarelo e cerúleo ir tomando a superfície do corpo. Meu pai não estava mais ali, e eu, que demorara tanto a tê-lo junto de mim, agora o perdia novamente, e em definitivo. Pode-se viver de diversas formas, como conquistador, Rei, grande sábio, mas todos morremos como simples homens. O leito da morte traz todos os seres humanos à sua mais pura individualidade, pela contemplação da mais solene e mais profunda de todas as relações possíveis, aquela entre uma criatura e seu Criador. Eu nunca antes havia pensado nisso, nesses termos, e a morte me era a mais estranha de todas as coisas, mas neste momento se tornava uma visitante permanente, hóspede da qual ninguém se livra.

O tempo passou, e o corpo de meu pai se enregelou e enrijeceu, dando-me a certeza de que nada mais havia dele naquele corpo em que minhas mãos estavam postas. Ergui-me, sem nada dizer, apagando a candeia que mal nos iluminava, e saí do quarto, para cuidar dos afazeres necessários.

O dia seguinte estava ensolarado, e o cortejo de meu pai saiu da grande oficina que ladeava o canteiro de obras, para onde seu corpo tinha sido levado, e tanto os Templários quanto os Filhos de Salomão se haviam perfilado para prestar-lhe sua última homenagem, cada corporação de um lado do caminho que levava da oficina até a catacumba da Igreja de São João de Acre, onde seus restos mortais seriam depositados. A maca de madeira trabalhada que levava o corpo de meu pai, coberto com as duas bandeiras, a Beauséant dos Templários e o estandarte dos Filhos de Salomão de Acre, galgou as ladeiras suaves que levavam até a grande igreja, cujas torres traseiras ele mesmo havia planejado e erguido. O cadáver de meu pai estava vestido com a armadura templária, da cabeça aos pés, suas mãos enluvadas apertando a lâmina de um espadagão, bem perto da manopla, como se fosse uma cruz que ele a qualquer momento ergueria até os lábios, para beijar. A face apequenada pela doença e a morte surgia plácida entre as dobras da cota de malha, e o capacete de batalha estava a seus pés, pois lhe haviam colocado na cabeça, como seu último uniforme, a meia-esfera de metal marchetado que era de uso mais corriqueiro. Os corneteiros, seus instrumentos erguidos, soavam sem parar o toque de silêncio, e a procissão seguiu lentamente, Templários de um lado, Filhos de Salomão de outro, guardando-o até que chegasse a seu lugar final de descanso.

Dentro da igreja, não me recordo do que se passou: estava imbuído de mim mesmo a tal ponto, que precisei ser guiado pelos que me ladeavam, e que me fizeram erguer-me e ajoelhar-me segundo o ritual, até que a cerimônia terminou, e o corpo de meu pai foi colocado perto do altar-mor em um buraco no chão, forrado de pedra polida, que depois foi coberto por uma laje perfeitamente esquadrejada, onde se viam lado a lado sinais Templários e dos pedreiros, em convivência harmoniosa. Todos se ajoelharam enquanto a laje cobria o buraco, e uma oração silenciosa foi feita, sem que nenhum ruído se ouvisse.

Quando todos nos erguemos e nos pusemos a sair da igreja, me vi ao lado do cavaleiro Jacques de Molay, que olhava para a frente, sem desviar o olhar. Tomei a mesma postura, saindo de lá, e quando alcançamos a luz do dia, disse-lhe, sem olhar para ele:

— Cavaleiro Jacques de Molay, a decisão que eu precisava tomar sobre minha vida acaba de se definir: eu já sei o que quero e o que farei, porque conheço muito bem os motivos dessa escolha.

— E que decisão é esta, Esquin de Floyrac, meu amigo?

— Não posso mais viver em constante contradição, buscando um rumo que me seja agradável: e se não sei como fazer isso, deixo que quem saiba o faça por mim.

Jacques de Molay me olhou de esguelha, mas logo se recompôs, dizendo:

— Não te compreendo, Esquin.

— Aqui cheguei como *failli*, sem nada de meu, aqui me fiz importante e capacitado, e agora o destino, com a morte de meu pai, me coloca nas mãos tudo que eu sempre desejei, dando-me a riqueza e o poder de que sempre me acreditei merecedor. Por isso, quero que o cavaleiro me guie até dentro da Ordem do Templo, a quem entregarei todas as minhas posses terrenas em troca do Grau de Cavaleiro Templário, a única coisa que neste momento eu desejo. Permita-me desaparecer entre vós, cavaleiro, para que minha vontade deixe de existir e eu seja como uma ovelha que não se move senão sob as ordens de seu pastor.

— Tens certeza disso, Esquin? Queres realmente abrir mão de tudo o que possuis para tornar-te um Pobre Soldado do Templo?

Durante alguns instantes, minha voz se travou na garganta, mas minha decisão foi mais forte que eu, e eu lhe disse, com voz segura:

— Sim, eu o desejo!

Meu anseio pela disciplina que me salvaria da loucura e da degradação, corrigindo todas as minhas paixões terrenas, estava ao alcance de minha mão, e dependendo apenas de minha vontade, porque, para tê-la, eu abriria mão até de mim mesmo, na busca pela felicidade absoluta que só conhecem aqueles que já não têm mais nada de seu.

Capítulo 11

1307

A carta de Filipe a seus comandados era terrível, mas não imediatamente: ele dependia de uma organização estrita e perfeita, e, antes disso, de uma permissão papal para fazer aquilo que desejava mais ardentemente que tudo, e que era derrotar seus inimigos auto-impostos como forma de sentir-se maior do que realmente era. Mas nem tudo se passava de acordo com as vontades dos envolvidos: se assim fosse, eu certamente pagaria qualquer preço para que minha vontade fosse soberana, resolvendo esta questão de maneira imediata e sem danos posteriores. O Rei de França, seu Procurador, Jacques de Molay, o próprio Papa, tinham todos certeza de que seria a sua vontade que controlaria os acontecimentos, e exatamente por isso se debatiam no mar de trevas dos momentos futuros, crendo ser senhores do tempo e da realidade, enquanto lutavam bravamente para não se afogar em suas vagas.

Saí dessa reunião com a certeza de que o Papa arranjaria alguma maneira de eximir-se da responsabilidade sobre os atos de Filipe: era bem verdade que ele tinha marcado uma reunião em Poitiers para o dia de Todos os Santos, onde daria ao Rei o seu *nihil obstat*, mas exatamente na noite anterior se vira atacado por mais uma crise da gastropatia endêmica que quase o mutilava, cancelando a reunião *sine die*, o que irritou a Filipe, desagradou a Nogaret e me fez suspirar aliviado. Eu havia ganhado algum tempo emprestado, e devia usá-lo da melhor maneira possível.

Era preciso fazer com que Jacques de Molay soubesse dos planos do Rei, dando-lhe condições de preparar-se para o embate: conhecendo o projeto real, ele até teria como rechaçá-lo, contando para isso até mesmo com a ajuda do Papa, o único homem em toda a cristandade a quem devia obediência, com exceção de si mesmo. Voltei para o Pátio com a cabeça girando, tentando inventar uma maneira segura de fazer com que a informação chegasse a meu Grão-Mestre, e tão preocupado com isso, que quase não percebi os dois cavaleiros que me seguiam, certamente desde minha saída do Palais de Paris, só os notando quando açularam suas montarias para atravessar a muralha romana pela qual eu acabara de passar. Estavam claramente me seguindo, e eu não encontrava nenhuma maneira de livrar-me deles: não havia na rua nenhum malandrim a quem eu pudesse recorrer numa manobra diversionista, e desacelerei o passo de minha montaria para ganhar tempo.

Os dois eram claramente beleguins de Nogaret, com seus trajes cinzentos e seus capuzes de ponta desabados sobre os olhos, cavalos ajaezados da mesma maneira: o vício dos soldados é o de usar uniforme, mesmo quando disfarçados de civis, sem perceber que isso os denuncia a léguas de distância. Sendo eles no entanto depositários do poder de seu senhor, isso acabava importando pouco: quando por algum motivo eram revelados, imediatamente faziam uso de sua posição e se comportavam truculentamente, usando de força para prevalecer sobre os outros.

A entrada do Pátio se aproximava, e eu não tinha mais como disfarçar o lugar para onde ia: já tinha dado duas voltas ao quarteirão, e uma terceira seria mais reveladora que uma entrada assumida naquele lugar. Um deles já ficara um pouco para trás, olhando com curiosidade o arco que delimitava o território do Pátio, certamente percebendo que era lá que eu hesitava em entrar. Sem mais nenhuma razão para não fazê-lo, acabei por açular a montaria e penetrar no primeiro labirinto, deixando aos guardas do Pátio o trabalho de impedir o progresso dos dois espiões.

Ouvi às minhas costas ruídos de refrega, e soube, sem virar-me para trás, que eles haviam sido rendidos.

Isso de nada me adiantava: agora eles já sabiam que era ali que eu me ocultava, e levariam essa informação a seu senhor Nogaret, que tomara empenho em cercar-me por todos os lados, certamente pretendendo controlar-me mais do que já pensava controlar. Era impressionante a intuição desse homem: ele certamente percebia em mim a mesma falsidade de que era capaz, e havia decidido tomar-me como foco de sua atenção, certamente sentindo-se ameaçado por minha existência.

Atravessei o Pátio, dirigindo-me à casa do Coësre, pela qual chegava até o segundo andar da sapataria de Lepidus; lá estava Felício, sendo paparicado pelas Marquesas de sua Coesrette, tratado como sempre à tripa forra. Entre elas estava a Marquesa que me fizera romper meu voto de castidade, e ao vê-la entre as outras senti uma ponta de ciúme, irracional, e que logo controlei. Ao me olhar, ela ficou enrubescida, e eu também, não entendi por quê.

Felício me saudou com a familiaridade de sempre:

— Saúde, mano! Que cara preocupada é essa?

Fui franco:

— Os prebostes de Nogaret me seguiram até a porta do Pátio e me viram entrar: agora o Procurador sabe onde me escondo. Não desejo causar-te nenhum transtorno, Felício, nem aos irmãos malandrins que aqui fiz, e por isso me vou.

Felício saltou da cama, seriamente preocupado, dizendo-me:

— Isso nunca, mano! Aqui somos todos um só, e tu serás tratado com o mesmo cuidado que todos, porque esta é a nossa tradição! Ele te viu entrar aqui como Esquin? Basta que Esquin nunca mais saia daqui, e estaremos resolvidos, porque entrar no pátio é coisa a que não se arriscam, ou porão em perigo a própria cidade de Paris, sem falar em seus próprios pescoços!

— Mano Felício, isso é impossível: para que Esquin nunca mais saísse daqui, seria preciso que fosse viver em outro lugar, ou desaparecesse, e eu não posso permitir isso, pois é de Esquin que depende toda a minha missão! Esquin não pode sair nem voltar pela sapataria de Lepidus, por exemplo, e se eu não tiver um lugar onde me transformar de Esquin em Lentus, o Hubertino, para poder voltar a este Pátio, como farei? Sei que de agora em diante os prebostes de Nogaret ficarão dia e noite aguardando minha saída, para dominar-me e quem sabe prender-me mais uma vez...

Felício pôs-se a pensar, marcando seu ritmo com grandes passos pelo chão do quarto, até que disse:

— Tens razão: precisas de um lugar onde Esquin possa transformar-se em Lentus, e onde Lentus possa tornar-se Esquin sem chamar a atenção dos beleguins do Rei. E eu sei onde é esse lugar... Moira?

A Marquesa que estivera comigo numa noite anterior deu um passo à frente, dizendo:

— A seco, Coësre!

— Não é gente da tua tribo que vive no Pátio da Notre-Dame?

— *Sin duda*, missiê! Mamá, minhas tias, dois franginos, todos somos cuginos do Grand-Coësre daquele Pátio!

— Muito bem: serias capaz de levar este meu mano e apresentá-lo a teu contraparente com minhas recomendações, dizendo-lhe que o trate como trataria a mim, dando-lhe tudo de que precise e sem fazer perguntas?

Moira olhou-me, enrubescendo novamente, mas fixou o olhar em Felício e lhe disse:

— Na segurelha, Coësre! Que dote me dás que prove teu nome?

Felício tirou do pescoço um colar formado por inúmeros anéis, de diversos tipos e tamanhos, buscando um deles: quando o encontrou, separou-o e estendeu-o a Moira:

— Leva este anilho, que o Grand-Coësre conhece bem, e deixa o resto por conta de meu mano Lentus. Vai justo?

— Que nem luva, missiê! E é pra já?

— Como por encanto, assim-assim!

Moira se afastou, pegando um manto de capuz, que jogou por sobre os ombros, enquanto cochichava com as outras Marquesas, ela muito enrubescida, as outras rindo muito, com ar de galhofa. Tive a sensação de ser eu o motivo disso, mas Felício me distraiu, dizendo:

— Pega o que precisares para ser Lentus e vai direto para Notre-Dame: lá, no meio da multidão, duvido que te percebam entrando na *Gran-Cour des Miracles*. Segue os passos de Moira: ela sabe perfeitamente bem como te levar até lá com segurança. E logo que puderes, volta, mas já como Lentus: de hoje em diante, Esquin não atravessará mais os portais de nosso Pátio. Boa sorte, mano!

Fiz melhor: vesti-me como Lentus, com a cabeleira e o manto de Hubertino, colocando meus trajes de Esquin em um saco de bom tamanho, onde coube até mesmo minha espada, jogando-o às costas e saindo para as cocheiras, onde meu cavalo ainda nem bem tinha descansado, sendo seguido por Moira, a Marquesa, com seu passinho rápido.

Não falamos um com o outro a não ser o indispensável: havia entre nós um constrangimento que não conseguíamos superar. De minha parte, era o fato de ela ter sido o veículo da quebra de meu voto de castidade, o que me doía, mais ainda porque sua proximidade me recordava com detalhes os momentos que havíamos passado juntos em meus aposentos, a suavidade de sua pele muito branca, a textura de seus mamilos, a maneira como suas unhas se me haviam cravado na carne das costas quando ambos gozamos, caindo cada um para um lado, sem fôlego. Essas imagens eram muito fortes, e eu precisava livrar-me delas, por isso apressei o passo, fazendo-a quase correr atrás de mim, com suas pernas bem torneadas, seus pés de dedinhos redondos dentro dos grosseiros tamancos de madeira. Isso não era possível: ela não resistiria ao caminho; por isso parei a montaria e disse-lhe:

— Troquemos de lugar, menina: estarás melhor sobre o cavalo, e eu posso guiá-lo do chão.

Tive que ajudá-la a subir para a sela, e a proximidade de seu corpo quente me fez quase entontecer, principalmente quando ela, temerosa, se apoiou em meu peito, pondo-me as mãos aos ombros, e eu me recordei de um momento em nossa única noite juntos quando ela também tinha feito esse gesto. Sua face por sob o capuz estava muito enrubescida, e ela respirava pela boca, olhando-me de soslaio, sem fixar-me em nenhum momento. Moira se apoiou sobre o saco que estava sobre o pescoço da besta e seguimos assim por longo tempo, ela respirando fortemente, debruçada para a frente, com medo de cair, e eu sem olhá-la, sentindo às minhas costas a sua respiração ofegante, quase tanto quanto a minha, enquanto nos dirigíamos para a Île-de-France, buscando a grande catedral.

Os dois beleguins de Nogaret ainda estavam do lado de fora do Pátio, olhando a todos que de lá saíam, e nos olharam com curiosidade, sem perceber que eu era o velho cavaleiro a quem vigiavam: meu corpo mudava muito de ritmo e postura quando estava vestido como Lentus, e quando saímos de seu alcance, Moira me disse:

— Fica parelho, senhor: o casal de gaviões já está pra trás...

Olhei-a: ela estava com o semblante muito sério, olhando-me sob o manto, e ao mesmo tempo se divertindo comigo. Perguntei-lhe:

— Notaste os dois que me seguiam?

— E como não? Mais imponentes que dois furúnculos na testa... impossível não ver que eram guaritas... mas nos perderam, né?

Por detrás das palavras pouco educadas, e do tom debochado que era comum entre os malandrins, quando longe de suas vítimas, Moira tinha uma voz agradabilíssima, que me recordou os momentos em que gemera sob meu corpo... Era impossível: eu estava começando a ficar tomado por uma idéia fixa, da qual precisava me livrar o mais rápido que pudesse. Ainda bem que estaria bem longe do Pátio de Felício, onde ela era Marquesa, e poderia me livrar de sua influência, pela distância. Fechei a cara, virando-me para a rua, que, depois da ponte que começava na Place de Grève, se estufava com gentes e mais gentes, como se toda Paris estivesse na Île-de-France, seguindo o mesmo caminho que nós, em direção ao extremo leste da ilha, onde se erguia em magnificência a grande catedral de Nossa Senhora, à qual agora apenas faltavam os detalhes decorativos mais delicados, as filigranas de pedra, que só os mais hábeis pedreiros podiam produzir, com a bela arte que professavam, a mesma que eu um dia também professara, e da qual abrira mão para ser cavaleiro.

Moira ia me guiando com pequenas interjeições, alertando-me para o que eu não podia ver, e quando chegamos à esplanada na frente da Igreja, quase não pisávamos no chão, tal o acúmulo de pessoas e animais, vendedores e carregadores, operários e pedintes, velhos, homens, mulheres e crianças, todos circulando à frente da magnífica construção que ali estava, praticamente pronta, mas ainda sem a profusãoo de detalhes arquitetônicos que seriam sua marca original para o correr dos séculos. À sua direita ficava um grande quarteirão de casas velhas, cada uma mais cambaia que a outra, e no meio delas um beco escuro e sem nome, para o qual Moira me dirigiu, com um leve toque no ombro; puxei o animal para lá, e ela me disse que esperasse:

— Faz pé de grou... espera... vai agora!

Foi uma pequena fração de tempo, mas subitamente a massa se abriu à frente do beco e passamos por ele; olhando para trás, vi que a massa humana havia de novo retomado sua densidade, cobrindo a entrada do beco com gente e movimento suficientes para que ela mais uma vez passasse desapercebida. Eu já conhecia o sistema, que era igual ao do Pátio do Marais, e avançamos com o cavalo até que um monte de lixo nos barrasse o caminho. Moira, sem olhar para nenhum lugar, gritou:

— Passa a limpo, recebido, repescado e resolvido!

A isso alguém respondeu, das trevas:

— Passadiço, repassado, rebatido e repensado!

Guardei na mente a senha de entrada no Pátio de Notre-Dame: sem que eu visse como isso era feito, o monte de lixo se afastou para a esquerda, e atrás dele surgiu a carantonha feroz de um Boa-Praça com basta bigodeira, segurando na mão direita um impressionante espadagão que tinha quase a sua altura. Sua cara estava fechada, mas, ao ver Moira, ele sorriu e disse:

— Gitaninha romanicha! Que berloque trazes?

— Um tiozinho de tribo, que tem um bagu com o Grand-Coësre, da parte do Coësre do Marais...

— Pois que passe, se está contigo, nês-pá? Vai pelo cu-do-saco e vira às canhotas...

— Faladíssimo, Mustachu...

Seguimos por onde o bigodudo nos mandara, e, depois de algumas braças, Moira pediu que eu parasse, descendo do cavalo e puxando-o comigo, lado a lado. Eu queria falar, mas nada dizia, e ela me olhava de soslaio, até que não resistiu e disse:

— Lentus, o que se deu entre nós não deixa marca, não morreu ninguém... se não te agradou, faz de conta que nem houve, e...

— Como assim, não me agradou? Quem te deu essa idéia, menina? — Eu estava completamente sem jeito, porque o assunto me era difícil. — O que te faz pensar assim?

Moira fechou o sobrecenho:

— Não me chames de menina, que não o sou! Não me tomes por nenhuma ameixinha... se gostaste, por que não o disseste?

Se não fosse minha falta de jeito com o assunto, até estaria me divertindo: Moira estava graciosíssima, com a boca transformada em um bico, por debaixo do capuz, e resolvi brincar com ela:
— Deveria dizê-lo?
— Pelo menos um dedinho! Ou pensas que somos como as patroas, que fingem não ter prazer? Isso só serve pra elas, bigotinas e avidinas, do pior tipo! Afinal, tenho meu orgulho, o que pensas?

Moira ergueu os punhos em minha direção, e estava tão interessante que eu não pude deixar de rir; ela fechou o semblante por um tempo mais, mas, vendo que meu riso era verdadeiro e não tinha nenhum pingo de crítica a ela, desarmou-se e também riu, aliviando a tensão entre nós. Eu não o dissera, mas ela agora sabia que eu tinha gostado, sem que eu o tivesse dito, e sua atitude pouco tranqüila antes disso me dava a certeza de que ela também gostara.

A travessia da entrada do Pátio dos Milagres de Notre-Dame era mais longa que a do Pátio do Marais, e a meio dele deixamos o cavalo com um par de meninos que jogavam piões; levei comigo o grande saco, porque não sabia o que fazer com ele. Caminhamos lado a lado pelo chão irregular, e quando Moira tropeçou, apoiou-se em minha mão para não cair, e depois que se aprumou, não a soltou mais, e foi de mãos dadas que entramos na grande esplanada, o Pátio propriamente dito, a essa altura meio deserto, e quase do tamanho da nave principal da Igreja de que tomava o nome, onde se rezava por outro catecismo que não o dos malandrins. No fundo do espaço estava um grupo de homens e mulheres separando roupas dos mais diversos tipos e estilos, até que uma delas, erguendo os olhos, nos viu e gritou:

— É Moira! Chega-te aos que te achegam, e estarás bem chegada!
Uma outra mais velha ergueu os olhos e cantou:
— Radina-te, raplica-te, antes que caias da pilha!
Ao que Moira respondeu, também cantando:
— Quem cai da pilha, cai bem! Mamita sabe o que tem?
A velha riu, alegre, e, me olhando, perguntou a Moira:
— Quem é o mija-frio a teu lado?
Antes que Moira dissesse alguma cosia, eu me adiantei, com uma reverência jocosa, e disse:

— A verga que mija frio também enche o juliano... não é questão de calor, mas sim de mira e ardor!

O grupo explodiu em farta gargalhada, e a velha me olhou com ar de mofa:

— Um Hubertino? Vade! E com língua de sovela! Onde o trovaste, Moira?

Moira juntou as cabeças com as mulheres do grupo, que me olhavam de vez em quando, principalmente a velha, cada vez sorrindo mais, enquanto os homens me miravam desconfiadamente. Para me livrar do constrangimento, peguei um sapato que estava no chão, a gáspea descosturada, e automaticamente me pus a remendá-lo, com a agulha e linha que sempre trazia na minha bolsa de cinto. Quando terminei o trabalho, e ergui os olhos, vi que todos me olhavam com curiosidade, e o homem mais ou menos gordo, de face corada e luzidia, me falou:

— Com que então o Hubertino é sapateiro também... que outros talentos tens?

Sorri, e disse-lhe:

— Uma série deles, mas só os revelarei àquele com quem vim charlar.

— E quem é ele?

— O Grand-Coësre deste Pátio: tenho para ele um recado de Felício des Nuits, Coësre do Pátio do Marais.

O gordo riu, continuando em seu mister de separar peças de roupa, e, sem me olhar, disse:

— Sou eu: fala.

Desta vez, quem riu fui eu, até perceber que estava rindo sozinho, e que mais ninguém me acompanhava; o gordo continuava remexendo nas roupas, com um arzinho de mofa na face. Moira se aproximou de mim e disse:

— Lentus, conhece meu tio, Patapouf, Grand-Coësre dos malandrins de toda Paris! Esta é minha mãe, irmã dele... aquele, meu irmão, e as outras são minhas tias, verdadeiras e postiças.

Fiquei mudo, e quase envergonhado, não fosse o riso franco de todos, principalmente Moira e Patapouf, que acabaram por me deixar mais à vontade:

— Com teu perdão, Grand-Coësre, mas nunca te imaginei no negócio de roupa velha...

— Hubertino, acredita: um homem que se coloca longe dos negócios, um dia descobre que os negócios estão todos longe dele. Somos gente prática, e o que colocamos no mercado é exatamente aquilo de que as pessoas precisam, e que conseguimos adquirir por preço muito melhor que os comerciantes, já que, para nós, uma roupa dessas custa apenas cinco dedos e um pouco de medo, ou então um susto e uma corrida... mas, o que desejas de mim?

Moira adiantou-se, entregando-lhe o anel que Felício lhe havia entregado, e Patapouf, o Rei dos Mendigos, olhou com admiração, vendo-me com ela:

— Deves valer muito para Felício, Hubertino: ele não me enviaria anel tão valioso se não fosses para ele como um parente...

— Posso dizer que somos como irmãos, reencontrados depois de quase trinta anos, e o que fizeres por mim certamente estarás fazendo por ele.

— Então não sei disso? O fato de estares acompanhado por minha sobrinha te dá mais valor ainda a meus olhos... já comeste?

A tarde se passou entre comidas e bebidas, risadas e suspiros, e durante esse tempo os parentes de Moira falaram mais do que eu: ela também pouco dizia, só me olhando de soslaio com regularidade, enquanto o Rei Patapouf me dava notícias de sua vida na corte dos mendigos:

— Só conheço uma tribo mais unida que a dos malandrins, Hubertino: são os artesãos da pedra que trabalham na grande catedral. Se os 12 Pátios de Paris estamos ligados, esses homens têm ligações em todas as outras cidades, dizem até que no *Outremer*, sendo capazes de reconhecer-se em todo o mundo. Como falamos a mesma língua, a Língua Verde, aprendida com os pássaros por nossos antepassados, acabamos por nos unir mais do que seria aceitável, e muitos deles acabaram por casar-se entre nós, tirando daqui as suas mulheres, para que elas lhes dessem os filhos que desejavam. Conheces esses homens?

Respirando fundo, disse-lhe uma frase bem construída em *argot*, que o fez arregalar os olhos, ao mesmo tempo em que as velhas da mesa, principalmente a mãe de Moira, resmungaram sua aprovação. Patapouf me disse, espantado:

— Que boa pronúncia de pássaro tens, Hubertino, e com a prática na costura de calçados me recordas um antigo amigo que nunca mais vi... chamava-se Nazimus...

— Pois se foi ele quem me ensinou a língua!!!!

Patapouf ergueu-se, animado:

— Este mundo é mesmo um penico, e um penico pequeno... vês, mãe Bréche-Dent? É aprendiz do Nazimus, que foi Coësre do Marais quando ainda nem tínhamos altura!

A mãe de Moira riu, alto:

— E eu não sei? Onde foi parar aquele perigoso, Hubertino? Conseguiu mesmo tornar-se cavaleiro, como sonhava?

— Mãe Bréche-Dent, isso eu já não sei dizer-te, porque nem mesmo sabia desse desejo de meu mestre: mas ele correu ceca e meca e acabou se tornando o melhor sapateiro e boteiro de todo o Languedoc, onde eu o conheci! Lá ele me ensinou, entre outras coisas, tudo o que sei da Língua Verde, que usei apenas quando trabalhei entre os Filhos de Salomão, em Acre. Entre vós, malandrins, faz pouco tempo que me encontro...

Pelo que eu podia perceber, já tinha sido aceito como parte da família: todos me davam tapas nas costas, o Rei Patapouf me abraçava e erguia sua taça em intermináveis brindes a mim e a Nazimus, e Moira me olhava com o que me pareceu ser uma ponta de orgulho. Eu, com idade para ser não apenas seu pai, mas muito provavelmente seu avô, estava começando a ficar intrigado: o que essa criança via em mim, que a levava a não me deixar esquecer a única noite que passáramos juntos, e que certamente não se repetiria?

Na *Grand-Cour des Miracles* de Notre-Dame eu estava em casa, recebido com bonomia pelos parentes de Moira, tratado como um filho pródigo que tivesse retornado: só lhes faltava ter-me mandado matar o mais gordo bezerro. No decorrer da conversa, sem contar-lhe nada sobre minha verdadeira missão, revelei ao Rei Patapouf minhas necessidades, e ele acabou por dizer-me:

— Se o Rei de França te persegue, o Rei dos Mendigos te abriga, e nem quero saber-te os motivos! Já estás aqui como estavas com Felício, e creio que posso fazer-te uma oferta tão boa que te será irrecusável! O que achas de, em vez de entrares e saíres daqui pelo beco apertado que conheceste, o fizeres por dentro da catedral? Só terás que abrir mão de tua montaria, se a tiveres, porque ainda não permitem o trânsito de animais pela nave da Notre-Dame...

Isso seria inacreditavelmente benfazejo para meu disfarce: a igreja vivia permanentemente cheia de gente que entrava e saía, como se ali fosse a praça do mercado, e seria difícil alguém me destacar no meio de tal multidão. Patapouf continuou:

— Vou apresentar-te um mestre pedreiro que se casou com a prima de um concunhado meu, e que conhece como ninguém as passagens secretas da catedral! Elas te serão muito úteis, acredita em mim! E quem sabe não possas mais uma vez voltar a fazer o trabalho de pedreiro que me dizes que já fizeste? Crês que ainda dominas o maço e o cinzel?

— Se me derem tempo para recuperar o traquejo, quem sabe?

O próprio Patapouf, vestido como grão-senhor, atravessou a rua e me levou até a catedral, onde perguntou por seu contraparente Pierre de Chelles; imediatamente fomos levados até o *jubé*, uma galeria suspensa que ficava entre a nave e o coro da catedral, e que ele estava decorando com seu ajudante Jean Ravy, um menino franzino e calado, mas de olhos muito atentos a tudo. Com um cinzel nas mão e um maço na outra, Pierre traçava na balaustrada de pedra uma série de volutas com o formato de folhas de carvalho, seguindo apenas os ditames de sua imaginação, sem obedecer a nenhum desenho predeterminado. Seu aprendiz, sem piscar, acompanhava cada pequeno golpe, analisando o ritmo e a posição das mãos e ferramentas, que Pierre usava como se estivesse trabalhando em madeira, tal a sua capacidade criativa e seu domínio da arte.

Sinceramente, invejei-o: já tinha sido tão proficiente nesta arte quanto ele, mas perdera gradativamente a intimidade com ela, pelas mudanças que minha vida me fizera experimentar, tornando-me homens diferentes a cada instante. Recordei-me de meus dias no canteiro de obras em Acre, e desejei estar de volta a eles, fazendo de minha vida aquilo que ela não tinha sido, quase me arrependendo por meus sessenta e tantos anos de vida. Ali estava eu, a cada momento mais enredado em tramas que não me diziam respeito, obedecendo a ordens que não recebera e executando tarefas que me eram totalmente ingratas. A beleza do trabalho de Pierre, no entanto, me permeava a alma com uma emoção antiga, quase um perfume que eu não conseguisse perceber de onde vinha.

Patapouf chamou Pierre, que ao vê-lo largou as ferramentas e desceu pelo andaime, os dois se abraçando e beijando como se fossem irmãos, e o Rei dos Mendigos me apresentou a ele com grande solenidade:

— Meu cunhado, eis aqui um de teus irmãos, necessitado tanto de tua ajuda quanto da minha. Podes recebê-lo e dar-lhe o que ele pedir, como se estivesse sendo pedido por mim mesmo?

Pierre me abraçou, apertando-me a mão à moda dos pedreiros, e eu devolvi-lhe o aperto, reconhecendo-nos ambos como Filhos de Salomão; perguntou-me muitas coisas, e quando eu lhe disse que aprendera o ofício em Acre, comentou:

— Lá ficava o melhor de todos os canteiros de obras dos pedreiros, comandado por Jean-Marc, o Armênio. Tu o conheceste?

— Era meu pai, irmão Pierre.

Os olhos de Pierre se arregalaram, e ele cutucou seu aprendiz, dizendo-lhe:

— Presta atenção, Jean: aqui na tua frente está o filho do Armênio, um dos grandes pedreiros de todos os tempos, o melhor escultor de pedras-chave que já existiu!

Fiquei na dúvida se ele falava de mim ou de meu pai, porque nunca imaginei que algum dia tivesse sido parâmetro de excelência para meus irmãos; o aprendiz me apertou a mão, como o fazem os aprendizes, com o olhar espantado, enquanto Pierre continuou:

— Ninguém entende por que abandonaste o ofício para tornar-te Templário, meu irmão... terias sido o maior de todos os mestres-de-obra! Continuaste trabalhando a pedra, durante todos estes anos?

Recordei-me da última vez em que o fizera, no dia em que um mensageiro me entregara a mensagem de Jacques de Molay que viraria minha vida de cabeça para baixo, e disse-lhe:

— Nunca o abandonei, quando mais não fosse para não esquecer que o trabalho da pedra é para sempre, e que somos todos eternos aprendizes. No meu Priorado em Montfaucon...

Calei-me, a garganta travada pelas lembranças. Coloquei a mão sobre os olhos, tentando apagar as imagens dos tempos de bem-aventurança, e demorei a consegui-lo. Os outros ficaram em absoluto silêncio, e finalmente Pierre disse:

— Do que precisas, meu irmão? Estou às tuas ordens.

Contei-lhe, sem revelar-lhe nada, as minhas necessidades momentâneas, e ele, junto a Patapouf, estabeleceu-me uma rotina de sobrevivência: eu entraria como Lentus, o Hubertino, no pátio de Notre-Dame, onde me tornaria outra coisa, assim que decidisse que coisa seria esta: como Esquin, usaria o mesmo caminho, só que por dentro da catedral, usando um dos caminhos secretos que Pierre conhecia, por ter sido o seu artesão. Ele me levou até uma das capelas laterais, exatamente a de St. Étienne, à esquerda da Porta Vermelha; lá, olhando com cuidado para todos os lados, apertou a mão da estátua nua do santo, fazendo estalar a parte de trás do altar, que se afastou uma braça. Puxando-me para ela, ele me disse:

— Por aqui descerás até os esgotos da Île-de-la-Cité, e se seguires sempre em frente, chegarás ao outro lado da rua, exatamente no meio do Pátio de Notre-Dame, por trás de uma escadaria que leva a um passadiço pouco usado... foi assim que consegui ser marido de uma malandrina e ao mesmo tempo operário da grande obra...

— E eu só permiti que te casasses com ela depois que me franqueaste esta passagem... — Patapouf riu, à socapa. — também a uso de vez em quando, e ela me tem sido tão útil quanto será a ti, Lentus.

— Quando queres começar, meu irmão?

Fui apanhado de surpresa:

— Começar? Mas começar o quê, meu irmão?

Pierre de Chelles riu:

— A pagar pela ajuda que te darei, irmão: não estás disposto a pagar a Patapouf o teu dízimo pelo uso do Pátio da Notre-Dame, assim como pagas pelo uso do Pátio do Marais? Pois aqui também cobramos, e o preço será o teu trabalho entre nós. Quando queres começar? Temos muitos aprendizes que necessitam da instrução que tu lhes podes dar, ensinando-lhes como fazer as mais perfeitas pedras-chave do mundo! Estamos de acordo?

Hesitei durante alguns segundos: mas o ambiente de trabalho, o pó de pedra flutuando no ar, a azáfama dos irmãos pedreiros decorando a imensa catedral me encheram o coração com a certeza de que ali era o meu lugar, entre irmãos, marcando na pedra as mudanças que nunca cessam de acontecer em nosso interior, não importa quanto tempo tenhamos vivido. Poder perceber estas mudanças, configurando-as como talhos e polimentos na pedra de nosso espírito, é coisa que só entre os pedreiros vi acontecer, porque a pedra material se torna símbolo da pedra do espírito, e tudo o que nela fazemos acontecer se reflete e é refletido pela pedra interna. Por isso, eu disse a Pierre:

— Se é assim, meu irmão, quem está às tuas ordens sou eu: separarei algumas horas de minha semana para trabalhar junto com os aprendizes, dando o melhor de mim para a instrução deles.

Selamos o acordo com um aperto de mão e um beijo na face esquerda, e eu desci as escadarias da passagem secreta, acompanhado por Patapouf, atravessando velhas galerias de esgoto, com seus odores característicos, acabando por emergir exatamente onde Pierre havia dito; lá, ajudando-nos a subir para a superfície, estava Moustachu, o guardião da entrada no Pátio, acompanhado por Moira, que me deu a mão, erguendo-me do buraco. Eu disse a ela que tomasse de meu cavalo e fosse para o Marais sem mim, mas ela se recusou, e quando ficamos a sós, assim que Patapouf me indicou o aposento onde eu me abrigaria quando lá estivesse, Moira voou em minha direção, beijando-me a boca, com a mesma fome que eu, e nos agarramos naquele lugar escuro, arrancando as roupas e nos abraçando com tal vontade, que em menos de um instante já tínhamos alcançado um prazer imenso, que não se apagou nem se extinguiu, mas se modificou e nos fez ficar ainda por mais de meia hora enrolados um no outro, movendo-nos lentamente, até que novamente nos esvaímos em gozo, tudo isso sem emitir nenhuma palavra. Ali nos deitamos, ali ficamos, e quando acordei na manhã seguinte, durante longo tempo observei a face de Moira, seu nariz espevitado, seus longos cílios, as sardas sobre seu nariz e zigomas, pensando por que motivo isso só me acontecera depois que eu já tinha me transformado em um velho e não tinha nem a metade do vigor de que ela certamente necessitaria. Subitamente, Moira acordou, suas pálpebras trêmulas se abrindo lentamente, e ela me olhou e sorriu, milagrosamente apagando todas as minhas dúvidas.

Nesse dia, eu, Esquin de Floyrac, traidor do Templo, além de Lepidus e Lentus, como já era, tornei-me também um pedreiro por nome Viocque, esculpindo para Pierre de Chelles, e lentamente fui redescobrindo a capacidade de trabalhar na pedra, indicando aos aprendizes sob meus cuidados como fazê-lo da melhor maneira; à noite, vestido como Lentus, saí pela Porta Vermelha da catedral e de lá retornei ao Pátio do Marais, pensando todo o tempo onde estaria Moira, que não me saía mais da cabeça.

Dessa maneira, minha vida se rearrumou, preenchendo meus dias com tantas tarefas que quase não me sobrava tempo para a missão mais importante dela: eu tinha agora que encontrar uma maneira de avisar a meus irmãos do Templo sobre o plano sinistro que Filipe de França urdia contra eles. Várias vezes fiquei olhando a *Cousture* do Templo pelo olho-de-boi da loja de Lepidus, imaginando como fazer para avisar a meu Grão-Mestre sobre os projetos sinistros de Filipe e de seu Procurador. A Beauséant desfraldada me dava a certeza de que sabiam do que lhes estava reservado, prontos para lutar em defesa de si mesmos e de nossa Ordem, enfrentando a tirania de Filipe e de seus asseclas e exigindo do Papa o respeito aos decretos e à Regra do Templo. Descendo a escada, dei com os olhos sobre a bota de Jacques de Molay que eu inadvertidamente trouxera para minha oficina no dia do encontro entre ele e Filipe de França: sua fivela ainda não estava totalmente presa, pois eu interrompera o trabalho inesperadamente. Pensei se não poderia devolver a bota com uma mensagem dentro, narrando a meu Grão-Mestre tudo o que era de meu conhecimento. Foi o que fiz: além de costurar firmemente a fivela na gáspea, limpando-a da melhor maneira possível, tracei uma mensagem para meu irmão Jacques de Molay, onde lhe narrava tudo o que me recordava da mensagem real, exortando-o a preparar-se e preparar os irmãos para um ataque que viria a qualquer instante. Isso feito, ergui-me de minha bancada e atravessei a Rua do Templo, indo em direção à porta levadiça da *Cousture*; por trás dela, vi os seis moinhos que esgotavam a água do pântano do Marais desde que ele tinha sido aterrado, e que nunca haviam parado de trabalhar, nem mesmo quando o canal do Ésgout tinha sido aberto. O sentinela, ao ver-me chegar ao portão não sendo hora de distribuição de comida, estranhou-me e me mandou embora. Ergui a bota, resmungando sem palavras, batendo com ela na palma da outra mão; o sentinela continuou sem entender. Manquitolei algumas vezes pra lá e pra cá, à porta do Templo, erguendo a bota para o sentinela, que nada entendia e só me mandava afastar-me. Já estava por desistir, quando o sargento-de-armas chegou até o torreão e me viu lá embaixo, erguendo a bota; debruçou-se na balaustrada e, reconhecendo-me, disse:

— Mas é o sapateiro da outra calçada... o que desejas, remendão?

Com a boca torta e a voz gutural de Lepidus, a bota erguida o mais alto que podia, urrei:

— Mestre! Mestre!

O sargento-de-armas custou um pouco a entender, mas de repente percebeu o que eu dizia, e me respondeu, com um sorriso de alívio:

— A bota do Grão-Mestre? Já desço...

Alguns instantes depois, a portinhola se abriu, e o sargento-de-armas estendeu o braço para fora, dizendo:

— Nosso Grão-Mestre está em Chipre... mas podes entregar-me a bota, e eu a farei chegar até ele...

Puxei a bota contra meu corpo, tirando-a do alcance do sargento: não podia deixar que ninguém a não ser Jacques de Molay visse a mensagem. Virei as costas e voltei para minha oficina, sendo seguido pelos gritos do sargento, que, subitamente, tendo saído do Templo, me segurou pelo ombro:

— Ei, sapateiro: aonde pensas que vais? Dá-me aqui a bota do Grão-Mestre, e eu a farei chegar até ele!

Agarrei a bota com determinação, não querendo que ele a tomasse de mim, e comecei a gritar guturalmente, atraindo a atenção de todos os que estavam pela rua e que de nós se aproximaram, tentando entender o motivo do conflito. Eu puxava de um lado, o sargento puxava de outro, mas eu já não estava mais disposto a isso: dei um repelão e corri o mais rápido que a perna manca de Lepidus me permitia, entrando em minha oficina e batendo a porta, passando-lhe a tranca. O sargento-de-armas ainda a esmurrou algumas vezes, mas, vendo que eu não a abriria, resmungou alguns impropérios e me deixou em paz, sob os apupos das pessoas que tinham se ajuntado para ver a briga.

O FIM DO TEMPLO

Eu não poderia de forma alguma permitir que qualquer outra pessoa que não fosse o Grão-Mestre, a quem a mensagem se dirigia, tomasse conhecimento dela, e fiquei na oficina tentando entender o que poderia ser feito, e de que maneira minha ação poderia ser positiva para o transe em que estávamos metidos.

O ano de 1306 terminou, o ano de 1307 começou, e nada aconteceu: todos os participantes deste jogo maldito estavam como que aguardando o próximo movimento do adversário, para definir seu próprio movimento com precisão e alguma garantia de sucesso. Enquanto isso, minhas vidas simultâneas corriam em leveza impressionante: Lepidus trabalhava como nunca em sua oficina, Lentus recolhia muitas esmolas para fazer a peregrinação a St. Hubert, Viocque retomava seu traquejo na lida com a pedra e ensinava os segredos dela aos aprendizes na Catedral de Notre-Dame, enquanto Esquin vivia momentos inacreditáveis de prazer e felicidade ao lado de Moira, tanto no Pátio do Marais quanto no Grande Pátio de Notre-Dame, sob a proteção do Rei Patapouf, enquanto aguardava o momento de agir contra e a favor do Templo, como me havia sido ordenado. Eu me perguntava diariamente se algum dia todas essas vidas se uniriam em uma só, e se meus talentos seriam apanágio de mim mesmo, sem ter que ocultar-me sob a máscara de tantos personagens diversos.

Da parte do Rei e de seu Procurador, não tive mais notícias, e nem dos cavaleiros Bernard Pelet e Gerard de Byzol, sumidos como que por encanto. O dinheiro que me havia sido dado jazia oculto em sua bolsa, e eu nunca fizera uso dele, gastando apenas o que ganhava com o suor do rosto de Lepidus, Lentus e Viocque, como se isso pudesse justificar-me os atos canalhas que fizera e ainda faria. Eu sabia, no entanto, que esses momentos de inação eram apenas a calma antes da tempestade, e que a tormenta cairia sobre todos com violência inaudita assim que as condições da realidade estivessem no ponto para que tal se desse.

Jacques de Molay voltou de Chipre no início do ano, e eu soube disso porque o sargento-de-armas veio até a oficina de Lepidus, com cara de cachorro que quebrou a vasilha, dizendo-me:

— Sapateiro, o Grão-Mestre retornou, e pede que lhe mandes a bota já consertada.

Fiz-me de surdo, continuando a pregar pregos em um solado resistente: o sargento-de-armas, percebendo isso, suspirou e disse:

— Está bem, sapateiro: acompanha-me então, e eu te levarei até o Grão-Mestre para que tu lhe entregues a bota pessoalmente...

Aguardei alguns instantes, para que meu coração se acalmasse, ergui-me e saí pela porta afora, com a bota na mão, deixando ao sargento-de-armas a opção de apressar o passo e correr atrás de mim. Na porta do Templo, ele se adiantou e gritou alguma coisa para o sentinela, e logo depois a ponte levadiça baixou e ele me fez sinal que entrasse, o que fiz, manquitolando e com os cabelos escondendo minha face. Cruzei o pátio do Templo atrás dele, que me levou até uma sala retirada, por trás dos carneiros onde descansavam os ossos de nossos irmãos, e lá estava Jacques de Molay, sentado a uma mesa, acompanhado por João de LaTour, tesoureiro da Ordem em Paris, e que tinha imensa intimidade com o Rei Filipe, sendo o seu conselheiro financeiro, e por Hugo de Pairaud, o supervisor do Templo na França, os três em conversa da qual captei apenas as frases finais, ditas pelo tesoureiro:

— Filipe acredita que nosso tesouro vale cem milhões de *livres tournois*, e creio que esta deva ser a quantia que traremos de Chipre, para aplacar-lhe a cobiça... ah, se ele pressentisse o quanto verdadeiramente valemos...

Jacques de Molay olhou-me, e disse:

— Ah, o sapateiro... conseguiste consertar-me a bota? Não imaginas a falta que ela me fez; quando nos acostumamos com alguma coisa ou alguém, sua ausência se torna importante demais, e acaba sendo mais poderosa que sua presença...

Com um resmungo, entreguei-lhe a bota, rezando para que não tentasse calçá-la, porque o papel que eu colocara dentro dela certamente o impediria disso, e se desse sinais de que alguma coisa ali havia minha impostura estaria destroçada. Jacques de Molay me olhou com curiosidade, certamente percebendo meu nervosismo: enfiou a mão na bota e deu um sorriso, dizendo:

— Eu a experimentarei depois, sapateiro: quanto te devo?

Meu suspiro de alívio foi disfarçado com um resmungo, e eu levantei um dedo, o que fez meu Grão-Mestre dizer a João de LaTour:

— Paga um *sou* ao sapateiro, irmão; eu nada tenho comigo.

O FIM DO TEMPLO

— É exatamente o que tenho em minha bolsa, irmão de Molay: ficarei sem nada.

— Que seja: abrimos mão de toda a nossa riqueza, e não possuímos mais nada do que temos, nem mesmo nossas roupas. Se o sapateiro fosse Templário, não lhe pagaríamos nada, mas, não sendo um de nós, é correto que o recompensemos pelo trabalho feito. Dá-lhe o *sou*, com nossos agradecimentos; quem sabe o quanto este sapateiro ainda nos pode ser útil?

Recebi a moeda em estado de absoluta confusão: o que meu Grão-Mestre estaria fazendo com aquelas frases? Protegendo-me? Declarando-me não-Templário? Eu não conseguia entender, mas aceitei a pequena moeda e me retirei, atravessando o pátio da *Cousture* como um sonâmbulo, só me permitindo relaxar ao chegar à minha oficina. Os sinais não eram claros, e eu me recordei de meu Tarot, que não consultava fazia tempo, e que sem dúvida me indicaria o melhor caminho, mostrando-me o acerto ou o equívoco de minhas ações.

Era exatamente assim que as lâminas funcionavam: cada um conseguia ler de si através delas, porque toda pergunta já traz dentro de si a resposta, e para todas existe uma resposta que tais lâminas desencavam dos subterrâneos de cada alma. Eu me convencera de que a ordem natural das lâminas indicava o acerto de minhas ações, e quando esta ordem se interrompia, isso significava que eu tinha me equivocado, podendo pretender corrigir o rumo, como fazem os navegantes em pleno mar, acertando sua rota e voltando ao caminho certo. A última que tinha sorteado era a dA Roda da Fortuna, sua imponderabilidade marcando meus pensamentos de tal maneira, que eu inconscientemente me abstraíra da existência do livro-mudo, vivendo como se ele não existisse; agora, no entanto, ao recordar-me dele, precisava ter certeza de que seguia o rumo certo, e, assim sendo, tomei das lâminas e, embaralhando-as, tirei a de cima.

Uma mulher vestida com apuro abria tranqüilamente as fauces de um leão, mantendo-as escancaradas sem dar nenhum sinal de medo ou esforço físico, como se a fera nenhum poder tivesse sobre ela. Era a lâmina dA Força, a décima primeira de todas na seqüência natural das imagens, a letra *kaf* sobressaindo logo acima das cores. Eu estava no caminho certo, mas alguma coisa mais me era dita pela lâmina, sem que eu soubesse entender o que era; uma sensação estranha me tomava o corpo e a mente, pois eu não entendia que força seria essa que não necessitava de vigor físico para existir, sendo mais poderosa que quaisquer armas, a ponto de permitir que uma fera perigosa fosse dominada pela gentileza de duas mãos femininas. O significado sem dúvida me seria posto à frente tão logo chegasse o momento, como de costume: eu só necessitava de paciência para aguardar sem me perder.

Nas ruas, as conversas eram sempre as mesmas: continuava cada vez mais forte a campanha de Filipe de França contra os inimigos da cristandade, os inúteis Templários, que, além de se recusarem a um *passagium particolare* sob seu comando, destacando uma força profissional que desse apoio aos exércitos da Armênia, haviam entregado os Lugares Santos aos muçulmanos e judeus, de quem haviam assimilado os perigosos hábitos que só eram mencionados em voz baixa. O povo sentia medo de tudo que lhes pudesse parecer demoníaco, e tanto as heresias quanto a sexualidade distorcida tinham essas características, a seus olhos. No fim de Maio, o Grão-Mestre do Templo, Jacques de Molay, dirigiu-se a Poitiers, e, como o Grão-Mestre dos Hospitalários ainda permanecia em Rhodes, lá ficou esperando por ele, tendo longas conversas diárias com o Papa Clemente V, que os convocara para discutir a união das duas ordens. Certamente, Jacques de Molay soubera ser persuasivo; no canteiro de obras da Catedral só se falava da investigação que o Templo pedira ao Papa, em virtude das acusações que o Rei de França lhes tinha feito, e que Jacques de Molay, curiosamente, pedira que fossem absolvidos, quando provados inocentes, ou então publicamente condenados, se o que era dito contra eles fosse revelado verdade. Isso parecia ser uma prova de coragem, mas eu sentia que dessa forma eles apenas se colocavam nas mãos de seus inimigos, que não teriam nenhum escrúpulo em criar provas falsas para condená-los.

Pierre de Chelles me havia pedido que treinasse quatro aprendizes para a tarefa de continuar a esculpir as volutas na balaustrada do *jubé*, e eu, como o pedreiro Viocque, comecei a freqüentar a obra três dias por semana, na parte da manhã, dando-lhes as instruções necessárias; de todos, seu aprendiz Jean Ravy era o mais bem aquinhoado com o talento para o ofício, e em suas mãos o cinzel era como um lápis, traçando desenhos na pedra como se ela fosse uma superfície macia e dútil, sem nenhum erro. O mais difícil no trabalho com a pedra é sempre fazer com que a idéia plenamente configurada na mente desça da cabeça para os braços e daí para as mãos, realizando-se na matéria com a exatidão com que foi concebida. Jean era exigente, e nunca se satisfazia com o que traçava, buscando sempre mais e mais perfeição, ao contrário dos outros, que, mesmo exortados a melhorar sempre, satisfaziam-se com um resultado simplesmente aceitável; por isso, acabei conversando com Pierre e fazendo-o meu auxiliar direto, muitas vezes deixando-o com a responsabilidade de instruir os outros aprendizes naquilo que ele soubesse melhor.

Pierre sempre me dava notícias do Papa, pois seu trabalho, estando intimamente ligado à Sé de Paris, acabava por ser feito exatamente para esta Igreja de Roma que o Papa representava, mesmo estando atualmennte em Poitiers, tão longe de Roma quanto seria possível. Ao que tudo indicava, o Papa não estava muito disposto a fazer o que Filipe lhe exigia: a cada mês, ele enviava aos fiéis de sua igreja, e portanto ao Rei de França, uma nova Bula sobre o assunto, e a cada uma delas ele se punha mais e mais em desacordo com a idéia real de extinguir e punir a Ordem do Templo, não levando em consideração nada que lhe tivesse sido revelado, inclusive por mim. O plano de Filipe parecia estar fazendo água, e caso ele não conseguisse um forte apoio a seus desejos, teria que recuar, abandonando seu projeto.

Eu acreditei nessa possibilidade, e quanto mais o tempo passava, mais me sentia seguro de que era exatamente o que estava por acontecer: Sua Majestade havia perdido esta batalha, e portanto toda a guerra. Sem o Papa, não havia nada que ele pudesse fazer contra o Templo, e eu me tranqüilizava mais a cada dia que passava.

Foi assim até uma manhã de Agosto em que, abrindo a oficina de Lepidus, encontrei uma mensagem do Procurador Guilherme de Nogaret, ordenando a Esquin de Floyrac que comparecesse ao Palais de Paris ainda nesse dia, antes que o sol se pusesse. Não havia como recusar tal convite, e por isso apanhei o saco onde as roupas de Esquin descansavam, preparando-me para, chegando ao Pátio de Notre-Dame, reassumir minha verdadeira identidade e me apresentar ao Procurador do Rei como me fora ordenado. Se eu hesitasse, ou mesmo me atrasasse, daria a esse cruel legista o motivo de que precisava para pôr atrás de mim os seus esbirros, mas se eu cumprisse à risca todas as suas ordens, ele não teria por que se preocupar comigo.

Cheguei ao Palácio do Rei logo depois do fim da manhã, o sol ainda quase a pino no céu; os guardas na porta me barraram a entrada, mas, assim que lhes mostrei a ordem do Procurador, franquearam-me a passagem, e eu trilhei os corredores exageradamente enfeitados, à sua procura. Encontrei-o junto ao Rei, na presença de vários sacerdotes dominicanos, cada um mais gordo que o outro, e todos cercando uma figura, dando-lhe mais atenção que ao próprio Rei, sentado em seu trono, a bela face contorcida. A figura a que todos davam atenção era o Confessor Real, subitamente erguido à posição de Inquisidor-Mor do Reino de França, Guillerme Imbert, conhecido como Guilherme de Paris, poderoso dominicano que não hesitava nem mesmo em ir contra sua própria Ordem, se isso fosse preciso na defesa de sua fé e de sua igreja. Homem alto e de talhe enxuto, Guilherme de Paris guiava os padres que o acompanhavam em uma sentida oração, onde pedia que Deus lhe desse vigor suficiente para enfrentar sem esmorecer a todos os inimigos de Cristo.

Quando essa oração terminou, percebi que ao fundo, nas sombras, estavam Bernard Pelet e Gerard de Byzol, meus dois companheiros na traição, com ar espaventado, cercados por guardas armados de lança e espada, como se fossem prisioneiros; eles haviam fugido de seu compromisso, mas, agora que a Inquisição entrara em cena, tinham sido trazidos de volta ao palco para cumprir o que tinha sido combinado. Os dois me olharam com temor e inveja, e eu percebi que a liberdade de que haviam gozado terminara, ao mesmo tempo em que percebia ser a minha um artigo muito instável, e que poderia sair desta reunião tão prisioneiro quanto eles. Só me restava, portanto, mostrar-me o mais voluntário colaborador possível, e quando Guilherme de Nogaret, em cuja face eu também via um imenso temor desse sacerdote tão poderoso, indicou-me para narrar-lhe o que era de meu conhecimento, foi com extrema dedicação que o fiz: rojei-me ao solo e repeti ao Grande-Inquisidor tudo aquilo que já havia dito, carregando nas tintas e pintando meus irmãos Templários como verdadeiras crias de Satan, o Adversário de Cristo. Quando terminei minha peroração mentirosa e violenta, olhei para o Grande-Inquisidor: ele chorava copiosamente, dizendo:

O FIM DO TEMPLO

— Em meu peito floresce o desespero, pois terei que usar de toda a força que me cabe para preservar na humanidade a crença em Cristo Nosso Senhor... terei que agir em defesa da Cristandade enfrentando não apenas os inimigos declarados, mas até mesmo os que se disfarçam de aliados... e o próprio Papa, Vigário de Cristo na Terra, se não agir com a mesma presteza em defesa de nossa Santa Madre Igreja, será encarado como mais um desses inimigos, devendo ser arrastado de volta ao caminho seguro que todos devem trilhar! *In nomine Patris et Filios et Spiritus Sanctus!*

A sorte estava lançada: Filipe, o Belo, deu um tapa de alegria na própria perna, sorrindo de orelha a orelha, e Guilherme de Nogaret, ainda que em seus olhos tremulasse a centelha de um temor muito antigo, imitou-o, persignando-se e erguendo os olhos para o céu, de mãos postas. A poderosa Inquisição de França tinha sido posta em ação e estava pronta a atacar quem quer que lhe passasse pela frente, independentemente da importância que tivesse, porque o verdadeiro poder era aquele que se exercia no mundo material, principalmente o de fazer sofrer em nome da fé, e para isso havia a Inquisição de França, a mesma que havia queimado minha mãe nas fogueiras de Montségur.

Por incrível que pareça, nesse momento só um homem podia defender-me de Filipe e de seu Procurador. O Grande-Inquisidor de França, na medida em que eu me tornasse essencial à sua tarefa, seria meu maior aliado, e eu precisava colocar-me a seu dispor, para que nem o Rei nem Guilherme de Nogaret pudessem dispor de mim, como desejavam. Fui discretamente me unindo ao grupo de frades, colocando-me fisicamente cada vez mais perto do grupo da Inquisição, de maneira tão natural, que, ninguém percebendo, já estava no meio deles quando Bernard Pelet e Gerard de Byzol repetiram suas acusações, tremendo de medo dos guardas que os cercavam. Ousei mesmo fazer-lhes uma ou duas perguntas cuja resposta eu já conhecia, e seu alívio ao ver o ar de satisfação do Grande-Inquisidor com suas mentiras se refletiu em mim, pois eu me tornara seu auxiliar na indigna tarefa de convencer ao grande poder da Igreja de Roma sobre tudo aquilo que desejávamos.

Nessa sala, naquele instante, o poder da Inquisição sobrepujava todos os outros, até mesmo o do Rei e o do Papa, e todos que ali estavam sabiam que só lhes restava seguir a maré, agindo de acordo com os desejos do Grande-Inquisidor de França, para conseguir tudo aquilo que cada um desejava. Eu não era diferente de ninguém: decidira usar os desejos e métodos do Grande-Inquisidor para cumprir a tarefa que me fora confiada, e quando a entrevista terminou e meus dois companheiros Templários foram levados para fora do salão, eu não me movi, ficando mais perto do Grande-Inquisidor que do Rei, com um ar ungido e um tanto amalucado na face.

O Procurador do Rei estranhou minha presença, mas quando ia dizer alguma coisa, o Inquisidor dirigiu-se a ele:

— Guilherme de Nogaret, como Chanceler do reino de França, cabe a ti estabelecer o devido processo, para que, depois de sua prisão, os Templários venham a ser interrogados da melhor maneira possível, sem que haja qualquer possibilidade legal de recusa ou fuga. Devem ser presos todos de uma vez, como Sua Majestade muito bem disse, e em toda a França, sendo postos imediatamente sob minha guarda, pois, sendo esta uma questão de fé e heresia, a ninguém mais cabe o dever de questionar-lhes os crimes e suas razões. Este ex-Templário que aqui está pode ser-nos muito útil nessa tarefa, já que deve conhecer muito bem não apenas seus chefes, mas principalmente a forma como pensam e agem, dando-nos tudo de que precisamos para penetrar de maneira profunda em suas almas e de lá erradicar o vício que os envenena.

Esse homem nunca recuaria: se dependesse dele, seríamos todos exterminados, porque suas exigências eram impossíveis de ser satisfeitas. Guilherme de Nogaret me olhava com curiosidade, vendo-me trocar de lado assim com tanta desfaçatez, mas eu tinha que agir dessa maneira, principalmente depois de ver meus dois companheiros de traição cercados por guardas armados. Eu precisava antes de tudo de uma liberdade de movimentos que não podia ser negociada, e já percebera que da parte do Rei e de seu Procurador isso se tornaria a cada dia mais difícil.

O Grande-Inquisidor, que ainda era Confessor do Rei, dirigiu-se a ele:

— Meu filho, onde estão as instruções que enviarás junto com a carta que aprovei? É preciso que sejam indiscutíveis, e que tuas ordens sigam os preceitos das leis da Santa Madre Igreja, para que o combate aos infiéis se dê com perfeição arrasadora.

O FIM DO TEMPLO

Filipe de França, com o ar amuado de um menino que perde a atenção dos mais velhos, fez um sinal a Guilherme de Nogaret, que tirou de uma pasta de cabedal um grande quadrado de papel onde havia muitas coisas escritas, passando-o ao Inquisidor, que o leu, com ar de satisfação, repassando-o a um de seus auxiliares, ordenando:

— Que se leia em voz alta...

Era o que eu esperava: finalmente eu saberia como seriam feitos o cerco e a prisão dos Templários em toda a França, e na primeira oportunidade faria com que meus irmãos conhecessem o plano, podendo preparar-se para ele. O sacerdote de voz fina a quem tinha sido entregue o documento pôs-se a lê-lo, em tom monocórdio:

— Forma que devem observar os comissários no cumprimento de sua missão: primeiramente, quando tiverem chegado ao local e se revelado aos senescais e bailios, elaborarão uma informação secreta sobre todas as casas dos Templários, podendo-se até mesmo fazer por precaução, se houver necessidade, uma sindicância sobre outras casas religiosas, fingindo ser por causa do dízimo ou qualquer outro pretexto. A seguir, aquele que irá acompanhado pelo senescal ou bailio, bem cedo no dia marcado, escolherá segundo o número de casas e de granjas, vários vogais com poder na região e livres de suspeitas, cavaleiros, magistrados, conselheiros, e lhes informará secretamente e sob juramento como o Rei está agindo em nome do Papa e da Igreja. Da mesma forma, enviá-los-á a cada lugar escolhido para prender as pessoas, tomar-lhes os bens e organizar-lhes a guarda, velando para que as vinhas e as terras continuem sendo cultivadas e semeadas convenientemente, destacando para a guarda desses bens somente pessoas honestas e ricas da região, junto aos serviçais que forem encontrados em cada casa; em sua presença, fará a cada dia um inventário de todos os móveis e os lacrará, indo a tais lugares com força suficiente para que os irmãos e seus serviçais não possam opor qualquer resistência, levando consigo oficiais sargentos para fazer-se obedecer. Manterá os prisioneiros isolados sob boa e segura guarda, fazendo uma inquirição a cada um deles, apelando depois aos comissários do Inquisidor, e examinará a verdade com atenção, pela tortura se for necessário; e, se eles confessarem a verdade, consignará seus depoimentos por escrito, não sem antes requisitar a presença de testemunhas.

ESQUIN DE FLOYRAC

Minha alma tremia ao som dessas palavras frias, determinadas, dessa chicana legalista que serviria apenas para justificar o crime: a intenção de Filipe era mesmo apossar-se de tudo o que pertencesse aos Templários, livrando-se deles e enriquecendo tremendamente com seus atos. O sacerdote continuou, fazendo-me tremer ainda mais:

— Forma de fazer a sindicância: serão exortados a confessar a partir dos Artigos da Fé, sendo-lhes dito que o Rei e o Papa já estão informados por inúmeras testemunhas dignas de fé, todas membros da Ordem, sobre os erros e iniqüidades de que são todos culpados, com a promessa do perdão divino e real se confessarem a verdade e retornarem à fé da Santa Madre Igreja, sob pena de serem todos condenados à morte. Deve-se exigir-lhes juramento com cuidado e sabedoria, à medida que sejam recebidos, e, após os votos e promessas que fizerem, ser-lhes-á pedido que os repitam com suas próprias palavras, confirmando tudo aquilo que deles for Verdade, para que nela perseverem.

— *Deo Gratias*!

O Inquisidor se ergueu, louvando a Deus, sendo seguido por seus acólitos, e todos começaram a retirar-se lentamente do salão. Notei com estranheza que até mesmo o Rei se erguia à sua saída, ainda que com evidente má vontade; percebendo que não me restava mais nada a fazer ali, dirigi-me para a porta, sendo interrompido pelo Procurador:

— Cavaleiro de Floyrac, uma palavra... aonde vais com tanta pressa?

Fui frio:

— Sigo o Grande-Inquisidor, senhor, para saber como lhe poderei ser útil!

— Não te enganes, cavaleiro: tua utilidade aqui quem determina é Sua Majestade, não o seu Confessor... ou pretendes sair do palácio e ir a teus irmãos do Templo contar-lhes tudo o que aqui se passou, prevenindo-os contra nós?

Minha cara de espanto foi genuína: o que estaria se passando na cabeça do Procurador? Mantive meu ar de espanto, acrescentando-lhe uma ponta de ofensa. Guilherme de Nogaret me perscrutava a alma com olhos de verruma, mas nada conseguiu extrair de mim, senão o silêncio ofendido, ao qual reagiu com ironia:

— Posso estar equivocado, cavaleiro, mas tenho certeza de que trabalhas para os dois lados, ainda que não o consiga provar. Por que não nos revelas nunca teu lugar de morada?

— Porque só estando livre poderei realizar a tarefa a que me proponho, Procurador! Crês verdadeiramente em todos os que te cercam? Qual deles te tem sido mais útil que eu na revelação dos crimes de meus antigos irmãos? Qual deles se apresenta instantaneamente a qualquer instante, ao receber tuas ordens? Qual deles não te cobra nada pelo que faz, por ser essa a sua missão? Ou achas que a qualquer momento deves cercar-me com teus beleguins e atrapalhar-me naquilo que devo fazer? Não sou nem Bernard Pelet nem Gerard de Byzol, Procurador! Estes desejam apenas o poder e a riqueza: eu quero Justiça!

Minha voz se alteou, chamando a atenção de todos no salão, inclusive Sua Majestade. Guilherme de Nogaret, percebendo isso, recuou, mas não tirou seus olhos de mim:

— Está certo, cavaleiro! Posso estar equivocado, e isso é o que veremos a seguir: se eu pressentir que qualquer coisa das que foram ditas aqui hoje chegou ao conhecimento dos Templários, é a ti que acusarei como traidor do Rei... Por enquanto estás livre e podes seguir teu caminho, mas ai de ti se eu perceber que estás nos traindo!

— Se pretendes testar-me, Procurador, podes fazê-lo: em minha vida não há nada que eu oculte ou que precise ocultar, seja no presente, seja no passado... e aí veremos quem tem mais motivos para trair... com tua licença, Procurador...

Saí do salão, deixando o Procurador com um ar aparvalhado, apenas pressentindo o que eu lhe dissera. Talvez eu tivesse exagerado em minha defesa, dando-lhe ciência de que conhecia seu segredo: mas precisava livrar-me dele e seguir meu caminho da maneira que me parecesse melhor, e por isso, afetando estar ofendido, deixei o salão, andando calmamente, só apressando o passo quando já estava fora do alcance do Procurador. Daí em diante, praticamente corri por todo o caminho até a Catedral de Notre-Dame, de onde atravessei pelos subterrâneos até o Pátio, de onde saí como Lentus, indo o mais rápido possível para o Marais, entrando no pátio onde morava, galgando o labirinto de passagens e escadas e chegando à oficina de Lepidus, de cujo segundo andar fiquei observando a *Cousture* do Templo, imaginando como poderia dar-lhes aviso do que lhes estava reservado sem pôr em risco a minha própria existência.

A movimentação no Templo me deixava certo de uma coisa: haveria reação, e quando as tropas do Rei tentassem invadir o Templo, seriam recebidas com a mesma coragem e galhardia com que recebíamos os invasores muçulmanos ou mongóis. Os bravos Soldados do Templo mostrariam a essas tropas citadinas e pouco afeitas ao combate aberto o quanto lhes tinha sido útil o tempo no *Outremer*, onde haviam aprendido dar a seus inimigos luta sem quartel; e eu até me sentia disposto, assim que a luta começasse, a abandonar meu papel de Lepidus e juntar-me a eles, num motim contra a autoridade do Rei. Quem sabe aí se iniciaria nosso caminho para a formação de um Estado Templário com território amplo e frutífero, um *Ordenstadt* como o dos Cavaleiros Teutônicos, do qual espalharíamos por todo o mundo a idéia da Sinarquia, o Governo Único do Mundo, como havíamos nos comprometido por juramento a fazer?

Carroças entravam na *Cousture*, animais de montaria eram trazidos para dentro dos muros, e, pelos ruídos que se ouviam de fora, os cavaleiros e soldados estavam em pleno treinamento, porque a atividade era constante e ruidosa. O mês de Agosto terminou, o mês de Setembro chegou, com o céu e o vento de outono, e, no dia 12 de Outubro, uma notícia de morte correu Paris: a cunhada de Filipe, Catarina Courtenay, esposa de Carlos de Valois, irmão do Rei, morrera súbita e inexplicavelmente, abalando a segurança de todos. Quando a morte se aproxima de nós, inesperadamente, é como se estivesse nos recordando de que a qualquer instante chegará a nossa vez, e isso enfraquece nosso impulso existencial, deixando-nos durante algum tempo mais perto da morte que da vida. O féretro de Catarina atravessou a cidade, sendo levado para a Catedral de Notre-Dame, onde ela seria enterrada; junto com Moira, que tinha imensa curiosidade sobre os cortejos da morte, fui a essa cerimônia, vestido como Viocque, para conseguir bom lugar dentro da nave, e para minha surpresa vi que Jacques de Molay, meu Grão-Mestre, era um dos que carregavam o caixão, com ar entristecido. Quando o ataúde ricamente enfeitado foi colocado no buraco aberto ao lado do altar central, antes que a grande laje de pedra trabalhada o cobrisse para sempre, foi em seu ombro que Filipe se debruçou, escondendo a face enquanto chorava. Isso me deu novo alento: talvez ali, com tais gestos de intimidade face à morte, estivesse se desfazendo o mal-estar entre a França e o Templo, e os dois pudessem voltar às boas, como compadres que eram. Um entendimento emocionado entre a Ordem e o Rei de França viria bem a calhar, para ambos, e nesse momento de dor todas as contradições entre os dois poderes ficariam completamente esquecidas, a ameaça de prisão de Templários certamente adiada *sine die*, até que não fosse mais recordada.

Nessa noite, quase não dormi, pensando em todas as possibilidades de mudança que a vida trazia a todos, e de como o inesperado pode mudar de maneira absoluta o rumo de pessoas, ordens, reinos. No meio da madrugada, acordado pelo ressonar de Moira, percebi ruídos do lado de fora da Rua do Templo, e aproximei-me do olho-de-boi de onde vigiava a *Cousture*: a grande ponte levadiça havia sido baixada, e puxadas por fortes parelhas de cavalos de tiro, suas patas envolvidas em trapos que lhes abafavam o tropel, saíram do Templo pelo menos 25 grandes carroças cobertas, em direção ao Oeste de Paris. Um grupo muito pequeno de Templários e soldados acompanhava essa caravana, e, comandando-os, reconheci Hugo de Challons e o Preceptor do Templo, Gerard de Villiers, vestidos de forma muito discreta e mantendo entre seus soldados o mesmo estranho silêncio, como se o que estivessem fazendo fosse proibido. A caravana saiu do Templo em passo lento mas seguro, e quando a última carroça sumiu de minha vista e a ponte levadiça se fechou, nenhum sinal restou do que eu vira, como se tivesse sido apenas um sonho ou um delírio.

A manhã trouxe violência inesperada: acordamos com imenso ruído na Rua do Templo, e quando olhamos, vimos que a *Cousture* estava sendo invadida por um imenso batalhão de soldados do Rei, que haviam obrigado os sentinelas a abrir a ponte levadiça, pela qual entravam a cavalo e a pé em passo acelerado e aos gritos, espalhando-se por todo o terreno. Desci as escadas com rapidez, mesmo já estando vestido como Lepidus, e fiquei em minha porta junto com Moira, olhando os acontecimentos, esperando o início da batalha que se daria lá dentro e dali se espalharia pelas ruas do Marais, por Paris, pela França. Moira me perguntou:

— Não teria sido mais fácil se tivessem mantido a porta levadiça fechada?

Eu também pensara nisso, mas lhe respondi, do alto de meu conhecimento bélico:

— Por vezes, é melhor deixar que o inimigo invada o lugar que não conhece, pois lá dentro pode ser cercado e abatido com muito mais presteza... certamente estão começando a dar combate aos invasores...

— Não me parece: não ouço nem gritos de batalha nem tinir de espadas. Estão silenciosos demais, não te parece?

Parecia, sim, e eu também estranhava isso: será que os Templários não estavam na *Cousture*, teriam fugido dentro das carroças que eu vira na noite anterior? Era possível, mesmo que isso significasse que o mais valoroso grupo de combatentes do mundo havia rejeitado o combate e fugido às ocultas, como mulheres. O silêncio era inacreditável, e de repente a multidão na rua soltou um "oh" de espanto, que eu também ecoei, porque pela porta levadiça escancarada vinham saindo os Templários manietados, desarmados e de cabeça baixa, deixando-se prender sem que nenhum gesto de defesa tivesse sido feito, nenhum sangue tivesse sido derramado, nenhuma atitude tivesse sido tomada contra a invasão do Templo pelos soldados de Filipe, que os conduziam como se conduzem carneiros ao abatedouro, as mãos atadas atrás das costas, as cabeças baixas como se nenhuma vontade tivessem. No meio deles, entre os outros dirigentes do Templo, vi passar Jacques de Molay, mais atado que todos os outros, como se temessem a resistência que ele não oferecia. Ao ver a multidão do lado de fora da *Cousture*, Jacques de Molay gritou, com sua voz poderosa:

— Cavaleiros do Templo, erguei vossas cabeças com orgulho!

Foi o que todos fizeram imediatamente, ao mesmo tempo, seguindo a ordem de seu Grão-Mestre com tal disciplina que a multidão se espantou, e alguns até os aplaudiram, para desgosto dos beleguins do Rei, que distribuíram algumas bordoadas aqui e ali. O grupo de Templários prisioneiros foi encaminhado pela Rua do Templo em passo seguro, firme, tão disciplinado que pareciam ser eles os aprisionadores, e não os esbirros reais, com seus pés se arrastando sem ritmo pelas pedras do calçamento.

O FIM DO TEMPLO

Minha alma estava em estado de espanto absoluto: a reação que eu esperara não acontecera, e meus irmãos se haviam entregado à sanha do inimigo como se não soubessem defender-se, como se fossem culpados, como se aceitassem a sentença que os tornaria criminosos para sempre. Recuei para as sombras de minha oficina, engasgado de desespero, sabendo ter um papel importante naquela prisão, sendo eternamente responsável por tudo que lhes acontecesse daí em diante. Moira me abraçou, percebendo meu sentimento, e eu me deixei agasalhar por seu carinho, oculto dentro de meu personagem mais antigo, sentindo em minha alma a peça que meu talento para a impostura e o fingimento me haviam pregado: fora através desse talento que eu levara meus irmãos à prisão, e através dele eu ainda muitos males os faria sofrer, bastando para isso que seguisse à risca as ordens de meu Grão-Mestre. Suas palavras voltaram à minha mente com precisão infinita, marcando-se como queimaduras em minha alma já carbonizada:

— Antes que alguém nos traia sem nosso conhecimento, é preciso que tu nos traias, confirmando exatamente o que pensam de nós, para que o que não sabem de nós permaneça oculto e nossa missão não se interrompa.

Estava além de minhas forças fazer o que meu Grão-Mestre me ordenara fazer, e eu me perguntava por que motivo não estava agora manietado junto com meus irmãos, a caminho da Prisão do Rei, para sofrer com eles os males que eu mesmo lhes havia causado, em vez de ali estar, livre e causando-lhes essa infinita dor. No entanto, era o meu dever, e, como tal, firmemente enraizado em minha responsabilidade e consciência, sem as quais eu não teria sobrevivido como homem: se eu o recusasse, perderia a oportunidade de conhecer uma verdade que só tal dever me revelaria, revelando-me o próximo dever a cumprir. Eu fizera um juramento ao ser iniciado, e, se me tornara aparentemente perjuro, não o era dentro de mim mesmo: o dever da obediência ao que era mais importante do que eu se tornara parte de minha natureza quando eu me fizera Templário, pois no fim das contas era a mim mesmo que eu obedecia, desbastando ainda um pouco mais as arestas de minha pedra bruta, usando sem misericórdia o cinzel de minha vontade.

Capítulo 12

1269

Quando em Acre se soube que eu manifestara o desejo real de me tornar Templário, o que se disse foi: "Vai fazer o caminho inverso ao do pai, que era Templário antes de se tornar empreiteiro!" E era verdade: eu só pensara em ser cavaleiro depois que meu pai morrera, por estar cansado de todos os adereços do mundo material de Acre, casa, negócios, dinheiro, mulheres, vida profana e com quase nenhum sentido, com exceção do trabalho na pedra, que fora o que atraíra meu pai para os Filhos de Salomão, da mesma forma que me fizera ser parte deles, e eu o seria para sempre, porque, uma vez marcado pela Pedra, ninguém deixa de ser parte dela.

O que Acre não entendeu foi a minha disposição de abrir mão de tudo o que possuía, por indiscutível direito de herança: o que meu pai deixara, sendo eu seu único filho, era sem dúvida meu, para que de tudo eu dispusesse como melhor me aprouvesse. O que me interessava nesse instante era me tornar parte da Ordem do Templo, entregando-me a ela de corpo e alma, para que o mundo profano não tivesse sobre mim mais nenhum poder, principalmente o de fazer-me ser quem eu não desejava mais ser. Jacques de Molay, ao tentar certificar-se de que aquela era realmente a minha vontade, disse-me as frases que eu mais tarde escutei novamente, durante minha iniciação:

— Vais assumir grandes compromissos: vais ser exposto a um bom número de penas e perigos. Terás que te manter acordado quando quiseres dormir, suportar a fadiga quando quiseres repousar, sofrer a fome e a sede quando quiseres comer e beber, mudar-te para um lugar quando tua vontade for a de estar em outro. Queres mesmo submeter-te a isso?

Eu disse que sim, sem hesitar: quanto mais rápido me transformasse em Templário, mais rápido deixaria de ter que me responsabilizar por tudo, inclusive eu mesmo. Sabia que o Templo requeria de seus candidatos que se desfizessem de todas as suas riquezas e posses em benefício da Ordem, e com isso eu me considerava candidato especial, pois minha riqueza e posses todos conheciam, sendo mais do que participantes de seu erguimento: meu pai ficara rico a partir de tudo que construíra para o Templo, e eu me sentia suficientemente apto a devolver-lhes tudo, se me permitissem tornar-me Templário, livrando-me de minha própria vontade.

Jacques de Molay me pediu alguma paciência, enquanto conversava com seus irmãos, indicando-me para ser um deles, e me traria a resposta da Ordem o mais rapidamente possível. O Grão-Mestre Tomás Bérard, sob quem ele servira na sua província de origem, estava por visitar o Templo em Acre, e ele acreditava que, com o Grão-Mestre entre nós, a possibilidade de me tornarem cavaleiro era bem grande.

Com isso em vista, comecei a organizar meus negócios, fazendo um levantamento preciso de tudo que agora era meu, ou que controlava através dos auxiliares e associados de meu pai, que por herança se haviam tornado meus associados. A maioria deles tinha doado filhas e irmãs para o meu *harim*, e teriam que aceitá-las de volta, o que eu desejava acima de tudo: enquanto não se definisse a minha situação, eu continuava tendo que servi-las noite após noite, contra a minha vontade, e algumas delas tinham mesmo dado a entender que desejavam ser mães de filhos meus. Eu as recebia em meus aposentos, tendo com elas prazer imenso, para imediatamente depois me arrepender e desejar não ter me permitido aquilo que tanto prazer me dera, meu desejo e meu arrependimento se anulando mutuamente, para meu imenso desprazer.

Já nos negócios propriamente ditos, eu não via muita dificuldade: eles iam de vento em popa, graças aos movimentos políticos à nossa volta. A disputa entre muçulmanos e mongóis pela hegemonia da região trazia a cada instante maiores impulsos de defesa, e, com isso, a empreiteira que eu herdara de meu pai ganhava mais sucesso que em tempos de paz, porque não havia na região ninguém que não pretendesse salvaguardar-se atrás de grossos muros em fortalezas. Numa reunião com Eliphas e Ayub, depois de revelar-lhes minha decisão de me tornar Templário, os dois fizeram o impossível para demover-me de minha idéia, enquanto Felício, calado a um canto, parecia divertir-se muito com o que era dito.

Eliphas, sempre prático, verberou-me:

— Perdeste o senso, irmão! além de seres hoje o burguês mais poderoso de Acre, provavelmente de toda a Palestina, invejado até pelos grão-senhores de cada aldeia, cidade e reino, tens em tuas mãos a vida e fortuna que qualquer um desejaria... e pretendes abrir mão disso em nome de quê? De uma crença sem substância em uma religião sem fundamento?

— Menos, Eliphas, menos... — Ayub ergueu a voz, quase sempre calma. — Não é bem assim: sendo Deus a mais racional explicação para tudo que existe, todas as religiões têm fundamento, ainda que, na sanha de se organizarem e se tornarem poderosas, abram mão exatamente desse fundamento que as justificaria. Na verdade, o que Esquin pretende é entregar sua vida e vontade a um poder maior, que não precisa necessariamente ser Deus, e para isso está disposto a pagar qualquer preço, até mesmo aquele que se paga com a perda da vontade e da vida.

— Mas por que, para isso, ele deveria abrir mão de tudo o que conseguiu? Cada um de nós alcança, segundo a tua própria maneira de ver, o poder que Deus lhe dá. Neste caso, Esquin está rejeitando o presente dos céus, mostrando-se como um mal-agradecido! Como ele pode saber se essa rejeição não é exatamente aquilo que Deus espera que ele não faça?

— Ele não pode, a não ser em seu próprio coração! Se ele não escutar a voz de Deus dentro de si mesmo, não terá nenhuma resposta! É dentro do coração que Deus fala, ou então em Suas inúmeras obras, espalhadas por todo o Universo!

— Queres dizer com isso que, para ser santo, um homem tem que abrir mão de tudo que Deus lhe deu? Ou não foi Deus quem lhe deu tudo isso, mas simplesmente o acaso? E se foi o acaso, por que ele deveria rejeitá-lo como sendo menor que Deus? Afinal, se tudo é Deus, o acaso também faz parte disso, não é verdade?

— O acaso não existe, Eliphas! Ainda não percebeste isso? Olha bem! — Ayub tirou de seu saco as pedras que sempre o acompanhavam e começou a organizá-las em grupos cada vez maiores. — Recordas-te de quando eu percebi que a soma dos números pares era sempre o dobro da soma dos números consecutivos? Pois bem: ontem me pus a somar os ímpares, e percebi com surpresa que a cada soma encontro um quadrado perfeito... vê? Um mais três, quatro, mais cinco, nove, mais sete, dezesseis, mais nove, vinte e cinco, e assim por diante, infinitamente e sem falhas... crês mesmo num Universo onde tamanha e infinita perfeição seja obra do acaso?

— E por que não? A matemática que tanto veneras não é a ciência do acaso?

— De forma alguma! A matemática é a maior prova da existência de Deus... só a mente divina poderia criar um Universo de perfeição tão absoluta quanto este em que a soma dos ímpares sucessivos gera todos os quadrados perfeitos! E foi a presença de Deus em mim que me fez perceber essa verdade... eu a descobri por mim mesmo, e pouco importa se tantos outros antes de mim e depois de mim também a venham a descobrir da mesma maneira... Deus fala pelos números dentro de cada um de nós, dando provas de Sua absoluta perfeição...

— Quando ando pelo mundo e vejo tão poucos com tanto, e tantos com tão pouco, me recuso a crer no que dizes, Ayub... o teu Universo de perfeição é a cada dia mais imperfeito, ainda que teu cálculo tente mostrá-lo como absolutamente imutável! Se fomos feitos à imagem e semelhança de Deus, e saímos assim tão imperfeitos, o que diríamos sobre a Absoluta Imperfeição desse Deus a cuja imagem e semelhança fomos feitos?

Nada do que meus irmãos disseram em sua discussão serviu para aliviar-me o peso das dúvidas: eles não conheciam os verdadeiros motivos de minha decisão. Eu não abandonava meus bens e minha vida nem por fastio nem por crença, mas simplesmente por medo, porque temia mais do que tudo ser responsável por meus atos, preferindo obedecer às ordens mais terríveis e que me levassem a transes os mais perigosos, já que não dependeriam de minha vontade. Em todo caso, era nesses três irmãos que confiaria, pois deles seria tudo aquilo de que eu pretendia abrir mão, mantendo viva a memória de meu pai em detrimento de minha própria. Ergui-me de meu assento, e lhes disse:

— Ayub, Eliphas, Felício, minha decisão foi tomada e não tenho como voltar atrás, por maiores que sejam os argumentos contra e a favor de meus atos. Vós três sereis meus fiéis depositários, mantendo todos os negócios em funcionamento perfeito, mesmo quando eu não estiver mais aqui e a Ordem do Templo se tornar proprietária deles.

O primeiro a compreender o que eu dissera foi Felício, que abanou a cabeça, dizendo:

— Mano, nada desejo do que tens, porque não sei ser dono de nada a não ser de mim mesmo, e se tentares me transformar naquilo que não sou, perderei o pé e me afogarei no oceano de minha própria cobiça. Vivi a vida inteira da mão para a boca, e se a mão tiver mais do que a boca pode engolir, sou capaz de morrer sufocado... faze-me o favor, tirai-me dessa lista tríplice que fizeste, e permite que eu continue sendo teu mano e amigo, indo contigo até o Inferno, se preciso for... mas sem deixar de ser o mesmo Felício de sempre, aquele a quem perdoaste mesmo antes de conhecer, e a quem deste uma nova vida, pela qual sou teu eterno devedor...

— Nunca vi gitano menos parecido com os gitanos que andam pelo mundo... — disse Eliphas, com um sorriso irônico na boca, ao que Felício lhe respondeu:

— Também nunca vi hebreu menos parecido com os hebreus do que tu... veremos agora se, como eles, também és capaz de fazer qualquer coisa por alguma riqueza...

Eliphas corou, mas imediatamente disse:

— Certamente também me acharás bem diferente dessa caricatura de judeu em que meu povo se tornou. Também não desejo ser dono de nada: a vida como Filho de Salomão me basta, e se puder ganhar meu sustento com a força de meus braços e o suor de meu rosto, prefiro. Ser chefe nunca esteve em meus planos: se cheguei a contramestre, foi exclusivamente por causa de meu talento e capacidade, ainda que minha vontade fosse a de permanecer esquecido e apagado entre os operários menos capazes.

— E, com isso, a responsabilidade cai toda sobre mim, o maldito muçulmano... — Ayub nem se permitia sorrir. — Vós, cristãos e hebreus, talvez por causa de vossa herança comum, nunca vos furtais a impor aos pobres seguidores de Allah toda a responsabilidade por vossas recusas... que fazer? Allah é grande, e Muhammad é seu profeta; se os cristãos são filhos dos hebreus, nós islamitas somos netos de ambos, estando eternamente ligados pelos laços do sangue que nos une... o que desejas de mim, meu irmão Esquin?

Diferentemente deles, eu não soube ou não pude sorrir: para mim, era caso de vida ou morte, pois precisava me livrar daquilo em que me tornara para me tornar aquilo que nem eu mesmo sabia o que seria. Para tanto, tinha que manter em funcionamento a máquina que meu pai erguera, da qual dependiam a segurança e o sustento de tantos homens, mulheres e crianças em toda a Palestina. De olhos baixos, eu disse:

— Preciso que alguém assuma a responsabilidade pelas empreitadas que meu pai deixou inacabadas, e que não poderei supervisionar; mesmo depois que a posse desses negócios tiver sido repassada à Ordem do Templo, terei que exigir deles que a mantenham em pleno funcionamento, e para isso deverei indicar os homens que dela cuidarão. Contava com os três, mas se só um de vós estiver disposto ao serviço, o que fazer?

— Ah, mas assim é outra conversa... — Eliphas sorriu com alegria. — Se é para manter meus irmãos trabalhando, conte comigo, Esquin, não conheço nenhum Templário que entenda de pedras e obras, nem dos assuntos que nos interessam, e se a empresa de teu pai ficar sob a responsabilidade deles, certamente irá ao chão em menos de um ano. Tu talvez venhas a ser o primeiro Templário de quem a Pedra não é desconhecida, e é uma pena que não te seja permitido manter a dupla filiação...

Ayub falou brandamente:

— Permitida ou não, a dupla filiação de nosso irmão Esquin será a inegável realidade: uma vez iniciado como Filho de Salomão, não lhe será possível deixar-de sê-lo, e de cada vez que de nós se aproximar, não será cumprimentado como Templário, mas sim recebido como irmão na Pedra, para alegria de todos. Conta comigo, também, irmão Esquin: não creio que a tacanha mente de Eliphas lhe permita ir mais longe que a dúvida...

— Pois eu, de tuas posses, só aceito uma: o *harim*... — Felício deu uma sonora gargalhada. — Se o quiseres deixar em minha propriedade, farei dele excelente uso... e certamente o administrarei com tanto sucesso, que, se acaso decidires retomar-lhe a posse, o encontrarás multiplicado pelo menos três vezes!

As risadas tomaram a sala, e eu me tranqüilizei: nenhum dos negócios de meu pai seria interrompido, e graças a isso eu poderia tornar-me Templário tão logo a Ordem decidisse me aceitar entre seus membros. Abracei a meus três irmãos, cada um com uma emoção diferente, pois cada um deles era de mim uma parte essencial, e foi como se estivesse abraçando a mim mesmo.

Nas semanas seguintes, fui determinando o destino de cada uma de minhas posses, principalmente as mulheres, nenhuma das quais me permiti amar, por maior que fosse a minha necessidade de amor verdadeiro. Eram mulheres de meu pai, e, estando ele morto, não havia mais por que substituí-lo nessa tarefa tão deliciosa quanto inglória. Alguns pais se recusaram a receber de volta suas filhas no estado em que se encontravam, e a estes tive que devolver o valor do dote que haviam dado a meu pai, grande parte em dinheiro, sendo que alguns aceitaram posses e obras em andamento, pelas quais poderiam se responsabilizar por sua própria conta e risco. Houve muito choro e desespero entre elas, mas fui firme: não me considerava apto a ser o senhor das mulheres de meu pai, mesmo sabendo que a vida que levariam deste dia em diante seria sensivelmente pior do que a que tinham vivido até então, e se para isso tivesse que me tornar eunuco, em vez de apenas casto, talvez o tivesse feito, para livrar-me de tarefa a meu ver tão pouco digna. Felício me ajudou, e em diversas ocasiões soltou longos suspiros de desaprovação por meus atos, que considerou um verdadeiro desperdício: mas sendo essa a minha vontade verdadeira, não lhe restou nada a fazer a não ser auxiliar-me, e de vez em quando sacudir a cabeça em franca desaprovação pela perda de mais uma de minhas jóias.

O FIM DO TEMPLO

À medida que elas saíam de meu poder, eu sentia um baque no coração, e ao mesmo tempo uma espécie de alívio dolorido, pois estava cada vez mais perto de meu fim desejado: não havendo com quem romper a castidade, ela certamente seria mais fácil. Isso durou até a notícia da chegada do Grão-Mestre do Templo a Acre, e imediatamente me chegou às mãos um convite para ir conhecê-lo, assinado por Jacques de Molay, a quem eu já podia considerar como amigo. Comecei a preparar-me para isso, recolhendo todas as anotações sobre minha fortuna e bens, desejoso de tornar-me indispensável aos Templários. Felício sacudiu a cabeça, Eliphas fez muxoxos, e Ayub ergueu os olhos para o céu com filosofia, aceitando o que o destino nos trazia.

Minha visita ao Templo em Acre nada teve de especial, a não ser o fato de eu ter nele sido recebido com alegria e muitas homenagens, com certeza em reconhecimento aos bons trabalhos de meu pai. Depois dos momentos iniciais em público, Tomás Bérard me recebeu sem muita cerimônia, acompanhado por dois de seus auxiliares mais próximos, Guilherme de Beaujeu e Teobaldo Gaudin, sentando-nos os quatro em bancos de madeira trabalhada, sob os olhares firmes de Jacques de Molay, que, como meu indicador e padrinho, tinha grande interesse na conversa mas se mantinha à margem dela, para não dar sinais de seu empenho em minha aceitação. O Grão-Mestre me saudou com seriedade e disse:

— Então estás disposto a ser um de nós, mesmo sabendo de todos os sofrimentos e penas que isso significa?

— Não há por que não aceitá-los, senhor: já vos conheço bem e sei do que serei capaz, se estiver entre vós.

— Recordo-me de teu pai. — A face de Tomás se ensombreceu. — Chegamos juntos ao Porto de Marselha, e juntos viemos para o *Outremer:* nossa iniciação se deu no mesmo dia, e pelas provas necessárias passamos juntos. Também lutamos juntos durante muito tempo, até que teu pai se percebeu mais apto ao trabalho da pedra, conseguindo a licença para abandonar nosso convívio, sem no entanto deixar de ser um de nós. Será que, como teu pai, não recuarás no meio do caminho? Olha que a vida templária não é nem simples nem fácil...

Ergui-me do banco:

— Senhor, já disse várias vezes que não temo nem as penas nem os trabalhos, e se me apresentei para ser um de vós, só o fiz depois de muito pensar sobre o assunto. Nem meu pai nem eu somos covardes ou perjuros. Não deveis vos esquecer que o trabalho de meu pai foi essencial para a continuidade de vosso poder na Palestina, e essa verdade merece respeito!

— Acalma-te, rapaz! Senta-te! — Tomás olhou-me com a face endurecida, e eu obedeci. — Não vai no que te digo nenhum desrespeito, seja a ti, seja a teu pai! Deves compreender que nossa Ordem tem sido alvo de muitos cavaleiros sem valor, que buscam entre nós um reconhecimento que não merecem, simplesmente para poder continuar agindo de maneira mesquinha e vil! É meu dever examinar a todos, e decidir sem medo sobre o acerto ou não de tê-los entre nós!

Teobaldo Gaudin, sorrindo, disse-me:

— Quando começamos, tornamo-nos o alvo de muitas críticas exatamente por aceitarmos entre nós a todos os cavaleiros renegados e excomungados, e mesmo depois que o Papado nos livrou desta ameaça, dando a todos os Templários o beneplácito da salvação absoluta e indiscutível, temos sofrido o assédio de muitos cavaleiros sem honra que pretendem, ao unir-se a nós, usar o prestígio de nosso nome para justificar suas ações depravadas. Sendo uma Ordem de cavalaria, além das provas que todas as Ordens de Cavalaria impõem a seus neófitos, temos uma série de outras exigências irrecusáveis. Compreendes?

Suspirei fundo e sentei-me, dizendo, em voz baixa:

— Senhores, eu sei os motivos que me trazem até vós, e nenhum deles tem a ver com meu sangue ou minha riqueza, mas simplesmente com minha vontade e minhas paixões, que preciso subjugar antes de ser por elas dominado. Não quero mais viver entre desejo e repulsa, como tenho vivido: meu corpo e minha alma necessitam da mais férrea disciplina, para que eu sobreviva. Estou disposto a tudo para ser um de vós, e me entrego em vossas mãos sem o menor sinal de hesitação ou dúvida. Minha fortuna já é vossa, se assim o desejardes: aqui estão os documentos através dos quais eu a transfiro para a Ordem, sem nenhum arrependimento.

Guilherme de Beaujeu tomou-me os documentos das mãos, pondo-se a examiná-los com cuidado, abanando a cabeça com ar de satisfação, pois minha riqueza aumentaria sensivelmente o cabedal da Ordem em Acre. Depois de olhá-los a todos, perguntou-me:

— E quem ficará sendo responsável pela continuidade dos negócios que nos transferes?

Falei de meus irmãos Ayub e Eliphas, que indiquei como únicas possibilidades de manter em funcionamento as empreitadas, fonte de nossa riqueza, por serem eles os únicos conhecedores de todo o processo de trabalho. Pedi-lhes também que aceitassem junto a mim a presença de meu amigo Felício des Nuits, que eventualmente, assim que eu fosse jurado cavaleiro Templário, poderia tornar-se meu escudeiro. Essas eram as minhas únicas exigências, e não me pareciam descabidas: em troca delas, eu me entregaria de corpo e alma à Ordem do Templo, tornando-me um deles e finalmente livrando-me de todas as paixões que me revolucionavam a alma.

Saí do Templo acompanhado por Jacques de Molay, que me levou até a esplanada da fortaleza de Acre, e me disse:

— Creio que em breve estaremos juntos no mesmo lado da batalha, cavaleiro: tua firmeza de propósitos vale muito mais para nós que as riquezas imensas que nos doas. Não estás comprando tua entrada na Ordem, mas simplesmente revelando-te tão digno dela que não poderemos abrir mão de ti.

Era o que eu esperava; em meu coração, já me sentia suspenso entre dois mundos, o da vida profana em Acre e o do território sagrado do Templo, sem ainda pertencer a este, mas já completamente afastado do primeiro. Meus irmãos nos Filhos de Salomão também me parabenizaram por minha decisão, ainda que ela significasse a minha ausência de sua companhia. Eu sabia que não me seria possível servir a dois senhores, se meu desejo era realmente o de entregar-me disciplinadamente ao serviço da verdade, mas se eu estivesse enganado e me enganando, só o tempo diria.

Não passou nem um mês e recebi a visita de Jacques de Molay, em missão de seu Grão-Mestre, confirmando que eu tinha sido aceito e que meu juramento Templário aconteceria no Sábado seguinte, e que eu deveria despedir-me de tudo e todos até o entardecer de Sexta, pois entraria na capela da Ordem e dela só sairia depois que já fosse cavaleiro jurado. Agradeci-lhe muito, e ele me disse:

— Será minha grande alegria tê-lo como irmão, cavaleiro de Floyrac: sinto que muito ainda teremos a viver juntos, e que nossos destinos estão entretecidos um no outro como cores em um tapete.

ESQUIN DE FLOYRAC

No fim da tarde de Sexta, abracei Felício como se estivesse partindo em uma viagem sem volta, e ele fez questão de me acompanhar até a porta da Fortaleza templária, onde novamente me abraçou e ficou olhando a minha entrada, até que os portões se fecharam às minhas costas. Eu estava dentro da Fortaleza, e dois soldados armados me ladearam, levando-me até uma sala escura, onde, sobre um altar, estava uma armadura completa, arrumada como se a qualquer momento fosse preencher-se com um corpo qualquer e sair andando. A porta escura se fechou, e eu fiquei nessa sala em completa solidão, ouvindo até mesmo o bater de meu coração dentro de meus ouvidos. Em uma das paredes, foi subitamente iluminado por uma candeia de azeite um baixo-relevo, mostrando um homem em roupas comuns ajoelhado em frente a um altar onde descansava uma armadura na mesma posição em que estava a outra. A indicação era clara: esperavam que eu orasse, provavelmente que passasse a noite em devoção, para dar sinais claros de minha dedicação. Assumi a postura ajoelhada, sentindo meus joelhos ficarem cada vez mais doloridos, os músculos e ossos de meu pescoço se enrijecendo, todo o meu corpo se contorcendo por dentro, pedindo que pelo menos eu trocasse de posição, coisa que não fiz. Não sabia se estava ou não sendo observado, mas, mesmo que não estivesse, era preciso que desse a mim mesmo uma prova de minha decisão.

Não sei realmente onde encontrei forças para isso, mas a partir de certo instante a dor física se tornou tão íntima quanto uma velha amiga, porque minha mente se pôs a viajar através de minhas memórias, fazendo-me ver o quanto eu caminhara nos poucos anos desde que saíra da casa onde morara desde pequeno, enfrentando a verdade sobre minha vida e descendência, e o posterior aprendizado, primeiro nas mãos de Nazimus, e depois com os Filhos de Salomão. Revi o encontro com meu pai e também sua doença e morte, de novo passei pela desagradável experiência do prazer físico com uma mulher enquanto em minha mente a imagem de minha mãe sendo lambida pelas chamas de uma fogueira da Inquisição destruía mais da metade do prazer possível, finalmente dando de frente com minha decisão de me tornar aquilo que meu pai deixara de ser, talvez pelos mesmos motivos, invertidos em sua essência.

O FIM DO TEMPLO

Por uma seteira à minha frente, a luz do dia começou a surgir, e a porta dessa pequena capela se abriu: do lado de fora estava um grupo de soldados, liderados por Jacques de Molay, que, como meu padrinho, tinha o dever de levar-me até o lugar da iniciação, responsabilizando-se por mim e por meus atos enquanto eu estivesse sob sua guarda. Ele chegou perto de mim, estendendo-me um burel de grosseiro pano marrom, e me disse:

— Tira toda a tua roupa e cobre-te com isto, senhor; é exatamente o traje que um peregrino deve vestir.

Não entendi por que o burel de peregrino me seria indispensável, mas aceitei os trajes, deixando para trás todas as roupas com que ali chegara; quando já estava coberto pelo pano escuro e grosseiro, um dos soldados me puxou o capuz para cima da cabeça, quase cobrindo-me a face, e outro me pôs nas mãos um cajado, em cuja ponta estava amarrada uma cabaça cheia de água, e o grupo, em cujo centro eu ia, moveu-se com rapidez militar para fora da capela. Saímos dela, e imediatamente chegamos à porta do Templo propriamente dito, onde paramos: um soldado mantinha minha cabeça baixa, olhando para o chão, sempre que eu tentava erguê-la, e eu só via meus pés descalços trilhando as pedras do assoalho, enquanto os ruídos que reverberavam nas paredes me chegavam de todos os lados, razoavelmente abafados pelo tecido do capuz. Quanto mais perto eu chegava, melhor definia os sons, percebendo enfim que era um coro de vozes masculinas, cantando, em tons graves e de boca fechada, uma melodia sem começo nem fim, que se repetia ciclicamente, preenchendo os corredores de forma quase que absoluta. Aqueles sons me tomavam toda a cabeça, quando percebi que também os estava cantando, imitando-os sem perceber.

Uma porta de madeira nos barrou a passagem, e Jacques de Molay bateu nela por quatro vezes. A porta se abriu e se fechou, um tempo se passou, e a porta novamente se abriu, para que uma voz grave perguntasse:

— Quem está aí convosco?

Jacques de Molay respondeu:

— Um peregrino em viagem, abatido e fatigado, que pede para ser admitido nos mistérios da Ordem.

— E quem o recomenda?

— Eu, Jacques de Molay, Cavaleiro Templário da Ordem dos Pobres Soldados do Templo de Salomão.

A porta se fechou mais uma vez, e quando se abriu, foi de par em par, dando espaço para que entrássemos na grande nave circular sem desmanchar nossa formação; eu estava cercado por todos os lados pelos soldados, todos eles cavaleiros Templários como Jacques de Molay, que ia à minha frente. Quando paramos, ousei erguer os olhos, e ninguém me obrigou a baixá-los: à minha frente, completamente paramentado para batalha, estava o Grão-Mestre da Ordem, Tomás Bérard, que me disse:

— Peregrino que procuras abrigo em nossa Ordem, antes de vos satisfazer as necessidades do corpo, devo perguntar-vos: na hora do perigo, em quem confiais?

Havia muitas respostas possíveis, mas, por incrível que pareça, só uma delas me veio à mente, talvez por ser a mais coerente de todas, e foi essa que dei a Tomás Bérard:

— Em Deus, senhor cavaleiro.

O suspiro de alívio que Jacques de Molay deu foi audível; os cavaleiros presentes bateram com as espadas em suas cotas de malha, até que repentinamente se aquietaram.

Não posso revelar o ritual pelo qual passei, pois é um segredo que só aos Templários interessa, e eu jurei mantê-lo intocado dentro de mim. Posso dizer, no entanto, sem medo de trair, que prestei três juramentos distintos: o da obediência, o da pobreza e o da castidade, sendo este o que mais profundamente tocou meu coração. Disseram-me que eu viveria daí em diante sem nada ter de meu, nem mesmo minha vontade, que estaria sempre vestido com simplicidade e coberto de poeira, minha face queimada pelo sol, o semblante feroz e severo, e que quando o combate se aproximasse, eu me vestiria de ferro por fora e de fé por dentro, sendo minhas únicas jóias as armas que usaria sobre o corpo.

Depois disso, já sendo chamado de Noviço, fui despido do burel de peregrino e vagarosamente coberto com os trajes de Cavaleiro. O Marechal cobriu meu corpo nu com a túnica branca, pondo sobre ela a cota de malha que me cobria o peito, as costas e a cabeça. Sobre esta cota, fui vestido com outra túnica, branca, de tecido mais grosso, tendo colocados sobre mim então o cinto, as botas com esporas, o capacete de metal brunido, o peitoral de aço trabalhado, e depois me sendo entregues o grande escudo e a espada que coloquei à cinta, quando finalmente fui coberto pelo imenso manto tecido com finíssima lã branca, em cuja aba esquerda estava aplicada uma imensa cruz templária em tecido vermelho. Cada um desses adereços e vestes foi acompanhado por uma oração feita pelos dois capelães que ladeavam o Grão-Mestre, que ao final me disse:

— És agora um Soldado do Templo, mas, para que realmente sejas reconhecido como Cavaleiro Templário, é preciso que se passem os nove anos de teu treinamento essencial, durante os quais ficarás sob a responsabilidade de teu padrinho, atuando tanto como seu Escudeiro quanto como seu companheiro de armas, devendo obedecer-lhe em tudo, principalmente quando estiverem ambos no campo de batalha.

Os cavaleiros presentes ergueram suas vozes em saudação à minha aceitação, e passaram a responder em voz alta e uníssona às perguntas feitas pelo Grão-Mestre, das quais algumas nunca me escaparam da lembrança:

— Podeis dizer-me o nome dos nove Mestres construtores que viajaram para Jerusalém em busca de reerguer o Templo de Salomão?

— Zorobabel, Yeoshua, Ageu, Esdras, Elial, Josadah, Homen, Nehemias e Malaquias!

— Podeis dizer-me os nomes dos Cavaleiros que viajaram para Jerusalém em busca dos Segredos do Templo de Salomão?

— Hugo de Payens, Geoffroy de Saint-Omer, André de Monbard, Payen de Montdidier, Archambaud de Saint Aignan, Geoffroy Brysol, Hugo Rigaud, Rossal e Gondemare!

Entendi que aí se buscava uma identidade entre os homens que haviam reerguido o Templo destruído por Nabucodonosor, e os Templários originais, que haviam aplicado seu tempo na busca dos segredos que jaziam sob as ruínas desse mesmo Templo, pensando em levantá-lo não mais em pedra e matéria física, mas sim no espírito de todos os que nele acreditassem. Isso ficou ainda mais claro quando, depois de todas as perguntas e respostas, o Grão-Mestre me fez apresentar uma pedra, um maço e um cinzel, pedindo que eu deixasse minha marca naquele cubo, o que fiz sem dificuldade, ali inscrevendo o mesmo sinal que me acostumara a deixar em todas as pedras que produzira nos canteiros de obras de meu pai. Essa pedra foi colocada no altar, e o Grão-Mestre me disse:

— Teu manto é branco para simbolizar a pureza que a Ordem espera de ti; e tua espada, arma de poder, nunca deve deixar sua bainha a não ser com honra e contra os verdadeiros inimigos, que com o tempo de vida templária aprenderás a reconhecer.

O Grão-Mestre desceu de seu lugar e me beijou por três vezes, uma em cada face, e a terceira nos lábios, como faziam os monges, deixando claro que, além de cavaleiros e soldados, éramos também sacerdotes de uma Ordem religiosa; os outros cavaleiros ergueram suas espadas em saudação e todos me abraçaram e beijaram da mesma maneira, fazendo-me sentir que estava verdadeiramente entre irmãos.

Nesse momento, começou um novo trecho de minha vida, que durou mais de dez anos, durante os quais fui-me transformando de noviço e soldado incipiente em cavaleiro e lutador experimentado, graças aos treinamentos diários com espada e escudo, lança e maça, armadura e montaria, com os quais deveria me identificar de tal maneira que nenhuma diferença houvesse entre mim e eles, sendo as armas e o animal como que extensões de meu próprio corpo, da mesma maneira que o cinzel e o maço já haviam sido extensões de minha própria mão. Para lutar, é preciso que o corpo seja mais ágil que a mente, chegando com mais presteza ao movimento necessário de defesa e ataque; e eu tive que desenvolver, da mesma maneira que desenvolvera intimidade com a pedra e as ferramentas de pedreiro, uma estranha simbiose com essas armas mortais, cujo único objetivo era machucar, ferir, aleijar e até mesmo matar quem quer que se opusesse às ordens de meus superiores, às quais eu obedecia sem hesitar.

Não perdi contato com meus irmãos na pedra, no entanto: alguma coisa sempre me atraía ao canteiro de obras onde meus irmãos Ayub e Eliphas administravam a empreiteira que fora de meu pai e minha, e que seguia de vento em popa, cada vez produzindo mais e mais edifícios, muros e fortalezas para defender as aldeias e cidades próximas da sanha conquistadora de seus inimigos. Meu padrinho e irmão Jacques de Molay, percebendo o alívio que minha alma sentia de cada vez que eu podia visitar os Filhos de Salomão e exercitar meu traquejo sobre as pedras, acabou por permitir-me visitas regulares a eles, e não foram poucas as vezes em que eu, lá chegando, não tivesse sido requisitado para uma decisão importante sobre esta ou aquela obra ou edifício. Eu tinha assim o melhor de dois mundos, sem deles levar comigo o pior que todos os mundos têm, como mais tarde pude saber.

Tudo foi sendo levado em fogo brando, e o mundo em que vivíamos passou por uma espécie de paz instavelmente equilibrada, uma amarga calmaria através da qual os mais sábios se preparariam para a tempestade que a ela sucederia: lutas e conquistas passaram um tanto ao largo de nós, e em Acre as notícias delas, sempre com algum atraso, traziam inútil preocupação, porque, assim que os temores se instalavam e começávamos a nos sentir novamente à beira do conflito, lá vinham as notícias de que a batalha nos ultrapassara sem danos, deixando-nos a todos com um gosto de inadequação e desperdício na boca.

Com tudo isso, as vidas de combatente e de pedreiro eram bem diferentes, principalmente porque, se o trabalho na pedra me era natural, o de soldado era uma imposição que tinha que fazer sobre meu espírito originalmente afável e delicado. O exercício do trabalho na pedra, por mais forte que fosse, não se comparava ao de treinar-me para lutar com as armas de que dispúnhamos, vestindo pesadas armaduras, que aumentavam nosso peso em mais de quatrocentas libras, exigindo que os cavalos que tínhamos debaixo de nossas pernas fossem gigantescos seres de quatro patas, irritadiços e de índole violenta, que devíamos subjugar sendo mais violentos que eles, dominando-os a golpes de espora nos flancos, fazendo-os sangrar enquanto não se aquietassem. No fundo, não havia muita diferença entre mim e os animais: meu corpo também era diariamente maltratado e ferido pela armadura e as armas, além dos movimentos brutais a que era obrigado, e meus flancos, cabeça, costas e membros ficavam cheios de nódoas roxas e amarelas, que Felício tratava com compressas de uma água onde se misturavam cânfora e ervas, aliviando-me bastante. De toda forma, eu levava alguma vantagem sobre os outros noviços em treinamento, porque, no único dia semanal que passava entre os Filhos de Salomão, de tudo me esquecia, inclusive das machucaduras físicas.

Seguindo o exemplo de meu pai, eu me banhava todos os dias, trocando de roupas o mais possível, porque o fedor de corpos suados e o bodum de roupas não lavadas me desagradavam muitíssimo; além disso, aprendera com ele e nossos servos as melhores maneiras de me cuidar e alimentar, e Felício se encarregava de minhas refeições à moda da Palestina. Eu tinha a impressão de que os alimentos cristãos eram extremamente pesados para o lugar onde vivíamos, e se fosse para sentir-me pior do que já me sentia, preferiria mil vezes jejuar a empanturrar-me com carnes e molhos meio passados, de cheiro tão forte quanto o dos corpos e roupas que me cercavam na hora das refeições. Com isso, eu apresentei rendimento melhor que o de meus companheiros, o que deixou meu padrinho Jacques de Molay, agora meu companheiro de armas e amigo, muito satisfeito.

A vida disciplinada me fez, entre outras coisas, perder a noção da passagem do tempo, e só as notícias esporádicas de movimentações inimigas à nossa volta me traziam à realidade; ainda éramos invasores cercados por todos os lados, e não tardaria chegasse o dia em que seríamos expulsos desses lugares, não importava quanta força fizéssemos contra isso. Enquanto esse dia não vinha, nos preparávamos para ele, ao mesmo tempo em que seguíamos vivendo da melhor maneira possível, nossas esperanças dispostas em ordem de importância segundo o valor que dávamos a cada uma delas. Praticamente todos os dias eu conversava com Jacques de Molay, que me dava treinamento marcial, exigindo de mim cada vez mais empenho naquilo que eu fazia:

— Reconheço que a guerra não é teu impulso natural, irmão de Floyrac, mas é bom que estejas muito bem preparado para ela, porque ela virá, quer a desejemos, quer não.

— Irmão De Molay, aqui onde me vês, tenho cada dia mais certeza de que, a menos que todas as religiões sejam transformadas em mingau dentro de um pilão, transmutando-se em outra coisa diferente do que são, não existe possibilidade de que alguma guerra possa ser chamada de santa.

— E tens razão, irmão: a maior maldição que pode ser imposta aos seres humanos é esse estado de guerra constante em que nos encontramos, e alguns de nós nunca veremos a paz, sem mesmo saber o que ela significa. A guerra é fruto de todos os crimes atrozes que são cometidos em tempos de paz, de tudo que é desperdiçado em corrupção e cobiça secretas, de tudo que é extravagância de Reis e seus reinados, e que mesmo assim nada são em comparação com o Mal Supremo que nos assola quando estamos em guerra. Quando estamos em guerra, Deus é imediatamente esquecido: como podemos então falar de Guerra Santa?

— E, no entanto, aqui estamos, preparando nossos corpos e almas para a Guerra Santa, como se nosso único objetivo neste mundo fosse o seu exercício...

— Em nosso caso, é, irmão. — Jacques de Molay enfiou no chão a espada com que aparava meus golpes, apoiando-se nela com as duas mãos. — Entre os criminosos e incruentos que formam os combatentes, devem existir de ambas as partes os que se destaquem por seu comportamento superior, lutando antes de tudo para que os combates se dêem de forma civilizada, se é que esta palavra pode ser usada em se tratando de guerras. Nós, Templários, estamos no campo de batalha não apenas para lutar, mas principalmente para dar o exemplo de como luta um verdadeiro soldado, exibindo dentro do Inferno em que a terra se torna uma amostra segura de que existe o Bem, pois mesmo em meio à maior carnificina há lugar para respeito e compaixão, até mesmo pelo inimigo. Do lado do inimigo também existem aqueles que pensam assim, e quando nos encontramos em plena refrega, a diferença entre nós e os outros é marcante.

Não compreendi: afinal, se ali estávamos para lutar em defesa de nossa fé, não fazia nenhum sentido o que meu irmão me dizia. Ele percebeu minha dúvida e, sorrindo, continuou:

— Já fomos o braço armado de uma só religião, meu irmão, até que compreendemos não haver diferença entre elas: sendo Deus um só, por que brigaríamos por Sua posse, se o que nos separa são apenas as formas pelas quais O adoramos? Hoje somos soldados do Deus Único, o mesmo que criou a todos os homens do mundo...

— Mas não somos como os islamitas, irmão! Eu não tenho nenhuma semelhança com Baibars, por exemplo...

— Com certeza, porque Baibars nada tem a ver com o Deus que declara defender! Da mesma forma que entre nós há os que, violentos e com suas mentes deformadas, se dizem Soldados de Cristo sem em nenhum momento imitá-lo, seja no campo de batalha, seja na vida comum de todos os dias, não crês que existam entre os muçulmanos, ou mesmo os hebreus, homens que pensem em seu Deus como um Criador Único de Tudo o que há?

Recordei-me imediatamente de meus irmãos Ayub e Eliphas, tão diversos em sua formação e idéias, e ao mesmo tempo tão prontos ao serviço descompromissado dos Filhos de Salomão. A semelhança deles com esses Templários especiais que Jacques de Molay me descrevia era fascinante, e estava toda na maneira de agir e de tratar tanto os que nos eram iguais quanto os que nos eram diferentes.

— Peço-te, no entanto, que não toques nesse assunto com ninguém que eu não te indique. — Jacques de Molay abaixou a voz. — A maioria dos Templários que aqui vivem ainda é do primeiro e perigoso tipo, destrutivos, arrogantes, cruéis e mal-educados, unindo-se a nós exclusivamente para garantir-se o direito de exercer o Mal sem que nem os homens nem a Igreja os possam criticar. Há gente boa e gente ruim em toda parte, de Floyrac, e a nós só resta escolher com quais deles nos uniremos. Há de chegar o dia em que saberás mais sobre isso: e agora, em guarda, cavaleiro! Teu treinamento ainda não terminou por hoje!

Enquanto lutava contra Jacques de Molay, enfrentando seus ataques sem lógica nem compaixão, fiquei pensando como havia pouco conhecimento sobre a essência dos Templários: a maioria achava que eram realmente Soldados de Cristo, como haviam sido nominados pela Igreja de Roma, interessada em diferenciar-se das outras com seu Deus ao mesmo tempo Tríplice e Uno, ainda que esta idéia tivesse que ser transformada em dogma para ser aceita pelos fiéis. Neste sentido, como me haviam ensinado Nazimus, Ayub e Eliphas, os não cristãos estavam mais próximos da fonte original das religiões do Livro, mostrando Jesus como um poderoso profeta que, em vez de ser Filho de Deus, era Filho do Homem, como ele mesmo sempre se apresentara. Um profeta judeu, cujos fiéis só se separaram do judaísmo porque lhes interessava mais parecer com os dominadores romanos que com os derrotados hebreus. Era preciso conhecer a história dos fatos bem melhor que como a Igreja de Roma os apresentava, distorcendo-os a favor de seus interesses desconhecidos, em vez de privilegiar a verdade.

Estava lutando distraidamente, pensando nessas coisas, e quando dei por mim a arma de Jacques de Molay estava no chão, a ponta da minha a milímetros de seu pescoço: eu, sem perceber, o havia desarmado e subjugado, e ele me olhava, boquiaberto mas muito satisfeito:

— Incrível! Nunca fui privado da espada com tanta perícia... como subitamente dominas a manobra que te era mais difícil dominar?

— Sinceramente? Não o sei, meu padrinho: para falar a verdade, nem estava pensando na luta. Minha cabeça estava ocupada com as coisas que me disseste...

Meu irmão fez um muxoxo de aprovação, dizendo-me:

— Já entendi: és daqueles a quem a mente racional atrapalha, pois, quando ela abandona o controle, o corpo sabe naturalmente o que fazer. Devias dar-te essa chance sempre que lutares: teu corpo reage muito melhor quando não o tentas dominar.

Foi assim desse dia em diante: como com a pedra, meu corpo sabia melhor do que minha mente o que deveria ser feito, e com a naturalidade de quem nunca havia feito outra coisa. Eu não acreditava ter nascido nem para o trabalho de pedreiro nem para o ofício de combatente, mas meu corpo os assimilava e realizava melhor do que eu, quando insistia nisso, quase como se mente e corpo fossem duas realidades separadas e opostas. Isso me aliviava das questões corriqueiras, permitindo-me pensar em outros assuntos que nunca me tomavam a mente, a não ser quando o corpo estava sendo castigado e trabalhando sem que eu tivesse consciência disso, pois aí a mente voava e alcançava novos patamares que eu nunca pensara existirem. Eu tinha a oportunidade de crescer em todos os sentidos, pois, quando minha mente e meu corpo se separavam, cada um deles funcionava melhor que quando um tentava dominar o outro. Jacques de Molay me disse:

— Esse é o primeiro passo, separar a mente do corpo, para que cada um se torne independente e desenvolva sua própria agilidade. Aguarda com paciência o momento em que se unam novamente, cada um dando ao outro o melhor de si, tornando-se opostos complementares que trabalham juntos em todos os sentidos.

Nesse momento me surgiu na memória a inscrição que eu vira do lado de dentro do baú de Nazimus, e que nunca entendera: CRIAR-RECRIAR-DESCRIAR-RECRIAR-CRIAR, gravada em círculo sobre a madeira da tampa, o último CRIAR tomando o lugar do primeiro, enquanto uma serpente envolvia as letras, mordendo o próprio rabo. Frase justa e perfeitamente adequada ao momento em que eu estava, deixando em mim apenas uma dúvida: estaria eu criando, recriando ou descriando, a essa altura de minha existência?

O mundo da Palestina, em estado de suspensão temerosa, passou com rapidez impressionante: ao mesmo tempo em que eu me tornava mais completamente preparado para o combate que nunca vinha, as notícias que nos cercavam serviam apenas para manter-nos na ponta dos cascos. Quando Carlos de Anjou convenceu seu irmão Luís de França, logo depois da queda de Baghras, a novamente tomar a cruz e atacar o *Outremer*, mais uma Cruzada se organizou, de forma canhestra e personalista, toda centrada na figura do Rei de França, que, infelizmente para seus seguidores, caiu doente logo após a tomada de Cartago, em sua campanha para conquistar Túnis, segundo os desejos de seu irmão. Era aparentemente a recidiva de uma doença que já o contaminara, mas desta vez parecia mais séria: o Rei de França padeceu por quase dois anos, antes de finalmente livrar-se de seu corpo e sofrimentos, em agosto de 1270. Nós, Templários, estávamos dispostos a segui-lo nessa Cruzada, mesmo sabendo de sua motivação espúria, mas acabamos por segui-lo apenas em sua volta para casa, um cadáver fedorento cujo caixão teve que ser lacrado antes de entrar em solo francês.

Foi nesse momento que Baibars, que até então estava apenas se preparando para enfrentar as tropas de Luís de França, decidiu-se mais uma vez a atacar as possessões francas, considerando-se perfeitamente equipado para isso, como realmente estava. Atacou Chastel-Blanc, e, depois de incruenta luta, o Grão-Mestre do Templo finalmente permitiu aos cavaleiros dessa fortaleza que se rendessem, retirando-se para Tortosa antes que a guarnição de Acre pudesse organizar-se para auxiliá-los na luta. Em Março, Baibars atacou o Krak dos cavaleiros, e quando já estávamos prontos para partir em auxílio de nossos irmãos nessa fortaleza, chegou o oitavo dia de Abril, e com ele a rendição de nossos irmãos do Krak. Logo depois, Baibars atacou Akkar, e em 15 dias, no Primeiro de Maio, ela já era sua: quando ele marchou para Montfort, que era dos Cavaleiros Teutônicos, nem nos movemos, tendo notícias de que apenas uma semana depois ela já tinha sido vencida e tomada. O interior do *Outremer* estava todo nas mãos de Baibars, e por isso tropas e cavaleiros começaram a ser trazidos da Europa sob o comando tanto do

O FIM DO TEMPLO

Arcediácono de Liége, Teobaldo de Visconti, quanto do Príncipe Eduardo de Inglaterra, herdeiro do Rei Henrique III, que, com suas tropas bem armadas mas relativamente pequenas, chegou a Acre e lá se instalou. Estive em uma reunião de Eduardo com o Templo, onde o jovem e arrogante Príncipe só teve reclamações a fazer:

— Assim não é possível! Nossa incapacidade de defesa é inacreditável! Perdemos todo o interior da Palestina por absoluta falta de combate! Enquanto isso, o inimigo continua sendo parceiro comercial de genoveses e venezianos, suprindo-os tanto de materiais para construir suas armas quanto de escravos para que formem seus exércitos! E a Alta Corte de Acre permite a todos eles esse comércio infame!

Os grandes senhores de Acre ficaram mudos, porque, mesmo necessitando da defesa dos cavaleiros cristãos, não se sentiam capazes de reduzir os lucros que obtinham com o comércio entre as duas repúblicas e os mamelucos de Baibars; o Grão-Mestre do Templo, integralmente contrário a este tipo de manobra comercial, também nada disse, por não desejar indispor a cidade de Acre com o jovem Príncipe, que continuou, cada vez mais irado:

— Em Chipre, não encontrei ninguém que estivesse disposto a seguir-me para a luta: parece que os cavaleiros dessa ilha só se preocupam com seu próprio bem-estar! Enviei aos mongóis uma embaixada, propondo-lhes unir-se a nós contra os mamelucos, e nem mesmo eles estão dispostos a nada nesse sentido! Onde estamos, afinal? O que nos move?

Não houve resposta a essa pergunta, mas meses depois, em conversa com Jacques de Molay, percebi o que significavam os destampatórios de Eduardo:

— Ele se faz de grande condutor de homens, disposto a tudo, mas propôs um acordo a Baibars, com o apoio da Alta Corte de Acre. O mais incrível é que Baibars aceitou o acordo, porque também não se considera apto a atacar-nos sem grandes perdas... afinal, Baibars também ganha muito com o comércio do *Outremer*, e não quer perder nada do que vem amealhando. Em Acre tudo é possível, se não atrapalhar os negócios. Isso será vantajoso também para os Filhos de Salomão...

— Como assim, meu irmão? Nós somos apenas construtores de prédios e fortalezas, e não nos resta muito mais a fazer nesse sentido, aqui onde estamos...

— Aí é que tu te enganas, de Floyrac: acabam de firmar um acordo de paz com a duração de dez anos e dez dias, quase 121 meses de suspensão dos ataques mútuos, durante os quais todos poderão acumular o máximo de riquezas possível, preparando-se para o desenlace com muito mais vantagens. Eduardo acaba de decidir que quer construir em Acre uma imensa torre de vigia, na qual se abrigarão os cavaleiros de uma Ordem que ele pretende fundar. Adivinha quem terá que erguê-la?

— Mais uma Ordem? Irmão de Molay, quantas Ordens já existem? Haverá ainda espaço para mais uma?

— Cada poderoso de nossas terras pretende ser dono de um invencível exército de cavaleiros fiéis e dignos, e com isso se tornam desejosos de ser Grão-Mestres de uma Ordem como as que já existem. Eduardo não é diferente: sendo o Príncipe herdeiro do trono da Inglaterra, também deseja criar sua própria Távola Redonda. Mas não percebeste o que acontecerá? Mais uma obra para os Filhos de Salomão, mais dez anos e dez dias de paz sustentada pelos negócios, e quem sabe o que acontecerá depois? A única grande mudança te revelo agora: fui designado pelo Grão-Mestre para acompanhar Eduardo em sua volta à Inglaterra, para trabalhar no capítulo inglês de nossa Ordem, como forma de garantir-nos a sobrevivência caso a futura Ordem de Eduardo venha a se tornar perigosamente material. Partimos em alguns dias.

Meu peito se apertou: a distância não me agradava, principalmente quando se tratava de um amigo tão próximo quanto Jacques de Molay. Mas eu nada disse: continuei a exercitar-me, um gosto amargo na boca, enquanto na mente surgia em círculo infinito a frase que o próprio Jacques de Molay me dissera quando eu lhe revelara meu desejo de ser Templário:

— Vais assumir grandes compromissos; vais ser exposto a um bom número de penas e perigos. Terás que te manter acordado quando quiseres dormir, suportar a fadiga quando quiseres repousar, sofrer a fome e a sede quando quiseres comer e beber, mudar-te para um lugar quando tua vontade for a de estar em outro.

Era o que nos restava, obedecer sem hesitar a todos os desígnios que a Ordem que nos abrigara decidisse nos impor; eu até poderia pleitear ir para a Inglaterra com meu irmão, mas nunca o pediria ao Grão-Mestre, pois, se ele não me havia designado para isso, decerto tinha boas razões. Minha vontade pessoal não estava em jogo nesse momento: eu era apenas uma peça no tabuleiro da Ordem, e seria usado da melhor maneira possível, segundo as suas reais necessidades.

Meu irmão me observava com atenção, como sempre: meus movimentos se tornaram erráticos, e subitamente eu estava ao chão, ele com sua espada na minha garganta, perguntando-me:

— O que se passou, de Floyrac? Perdeste a concentração?

Ergui-me com alguma dificuldade, levantando a espada em posição de guarda, querendo continuar o treino, mas de Molay abaixou a sua, aproximando-se de mim:

— Vamos, meu irmão, o que foi?

Minhas palavras finalmente romperam a barreira de meus lábios:

— Não tenho grande prazer em saber que vou perder-te, irmão: a idéia de ficar em Acre sem tua presença me incomoda brutalmente. Certamente nos perderemos para sempre, e nossa amizade estará morta assim que teu navio deixar o porto.

Jacques de Molay beijou-me a face, e disse:

— Nunca, meu irmão; somos ligados por muito mais que nossa identidade de Templários. Tu te esqueces que nascemos no mesmo dia, provavelmente na mesma hora, e que portanto já éramos irmãos antes de nos encontrarmos? Não te preocupes: estaremos sempre juntos, mesmo que os desejos do Templo nos separem fisicamente. Nossos destinos estão entretecidos um no outro como cores em um tapete, esqueceste?

— Tu já me tinhas dito isso, meu irmão: espero sinceramente que seja a mais absoluta verdade, para que minha vida não se torne cinzenta como os tapetes que perderam a cor.

Meu irmão beijou-me as faces e a boca, como fazíamos entre nós, Templários, deixando-me muito triste. No dia em que o navio da Ordem partiu para as terras de onde tínhamos todos vindo, recolhi-me a minha cela na fortaleza templária, abrindo mão de alimento e bebida, sentindo-me muito abandonado, até que Felício veio até mim dizendo que dois homens me esperavam na entrada da fortaleza. Desci para ver quem eram, e dei de encontro com Ayub e Eliphas, meus amigos, que junto com Felício riam de meu espanto ao vê-los juntos. Fi-los entrar e sentamo-nos em um banco de pedra sob um luzeiro recém-acendido, olhando o sol que se punha, tingindo o céu de cores variadas, e Eliphas tirou de seu manto um pacote, estendendo-o a mim e dizendo:

— Toma: peço-te perdão pela demora, mas o trabalho merecia nossos melhores esforços e dedicação.

Abri o pacote: lá dentro, junto com as lâminas de cartão que Nazimus me havia dado, estava um pequeno saco de veludo vermelho-escuro. Eu o abri e tirei dele um conjunto de lâminas de marfim, em cuja face de trás havia um belo desenho em arabescos, que se repetia com os mesmos azul, amarelo, verde e vermelho que tingiam os desenhos da frente delas, 22 para ser mais exato, cópias fiéis das gravuras do livro-mudo que Nazimus me dera e que me acompanhava desde essa época, com um detalhe a mais: em cada uma delas havia, por sobre a gravura, a inclusão de uma letra do alfabeto hebraico. Manipulei as lâminas, fascinado pela arte dos desenhos, a finura dos traços, a perfeição do colorido, a bela paisagem seqüencial onde todas as cenas se davam, como se cada gravura fosse apenas parte de uma grande pintura. Na parte de trás, os arabescos formavam uma árvore de beleza imensa, carregada de frutos brilhantes, dez ao todo, e ao chão havia alguns deles abertos, e eram romãs, mostrando seu interior de bagas de rubi, unidas de dentro para fora por sua própria natureza gregária.

Eliphas, em voz baixa, me disse:

— Essa árvore no reverso das lâminas foi traçada por Ayub, que entendeu perfeitamente o que lhe contei sobre o Jardim das Romãs. Note os galhos que unem as dez frutas da árvore: se observares bem, são 22, e cada um deles representa o caminho que uma das lâminas faz para chegar a se tornar outra, assim como cada letra se transforma em outra ao caminhar pela Árvore da Vida.

— Eu não podia deixar que Eliphas fizesse esse trabalho sem participar dele. — Ayub olhava para o chão. — Era preciso que eu encontrasse o que fazer nele, para que tivesses uma lembrança de todos nós, e que te durasse para sempre...

Estávamos todos muito emocionados, e eu, sem ter o que dizer, me fiz de engraçado, perguntando:

— E tu, Felício, o que fizeste?

Felício também sorriu, envergonhadíssimo:

— Insisti com eles, sem parar, desejoso de que pudesses ter teu Tarot o mais rápido possível; não sei nem desenhar nem pintar, nada entendo de letras ou símbolos, mas sei o quanto essas gravuras são importantes para ti, e com certeza poderás avançar muito em tua compreensão de ti mesmo, através delas...

Cada um deles me dera o melhor de si, organizando seus esforços possíveis para que o presente de Nazimus se perpetuasse e nunca se perdesse. Eliphas continuou:

— Felício fez mais que isso: não sei como, conseguiu estas lâminas de marfim africano, as tintas indeléveis com as quais eu e Ayub traçamos os desenhos sobre elas, as penas, pincéis e buris com os quais riscamos nossa obra sobre elas. É nosso presente de amizade a ti, Esquin: desejamos que usufruas desse conhecimento durante toda a tua vida, e que ela seja longa e próspera enquanto estiveres vivo.

Abracei-os a todos, um de cada vez, e depois em conjunto, como se fôssemos um só ser que, uma vez separado em quatro partes, tivesse conseguido recriar-se depois de destruído. Nessa noite, ainda profundamente emocionado pelo que meus amigos mais próximos haviam feito por mim, manipulei longamente as lâminas, comparando-as com as gravuras das quais tinham sido copiadas, agora já bastante deterioradas, e reconhecendo com alegria que estavam tão perfeitas quanto os originais, se não mais. Quando soou a hora de dormir, deitei-me em meu leito sem nenhum sentimento em meu peito que não fosse o da felicidade mais absoluta: eu me tornara tudo aquilo que desejara, fizera de minha vida aquilo que me propusera fazer, e estava neste instante absolutamente satisfeito e repleto de mim mesmo, tendo alcançado um estado de ser que nunca imaginara ser possível. Ainda não vivera trinta anos, já era cavaleiro Templário, e enquanto não o fora, tinha feito de minha vida tudo o que ela poderia ser de melhor, entregando minha vontade a meus superiores para que fizessem de mim aquilo que desejassem, sem que eu tivesse qualquer responsabilidade sobre isso, porque nada temia, a não ser ter que decidir por mim mesmo. Bastava-me, para não ter que fazê-lo, obedecer-lhes sem discutir, e eu me tornara exatamente isto, um ser obediente e sem vontade própria, grato a Deus por não necessitar ser senhor de minha própria vida. Assim adormeci, e quase que imediatamente penetrei no mais estranho e assustador sonho de minha vida, aquele que levei mais de trinta anos para reconhecer e compreender.

Numa escura masmorra, paredes cobertas de salitre e musgo, o ar pesado e com miasmas de esgoto, vi a mim mesmo, como se estivesse fora de meu corpo: estava estranha e grandemente envelhecido, sopesando uma lança de ponta afiada que um homem vestido com trajes de grande valor me pusera nas mãos. Esse homem, capelo de advogado na cabeça, estava nos degraus de baixo de um patamar de pedra onde, sobre um trono de madeira escura, se sentava outro homem de talhe esguio e enxuto, roupas clericais, as mãos postas em oração, rogando a Deus que lhe desse o poder de revelar a verdade. O advogado disse a esse eu envelhecido e trajado de negro, que eu via de fora, como se fôssemos duas pessoas distintas, enquanto lhe entregava a lança:

— Se queres que eu creia em ti, fere sem medo: qualquer hesitação me fará duvidar de tudo aquilo de que me pretendes convencer.

Meu eu envelhecido tomou da lança com enorme lentidão, dando três passos em direção a um crucificado que pendia de um estranho aparelho em forma de cruz, dele suspenso por meio de cravos sanguinolentos que lhe atravessavam os ossos do pulso, seu peito forçadamente erguido, respirando em sofridos haustos. Quando ele ergueu a cabeça, reconheci o Cristo, ao mesmo tempo em que não entendi sua aparência envelhecida, quase como se tivesse sobrevivido à primeira crucifixão e fosse forçado a enfrentá-la novamente depois de velho; seus lábios deixavam escapar o ar com forte ruído, porque seu nariz parecia não funcionar, devido às equimoses que o marcavam. Meu eu envelhecido, tanto quanto o crucificado que lá estava, hesitou, mas as palavras do advogado soaram novamente:

— Perdeste a coragem, cavaleiro? Somos soldados da verdadeira Roma, e teu papel é o do lanceiro. Fere, ou não respondo por tua vida!

Meu eu envelhecido respirou fundo e, puxando a lança para trás, preparou-se para ferir o crucificado. Não resistindo, gritei, e ele hesitou, olhando em minha direção e esfregando os olhos, como se não acreditasse no que via. Olhei para minhas mãos e as vi desvanecendo-se como fumaça, desaparecendo e subindo pelo ar, como se flutuasse. Meu eu envelhecido olhou para o lugar onde antes eu estivera, e nada mais viu, porque eu desaparecera; fechando os olhos, deu dois passos em direção ao crucificado, que com esforço lhe disse:

— Faz aquilo que tens a fazer...

As lágrimas escorriam dos olhos de meu eu envelhecido, quando ele feriu com todas as suas forças o flanco do crucificado, arrancando-lhe um grito de dor, enquanto uma espuma sanguinolenta lhe vinha aos lábios, borbulhando a cada hausto de sua respiração cada vez mais difícil. Tentei gritar também, mas não consegui: as chamas de um fogo diferente de tudo o que eu conhecia irromperam, na masmorra, consumindo o corpo do Cristo envelhecido que sangrava pelo flanco, sobre ele se depositando a figura também em chamas de uma mulher, que eu reconheci como sendo minha mãe. Desesperado e debatendo-me por nada poder fazer, flutuei para fora da masmorra, através de seu teto, atravessando andares e andares de pedra, calhaus de todas as cores e formatos, cada vez mais densos e deformados, até subir muito acima dos tetos e me perder entre nuvens, acordando com um grito em minha própria cela, sem entender o que sonhara.

Nunca tivera grande interesse nem em sonhos nem nos adereços com que a Igreja de Roma se revestia para contar sua história de poder e sucesso: mas a figura do Cristo envelhecido se confundindo com a de minha mãe me marcou tão profundamente, que passei os dias seguintes em grande mutismo, pois, de cada vez que o sonho retornava à minha memória, eu me sentia novamente desesperado, sem entender o que meu espírito tentava me dizer com as imagens que exibira. Esse desespero foi-se atenuando com o correr dos dias, semanas, meses e anos, mas nunca se apagou; não houve daí em diante nem um dia em que ele não me voltasse à memória, tornando-se como que exclusivo pano de fundo de meus pensamentos, lá ficando como parte definitiva do cenário de minha mente, com o qual acabei por acostumar-me, pela familiaridade excessiva. Por piores que tivessem sido os pesadelos de minhas noites, e não foram poucos, nenhum deles teve a capacidade de permanecer assim tão presente em mim, e por isso decidi ocultá-lo de todos, com medo de que lessem em meu sonho alguma coisa que não me fosse benfazeja ou positiva.

O acordo de paz entre Baibars e os cristãos de Acre foi respeitado, já que todos ganhavam muito com ele: a vida, mesmo com o fantasma da guerra possível sobrevoando nossas cabeças, tornou-se mais normal do que era, como se tal normalidade fosse necessária para que os envolvidos acreditassem na paz. Eduardo foi para a Inglaterra, e lá chegando descobriu que seu pai morrera, transformando-o em soberano do reino, afastando de sua mente os desejos de poder e luta no *Outremer*. A Ordem cavaleiresca que ele engendrara não se concretizou, mas mesmo assim a torre que ele sonhara para ser sua sede começou a ser erguida: o pagamento já tinha sido efetuado, e os Filhos de Salomão não costumavam se privilegiar de mudanças inesperadas nas condições da realidade. Os planos estavam prontos, os custos planejados e determinados, havia operários e pedreiros suficientes para realizar a obra; portanto, ela começou a ser erguida, exatamente como fora pensada, sem que ninguém levantasse a voz contra tamanho desperdício de riquezas e esforço humano.

A primeira vez que me recordo de folhear as lâminas de marfim, muito tempo depois disso, foi numa manhã em que acordei impregnado por um sonho do qual não me recordava, mas que me deixou a mesmíssima sensação do sonho da masmorra, um estado de alma amargo e depressivo, que nem as orações de praxe, feitas obrigatoriamente ao acordarmos, conseguiram apagar. Na solidão de minha cela, embaralhei as lâminas, com sua face posterior para cima, e, depois de descansá-las sobre meu catre, virei a que estava por cima. Era a lâmina dA Torre, mostrando uma construção circular como a que os Filhos de Salomão vínhamos erguendo para Eduardo de Inglaterra sem motivo sólido, atingida por um raio vindo dos céus, rachando, sua parte superior se quebrando, atirando ao solo dois homens, com faces brancas e desprovidas de qualquer emoção, como se aceitassem sem discutir o destino que lhes era imposto pelos fatos. Eu era certamente um deles, mas quem seria o outro?

Criei assim o hábito de, na solidão de minha cela, tão logo acordava, puxar das lâminas para ver o que elas me indicavam como sendo a possibilidade mais clara de todas, e me precaver ou direcionar para essa possibilidade de maneira intuitivamente racional, como Eliphas e Ayub me haviam ensinado, lendo as lâminas como Felício me dissera que sua avó fazia, entregando-me ao conhecimento que elas me davam, como Nazimus me havia dito para fazer. Isso se tornou um hábito diário, e acabou por substituir em mim as orações obrigatórias, que para mim significavam cada vez menos, pelo pouco interesse que me geravam.

Em 1284, quando fiz quarenta anos, e me tornei Cavaleiro na verdadeira acepção da palavra, tive notícias de meu irmão Jacques de Molay: completando seu tempo de treinamento, ele não apenas se tornara tão Cavaleiro quanto eu, mas fora designado pelo Conselho da Ordem para ser o Grão-Mestre do Capítulo de Inglaterra, onde ficara aquartelado desde que saíra de Acre. Um prêmio, certamente, mas também uma provação, por causa das condições políticas do reino inglês, na ocasião: de toda forma, sendo Jacques de Molay quem era, certamente se sairia bem da tarefa, engrandecendo a Ordem, como dele se esperava. Infelizmente, mesmo desejando estar em sua companhia, só fui reencontrá-lo muito mais tarde, quando sofremos o ataque final a Acre, começando o período final de nossa permanência no *Outremer*, pois o que nos levou de volta a nossas terras de origem foi não apenas nosso desperdício enquanto Ordem, mas também a sentença de nossa provação e morte. No entanto, como dizia o Grão-Mestre, a vida é morte e a morte é vida, pois se deste lado da sepultura somos exilados, do outro somos cidadãos; deste lado órfãos, daquele crianças; deste lado escravos, daquele homens livres; deste lado, ocultos, disfarçados, sem personalidade, e daquele outro, conhecidos e proclamados como filhos de Deus.

Isso poderia ser verdade ou apenas ilusão, gerada pela imensa vontade de ser parte dos verdadeiramente bons e salvos, pois os fatos de que fomos parte nos mostraram outras verdades que, com sua violência absoluta, se tornaram mais poderosas que qualquer outra coisa na face da Terra. Nos dias que vivemos no passado, criam-se as condições para o futuro, e o futuro que plantamos com nossas ações passadas é exatamente aquele que colhemos com nossos dedos trêmulos e sanguinolentos, entre lágrimas e gritos de desespero.

Capítulo 13

1307

O momento que eu gerara com minhas ações, seguindo as ordens de meu Grão-Mestre, tinha chegado, e não passaria, como tantos outros: a provação da Ordem viera para ficar. Já estavam todos presos, e eu conhecia bem as masmorras de Sua Majestade, tendo usufruído de sua discutível hospitalidade: fora parte essencial em sua prisão, com minha delação premiada e mentirosa, a partir da qual o Procurador montaria o devido processo legal, com a colaboração da Santa Inquisição, ainda que não tivesse o apoio oficial de Sua Santidade, o Papa.

Não sei quanto tempo fiquei caído ao chão, minhas costas apoiadas na parede, o olhar perdido e sem nada ver do que me cercava, porque as imagens e sentimentos que me iam por dentro eram muito mais poderosas que qualquer realidade. Moira chegou em determinado momento, falou comigo, mas eu nem mesmo consegui mover-me: estava paralisado pelo horror que sentia de mim mesmo. Até o instante em que vira meus irmãos sendo levados para a cadeia, não crera verdadeiramente naquilo que vinha fazendo: era tudo não mais que uma possibilidade, que podia ou não concretizar-se, que podia ou não tornar-se real. Sei que me ergueram de onde eu estava e me puseram sobre o leito, sem que eu conseguisse ou desejasse mover um músculo que fosse: também sei que uma série de entendidos em doenças e ataques me cercou, por ordens de Felício, tentando de toda maneira descobrir o que me acontecera e propondo inúmeras mezinhas e tratamentos para meu mal. Nada foi adiante, pois eu trancara os lábios e dentes de tal maneira, que nem mesmo água conseguia passar por eles: acabaram, depois de tanto tempo, deixando-me só com Moira, que não se ergueu de minha cabeceira nem mesmo um instante, pois, de cada vez que acordei de meu sono febril e sem sonhos, ela lá estava, os rútilos e preocupados olhos fixos em mim, sem nem mesmo piscar.

Acordei na manhã seguinte como se nada tivesse acontecido: apenas sentia em todo o corpo uma dor surda e persistente, como se tivesse apanhado de porrete pelas mãos de um espancador tão metódico quanto competente. Precisava saber de meus irmãos, e para isso tinha que me prevalecer de meu papel de traidor, entrando na prisão e no palácio real, para ter notícias do que lhes estava acontecendo e, desta maneira, tomar as providências necessárias. Moira cabeceava a meu lado, e, quando me movi, abriu os olhos e até sorriu, vendo-me em movimento:

— Meu homem, jurei que tinhas ficado paralisado em definitivo... e estava pronta a ser tuas mãos e pernas para todo o sempre, se isso fosse verdade. Sabes que não moveste um músculo durante toda a noite, como se fosses uma estátua?

— Moira, não sei o que se passou comigo: não é que não conseguisse mover-me, mas apenas que não o desejava, como se ao interromper meu movimento o tempo também parasse de passar... por que não foste dormir em teu leito?

Moira franziu as sobrancelhas, passando-me a mão na face:

— Meu leito é o teu leito, meu homem: não percebeste isso ainda? Só espero que te decidas a anunciar nosso ajuntamento em público, para que bebamos da mesma jarra e a quebremos... isso, se assim o quiseres, é claro... se não o desejas, ficamos assim como estamos, sem compromisso nem obrigação... e se também não o desejares, basta que o digas, e eu desapareço... não pretendo forçar-me à tua presença se não for esse o desejo de teu coração... vamos, fala logo! Queres ou não queres???

Moira tinha essa capacidade de, sozinha, fazer todas as perguntas e respondê-las ela mesma, assumindo como verdade tudo que sua mente fértil lhe trouxesse. A mim só restou sorrir, o que ela entendeu ainda menos:

— Não me trates como se eu fosse teu lençol de baixo, Hubertino!

Se eu não estivesse tão deprimido, teria caído na gargalhada: só me restou tomar Moira pelos braços, ela tentando livrar-se de meu aperto, e beijá-la nos lábios, até que ela parasse de se debater, o que não demorou muito. Quando ela amoleceu em minhas mãos, sentei-a a meu lado no catre e, da maneira mais direta e sincera que pude, contei-lhe minha vida. O dia passou lá fora, e eu não parei de falar, menos para informar a Moira toda a verdade sobre mim do que para entender eu mesmo o que tinha sido minha existência até este instante, e quem sabe vislumbrar uma luz no futuro. Moira não largou minhas mãos em momento algum, e quando eu terminei a narrativa, finalmente enxugando as lágrimas que me tinham corrido sem cessar pelas faces, ela me limpou o rosto com a barra de sua saia e beijou-me os olhos, um de cada vez, dizendo-me:

— Meu homem, se não fosse tão tarde, eu te contaria a minha vida, para que ficássemos em igualdade de condições...

— Moira, não tens nada a dizer sobre o que eu te contei? Nenhum comentário, nenhum reparo?

— Meu homem, cada um tem sua vida, e cada um a escreve sobre seu próprio livro. Na maioria das vezes, queremos escrever uma história e acabamos escrevendo outra, e é somente na comparação entre o que desejávamos registrar e o que realmente está escrito que sabemos o que foi a vida... o que posso eu dizer de ti, se nem mesmo de minha vida sei o resultado? Minha avozinha sempre me disse isto: "Não pretendas julgar a ninguém, se não queres ser julgada também"... o que és, és, o que fizeste, fizeste, e o preço por isso só tu vais pagar. Como te escolhi para ser meu homem, posso te ajudar naquilo que estiver ao meu alcance, enquanto o desejares: mas, na hora de fechar a conta, é da tua bolsa que saem as moedas para as mãos do Grande Estalajadeiro do

O FIM DO TEMPLO

Céu... se não sou eu quem te paga as contas, por que deveria dizer-te como gastar tuas moedas?

Fiquei sinceramente emocionado com a maneira como Moira tratou as iniqüidades que lhe narrei, e lhe disse:

— E pensar que há quem diga que entre os mendigos e malandrins de Paris não se encontram nem honestidade de propósitos nem sinceridade de atos... Eu certamente vou precisar muito de teu apoio e ajuda neste transe... estás disposta?

Moira tomou-me as mãos, beijando-as uma após outra:

— Meu homem... parece que entendes pouco o que estas duas palavras, "meu" e "homem", querem dizer...

Na manhã seguinte, já transmutado em Lepidus, sentei-me à porta de minha oficina para dar seqüência ao trabalho que abandonara nos últimos dias. Meu olhar não saía da porta do Templo, agora abandonado e com sua ponte levadiça permanentemente baixada, pela qual entravam e saíam inúmeros beleguins de Filipe IV, carregando caixas e objetos, como se ali fosse território real, jardim das delícias de Sua Majestade. O próprio Rei lá esteve por duas vezes no mesmo dia, em ambas deixando o recinto com ar de ódio, saltando sobre seu cavalo e disparando em direção a seu palácio: alguma coisa não ia bem na tomada do Templo, ou pelo menos não de maneira a satisfazer os desejos e a cobiça de Filipe.

Minha dúvida era: ficava à espera de que Esquin fosse requisitado para agir, ou tomava a frente dos acontecimentos e me apresentava por vontade própria à porta do palácio? Quando o dia 15 de Outubro passou sem que ninguém viesse à oficina deixar uma mensagem para Esquin de Floyrac, tomei a decisão: na manhã seguinte me apresentaria ao Procurador do Rei, colocando-me à sua disposição para o processo que certamente já estava em andamento, tornando-me, se ele assim o desejasse, a mais terrível e cáustica testemunha de acusação de meus antigos irmãos, antes que alguém viesse a público revelar o que ainda não estava revelado e nem devia sê-lo. Moira não gostou de saber disso:

— Vais jogar-te de vontade própria na boca do lobo? É preciso ser muito estúpido para fazer isso... e tu com certeza não o és... o que pretendes com isso, meu homem?

— Devo tornar-me tão importante no processo, que nada possam fazer sem minha presença, porque aí estarei pronto para salvar quem deve ser salvo, quando a oportunidade se apresentar. Só assim ficarei sabendo o que planejam e pretendem fazer, e, se houver necessidade, poderei tornar-me parte integrante de seus esquemas, antes que algum ignorante perigoso possa ameaçar a verdade...

— Se crês verdadeiramente nisso, nada posso dizer-te que te faça mudar de idéia: mas pensa que já cumpriste bem cumprida a tarefa que teu Grão-Mestre te deu. Esqueceste disso, ou queres ir mais longe do que ele te ordenou?

Saí do Pátio do Marais vestido como Lentus, e a última frase de Moira me ficou na cabeça. Ela poderia estar certa: se o objetivo de meu Grão-Mestre era entregar-se segundo sua própria vontade e forma, isso já se dera. O que me restaria a fazer? Eu não o sabia, mas precisava ter certeza absoluta de que minha parte estava cumprida, para afastar-me de meus irmãos e chorar sua triste sina em minha própria companhia. No Grande Pátio de Notre-Dame fiquei tempo suficiente para trocar de roupa e tornar-me Esquin de Floyrac, com meus trajes negros e o capuz sobre os olhos, uma figura ao mesmo tempo trágica e ridícula, para quem conhecesse a verdade dos fatos. Na porta do palácio de Filipe apresentei-me, exigindo falar com o Procurador: um seu preboste veio até mim, e, depois de reconhecer-me de outras entrevistas, levou-me palácio adentro, até que me encontrei à porta da câmara de Sua Majestade, onde Filipe esbravejava:

— Fomos enganados, senhor Procurador! Fomos vilmente enganados! Nós mesmos, Rei de França, vimos o tesouro Templário dentro do poço que fica no *Donjon*, e era tão grande que ofuscava até mesmo o sol! Quando lá chegamos, não encontramos nem as jóias da Coroa de França, de que os Templários eram fiéis depositários! Onde está o tesouro que Jacques de Molay me exibiu, como prova de seu poder? Quem pode ter-se antecipado a nós e posto as mãos no que nos pertence por direito real?

Cada palavra dessas frases era marcada pelo som metálico da taça que Filipe batia com toda a força sobre o braço de seu trono. Eu me mantive nas sombras da entrada, ao lado do preboste, que, temeroso, não ousou erguer a voz para me anunciar. Meu coração, no entanto, se regozijava, porque o tesouro do Templo, aquele que amealháramos durante dois séculos de luta e sofrimentos, não estava nas mãos de Filipe, mas longe delas. A imagem das carroças saindo do Templo na noite de 12 de Outubro, as patas dos grandes cavalos de tiro acolchoadas com trapos, me deu a certeza de que fora exatamente nesse momento que o tesouro havia deixado o Templo de Paris, com destino desconhecido.

Guilherme de Nogaret, o eterno ar de desculpas na face untuosa, disse:

— Alguém deve tê-los avisado de nossas ações, majestade: fui informado de que oito galeras do Templo deixaram o porto de la Rochelle no dia 13, logo depois do meio-dia, e até agora nenhum porto conhecido informou seu atracamento. Quem sabe não foi exatamente nesse momento que o tesouro Templário deixou vosso território?

— Mas quem teria sido esse traidor, capaz de tal crime de lesa-majestade?

Exatamente nessa pausa, o preboste pigarreou, chamando a atenção do Procurador e este, vendo-me, abriu um grande e claro sorriso, gritando meu nome:

— Cavaleiro de Floyrac! Que prazer inusitado vê-lo!

Ao som de meu nome, o Rei Filipe virou-se em minha direção, o ódio ainda fulgurando em seu olhar, que se tornou ainda mais duro:

— Entra, cavaleiro! Teus irmãos já estão a ferros...

Curvei-me, dizendo:

— Já o soube, Majestade, e é exatamente por isso que aqui vim, desejando ser útil à vossa santa tarefa da maneira que vos for mais conveniente... estive fora de Paris na última semana, e...

O Procurador me interrompeu:

— Fora de Paris, cavaleiro? La Rochelle, talvez?

Sua Excelência estava claramente tentando imputar-me, aos olhos do Rei, o crime que eu na verdade cometera, mas do qual não poderia nunca ser acusado. O Rei olhou para mim e para ele sem entender o que se passava, pois sua mente irritada aparentemente não registrara o nome do porto de onde as galeras templárias haviam zarpado. Mantive-me frio, com ar de incompreensão na face:

— Bem longe de lá, Procurador: estive em visita a meus parentes no Languedoc... exatamente na direção oposta. Alguém informou ter-me visto no porto?

— De forma alguma, cavaleiro: se lá estivesses, certamente não seria para ser visto por ninguém, não é verdade?

Meu sangue ferveu, mas tentei me manter calmo, mesmo porque Nogaret estava determinado a me destruir diante do Rei. Era um enfrentamento que só nos dois percebíamos, mas eu tinha contra ele uma arma de bom tamanho, que deveria usar com extremo cuidado, apenas para mantê-lo longe de mim. Por isso, fiz cara de inocente e disse:

— Não sei por que não deveria ser visto por quem lá estivesse, Procurador: no Languedoc, todos me viram... não é como se eu fosse um cátaro, me escondendo da Inquisição, precisando me esconder até dos parentes...

O rosto de Guilherme de Nogaret tremeu, quase que imperceptivelmente: como eu, ele também já estava acostumado ao disfarce e ao fingimento, e nunca era apanhado de surpresa: mas a junção das palavras "cátaro", "Inquisição" e "parentes" certamente o abalara. Ele não tinha nenhuma certeza de que eu dissera o que ele acreditava que eu dissera, mas, por via das dúvidas, recuou e sorriu:

— Claro, cavaleiro: minha única preocupação é com tua integridade física, pois dela depende todo o processo contra os teus antigos irmãos. Precisamos de ti vivo e ativo, para que possas prestar em público os mesmos depoimentos que já nos deste em particular. Para começar, é preciso que tudo o que nos disseste esteja firmado em documento legal, com tua assinatura a ele justaposta: te incomodaria dar-nos esse depoimento mais uma vez, para que meus escrivãos o anotem?

Respondi-lhe que não, pois era meu dever fazê-lo: e nesse instante o Procurador tirou de sua pasta de cabedal uma folha de pergaminho já toda escrita e falou:

— Desde nosso último encontro, mandei registrar tudo o que nos disseste, para poupar-nos tempo: ler-te-ei agora o que anotamos, e se concordares com o que nele está escrito, como creio que concordarás, basta que assines embaixo de tudo, e não perderemos mais tempo...

O FIM DO TEMPLO

Eu não tinha como recusar-me, por isso fiz uma reverência de praxe e pus-me a ouvir, sob o olhar fixo e interessado de Sua Majestade, que também tinha sido testemunha de todos os meus depoimentos. O Procurador pigarreou e começou a ler, com voz monocórdia. Era impressionante ouvir o que lá estava escrito, pois os escrivães, certamente por ordem do Rei e de seu Procurador, haviam feito uma mixórdia de tudo o que se dizia de negativo sobre os Templários, colocando em minha boca e sob minha exclusiva responsabilidade não apenas o que eu efetivamente havia dito, mas principalmente aquilo que outros cavaleiros tinham declarado, aglutinando tal mistifório em um só documento. Depois das fórmulas de praxe, ouvi o Procurador ler o que seriam as minhas palavras e declarações:

— Que todos os Templários, quando admitidos na Ordem, juram nunca abandoná-la e sempre ampliar seus interesses por todos os meios, certos ou errados; que os líderes da Ordem estão em aliança secreta com os Sarracenos e que praticam mais as infidelidades maometanas que a Fé Cristã, sendo exigido de cada noviço que cuspa e pise sobre a Cruz; que os líderes da Ordem são homens heréticos, cruéis e sacrílegos que matam e aprisionam qualquer noviço que, descobrindo a iniqüidade da Ordem, exprima o desejo de abandoná-la, e que, além disso, obrigam qualquer mulher a quem tenham engravidado a procurar abortar ou então secretamente assassinar as crianças recém-nascidas; que estão infectados com os erros dos Fratecelli, pois desprezam o Papa e a autoridade da Igreja, rejeitando os sacramentos, principalmente o da Penitência e o da Confissão; que são viciados nos mais infames excessos e deboches, e que quem quer que expresse repugnância por seus atos é punido com a prisão perpétua; que os Templos são receptáculos de todos os crimes e abominações que podem ser cometidas; que a Ordem trabalha para entregar os Lugares Santos nas mãos dos Sarracenos; que o Grão-Mestre é instalado em segredo, à vista de poucos dos irmãos mais recentes, e que repudia sua fé cristã, fazendo tudo aquilo que é contrário ao que é direito; que muitas das imagens da Ordem são ilegais, profanas e contrárias ao Cristianismo, sendo os seus membros proibidos, sob ameaça de dor ou confinamento perpétuo, revelá-las a quem quer que seja; que nenhum vício ou crime cometido em honra ou benefício da ordem é considerado como sendo um pecado.

ESQUIN DE FLOYRAC

    Minha alma se contorcia de dor, enquanto eu ouvia tudo aquilo de que nos acusavam, e que seria assinado por mim, como se eu mesmo o tivesse dito. O mais impressionante de tudo é que, sendo o documento um arrazoado de mentiras, não era totalmente inverídico, porque o que transformava os atos da Ordem em crimes era simplesmente a forma equivocada e tacanha com que eram vistos. Considerar-nos como infectados pelos erros dos Fratecelli era terrível, porque estes franciscanos radicais tinham verdadeira vergonha das posses materiais da Igreja de Roma, defendendo um voto de pobreza tão completo que não possuíam nem mesmo roupas para cobrir-se, vivendo na mais absoluta penúria, de uma forma que nem mesmo Francisco de Assis ousara, enquanto que nós, Soldados da Ordem, havíamos acumulado em dois séculos de vida mais riquezas do que nos seria possível, ainda que nenhuma delas nos pertencesse individualmente. Sendo tais riquezas aquilo que atraíra a cobiça de Filipe, como poderíamos ser chamados de inimigos das posses materiais, se elas eram tudo o que nos garantia a existência e o funcionamento, além de impor sobre nós a cobiça dos poderosos?

    Os outros quesitos eram tão pouco realistas quanto esse: mas a verdade é que estávamos mais próximos da Igreja de Jerusalém, aquela que Hugo de Payens fora procurar junto com seus nove companheiros de peregrinação, e acabara encontrando debaixo das ruínas do Templo, que da Igreja de Roma, uma contrafação e deformação da Igreja original, buscando apenas o poder temporal para seus membros através das ameaças de inferno e excomunhão que faziam a todos os que dela se aproximavam. Não era outro o motivo pelo qual um Papa nos havia dado tanta autonomia: ele reconhecia que a pureza da verdadeira Igreja estava em nós, que defenderíamos a Verdade acima de tudo, e não nos sacerdotes materialistas, sob os quais agora sofreríamos os castigos mais vis.

    Não havia nada que eu pudesse dizer, mas era preciso que aceitasse as inverdades como se realidade fossem, simplesmente para ter acesso a meus irmãos, e quem sabe libertá-los de sua prisão injusta, pela força de meus braços ou pela agudeza de minha mente. Era preciso acreditar na Justiça, como o Procurador parecia fazer, pois se uma manobra legal nos houvesse levado ao fundo das masmorras, quem sabe se outra manobra do mesmo tipo não nos livraria delas, para sempre?

Eu estava imerso nesses pensamentos, quando um arauto chegou à porta e, batendo com seu cajado três vezes sobre o assoalho, gritou:

— O Grande-Inquisidor de França, e Confessor do Rei, Guilherme de Paris!

Cercado por seus acólitos, um bando de corvos que adejava à sua volta, o esguio e enxuto Guilherme de Paris adentrou a sala do trono. Sua Majestade, certamente a contragosto, desceu de seu trono para beijar-lhe a mão em meia genuflexão, e Nogaret imitou-o, ajoelhando-se ainda mais. Eu não hesitei: caí ao solo com os dois joelhos, mãos postas e cabeça baixa, dizendo:

— Reverendíssimo! Vossa bênção!

O perigoso dominicano, senhor das almas e corpos de todos que estivessem a seu alcance, sorriu debilmente, impondo-me a mão direita sobre a cabeça, que eu desnudara. Meu ar compungido só fazia frente ao seu, a face bem-aventurada e sorridente, enquanto ele olhava para tudo como se por trás de tudo estivessem anjos e querubins, suas alvas asas batendo com lentidão exasperante, e assim estávamos quando ele me disse:

— Meu filho! O que te traz aqui?

— Vim confirmar meu depoimento, Reverendíssimo... tudo o que sabia sobre a traição Templária contei ao Procurador de França, e ele se encarregou de fazer registrar com o máximo de fidelidade possível as minhas palavras... só me falta assinar o documento...

— Ainda não, meu filho: antes que o assines, é preciso que eu conheça tudo o que se refere a esse desgraçado processo... podeis lê-lo mais uma vez, Procurador?

As palavras foram repetidas com a mesmíssima entonação, talvez até com um pouco mais de veemência, e eu as ouvi sem que, desta vez, me abalassem a decisão. Se o Grande-Inquisidor encontrasse nessas palavras alguma falha, equívoco, tudo cairia por terra, e meus irmãos estariam livres para sempre: orei com devoção, e ao fim da leitura percebi que Guilherme de Paris chorava copiosas lágrimas. Dois de seus acólitos trouxeram-lhe alvos lenços de fina cambraia, que ele usou para enxugar cada olho, respirando fundo e finalmente dizendo:

— Minha alma imortal sofre com a idéia de que nossos mais valorosos soldados traíram a Igreja e o Papado... tens certeza de tudo o que aqui disseste, cavaleiro?

Minha voz saiu firme e até um tanto ofendida pela dúvida do sacerdote, ainda que dentro de mim estivesse o desejo de que ele não aceitasse o que eu dissera:

— Sem sombra de dúvida, Reverendíssimo! Eu nada disse que não tenha sido visto com este olhos!

— Foi com esse depoimento que ordenei que os Templários fossem presos, Padre-Confessor! — O Rei de França tinha intimidade suficiente com Guilherme de Paris para tratá-lo por esse epíteto menos poderoso. — Era preciso cessar quanto antes as iniqüidades em todo o território de meu reino, e...

Filipe de França calou-se, temeroso, porque Guilherme de Paris ergueu a mão, em sinal de bênção, esticando a outra na direção de um seu acólito. Este lhe estendeu um grande rolo com o selo e a chancela papais, que ele quebrou para poder mandar que fosse lido, o que foi feito pelo mesmo padrezinho de voz aguda. A missiva oficial de Sua Santidade, o Papa, tornou-se meu alicerce de esperança, principalmente quando ele dizia, dirigindo-se a Filipe IV: "Vós, querido filho, violastes em nossa ausência a todas as regras, deitando a mão sobre as pessoas e propriedades dos Templários, também os aprisionastes e, o que nos entristece ainda mais, não os tratastes com a devida clemência, acrescentando ao desconsolo do encarceramento ainda uma outra aflição. Vós olvidais de que essas pessoas e propriedades estão sob a proteção direta da Igreja de Roma? Vosso impetuoso ato é visto por todos como um ato de desrespeito para com a vossa Igreja e principalmente para conosco, vosso Papa!"

O silêncio no salão foi sepulcral, quebrado apenas pelo tinido da taça de ouro que Filipe atirou longe, tomado de ira incontrolável. Eu permaneci em posição de fé, enquanto meu coração saltava doidamente, de alegria: o papa era contra a prisão dos Templários, e certamente obrigaria Filipe a anular os decretos que firmara, simplesmente para não desobedecer a seu Papa e a sua Igreja.

O Grande-Inquisidor falou, com voz suave:

— Sabeis a que Sua Santidade se refere quando menciona "uma outra aflição"? É a mim: hoje, eu represento o único poder que pode contrapor-se ao do Papado, se assim se fizer necessário. A Inquisição é o braço armado da Igreja e pode investir até mesmo contra a figura do

Papa, se surgirem dúvidas quanto a seu comportamento e sua fé. O que Clemente teme é que, através da Inquisição que eu represento, o poder de Filipe se torne maior que o dele... o documento que enviou deixa isso bastante claro...

Eu me esquecera de que Guilherme de Paris era íntimo de Filipe IV, sendo seu confessor desde antes da eleição de Bertrand de Got como Papa, e que estaria mais próximo aos desejos desse Rei cruel e cobiçoso do que disposto a obedecer a seu Papa, principalmente porque, de certa maneira, estava fora e acima de seu alcance. Suspenso entre duas possibilidades, ouvi com pesar a voz ainda mais suave de Guilherme de Paris.

— Não há o que a Grande Inquisição não faça para preservar a verdadeira Fé: se temos o poder de aplicar os Testes da Verdade, por que não o faríamos? A presença de Templários no seio da Santa Madre Igreja sempre nos causou espécie: se são Soldados de Cristo, por que seu lema não o menciona, mas tão-somente a Deus, como se não cressem na existência da Santíssima Trindade mas apenas na heresia do Deus Único? Influência de sarracenos e judeus? E seu outro lema, que menciona Nossa Senhora como Mãe de Cristo, e não Mãe de Deus, estabelecendo sem dúvida sua crença de que ela gerou apenas a humanidade, e nunca a divindade, sendo *Christotokos* e não *Theotokos*? Haverá em verdade entre os Templários, como tantos dizem, a crença no Cristo como um homem, e não como um Deus? É o que precisamos descobrir, e para isso não há nenhuma ferramenta que não deva ser utilizada, seja ela a prisão, o convencimento ou até mesmo a tortura, se esta se fizer necessária.. a responsabilidade pela integridade física dos Templários passa a ser minha, senhor Procurador, e ontem, Domingo, enviei dominicanos a todos os lugares públicos da França para que expliquem aos fiéis os motivos da prisão dos Templários, antes que o Papa tome alguma decisão contrária à minha...

O alívio nas faces de Filipe e Nogaret só se comparou com o terror que se instalou em minha alma: ali estava o Grande-Inquisidor determinando o uso da tortura na descoberta da verdade, e meus irmãos seriam os objetos dessa tortura, que, como sabíamos, só cessa quando o torturado confessa aquilo que o torturador deseja, continuando a ser aplicada até que esta confissão específica seja arrancada, só então deixando de ser imposta ao corpo, na maioria das vezes já exangue e destroçado. A visão de meu próprio corpo torturado cobriu todas as visões que eu pudesse engendrar, pelo congelamento de meu sangue em minhas veias, através do puro terror que a idéia me causava. E me senti ainda pior quando o Grande-Inquisidor, ar de santidade na face, me disse:

— Meu filho, sendo tu um grande conhecedor dos pecados Templários, por teres partilhado deles, creio que precisarei de tua ajuda inestimável durante os interrogatórios de teus antigos irmãos. Amanhã, 17 de Outubro, dia da Santa Margarida Maria Virgem, iniciaremos o exame dos Templários que estão nas masmorras de Paris: os que se encontram em Domme, e que parecem ser o grupo mais coeso, examinaremos depois, já que entre eles não está nenhum chefe da importância dos que aqui temos. O próprio Grão-Mestre está em nossas mãos, e poderá sem sombra de dúvida ser examinado e ter sua fé comprovada por suas declarações... posso contar contigo nessa obra de devoção e penitência, meu filho?

Os olhares de todos estavam sobre mim, principalmente o de Nogaret, que me olhava por sobre o ombro do Rei, seus dentes afilados mordendo com prazer o lábio inferior enquanto seu nariz bulboso arfava de antecipação. Era o momento que ele esperava: se eu recuasse, estaria me entregando às mãos dessa Inquisição que me requisitava os serviços mais torpes, mas se concordasse, teria que servir de algoz a tantos irmãos já depauperados pelo aprisionamento. Qualquer hesitação de minha parte seria perigosa.

Mas havia mais dentro de mim: além de tudo isso, de toda essa racionalização de fatos e atos, em algum lugar dentro de minha alma vicejava um terror incontrolável, o medo de sofrer eu mesmo as torturas que acabavam de ser prometidas a meus irmãos, o mesmo medo que, numa manhã do *Outremer*, me fizera erguer votos de adoração a Allah, enquanto Baibars degolava meus irmãos. Desta vez, como naquela, eu temia mais do que tudo a perda de minha própria vida, a dor que poderia me ser causada, e seria capaz de tudo para não sofrer. Isso, de alguma forma, tumultuava meus deveres: o que eu deveria fazer por crença e consciência, acabaria fazendo por temor e covardia. Para o desenlace dos fatos, isso talvez não fizesse muita diferença, mas para mim fazia:

eu não desejava ser o que vinha sendo por outro motivo que não a obediência cega, porque temia mais do que tudo perder o respeito próprio que com dificuldade havia erguido em todos esses anos. Decidir por mim mesmo que atitude tomar era o que mais me incomodava.

Não havia saída: eu tinha que concordar e seguir com minha impostura, ainda que os motivos para tal não estivessem claros nem mesmo para mim. Eu sabia que a traição pode até servir a muitos e agradar a outros tantos, mas o traidor nunca agrada a ninguém: por todos os motivos, eu estaria para sempre marcado com a nódoa do que fizera, e nem mesmo Deus poderia livrar-me dela. Como Ashverus, eu passaria meus dias vagando por um mundo onde todos me apontariam o dedo, reconhecendo-me pela marca na testa e dizendo: "Ali vai o traidor." Quem sabe não fora o medo desse desgraçado reconhecimento público o que levara Judas a enforcar-se, já que o arrependimento não parecia ser forte o suficiente para justificar ato de tamanho desespero?

Ergui minha face, coberta com o necessário ar de santidade e a certeza do dever cumprido, e disse ao Grande-Inquisidor:

— Reverendíssimo, estou às vossas ordens: sou um fiel e obediente filho da Igreja de Roma, e aceito partilhar de vosso dever sagrado. Dizei-me quando, e lá estarei a vosso serviço.

As lágrimas de devoção correram pelas faces do Grande-Inquisidor Guilherme de Paris, e eu me curvei quase que até o chão, enquanto recuava para fora do salão, lendo na face de Filipe o prazer por ter-me visto pronto a denunciar meus irmãos, enquanto Nogaret mordia os lábios, a imagem do puro despeito, insatisfeitíssimo com sua infrutífera tentativa de perder-me.

Abandonei o palácio de Paris e me atirei no redemoinho das ruas da cidade, onde só se falava do crime Templário e do conflito entre o Rei e o Papa. Enquanto atravessava a turba malcheirosa e berradora, entrava em estado de desespero profundo: se eles soubessem que entre eles estava o falso traidor, que de tão falso se tornava cada vez mais verdadeiro, como agiriam? Assim como estava, vestido de negro, sem me preocupar com a segurança ou coisa semelhante, entrei na Catedral de Notre-Dame e me atirei ao solo, perto do altar onde ficava a passagem para o Grande Pátio. Não sei dizer quanto tempo lá fiquei, jogado ao chão de pedra, mas em determinado momento senti uma mão em meu ombro, que me virou com a face para cima, olhando-me com curiosidade. Era meu irmão Pierre de Chelles, o mestre-de-obras da catedral, o mesmo que me concedera a identidade de Viocque e mais quatro aprendizes, para que eu os treinasse na arte da escultura em pedra, serviço este de que eu me descuidara muito nos últimos dias. Eu lhe disse, enxugando as faces inchadas pelo choro que não cessava:

— Meu irmão, peço-te perdão por minhas falhas: é que a vida me tem imposto momentos muito difíceis, dos quais não consigo livrar-me.

— O único engano imperdoável é não teres recorrido a teus irmãos nesse transe: não estamos todos unidos pelo juramento que nos obriga ao apoio mútuo?

— São assuntos muito pessoais, irmão Pierre, e não pretendo impô-los a nenhum de meus irmãos...

Pierre de Chelles me ergueu por um braço, colocando-se à minha frente com as duas mãos sobre meus ombros, olhando-me com profundidade:

— Entre irmãos pedreiros, não existe nenhum problema pessoal que não possa ser dividido fraternalmente. A quem recorrer, se não a essa família que recebemos quando fomos iniciados? Dize-me, irmão: quanto tempo faz que não compareces a uma reunião de pedreiros?

Refiz na memória meu caminho passado, e percebi que haviam decorrido vinte anos desde minha última reunião em oficina de pedreiros, muito antes de me tornar efetivamente cavaleiro Templário. Sorri, tristemente, e Pierre me disse:

— É disso que precisas, com urgência! Podes ficar conosco por esta noite? Teremos uma reunião de mestres-de-obra de toda Paris, alguns vindo de cidades e aldeias vizinhas, para decidir os rumos de nosso ofício nos tempos maus que se aproximam. Sendo tu também um mestre-de-obras, creio que deves participar dela, e não aceito nenhuma desculpa esfarrapada para que te eximas desse encontro!

Troquei de roupa e fiquei trabalhando com meus aprendizes, cada vez mais impressionado com o talento natural de Jean Ravy, que me recordava a mim mesmo quando jovem, tal a naturalidade com que as ferramentas do ofício se tornavam extensões de seu braço e mente, e a tal ponto que nem precisei preocupar-me com ele, mas sim com os outros três aprendizes, todos muito bons, ainda que nenhum com tanto talento quanto Jean.

No trabalho da pedra e da instrução aos aprendizes, minha alma foi vagarosamente cicatrizando dos golpes recebidos, e cada mordida do cinzel na superfície rugosa era como que o desbastamento de minha própria pedra interna, aquela que, por mais que seja trabalhada, nunca está totalmente perfeita, sempre podendo ser aprimorada, cada vez mais polida, na busca infinita por uma perfeição que a tantos ilude e de tantos escapa, por não entenderem que o resultado não importa, mas sim a constância do trabalho, e que nenhuma avareza justifica a insistência em um calhau meio esquadrejado, já que cada pedra tem em si a identidade perfeita com a alma de quem a trabalha, e quanto maior esta identidade, melhor o resultado.

Assim, acabei por me esquecer momentaneamente de todos os meus problemas, mergulhando num mundo de pedra e pó de pedra, entre ruídos de maço e cinzel, reatando minha existência como Aprendiz, pois não sabia ensinar sem tomar eu mesmo das ferramentas e aplicá-las à superfície que decorávamos, dando o exemplo vivo daquilo que deveria ser feito. Com isso, o tempo passou, e só o notei quando as grandes candeias foram acesas, sendo erguidas para as alturas do escuro teto, e as imensas portas, fechadas para a noite. Ergui-me sem saber o que fazer, mas logo de nós se aproximou o irmão Pierre de Chelles, pedindo que nos lavássemos e seguíssemos para o acampamento de pedreiros do lado de fora da obra, onde dormiam os operários. Lá, nos limpamos e lavamos da melhor maneira possível, em grandes tinas de água trazidas do rio ao nosso lado: era hábito dos pedreiros nunca deixar de limpar-se com muito cuidado antes e depois de seu trabalho, e o contato com a água fria me deu novo ânimo. Sentamo-nos em nossos catres, e subitamente o irmão Pierre de Chelles chegou à porta do dormitório, fazendo-me um sinal para que o seguisse. Fui atrás dele e descemos por uma escada oculta atrás do altar-mor da catedral, passando por diversos andares, um deles completamente diverso do estilo da catedral acima de nós, como me explicou Pierre de Chelles:

— Esta é a igreja que os merovíngios ergueram neste lugar, sobre a qual foi construída a Catedral de Notre-Dame. Tudo em Paris tem subterrâneos mais antigos, sobre os quais as construções e edifícios mais novos são colocados. Continuemos nossa descida.

— Vamos descer mais ainda, irmão? Já sinto o bafio dos esgotos em minhas narinas...

— Passaremos pelos esgotos e iremos ainda mais abaixo, onde homens cujo nome o tempo apagou prestavam devoção a deuses dos quais ninguém mais se recorda. A igreja merovíngia também foi erguida por sobre um templo mais antigo, e é exatamente nele que nos reuniremos.

A descida continuou, e subitamente comecei a sentir lufadas de ar fresco que nos moviam as vestes e os cabelos, infeccionando com pureza o ar viciado que nos cercava. Estávamos em um corredor de pedra perfeitamente esquadrejada, e unida de tal forma que não se podia enfiar entre os diversos cubos nem mesmo a lâmina de uma faca. Eu só vira trabalho semelhante no *Outremer*, nas cidades antigas que havíamos ocupado, e mesmo nos fortes que meu pai havia erguido para os Templários, com suas formas perfeitas e invejáveis, e não conseguia imaginar quem tivesse sido responsável por obra tão bem-feita.

Havia à nossa frente uma luminosidade cada vez maior, e quando percebi, estávamos entrando em uma sala que mais parecia um santuário, ainda que tivesse o formato de uma caverna, seu teto marcado por constelações, planetas e signos do Zodíaco, além de outros sinais que eu não soube reconhecer. No umbral da porta de entrada estavam esculpidas duas aves, uma pomba do lado direito e um corvo do lado esquerdo, olhando-se fixamente, como se estivessem se desafiando. O salão estava completamente ocupado por homens tão idosos quanto eu, e dentre eles se destacavam, além dos que ficavam sobre um degrau de pedra à minha frente, sob uma imensa estrela de seis pontas, feita com dois triângulos, um negro e outro branco, igual àquela a que os hebreus chamam de *Magen-David*, sete homens, cada um deles vestido com uma túnica de cor diferente, e que me olhavam com severidade, todos segurando uma espada.

O chão à minha frente, cercado pelo piso de quadrados negros e brancos, tinha no centro o desenho em pedra de um escudo de formato antigo, exatamente igual ao que eu usara no *Outremer* quando junto aos Francos, incrustado no chão, e dentro dele, vivamente traçado em pedra, com tamanha arte que me fez ficar boquiaberto, um homem montado sobre as costas de um touro que subjugava pelos chifres, enquanto no céu acima de sua cabeça brilhavam o sol e a lua. Pierre de Chelles me impulsionou para a frente, e eu pude ver com maiores detalhes o *Magen-David* que ficava na parede do fundo: em seu centro estava esculpido o mesmo sol que havia sido colocado dentro do quadro do assoalho, e em cada um dos seis triângulos que a junção dos dois triângulos branco e negro formava, estava o sinal do Zodíaco correspondente a um dos outros seis planetas conhecidos.

Eu nunca havia visto nada semelhante, mas conseguia perceber que aquela reunião de mestres-de-obra tinha caráter excepcional, pois a audiência exsudava autoridade: todos os homens que ali estavam, irmãos pedreiros, pareciam revestidos de um poder maior, olhando-me com afável seriedade. Pierre de Chelles, sussurrando a meu ouvido, disse-me:

— Este é um templo muito antigo, do tempo em que os romanos, dominando nossa aldeia gaulesa, para cá trouxeram seus *Collegia Fabrorum*, grupos de operários que seguiam as tropas de conquista do Império, para erguer-lhes os edifícios necessários. Esses nossos antepassados eram todos devotos de Mithra, e por isso inscreveram sua imagem no assoalho a nossos pés.

Meu irmão, apontando para duas passagens escuras ao fundo, sussurrou:

— Ali ficam duas passagens que descem ainda mais do que já descemos: abaixo deste, existe um outro templo primitivo, feito pelos primeiro habitantes deste lugar, sobre o qual nossos irmãos do *Collegia Fabrorum* ergueram este. Sabes o que os une a todos? A oposição entre Sol e Lua, entre claro e escuro, pois todos os homens percebem a vida como uma oposição de forças, sem entender quais sejam elas.

Caminhamos pelos quadrados de pedra, circulando o escudo com Mithra e seu touro, e encaminhamo-nos para o degrau ao fundo, onde Pierre e eu nos colocamos, juntamente com outro mestre que lá estava e se chamava Antoine, como vim a saber depois. Tocando com seu malhete na parede de pedra, que reverberou como se fosse um sino de metal, Pierre pediu silêncio, e logo depois disse:

— Irmãos pedreiros, somos todos Cavaleiros do Sol?

A audiência, em uníssono, gritou:

— Sim!

O belo ritual que daí em diante se deu não pode ser revelado, a não ser para os que estejam em condições de conhecê-lo, e mesmo assim poucos poderão perceber dele mais que seus detalhes externos, tais como gestos, palavras, cores, movimentos sobre o assoalho, sem perceber com profundidade o que significam. Os presentes verbais dados por cada um dos sete homens que estavam separados pelas cores de seus mantos opunham aos vícios mais conhecidos as virtudes que deles se produziam, ao mesmo tempo em que declaravam simbolicamente serem esses vícios e essas virtudes desgraças ou benesses derramadas sobre nós pelos planetas que cada um deles representava, porque a ordem do Universo, infinitamente repetida, era a única garantia de segurança e regularidade que podiam ter, desde que a repetissem em seus atos diários. Vícios, portanto, eram negações desses movimentos regulares, e as virtudes a reafirmação deles, cabendo a cada um de nós decidir em que direção se moveria, já que só dependia de nós e de nosso impulso para a virtude a regularidade dos movimentos do Universo.

O mais interessante foi uma narrativa concisa da vida de Mithra, que revelou ter ele nascido numa noite de 25 de Dezembro, e que sua mãe fora uma virgem, que o parira em um estábulo: contaram também que Mithra tinha morrido e renascido, e que a comemoração dessa ressurreição se fazia exatamente na época da Páscoa, como a Igreja de Roma fazia com Jesus. Pierre de Chelles, comandando a reunião, disse:

— Durante os mil anos do Império Romano, o culto de Mithra foi depositário dos mistérios que poderiam ter levado ao Ocidente a crença superior que todos esperavam. Mesmo depois de derrotado e assimilado pelo Cristianismo, principalmente nos detalhes que puderam confundir Jesus com Mithra, esse culto e seus mistérios sobrevivem em várias fontes de conhecimento, especialmente entre nós, Cavaleiros do Sol. Depende de cada um de nós a transformação dos vícios em virtudes, para que todos possamos renascer de nossas próprias cinzas. Assim, a preguiça se torna apenas uma inclinação natural ao repouso, a luxúria se torna a capacidade de receber o amor de uma mulher, a inveja se transforma na ambição tão necessária ao progresso do mundo, a avareza passa a ser o saudável prazer na distribuição das riquezas, a cólera se transmuta no instinto da luta, a soberba passa a ser o desejo intenso de viver em fraternidade, e o orgulho se torna a capacidade de conhecer, sem esquecer que, quanto mais se conhece, menos se sabe.

Após um silêncio, em que todos puderam pensar sobre as palavras de Pedro, este continuou:

— Cada um dos homens que vedes traz uma espada, exatamente para mostrar-nos que tudo no homem é uma espada de dois gumes, e aquele que fica cego por suas paixões e impulsos acaba sempre sendo ferido por um dos dois, sempre o pior deles, aquele gume envenenado que corta a carne e mata o espírito. A decisão nasce da escolha consciente que cada um de nós faz sobre todo e cada aspecto de nossa vida, sem exceção.

A cerimônia terminou com o juramento comum a todos, onde nos comprometíamos a voltar ao mundo profano, para levar o conhecimento do amor e da sabedoria a todos os homens, sem exceção alguma. Beijamo-nos e galgamos os degraus e os caminhos que nos levavam à superfície, enquanto atrás de nós as luzes iam se apagando uma a uma, deixando os subterrâneos em plena escuridão.

Quando entramos no barracão dos aprendizes, eles já dormiam, e por isso fomos para uma outra sala ao fundo da catedral, onde uma mesa simples mas farta estava nos esperando. Sentamo-nos a ela, em silêncio, e à sua cabeceira sentou-se o pedreiro Antoine, certamente o mais velho de todos nós. Brindes foram erguidos a todos os pedreiros do Universo, e depois a todos os homens e instituições com quem nos associáramos desde nosso início. Nessa hora, eu me recordei de meus irmãos Templários, presos e sofrendo, e minha emoção, impossível de ser controlada, escapou de minha garganta e olhos sob a forma de um choro muito sentido, e tão profundo que tive que me sentar para tampar a face com as mãos e sufocar os soluços que me tomavam todo o corpo.

Meus irmãos interromperam os brindes e me cercaram, Pierre de Chelles à frente de todos: durante algum tempo me interrogaram, mas eu nada conseguia dizer, e por isso eles ficaram em silêncio, aguardando que meu choro diminuísse e deixasse de ser um empecilho à minha fala.

O irmão Antoine se sentou, diminuindo o tom de voz, e perguntando ao irmão que guardava a porta da sala:

— Estamos a coberto, irmão?

ESQUIN DE FLOYRAC

Este irmão, armado de espada, abriu a porta da sala e olhou para fora, perscrutando a escuridão que nos cercava: depois, virando-se para o irmão Antoine, disse:

— Estamos a coberto, irmão Antoine.

Um imenso silêncio ficou no ar, e subitamente o irmão Antoine disse:

— Fui o mestre-de-obras do Templo de Paris, e a mim os Templários confiaram todos os lugares secretos de seu refúgio. Eu os conheço, e eles estão para sempre guardados dentro de mim: sempre tive, no entanto, a noção de que um dia esse conhecimento deveria ser partilhado com alguém. Esse dia chegou, irmão Esquin: tu, que és ao mesmo tempo Templário e pedreiro, podes avaliar a importância do que vou te dizer.

Com um gesto, Antoine nos reuniu a todos em um círculo mais justo, a mesa e os alimentos ficando esquecidos sobre as tábuas brunidas pelo tempo:

— Quando Hugo de Payens decidiu-se a ir para a Palestina encontrar o tesouro do Templo de Jerusalém, junto a Saint-Omer, Monbard, Montdidier, Saint-Aignan, Brysol e Rigaud, levou consigo, para de sete formar nove, dois de nossos irmãos pedreiros que, não sendo nobres de nascimento, só deixaram como registro os nomes das aldeias onde nasceram: Rossal e Gondemare, e um século depois já eram confundidos com cavaleiros, como seus outros sete companheiros. Hugo não poderia pretender explorar os subterrâneos do Templo sem o apoio de quem, conhecendo a Pedra, lhe indicasse por onde passar, que caminho seguir e que rochas erguer para revelar com segurança os subterrâneos do Templo, mais velhos até mesmo que o Primeiro Templo, aquele que Salomão ergueu em lugar de seu pai, David, e que quinhentos anos mais tarde Zorobabel reconstruiu, com as mesmas pedras já esquadrejadas. Entre si, nobres e plebeus, todos se tratavam como irmãos, enfrentando as mesmas vicissitudes e tarefas: alguns dentre eles sabiam exatamente o que procurar sob as ruínas, outros tinham funções claras na descoberta do tesouro que os hebreus haviam ocultado sob o Templo, para que não caísse nas mãos dos invasores romanos.

A voz do irmão Antoine parecia vir de muito longe, como se emitida nos dias que nos narrava e não naquele momento:

— Imaginem nove homens sem nenhum poder, quase mendigos, usando de toda a sua força pessoal para convencer o soberano de Jerusalém de que lhes devia permitir viver em meio a tais ruínas, e conseguindo influenciá-lo de tal forma que ele lhes deu de presente o prédio onde antes haviam funcionado as cavalariças de Salomão. A Cúpula do Templo, que era a mesquita Al-Aksa, construída sobre os alicerces do Templo dos hebreus, havia sido transformada em igreja cristã pelos Cavaleiros Cruzados, e alguns edifícios, erguidos com as pedras originais do Templo derrubado pelos romanos, ainda lá estavam, em péssimo estado de conservação. Os votos de castidade e pobreza que os nove fizeram frente ao Patriarca de Jerusalém, além da promessa de defender peregrinos em suas viagens na Terra Santa, liberaram-nos para, de seu quartel-general no monte do Templo, escavarem os subterrâneos do Templo, fazendo descobertas sucessivas, cada uma de maior valor e importância.

Eu conhecia a história da Ordem, mas nunca imaginara que ela tivesse esse poder que as palavras do irmão Antoine espalhavam pela sala:

— As escavações começaram com nada mais que as mãos dos nove, os irmãos Rossal e Gondemare lhes indicando com precisão os lugares onde deveriam cavar, erguer pedras, liberando espaços de passagem à volta e por sob a Pedra-Mãe que fica dentro do monte do Templo. Num certo dia, iluminados por nada mais que um archote fumarento, encontraram o primeiro sinal do que procuravam: um manuscrito feito de uma folha de cobre tão flexível que se desenrolava e enrolava como se fosse um pergaminho, e os caracteres traçados nela eram de beleza e precisão inigualáveis. Ninguém lia aquela língua, e por isso, no fim do ano de 1119, Geoffroy de Saint-Omer voltou à sua terra natal levando o manuscrito, para que um seu parente chamado Lamberto de Saint-Omer, mestre-escola dessa aldeia, o traduzisse. Lamberto morreu em 1121, não sem antes traduzir o impressionante documento, que Saint-Omer levou de volta a Jerusalém, para guiar as escavações de seus irmãos.

Meu peito estava trêmulo: era como se eu ouvisse a história pela primeira vez. A voz do irmão Antoine, envelhecida pelos anos, se enchia de vigor, enquanto ele narrava os feitos dos primeiros Templários:

— Quinze anos depois de encontrados os manuscritos que os levariam ao tesouro, os irmãos do Templo, agora já aumentados em número, finalmente encontraram o que os saduceus e fariseus haviam escondido nos subterrâneos do monte do Templo antes de serem atacados e dispersos pelos soldados do Império Romano. O tesouro era gigantesco, e lhes deu a fortuna inicial com a qual ergueram seu imenso poderio, porque, depois de seu estabelecimento como a poderosa Ordem que ainda hoje são, puseram-se a levantar em todos os lugares possíveis as mais fabulosas e gigantescas catedrais, Templos e Fortalezas, a partir das quais seu poder cresceu ainda mais. Nós, pedreiros, membros das corporações de construtores, crescemos junto com eles, e existem entre eles e nós muito mais identidade do que se pode pensar, principalmente por causa de nosso trabalho em conjunto.

Ouvindo essas palavras, eu me sentia repleto de um sentimento que nunca entendera, mas que agora via ser o de pertencer como irmão a duas fraternidades que, cada uma à sua maneira, refletiam a ordem do Universo como ela podia ser vista entre os homens, com dedicação e trabalho, compreendendo a unidade de Deus na pluralidade de Sua Criação, servindo por gratidão e confiança, ajudando a expandir o coração do mundo para que mais e mais Deus coubesse nele, aprendendo a suportar insultos sem que o orgulho nos aguilhoasse, examinando diariamente a própria alma para nos tornarmos capazes de ver sem os olhos e ouvir sem os ouvidos, porque, quando estamos cercados por nações e homens de pouco caráter e voltados única e exclusivamente para o prazer, só a pureza de alma nos dá o apoio de que precisamos, fazendo com que passemos da Reverência a Deus para o Amor a Deus, sentindo-O vivo dentro de nós, habitando com conforto e naturalidade o nosso templo interior, esse mesmo que erguemos com dificuldade, pedra após pedra, durante nossa vida. Eu já passara por tudo isso, e me recordava de cada instante, como se estivessem todos acontecendo ao mesmo tempo em minha memória, e era como se, nesse exato momento, estivesse morrendo e renascendo como um novo homem, que não sabia bem quem seria, mas que certamente não seria o homem que fora até esta data. As lágrimas novamente me correram pelas faces, e o irmão Pierre de Chelles, olhando-me, disse aos outros:

— Irmãos, um irmão necessitado precisa de ajuda. Unamo-nos em seu benefício.

Quando todos se voltaram para mim, aliviei-me finalmente de todos os sentimentos que me tomavam e, com a maior franqueza possível, contei-lhes toda a minha vida até esse dia, as boas e as más ações, os acertos e os erros, as benesses e as desgraças, as vontades e os vícios, abrindo meu coração de tal maneira, que, quando terminei, ele estava completamente vazio. A ordem que Jacques de Molay me dera, e que eu vinha cumprindo sem hesitar, me levara a esse instante, quando o que se apresentava à minha frente era participar ativamente não apenas do arrasamento do Templo, mas principalmente da destruição dos corpos e mentes de meus irmãos, como me havia ordenado o Grande-Inquisidor. Eu me sentia livre e seguro, no entanto, porque entre nós a moeda da confiança mútua é a mais poderosa que existe. O silêncio sepulcral cresceu na sala cada vez mais escura, por sobre a mesa onde a comida já esfriara. O irmão Antoine, riscando a mesa com a faca que usara para cortar a carne, disse:

— O que teu Grão-Mestre te ordenou implica uma série de ações que deves cumprir para que a ordem seja bem executada, e pouco importa o que elas signifiquem, se estás sob o signo da obediência: se Filipe, o Belo, deseja desesperadamente o Tesouro Templário, eu sei de um outro tesouro Templário que ele não conhece e que tem valor imensamente maior do que as riquezas que ele cobiça. Não sei que tesouro seria esse, pois não o vi, mas eu mesmo construí, com estas mãos, o lugar secreto onde ele fica guardado: fui o mestre-de-obras do Templo de Paris, e ficou sob minha inteira responsabilidade fazer uma câmara secreta para a sua guarda. Se ele ainda não foi descoberto, cabe a ti encontrá-lo e resguardá-lo com tua própria vida, se necessário for.

Em outros tempos, eu tremeria, porque tal responsabilidade me seria agressivamente impossível: mas, depois de esvaziar o coração ante meus irmãos na Pedra, nenhum temor mais havia em mim, e perguntei:

— Se tenho que fazer isso, farei: onde devo procurar?

O irmão Antoine chamou-me para mais perto: desenhando com a faca sobre a mesa, traçando um desenho muito preciso, ele me disse, enquanto me mostrava o que desenhava:

— Na capela central do Templo fica o Altar sobre o qual se colocam as vestimentas e as armas dos cavaleiros que serão iniciados: na parte de trás desse Altar, um desenho em pedra está emoldurado pela divisa templária *"Non Nobis, Domine, Non Nobis, Domine, Sed In Nomine Tuo Da Gloriam"* que tem nove letras "o". Apertadas em ordem, elas fazem ceder uma parte do Altar, surgindo nove degraus de pedra que levam a uma pequena câmara onde esse tesouro está guardado. Deves entrar no Templo o mais rapidamente possível e guardar contigo tudo o que lá encontrares.

— E se for mais do que eu possa carregar?

— Não será: podes acreditar em mim. O espaço reservado para esse tesouro não é maior que duas mãos postas lado a lado, e, não sendo muito profundo, o que lá fica guardado certamente pode ser carregado por ti. Quando podes fazer isso?

— O quanto antes, meu irmão: para tal, terei que entrar no Templo, coisa que não sei como fazer.

— Eu te ensinarei, irmão: não crês que os Templários e os pedreiros, trabalhando juntos, não nos assegurássemos de sempre ter uma saída mais segura que as conhecidas, mesmo entre amigos e em tempos de bonança, não é verdade? Nunca se sabe quando uma fuga pode ser necessária, e para isso existem muitas formas de escapar. A que vou te revelar, e só a ti, nunca foi usada, e está esperando por ti.

Eu sabia do que Antoine falava: eu mesmo havia preparado, em muitos dos prédios que erguera no *Outremer*, as saídas de emergência e as portas secretas, através das quais uma vida pudesse ser salva quando não houvesse mais nenhuma outra forma de fazê-lo. Em sociedades de violência extrema, como se mostrava a nossa, era sempre preciso ter formas de escapar a seus excessos, pela inteligência, pela esperteza e principalmente pela antecipação dos movimentos do inimigo. Meu irmão mais velho me perguntou:

— Conheces os moinhos que ficam ao norte do Templo, ali onde o Marais é mais encharcado, e esgotam a água, jogando-a no canal?

Acenei que sim, e ele continuou:

— O terceiro deles tem, abaixo da principal roda horizontal, uma passagem que parece um largo cano, mas que é uma rota de escape: ela nasce por detrás da Torre de César, dentro do terreno do Templo, mas sua entrada é uma tumba no cemitério que fica nos fundos da Grande Capela. Se fizeres esse caminho, e para fazê-lo terás que rastejar a maior parte do tempo, conseguirás abrir a tumba e entrar no terreno da *Couture*: de lá, fica fácil entrar pelos fundos da Capela e, como te indiquei, acessar o lugar secreto. Estás disposto a isso?

O FIM DO TEMPLO

Eu me sentia leve como uma nuvem: parecia que a tarefa que o irmão Antonie me dava era a penitência final pela qual eu passaria antes de me libertar de todos os meus problemas. Suspirei, aliviado, e acenei que sim. O irmão Antoine, batendo com o cabo da faca sobre a mesa por três vezes, fez com que todos se erguessem, perfilando-se, para ouvi-lo:

— Este é nosso irmão muito querido, de cuja verdade somos depositários, e de cuja segurança somos guardiões. Ele depende de nós para ser quem deve ser e fazer o que deve ser feito, e deste momento em diante, não importa por que meios, seremos seus auxiliares em todas as necessidades que esta tarefa exigir, pois, sendo sua, é nossa também. Não importa o que digam nem o que pensem, estamos perpetuamente unidos a ele como irmãos que somos. Façamos nossa cadeia de união, dando-lhe a benesse de nossa força e empenho.

Se, ao livrar-me de minha história e segredo, eu ficara leve, agora estava cheio de força e vontade, depois da cadeia de união que me renovara a vontade de viver. Atravessei a Paris noturna e deserta quase saltitando, e entrei no Pátio do Marais sem grandes cuidados, atravessando o terreno vazio que os casebres circundavam e subindo pela casa de meu irmão, Felício, que dormia na grande cama cercado por sua Coësrette e suas marquesas. Em minha cama, Moira ressonava, e eu me deitei a seu lado, suavemente: ela, sem acordar, passou o braço por sobre meu peito e se aninhou em meu ombro, dando-me imensa satisfação. Fora preciso passar quase trinta anos em abstinência, tornando-me um eunuco por minha própria vontade, para finalmente, já no fim da vida, encontrar esta pequena flor que me inebriava não apenas com seu perfume, mas principalmente com sua existência. Ser soldado e monge ao mesmo tempo não me preparara para a felicidade que essa menina assegurava em minha vida.

Na manhã seguinte, contei a ela o que faria nessa mesma noite, e ela tremeu de preocupação com minha segurança, apertando-se contra meu peito como se eu estivesse prestes a escapar-lhe:

— Não o faças, meu homem, por Deus te peço, e Jesus Cristo, e todos os seus santos! Podes morrer, pode até te acontecer coisa pior!

— Calma, Moira... ninguém conhece o caminho que trilharei, e, pelo que pude observar, a *Cousture* do Templo está praticamente abandonada: os sentinelas só guardam a porta principal, e não há nenhum movimento do lado de dentro, porque os ladrões reais já tomaram posse de tudo que lá existia e podia ser carregado. Até os pobres do Marais, que cercavam o Templo dia e noite, desapareceram, já que a comida, que os sustentava, não existe mais.

Moira continuou trêmula, mas eu a beijei, afagando seus cabelos, e ela acabou por enrodilhar-se em mim como uma ovelhinha, acalmando-se. Logo depois, desci para minha oficina, vestido como Lepidus, e enquanto costurava e martelava o couro de alguns sapatos e botas, não tirei o olho do Templo. Era exatamente como eu percebera: não havia mais nenhum movimento, e os sentinelas sonolentos, sem ter o que fazer, ficavam do lado de fora, na rua, dando sinais claros de que lá dentro o Templo era um deserto.

Quando a Rua do Templo adormeceu, o que eu pude ver pelo absoluto abandono em que ficou, sob a luz de uma lua mortiça e fria, tomei de minhas roupas mais justas e escuras e, com um pequeno manto de capuz, me vesti para a invasão do Templo. Levei como arma apenas um punhal que se adaptava perfeitamente à minha mão, ficando do lado de dentro de meu antebraço, pronto para saltar entre meus dedos ao menor sinal de perigo. Saí pelos fundos do Pátio, na direção norte, e passei por fora do quarteirão que ficava em frente ao Templo, atravessando a pé o Esgout, que felizmente estava bastante vazio: segui pela margem dele, oculto por inúmeras plantas, até dar a volta pelo lado norte da *Cousture* e, na escuridão, perceber as sombras imóveis dos moinhos de vento que ali ficavam. Dirigi-me ao terceiro deles: a porta estava trancada, mas, muito velha, não resistiu a meus esforços e se abriu. Meus olhos acabaram se acostumando com as trevas, e eu percebi, mais do que vi, as poderosas engrenagens de madeira que faziam funcionar a bomba de esgotamento. Tateei por baixo da roda de madeira, percebendo um espaço por sob ela: forcei a mão, e alguma coisa estalou, abrindo um vão suficiente para que eu pudesse por ele me enfiar. Travei a roda com um pedaço de pau que encontrei, para que não se fechasse e me prendesse dentro da passagem, e comecei a me arrastar pelo cano, num mundo escuro e fedorento que parecia não ter fim.

Não sei por quanto tempo fiz isso, mas, quando não suportava mais a posição de agacho, senti que o espaço acima de minha cabeça se ampliava. Olhei para cima e vi, traçado pelo fria luz da lua que se coava pelos espaços, os contornos de uma laje de pedra que me cobria. Eu certamente estava na tumba onde o cano começava, e, tentando afastá-la, senti que a tampa girava com certa facilidade: minha única preocupação era com o ruído, por isso levei muito tempo girando-a, até que abri espaço suficiente para que meu corpo passasse.

Desacostumado a exercícios físicos, eu ofegava e me sentia completamente depauperado: esperei por algum tempo até que minha respiração voltasse ao normal, e só então sai por detrás da tumba, andando pelas paredes das outras sepulturas até conseguir chegar aos fundos da Grande Capela, que tinha uma porta de serviço, se eu bem me recordava. Lá estava ela, escancarada, e a Capela por dentro era uma confusão de caliça, pedras derrubadas, vidro e madeira partida, em nada similar ao belo espaço onde eu só estivera por três vezes: por ocasião de meu juramento como Prior, da conversa mais difícil de minha vida, e de meu falso perjúrio à frente do Círculo Interno, quando começara meu calvário particular, por obediência.

Era um crime o que haviam feito: o cheiro de fezes tomava todo o lugar, pois certamente, não contentes em roubar o que podiam levar e quebrar tudo que não podiam, os conspurcadores do Templo haviam se aliviado do conteúdo de seus intestinos e bexigas, por puro e absoluto desrespeito. Andei na direção do Altar, que ficava exatamente à minha frente, pois eu entrara pela sua traseira: tateando, pude sentir as letras que emolduravam a figura do pelicano esculpida na pedra. Lá estava a frase *"Non Nobis, Domine, Non Nobis, Domine, Sed In Nomine Tuo Da Gloriam"*. Apertei o primeiro "o", sentindo que ele cedia: apertei os outros, sucessivamente, sem deixar nenhum de fora, e quando o último foi pressionado, um estalo bastante alto marcou a abertura do Altar, que deslizou, deixando ver alguns degraus muito estreitos que desciam para o fundo.

Nessa hora, tentei acender com uma pederneira que levara o toco de vela que trouxera para a eventualidade: depois de algumas tentativas, consegui lume, ocultando a chama com a mão espalmada e imediatamente descendo os nove degraus. O espaço era exíguo, quase não me permitindo ficar de pé, mas no centro havia um bloco de pedra finamente lavrado, sobre o qual estava o que me pareceu um embrulho. Toquei-o: era um pano dobrado, formando um volume considerável, e sua textura era a de algum tecido muito, muito velho, ainda que limpo. Tomei-o sob um braço, tateando com a outra mão no espaço vazio para ver se alguma coisa mais havia. Nada: se esse lugar guardava um tesouro, este não passava de um pano dobrado, de cor muito clara.

Desfiz meus passos, subindo os nove degraus, meio curvado, depois empurrando o canto do Altar para que voltasse à posição de antes. Nada aconteceu: a pedra gigantesca estava como que grudada na posição aberta. Se alguém viesse ver esse Altar, certamente perceberia que haviam entrado nele e, da câmara oculta, apanhado alguma coisa que ali estivera guardada. Esse, no entanto, não era problema meu: a tarefa que eu tinha que cumprir estava realizada mais que a meio, e só me restava agora voltar por onde viera, sem criar nenhum problema.

O ruído de passos no exterior da capela me fez quase enlouquecer: pés de mais de um homem pisavam o chão do lado de fora, exatamente por onde eu deveria sair, e a porta dos fundos, entreaberta como eu a deixara, abriu-se mais, deixando ver dois soldados do Rei, olhos arregalados, com uma lanterna cada um, erguendo-as bem alto para iluminar o maior espaço possível. Ocultei-me silenciosamente do outro lado do Altar, ouvindo um deles dizer:

— Havia luz aqui dentro, eu te digo! Eu a vi brilhar pelas janelas...

O outro, com uma voz trêmula e amedrontada, retrucou:

— Se dependesse de mim, podiam dar um baile aqui dentro, que eu nunca entraria... esses Templários são feiticeiros, têm parte com Satanás!

Eu os vi, mal iluminados pelas lanternas que traziam: eram dois jovens labregos de cara assustada, e um deles tremia como vara verde, persignando-se o tempo todo sem parar. Minha posição não era das mais tranquilas: se me pegassem ali dentro, eu teria muito a explicar, e certamente não sobreviveria aos inquéritos que se seguiriam, ainda mais se encontrassem comigo aquilo que eu lá fora pegar. Comecei a dar a volta ao Altar, com todo cuidado, para que não me vissem, deixando-os passar pelo outro lado, em seu caminho para dentro da capela: minha intenção era sair dali o mais rapidamente possível, mas o embrulho de pano se desfez e caiu chão, fazendo barulho, o que os levou a abraçar-se com terror, o mais covarde deles chorando e provavelmente se urinando de medo.

O FIM DO TEMPLO

O embrulho desfeito mostrou ser um sudário branco, perfeitamente limpo e liso, e eu me recordei de ter sido envolvido em uma mortalha semelhante, à moda do Oriente, na cerimônia de elevação ao Círculo Interno da Ordem. Não consegui prender-lhe as dobras, e ele se desfez; imediatamente, movido por uma inspiração súbita, joguei-o por sobre a cabeça e, erguendo os braços, arrastei os pés em direção à porta de saída, arrancando de um dos soldados um grito gutural:

— Um fantasma! Pela Virgem, um fantasma!

O que eu fizera, funcionara: os soldados ficaram hirtos, e um deles se pôs a ganir como um cachorrinho faminto. Segui em direção à porta, erguendo a frente do sudário para não tropeçar nela, e traçando meus passos pelos desenhos no assoalho. A porta estava mais aberta do que eu a deixara, e saí para o pátio, indo em direção ao cemitério onde ficava a falsa tumba da qual eu saíra. Ao entrar nela, depois de alguns passos, percebi ter sido a continuação melhor que o ato, pois quem duvidaria de um fantasma que desaparecesse dentro de uma tumba? Quando caí no fundo de pedra, arranquei o sudário de cima da cabeça, enrolando-o mal e mal, colocando o volume entre o gibão e a pele, e me arrastando pelo cano apertado, rezando para que a saída não estivesse interrompida. Não estava: o calço que eu colocara entre a roda e o chão resistira, e eu me vi novamente no salão do moinho parado, resfolegando deitado no chão durante um tempo precioso, até recuperar o fôlego e sair pelo pântano seco, refazendo meu caminho pela beira selvagem do Esgout até passar pelo lado de fora da *Couture* do Templo. Eu verdadeiramente não tinha mais idade para aventuras deste tipo. Lá dentro dos muros havia grande agitação: o fantasma que eu imitara causara imensa comoção na soldadesca inculta e imbecil, e até mesmo os sentinelas abandonaram as ameias, curiosos quanto ao acontecido. Dei a volta por trás do Pátio e nele entrei pelos fundos, respondendo com um sussurro às senhas que me eram pedidas pelos vigias, finalmente chegando à minha cama, onde Moira mais uma vez ressonava, sobre as almofadas.

O sudário estava amassado, mas não se rasgara nem sujara, a não ser na borda, onde eu, inadvertidamente, uma ou duas vezes, pisara sobre sua bainha. Para um pano tão velho, parecia muito bem conservado, como se estivesse coberto por alguma goma vegetal que o protegesse das intempéries. Dobrei-o novamente pelos vincos que tinha e coloquei-o sobre um aparador onde Moira guardava seus trajes de festa, deitando-me a seu lado e tentando dormir. Não entendia por que motivo uma mortalha do tipo oriental estaria guardada com tanto cuidado numa câmara secreta, como se fosse um tesouro: o irmão Antoine havia dito que era o maior tesouro dos que a Ordem possuía, e eu não tinha por que duvidar dele, restando-me apenas entender o que ele queria dizer com isso. Decidi procurá-lo no dia seguinte, levando comigo o sudário, pois, como Viocque, estava devendo uma sessão de treinamento aos aprendizes, e não havia melhor motivo para visitar as obras de decoração da catedral. Eu me arriscara muito, mas certamente acabaria por entender por que o fizera.

Quando cheguei à catedral, lá estavam, preparando-se para mais um dia de trabalho, todos os meus irmãos pedreiros, que me saudaram com a mesma alegria de sempre. Entre os pedreiros havia sempre alegria pelo que se ia fazer, e a forma como expressavam seu prazer pelo ofício que tinham era essa felicidade flagrante, que a todos tomava, tornando o serviço muito mais leve e fácil do que realmente era. O sudário estava embrulhado dentro de minha bolsa, e pedi ao irmão Pierre que mandasse avisar ao irmão Antoine que eu já estava de posse do que me havia pedido. O irmão Pierre, curioso mas discreto, nada me perguntou, mandando um aprendiz à Sainte-Chapelle, na outra ponta da Île-de-la-Cité, onde o irmão Antoine naquele momento trabalhava. No fim do dia de trabalho, pouco antes da refeição, o irmão Antoine chegou, e junto com o irmão Pierre nos reunimos nos fundos da oficina, na mesma sala onde a ceia de que eu participara dois dias antes havia acontecido.

Quando tirei de dentro de meu saco o sudário que trouxera, o irmão Antoine, sem um pingo de sangue no rosto, sentou-se à mesa, apoiando-se nela, tomado de violenta emoção: depois, com muito cuidado, os dedos trêmulos, tocou levemente o tecido à sua frente, enquanto as lágrimas caíam por suas faces. Nem eu nem Pierre de Chelles entendíamos tamanho abalo, mas, para o irmão Antoine, o encontro com essa mortalha era um momento importante, como ele imediatamente nos fez saber:

— A Igreja de Jerusalém, da qual estamos mais próximos que de qualquer outra, nasceu entre os nazoreanos, em quem muitos de nossos rituais são baseados, principalmente o de morte e renascimento pelo qual os profanos passam antes de se tornar membros de nossa Ordem. Os Templários, como o irmão Esquin sabe, também fazem uso desses rituais de morte e ressurreição: para realizá-los, usam uma mortalha com a qual envolvem o cadáver do candidato, para que ele, ressurgindo dos mortos, se reerga de sua tumba e retome a vida, desta vez verdadeiramente vivo e já como um irmão.

O irmão Antoine passou os dedos engelhados sobre a superfície do sudário:

— Quando Hugo de Payen e seus oito irmãos cavaleiros finalmente entraram na câmara do tesouro abaixo do Templo de Salomão, ali encontraram um imenso manancial de riquezas e sabedoria do povo hebreu, preservados para que, mesmo após a cruel destruição que os romanos lhes haviam imposto, sua história e memória não se perdessem, e pudessem ser retomadas quando o momento chegasse. O destino quis que esse tesouro fosse encontrado por cavaleiros cristãos, que, compreendendo o real valor do que haviam descoberto, tornaram-se a Ordem do Templo de Salomão. Lá estava, entre outras coisas de imenso valor material, este sudário, usado nas cerimônias de iniciação entre os nazoreanos, ainda preservado em sua integridade, mesmo depois de tantos séculos. Ele dormiu no escuro abaixo do Templo, e depois nas arcas que transportaram o tesouro para a França: só quando descobriram que era o sudário usado nas cerimônias dos nazoreanos em Qumram, depois de decifrar os documentos encontrados, é que o perceberam como sendo seu maior tesouro, passando a usá-lo em suas cerimônias de nascimento e ressurreição.

Eu conhecia o assunto, mas não conseguia entender o excelso valor dessa antiguidade:

— Entendo que tudo que tenha vindo dos subterrâneos do Templo tenha valor, mas por que esta mortalha especificamente, e não outra qualquer?

O irmão Antoine me olhou, e a transparência de seus olhos me abalou: ele mais uma vez se voltou para o sudário, dizendo-me:

— É a mortalha dos nazoreanos de Qumram, a Igreja de Jerusalém, cujo líder foi Yeoshua ben Joseph, o carpinteiro filho de outro carpinteiro, que depois veio a morrer na cruz pelas mãos dos romanos.

Sim, Esquin, esta mortalha foi usada por Jesus, entre outros: veio de seu tempo, de sua comunidade, e suas mãos e corpo certamente a tocaram mais de uma vez.

A compreensão daquilo que o velho irmão me dizia me assomou como um choque, e a mortalha imediatamente se transformou em outra coisa de valor quase inacreditável: então era dali que vinha este sudário? O irmão Antoine continuou:

— Se para nós, que reconhecemos em Jesus um sábio, um mestre, um homem que se fez deus para nos dar o maior de todos os exemplos, o sudário tem um valor incalculável, imagina o valor que teria para os seguidores da Igreja de Roma, que o tomam como deus e salvador, iludindo seus fiéis com ameaças de fogo do Inferno? Num mundo coalhado de relíquias mal-ajambradas e falsas, atrás das quais multidões se fanatizam, tornou-se dever dos Templários preservar a única verdadeira entre todas elas, usando-a para seu fim específico, em vez de deixar que a Igreja de Roma e seus fanáticos façam dela uma mixórdia sem sentido... Para essa igreja deformada, com seus Papas e Príncipes viciados em poder e riquezas, somos todos hereges, gnósticos, inabalavelmente livres de seu poder, e ela nos persegue e ataca com todas as suas forças, sem entender que, no seu próprio subterrâneo, a Verdade que protegemos se esconde, e que um dia ela verá a Luz, ainda que à custa do poder de seus donos...

Eu tremia, revivendo as mais importantes lições que recebera durante a vida, vendo sem falhas o eixo de sabedoria que nos unia a todos, nazoreanos, gnósticos, hereges, albigenses, cátaros, Templários, pedreiros... nunca pensara que através dos séculos essa unidade estivesse concentrada numa mortalha de pano amarelecido, descoberta pelos nove Templários originais, que se dispuseram a preservá-la para o futuro, quando a verdade das coisas finalmente fosse revelada.

— Não havendo neste momento uma Ordem Templária que o defenda, só restaste tu, irmão Esquin: eu te entrego o sudário que recuperaste com o risco de tua própria vida, para que o guardes e preserves como o verdadeiro tesouro que nos une a todos com a Igreja de Jerusalém! É teu para que o uses da melhor maneira possível, sendo tua a responsabilidade por sua existência perpétua...

O FIM DO TEMPLO

Eu me tornara, também sem o desejar, guardião do Tesouro Templário, como se já não me bastasse ser o traidor de meus irmãos: mas agora, em minha mente temerosa e amedrontada, uma nova luz surgia. Se era verdade que esse sudário tinha assim tanta importância para a Igreja de Roma, quem sabe eu não poderia trocá-lo com ela pela integridade e vida de meus irmãos? O poder da Inquisição era imenso, e mesmo sem que o Papa assim o determinasse, já deviam estar rasgando e quebrando os corpos de seus prisioneiros. Se eu chegasse a tempo, poderia fazer a Inquisição recuar, libertando meus irmãos e tirando-os das mãos cruéis dos Verdugos de Deus.

Cheio de certezas quanto a meu papel e meu dever, tomei nas mãos, ungidamente, o pano que seria o salvo-conduto dos Templários. Abracei e beijei a meus dois irmãos Pierre e Antoine, que me olhavam com amor, sem saber o que me ia no coração. A melhor forma de trair, já que me tinha caído nas mãos esse tesouro, seria trair as ordens de meu Grão-Mestre, libertando-o e a todos os outros, por meio de uma troca justa, e não mentindo e caluniando, como fizera até este instante. Eu agora tinha poder para isso, e era o que eu faria.

Chegando à casa, sendo recebido por uma Moira amorosa e feliz com minha presença a tempo para a ceia dos malandrins, a que fazia tempo não comparecia, resolvi lavar-me, para me livrar do suor que me empapava o peito e as costas, e acabei por me esfregar vigorosamente com um pano por sobre uma bacia d'água, lavando-me por inteiro, o que Moira a princípio estranhou, vindo a despir-se e a entrar na bacia comigo, lavando-se também, sorridente e feliz como uma criança. Secamo-nos com dois lençóis que ali estavam, e enquanto Moira se vestia, eu tomei de minha caixa, buscando nela o saco de veludo vermelho do qual já nem mesmo me recordava. Embaralhei suas lâminas de marfim, colocando-as todas sobre a mesa, com as costas para cima, e virei a primeira carta, sabendo que, pela ordem correta, deveria ser a dO Enforcado. E era: a figura jovem e pendurada por um dos pés, suas mãos atadas atrás das costas, me olhava de cabeça para baixo, dando-me a segurança de que o que eu pretendia fazer era o que devia ser feito. Recoloquei-a entre as outras, guardando as lâminas e o saco, e desci junto com Moira para a ceia, preparando-me para agir em defesa de meus irmãos e minha Ordem assim que a oportunidade se apresentasse. Dois dias depois, quando a mensagem do Grande-Inquisidor para Esquin chegou à oficina de Lepidus, foi com alegria que me preparei para mais uma luta de defesa e salvação, sem saber que a escolha que tinham feito por mim me levaria a abismos cada vez mais profundos, antes que de mim mesmo eu pudesse me reerguer.

Capítulo 14

1288

A trégua combinada entre *mamluqs* e cristãos foi respeitada à risca, enquanto os interesses de ambos os lados eram levados em conta, e isto deu-nos aos Templários um certo fôlego para que nos preparássemos para dias piores, coisa que os outros habitantes de Acre, aí incluídos os cavaleiros de todas as ordens, não pensaram em fazer. Viver da mão para a boca, na inconsciência dos dias que se seguirão, tem sido o engano fatal de muitos homens, e os que havíamos nos concentrado no reino de Acre, sem nos percebermos cercados pelos inimigos, não agíamos de forma diferente, com as devidas exceções. Tivemos, no entanto, tempo suficiente para desenvolver nossas vidas da maneira que melhor nos conviesse, de certa forma experimentando, sem notar, as delícias da tolerância entre desiguais, como éramos todos naquele pedaço de terra à beira-mar. A paz armada e sustentada em um tratado tão frágil quanto o papel em que fora escrito durou exatamente o tempo necessário para que cada um de nós, em todos os lados da questão, se tornasse o que deveria ser, para o melhor e para o pior.

Eu mesmo, que fora pedreiro antes de ser Templário, precisava agora recuperar o tempo perdido e me tornar o mais proficiente guerreiro que poderia ser, porque era assim que minha Ordem necessitava de mim. Enquanto erguia meu espadagão e meu escudo, vestido com libras e libras de armadura de metal e cotas de malha, sobrecarregando minha montaria, forçando-a a atravessar os campos de treinamento, em desabalada carreira, ouvia de meus superiores as mais estranhas idéias sobre a paz. Diziam que a paz não mora em nada do mundo material, mas sim dentro da alma, e que pode nela ser mantida e preservada mesmo em meio às mais amargas dores, se a nossa vontade própria permanecer firme e submissa: a paz nesta vida reside na aceitação, não na reação contra o sofrimento. Eu, de minha parte, achava isso estranho: mesmo com minha aceitação da obediência plena a meus mestres, entregando-lhes toda a minha vontade, percebia que o mundo exterior era mais poderoso que minha alma no enfraquecimento da paz, porque nem todos os que ali se decidiam a obedecer o faziam com plena consciência de seus atos e decisões. A grande maioria dos cavaleiros que se entregavam à vida do Templo era de má formação, nobres cheios de orgulho e arrogância, incapazes de qualquer trabalho construtivo, e que não se dispunham a abrir mão de suas convicções por nenhum motivo, ainda mais quando isso pudesse significar a perda de sua importância. Recordo-me quando, numa da noites de catequese, um capelão do Templo, exortando-nos à paz, disse:

— Cinco grandes inimigos da paz habitam em nós, a saber: a avareza, a ambição, a inveja, a ira e o orgulho. Se forem banidos de nossa alma, viveremos daí em diante em perpétua paz!

Olhando em volta, vi as faces de meus irmãos Templários cheias de rejeição a tal idéia, nenhum deles disposto a abrir mão dos vícios que lhes eram mais caros, por serem os que maiores prazeres lhes davam. O capelão, não sei se propositadamente, deixara de lado em sua lista a luxúria e a gula, certamente por não desejar trazer à baila assunto que considerava morto e encerrado: nossa vida em comum era toda vivida sem que houvesse oportunidade para que uma ou outra acontecessem, mas, sendo os seres humanos naturalmente propensos a buscar tudo que lhes for proibido, havia sempre quem se desse ao luxo de se arriscar com uma e outra, quando não com ambas, contando para isso com a benevolência dos que, não tendo coragem suficiente para praticá-las, também careciam da disposição para delatar companheiros de armas.

O FIM DO TEMPLO

Creio que era por isso que nem todos os cavaleiros éramos tratados da mesma maneira: eu percebia haver, entre nós, uma gradação de influências e poderes que não era simplesmente a da hierarquia a que nos devíamos acostumar, para sermos verdadeiros monges-soldados. Determinados grupos se formavam, unindo irmãos de comportamento similar, regiões próximas, parentesco reconhecido ou vícios complementares: eles podiam ser detectados por sua proximidade constante, sua forma de se tornarem como que pequenos exércitos dentro do grande exército Templário em Acre, e por suas atitudes de proteção mútua cada vez que um deles recaía em um dos vícios com que os capelães da Ordem nos verberavam. Havia um maligno espírito de corpo entre esses grupos, o mesmo espírito de corpo que nos levava a considerar como sendo nossos inferiores os cavaleiros de outras Ordens, principalmente a dos Hospitalários, com quem partilhávamos uma rivalidade a cada dia mais danosa.

Isso também ocorria entre os pedreiros, mas em escala muito menor, fazendo-me crer que os processos de vida entre Templários e pedreiros, apesar de muitas semelhanças, eram sensivelmente opostos. O detalhe mais importante era o da violência, e a maneira como cada um de nos a encarava: eu, que partilhava do *status* de pedreiro e de Templário, sentia na própria alma a contradição das atitudes, pois só nos pedreiros encontrava aquela espécie de santidade que me havia sido apresentada como sendo apanágio da Ordem do Templo.

Pelo que eu podia perceber, a Paz Templária nada tinha a ver com a paz dos pedreiros: por mais que houvesse entre nós semelhanças e complementaridades, nessa questão da paz não tínhamos nenhum acordo. Pedreiros sempre fomos homens da construção do que nos é próprio, não da destruição daquilo que nos é alheio, como era praxe entre os Templários, e talvez aí residisse nossa complementaridade, pois onde um destruía o criado, o outro criava por sobre as ruínas, sustentando o mundo real com essa maneira de agir.

Meu mundo, portanto, como o de meu pai antes de mim, voltara a se dividir entre desfazer e fazer, como se tudo o que eu aprendesse entre meus irmãos Templários fosse o oposto do que eu praticaria entre os pedreiros, dos quais não conseguia afastar-me muito, ainda que não pudesse abandonar definitivamente o Templo, como meu pai fizera, porque me interessava profundamente estar sob controle. Eu não pretendia ser senhor de mim mesmo, e, para isso, a férrea disciplina templária me servia como uma luva: bastava que eu obedecesse sem hesitar, e, como num milagre repentino, tudo estaria em seu devido lugar, minha vontade própria relegada a um plano tão inferior que sequer era cogitada.

 Ayub e Eliphas permaneceram sendo meus amigos mais próximos, junto com Felício, que, mesmo tendo uma vida absolutamente insondável quando longe de mim, não se furtava a nada que eu lhe pedisse ou a me prover do que necessitasse. Pelo menos três vezes por semana eu saía da fortaleza templária em Acre e visitava o canteiro de obras que fora de meu pai e depois meu, e agora pertencia aos Filhos de Salomão que o ocupavam, no sistema de cooperativa, igual ao que Eliphas conhecera em Bolonha. Os salários eram pagos de acordo com o grau de conhecimento que cada um tivesse alcançado, conhecimento que podia ser medido na prática através dos resultados de trabalhos e tarefas executados. Eu, sem deixar de ser Templário, sentia-me muito bem entre os pedreiros e me regozijava quando minha presença se fazia necessária, fosse para resolver um aspecto técnico mais elevado de alguma obra, fosse para morder com o cinzel alguma pedra que necessitasse ser esquadrejada com urgência. Mantivera a rapidez de movimentos, o olho arguto, a economia de meios, e conseguia produzir um paralelepípedo de pedra lavrada em menos tempo que qualquer homem no canteiro. Como não recebia nada pelo meu trabalho na pedra, doando-o ao coletivo, já que de nada necessitava, acabava por ajudar muitos deles a ganhar mais, o que os fazia tratar-me com alegria acima do normal, recebendo-me com positiva ansiedade a cada vez que deles eu me aproximava.

 — Estás acostumando mal os nossos aprendizes, irmão Esquin... — disse Eliphas, os olhos postos sobre um complicado desenho. — Assim, vão ficar para sempre contando com tua presença na hora das dificuldades, tornando-se incapazes de agir por si mesmos frente a elas...

 — Perdoa o exagero de nosso irmão, Esquin. — Ayub deu mais um de seus famosos suspiros. — Ele tem dificuldade em reconhecer a doação que alguém faça de si para os outros, talvez por ser ele mesmo incapaz disso...

— Há de chegar o dia em que precisarás de mim, e te arrependerás amargamente de tuas palavras, muçulmano! Se tens mesmo um Deus em quem crês, por que não ages de acordo com seus preceitos?

Achei melhor intervir:

— Irmãos, irmãos, calma... vosso hábito de discutir pela menor filigrana começa a ficar exagerado! Fico aqui imaginando como viveriam se não estivessem juntos: como suportariam a vida sem a figura do outro, este que garante a integridade de cada um exatamente por ser o exato oposto daquilo que se acredita ser?

Ayub e Eliphas, cada um a seu modo, se divertiam muito com essas dissensões, que efetivamente preenchiam suas vidas de animação, permitindo-lhes que suas idéias se chocassem umas com as outras sem que a amizade e suas individualidades fossem afetadas. Isto, aprendêramos entre os pedreiros, e meus dois irmãos, por maiores que fossem as batalhas filosóficas entre eles, nunca permitiam que elas interrompessem o fluxo de sua colaboração, nascida da amizade e de uma identidade superior a tudo o que eram, formada pelo reconhecimento mútuo da pedra que existia dentro de cada um, lenta e diligentemente burilada a cada instante, como eu pretendia que a minha também estivesse sendo.

A violência que me esperava a qualquer instante não me era muito agradável: tornei-me mais avesso a ela quando, numa certa noite, percebi que em um grupo de cavaleiros recém-chegados de França estava meu primo Yves, o mesmo que fora meu companheiro de brincadeiras em Capestang, quando eu ainda era seu irmão e não seu primo, e me acreditava filho de meu tio, seu pai. Paralisei-me e nada fiz, e quando falei com ele não fui reconhecido: eu já completara quarenta anos, usava longas barbas, e Yves, bem mais moço que eu, estava por demais encantado com sua nova identidade de Cavaleiro Cruzado, certamente aceito entre os Templários em troca de considerável fortuna pessoal doada à Ordem, para reconhecer em mim um personagem de seu passado. Eu me enganara quanto à sua condição, no entanto: ele ali estava como *failli*, porque seu irmão Raymond, o mesmo que me espoliara do que me pertencia, fizera o mesmo com ele, expulsando-o de Capestang e lá se entrincheirando, combatendo até mesmo outros familiares que dele se aproximavam. Por isso, senti certo prazer quando ele me foi entregue, entre outros noviços da Ordem, para ser treinado e preparado com o máximo de presteza possível: estaria em minhas mãos fazer dele aquilo que se esperava de um verdadeiro Soldado do Templo.

Fiz de Yves, portanto, meu escudeiro de armas: era preciso que ele conhecesse os rigores da disciplina para poder acostumar-se com ela, perdendo sua pátina de grão-senhor, coisa que não era nem um pouco. Minha intenção, no fundo, talvez fosse a de vingar-me dos maus-tratos que ele e o irmão me haviam infligido: ainda me recordava do pontapé que ele me dera nos fundilhos, atirando-me na lama por pura desfaçatez. Tentava, até mesmo por causa disso, ser com ele o mais justo que podia, condicionando-me a esquecer quem ele era de cada vez que devia instruí-lo. Devo confessar, no entanto, que não o conseguia: meu peito ainda não estava de todo livre dos maus-tratos que me impregnavam, e eu me descobria a todo instante tentando vingar-me de meu passado quando maltratava Yves.

Tornei-o responsável por meu equipamento: não era simples nem fácil cuidar da armadura de um cavaleiro Templário nem de seus armamentos. Não fosse pelo número excessivo de ferramentas de combate, o peso e o formato dessas vestes e armas tornava o cuidado delas verdadeira provação, e eu a impus a Yves, destacando Felício para outras tarefas mais simples, enquanto meu primo se esfalfava para manter minha equipagem em forma. Eu decidira usar uma cota de malha especial, por baixo das peças de ferro que eram a armadura propriamente dita, e mandara fazer uma veste praticamente inteiriça, que usava por sobre a cota, com chapas de couro endurecido pelo fogo, que ampliavam minha segurança, tornando praticamente impossível que setas, lanças ou mesmo uma espada penetrassem em busca de minha carne. Esta veste adicional pesava umas oitenta libras, a cota de malha feita de milhares de anéis de aço pesava mais sessenta, e, antes de colocar a armadura, eu já tinha meu peso aumentado em pelo menos cento e cinqüenta libras. Minha armadura, que fora feita por artesãos do metal de Acre, era composta por um elmo simples, que eu pensava em substituir por um bacinete pontudo sem me atrever a isso, uma couraça moldada especificamente para meu peito, braçadeiras, cotoveleiras e espaldeiras presas umas às outras por meio de charneiras de encaixe muito bem-feitas, uma loriga para proteger-me as costas, manoplas, caxotes e grevas, protegendo-me respectivamente as mãos, as coxas e a articulação do joelho, e sapatos feitos de placas rebitadas, com a ponta quadrada. Meu cavalo de luta também era coberto por uma armadura similar à minha, e com o peso que suportaria tão grandemente aumentado, chegava a gemer quando eu era colocado sobre ele, por meio da grua que Yves manobrava praticamente sozinho. Ele se tornara um rapaz espadaúdo, mas bufava e ficava muito vermelho ao erguer-me com as cordas e roldanas que eu mandara executar por meus irmãos nos Filhos de Salomão, recordando-me do processo que usávamos para erguer pedras e equipamento até o alto das paredes que construíamos. A combinação de diversas roldanas de diâmetros diversos simplificava o trabalho, reduzindo a força necessária para erguer-me e depositar-me sobre um cavalo tão ajaezado quanto eu, mas mesmo assim o esforço exigido era imenso, e eu tinha uma perversa satisfação em observar o estado deplorável em que Yves ficava depois de fazer o que eu lhe ordenava.

Havia um momento muito difícil nisso tudo, e era aquele em que eu ficava pendurado pela grua a meio caminho entre o céu e a sela: num determinado dia, ao ser erguido pela grua, a viseira de meu elmo se fechou, deixando-me sem enxergar onde estava. A imponderabilidade e a quase cegueira agitaram meus nervos: comecei a gritar, apostrofando a incompetência de Yves, sem perceber que já estava colocado na sela de couro e metal, dando um verdadeiro espetáculo de incoerência, do qual me arrependi vivamente logo depois. Mas era tarde: as faces de Yves estavam vermelhas não apenas pelo esforço, mas também de vergonha, e ele atirou ao chão o que tinha nas mãos, afastando-se de mim alguns passos e sentando-se sobre uma pedra, a cabeça e a face entre as mãos.

Nesse exato momento, a compreensão do que eu vinha fazendo caiu sobre mim como uma avalanche: eu me tornara, por sentimento de vingança, uma cópia fiel daqueles que me haviam causado sofrimento, e com meus atos tiranos me tornava uma imitação bastante piorada daquilo que deveria aprender a abominar. A vingança como uma espécie de justiça selvagem só me satisfazia por instantes, necessitando quase que imediatamente ser alimentada mais uma vez, transformando-se em um vício que me dominava mais e mais a cada dia. Ao me vingar, eu me tornava idêntico a meus inimigos, simplesmente por não perceber que, perdoando-os, poderia tornar-me melhor que eles. Ter o poder da vingança e não usá-lo, este sim é um grande poder: vingar-se e não o fazer acabaria ao fim por valer mais que qualquer conquista, porque eu venceria a mim mesmo, submetendo minha vontade, o que me parecia mais próximo de meu juramento Templário que qualquer outra coisa. A imagem de Yves, desacorçoado por sobre a pedra, era um exemplo perfeito do que eu vinha sendo e podia deixar de ser, se assim o desejasse: e quantos de nós, movidos exclusivamente por uma vingança pessoal, não poderíamos ser homens melhores, se submetêssemos esta vingança e a dominássemos, dominando e submetendo nossas vontades menos valiosas, nossos sentimentos menos nobres, nossos vícios menos respeitáveis? Eu aprendera isso entre os Filhos de Salomão, mas subitamente me percebia separando minha vida em trechos estanques sem comunicação um com o outro, agindo de maneiras diversas em cada um deles. Eu era um só, e o mesmo, no entanto, e não havia motivo para não aplicar a tudo em minha vida aquilo que era essencial em parte dela, principalmente por estar no nível das virtudes que me haviam sido ensinadas.

Um imenso sentimento de vergonha me assomou: eu estava tiranizando meu primo por coisas das quais ele nenhuma culpa ou conhecimento tinha, tornando-me seu algoz simplesmente para purgar um bolsão de mal-entendidos e incompreensões, dos quais ele se tornara vítima inconsciente, sem merecê-lo. Era preciso que eu, imediatamente, transformasse meus atos de aceitável crueldade, segundo os princípios de meus iguais, em verdadeira amizade e fraternidade.

A dificuldade estava, no entanto, em fazê-lo sem deixar de cumprir os deveres que, como irmão, tinha que impor a Yves, ainda um neófito na Ordem. Era preciso livrar-me da torpe tirania que me sufocava sem abandonar a responsabilidade verdadeira: por isso, tomei a decisão de, sem pressa nem mudanças bruscas, tornar-me verdadeiramente irmão e amigo de Yves, se ele assim o desejasse e aceitasse. Não seria uma tarefa fácil, mas eu acreditava ser capaz de consegui-lo, movido pelo arrependimento que me tomava a alma. O verdadeiro arrependimento é nunca mais repetir aquilo que o causou, pois o coração não se glorifica por jamais cair em erro, mas sim por ser capaz de se reerguer do abismo de cada vez que nele se perde. Era o que me restava fazer, e eu me dispus a isso, como que iluminado por uma nova consciência, que eu não sabia ser possível alcançar.

Minha primeira providência foi suavizar imediatamente minha maneira de tratá-lo, coisa que ele demorou a perceber, já que nenhuma das exigências da Ordem foi modificada. Tanto ele quanto os outros noviços que estavam sob meus cuidados continuaram passando pelas mesmas exigências disciplinares de antes, mas, depois de um certo tempo, ele finalmente conseguiu ver que uma nova fase se iniciara, na qual eu passara a respeitá-lo mais do que antes, levando em consideração tanto suas necessidades quanto suas possibilidades. Isso o deixou mais curioso que antes, pois, não tendo acontecido dentro dele nada que servisse para explicar a mudança, ele não conseguia compreender por que motivo ela devesse ter ocorrido.

Numa manhã, logo após o treino de batalha, quando eu tentava me livrar de uma torção de costas resultante de uma manobra rápida demais para meu pesado cavalo, Yves se aproximou de mim, dizendo:

— Cavaleiro, preciso falar-te. Tenho tua permissão?

Não era certamente o melhor momento, já que a dor me verrumava os quartos, espalhando-se pela perna direita abaixo e indo até a sola do pé, que eu massageava vigorosamente com um ungüento de calêndula que Felício me havia conseguido não sei onde. Engoli em seco e, sem deixar meus cuidados pessoais de lado, o que me ajudava a não olhar Yves nos olhos, disse-lhe:

— Tens minha permissão para falar francamente, irmão Yves.

Yves parou à minha frente, o rosto afogueado pelo exercício, os olhos baixos e as mãos cruzadas na altura do púbis: ele também tinha pouca vontade de me encarar, por motivos rigorosamente respeitáveis. Sorri, sem que ele visse: se ele soubesse um terço do que havia entre nós, como reagiria? Arranquei a túnica, estendendo para ele a quartinha cheia de ungüento:

— Mas aproveita que aí estás e massageia minhas costas... devagar, mas com firmeza!

Durante um tempo nos olhamos nos olhos, e Yves, tomando da quartinha, passou para trás de mim. Indiquei-lhe com a mão o lugar onde minhas costas doíam, e ele me disse, depois de erguer-me a camisa:

— Cavaleiro, tens aqui uma mancha roxa do tamanho de um repolho. Posso tocá-la?

— Deves, meu irmão: sem que massageies com algum cuidado esse hematoma que o treino de batalha me deu, ele não se curará e poderá até se tornar uma ferida crônica... conto contigo para que me ajudes a curá-lo...

Yves começou, muito a medo, a esfregar-me o ungüento nas costas: na região afetada, a dor era grande, e, pelo que ele dissera, uma das placas de couro que me defendia a retaguarda por baixo da loriga devia ter-se deslocado, fazendo a pesada armadura, movimentada pelo galope de minha montaria, golpear-me sem cessar o lugar ferido. Machucaduras crônicas como esta eram muito comuns entre os cavaleiros, e em batalha, se não morrêssemos ou nos aleijássemos, acabávamos sempre em muito melhor estado que durante o treinamento, porque o esforço de treinar era flagrantemente maior que o da luta verdadeira, se não levássemos em conta a responsabilidade e os venenos que nos invadiam o corpo quando a batalha estava em curso.

Quando já havíamos nos acostumado com a esfregação, perguntei a Yves, com suavidade suficiente para que ele não me magoasse, com o susto:

— O que me queres dizer, irmão?

Estar às minhas costas, sem ver-me o rosto, provavelmente aliviou os temores de Yves, fazendo-o abrir seu coração de um jeito que nem mesmo ele esperava fazer. Da minha parte, também comemorei esse fato: não tinha certeza de que poderia olhá-lo nos olhos sem revelar-me completamente descontrolado, ainda mais agora que já sabia como minha própria alma funcionava, tendo imensa vergonha de minhas falhas e enorme vontade de vê-las resolvidas e bem encaminhadas. Yves começou a falar, em voz baixa:

— Não me sinto bem aqui, cavaleiro: não creio ter qualquer talento para a luta ou a cavalaria. Minha alma não crê em nada do que me dizem e mostram, e ter a Ordem do Templo como única e última alternativa para a minha vida a cada dia me fere mais. Eu desejei e sonhei outras coisas, quando ainda menino em minha terra, e nenhuma delas será jamais realizada.

— O que desejas então, meu irmão, que o fato de ser cavaleiro impede?

Yves deu um profundo suspiro:

— Ah, cavaleiro, não nasci para a destruição... cada vez que imagino que um dia terei que me transformar em uma arma de combate, pronto para destroçar carne e ossos de gente a quem nunca vi e por quem não nutro nenhum ódio, tremo de pavor. O Deus que me ensinaram a temer quando menino certamente me castigará, porque sempre me ensinaram a "não matar", mas aqui só ouço dizer que é em nome desse Deus que um dia matarei. E eu não o desejo, cavaleiro! Preciso saber a que Deus obedecer, porque o Deus que proíbe matar não pode ser o mesmo que manda matar!

Nesse momento, quem suspirou fui eu:

— Meu irmão, acredita, trata-se do mesmo Deus, em dois de seus infinitos aspectos, e nenhum deles forçosamente o verdadeiro. A idéia de Deus está acima e além da capacidade de entendimento dos homens, e cada um de nós o idealiza exatamente na medida de sua própria capacidade. Para um assassino e criminoso, Deus certamente comete assassinatos e perdoa crimes: para um ladrão, Deus não se incomoda com quem seja dono do que existe. Para um perjuro, Deus está adormecido e sequer presta atenção ao que fazemos. O verdadeiro Deus, Este só conheceremos quando deixarmos este corpo, e o encontrarmos face a face...

— Também crês nisto, cavaleiro? — A voz de Yves estava trêmula, atrás de mim. — Também esperas por um Deus que Se dê a conhecer na hora de teu passamento?

— É o único momento seguro e garantido em que isso acontecerá: todas as nossas dúvidas serão satisfeitas quando atravessarmos o Grande Portal da Morte. Por isso, recomendo-te que faças como eu e não te preocupes com elas: são a única resposta que terás com certeza absoluta, bastando que tenhas paciência suficiente para esperar por ela. Ela vem para todos, e não existe ninguém que não a receba.

O alívio de Yves foi flagrante: mesmo o toque de suas mãos se tornou diferente. Não estava de todo satisfeito, no entanto, como seu silêncio carregado me mostrou, fazendo-me perguntar-lhe:

— Ainda tens mais a dizer-me, meu irmão?

— Se não nasci para a destruição a que me querem obrigar, para que terei eu nascido? Sinto dentro de mim um certo presságio de uma existência futura, e se disser que não a temo, estarei mentindo, como meu coração trêmulo provará ao negar minha língua orgulhosa. E não falo daquilo que serei depois que morrer, mas sim daquilo que serei daqui a algum tempo, quando não estivermos mais no *Outremer*... não havendo mais necessidade de cavaleiros para combater, o que será de nós?

Essa era a pergunta que todos nos fazíamos: se perdêssemos o *Outremer*, que utilidade teríamos? Yves, um jovem cavaleiro, também partilhava dessa dúvida, nascida mais de seu coração pouco voltado para as lutas do que do entendimento do que se avizinhava. Eu, de minha parte, seguia sem hesitar as ordens que me davam, e continuava disposto a fazer isso até que meus olhos se fechassem, natural ou violentamente. Seria Yves assim como eu, ou teria em seu coração desejos que não podiam ser subjugados pela hierarquia? Estaria pronto a entregar-se ao combate para manter o poderio Franco sobre as Terras Santas, ou seria já o novo tipo de cavaleiro em que teríamos que nos transformar, caso fôssemos derrotados e a guerra terminasse, não restando lugar no mundo para os que viviam da e pela espada?

Não, isso seria impossível: o mundo em que vivíamos a cada dia que passava precisava mais e mais de lutadores, matadores, assassinos em nome de Deus, já que a posse de Deus era a disputa mais importante que havia. E pensar que existiam entre nós, como entre os que chamávamos de nossos inimigos, grupos de cavaleiros para quem só havia um Deus, impossível de ser disputado e tomado pelos fio das espadas, por ser o mesmo Deus para todos. Se eu era um deles, por pensar dessa maneira tão diferente do comum dos homens, quem sabe Yves não fosse também material adequado para fazer parte desse grupo? Virei-me e olhei-o nos olhos, que ele baixou quase que imediatamente: talvez ali dentro daquela face jovem estivesse um homem perfeito para fazer parte dos Verdadeiros Templários, ou então para dedicar sua vida ao erguimento do verdadeiro Templo, aquele que se enraíza em cada coração para frutificar no Universo.

Nesse exato momento, lembrei-me de uma frase de Nazimus, ainda em nossa aldeia: "Como um dia me ajudaram, hoje te ajudo, esperando que pagues o que faço por ti com teu auxílio a alguém que dele necessite. A melhor forma de pagar-se a Caridade é levá-la adiante, porque aí ela se torna eterna."

Era isso! Yves me caíra nas mãos para que eu, vencendo todos os meus preconceitos e mal-estares, cuidasse dele como Nazimus cuidara de mim, instruindo-o e preparando-o para um futuro onde ele contaria só com aquilo que sabia. Yves merecia essa chance, e, partilhando nós do mesmo sangue, teríamos que fazer o possível para sermos homens de mérito, independentemente de nossa linhagem, que como qualquer outra era coalhada de canalhas. Em nossa própria geração havia um deles, Raymond, seu irmão e meu primo, que nos espoliara a ambos daquilo que nos pertencia pela vontade e esforço de nossos pais.

Com certeza, eu tinha levado grande vantagem com a canalhice de Raymond: tornara-me coisa melhor do que seria se permanecesse em minha terra natal, assumindo a posse da herdade de Floyrac e vindo a ser mais um senhor de terras, labrego e solitário, quem sabe tratando meus descendentes com a mesma desfaçatez com que fora tratado. O discutível mal que me haviam feito se transformara em coisa boa, transformando-me em um homem melhor, e essa podia ser a chance de Yves.

Tudo isto me passou pela cabeça enquanto Yves se questionava sobre a utilidade da cavalaria, e antes que ele terminasse o pensamento, eu já me decidira: seria seu mentor, como Nazimus havia sido o meu, ensinando-lhe tudo o que sabia e dando-lhe o material de que necessitaria em sua vida daí em diante.

Virei-me para trás e olhei-o, com a certeza de estar fazendo aquilo que devia:

— Teu sangue te garante o direito de ser cavaleiro, irmão Yves: por que não ser o melhor cavaleiro que podes ser? Estabelece o teu próprio nível de excelência, em vez de tentar imitar os que se locupletam e exorbitam de seu próprio papel. Queres a minha ajuda? Podemos juntos tentar dar um sentido mais alto a isso que nos parece tão pouco valioso...

A face de Yves se iluminou, como se eu tivesse lhe apresentado o lendário Santo Graal: ele encontrara em mim um seu igual, no meio de tantos animais vestidos de cobiça e grosseria, nesse instante deixando de ser meu escudeiro ou ajudante para ser meu aprendiz, meu discípulo, meu verdadeiro irmão. Meu coração também se regozijou com isso, e já entramos na fortaleza discutindo como seria nossa prática daí em diante, para que ele tivesse o melhor aproveitamento possível do que eu tinha para ensinar-lhe.

O pior iludido é sempre aquele que se ilude a si mesmo: eu me esquecera de que vivíamos todos em Acre com tempo emprestado, depositando toda a nossa crença e esperanças em um tratado que não tinha nenhuma solidez, porque não se enraizava em nenhuma vontade real. Como sempre, eu tentava sinceramente ocultar meu coração de mim mesmo, sendo meu juiz, meu júri e meu carrasco, sempre pronto a me iludir através de sofismas ou de lisonjas, crendo-me mais poderoso do que efetivamente era. Os fatos que me cercavam não sustentavam nenhuma de minhas ilusões quanto ao futuro, mas me recusei a encarar essa verdade, e quando ela me foi esfregada na face com a violência de sempre, sofri duplamente, porque percebi que me enganara e me recusara a ver o que era inegavelmente a única verdade possível.

Três anos antes do desenlace em Acre, meu Grão-Mestre, Guilherme de Beaujeu, exigiu minha presença em sua sala, onde me perguntou, de chofre:

— És tu o Templário que sabe imitar?

Minha espinha se congelou como as neves do Atlas: pelo jeito, eu teria mais uma vez que me tornar quem não era para obedecer às ordens de meus superiores. Permaneci calado, apenas acenando afirmativamente com a cabeça. Outro Templário mais velho, a quem eu não conhecia, perguntou-me:

— Dominas a língua dos infiéis seguidores de Allah?

Acenei novamente que sim, e ambos sorriram: Guilherme de Beaujeu ergueu-se e me pôs a mão sobre o ombro direito, dizendo:

— Vamos precisar de teus talentos de imitador, irmão... como te chamas mesmo?

Nem mesmo meu nome sabiam: eu era apenas um peão em seu jogo, pronto a obedecer-lhes as ordens. Minha alma se debateu, diminuída, mas em minha face nada se refletiu: eu era um dedicado e disciplinado soldado do Templo, pronto a entregar-me ao que quer que meus superiores decidissem, se essa fosse sua vontade, já que a minha não existia mais, desde que eu a entregara a eles junto com minha fortuna e meus votos de pobreza, castidade e obediência monacal. Respondi, com calma e frieza:

— Chamo-me Esquin de Floyrac, irmão Grão-Mestre.

— Pois então, irmão de Floyrac, prepara-te: precisamos que sigas para Lataquia e te infiltres na corte de Qalawun. Os homens grados de Acre se recusam a crer no que lhes digo sobre a infinita cobiça desse homem, que foi capaz de matar os três filhos de Baibars só para tomar o poder sobre os *mamluqs*.

— Era antes disso apenas um *sheik* de Baibars chamado al-Malik al-Mansur, que dominava a região em torno de Tortosa, e que finalmente conseguiu retomá-la...

Quem assim falou foi o cavaleiro que o acompanhava, e Guilherme bateu a cabeça violentamente, concordando com ele:

— O canalha rompeu unilateralmente o tratado que eu assinei com Baibars, faz quase dez anos! Foi a partir desse ato incruento que ele se dispôs a tomar a liderança entre os *mamluqs*!

Guilherme de Beaujeu estava quase apoplético: cada dia que passava, com sucessivas notícias do avanço dos *mamluqs* sobre o território já exíguo que aos francos nos restava, infundia nos habitantes de Acre uma imensa má vontade para com Guilherme e o Templo do qual era Grão-Mestre. O Templário mais velho que estava conosco também não o respeitava muito: era um desses mal-criados cheios de soberba e certezas sem fundamento, e, como só se sentia capacitado ao combate mais incruento, rejeitava tudo que não fosse a sua especialidade:

— Teu grande erro foi teres aceitado a paz com Baibars, irmão Grão-Mestre! Não somos capazes de nada que não sejam a luta e o combate sem trégua... soldados não têm nenhuma utilidade em tempos de paz! Tornamo-nos seres sem valor algum quando perdemos o objetivo de nossas vidas! Somos soldados, não banqueiros! O que nos resta a fazer aqui em Acre? Cuidar de nossas riquezas, nossos ganhos, nossa política? Isso é uma vergonha para cavaleiros como nós!

— E o que eu deveria ter feito, irmão Jean-Philippe? Impor a quem não o desejava um constante estado de guerra, com a destruição de todos os seus bens e a possível perda de suas vidas? Eu escolhi a paz por saber que ela era o desejo de todos...

— Mas não podia ser o desejo do Templo! — O velho Templário tinha as veias da testa e da garganta saltadas. — O que nos tornamos? Banqueiros? Agiotas? Onzeneiros? Não é digno para um soldado, ou um monge como nós, tornar-se açambarcador das riquezas! Como podemos aceitar que o Templo cobre, daqueles a quem empresta dinheiro, mais de sessenta por cento de juros, quando até mesmo os banqueiros judeus só têm permissão para cobrar dezessete por cento?

Guilherme de Beaujeu sorriu:

— Acorda, irmão! Nosso poder hoje reside nas riquezas que possuímos e no controle que temos daqueles que nos devem! Se não fosse assim, como teríamos nos transformado nisso que hoje somos, a maior força política do mundo, com ligações em todos os lugares e ascendência sobre todas as sociedades, crenças e igrejas, até mesmo as de nossos maiores inimigos? Foi graças ao poderio financeiro que nos tornamos um poder verdadeiro, e hoje o ouro em nossas mãos corta mais que a espada!

Eu olhava para um e para outro, sem encontrar motivos para apoiar qualquer um dos dois. Minha única preocupação era a de estar sendo impelido para mais uma impostura, e a cada instante o medo de ser descoberto no seio do inimigo crescia mais, quase me sufocando.

O Grão-Mestre colocou sua mão em meu antebraço, como se me fosse dizer qualquer coisa, mas sua atenção ainda estava no irmão Jean-Philippe:

— Não nos basta ter bases provisórias aqui no *Outremer*, ou mesmo em Chipre, que ainda por cima dividimos com os Hospitalários: precisamos de um território só nosso, a exemplo do que os Teutônicos fizeram com sua *Ordenstadt*! Se eles hoje são senhores de quase toda a Prússia e quase todo o Báltico, por que nós, tremendamente mais poderosos que eles, não teremos nosso próprio território? O lugar até já está escolhido: seremos senhores de todo o Languedoc, que, mesmo tendo sido anexado ao Reino de França, ainda permanece livre da influência dos Capetos. É para isso que temos amealhado riquezas sem conta, a qualquer preço: seremos senhores de nosso próprio país, e mais tarde de todo o mundo! Ou o irmão se esqueceu que um de nossos votos é exatamente a imposição da Sinarquia sobre todos, como forma de livrar o Universo da influência deletéria de Reis e Papas?

— E o Grão-Mestre crê que os Capetos e todos os seus parentes nas casas reais de todo o mundo, e mais os Papas e seus Príncipes, permitirão que isso ocorra? Os Reis do mundo são todos uma família só, meu irmão, e os Papas e outros sacerdotes não permitirão que surja um poder que não os leve em consideração, ou pretenda estar à margem daquilo que representam! Os Teutônicos estão longe de seu poder, nas fronteiras do mundo! Nós estaremos no coração de seus territórios, afrontando-os diariamente com nossa presença!

— Nossa autonomia foi concedida pelo próprio Papado! Precisam de nós exatamente assim, independentes, para lutar pelo que é certo, antes de lutar pelo que lhes interessa! Quanto aos Reis, seu poder está por um fio: a consciência de seus súditos cresce dia a dia, e não tardarão os tempos em que o último Rei será enforcado nas tripas do último sacerdote...

O irmão Jean-Philippe se persignou: o Grão-Mestre parecia disposto a tudo, e, virando-se para mim, disse:

— Irmão de Floyrac, necessitamos que espiones a corte de Qalawun: não conhecemos ninguém que o possa fazer, e como um dia já fizeste esse serviço entre os soldados de Baibars, é preciso que o repitas, porque não podemos ficar no desconhecimento das intenções de nossos inimigos. Qalawun não pertence a nenhuma corrente política entre os muçulmanos, a não ser a sua própria, e um homem com pensamento independente costuma, nesses casos, ser mais problemático que qualquer outro. Consideras-te capaz dessa tarefa?

Quase lhe respondi não, mas não pude: desobedecer-lhe as ordens seria tomar posse de minha própria vontade, e eu já a tinha entregado em definitivo, pelos motivos conhecidos. Quem não dispõe de poder sobre sua própria consciência, como era o meu caso, acaba enfrentando momentos como esse, em que só lhe resta obedecer às ordens de seu superior, mesmo que isso signifique a morte. Por isso, sem dar nenhum sinal de meu desconforto, respondi, como se minha concordância fosse um ato de coragem:

— Estou às vossas ordens, irmão Grão-Mestre.

Dois dias depois, acompanhado por um Felício seriamente mais amedrontado que eu, deixei Acre em direção a Lataquia, vestido como um emir, dos muitos que ainda fervilhavam à nossa volta. Um deles havia morrido na semana anterior, e eu rezava para que a notícia não tivesse chegado aos ouvidos de Qalawun, pois decidira usar seu nome: al-Fakhri, tratando Felício como meu *vezzur*. Sendo apenas um Emir, sem tantas riquezas quanto um *sheik*, pude entrar em Lataquia no meio de outros emires tão ou mais pobres que eu, pelos conceitos de riqueza com que tinha me acostumado entre os Francos. Na verdade, acabei por descobri-los mais ricos que qualquer Rei, pois dispunham de imensa liberdade, a mesma que também concediam aos de suas tribos, permanentemente nômades, ainda que dispusessem de uma fatia de território definida pela tradição, onde se abrigavam nos tempos de colheita e tosquia. Nada os prendia a nada, e seguiam o sol e a natureza sem sofrimento nem dúvidas: quando surgia um *mahdi* como o fora Baibars, e agora este Qalawun, seguiam-no na exata medida de seus interesses pessoais ou de tribo, deixando-o de lado se essas necessidades não fossem respeitadas.

Entre tantos, eu me sentia igual: aparara minha longa barba de Templário até que ficasse como a dos muçulmanos, e mantivera a cara no sol durante toda a viagem, o que me tornara mais moreno do que já era. Com o *djellaba* que usava, os cabelos curtos ocultos pelo turbante e montado displicentemente no camelo que me haviam dado, estava bem parecido com um desqualificado chefe de uma tribo pouco importante. Felício, como *vezzur*, pouco falaria, apenas aquilo que seu pequeno conhecimento do árabe lhe permitisse dizer: a conversa, cuidadosamente mantida para descobrir sem me dar a perceber, seria de minha inteira responsabilidade.

No meio da planície, cercada por inúmeros soldados e outras tendas menores, estava uma gigantesca tenda octogonal, de altura quase inacreditável, em torno da qual um imenso remoinho de pessoas e animais se movia sem parar. Saltei de meu camelo apenas quando Felício já tinha saltado do seu e feito com que o meu ajoelhasse, enquanto eu mantinha o ar de poder que seria minha maior defesa. Dois guardas se aproximaram, mas Felício saltou à sua frente, gritando em árabe a frase que eu o fizera treinar durante toda a viagem:

— Saiam da frente! O poderoso Emir al-Fakhri está aqui para a reunião com o grande Qalawun, senhor de todos os muçulmanos!

Saltei graciosamente do camelo, como se não fizesse outra coisa em minha vida que saltar de camelos, e dirigi-me sem hesitar para os guardas, dizendo:

— Qala-wun? À-amel maaruf kudni la-honic...

Se os guardas não me levassem até Qalawun, como eu ordenara, eu passaria por sobre eles, tratando-os como se não existissem: mas ambos abriram caminho, e eu entrei na enorme tenda, sendo seguido de perto por um trêmulo Felício, e mais atrás pelos dois guardas, ainda inseguros. Ao entrar, ajoelhei-me ao solo, na direção do Oriente, batendo a cabeça em um dos inúmeros tapetes que cobriam a areia, saudando a Allah, a sua cidade sagrada, Mecca, e ao próprio Qalawun, que espertamente se sentara no Oriente da tenda, sobre um tablado mais alto. Ele percebeu meu cumprimento e acenou, imediatamente retornando ao assunto que estava discutindo, e gritando:

— Âna-má bidfa-á fáiez!

A quem Qalawun não pagaria juros? A algum agiota com quem empenhara sua palavra? Ele estava bastante irritado:

— Por que deveria cumprir o juramento que não fiz e o tratado que não assinei? Se os incompetentes filhos do grande Baibars não eram nem uma pálida sombra de seu pai, eu deveria me responsabilizar por seus equívocos? Nenhum dinheiro peguei com os Templários, porque não negócio com infiéis! Não desejo nem mesmo pagar o que devo, quanto mais os juros escorchantes que eles impõem a todos os que se arriscam a fazer negócios com eles!

O poderio bancário do Templo na região ainda era imenso, e mesmo os inimigos dos cristãos dele faziam uso, principalmente quando seus negócios, envolvendo transporte de bens e pessoas, necessitavam estar assegurados de alguma maneira, para que nenhum prejuízo fosse insuportável. O Templo se encarregava disso desde muito antes que surgissem no mundo os banqueiros judeus e italianos, que trabalhavam severamente submetidos às leis da usura impostas pela Igreja de Roma. O Templo, no entanto, como só precisava reportar-se ao próprio Papa, não devendo obediência a ninguém e vivendo de acordo com leis que os próprios Templários haviam estabelecido, agia como bem entendia nas questões financeiras, cobrando os juros que achasse mais adequados. No *Outremer* não havia ninguém que dispusesse de riqueza suficiente para financiar os dez anos de trégua, a não ser o tesouro do Templo, e por isso até mesmo Baibars e seus filhos tiveram que recorrer aos préstimos bancários dos inimigos, tornando-se seus devedores, por mais que isso os incomodasse, como acontecia agora com Qalawun.

A assembléia urrou em concordância com ele, e eu os imitei: o jogo de Qalawun era bastante claro, para quem não estivesse sob seu domínio. Como em outros tempos, ele insistia em criar animosidade entre muçulmanos e cristãos, para justificar a retomada de seu poder, com a quebra do tratado de paz.

— Sem mim ninguém teria retomado o Cairo! Quando Sonqor al-Ashqar não quis me reconhecer como senhor do Egito, eu o derrotei em Dimashq, e ele teve que se curvar a meu poder! Os mongóis ainda estão tentando se unir aos francos contra nós, e ninguém me convence de que o ataque deles a Alepo não teve a mão dos cavaleiros!

Um emir a meu lado gritou:

— Os Templários não aceitaram, mas os Hospitalários fecharam um acordo com os mongóis, em troca de mil homens! Quando essas forças se juntam com as forças dos Armênios, os nossos problemas aumentam! Eu estava lá, e posso testemunhar!

É sempre assim: quando a paz está por um fio, os canalhas surgem de todos os buracos possíveis, tentando ganhar alguma vantagem: os Hospitalários tinham se comprometido com Ilkhan dos mongóis, não sei em nome de quê, e por isso enfrentaram a ira de Qalawun, ali no território da Síria. Qalawun se ergueu das almofadas e, pondo as mãos para o céu, bradou:

— Já pus para correr os porcos brancos do Hospital! Antes de tomar Lataquia, fiz questão absoluta de desalojá-los de seu castelo em Marqab! E quem diz que lhes ofereci bons termos de rendição, recordo a todos o prazer que demos a Allah ao fazê-los deixar sua fortaleza sem nada levar de seu, a não ser suas armaduras! Todo o equipamento de sua infantaria ficou para trás, e nós o temos usado muito bem!

Uma imensa gargalhada tomou a grande tenda, e Qalawun, com a assembléia em suas mãos, disse suavemente, quase num sussurro:

— Se já nos livramos dos Hospitalários, por que não nos livraríamos dos Templários? Basta acreditar que, se não pagarmos o que lhes devemos, ficarão infinitamente mais pobres do que podem suportar...

e sem aliados! Sua turronice não lhes permitirá nunca unir-se a quem quer que seja contra nós: consideram-se ungidos por seu deus, e essa soberba infinita será a garantia de sua derrota e destruição! Não serão capazes de nos derrotar, porque somos mais fortes que eles!

O *vezzur* de Qalawun ergueu a voz:

— Oh, pai de todos os fiéis, se desejares tomar Trípoli, o momento é agora: Lucia não quer a coroa, Sybilla não é aceita pelos tripolitanos! Embriaco de Jebail, irmão de um homem que Bohemundo decapitou, já nos mandou inúmeras propostas de aliança para que juntos tomemos a cidade!

Qalawun, teatralmente, cofiou a barba, como se uma grande idéia lhe tivesse ocorrido naquele momento:

— Mas é a oportunidade que eu esperava para quebrar o acordo feito com Odo de Poilechen, prometendo-lhe não atacar Trípoli: se minhas tropas ajudarem um franco a tomar o poder, ninguém poderá me acusar de ter rompido a hegemonia dos francos em Trípoli, como rezava o tratado... que grande oportunidade Allah nos concede!

A grande assembléia, eu inclusive, erguemos nossas mãos para o céu e depois nos ajoelhamos, colocando nossa face no solo, enquanto nossas bocas proferiam loas a Allah: Qalawun, sem dúvida, havia conseguido unir todos os muçulmanos em torno de sua vontade, e a ruidosa oração que tomou conta da grande tenda era prova disso.

A comemoração que se seguiu foi gigantesca, e cada emir se postou à frente de Qalawun para declarar seu apoio e nominar a quantidade de combatentes de suas tribos que o seguiriam no ataque a Trípoli. Aproveitei a escuridão da noite e a alegria dos fiéis de Allah para, sorrateiramente, deixar o acampamento junto com Felício, depois que em frente a toda a assembléia ofereci a Qalawun meus préstimos e mais ou menos uns cinqüenta combatentes a cavalo, exatamente aqueles que não possuía, mas que serviram para que Qalawun me concedesse sua bênção. Se alguém estranhasse minha partida, eu sempre poderia alegar ter que voltar imediatamente para minha aldeia nômade a fim de juntar os homens necessários para o ataque a Trípoli.

Nada de estranho se deu: eu era apenas uma pedra de pouca importância no xadrez de Qalawun. Trilhamos o caminho entre a planície de Lataquia e a cidade de Acre com a maior rapidez possível, pois meu

Grão-Mestre tinha que saber do ataque iminente a Trípoli, e, quem sabe, tomar alguma atitude quanto a isso.

Quando entrei em Acre, fui imediatamente até o alojamento do Grão-Mestre, que me recebeu de dalmática e com um lenço enrolado na cabeça, por causa de uma dor de dentes. Narrei-lhe minha curta mas proveitosa estada entre os *mamluqs*, e ele ficou boquiaberto, tremendo de raiva, descontrolado não apenas por causa das notícias, mas também com o sofrimento pelo qual estava passando:

— A desfaçatez de Qalawun é intolerável! Teremos agora que arcar com o prejuízo por termos colaborado com todos que necessitaram de nós? Os imbecis que se consideram senhores das cidades ameaçadas só se dão conta do que lhes acontecerá depois que já aconteceu! Não importa quantas vezes eu os avise, não importa quantos esforços eu faça para defendê-los, permanecem em sua posição cristalizada, e só sabem reclamar que não os ajudamos, depois que já perderam tudo o que tinham!

Achei melhor dar-lhe minha opinião:

— Irmão Grão-Mestre, não importa o que pensem de nós: creio que devemos tomar alguma atitude em relação a esse iminente ataque a Trípoli. Seus habitantes devem ser avisados, e a autoridade do Templo, usada para convencê-los a tomar alguma atitude defensiva! Eu, de minha parte, mesmo com risco de minha vida, me disponho a continuar sendo o Emir al-Fakhri, se isso servir para salvar nossos compatriotas.

Guilherme de Beaujeu sacudiu a cabeça, desconsolado:

— Vou insistir, meu irmão, mesmo sabendo que os comerciantes de Trípoli não acreditarão em mim, porque preferem crer em seus negócios com os *mamluqs*. Tornaram-se dependentes deles, e agora não conseguem pensar em viver sem comerciar com eles. Se nós, que apenas financiamos seus negócios, estaremos em palpos de aranha por não receber o que eles nos devem, imaginem-se os comerciantes que contraíram dividas e contrataram bens vendáveis, perdendo de uma só vez seus fregueses e seu mercado...

— Irmão Grão-Mestre, será que nem mesmo se eu lhes der um depoimento pessoal, garantindo ser testemunha viva dos fatos, alertando-os para o que os espera?

— Duvido que creiam em ti mais do que crêem em mim, irmão de Floyrac. — Um suspiro de desalento tomou todo o corpo de Guilherme de Beaujeu. — Mas é meu dever tentar: terias a coragem de me acompanhar até Trípoli, e lá te apresentares como o Emir al-Fakhri, contando tudo o que me contaste?

Não tive dúvida em dizer que sim: se eu iludira os muçulmanos e até mesmo ao próprio Qalawun, porque não iludiria também aos cristãos de Trípoli?

Partimos para Trípoli em caravana, cercados por sargentos-de-armas, o Grão-Mestre, dois de seus auxiliares mais chegados, e eu, vestido como o emir que impersonara, e em completo silêncio, não fosse minha voz estragar o truque. No porto de Acre, embarcamos em uma nave do Templo, um buque de dois mastros, com os castelos de popa e proa bastante mais altos que o centro da nave, no qual nos abrigamos da melhor maneira possível, junto com nossas montarias e cargas pessoais. Meu camelo ficou afastado das outras montarias, e eu junto com ele, para não correr o risco de me revelar. O único Templário que falava comigo era o Grão-Mestre Guilherme de Beaujeu, e de certa maneira urdimos uma linha de argumentação para o convencimento dos poderosos de Trípoli, insistindo em salvá-los, mesmo contra sua vontade expressa.

As velas quadradas com a gigantesca cruz Templária se enfunaram e empurraram o buque para o mar: costearíamos pela margem do Mediterrâneo, rumo ao norte, tomando o caminho marítimo como forma de nos livrarmos das hordas de *mamluqs* que já dominavam todo o caminho entre Acre e Trípoli. Se tentássemos ir por terra, armados como estávamos, talvez tivéssemos que enfrentar uma escaramuça e, com ela, perder o objetivo de nossa viagem. Trípoli ainda dominava o porto, defendida no lado da terra pelas enormes fortificações que outros antes de nós haviam erguido: pude perceber, quando dela nos aproximamos, a mão dos Filhos de Salomão, pedreiros como eu. A viagem nos tomou poucas horas, porque o vento nos foi favorável, e quando fundeamos no porto de Trípoli, a cidade tripla tornada única pelos cruzados que a tomaram em 1109, queimando sua maior riqueza, a biblioteca Dar il'ilm, fomos recebidos com narizes torcidos pelos que estavam no porto: a imagem pública dos Templários na cidade de Trípoli não era mais grande coisa. Deixamos alguns guardas no navio, ancorado bem em frente à

Ilha das Palmeiras, não fossem os freqüentadores daquele lugar atacá-lo e desmanchá-lo só por picardia, e nos dirigimos pelas vielas acima, num caminho quase em espiral, até o castelo de Raymond Saint-Gilles, erguido pelo Cruzado no século XII, imponente como se tivesse acabado de ser construído, onde os homens grados e os Cruzados que ainda viviam na cidade se mantinham reunidos, urdindo seus delirantes planos econômicos em detrimento de sua segurança. Passei a mão pelas paredes, reconhecendo a cantaria de meus irmãos dos Filhos de Salomão, ali perpetuada já havia cem anos e Deus sabe por quantos séculos mais. Eu estava em casa, mesmo disfarçado sob as vestes e o personagem do emir.

Não havia mulheres à vista, mais uma vez: o mundo em que vivíamos era um mundo exclusivamente de homens, do qual as mulheres só participavam para servir e procriar, sem que sua vontade pessoal fosse sequer levada em conta, havendo mesmo quem dissesse que mulheres não tinham outra vontade que não fosse a dos homens que as possuíam. E no entanto, quando entramos na sala, o que estava em discussão era a necessidade de que a Rainha Lucia aceitasse a coroa de Trípoli antes que uma outra pretendente, Sybilla, insistisse em tomá-la e até conseguisse apoio para seus intentos.

Quando entramos na sala da assembléia, Guilherme de Beaujeu à frente, e eu cercado por um poderoso círculo de soldados do Templo, todos armados e em ordem unida, o espanto dos poderosos de Trípoli foi imenso. Um desses tripolitanos, cheio de empáfia, gritou:

— Mas o que é isso? O inimigo agora tem entrada livre em nossas assembléias?

Guilherme de Beaujeu, calmamente, perguntou:

— A que inimigo te referes, mercador? A este emir que veio até Trípoli prestar-te um favor?

— Não quero favores de infiéis! Desejo apenas que morram!

— Mas não sem que antes paguem o que te devem, não é verdade? Sou testemunha de que não existe um homem nesta sala que não seja credor de um *mamluq*, porque entre vós não existe quem não tenha, nos últimos dez anos, comerciado com esses a quem tu chamas de inimigos! Ou te referes a mim, mercador, considerando que os Soldados do Templo sejam teus inimigos?

O tripolitano, rubro de ódio e vergonha, cuspiu:
— Não é difícil chamar o Templo de inimigo, senhor cavaleiro... com vossa crueldade e usura, vossa impaciência e incompreensão, vossa incompetência e inutilidade, o Templo hoje se mostra como o que sempre foi: um grupo de cavaleiros francos dispostos a tomar o poder pela força de suas armas, e mantê-lo assim até que todos tenham se locupletado com as riquezas alheias...

Os sargentos do Templo, em um só passo, avançaram, apontando suas espadas para a assembléia, que não reprimiu um gemido de medo. Guilherme de Beaujeu, no entanto, ergueu o braço e disse:

— Acalmai-vos todos, imediatamente: aqui estamos em nome da paz e para salvar os homens e mulheres de Trípoli. Se não tivesse graves notícias a dar, por que viria até este lugar, sabendo das coisas que Trípoli tem divulgado sobre o Templo e meus irmãos? Minha obrigação será cumprida, ainda que não lhe seja dado o real valor: o Emir al-Fakhri tem uma grave denúncia a fazer... E eu o trouxe até vós para isso!

O ar estava cheio de escárnio quando eu me adiantei, saudando a assembléia à moda árabe, e vários homens grados de Trípoli se benzeram, como se assim pudessem afastar o demônio que eu certamente invocara com minha saudação. Minha voz, eu a fiz ficar grave e sussurrada, falando um francês carregado de sonoridades do árabe, para que ninguém reconhecesse por debaixo daqueles trajes um cavaleiro Templário: se eu fosse revelado, o mal-estar contra o Templo ficaria maior ainda. Respirei fundo, e disse:

— Somos todos crentes no Deus Único, senhores, e na Paz como seu mais importante atributo. É o que me traz até vós. Qalawun, que se arroga o título de Pai de Todos os Verdadeiros Fiéis, está rompendo o acordo que foi feito há quase uma década, e, depois que sitiou e tomou Lataquia, volta seu olhos para Trípoli, uma cidade sem Rei nem deus, como ele mesmo a chama, desejando tê-la em sua posse.

Gritos de todos os tipos me cercaram, e alguns dos homens ali presentes chegaram a apostrofar-me, sacudindo seus punhos em minha direção. Não reagi: aguardei que se acalmassem um pouco, antes de continuar:

— Quantas cidades faltam em sua coroa, das que estavam definidas no acordo? Se Trípoli cair, ele certamente atacará Acre.

O tripolitano sacudiu a cabeça, com ódio:

— Que caia imediatamente, antes que caiamos nós! Esse Qalawun não tem nenhum poder, pois só tomou Lataquia depois que um terremoto rompeu as suas fortificações! Trípoli é outra conversa, e se os de Acre o temem, que o temam, já que nós não o tememos de modo algum!

— Qalawun é lixo árabe, e eu o destruirei e salvarei Trípoli! Se ela tiver que ser a jóia de alguma coroa, que seja da minha!

Quem assim falou foi um sujeito de grande tamanho e pior catadura, um verdadeiro urso, esmurrando a mesa à sua frente, que depois vim a saber ser Bartolomeu Embriaco de Jebail, o irmão de Guy de Jebail e inimigo de Bohemundo, a terceira força a desejar ser senhor da cidade de Trípoli. O tripolitano que tinha falado antes, e que estava do outro lado da sala, gritou:

— Cala-te, Embriaco! Tu fizeste um acordo com Qalawun, e se ele o mantiver, tu te sentarás no trono de Trípoli como seu fantoche!

Embriaco ficou pálido, e depois sua face foi-se tornando purpúrea, até que seus olhos se injetaram de sangue: ele desembainhou violentamente a espada, e, passando por cima de tudo que lhe estava à frente, avançou para o tripolitano, que se escondeu por trás de seus pares, vendo o espadagão de Embriaco passar-lhe por sobre a cabeça várias vezes, até que os partidarios de Embriaco o acalmaram e levaram de volta a seu lugar, gritando:

— Quem mais me acusa de traição? Quem mais me acusa de ser fantoche de Qalawun? Que se apresente, e enfrente minha santa ira!

Guilherme de Beaujeu, dando um passo à frente, disse:

— Acalmai-vos, cavaleiros! Vossas disputas pessoais não interessam ao Templo! Viemos até aqui trazendo uma testemunha dos desejos de Qalawun apenas para salvar-vos de um destino aziago! Era melhor que crêsseis em mim e neste árabe que veio vos avisar de vosso destino mesmo à custa de sua própria vida! As possessões dos francos não devem cair em mãos dos *mamluqs*, porque existe um acordo, e ele deve ser mantido!

Um outro tripolitano muito gordo se ergueu e falou, com voz muito fina:

— É o que tu queres, porque é o que te interessa, Templário! Esse acordo, foste tu mesmo quem o inventaste e assinaste, levando-nos a uma paz desonrosa apenas para manter o poder do Templo sobre a Palestina! Se ele se romper, o que perderás? Tua vida? Tuas riquezas? Teu Templo? És o maior intrigante de todos os que já passaram por este lugar, e nós não cremos mais em ti!

A gritaria contra Guilherme se tornou imensa, com alguns homens se erguendo e o invectivando até mesmo com palavras de baixo calão. O Grão-Mestre se manteve sem mover um músculo, a postura tranqüila: mas eu sabia da tempestade que lhe ia no íntimo. Quando os homens de Trípoli, vendo que ele não reagia, se calaram, ele disse:

— Eu não tinha qualquer dúvida de que seria essa a vossa reação, mas não podia agir de outra forma. Quando Qalawun estiver às vossas portas, matando vossas mulheres e crianças, queimando vossas propriedades e vos escravizando, a lembrança deste dia certamente vos virá à mente: mas aí já será tarde demais. Desejo-vos a todos um futuro auspicioso, à vossa própria custa.

Guilherme de Beaujeu virou-se repentinamente, saindo da sala em passo firme e cadenciado, enquanto os sargentos do Templo, ladeando-me, seguiram-no para fora da sala, ouvindo a voz do tripolitano gordo, que lá dentro gritava com todas as forças de seus pulmões:

— Não nos rogues tuas pragas, Templário! Tu não tens nenhum poder de fazer o futuro a teu bel-prazer! Não tememos tuas feitiçarias nem o teu dinheiro, Templário! Desaparece daqui!

Descemos as ruas em espiral de Trípoli como as havíamos subido, em total silêncio. O povo nas ruas nos acompanhava com os olhos, partilhando da mesma má vontade que seus líderes nos haviam mostrado, demonstrando isso com cusparadas certeiras que atingiam o solo a distâncias mínimas de nossos pés. No porto, nosso navio estava cercado por gente de todas as cores e tamanhos, os soldados em posição de defesa, alguns deles muito assustados pela multidão que crescia em número e agressividade. Rapidamente desatamos as amarras do buque, ajudando com longos remos a saída do porto, deixando para trás Trípoli e sua população, que não nos desejava nem como visitantes. Havíamos perdido tempo e energia, inutilmente.

A viagem de volta não foi tão rápida, por causa de um vento meio contrário, mas quando o sol se pôs, estávamos de volta a Acre, galgando as ladeiras do porto e finalmente entrando na fortaleza Templária, onde

Guilherme de Beaujeu, mudo durante toda a viagem, fez um único comentário, que eu pude ouvir por estar a seu lado:

— Estão condenados, os de Trípoli...

Visitei meus irmãos nos Filhos de Salomão no dia seguinte: as obras e o trabalho seguiam como sempre, mas havia no ar uma insegurança que quase se podia pegar com as mãos. Podia ser fruto de minha própria sensação, depois da rejeição pela qual passara em Trípoli: mas eu não era dado a impor ao mundo em que estava as emoções pelas quais minha alma transitava, sabendo bem a diferença entre o real e o imaginário. Minha intuição, que eu usava sem hesitar a todo momento, me deixava um gosto amargo na boca: e sendo o fígado o lugar onde as emoções se acumulavam, era natural que assim estivesse acontecendo.

Eliphas e Ayub, cercados por desenhos e cálculos, se agitavam por todo o espaço coberto pela tenda de campanha: as mesas regurgitavam com papéis traçados que destacavam as necessidades permanentes das obras que tocavam. Olhando para os dois, percebi-os pela primeira vez mais envelhecidos e cansados do que em qualquer outra ocasião, e me perguntei se eu não estaria igualmente esgotado e envelhecido. Ao me ver, os dois tiveram um movimento de alegria, mas imediatamente, recordando-se de suas tarefas, voltaram a elas como se eu ali não estivesse. Perguntei-lhes, sem saber que estava tocando em um vespeiro:

— E então, irmãos? Como vai a torre de Eduardo?

Os dois, em uníssono, deram um grito tão idêntico, que me pareceu ensaiado, jogando as mãos para o céu. Ali certamente estava um grande problema:

— Nunca ficará pronta, irmão Esquin: a cada dia descobrimos uma nova falcatrua feita com o dinheiro que foi reservado para ela, porque os contabilistas de Acre são muito criativos na hora de fazer desaparecer a riqueza, mas nem um pouco competentes na hora de recuperar o que sumiu! — Eliphas estava possesso. — Que outro nome podemos dar a eles, além de ladrões?

— No mínimo, o de desonestos! — Ayub manipulava nervosamente as suas pedras. — Um sujeito que troca vantagens permanentes para todos por vantagens temporárias para si mesmo... E nos olham na cara sem nenhuma vergonha, enquanto nos dizem que dinheiro havia, mas acabou...

O FIM DO TEMPLO

— Se te disserem que um desonesto não te olha nos olhos quando mente, não creias, irmão! Se tiverem alguma vantagem a amealhar com isto, te olham fixamente, com o ar mais inocente do mundo... e o pior é temer que haja irmãos envolvidos no golpe!

Sentei-me, desnorteado com o que Eliphas dissera: então até mesmo entre os Filhos de Salomão havia desonestos?

— Foi por isso que se recusaram a deixar os fundos para a construção da Torre em posse do Templo, alegando juros escorchantes... mas pelo menos não teríamos surpresas deste tipo!

— Meu irmão, como pode haver irmãos envolvidos nisto? — Eu não conseguia crer naquilo que ouvia, e Ayub me disse, filosoficamente:

— Aquele que rouba a seu irmão ou a seu amigo, acaba por roubar a Deus, e eles sabem disso. Essa é a maldição de tudo que não for honestamente conseguido: o que se rouba nunca mantém seu valor, porque o mesmo equívoco que os leva a roubar, sem pensar no que fazem, os leva a gastar sem qualquer cuidado. Somos todos homens, com defeitos e qualidade humanas, e nenhum de nós esta livre de cair em erro, a não ser que esteja movido por uma vontade férrea.

— O homem que não pode roubar de nada vale, meu irmão. — Eliphas estava quase chorando. — O homem de valor é sempre aquele que pode roubar mas não o faz porque escolhe não fazê-lo...

Eu precisava aliviar o coração pesado de meus irmãos, e portanto lhes disse:

— Calma, irmãos; pensai que Deus escreve sempre o que deve ser escrito, e que, no fim de tudo, tudo está perfeito. Se não erguermos essa torre, muito provavelmente é porque ela não deveria ser erguida. Quem sabe se, sendo erguida, ela não seria derrubada logo a seguir?

Os dois me olharam com curiosidade, como se eu estivesse lhes dizendo algo que não fizesse sentido, e logo depois como percebendo que eu soubesse algo que eles não sabiam. Não tive como me eximir: contei-lhes minhas duas aventuras como o Emir al-Fakhri, no acampamento de Qalawun e na cidade de Trípoli. Os dois ficaram boquiabertos não só com minha ousadia, mas principalmente com os fatos que lhes narrei, e tremeram de medo quando lhes disse que, depois de Trípoli, chegaria invariavelmente a vez de Acre.

— Por Allah! — Ayub ergueu os olhos para o céu. — Perderemos tudo que aqui erguemos e até mesmo nossas vidas?

Eliphas jogou ao chão o papel que tinha na mão, sentando-se à mesa, emburrado, como uma criança a quem tivessem negado algo que ela desejava muito. Pôs a cabeça entre as mãos, ocultando-se do mundo, e, depois de um tempo, ergueu a face, o maxilar contraído num ar de forte decisão:

— Para mim, nada mudou: continuaremos a fazer o que vínhamos fazendo, sem nada interromper. Nosso compromisso deve ser mantido a qualquer preço, custe o que custar...

— Isso não faz sentido, Eliphas: se sabemos que o mal se aproxima, por que fingir que ele não existe? — Ayub manipulava nervosamente sua pedrinhas brancas e negras. — Por que jogar-se no fogo por vontade própria?

Eliphas socou a mesa:

— Porque é a única saída que nos resta, se desejamos preservar nossa integridade! É preciso firmeza para enfrentar o mal, não importa que formas ele assuma!

— Tua firmeza é apenas obstinação, Eliphas! É preciso humildade para entender o que não se pode mudar, e sem humildade nos tornaremos apenas pedras brutas sem utilidade! As coisas mudam, meu irmão, e nós com elas: por que deveríamos nos aferrar ao que já deixou de ser, desaparecendo junto com o que não mais existe?

Eliphas pôs as mãos na face e chorou, desconsoladamente: Ayub se aproximou dele e o abraçou, os olhos também marejados. Eu nada disse, porque nada tinha a dizer: havia sido o portador das más notícias, e, mesmo sem ter qualquer certeza delas, percebia que um tempo havia terminado e que outro tempo se iniciaria, muito diverso deste único que conhecíamos.

Nessa mesma noite, antes de dormir, abri o saco de veludo vermelho onde descansavam as lâminas de marfim nas quais as gravuras do livro-mudo de Nazimus haviam sido copiadas. Quem sabe ali eu não encontrasse uma resposta, uma indicação de rumo, uma idéia que nos permitisse atravessar o abismo que se descortinava à nossa frente? Olhei a lâmina que o acaso havia colocado à minha frente: era a dA Estrela, uma mulher nua derramando em um lago azul como seus cabelos a água que brotava infinitamente de dois vasos vermelhos que ela trazia, um em cada mão, enquanto que no céu acima de sua cabeça cintilavam inúmeras estrelas de todas as formas e cores. Por um instante, minha mente ficou vazia, sem que eu soubesse o que aquilo significava, já que nenhuma idéia me vinha à mente. Olhando para o alto da lâmina, vi a letra *peh*, e subitamente recordei-me de que uma outra lâmina trazia também esses dois vasos que vertiam água: era a lâmina dA Temperança, onde uma outra mulher, talvez um anjo, vertia esta água de um vaso para outro. Aqui, no entanto, a água era derramada no lago ou mar à beira do qual essa mulher se ajoelhava, escoando em outro meio o que antes era preservado.

A compreensão me veio vagarosamente: estávamos à beira de uma transformação, onde tudo o que era velho se desfaria e se tornaria outra coisa, outra vida, outra realidade. Ao fundo, um pássaro estava pousado sobre um ramo de acácia, a sempre-viva que era tão cara aos Filhos de Salomão, e ela me dizia que mesmo nos piores tempos sempre existe alguma coisa que sobrevive. Passaríamos por tudo o que se avizinhava, e nos tornaríamos outra coisa, porque a vida continuaria existindo dentro de nós.

Podia ser uma esperança vã? Sem dúvida: mas minha intuição dizia que não. Eu me tranqüilizei quanto ao destino: os acontecimentos viriam e passariam, e eu sobreviveria a eles na medida em que fizesse a escolha certa. Se me enganasse, seria simplesmente derramado no grande mar do Universo, desfazendo-me nele como tantos outros já se haviam desfeito: mas se fizesse a escolha certa, me transformaria no dono dos vasos, no senhor da água, quem sabe até mesmo na estrela que ali brilhava. Era preciso que eu finalmente amadurecesse e me tornasse um verdadeiro homem, capaz de enfrentar todas as vicissitudes da vida.

Os muitos dias que se seguiram não foram tão difíceis quanto eu esperava: a tranqüilidade que a lâmina me dera continuou em mim por muito tempo, inclusive no dia em que, cuidando da defesa de nossa fortaleza e preparando-a para receber toda a população de Acre em caso de invasão, chegaram notícias do ataque de Qalawun a Trípoli. Foi Felício quem me narrou os acontecimentos: sua memória prodigiosa era capaz de guardar tudo, nos seus mínimos detalhes, e ele me relatou o que lhe haviam contado como se lá tivesse estado:

— Trípoli não existe mais, mano: a falta de consciência dos tripolitanos os fez perder tudo o que mais amavam...

— Então é verdade?

— A mais absoluta! Os mercadores que chegaram hoje a Acre estavam trêmulos de pavor, porque a destruição foi tão completa que as escarpas antes cobertas de casas hoje estão vazias e sem nada que oculte as pedras: as fortificações, as torres de defesa, os muros, as próprias pedras do piso foram reviradas e espalhadas pelos *mamluqs* de Qalawun. Sabes que a visita que fizeste teve algum efeito, ainda que tardio?

— O que me dizes, Felício? — Eu não podia levar a sério a afirmativa de meu mano. — Se tudo foi destruído...

— Mas, depois de tua visita, alguns tripolitanos perceberam que havia uma possibilidade de engano, e finalmente aceitaram Lucia como sua Rainha. A coitada veio da Europa apenas para, alguns dias depois, tornada Rainha, ter que fugir da cidade sitiada. Deve ter-se arrependido muito. Qalawun atacou Trípoli pelo lado de terra, deixando o porto de mar sob controle dos cristãos, o que apenas adiou o inevitável final.

Era um método muito usado pelos *mamluqs*, o ataque pela retaguarda, empurrando os vencidos para o mar: no caso de Trípoli, os habitantes devem ter rolado pelas encostas, até cair na água. Felício continuou:

— Não me falaste de Embriaco? Que grande traidor! Quando Lucia foi eleita Rainha de Trípoli, ele se uniu secretamente a Qalawun, contando com seu apoio para tomar a coroa da cabeça da Rainha!

— Mas todos sabiam disso! O assunto surgiu na reunião em que estive...

— Saber, sabiam: só não queriam acreditar... foi preciso que vissem Embriaco lutando lado a lado com Qalawun, para entender que sua desconfiança procedia. Mas ele nada auferiu com sua traição: quando os *mamluqs* derrubaram as torres e as muralhas, invadindo Trípoli, os primeiros a ser massacrados foram exatamente Embriaco e seus homens, mostrando aos tripolitanos que ninguém se salvaria. Os venezianos e logo depois os genoveses, com seus navios, fizeram-se ao mar, deixando para trás a população da cidade, que não tinha mais como fugir. E os homens de Qalawun não mostraram nenhuma misericórdia. Lucia conseguiu fugir, e o dia 26 de Abril, dia dos santos Cleto e Marcelino, será sempre lembrado por ela como o dia em que perdeu seu reino, ainda que não tenha perdido sua vida.

Meu espírito se confrangeu: eu tentara, mas nada pudera fazer por esses homens, porque minha impostura, por melhor que tivesse sido urdida, nenhum fruto dera.

— Todos os homens foram mortos, mano, todas as mulheres e crianças aprisionadas para serem vendidas como escravos... — Felício estava chocado com a violência. — Um pequeno grupo que conseguiu fugir para a Ilha das Palmeiras, em frente ao porto, foi caçado sem trégua e também massacrado. E depois que todos morreram, Qalawun iniciou a metódica derrubada das muralhas, construções, casas, para que nunca mais qualquer cristão pudesse viver em Trípoli...

Ficamos um tempo em silêncio, eu e Felício, cada um pensando nos milhares de almas que haviam perdido suas vidas e liberdade, porque não queríamos encarar aquilo que se avizinhava, Qalawun havia dito com clareza: "Se já nos livramos dos Hospitalários, por que não nos livraríamos dos Templários?" Estaríamos daí em diante, na cidade de Acre, aguardando o momento em que Qalawun, sequioso de destruição, viesse nos atacar. Em sua alma havia ódio, como acontece com todas as almas pequenas, tornando-se esse sentimento mesquinho a loucura do coração, e tão profundamente enraizado que faz preferir a morte a qualquer proposta de reconciliação ou perdão.

Se eu pudesse odiar meus próprios vícios e defeitos com essa intensidade, certamente seria um homem melhor: mas não o conseguindo, por estar completamente envolvido em covardia e medo, só me restava preparar-me para o combate que não me era caro. As lutas eram como o fogo, queimando enquanto houvesse matéria a ser extinguida, e nem assim se extinguindo, pois não há maior certeza na vida do que o ódio por aqueles a quem se venceu. E eu, que nem a mim mesmo havia vencido, certamente me odiaria, quando o fizesse.

Capítulo 15

1308

Arrastei meus passos o mais lentamente que pude, sentindo-me em um desses pesadelos onde se quer andar para fugir de algo que nos ameaça mas as pernas não obedecem. No caso, o perigo estava à minha frente, e as pernas me obedeciam, porque era pelo desejo de meu coração que tentava não chegar a meu destino, temendo-o mais do que a qualquer outra coisa na vida. Como no paradoxo de Aquiles e a tartaruga, que Ayub me ensinara, quem sabe se eu, vencendo a cada passo a metade da distância vencida no passo anterior, nunca chegasse a meu objetivo, estando para sempre longe dele. Mas isso não era possível: no mundo real, as distâncias são perfeitamente mensuráveis, e a cada instante eu ficava mais perto do lugar terrível aonde devia chegar.

O sudário que eu encontrara na câmara secreta do Templo, eu o mantinha comigo, dobrado dentro do saco que sempre carregava: não conseguia ficar longe dele mais do que poucos instantes, sem saber por que motivo isso acontecia. Talvez estivesse depositando nessa mortalha algum poder mágico simplesmente por tê-la encontrado em local secreto dentro do Templo, sem qualquer outra razão.

O FIM DO TEMPLO

Depois das manobras de digressão que eu sempre fazia para defender minha identidade, estava trilhando as ruas de Paris, a pé, em direção ao encontro com o Grande-Inquisidor. Na minha mente, as palavras de meu Grão-Mestre Jacques de Molay soavam em repetição infinita: "Se um dia nos reencontrarmos, já no fim de nossa tarefa, que nos tratemos como verdadeiros inimigos." Eu certamente o veria, cara a cara, e teria que fingir-lhe um ódio que estava longe de ser verdadeiro, se quisesse que nosso plano seguisse com perfeição os seus desejos. Dentro de meu coração, no entanto, uma dor surda se avolumava, na antecipação daquilo que viveríamos, cultuando o sofrimento em nome de alguma coisa mais importante que nós. Diz-se dos heróis que o maior deles é aquele que estimar mais a seus inimigos: sendo esse o caso, eu seria o maior de todos, porque o verdadeiro amor que sentia por meu irmão Jacques de Molay não se apagara com o correr dos anos, com a distância ou com as ordens que ele me dera. Se eu pelo menos acreditasse em pecados ou culpas, me sentiria culpado por meus pecados e seria meu próprio herói: mas, acostumado a seguir ordens, pela primeira vez na vida tinha que tomar decisões por mim mesmo, e certos truques não podem ser ensinados com facilidade a cavalos velhos.

Na porta do Palais de Paris, coalhada de guardas e beleguins de Filipe, fui parado, mas por pouco tempo: o selo do Grande-Inquisidor no convite irrecusável que ele me enviara foi suficiente para que me franqueassem a entrada, e eu trilhei, cada vez mais lentamente, os corredores que me levariam às masmorras, seguindo a trilha de guardas, porque, quanto maiores, mais mal-encarados e mais fortemente armados fossem, mais perto eu estaria das salas de interrogatório, eufemismo usado pela Inquisição para as sucursais do Inferno que reeditavam em plena terra. Desejavam corrigir o mundo pela força, fazendo com que a água subisse as encostas, enganando a Natureza. Os sacerdotes da Inquisição, sendo clérigos, não podiam em nenhuma hipótese derramar sangue: mas algum Papa cioso de seus poderes os liberara para tirar sangue dos corpos dos questionados, desde que com isso nem os aleijassem nem os matassem. Durante um tempo, tinha sido necessário que o questionado fosse acompanhado ou tivesse a permissão legal de seu próprio pároco, mas, no fim das contas, cinqüenta anos depois, apenas dois benefícios cabiam a um questionado: as perguntas só poderiam ser feitas uma única vez, e as confissões teriam que ser feitas livremente e em voz alta para ter algum valor. Nem mesmo isso, como podemos ver, era respeitado pelos ansiosos questores, desejosos de provar a veracidade de suas alegações e temores por quaisquer meios que lhes fossem disponíveis. Por causa do último benefício, as confissões sob tortura nunca seriam aceitas por nenhum tribunal, e era exatamente por isso que mais vezes aparecia nos processos a frase *confessionem esse veram non facta vi tormenturum*, indicando que o questionado confessara de boa vontade sem ter passado por quaisquer tormentos, enquanto que a frase *postquam depositus fuit de tormentum*, mostrando que confessara depois da tortura, era raríssima. Quão rara, é impossível dizer, mas de uma coisa sabíamos: não havia quem fosse infenso a ela, porque o que a lei determinava nunca era seguido à risca, já que aos doutores da Inquisição interessavam os resultados, e não os meios para alcançá-los. Quando perceberam que novos depoimentos poderiam levar a novos interrogatórios, começaram a articular os questionamentos de forma a que cada um lhes permitisse re-interrogar os que já lhes haviam passado pelas mãos, repetindo as mesmas perguntas uma única vez em quantas sessões de tortura fossem necessárias, até conseguir a resposta que desejavam.

Para nós, Templários, havia duas palavras de doutores da Igreja que eram essenciais na compreensão verdadeira disso que a Inquisição chamava de heresia, o mais importante motivo de questionamento que reconheciam. A primeira delas era de Bernardo de Clairvaux, o mesmo santo homem que nos dera aos Templários nossa Regra Original, dizendo claramente que a fé não deve ser imposta, mas sempre alcançada pela persuasão. A outra era do santo Tomás de Aquino, onde dizia que, se um cristão se encontrar em dúvida entre um dogma da Igreja e sua própria consciência, deve seguir sua própria consciência. Era assim que nós, Templários, agíamos, mas não era assim que a Inquisição nos via: para eles o Diabo sempre estava nos detalhes, e eram capazes de distorcer até mesmo os sons de cada palavra para poder alcançar o resultado que já haviam decidido qual deveria ser. Cada Templário aprendia, antes de tudo, o dever moral de buscar a verdade acima de tudo, vivendo de acordo com essa verdade encontrada: nos Filhos de Salomão, da mesma maneira, havia grande empenho naquilo que chamavam de livre investigação da verdade, sendo ela considerada como sendo a verdadeira razão de sua força permanente. Eu encontrara esse empenho em alguns homens, e em todos eles a vida era guiada por uma imbatível consciência de si mesmo, uma enorme clareza de propósitos e uma incomensurável atenção por tudo, combatendo vícios e equívocos, e valorizando acima de tudo as virtudes e a verdade.

Tudo isso me passou pela mente enquanto, transido de medo, ia descendo para as masmorras de Filipe, onde eu mesmo já me encontrara, pouco tempo antes, em mais uma das imposturas que me haviam sido dadas pela vida que agora levava. De nada me adiantavam essas belas noções filosóficas: o que me preenchia integralmente era o medo da dor e da morte, o medo do sofrimento nas mãos dos cruéis, o medo, o medo, o medo. Por mais que eu tentasse me fixar no momento presente, mantendo-me eternamente suspenso entre passado e futuro, não conseguia: o passado me empurrava para a frente com imagens de sangue e torturas, e o futuro seria isso que o passado me mostrava. Meu presente não existia a não ser como o espaço onde eu dava um passo a mais, mais um, mais outro, mais outro ainda, na direção do que me era tão avesso que se tornara parte de mim mesmo. Pensei na estupidez que era banir, prender, torturar, deixar com fome, enforcar e queimar homens por causa da religião: se era em nome de Jesus que assim faziam, deviam lembrar-se que ele nunca fora violento, a não ser uma vez, e mesmo assim para expulsar homens perversos do Templo, não para mantê-los lá dentro à força.

Quando fui levado para dentro da grande e úmida sala de questionamentos, a primeira coisa que me chamou a atenção foi o doce cheiro de carne assada que estava no ar: gordura animal pingando sobre os imensos braseiros que fumegavam em diversos cantos do salão. Eu ainda não tinha comido nada naquele dia, e só depois que minha boca se encheu de água, foi que percebi ser aquele cheiro o de carne humana sendo queimada. Minha fome transformou-se em engulhos, que me encheram os olhos de lágrimas, com o esforço que fiz para não vomitar.

Havia vários homens pendurados em diversos aparelhos, cada um deles num determinado grau de consciência e resistência, alcançado com o auxílio dos carrascos embuçados que faziam o serviço sujo da Igreja, enquanto os sacerdotes oravam e mantinham seu ar de unção, mesmo durante os momentos mais difíceis. Não era fácil conviver com aquilo, mas o ser humano com tudo se acostuma, e alguns deles, falando de seus próprios assuntos, chegavam mesmo a rir, como se estivessem em uma taberna ou festa, divertindo-se em vez de estar perpetrando tais atos. Num degrau mais alto, sentado em uma grande cadeira que mais parecia um trono, estava Guilherme de Paris, o Grande-Inquisidor de França, as mãos juntas pelas pontas dos dedos, cercado por seus acólitos: a seu lado, de pé, estava Guilherme de Nogaret, o Chanceler do rei e Procurador de França, utilizando-se de seus cargos para interferir com o que ainda não lhe dizia respeito. Ao me ver, abriu um de seus largos e perigosos sorrisos, exclamando:

— Finalmente, chegou quem faltava... agora podemos interrogar o herege sem que ele possa mentir... aproxima-te, cavaleiro!

Meus pés e pernas eram de chumbo, mas mesmo assim caminhei em direção aos dois Guilhermes: o Grande-Inquisidor estava orando, o que só percebi quando me aproximei dele, e seus olhos entreabertos, tal a sua concentração, estavam vesgos. Quando passei por ele, subitamente sua mão esquerda me tomou a manga da veste, e sua voz surda me disse:

— Sentes o perfume? São os holocaustos que fazemos erguer para que cheguem às narinas do Senhor...

Olhei-o, aterrorizado, sem entender, e ele não me deu nenhuma atenção: voltou a unir as pontas dos dedos e orar, desta vez murmurando rapidamente. O Procurador soltou uma gargalhada franca e aberta, que soou obscena naquele lugar de destruição e horror. Sua mão se ergueu e fez um gesto para que eu me aproximasse, pedindo a um de seus beleguins que me disponibilizasse uma banqueta de madeira, onde caí, derreado. Não tive coragem de olhar para nada nem ninguém, fixando meus olhos num pedaço de parede à nossa frente, no qual vi uma zona de sombra, por trás da qual havia alguém que se movia de um lado para outro, certamente tentando ver melhor através da tela escura que o separava de nós.

Nogaret viu para onde meu olhar se dirigia e, sussurrando em meu ouvido, falou:

— Imaginas quem seja aquele que nos observa? É nossa verdadeira consciência, o senhor de todos nós, Sua Majestade Filipe IV, Rei de França! Aqui estamos em seu nome e por seu desejo, e ambos temos uma promessa a cumprir para com ele... Nada que fizermos lhe escapará ao olhar, e de tudo que aqui ocorrer, hoje, se fará o nosso futuro...

Eu estava cercado: a Igreja, a Lei, o Rei, unidos em torno de um mesmo objetivo, me dominavam, jogando com meu medo. Este medo, cada vez mais forte dentro de mim, tinha outra fonte, a ordem expressa que meu Grão-Mestre me dera, e que vinha sendo o fio da lâmina de minha vida, sobre o qual eu me equilibrava em mentira e desespero nos últimos quatro anos, cada passo tornando-se a irrecusabilidade do próximo, e todos cortando os pés com que eu ali caminhava, até que eu fosse por ela dividido ao meio, e me projetasse no abismo sem nome abaixo de mim.

Os ruídos de correntes sendo arrastadas, portas sendo abertas e fechadas ao longe, passos se arrastando pelos longos corredores, nos envolviam por todos os lados. Nas paredes e aparelhos, pendurados nas mais variadas posições, muitos homens gemiam ou simplesmente jaziam, sem se mover. Havia uma roda em que um deles tinha sido esticado progressivamente, e suas articulações inchadas e anormalmente grossas indicavam que nunca mais voltaria a mover-se como um ser humano. Sobre uma escura mesa de madeira, manietado, outro homem tinha na boca um funil, pelo qual lhe haviam derramado tanto líquido para dentro do corpo que sua barriga se distendia como a de uma égua prenha. Mais à frente, numa mesa quase igual, se bem que mais curta, um homem desmaiado ou morto tinha seus pés sobre um braseiro, e a carne enegrecida e que pingava gordura e sangue sobre as brasas já mostrava os inúmeros ossos que formavam seus pés. A um canto, eu podia ver dois outros desnudos e amarrados sobre uma armação em X, de cabeça para baixo, as faces purpúreas e inchadas pelo acúmulo de sangue. E no meio de tudo isso, adejando entre a destruição e a tortura, moviam-se os acólitos do Grande-Inquisidor, como anjos que ali estivessem não para guardar a seus protegidos, mas sim para desperdiçar-lhes a carne, os ossos, o sangue, desfazendo-os como se fossem supérfluos e nenhum valor tivessem para seu Criador, podendo ser reutilizados e remontados segundo a veneta de algum demônio sem qualquer noção de beleza. Naquele lugar maldito, estavam reduzindo os homens a seus componentes mais simples, negando que dentro deles houvesse qualquer centelha de divindade, extraindo-lhes a vida como se ela fosse o *jus* de alguma fruta.

Nogaret continuava sussurrando em meu ouvido, enquanto o Grande-Inquisidor pareceia estar imerso em convulsão mística:

— Ambos sabemos quem somos, não é verdade, cavaleiro? Mas hoje, aqui, tenho mais poder sobre ti que tu sobre mim: este é o território da Lei, o meu território, onde nada é certo a não ser a perda. Aqui, basta que punamos o vício, sem necessariamente premiar a virtude. A virtude nunca sobrevive nas masmorras.

Eu estava mudo, sem ação, paralisado pelo que via e cheirava, mas mais ainda pelo que temia. Nogaret estava certo: ali eu não tinha nenhum poder sobre ele, pois qualquer reação de minha parte me colocaria imediatamente entre os prisioneiros, tornando-me objeto da violência de seus esbirros, estes homens tão felizes em ser quem eram e fazer o que faziam. Esta era a última coisa que eu desejava, pois não a suportaria: não havia em mim nenhuma resistência à dor desconhecida, pois ela tiraria de mim o último resquício de vontade que eu porventura ainda tivesse.

Uma das grandes portas que levava ao salão de torturas se abriu, e dois soldados vestidos de negro entraram por ela, arrastando pelos cotovelos um homem de roupas sujas e com a cabeça embuçada. Era certamente mais um pobre-diabo, talvez um de meus próprios irmãos, caído nas garras de seus poderosos inimigos simplesmente por não estar disposto a compartilhar de seus malfeitos. Levaram-no até a frente do Grande Inquisidor e, num repelão, tiraram-lhe o capuz da cabeça, o que fez sacudir com violência meu coração: ali, piscando sem parar e respirando com dificuldade, estava meu Grão-Mestre, meu irmão, meu amigo Jacques de Molay.

Dei um passo para trás, impulsivamente, ocultando-me nas sombras, dando de encontro com Nogaret, que riu, perverso, sibilando como uma serpente:

— O que temes, de Floyrac? Que ele te veja? Que ele descubra que foste tu que o traíste? Crês que ele não o sabe?

Nogaret não fazia a menor idéia do que me ia dentro da alma: meu medo era o de revelar sem perceber que tudo aquilo fazia parte de um plano anterior, do qual até mesmo o Rei era coadjuvante, porque no

O FIM DO TEMPLO

Templo conhecíamos a maneira como sua mente funcionava e contávamos com sua ignorância da verdade. Respirei fundo, ainda calado, e desencostei de Nogaret, que apenas colocou-me uma mão no ombro, empurrando-me. Tropecei em meus próprios pés, dando dois passos para a frente, com isso atraindo a atenção de Jacques de Molay, que me olhou, esgazeado. Fixamos os olhos um no outro por alguns instantes, e quando ele me reconheceu, um lampejo de tranqüilidade lhe passou pela face: posso estar enganado, mas naquele instante parece que ele temia mais do que tudo que eu não estivesse presente, porque o que havia planejado necessitava da minha colaboração estrita e obediente. Meu irmão sorriu e disse:

— Irmão de Floyrac, tinha certeza de que estarias aqui hoje... vieste ver de perto a tua obra?

A voz de meu irmão estava rouca e mal projetada, como se seus dentes e língua estivessem grandes demais para a boca: pelos arroxeados nas faces e debaixo dos olhos, ele recebera alguns golpes bastante violentos, e um de seus braços pendia meio torto, como se o tivessem quebrado. Na verdade, ele tentava proteger o braço machucado para não sentir mais dor do que já sentia. Os cabelos embaraçados, a barba mal cuidada, a calva brilhante e com um corte do lado esquerdo, tudo dava ao Grão-Mestre da Ordem do Templo um ar de pobreza e decadência. Jacques de Molay respirou fundo e gritou:

— Onde estás, Guilherme de Paris? Não creio que deixes tua obra nefanda continuar sem a tua presença! Aparece!

Do lugar onde estava, sem tirar as mãos da frente do rosto, o Grande-Inquisidor disse:

— Far-te-ei as perguntas de praxe, *Jacobo de Molayo*, pois essa é a vontade de Deus e de seu filho unigênito, Jesus Cristo. *Deo Gratias, fratres*!

Os dominicanos que o acolitavam se aproximaram dele, formando um crescente em cujo centro ficou meu irmão, sustentado pelos dois guardas, como se as pernas não fossem suficientes para mantê-lo de pé. Com voz pausada, e sem esperar resposta, Guilherme de Paris começou a falar:

— Como eram os novos irmãos Templários recebidos no Templo? Tens notícias de que os cavaleiros eram obrigados a renegar Cristo por três vezes, cuspindo sobre a cruz? Tu mesmo o terias feito? Recebeste, deste ou ordenaste que se desse ou recebesse o beijo satânico, na boca, no pênis e nas nádegas? Praticaste ou ordenaste que se praticasse a sodomia? Os capelães da Ordem se recusavam a praticar a consagração da hóstia em vossas missas?

Um silêncio, e a face de Jacques de Molay se constraiu em uma risada triste:

— Minhas respostas são sempre as mesmas, Imbert: não, não e não!

— Respondes não para as perguntas? A última inclusive?

Jacques de Molay sorriu mais uma vez:

— É isso o que te preocupa, não é verdade, Imbert? Temes que a verdade pela qual tantos cátaros foram assassinados ainda esteja viva no seio de tua Igreja? Se essa verdade ainda for mais forte do que tu crês, como ficará tua vida?

O Grande-Inquisidor ergueu a mão, em sinal de bendição, e imediatamente um dos guardas torceu o braço machucado de meu irmão, arrancando-lhe um grito: sua cabeça caiu contra o peito, e ele começou a respirar ruidosamente, com mais dificuldade ainda. Depois de um tempo, ergueu a face e disse:

— Essa verdade que a tua Igreja nega é a única verdade possível, Imbert! Sabes disso melhor que eu! O que não desejas é perder o teu poder sobre as almas dos ignorantes, e para isso reforçarás na mente de todos as mentiras e enganos que te ensinaram a usar... em vez de libertá-los pela verdade, como o próprio Cristo ordenou... E não importa quantas vezes me tortures, fazendo as mesmas perguntas. Minhas respostas serão sempre as mesmas: não, não, não!

A palavra "cátaros" incomodou muito ao Inquisidor, mas mais ainda a Nogaret: era o único assunto que poderia desqualificá-lo para o exercício do poder, tanto aos olhos do Rei quanto aos da Igreja, e por isso se adiantou, tentando subverter o rumo do interrogatório, em seu próprio benefício:

— Não te enganes, de Molay: os teu próprios companheiros e comandados te denunciaram, como sendo quem os obrigou ao beijo satânico, à sodomia, à negação do Cristo! Vês aqui o cavaleiro de Floyrac? Vamos, cavaleiro, repete para esse herege tudo aquilo que nos disseste sobre ele!

Minha voz estava travada na garganta, e mais a cada vez que os guardas torciam o braço de Jaques de Molay: mas tive que cumprir meu papel, pois era para isso que eu ali estava, e quem me dera as ordens esperava que eu o fizesse:

— É verdade, e por Deus o juro! Pediram-me que não apenas cuspisse, mas também urinasse sobre a cruz de Cristo, não apenas me liberando para a sodomia, mas também tentando obrigar-me à sua prática, e disseram claramente, quando fui iniciado, que Cristo não é um deus que se fez homem para nos salvar, mas sim um homem que se fez deus para nos dar o exemplo!

Muitas mentiras, algumas verdades, sendo a principal delas a verdade sobre Jesus, como nos vinha sendo transmitida desde os primórdios da verdadeira Igreja de Jerusalém, tal como registrado nos manuscritos que nossos fundadores haviam encontrado no subterrâneo do Templo. Era minha obrigação ser o mais honesto possível, para que minhas palavras não contivessem mais que a necessária dose de mentira. Se me perguntassem naquela hora em quê eu acreditava, eu corajosamente diria ser um crente na humanidade de Jesus... a não ser que me exibissem os instrumentos de tortura ou me ameaçassem com uma sessão em um dos aparelhos que via. Daí em diante, creio que seria capaz de mentir covardemente ou, pior, revelar a todos a verdade sobre o plano de Jacques de Molay. Era preciso desviar a atenção dos inquisidores, porque, se alguma dúvida restasse neles sobre minha honestidade, eu certamente seria torturado e sem dúvida lhes contaria toda a verdade, destruindo verdadeiramente tudo o que vínhamos tentando preservar.

O Grande-Inquisidor, no entanto, acabou por prestar-me o serviço como eu dele necessitava: ergueu-se lentamente de seu trono e, ficando com a face a meio palmo da de Jacques de Molay, disse:

— Com que então Jesus não é Deus nem Filho de Deus, mas simplesmente um homem, igual a ti em carne, ossos, sangue? Ah, a soberba infinita de te considerares igual a Ele, diminuindo-o até que se torne igual a ti! É o que veremos: se Jesus foi apenas um homem que se fez deus para nos dar o exemplo, veremos se esse exemplo deitou raízes em ti...

Virando-se para o fundo do salão, gritou:

— Que se traga a cruz!

Dois dos torturadores embuçados que estavam perto se dirigiram a um canto do salão, de lá trazendo uma cruz de madeira escura, bastante usada, que colocaram de pé sobre um estrado, enfiando-a em uma abertura que ele tinha. O Grande Inquisidor ficou fulo:

— Imbecis! Quem disse que a cruz deveria ser colocada em sua armação? No chão, animais, no chão!

Os dois carrascos, amedrontados, tiraram a cruz de seu lugar e a colocaram no chão, à frente de onde estávamos. Ali ela ficou, seus veios escuros e manchados rebrilhando à luz dos archotes, os furos nas duas pontas menores se destacando como olhos cegos, as correias de couro ensebado abertas à espera de que algum braço ali estivesse para fechar-se em volta dele. Podia ser o meu... mas seria o de Jacques de Molay, que os guardas empurraram para a frente, enquanto Guilherme de Paris lhe dizia:

— Não posso perguntar-te mais nada, pois a lei me proíbe, mas já conheces as questões: se te decidires a responder a elas com honestidade antes que eu te ate nesse instrumento de sofrimento, o mesmo que matou o Deus que para ti é só um homem, eu te livrarei do suplício. O que me dizes?

Jacques de Molay rosnou, sem forças:

— Tu não tens esse poder, Imbert: o poder que tens não vem nem mesmo de Roma, ou de Avignon, onde o Papa se esconde, mas sim dali detrás daquela parede, pois quem controla o Papa, controla Roma e sua Igreja! É a ele que tu precisas obedecer, e ele não te permitiria nunca salvar-me... prepara-te, pois qualquer dia destes ele te imporá uma nova pergunta que terás que me fazer, e para a qual deverás encontrar uma resposta que o satisfaça...

— E que pergunta seria essa, herege?

— "Onde está o tesouro do Templo?" É só isso o que interessa a ele, Imbert...

Todos percebemos, por detrás da parede, o ruído de alguma coisa que tivesse sido atirada ao chão, com fúria: mas logo depois sobreveio o silêncio, e o Grande-Inquisidor mostrou os dentes por entre os lábios descorados:

— Tu te equivocas profundamente, *Jacobo de Molayo*: tudo o que tenho que fazer é salvar-te a alma imortal, fazendo-te reconhecer a imensa diferença entre tu e o Cristo. Se além disso ainda me disseres o que quero saber, minha devoção estará mais que justificada. Atai-o à cruz!

Meu irmão foi jogado ao chão, com violência, seus trajes rasgados, expondo o velho corpo marcado por inúmeras cicatrizes de batalha e pelo passar do tempo, a pele descorada por anos e anos sem ser exposta ao ar livre, a sujeira se acumulando nas dobras. Nem mesmo o pudico pedaço de pano que lhe protegia as partes foi deixado sobre seu corpo: ele ficou completamente nu e vulnerável, sendo atado à cruz com os braços abertos, os pés amarrados juntos sobre um apoio que deixava suas pernas meio dobradas.

Eu tremia, mais de medo que de ódio, pois não conseguia deixar de me imaginar a mim mesmo na posição em que de Molay estava: meus joelhos se derretiam como neve, e eu precisei sentar-me novamente na banqueta que Nogaret havia mandado buscar para mim. Ele sussurrou mais uma vez:

— Falta-te coragem, cavaleiro? Ou te arrependes de algo? Quem sabe não mentiste, e agora estejas pensando em salvar teu irmão, simplesmente negando o que disseste? É isso?

Não respondi, pois meu Grão-Mestre colocou seus olhos tristes sobre mim, sorrindo como que me dizendo que tudo ia bem, e que eu não me preocupasse com seu sofrimento. Isso me encheu de força, e eu me ergui da banqueta, abrindo as pernas e cruzando as mãos atrás das costas, passando-as por debaixo da alça da sacola que ainda trazia ao lado do corpo. Eu trazia comigo o Tesouro do Templo, o sudário que estava escondido no compartimento secreto, e ele poderia ser a salvação de meu irmão, se eu percebesse que ele não resistia ao massacre. Eu o sacaria de dentro de minha sacola, o brandiria sob os narizes dos que o desejavam, e retiraria meu irmão incólume de sob aquele poder discricionário.

Essa imagem ficou em minha mente enquanto os esbirros seguravam Jacques de Molay, e um deles, com uma marreta na mão direita, encostou a ponta de um grande cravo enegrecido no punho de meu irmão. Ergueu a marreta e desceu-a com toda força, enfiando mais da metade do cravo no braço de Jacques, espirrando sangue a grande altura e fazendo-o gritar. O Grande-Inquisidor chegou mais perto, esfregando o pé calçado na poça de sangue, fazendo com ela um arco no chão, e disse:

— Assim foi crucificado Nosso Senhor Jesus Cristo, mas ele nenhum grito proferiu. Por que gritas, se acreditas que ele era homem como tu?

A outra mão de Jacques de Molay foi presa, assim que a primeira, com mais duas marretadas, ficou presa no braço da cruz. Esta segunda deu mais trabalho, porque os carrascos não souberam enfiar o cravo no buraco determinado e tiveram que romper a madeira com seis ou sete pancadas. Jacques de Molay gritou quando o cravo lhe atravessou o pulso, mas depois disso apenas mordeu os lábios, fechando os olhos, o que fez o Grande-Inquisidor dizer:

— Ora, ora, ele resiste como se fosse um deus! Vejamos se continua assim depois que pregarmos seus pés no lenho...

Não pude reprimir um gemido quando os dois pés de meu irmão foram brutalmente ajuntados e atravessados por um terceiro cravo, que os manteve firmemente presos ao lenho, enquanto o sangue escorria das feridas, sendo enxugado por um pedaço de pano muito sujo que um dos carrascos esfregou no corpo e no chão, espalhando o sangue, que misturava seu cheiro doce aos cheiros de carne assada e gordura queimada que ainda permaneciam no ar.

A crueldade e o medo também se cruzavam naquele salão, e o medo não apenas na vítima, mas também em cada face: todos nos regozijávamos por não sermos o pobre velho crucificado, com sua face lívida, a respiração em arquejos. Toda crueldade nasce da fraqueza e da dureza dos corações, principalmente quando realizada a serviço do poder, e a que víamos não era outra coisa.

A um sinal do Grande-Inquisidor, a cruz foi erguida e colocada em seu suporte, arrancando um grito de Jaques de Molay com cada tranco e balanço. Não houve quem não gemesse: até mesmo Nogaret estava branco, incomodado pelo que estava tendo que testemunhar. É preciso muita frieza e desumanidade para realizar tal tarefa sem sofrimento. O corpo de meu irmão ficou pendurado pelos braços, rasgando um tanto a carne dos punhos, que voltaram a sangrar. Seu peito magro ficou estranhamente repuxado, pois os braços o esticavam para cima, e a respiração se mostrou mais difícil ainda. Ele tentou apoiar-se nos pés, para livrar o peito do esforço, mas era mais difícil ainda: presos pelo cravo, eles não podiam mexer-se, e de cada vez que ele se apoiava neles, dando um descanso, ao corpo, logo perdia as forças e novamente ficava pendurado em si mesmo.

Guilherme de Paris gritou:

— Onde está o vinagre? Tragam-no imediatamente: nosso crucificado tem sede...

Os carrascos riram muito, e um deles embebeu o pano sujo em vinagre que tirou de um odre, enrolando-o na ponta de um pau e esfregando-o na boca de Jaques de Molay, não permitindo que ele se debatesse e fugisse com o rosto, só parando quando conseguiu enfiar-lhe o vinagre pela boca, que de Molay abrira para respirar. Sua face contraída os fez rir mais ainda, e o pano sujo foi esfregado na face de meu irmão crucificado, como humilhação adicional, fazendo arder seus olhos.

Nogaret tocou suavemente o braço do Grande-Inquisidor:

— Excelência, não havia no Cristo uma coroa de espinhos, durante sua provação?

Imbert bateu a mão na testa:

— É verdade! Como já começamos a cerimônia a partir da crucifixão, faltaram muitos detalhes, inclusive as 39 chibatadas que Nosso Senhor tomou por ordem de Pilatos. Ainda temos tempo, no entanto, para corrigir esse equívoco: tragam a coroa!

Um asqueroso carrasco veio do fundo com um aparelho de ferro, formado por um aro onde estavam enfiados diversos parafusos pontudos, que se moviam para dentro e para fora através de cravelhas. Ele colocou uma escada apoiada no braço da cruz, o que a fez balançar perigosamente, arrancando mais um gemido de dor da boca de Jacques de Molay, e colocou-lhe o aparelho na cabeça, dando-se ao luxo de apertar algumas das cravelhas para que o aparelho ficasse bem justo no crânio de meu irmão. Alguns filetes de sangue escorreram pela face de Jacques de Molay, que nesse momento era a caricatura perfeita e cruel do Cristo Crucificado que se via na parede do fundo, exatamente por cima da janela por onde Filipe o Belo, a tudo observava.

Existe um prazer inexplicável na visão das contrações de dor alheias, e ele deve nascer especificamente do alívio por serem alheias e não nossas. O pior desse prazer, contudo, é que, ao nascer da crueldade de um para com outro, acaba por tornar cruéis também os observadores, sem requerer para isso nenhum motivo, mas apenas a oportunidade. Esta era tudo aquilo de que se dispunha nesse momento, e os que podiam se aproveitavam dela, sem hesitar.

A pele muito clara e com um leve tom acinzentado de Jacques de Molay começou a se tingir quando o sangue se pôs a porejar por ela, suavemente a princípio, mas logo depois com muito vigor, escorrendo como o suor escorre pelo corpo de quem trabalha. Um soluço escapou de minha garganta: eu não suportava mais assistir àquela cena, e virei-me de costas, apenas para encontrar, também de costas, um Nogaret nauseado e à beira do vômito. Ao ver-me em estado tão lastimável quanto o dele, o Procurador do Rei ganhou novas forças, e me disse:

— Sofres demais pelo homem a quem traíste, cavaleiro... chego quase a me perguntar se não estás mentindo, ou se tudo isso não faz parte de algum plano para enganar-me...

Meu sangue se congelou nas veias: a intuição de Nogaret o fazia circular a verdade, sem no entanto conseguir tocá-la. Era preciso apagar-lhe da mente essa idéia, agindo de maneira definitiva para que nenhuma dúvida restasse sobre meu comprometimento com a destruição do Templo.

Foi o próprio Nogaret quem me deu a saída: sem olhar para meu irmão crucificado, avançou até um dos guardas e, tomando-lhe a lança, entregou-a em minhas mãos, dizendo:

— Se queres que eu creia em ti, fere sem medo: qualquer hesitação me fará duvidar de tudo aquilo de que me pretendes convencer...

Uma estranheza tomou conta de mim, como se essa não fosse a primeira vez que eu estivesse neste lugar. A lança me pendeu molemente das mãos, enquanto todos, inclusive o Grande-Inquisidor, me olhavam, com curiosidade. Eu me perdia em minha falsa memória, tentando entender por que me sentia assim. O Procurador do Rei, com verdadeira crueldade na voz, insistiu:

— Perdeste a coragem, cavaleiro? Somos soldados da verdadeira Roma, e teu papel é o do lanceiro. Fere, ou não respondo por tua vida!

Uma vertigem me tirou do prumo: eu já vira aquilo, sem dúvida, em um sonho de mais de vinte ou trinta anos! O lugar era exatamente como eu me recordava de meu sonho, e ao virar-me para trás, para me certificar de que Nogaret era o advogado que eu adivinhara, com seu chapéu de capelo e sua toga escura, vi ao fundo da masmorra, por trás de todos, uma figura que se desvanecia, com longas barbas e vestido como Templário, e que me olhou com um choque de reconhecimento, enquanto pairava no ar.

Era eu mesmo, vinte anos mais moço, que pairava por sobre as cabeças de todos, olhando-me com a mesma incredulidade com que eu o olhava. Meu eu mais moço adejava por sobre as cabeças de todos, e olhou para as próprias mãos, ainda não tão envelhecidas quanto as minhas agora estavam, abrindo a boca de espanto e desaparecendo pelo teto de pedra acima de nossas cabeças, como se o teto fosse feito de matéria imponderável.

Eu me encontrara comigo mesmo, neste momento terrível, e o eu de dois momentos separados de minha vida unira o sonho de antes com a realidade de agora, criando um território onde o Tempo e o Espaço nenhum valor tinham, e só as emoções incontroláveis faziam o Universo girar.

Quando meu eu mais jovem desapareceu pelo teto, soltei um grito e me virei na direção de Jacques de Molay, meus olhos emitindo um pedido mudo de perdão pelo que não desejava fazer, mas a que estava condenado pela própria realidade dos fatos. Meu irmão abriu os olhos e me fixou, com uma tristeza infinita em sua face que suava sangue, e me repetiu a frase que marcara para sempre todos os nossos encontros:

— Faze o que tens de fazer, traidor...

Não havia escapatória: eu tinha um dever a cumprir, e meu Grão-Mestre entendia claramente o que me cabia neste transe. Finalmente faziam sentido as palavras que ele me dissera em nosso encontro pessoal, dentro da grande Capela do Templo de Paris:

— Se um dia nos reencontrarmos, já no fim de nossa tarefa, que nos tratemos como verdadeiros inimigos: há de haver um lugar onde nossa amizade perdure, longe dos olhos alheios. Nesse dia, não tentes salvar-me, em hipótese alguma, nem tenhas pena de mim, e se te forem postos nas mãos os ferros com que se torturam os corpos, fere minha carne sem dó. Meus gritos de dor e terror serão o reconhecimento de que és perfeito, como eu te ordenei que fosses... e eu te tratarei como o pior dos homens, para que saibas que te amo mais do que a mim mesmo...

Olhei-o com desespero, e ambos sentimos mais pena de mim que dele, porque nesse instante era a mim que cabia a tarefa mais torpe, sendo o meio indigno com o qual alcançaríamos a mais completa dignidade. O ferro estava em minhas mãos, e dentro de mim cresceu um ódio imenso por esse homem a quem eu tanto amava e que me ordenara ser o pior que qualquer ser humano pode ser: traidor, mentiroso, inimigo. Foi com esse ódio que avancei em sua direção e lhe feri o flanco esquerdo, certamente perfurando-lhe algum órgão importante, porque o berro que ele soltou foi imenso, desfalecendo logo em seguida.

Cambaleei para trás, sabendo ter feito com perfeição tudo aquilo que me fora ordenado: durante um instante eu me tornara verdadeiramente inimigo de meu amigo, ferindo com ódio a sua carne exposta. No meu espírito nada havia que aliviasse a dor insuportável que eu sentia, nem mesmo a idéia de que tinha sido melhor que fosse eu a feri-lo, e não um de seus inimigos declarados, ou mesmo algum preboste sem valor. Caí de joelhos, vendo a mão do Grande-Inquisidor se erguendo para abençoar-me, com a fórmula clássica em latim, que nenhum alívio me deu. O sorriso de Nogaret, a seu lado, era insondável: teria ele se convencido de minha filiação a seu desejo ou apenas se regozijava por ter-me levado a fazer aquilo que eu não desejava?

O carrasco baixinho novamente subiu a escada para analisar o estado do prisioneiro: virou a cabeça para nós e fez um muxoxo silencioso, fazendo-me temer pelo pior. Mas logo em seguida a cabeça de Jacques de Molay se moveu, e de seus lábios escapou mais um gemido. Estava vivo, ainda que em péssimo estado, e dificilmente sobreviveria.

O Grande-Inquisidor, com ar de preocupação no rosto, disse:

— Esse homem não pode morrer em nossas mãos! Precisamos dele vivo para dar testemunho diante de um Tribunal Eclesiástico! Descei-o da cruz!

O carrasco chamou os dois soldados, que apoiaram o corpo de meu irmão pelos pés, enquanto ele sacudia com razoável força o cravo que mantinha seu punho preso à cruz, até que o cravo se soltou, e o braço ficou preso apenas pelas correias que o atavam. Outro carrasco fez o mesmo com o cravo do outro braço, e então chamaram um terceiro soldado, que fez a mesma manobra com os cravos dos pés, deixando Jaques de Molay pendurado pelas correias e sustentado pelos guardas, que bufavam. Quando as correias foram abertas, os braços de meu irmão caíram para a frente, mas, antes que seu torso fizesse o mesmo movimento, os dois carrascos que estavam no alto das escadas o seguraram e o baixaram vagarosamente para o solo até que ele ficou deitado sobre o chão de pedra, empapando-o com o sangue de seu suor.

A ferida que eu lhe fizera não sangrava muito: estava apenas aberta e vermelha em flagrante contraste com a carne branca que a cercava. O suor sanguinolento que Jacques de Molay exsudara secava sobre seu corpo, e Nogaret disse:

— É preciso envolvê-lo em alguma coisa, para que não sangre até a morte! Não existe por aí nenhum pedaço de pano que possa nos servir?

Um arremedo de piedade por parte dos cruéis torturadores me fez pensar na ironia do momento: dentro de minha sacola estava o tesouro que eles buscavam, e que não sabiam qual era, mas que, por artes do destino, seria usado em benefício da Ordem, envolvendo o corpo de seu Grão-Mestre. Abri minha sacola e expus a velha mortalha, dizendo:

— Esta é minha mortalha abençoada: sempre a carrego comigo, caso venha a morrer longe de casa... Podemos usá-la...

Por incrível que pareça, ninguém estranhou que um traidor trouxesse consigo uma mortalha: os hábitos internos dos Templários eram bastante desconhecidos, e este poderia ser um deles. Desembrulhei o sudário e o estendi no solo, ao lado do corpo de Jacques de Molay, deixando mais da metade para trás de sua cabeça, pois pretendia envolvê-lo todo. Com a ajuda dos dois carrascos, coloquei o corpo sobre o sudário, cobrindo-o com a parte que sobrava, e que imediatamente se marcou com o suor sanguinolento do corpo, pintando a mortalha com a aparência da face e do corpo de meu Grão-Mestre. Os braços foram postos por sobre a barriga, os dedos entrelaçados para que não se soltassem, e as marcas sangrentas no tecido eram fortíssimas: qualquer um que o olhasse perceberia que ali estava o pano onde um corpo barbaramente torturado fora colocado.

O Grande Inquisidor me olhou fixamente, enquanto eu cuidava do corpo praticamente morto de meu irmão: quando ele já estava envolvido e eu me ergui, disse-me, com voz pausada e de asquerosa suavidade:

— Como vemos, ninguém melhor que um Templário para cuidar de outro: deixo portanto em tuas mãos, cavaleiro, a saúde desse homem, cujo corpo ferimos para que sua alma se libertasse do pecado. Tu cuidarás dele sem descanso até que esteja novamente de pé, e tens a responsabilidade total desse restabelecimento. De que precisas para isto?

— Desde que não seja a liberdade dele, que fique bem claro... — Nogaret interferiu na conversa, dizendo o que não precisava ser dito. — O resto, tudo pode ser conseguido: não podemos perdê-lo antes da hora...

— Reserve-se então uma cela em boas condições para que seja a enfermaria do herege: ele ficará sob inteira responsabilidade do cavaleiro de Floyrac, e tudo de que este cavaleiro precisar para trazer de volta a saúde do herege deve ser-lhe concedido, sem hesitação ou perguntas. Esse Templário só nos serve vivo, e tudo o que desejamos é que recupere a integridade física para poder testemunhar sem reservas.

Enquanto o Grande-Inquisidor falava, minha mente era um turbilhão: estariam eles arrependidos do que haviam feito? Era o que parecia: e colocar-me como responsável pela vida de meu Grão-Mestre era dar-me a chance que poderia ser usada em nosso benefício. Nogaret não ficou nada satisfeito com isso, mas a ordem do Grande-Inquisidor tinha lógica:

— Só temo que esse cavaleiro inimigo não seja obediente o suficiente para salvar a vida de um homem a quem feriu profundamente... precisamos de gente nossa que lhe dê auxílio e ao mesmo tempo garanta que nossas ordens sejam cumpridas.

O Grande-Inquisidor, eterno manipulador das emoções, pôs suas mãos sobre meus ombros, olhando-me nos olhos:

— Aceitas esse trabalho, meu filho? Sentes-te capaz de cuidar de teu inimigo? Podes cumprir a tarefa que te dou, mesmo que ela não seja aquilo que teu coração pede?

Ah, se ele soubesse a verdade do que me ia na alma! A mínima desconfiança o faria tirar-me das mãos a possibilidade de cuidar de meu irmão, e, para que isso não acontecesse, eu precisaria mentir ainda mais. Aferrei ao rosto um ar de desagrado e disse:

— Reverendíssimo, a tarefa me dá engulhos: para mim, este homem estaria melhor se estivesse morto. Tentarei de todas as formas cumprir vossas ordens, mas não garanto que meu coração esteja dedicado a ela. Não seria melhor que junto comigo houvesse alguém sinceramente preocupado com a integridade física do herege? Não quero ser responsabilizado por nenhum acidente...

Guilherme de Paris sorriu: minha aparente honestidade lhe dava a certeza de que podia contar comigo:

— Tens razão, meu filho: melhor que junto a ti esteja um que tenha por esse homem verdadeiro amor, do que um outro que, como tu, também não tenha grande amizade por ele... dos Templários presos, qual deles tem família em Paris, que possa ajudá-lo e nos ajudar na tarefa de cura e recuperação?

O Procurador mexeu em sua pasta, a contragosto, retirando dela um imenso rolo, onde estavam anotados os nomes de todos os Templários presos em Paris na noite de 13 de Outubro. Olhou-a longamente e finalmente disse:

— Temos aqui um de Charney, cuja família vive aqui na cidade, num castelo ao sul: está preso neste palácio, e até agora não foi interrogado. Devo mandar trazê-lo até nós?

A idéia teve a aprovação do Grande-Inquisidor, e enquanto mandavam buscar Geoffroy de Charney, eu disse:

— Também não pretendo ficar prisioneiro dessa tarefa, Reverendíssimo: sou um cidadão do mundo, e preciso cuidar de meus negócios do lado de fora destes muros. Aceito a tarefa se o Reverendíssimo me der um salvo-conduto que me permita entrar e sair destas masmorras a qualquer hora, no cumprimento de meus deveres para com a Santa Inquisição... nunca cobrei nada por meus serviços, e é mais do que justo que me concedam alguma regalia... E se for preciso trazer aqui algum médico ou curandeiro que possa ajudar-me, creio que também devo ter esse direito. Como já disse, tudo farei para que ele viva, apesar de desejá-lo morto!

A lógica da iniqüidade funciona de maneira assustadoramente direta: o Grande-Inquisidor, percebendo meu desagrado para com o prisioneiro, tudo fez para que eu me responsabilizasse por ele, ordenando-me que fizesse exatamente aquilo que meu coração pedia, crendo efetivamente estar me penitenciando com a ordem que me dava. Nogaret, mais esperto por causa de sua experiência legal, não ficou muito satisfeito, mas não podia discutir as ordens do poderoso Grande-Inquisidor. Acompanhei o corpo mole de Jacques de Molay até uma cela no andar superior, limpa e razoavelmente bem iluminada por uma janela gradeada na parte mais alta de uma parede, onde havia uma enxerga sem colchão. O corpo que os guardas carregavam marcava com sangue cada vez mais escuro a mortalha com que eu o envolvera, e eu exigi que me trouxessem colchões em que pudéssemos depositá-lo com algum conforto, deixando bem claro que, por mim, ele poderia ser jogado ao chão, mas que as ordens do Grande-Inquisidor eram de cuidar-lhe da saúde da melhor forma possível. Os colchões de crina apareceram rapidamente, e eu os coloquei uns sobre os outros para aumentar a suavidade do leito. Quando deitamos o corpo sobre a enxerga, os colchões afundaram no centro, deixando Jacques de Molay numa posição mais sentada que deitada: quando retiramos a mortalha de sua frente, ele estava machucado, mas o suor sanguinolento havia passado todo para o tecido, e seu corpo, com exceção dos punhos, dos pés e da barba, não tinha mais sinais de sangue. Afastamos seu corpo da mortalha e a retiramos de debaixo dele: a parte de trás também estava marcada como a da frente, desenhando perfeitamente o corpo de meu Grão-Mestre através das machucaduras que a tortura lhe havia imposto.

Num determinado momento, outros guardas trouxeram até a cela o cavaleiro Geoffroy de Charney, que, ao ver-me, entrou em desespero, gritando:

— Traidor! Tu nos entregaste à sanha do Rei de França! Não quero ver-te nem ouvir-te a voz!

Geoffroy virou-se para a enxerga e, ao ver Jacques de Molay como se morto estivesse, saltou inesperadamente em minha direção, acertando-me um forte soco debaixo do olho esquerdo, que me fez ver estrelas e cair ao chão, zonzo. Se não fossem os guardas, ele teria continuado a me espancar, aos gritos:

— Perjuro! Tu mataste nosso Grão-Mestre! O Inferno é pouco castigo para ti!

Fiquei no chão, sentado, sem me erguer, olhando-o com tristeza, o que pareceu aos guardas a mais asquerosa covardia. Os beleguins do Rei saíram da cela aos risos, e Geoffroy de Charney foi até o corpo de nosso irmão, olhando-o com desespero. Eu sequer tentei explicar-lhe meus motivos ou meus atos: ele não tinha nenhum motivo para crer em nada que eu lhe dissesse, sendo eu o traidor do homem que ali jazia, ferido de morte. Por isso, permaneci derreado no chão, a face latejando onde o soco me acertara, disposto a tudo para salvar o homem a quem eu ferira com uma lança, assumindo o papel do centurião Longinus nessa triste paródia da crucifixão a que me haviam levado.

Jacques de Molay respirava curto, mas sem parar: a cor lentamente lhe voltava à pele, e as feridas pareciam estar cicatrizando, porque o corpo humano é capaz de recuperar-se dos maiores maus-tratos, e isso só me enchia de esperança. Finalmente, sem outra coisa a fazer, eu disse a Charney:

— Cavaleiro, é minha obrigação cuidar deste homem junto contigo: temos que salvar-lhe a vida e garantir-lhe a integridade.

— Para que novamente possa ser torturado? Tua covardia é admirável!

— Pode ser que sim, pode ser que não: mas, até mesmo para que seja justiçado, devemos ambos colaborar para salvar-lhe a vida. Ele precisa de um médico.

Geoffroy de Charney riu, desconsolado:

— E que médico poderemos trazer até estas masmorras, sem que os soldados de Filipe nos impeçam? Estás brincando comigo, traidor?

Fiz de conta que ele não me tinha ofendido, e continuei:

— Tenho liberdade para tratar dele da melhor maneira possível, desde que ele não saia daqui: assim me disse o Grande-Inquisidor, e ninguém desobedecerá a ele! Tu queres indicar algum médico de tua preferência, ou devo procurar um dos que conheço?

Enquanto de Charney pensava, vi a mortalha jogada a um canto e fui até ela, pegando-a com toda a delicadeza e dobrando-a pelos vincos que já tinha marcados: o sangue secara sobre ela, tingindo-a com um retrato vermelho-amarronzado de como Jacques de Molay ficara depois de torturado na cruz, tanto na parte da frente quanto na de trás. Eu já havia visto outras mortalhas usadas, nas quais a morte deixara suas marcas de gordura e líquidos corpóreos depois que delas retirávamos os cadáveres, mas era a primeira vez que via o sangue servir como tinta em obra de arte tão desgraçada quanto impressionante.

— Vai até minha mãe, que deve estar desesperada em nossa casa, e pede a ela que te indique o médico de nossa família: ele cuidou de meu pai e de meus irmãos, e tem grande competência. — De Charney estava seriamente preocupado. — Mas te peço um favor: não te identifiques como quem és. Todos na família Charney sabem de tuas obras, e se disseres quem és, certamente serás posto para correr...

 Tomei a mortalha nos braços, colocando-a novamente dentro de minha sacola, e deixei a cela, cuja porta ficava fechada, mas não trancada: no corredor, fui parado por um guarda, que, ao reconhecer-me, levou-me até a casa de guarda, onde um dos dominicanos que acolitavam Guilherme Imbert me pôs nas mãos dois salvo-condutos, exatamente os que eu havia exigido, sem qualquer reserva ou modificação.

 Saindo do palácio, julguei que estava mais apto para realizar a tarefa que me fora dada: tinha agora o apoio formal dos inimigos do Templo, estava dentro de suas hostes, e tinha muito melhores condições de trabalhar como devia do que antes, quando era apenas um traidor autodeclarado sem que nada garantisse que eu fosse leal à deslealdade que parecia defender. Meus olhos vertiam lágrimas, porque eu ferira de morte a meu irmão: eu não conseguia esquecer a sensação em minha mão da lâmina penetrando seu ventre. Pior que isto, no entanto, era reconhecer que, durante alguns instantes, eu o odiara com todas as forças de minha alma, e só graças a isso pudera feri-lo como o ferira. Isso me dera poder sobre nossos inimigos, garantindo-lhes que eu era verdadeiramente inimigo dos Templários, por motivos que só a mim interessavam, e que poderia ser usado com lucro em sua campanha insidiosa contra eles.

 Não tive coragem de ir para casa: vestido como um burguês, com os trajes escuros que usava diariamente, e sem a barba que me revelaria como Templário, eu era um sujeito comum, com uma cara igual à de todos os outros sujeitos comuns, dependendo exclusivamente de minha decisão sobre minha postura e minhas vestes para me tornar outro homem, utilizando meu mutável talento para fazer o que devia ser feito, e que só eu mesmo sabia o que era. Eu me tornara, para todos os efeitos, um homem sem personalidade, um ser amorfo e maleável que podia ser transformado no que quer que se fizesse necessário, e, pelo andar da carruagem, minha alma também começava a se tornar tão maleável quanto meu corpo.

 Segui direto para a casa dos de Charney, aonde cheguei quando já estava escuro: bati à porta e me identifiquei como o pedreiro Viocque,

O FIM DO TEMPLO

que trazia um recado de Geoffroy de Charney. Fui imediatamente levado para dentro, e recebido pela velha mãe dele, uma senhora muito digna mas extremamente nervosa, que só pedia notícias do filho. Eu lhe disse:

— Senhora, vosso filho está em boas condições, não tendo ainda sido nem questionado nem maltratado pelos beleguins do Rei. Ele vos pede uma ajuda, pois está a seu cargo a saúde do Grão-Mestre do Templo, Jacques de Molay, para quem ele precisa do médico de vossa família, o mais urgentemente possível.

Madame de Charney não hesitou, chamando um lacaio para que fosse buscar o médico da família, e dizendo-me:

— Não conheço de Molay pessoalmente, mas sendo ele o Grão-Mestre de meu filho, deve ser tratado como se fosse um nosso familiar. A que horas o médico deve ir ver o paciente, e onde?

— Estão ambos em uma cela limpa e arejada, apenas um porão abaixo do rés-do-chão do Palais de Paris: se ele for comigo, eu posso levá-lo até lá com mais rapidez e segurança, pois tenho um salvo-conduto que me permite entrar e sair das masmorras a qualquer hora...

A senhora franziu o cenho:

— E por que motivo um pedreiro como tu teria esse salvo-conduto? Quem o assinou?

Cada equívoco gera sempre mais uma mentira na vida do traidor: eu exagerara e agora deveria inventar mais uma patranha para tranqüilizar a mãe de meu irmão de Charney:

— Fui designado pelo Grande-Inquisidor para esse trabalho, minha senhora: ele prefere confiar em mim a confiar em qualquer dos guardas do Rei, por motivos que só a ele cabe declarar... na verdade, eu faço a tarefa movido por afeição fraterna aos cavaleiros da Ordem do Templo, de quem nós, pedreiros, sempre tivemos apoio. Não me resta outra possibilidade que não seja tentar devolver o bem que nos fizeram.

Madame de Charney ficou desconfiadíssima, olhando-me de soslaio enquanto eu comia o pão e bebia o vinho que um outro lacaio colocara à minha frente. Minha mentira era feita de verdades, organizadas sob novo aspecto. Ela de repente me perguntou:

— E essa mancha no teu rosto? Quem te bateu?

Quase engasguei com o pão, mas me contive: eu esquecera do golpe que de Charney me dera e fiquei sem ter o que dizer. Madame de Charney me olhava com cada vez mais desconfiança, mas eu podia dizer-lhe tudo, menos a verdade. Se revelasse meu verdadeiro nome, seria expulso dali a patadas, e quem sabe morto por seus lacaios, que já a cercavam, também desconfiados de minha pessoa. Precisava insistir e deixá-la tranqüila, até que pudesse sair dali com o médico:

— Este é um carinho dos guardas do Rei, senhora: ao me ver falando com vosso filho, antes de saber quem eu era e ler meu salvo-conduto, um deles me socou o rosto. Não dói muito, fique tranqüila: o que importa é que vosso filho está em segurança, e com Jacques de Molay a seus cuidados, o que nos garante que o Grão-Mestre está em boas mãos.

Não estava funcionando: eu já via os lacaios dos de Charney levando a mão aos copos de suas espadas. Era preciso que eu tomasse alguma atitude imediatamente; numa súbita inspiração, lembrei-me da mortalha e lhe disse:

— Jacques de Molay acaba de ser torturado pelos carrascos da Santa Inquisição, que o crucificaram numa imitação perversa dos suplícios do Cristo. Trago aqui a mortalha com que eu mesmo o envolvi, quando o desceram da cruz. Quereis vê-la?

Madame de Charney arregalou os olhos, mas acenou com a cabeça que sim. Lentamente, com muito cuidado, tirei de dentro de minha sacola a mortalha e a entreguei em suas mãos. Ela a desdobrou e, ao ver a imagem feita com o sangue de Jacques de Molay, teve um arrepio e gritou:

— O Crucificado! A imagem do Crucificado!

Todos a cercaram, abrindo a mortalha e revelando a imagem cada vez mais nítida de um supliciado, traçada pela natureza dos próprios golpes que ele recebera: aproveitei o momento de emoção e disse:

— Senhora, é para esse homem que vosso filho pediu o médico! Não podemos negar-lhe isso! Só um médico poderá salvar a vida de Jacques de Molay e de vosso filho! Confiai em mim, senhora! Eu sou apenas o portador dos desejos do cavaleiro de Charney!

A comoção era geral: a visão do sudário manchado de sangue demolira todo o edifício de desconfianças que vinha se erguendo. Uma mãe não consegue nem pensar no próprio filho sendo supliciado, e, ao ver os sinais de suplício de alguém tão próximo a ele, tirou da mente tudo que não fosse a salvação de seu próprio rebento, chorando por sobre a mortalha. Aquilo que eu acreditava ser o tesouro oculto do Templo se transformara em minha própria tábua de salvação: ajoelhei-me aos pés de Madame de Charney e, tomando-lhe as mãos, disse:

— Senhora, confiai em mim: meu desejo é igual ao de vosso filho e ao vosso. Se, como eu, ele quer ver Jacques de Molay são e salvo, eu também desejo trazê-lo de volta incólume a vossos braços de mãe... ficai com este sudário santificado como prova de minha sinceridade, e permiti que eu cumpra minha missão o mais rapidamente possível.

Quando mais tarde saí da casa dos de Charney, acompanhando o médico e barbeiro da família, ambos sobre uma carroça guiada por um lacaio que espicaçava loucamente os cavalos, respirei aliviado: deixara a família e os empregados dos de Charney em estado de adoração da mortalha, que para eles tinha tanto valor como teria se nela estivesse inscrita a imagem sanguinolenta do próprio Jesus. O sudário ficara sobre a mesa, aberto, e todos em volta, nos mais diversos graus de emoção, orando pelo bem-estar do filho da casa.

Nas masmorras, nosso caminho foi relativamente fácil: depois de olhar-me o salvo-conduto, o chefe da guarda me deu em mãos um archote, perguntando-me:

— Conheces o caminho?

Acenei que sim: preferia enganar-me e dar milhares de voltas pelo ventre do palácio a ser acompanhado por um guarda desconfiado e corrupto. Levamos algum tempo, mas finalmente chegamos à cela onde eu deixara o corpo exânime de Jacques de Molay e um emocionadíssimo cavaleiro de Charney, que ao nos ver se pôs em posição de sentido, relaxando apenas quando reconheceu o médico. O cirurgião imediatamente se pôs a examinar os machucados de Jacques de Molay, enquanto de Charney me olhava, com um olhar de desconfiança idêntico ao de sua mãe: as feridas foram pensadas e cobertas com bandagens limpas, e o médico fez com que meu Grão-Mestre tomasse alguns goles de um tônico que tirou de uma garrafa, o que o fez gemer, como se estivesse voltando a si. Suspirando, o curador disse:

— Creio que pode sobreviver: as feridas foram todas superficiais, com exceção desta no ventre, que felizmente, entrando de lado, não perfurou nada a não ser a a gordura e a carne da barriga. Ele precisa comer, e se voltar a perder sangue quando se alimentar, isso nos dirá que não será capaz de ficar vivo: deve beber muita água, um gole de instante a instante, para preencher o corpo, que ficou seco e que não funciona se não tiver todos os elementos em equilíbrio dentro de si, como preconiza o sábio Galeno. Demos-lhe uma semana. Se sobreviver a ela, estará pronto para a próxima: sua constituição é forte, o que no caso é uma verdadeira bênção.

Virando-se para Geoffroy, o médico disse:

— Vossa mãe vos manda lembranças, e pede que trateis com delicadeza a este anjo que lhe levou notícias tuas.

O anjo a quem ele se referia era eu, o que fez o cavaleiro de Charney rir, desconsoladamente, enquanto eu ficava rubro de vergonha. Nada me incomodava mais do que ser mal compreendido, a não ser quando me elogiavam em minha própria presença: no caso, as duas coisas aconteciam ao mesmo tempo, sem motivo real, e eu me senti duplamente mal.

Era já madrugada quando, saltando da carroça que se dirigiria para o sul, levando um médico que cabeceava de sono, sentado na palha, e um lacaio mais sonolento ainda e deixando o caminho por conta dos animais, entrei cuidadosamente no Pátio dos Milagres do Marais, vendo ao longe a aurora já estendendo suas linhas de cor por entre o azul escuríssimo do céu. Era de novo Esquin de Floyrac, um verdadeiro Todo Mundo e Ninguém, como se dizia de quem não tivesse nada de particular que o destacasse dentre a multidão.

Com exceção dos guardas do Pátio, todos dormiam, aproveitando o silêncio e a fresca da madrugada para descansar os corpos e as mentes. Eu estava insone, movido por tensões inacreditáveis: havia sido cúmplice e algoz de meu próprio irmão, tratando-o como se fosse o pior e o melhor dos homens, na frente de nossos inimigos, a quem eu conseguira iludir, e tanto, que me haviam dado a responsabilidade pelo bem-estar daquele de quem eu me mostrava ferrenho rival, fazendo de mim o que eu verdadeiramente desejava ser, guardião de meu irmão. Sentei-me em uma pedra que ficava a meio caminho da entrada e do Pátio propriamente dito, e chorei como a criança que nunca tinha sido, pois só quem tem para si o carinho de uma verdadeira mãe e a presença de um pai constante pode considerar-se criança: os que, como eu, carecem dessas figuras em sua infância, amadurecemos rápido demais e nos tornamos adultos num átimo, simplesmente por deixarmos de ser as crianças que deveríamos ter sido.

Voltou-me à mente a figura de Nazimus, o único verdadeiro pai de que podia recordar-me, tendo sido ele quem me dera o rumo e a direção da vida, destacando meus talentos e meus dons e fazendo com que eu pudesse usá-los da melhor maneira possível. Tudo o que eu era, devia a Nazimus, que me ensinara as línguas, os ofícios, mostrando-me o saber da sabedoria, como ele mesmo dizia. Graças a ele, minha vida se direcionara para alguma coisa acima e além do que eu poderia ter sido, e de tudo que me acontecera, sem dúvida, o melhor era o conhecimento que eu recebera de Nazimus e de inúmeras outras fontes, e que dentro de mim soava ainda melhor que meu próprio talento, porque meu talento para a impostura só me trouxera os piores momentos de minha vida, os mais duros e perversos que um homem pode viver.

Não percebi a chegada de Moira: ela estava ansiosa por notícias minhas, e, não conseguindo dormir, decidira ir até a entrada do Pátio para esperar-me. Estava quase chegando ao grande portão, quando me viu, largado sobre a pedra e chorando. Abraçou-me com imenso carinho, e foi em seu seio jovem que a maioria de minhas lágrimas se derramou, livres e sem medo, como eu mesmo não era. Moira me guiou até nossa câmara de dormir, porque eu não conseguia nem mesmo ver o caminho até lá, e cuidadosamente me despiu, passando-me no corpo, como sabia que eu gostava, um pano molhado com água, limpando-me daquilo que podia ser limpo. Meu desejo era o de tomar um longo banho em alguma cachoeira, como fazíamos no *Outremer* sempre que tínhamos oportunidade, imitando os habitantes do lugar. Depois ela me deitou sem roupas sobre o leito, sacudindo as cobertas e me aconchegando debaixo delas como uma mãe faz com seu filho. Eu mergulhei em um profundo sono, um dos mais pesados que tivera em toda minha vida até esse momento.

Não sei até hoje se o que tive na câmara de torturas foi um sonho, um delírio, um momento de loucura incontrolável ou um fragmento de realidade incompreensível: depois de me ver como fora quando jovem, no mesmo lugar que visualizara em meus sonhos vinte e tantos anos antes, encontrando-me comigo mesmo na realidade, como já tinha acontecido no território imponderável do sonho, repeti durante todo o tempo de meu sono nesta noite aquilo que já vivera, ora no papel de algoz de Jacques de Molay, ora sendo o fantasma de meu eu jovem, saltando de um para outro papel, às vezes com tal rapidez que chegava a perder a noção de quem era. Fui eu mesmo jovem e velho, e, depois que isso se tornou corriqueiro e confuso, fui o Grande Inquisidor, fui o Procurador, fui até mesmo o Rei, oculto por detrás da gaze: mas quando me vi no papel de Jacques de Molay, com um velho de roupa escura e sem barba me espetando uma lança no ventre, sabendo que aquele velho também era eu, acordei aos gritos, sendo acalentado por Moira.

Envergonhado, tentei ocultar dela o que se passara comigo, mas não pude: desgraçado e derrotado, acabei por contar-lhe o insuportável ato que cometera, tudo em nome de um compromisso firmado, uma promessa feita e um juramento irrecusável, obrigado a isso pela obediência que devia a quem me dava as ordens. Moira não se conteve, e me disse:

— Desacorrenta-te disso, meu homem: com que direito te exigem obediência? Tornar-se traidor, criminoso, é muito para um homem que não o é! O juramento que te pedem para obedecer não passa de um pecado, e mantê-lo se torna o maior pecado de todos, não vês? O peso desse que te obrigam a respeitar é maior do que tua alma pode suportar! O que deves a eles? Nada! Já pagaste, e com juros, tudo o que te deram! Se insistires em carregar esse peso absurdo, tuas costas se quebrarão e tu cairás no abismo da danação!

— Se eu quebrar minha promessa, se romper o juramento, serei ainda menos que um homem! Não me peças isso!

Moira me tomou a face nas duas mãos:

— Acredita, meu homem: prometer é fácil, mas mais fácil ainda é obrigar alguém a cumprir a promessa feita! O que perdem eles? Seu poder? Tu, não: tu perdes tua alma imortal! Não é pouca coisa!

— Perco minha alma é se não cumprir, Moira! Se não fizer aquilo a que me comprometi, será a mim mesmo que deverei prestar contas... tenho que manter a minha palavra dada!

— Quem promete fica em débito, meu homem! Não tens mais com que pagar essa dívida!

Sentei-a a seu lado e tentei explicar o que me ia no peito:

— Entende, Moira: nunca tive nada de meu que não fosse a obediência a meus superiores. Foi disso que vivi durante todo o meu tempo no *Outremer*, até mesmo quando estive entre os Filhos de Salomão, para quem a obediência também é uma jóia valiosa. Obedecer, sem hesitar, porque lhes havia entregado a minha vontade pessoal, dando-lhes o direito de me determinar o rumo e o caminho. Mesmo enquanto eu fui Prior de Montfaucon, não fiz mais que seguir ordens, aguardando o momento em que me tornasse Grão-Mestre, para, aí sim, poder fazer uso de minha própria vontade. Esse momento nunca chegou, porque o que a Ordem exigiu de mim foi coisa mais difícil e importante que isso: depende de mim a salvação do Templo, porque o que estamos entregando a nossos inimigos é exatamente aquilo de que podemos abrir mão. Nem o Grão-Mestre, nem nossas propriedades, nem mesmo eu, somos importantes o suficiente para que nossa existência se preserve...

— Mas por que exatamente tu foste escolhido para essa tarefa inglória? Existem milhares de Templários no mundo... não havia nenhum outro para exercer esse papel?

Fiquei em silêncio: como explicar a esta mulher que me amava que fora o meu talento único o que me levara a isto? Durante anos pusera a serviço da Ordem aquilo que eu sabia fazer, por ser o único com tal capacidade. Estar a serviço da Ordem, ou de uma missão que ela me desse, era o único caminho que eu conhecia, porque não havia em mim nenhuma vontade pessoal, a não ser aquela que se dirigisse exatamente para o objetivo maior que me tivessem imposto.

Moira me acariciou o rosto quando lhe disse isso, sorrindo tristemente:

— Podes estar enganado, não é? Podes ter cometido um erro em algum momento de tua vida, e daí em diante estar apenas repetindo este erro, como um tolo.

— Moira, só os mortos não erram. E só o erro nos ensina: eu só soube o que fazer depois de aprender o que não fazer. Se nunca tivesse errado, nada saberia, porque nada teria aprendido.

— E quem te garante, meu homem, que agora estás vivendo um acerto e não mais um erro? Tens certeza de que estás certo?

Calei-me, entrando em estado de mutismo levemente ofendido, para não discutir mais: mas a frase de Moira ficou-me verrumando a cabeça: "Tens certeza de que estás certo?" Minha companheira ficou com a sensação de que eu me zangara com ela, mas não era isso: ela simplesmente me exibira a maior de minhas dúvidas, fazendo com que eu a olhasse no olhos e também me questionasse: "Tens certeza de que estás certo?"

Eu certamente precisava de fatos que me aplacassem as dúvidas, da mesma maneira que meu corpo continuava precisando de comida. Só depois de digerir fatos suficientes, eu teria vigor e sabedoria. Eliphas uma vez me dissera que os fatos são os argumentos de Yahweh, e até este dia eu não o compreendera. Só sabia que os fatos raramente são tratados como devem: a narração de um deles invariavelmente se torna, ao passar por mais de uma pessoa, numa espécie de falsidade um pouco melhorada, por mais que o narrador seja um sincero buscador da verdade. Se isso acontece com dois, por que não com um? Não estaria eu observando os fatos de minha vida de maneira equivocada, incorrendo em engano exatamente por não ser capaz de enxergar a realidade como ela é?

Nada me acalmou, e por isso decidi sair de onde estava e ir para qualquer outro lugar, quem sabe em busca de alguma coisa que me recolocasse no caminho da certeza, como eu o trilhara antes desse dia. Obrigar um homem a ferir seu irmão em nome de algo que ele não compreende é pior do que explicar-lhe longamente o que ele fará, e obrigá-lo da mesma forma. O problema não está na coisa feita, mas na negação da escolha: quem abre mão desse direito vale menos que um homem, e se o fizer conscientemente, aí sim, perde até mesmo a capacidade de voltar a sê-lo. Trilhei as pedras da cidade que me abrigava sem deixar de exibir um certo asco, como se me aceitasse por obrigação. Andei como um homem que está perdido, e em minha alma era realmente assim que eu me sentia: a dúvida que o destino me impusera, a essa altura de minha vida, quando já estava vivendo com tempo emprestado, tendo superado em muito a probabilidade de vida de qualquer homem sobre a terra, era por demais cruel. Eu era um velho, e tudo que me havia sido dado podia ser apenas uma ilusão de minha mente, porque só muito raramente alguém se dispõe a ver-se como verdadeiramente é, preferindo se acreditar como gostaria de ser. A concretização de um estranho sonho tido muitos anos antes em nada me ajudava: apenas me fazia pensar na existência de um Destino imutável, cujos desígnios ninguém possa negar ou mudar.

Em todo caso, cheguei ao Palais de Paris, de onde saíra na madrugada anterior: mostrar o salvo-conduto era abrir todas as portas, porque a assinatura e o selo do Grande Inquisidor tinham esse poder quase mágico. Fui descendo às masmorras como quem desce aos Infernos, buscando o círculo onde a sentença me fosse imposta, junto a meus iguais em pecado. Por mais que soubesse que o pecado não existe, que a culpa só surge onde não há responsabilidade, que a consciência é a única e verdadeira liberdade, estava imerso em depressão e tristeza, enquanto descia os corredores e me dirigia à cela onde havia deixado um Jacques de Molay moribundo e um Geoffroy de Charney desesperado, ambos meus irmãos, e que eu traíra em nome de algo que já nem compreendia mais o que fosse.

A porta estava entreaberta, a cela, iluminada por velas: no catre, reclinado sobre os colchões, Jacques de Molay, miraculosamente vivo, tomava um caldo que de Charney lhe dava às colheradas, na boca. Seu estado era de imensa fraqueza, como mostravam o tremor de suas mãos e as escuras olheiras sob seus olhos, mas certamente ele estava mais vivo que na noite anterior, e surpreendentemente bem para um homem que tinha sido crucificado. Parei à porta da cela, sem acreditar no que via, como se estivesse assistindo a uma ressurreição.

Jacques de Molay pôs os olhos em mim, e sua boca se abriu num sorriso triste:

— Meu irmão...

De Charney virou-se para mim, e, ao ver-me, fechou a cara e se pôs de pé, andando agressivamente em minha direção:

— Sai daqui, traidor, assassino... tu és a vergonha da Ordem! Livra-nos de tua asquerosa presença!

— Acalma-te, de Charney... — A voz trêmula de Jacques de Molay não foi o suficiente para que Geoffroy mudasse de atitude.

— És um porco, uma fera sem piedade, um covarde vestido como homem! — De Charney estava incontrolável. — Sai daqui! Nenhum de nós te deseja, monstro!

Ouvir essas palavras duras foi demais para mim: meus olhos se embaçaram, e eu me virei para a porta de saída, sentindo-me exatamente como Geoffroy me considerava, um monstro, uma fera, um porco e um covarde. Dei dois passos no corredor, pronto para deixar aquele lugar definitivamente, quando de dentro veio a voz de meu Grão-Mestre:

— Esquin, meu irmão...

A doçura e suavidade da frase foi demais para mim: a torrente desesperada de meu choro rompeu as barreiras de meu controle e se projetou para fora de mim, aos uivos, enquanto eu caía ao chão, perto de Jacques de Molay, colocando minha cabeça no catre, perto dele. Ele colocou sua mão, leve como uma pluma, sobre minha cabeça, dizendo:

— Não chores, irmão: o que tu significas para mim é mais até mesmo do que o que significas para o Templo, e que não é pouco... um dia, não apenas de Charney, mas todos os homens, compreenderão o que foi tua tarefa e a importância dela, e te darão o devido valor. Se esse tempo demorar, não temas: basta que saibas, aí dentro de ti, que estás fazendo o que deve ser feito, e que sem ti nada do que planejamos seria possível...

De Charney nada compreendia:

— Grão-Mestre, estás delirando? Esse homem nos traiu a todos, e hoje está na lista de pagamento do Rei e do Grande-Inquisidor: é um traidor contumaz, e se eu tivesse uma arma em minhas mãos, ele já estaria morto!

Jacques de Molay não lhe deu atenção: apenas sorriu para mim, o mesmo sorriso triste de antes, passando-me a mão sobre a cabeça como um pai faz com seu filho:

— És meu irmão muito querido e tenho por ti verdadeiro amor: seria isso egoísmo de dois? Não o creio: sei apenas que posso contar contigo para a mais difícil das tarefas, aquela que te destroça a alma, mas que mesmo assim executas, porque a tua vontade a isto te obriga. Eu te agradeço, irmão, pela tua capacidade de escolher o caminho certo, sem medo da verdade de que ele é feito. Eu te selecionei para essa jornada difícil, e tu nunca me falhaste: se algum dia te sentires só, pensa que a minha amizade por ti nunca se apagará, e mesmo que eu esteja morto e todos à tua volta te verberarem por causa disso, eu te aguardarei nos portões do céu, para que, juntos, caminhemos por toda a eternidade...

Cansado, Jacques de Molay se recostou no leito, sob os olhos de um de Charney boquiaberto:

— Grão-Mestre, não sabes quem é esse homem? Não reconheces teu torturador?

Jacques de Molay, sem tirar os olhos de mim, disse:

— Não, de Charney: aqui só reconheço meu verdadeiro irmão!

Naquela masmorra onde a Morte era soberana, estávamos juntos em bondade e suavidade, e subitamente a luz da verdadeira amizade brilhou, como se Deus ali tivesse derramado sua bênção e vida para sempre.

Capítulo 16

1291

A morte de Qalawun, que poderia desfazer a vontade muçulmana de atacar Acre, contrariamente acirrou os ânimos, porque, depois de qualquer governante, por pior que ele seja, sempre vem um outro que o torna bom, comparativamente falando. A tolerância do tratado proposto e organizado pelo Templo, através de Guilherme de Beaujeu, transformou-se em fumaça depois da queda de Trípoli, e, sinceramente, os mais intolerantes eram os Francos, que ficavam tentando conseguir ajuda da Europa, sem nenhum sucesso. O desespero por se sentirem ilhados no *Outremer*, somado ao cansaço pela espera das respostas, que nos dez anos de vigência do tratado não tinham vindo, transformou-se em violência latente, pronta para explodir a qualquer momento. Era como se o próprio ar que nos cercava estivesse vibrando com alguma energia estranha, daquelas que antecedem uma forte e incontrolável tempestade, deixando a atmosfera com um forte cheiro metálico.

No intervalo entre as quedas de Trípoli e Acre, eu tive mais uma vez que me disfarçar como o Emir al-Fakhri, quando ocorreu a crise causada pelos italianos do Norte, na sua maior parte venezianos e bolonheses, os únicos a responder ao pedido de auxílio aos Francos na Palestina, e com certeza exatamente aqueles que para lá nunca deveriam ter ido. Quando aportaram em Acre, chamaram a atenção de todos: eram escandalosos, animados, riam muito e muito alto, e se tratavam uns aos outros com excessiva familiaridade. Saltaram dos navios com rapidez, mas levaram dias para descarregá-los, entre discussões e gritarias, tratando os que passavam por perto como se os conhecessem desde sempre.

Sua presença em Acre trouxe estranheza; os próprios orgulhosos cavaleiros francos a quem já citei, sentindo-se ameaçados pela presença excessivamente acintosa dos venezianos e bolonheses, começaram a torcer o nariz para seus hábitos. Os que mais fortemente reclamaram contudo foram os genoveses, pois tinham uma espécie de monopólio sobre o comércio de Acre com o resto da Europa, e temiam que, com essa invasão bem-humorada e um tanto ou quanto truculenta, os arrivistas do Norte se tornassem mais importantes que eles. Por isso passaram a agir com dureza, fazendo questão de deixar claro nada terem a ver com os recém-chegados.

Estes, por sua vez, já iam se tornando incomodativos, com sua garrulice exagerada e seus hábitos pouco corteses. Embebedavam-se todas as noites, e as madrugadas cheias de gritos e disputas, que não deixavam os habitantes dormir em paz, se derramavam em manhãs de vômito, com o qual esta espécie de invasores forrava as ruas da cidade, desacostumados que estavam com o ácido vinho disponível em Acre. Sua pouca educação também se revestia de pouco tino no trato com as mulheres: poucos dias após sua chegada, todas as mulheres de Acre deixaram de sair às ruas, e até mesmo de chegar às janelas de suas casas, para não ter que encarar a falta de delicadeza com que agiam, cada vez que viam uma delas.

Mais alguns dias, e os próprios italianos começaram a perceber a rejeição da cidade à sua presença, e isso os tornou ríspidos: ninguém está preparado para ser rejeitado da maneira como estavam sendo. Tornaram-se então ainda piores do que já eram, sentindo-se na obrigação de deixar patente a todos o ressentimento que sentiam por terem sido colocados de lado pela sociedade de Acre. Seu ressentimento passou então a ser a união da tristeza com a maldade, uma combinação da paixão que ninguém quer abrigar com a paixão que todos dizem detestar.

Não podendo em sã consciência abrir combate cerrado com aqueles a quem tinham vindo salvar, voltaram seus olhos para a coisa mais parecida com inimigos que havia em Acre: os muçulmanos e os judeus que, entre nós, viviam em paz como sempre, desde que o tratado garantira a continuidade dos negócios por dez anos e dez dias. Os recém-chegados passaram a trilhar diariamente as ruas do mercado, olhando com cara cada vez mais feia os que ali estavam ganhando sua vida. A coisa estourou num dia em que eu, precisando renovar as energias perdidas nos exaustivos treinamentos de batalha, pedi permissão a meu Grão-Mestre para visitar o canteiro de obras dos Filhos de Salomão, onde meus irmãos Ayub e Eliphas cuidavam cada vez com mais dificuldade dos negócios de construção.

— Não suporto mais ficar neste abandonado canteiro de obras, olhando para ontem e tentando perceber o que o futuro nos trará... — Eliphas estava a ponto de arrancar os cabelos. — Como manteremos os irmãos, se a cada dia há menos trabalho, e o dinheiro dos trabalhos feitos está sendo gasto com outras coisas?

— O futuro não é nosso, para saber, Eliphas. — Ayub manipulava suas sempre presentes pedrinhas. — Ainda bem: o véu que cobre o futuro é feito da misericórdia de Allah. Só seremos infelizes se quisermos ler o futuro com os olhos de nosso passado.

— Não ficas feliz enquanto não enfias Allah à força em nossa conversa, não é, Ayub? O passado é tudo de que precisamos para viver felizes: nenhum bem pode ser feito sem aquilo que, reconhecido ou não, fica conosco do que vivemos, trabalhando incessantemente em nosso benefício... e nós efetivamente já fomos mais felizes no passado.

Estavam seriamente mais preocupados do que sua constante disputa dava a entender: e eu, sabendo que o presente é o único tempo que existe, decidi animá-los:

— Irmãos, irmãos, calma: o passado e o futuro só nos servem se estiverem interalmente subordinados ao presente que hoje vivemos... os tempos dourados são estes de agora ... e se pudermos, devemos preenchê-los de felicidade e, quem sabe, de vinho! Onde poderemos tomar vinho, comer alguma coisa, ver e ouvir gente, observar nossos semelhantes em sua constante agitação, seu completo esquecimento do passado e sua completa ignorância do futuro? Ao mercado de Acre! Quem me acompanha?

Saímos os três do canteiro de obras, parado e quieto demais a essa hora do dia, como nunca estivera, e nos dirigimos ao mercado de Acre, um espaço bastante largo entre ruas estreitas que nele se derramavam, permanentemente ocupado por mercadores, em sua maioria muçulmanos, pois não lhes restara outra opção de ganhar a vida que não fosse o comércio diário no *soukh* de Acre.

O comércio sempre foi a melhor forma de desmanchar as animosidades entre nações, refinando e polindo o trato entre os homens, unindo-os pelo mais forte dos laços: o desejo de satisfazer as necessidades mútuas. Como, para isso, a paz era essencial, havia em Acre um grande número de cidadãos unidos por seus interesses pessoais na disposição de serem os guardiães da tranqüilidade pública. Para isso, só uma coisa era necessária: a mais perfeita e completa liberdade, ampliando seu vigor e saúde, assim como a saúde e o vigor dos cidadãos. Guilherme de Beaujeu havia pensado nisso, ao propor o tratado de que agora os francos reclamavam: todos os europeus que haviam conseguido fugir de Safed e Trípoli, antes de elas serem tomadas por Baibars e Qalawun, tinham vindo se abrigar em Acre. Qalawun, quando ainda era apenas o sultão al-Malik, e não o condutor de homens para a vitória que se tornou, havia imposto severas condições, e Guilherme as aceitara todas. Há quem diga que fora isso que minara definitivamente o poder dos Templários no *Outremer*, que neste momento só dispunham, além de Acre, de dois fortes pequenos, em Tortosa e Atlit, garantidos pela promessa de nunca mais haver ataque franco a Safed. Mas Guilherme pensara antes de tudo na sobrevivência do Templo, nos ganhos que poderia obter para a Ordem, se houvesse paz, e na tranqüilidade dos sobreviventes, que precisam estar livres da guerra para poder comerciar.

O *soukh* de Acre, portanto, ainda vicejava, e as preocupações com o futuro ali se tornavam matéria de pouca importância: o que valia mesmo era comprar, vender, pechinchar, fazer com que mercadorias de primeira necessidade ou supérfluas trocassem de mãos, transformando-se em prazer para alguns e ganho para outros. Em Acre, éramos mais de trinta mil pessoas, ocupando cada desvão da cidade, isso sem falar nos imensos subterrâneos que faziam dela uma cidade dupla, com espaço suficiente para ser preenchida no oculto, caso houvesse tal necessidade. Havia saídas estratégicas por dentro da montanha, e eu mesmo já usara algumas delas em diversas ocasiões, quando precisara me transformar em outro homem e invadir secretamente o território de nossos inimigos. Nem todos poderíamos escapar, em caso de ataque, mas a maioria sequer pensava nessa possibilidade.

Eu e meus dois irmãos nos pusemos a flanar pelo *soukh*, tentando esquecer nossos problemas, substituindo-os pela satisfação de nosso olfato, visão e audição, pois os cheiros, cores e ruídos que ali existiam eram suficientes para encher-nos de maneira quase que absoluta. Temperos, tecidos, líquidos e sólidos, utensílios de todas as formas e materiais tomavam todo o nosso campo de visão, enquanto atravessávamos as vielas, olhando para cada *ma-Hâllat* e percebendo a imensa variedade que as transformava naquilo que eram: lojas de comércio, onde se comprava e vendia de tudo e mais um pouco.

Em Acre, não causava nenhuma estranheza o fato de um judeu, um muçulmano e um franco, ainda por cima Templário, andarem juntos: a diversidade era a marca da cidade, e a tolerância, a sua forma de ação mais constante. Foi certamente por isso que ninguém entendeu o que os quatro soldados venezianos estavam tentando conseguir com seus gritos à frente de uma barraca de tecidos e tapetes:

— Onde está esse maldito sarraceno que ousou tocar em uma de nossas mulheres? Por que queres ocultá-lo, mercador? Pretendes também te aproveitares dela, quando ele já estiver cansado de estuprá-la?

O velho mercador, cercado pelos dois filhos, não entendia nada do que acontecia, já que não falava a língua dos venezianos: mas seus filhos entenderam muito bem, e um deles, ofendidíssimo, ergueu a mão com um chicote para o veneziano mais próximo, acertando-lhe a orelha esquerda, que imediatamente sangrou. A grita foi geral, porque o veneziano, sem hesitar, avançou com sua espada e perfurou o ventre do rapaz, espalhando seus intestinos pelo chão da barraca, sujando tudo de sangue e fezes.

Os venezianos foram imprensados na parede do *soukh* por uma pequena multidão de muçulmanos que erguiam os olhos e os braços para o céu, gritando em árabe e pedindo a morte dos infiéis. Avancei para eles, esperando que meu traje branco de Templário fosse suficiente para acalmar-lhes os ânimos, mas não tinha chegado nem a dez passos, quando, por uma das portas que levavam até o *soukh*, vi se aproximar um verdadeiro batalhão de venezianos e bolonheses, todos com suas espadas desembainhadas, erguidas sobre as cabeças, e empurrando quem quer que lhes estivesse à frente.

O primeiro veneziano, um sujeito de má catadura e nenhum espírito, gritou para os companheiros:

— *Gumpagni! Vien' d'al mio aiut'!* Passei no fio da espada o infiel que desrespeitou nossas mulheres!

Os outros, como uma máquina bem azeitada, avançaram pelo meio da multidão, baixando e erguendo as espadas, e de cada vez que as erguiam, vinham mais manchadas de sangue. Eu ficara imprensado entre a luta e a curiosidade dos que estavam atrás, a uma razoável distância de meus dois amigos, e a ponto de ter que me defender, porque de perto ninguém via que eu era Templário, e mesmo se visse, creio que de nada adiantaria: já não éramos mais os símbolos de força e honradez que tínhamos sido, graças a homens com o mesmo jeito de pensar destes italianos, grosseiros e desmedidos.

O ponto alto da refrega foi quando um dos bolonheses, erguendo a espada, trouxe em sua ponta a cabeça recém-degolada de um mercador, os olhos ainda arregalados, o sangue escorrendo pelo toco do pescoço e os buracos da cabeça, criando na multidão um grito de espanto e depois, como reação, uma ainda mais forte explosão de ira e vingança. Finalmente, os soldados do Templo chegaram até o lugar e conseguiram fazer cessar a luta, cercando e manietando os soldados italianos, que foram conduzidos para o Templo aos gritos de vitória, enfrentando a ira da multidão mais que enfurecida. Eu fiquei ali, sentado no chão, as lágrimas de impotência caindo de meus olhos, entre os restos da batalha: o desrespeito é sempre fruto da ignorância, sem que isso seja percebido por quem o pratica. Esse é o resultado do desconhecimento do mundo: quem o conhece não necessita ser temeroso, e quem se conhece não precisa desrespeitar nada nem ninguém. Para agir com respeito, não é preciso ter vergonha daquilo que se faz, mas simplesmente não fazer aquilo que nos envergonha. Os cavaleiros italianos, em sua maioria soldados elevados a essa categoria sem ter dela nenhum dos ingredientes, haviam criado um estado de coisas insuportável para todos, e seus resultados seriam exatamente aqueles que todos temíamos.

Nessa mesma noite, a cidade se reuniu em assembléia na praça do mercado, e os homens grados da cidade, todos cristãos, não havendo entre eles nenhum judeu ou muçulmano, tentaram entender e corrigir os fatos ocorridos, sem sucesso. Os venezianos e bolonheses não tinham nenhuma noção do que haviam feito, e, quando entraram na reunião, tentaram distorcer o assunto, alegando coisas improváveis:

— Os muçulmanos daquela barraca estavam ofendendo as mulheres cristãs que passaram pelo mercado! Olhavam a todas com ar lúbrico de desejo, e comentavam entre si sobre suas naturezas e sua sensualidade. Não podíamos permitir que isso acontecesse!

Uma grande parte da assembléia se fez de ofendida, reagindo em apoio às palavras dos italianos. Guilherme de Beaujeu, sempre atento, pediu silêncio e perguntou:

— O cavaleiro fala o árabe?

O veneziano ficou pálido, e imediatamente fez ar de ofendido, tentando desvirtuar o assunto:

— O Templário ousa desconfiar da palavra de um veneziano?

— De forma alguma, cavaleiro: desejava apenas saber se o cavaleiro fala o árabe para poder ter entendido o que os mercadores diziam... fala?

— Não é preciso entender o árabe para perceber o que os mercadores diziam! Seu ar de desrespeito era mais do que suficiente!

— Entendo... então o cavaleiro não fala o árabe, mas tem poderes suficientes para entender o que é dito em língua que lhe é desconhecida... nunca soube que os habitantes de Veneza fossem capazes disso... em outras localidades, o cavaleiro seria considerado um bruxo, capaz de entender uma língua que não fala...

Metade da assembléia riu, o que irritou profundamente a outra metade, que, como os italianos, desejava apenas se aproveitar do momento para expressar seus preconceitos. Os venezianos e bolonheses, envergonhados, batiam com suas armas no chão, fazendo barulho suficiente para afogar as risadas que haviam causado:

— É impossível viver em companhia dos infiéis e dos judeus! — Um dos poderosos cristãos de Acre se ergueu. — Só os suportamos

porque a isso fomos obrigados pelo tratado que os Templários nos impuseram!
— Como podes dizer isso, canalha? — Um outro cristão se ergueu, apostrofando o primeiro. — Pois se és dentre nós o que mais comercia com muçulmanos e judeus, e sem eles teus negócios estariam mortos!
— Eu pelo menos tenho sido roubado por eles! E tu, que os roubas descaradamente, proibindo-os de negociar com teus clientes cristãos e vendendo a eles o que compras dos muçulmanos por dez vezes menos?
— Cristão compra de cristão, judeu compra de judeu, muçulmano compra de muçulmano! Esses infiés insistem em influenciar nossos fregueses, fazendo ofertas desonestas que não podemos cobrir!
— E por que tu negocias com eles? Não sabes que cada coisinha que compras deles serve apenas para fortalecer o poder dos *mamluqs*? Devíamos expulsá-los a todos de Acre!

Nesse instante, a assembléia, que estava se dividindo em defesa dos dois lados da questão, se uniu contra o que lhes parecia ser o inimigo mais perigoso: no meio deles, os venezianos e bolonheses, agressivos como sempre, acabaram por ser congratulados e até tratados como heróis do povo de Acre, por ter dado nos muçulmanos um golpe mortal.

Não havia lugar para razão naquele momento, pois não adianta tentar vencer racionalmente o preconceito que alguém tenha: não fora racionalmente que esse preconceito deitara raízes em alguém, portanto não seria racionalmente que o extirparíamos. Guilherme de Beaujeu, saindo da assembléia enquanto os homens de Acre se arrogavam um poder que não tinham, mas que naquele momento lhes parecia a coisa mais heróica a ser feita, disse-me, baixinho:

— Quem só conhece o seu lado da questão, até mesmo dele conhece pouco... veremos a resposta dos *mamluqs*, e de que maneira os cidadãos de Acre tomarão o remédio amargo que a realidade lhes impuser.

Na manhã seguinte, sem que ninguém tivesse percebido, os muçulmanos de Acre prepararam seu êxodo da cidade: o mercado ficou mais de dois terços vazio, enquanto os que falavam a língua árabe organizavam sua partida: ao meio-dia já não restava mais nenhum muçulmano disposto a continuar vivendo em Acre. Por algum tempo, os preconceituosos se vangloriaram de sua vitória, mas quando perceberam que as necessidades mais básicas de suas vidas dependiam dos muçulmanos, os únicos que, graças à sua origem, podiam viajar sem temor pelas estradas do *Outremer*, engoliram em seco e começaram a temer por sua sobrevivência. Sem muçulmanos, até a comida seria difícil de conseguir, e eu pude mesmo ver tentativas de obrigar os muçulmanos a continuar em Acre, ainda que contra sua própria vontade.

A verdade era uma só: com os muçulmanos fora dos muros, Acre se tornaria uma cidade exclusivamente cristã e, como tal, rigorosamente na mira dos *mamluqs*, pois não seria preciso separar os que seriam salvos dos que seriam massacrados, em caso de ataque. Os homens de Acre entenderam isso, mas já era tarde: dois dias depois, não havia um muçulmano sequer em Acre, e o futuro se tornou mais negro do que haviam pretendido.

Exagero ao dizer que nenhum muçulmano restou em Acre: meu irmão Ayub, por respeito aos Filhos de Salomão, sequer pensou em partir. As obras não estavam sequer sendo tocadas, as ferramentas não cantavam mais sobre as pedras brutas, e o marasmo só não era maior que o temor, que se avizinhava dia a dia. Quando os encontrei, no canteiro de obras praticamente abandonado, nada havia mudado: Eliphas traçava intermináveis desenhos, e Ayub calculava, usando suas pedrinhas brancas e negras, que separava e ajuntava em montes dos mais diversos formatos, neles colhendo os resultados de tudo o que sua mente lhe propunha. Entrei sob a tenda, e o ar estava muito mais claro que normalmente, porque o pó de pedra não flutuava no espaço, como quando o canteiro estava em plena atividade: meus irmãos, quando me viram, nem sorriram, e se Eliphas estava preocupado, o ar de comiseração na face de Ayub era quase insuportável:

— Meu irmão Esquin, folgo em ver-te: não sei ainda durante quanto tempo poderemos conviver em paz, como verdadeiros irmãos... hoje compreendo totalmente o que querem dizer quando falam de "amor a Allah": isso significa apenas "a fraternidade entre os homens"... não posso negar os irmãos que ganhei, porque neles reside o mesmo Deus que há em mim... Mas como salvá-los do destino que se avizinha, se a maioria dos homens não pensa assim?

— Com exceção de alguns poucos, raríssimos, especialíssimos homens, não há quase nenhuma diferença entre eles. — Eliphas sequer ergueu os olhos, extenuado. — Há os que acreditam em alguma coisa, e por isso não toleram nada, assim como há os que parecem tolerar tudo, porque em nada crêem. Nenhum deles percebe que só existe mérito na tolerância, e também que a intolerância é um crime insuportável!

— Irmãos, a Igreja de Roma, sob cujas ordens me coloquei em determinado momento de minha vida, tem sido a maior fonte de intolerância e preconceito que já pude conhecer, envenenando com isso as crenças e as vidas de todos sobre quem tem poder... — Eu também me sentia muito cansado. — Como é possível imaginar que uma religião que pareça respirar misericórdia e benevolência, ensinando o perdão dos pecados, o exercício da caridade, e a pagar o mal com o bem, possa ter se pervertido tanto, que hoje bafeje sobre o mundo um espírito de morte e perseguição, de discórdia e vingança por causa de simples diferenças de opinião? Trata-se de um fenômeno verdadeiramente extraordinário: mais extraordinário ainda, porém, é que seja a doutrina não de homens maus tentando ocultar seus malfeitos, mas de homens bons que alegam estar buscando a salvação para si e para os outros!

Ayub suspirou:

— O julgamento humano está doente, meu irmão: mas quem sabe não seja essa a lição de humildade que devamos aprender? Nossas religiões, a minha e a de Eliphas, ainda que pareçam momentaneamente melhores, padecem dos mesmos defeitos. Como podemos pensar em tolerar uma religião que seja absolutamente intolerante? Não seria preciso, em troca, ser intolerante para com ela, e quem sabe até mesmo mover-lhe uma guerra, para reduzi-la a seu verdadeiro papel?

Eliphas também suspirou:

— Isso seria inútil, irmão: a verdadeira religião é sempre aquela que se enraíza tanto na razão quanto na emoção. A razão de nada vale se não mover a emoção; a emoção de nada vale se não for movida pela razão. Mas ambas serão dispensáveis se o que lhes dê a partida não for a verdade, e se seu fim não for a responsabilidade.

— Ainda que isso muito me incomode, sou forçado a concordar contigo...

Eliphas abriu a boca, espantado:

— Tu, concordando comigo? Senhor Deus de Israel, onde terei eu errado?

Rimos, os três, e Ayub continuou, sem deixar de mover suas pedras:

— Deus parece a cada um de nós exatamente como somos, porque é exatamente como Ele nos parece que tratamos nossos semelhantes. Se queres saber como é o Deus de um homem, olha como ele vive e como se relaciona com aqueles a quem encontra em seu caminho pelo mundo. Nesse ponto, todos os nossos santos homens certamente têm deuses de péssima qualidade... não vês como se tratam uns aos outros?

Nesse instante, percebi o quanto ganhara com minha experiência junto aos Filhos de Salomão: por nossa própria natureza de construtores, direcionada aos resultados e sempre em busca dos talentos individuais, acabávamos por ser um organismo multifacetado, em que as diferenças conviviam sem esforço, sustentadas por uma indiscutível tolerância e respeito pela crença individual de cada um. A responsabilidade por essa tolerância certamente nascia em quem tinha do mundo e da Natureza uma visão mais sábia, e se entre os Templários havia poucos que assim pensavam, nos Filhos de Salomão éramos certamente a maioria.

— Sempre me disseram que eu devia ser agradecido por viver em tempos de paz, quando os poderosos que nos são contrários não têm armas para tentar nos obrigar a ser como eles, ou morrer em caso de recusa. — Eliphas sorria, tristemente. — Infelizmente, creio serem chegados os tempos em que não terão apenas línguas ofensivas e espíritos exasperados, mas o perigoso poder das armas, prontas para nos destruir.

— Meu irmão tem razão: eu temo que a escalada de pequenas vinganças se torne um mergulho no abismo da guerra. Tão certo quanto me chamo Ayub, podeis crer que os *mamluqs* de Qalawun farão uso do que aqui aconteceu como pretexto para romper o acordo feito e nos destruir a todos. Creio, irmão Esquin, que deverias novamente acordar o Emir al-Fakhri, para descobrir quando isso se dará, dando a Acre o tempo necessário para preparar sua defesa...

Eu me recordava de Baibars, e de como se tornara até delicado com o surgimento de Qalawun: pois agora Qalawun estava morto, e um de seus três filhos o substituiria, tornando-o bom, pela inevitável comparação. Não havia em minha alma nenhuma vontade de fazer o que Ayub me dizia, mas compreendi que essa era a coisa certa, já que em Acre ou fora dela ninguém nos traria notícias verdadeiras sobre o que estava por nos suceder neste momento.

Voltando para a fortaleza templária, busquei a meu Grão-Mestre, Guilherme de Beaujeu, para comunicar-lhe minha decisão de novamente espionar os *mamluqs*. Meus irmãos Templários estavam reunidos na grande sala de refeições, e eu me mantive de pé à porta, observando seu nervosismo e preocupação. O Grão-Mestre permanecia sentado, a cabeça entre as mãos, enquanto seus auxiliares mais próximos debatiam asperamente:

— Em breve estaremos sendo atacados pelos *mamluqs*, e se não nos prepararmos para isso, economizando comida e água imediatamente, eles nos forçarão à fome e à sede! — O Marechal do Templo batia com o punho fechado sobre a grande mesa, as manoplas de sua armadura retinindo com cada golpe. — Deveríamos atacá-los antes, enquanto não nos atacarem, para que a surpresa seja vantagem nossa!

— Estás louco, Marechal! — O Sargento-de-Armas retrucou com uma veemência que, rompendo as barreiras da hierarquia, beirava a violência. — Nunca seremos capazes de vencer os *mamluqs* em seu próprio território! Nossa única possibilidade é resistir dentro de Acre, até que eles estejam tão depauperados quanto nós! Uma longa campanha será para eles a vitória impossível, e quanto mais formos capazes de resistir, maior a nossa chance de derrotá-los depois que já tiverem descido ao mais baixo que pudermos levá-los!

Pierre d'Hézquam, o Hospitaleiro da Ordem, pigarreou, erguendo o braço:

— Quando fui à Europa buscar auxílio, faz quase dois anos, percebi que só contam conosco como defesa contra uma segunda invasão moura... Cada notícia de perda de território aqui no *Outremer* assusta terrivelmente nossos conterrâneos, que temem mais do que tudo ficar novamente sob o controle dos infiéis!

— Pois deveríamos abandonar imediatamente esta Palestina dos demônios e nos preocupar em criar e defender nosso próprio país Templário! — O cavaleiro Hertran gritava com voz muito aguda. — O Languedoc pode ser todo nosso, já que a população daquela região receberia com muito prazer um governo Templário, livrando-se do jugo opressor dos Capetos! Fomos unidos à força ao Reino de França, e nosso maior desejo é livrarmo-nos dele, voltando a ser o país independente que sempre fomos!

— O irmão Hertran propõe que fujamos e abandonemos São João de Acre à sanha dos *mamluqs*? Se soubesse dessa tua covardia, nunca teria aceitado tua companhia na viagem à Europa!

— E nem eu teria ido contigo, d'Hézquam! Tua subserviência ao Rei de França me causou engulhos! Assim que tomarmos posse de nosso próprio país, de que lado ficarás?

Os dois cavaleiros se ergueram a meio de suas cadeiras, colocando a mão nos copos das espadas e bufando um para o outro, o que levantou imensa grita entre os Templários presentes, dispostos a defender um dos dois contra o outro. Guilherme de Beaujeu ergueu a cabeça e deu com os olhos em mim, que o saudei da porta: ele também acenou levemente com a cabeça, e bateu com a espada sobre a mesa, interrompendo a gritaria e a disputa:

— Silêncio, cavaleiros! Pois agora disputaremos entre nós, em vez de combater o inimigo que já bate à nossa porta? O que somos, afinal? Templários ou simples membros das outras Ordens que nos imitam sem sucesso? Onde está nosso valor, nosso orgulho? Vamos nos entregar agora a emoções violentas e pensamentos imperfeitos, indignos de um cavaleiro?

Fez-se súbito silêncio na sala: os cavaleiros se assentaram, e todos dirigiram sua atenção ao Grão-Mestre, que tinha a última palavra em todos os caso, e não deixaria de dá-la:

— Antes de tudo, é preciso que saibamos a verdade sobre as intenções dos *mamluqs*: com a morte de Qalawun, tudo mudou, e sua movimentação depende da capacidade que o novo Comandante tiver de uni-los e guiá-los. Pois se nem sabemos quem será esse novo Comandante!

Esta frase ele a dirigiu a mim, sem sombra de dúvida. O silêncio pesado permaneceu, e de Beaujeu continuou:

— O que Acre fez com seus muçulmanos certamente terá grande peso em sua decisão: fomos incapazes de controlar os homens que estavam sob nossas ordens, e agora pagaremos o preço por isso. Teria sido melhor que não tivessem nos enviado ninguém, em vez de termos que arcar com as conseqüências dos atos impensados de soldados sem senso de honra! Deveríamos agora imitá-los? Não, meus irmãos: é preciso que saibamos fazer a diferença entre nós e o resto!

De Beaujeu se ergueu de seu lugar, a barba cada vez mais branca, a face sulcada por rugas de preocupação:

— Peço-vos a todos apenas uma coisa: obediência. Vós a jurastes quando vos tornastes Templários, e ela é o bastante para que o Templo possa tomar a decisão certa. Assim que ela estiver disponível, eu a comunicarei a vós. Retirai-vos!

Os cavaleiros foram saindo do salão, e eu permaneci, obedecendo não apenas a meu instinto, mas a um olhar mais intenso que Guilherme de Beaujeu me lançou. A sala foi-se esvaziando, e quando não restava nela mais ninguém a não ser o Grão-Mestre, ele me fez um sinal e se dirigiu para uma pequena porta, do outro lado da entrada. Cruzei o salão com rapidez, e nos encontramos num escuro corredor do outro lado, onde Guilherme de Beaujeu me disse:

— Já sabes o que te pedirei, não sabes?

— Meu mestre, vim te oferecer esse serviço: podes contar comigo. Hoje mesmo irei disfarçado para o quartel-general dos *mamluqs*, e rapidamente retornarei com notícias que nos permitam a salvação de Acre.

— Eu te agradeço, meu irmão: neste transe, só posso mesmo contar contigo. Que Deus te acompanhe em teu trajeto, ida e volta!

Beijamo-nos à moda templária, e eu me retirei dali, para preparar-me o mais rápido possível para a viagem que meu coração não desejava, mas minha obediência e juramento me obrigavam a fazer. Os homens maus só obedecem por medo, mas os bons o fazem por amor: eu me dispunha, por amor à minha Ordem e a meus irmãos, a obedecer, e meu coração precisava se convencer disso, para que meu corpo não prejudicasse o cumprimento da missão que só eu podia realizar.

Felício não achou nenhuma graça quando eu lhe disse que o Emir al-Fakhri retornaria à vida:

— Mano, estás louco! A esta altura, já sabem que al-Fakhri morreu, e certamente serás degolado por falsidade! Pelo Duvél, desiste dessa empresa! Por duas vezes já te meteste entre os *mamluqs*, e se na segunda não te apanharam, na primeira quase te dão cabo da vida! Por que queres arriscá-la dessa forma?

— Felício, é o que tenho a fazer, é a parte que me cabe e que não posso recusar, sob pena de tornar-me perjuro ou coisa pior! Tranqüiliza-te: hei de me sair bem desta tarefa, e quando retornar a Acre me encontrarei contigo, e juntos iremos daqui para outra parte do mundo, onde possamos estar bem com tudo o que forma as nossas vidas...

Em vista do medo quase pânico de Felício, não o levei comigo, trilhando sozinho o caminho em direção ao Cairo, pela rota do litoral, para o qual hordas de *mamluqs* se dirigiam, qual fosse uma nova Mecca, como se o Profeta tivesse renascido e os chamasse a todos. No meio de tantos muçulmanos que se dirigiam para lá, eu era apenas mais um, e pude me privilegiar do papel de emir de uma tribo muito pobre, quase esquecida por Allah, sem com isso chamar sobre mim qualquer atenção: como eu, havia muitos mais, todos imbuídos da importância de seu papel na derrota final dos francos, como eles denominavam a todos os que tinham vindo da Europa, inclusive os "potros", filhos de europeus nascidos na Palestina e que se tinham casado com mulheres da região, tornando-se senhores de terras, muitas vezes submissos aos *mamluqs* por absoluta conveniência.

Fora nisso que a Palestina havia se tornado: um lugar onde tudo era possível, desde que não atrapalhasse os negócios. Se houvesse qualquer impedimento ao comércio ou ao lucro, todos se ergueriam e combateriam o que os atrapalhava, levando a realidade ilusória em que viviam até um estado que pudessem controlar e com o qual continuássemos ganhando.

Uma verdadeira horda se dirigia para o Cairo, e a estrada que fora construída por Cyro e ampliada por Darius, quase não suportava o acúmulo de muçulmanos: era uma verdadeira peregrinação, e quando chegamos aos arredores da cidade, percebemos que ela se ampliara em muito com o acampamento que os visitantes haviam erguido no espaço entre suas duas muralhas, destacando-se entre essas barracas a gigantesca tenda octogonal de Qalawun, por cujas aberturas saíam e entravam centenas de pessoas, num movimento contínuo. Ninguém parecia saber sobre a morte de Qalawun, e eu comecei a me perguntar se ela seria verdade. Quando entrei na tenda, seguindo o fluxo de peregrinos em que nos tornáramos, a primeira coisa que vi foi a figura de Qalawun, sentado sobre seu trono, todo ataviado de brocados, com um alto turbante, hieraticamente imóvel. Seu filho, que eu depois soube chamar-se al-Ashraf, se debruçava, colocando o ouvido na boca do pai e transmitindo a quem estivesse na frente as ordens do grande Comandante *mamluq*.

O círculo me levava cada vez mais para perto de Qalawun, e quando já estava próximo o suficiente, estranhei que ele não tivesse mexido nem um músculo durante todo esse tempo. Foi então que um lampejo de compreensão me assomou: o grande Comandante que ali estava era apenas um cadáver, provavelmente do próprio Qalawun, usado por seu próprio filho para dar sustentação a essa impostura de poder, como se a transmissão do posto de grande Comandante e Pai dos Fiéis precisasse ser percebida na prática e por todos.

Isso me fez congelar, de medo: um *mamluq* que ousasse desrespeitar os restos mortais do próprio pai para justificar seu poder seria capaz de qualquer coisa para impor sua própria vontade. Mas fui seguindo com a massa, impossibilitado de sair dela, até chegar à frente de al-Ashraf e do cadáver de seu pai. Ajoelhei-me à sua frente, depositando nele todas as esperanças do Emir al-Fakhri:

— *Aâna âma Qalawun!*

Al-Ashraf me olhou com um olhar esgazeado, e por trás de seus olhos rútilos eu pude perceber a mente distorcida trabalhando com imensa rapidez, procurando a melhor forma de me convencer do que desejava. Colocou a orelha na boca do cadáver e, depois de sorrir, disse-me:

— O Pai dos Fiéis agradece teu apoio e conta contigo no combate aos asquerosos Francos. Como te chamas?

— Al-Fakhri, emir de teus fiéis...

— Pois, Emir al-Fakhri, teus braços e os braços de tua tribo serão bem-vindos quando o ataque a Acre se iniciar. Vai com a paz de Qalawun e avisa a teus homens que dentro de quatro luas nos reuniremos na planície que fica a leste de Acre, preparando o ataque final a ela e aos infiéis que a envenenam! A Palestina voltará a ser exclusivamente *mamluq*!

Curvei-me mais uma vez, com todo o respeito, e segui a fila de saída, que se movia um tanto mais rapidamente, consciente de que meu serviço por ali havia terminado: eu já sabia o que me interessava, e só me restava agora informar meu Grão-Mestre da data aprazada para o ataque *mamluq* a Acre.

Quando ia saindo da tenda, no entanto, percebi uma agitação em outra porta, e atrasei meu passo para entender o que se passava: era um grupo de *mamluqs* arrastando um cavaleiro Templário manietado, o que me causou um choque. Quem seria este irmão em desgraça? Fui-me arrastando pelo meio da massa quase compacta e subitamente o reconheci, ainda que a face estivesse profundamente marcada por equimoses e sangue. Ali estava Bartolomeu Pinzan, os olhos piscando sem cessar, tentando entender o que acontecia. Atrás dele vinham mais outros seis cavaleiros do Templo, em estado tão periclitante quando o de Bartolomeu, e todos foram atirados aos pés de Qalawun, sendo olhados por al-Ashraf com a curiosidade com que um animal olha para aquilo que não conhece:

— *Min'hêda es-çahêb? Iá tura néh-na Mná-Arefu?*

A ironia de al-Ashraf não escapou a ninguém: ele perguntara quem era esse "amigo" que lhe punham à frente, e queria saber se era seu conhecido. Uma torrente de gritos tomou toda a tenda, junto com os risos da assembléia, enquanto Bartolomeu piscava cada vez mais, como se em seus olhos houvesse alguma coisa o incomodando. Al-Ashraf deixou que a cruel onda de diversão se acabasse antes de perguntar a todos:

— Alguém aqui fala a língua desse franco?

Todos se olharam, e eu percebi estar ali uma chance muito arriscada: ergui o braço e gritei:

— *Ana, âbb!*

Chamar al-Ashraf de "pai" era tudo o que o faria tratar-me com benevolência: ele moveu a cabeça de um lado para outro, e quando me viu, fez um gesto com a mão, para que eu me aproximasse. O alto degrau em que ele estava com o cadáver de seu pai ficava à minha esquerda, e para lá me dirigi, tendo meu caminho interrompido por quatro guardas bem armados, que com suas cimitarras me impediram a passagem. Ali fiquei, de cabeça baixa, aguardando as ordens de al-Ashraf, e ele, depois de fingir receber instruções do cadáver, se dirigiu a mim:

— Já estiveste comigo hoje, não é verdade?

— Acabo de prestar juramento a Qalawun, meu pai: ia saindo, quando perguntaste quem fala a língua dos infiéis, e como falo um pouco dela, pensei em ser-te útil...

— Serás útil a ti mesmo, porque serás útil ao Comandante Qalawun: ele quer que perguntes a este Franco quem lhe deu a ordem para vir até nós!

Acenei que sim, e me curvei três vezes diante de al-Ashraf, enquanto pensava como faria para não ser revelado como impostor: era preciso que meu sotaque, ao falar a língua franca, fosse o de um verdadeiro árabe. Recordei-me dos que, em Acre, tentavam comunicar-se conosco e decidi imitá-los, parando na frente de Bartolomeu Pinzan, olhando o estrago em sua face roliça de aragonês:

— *Iah-çahêb*, meu pai querer saber quem mandou *çahêb* aqui...

Bartolomeu pôs-se a balbuciar em aragonês, e adotei um ar de incompreensão: ele levou algum tempo para perceber isso, e então mudou para a língua franca, idioma comum de todos os Templários:

— Vim por minha própria vontade, senhor: era preciso conversar com Qalawun e conseguir dele o respeito ao tratado que ainda vigora...

Traduzi para al-Ashraf, e sua face se ensombreceu:

— Pois se foram os próprios Francos em Acre que romperam o tratado, permitindo que nossos irmãos, crentes em Allah, fossem mortos e desrespeitados!

— Não é verdade, senhor! O tratado foi rompido apenas por alguns soldados italianos, que já foram presos e condenados!

— Tu mentes, língua perversa! Sei de fonte limpa que a cidade de Acre saudou os assassinos de nossos irmãos como se fossem heróis! Por que nos queres enganar?

Bartolomeu tremia de pavor, e quanto mais falava, mais se enredava:

— Senhor, eu vos rogo, em nome de nosso Jesus, o profeta que vós mesmo reconheceis como sendo um emissário de Allah: o que podemos vos dar que vos convença de nossas nossas melhores intenções? Aqui estamos para nos desculpar pelo excesso de zelo de alguns soldados sem senso de honra: por que deveremos todos sofrer pelo engano de uns poucos?

Al-Ashraf começou a rir, e subitamente virou-se para o cadáver de seu pai, aproximando a face de sua boca, como se o estivesse ouvindo falar. Acenou com a cabeça e disse:

— Ainda estamos esperando o que Guilherme de Beaujeu nos garantiu: pedimos um cequim por cada habitante de Acre, mas esta soma nunca chegou a nossas mãos!

Bartolomeu se desesperou:

— Foram os homens ricos de Acre, cheios de usura, que impediram que esse dinheiro chegasse aos *mamluqs*! Ah, senhor, se conhecêsseis a cobiça infinita dos poderosos de Acre, entenderíeis aquilo por que passamos, e saberíeis que estamos muito mais próximos de vós que deles!

Al-Ashraf franziu o cenho:

— Não digas isso, infiel! Não existe nada que una os Verdadeiros Crentes aos cristãos e Francos! Espero sinceramente que o que dizes saia de tua própria boca, e não da mente perversa dos Templários, desejosos de nos impor ainda mais um tratado que só a eles convenha! Cala-te! Cala-te já!

Bartolomeu, covardemente, se pôs a chorar: e eu, em meu lugar de intérprete, sentia tanto medo quanto ele. A ira dos *mamluqs* não era coisa que pudesse ser encarada com tranqüilidade. Todos ali sabíamos que o destino desses prisioneiros não seria nada bom, e eu naquele momento só me recordava da manhã que passara no acampamento de Baibars, assistindo à degola sucessiva de quase quinhentos cavaleiros, e saudando a Allah e a Muhammad, enquanto minha alma tremia de pavor.

Era preciso partir o quanto antes, e dar ciência a meu Grão-Mestre daquilo que estava previsto, para que pudéssemos preparar nossa defesa, ou então fugir, deixando Acre para quem a desejasse, vazia e abandonada. Por isso, foi terrível ouvir a sentença da boca de al-Ashraf, sabendo que ela não cairia apenas sobre a cabeça dos prisioneiros, mas também sobre a de todos que ali estavam:

— A partir deste instante, o Cairo é uma cidade fechada: ninguém entra e ninguém sai. Todos os que aqui estão ficarão no Cairo durante as quatro luas que faltam para o ataque, e as portas só se abrirão para nossa surtida final contra os infiéis francos! Esta é a ordem de Qalawun, Pai de todos os Verdadeiros Fiéis!

Alguns poucos ousaram emitir seu desagrado pela decisão de al-Ashraf, e imediatamente foram degolados, enquanto al-Ashraf dizia:

— O maior dever de todo fiel é a obediência! A palavra de Qalawun é a palavra de Allah! Quem não obedecer, merece a morte, como se fosse um infiel qualquer!

O silêncio se tornou sepulcral, antes que das bocas de todos começasse a soar o cântico de obediência absoluta: — *La Illahah illa Allah! Muhammad rasul Allah!*, repetindo-se à exaustão, enquanto íamos todos deixando o recinto da grande tenda, como se nos estivéssemos enfeitiçando a nós mesmos com a oração, para não pensar na realidade dos fatos.

As quatro luas duraram pouco menos de três meses, no calendário que usávamos no Templo, e esse tempo foi de silencioso desespero para mim, imerso numa personalidade que não era a minha, tentando sobreviver ao cerco que al-Ashraf nos impusera de dentro para fora: ele sabia que haveria espiões de parte a parte neste transe, e não desejava que nenhum deles pudesse levar notícias seguras a Acre, impedindo que a cidade se defendesse como poderia. Eu nada podia fazer, restando-me apenas imitar da melhor maneira possível o Emir al-Fakhri, sem chamar nenhuma atenção sobre mim, para não gerar qualquer desconfiança. A vida no Cairo, durante as quatro luas, foi dura, e mais exigente em termos de disciplina que minha vida como Templário. Andávamos o dia inteiro à volta da grande tenda, primeiro para uma refeição e depois para outra, e dormíamos onde pudéssemos, acordando no dia seguinte para repetir o mesmo processo. Éramos tantos quanto os habitantes que havia em Acre, e se a cada um de nós coubesse no ataque um habitante da última cidadela, seria um combate homem a homem, sem que faltasse nem sobrasse ninguém, e quem sabe nos destruíssemos mutuamente a todos, deixando os ossos a branquear sob o sol da Palestina finalmente abandonada.

Durante todo esse tempo de aprisionamento branco sob o céu de uma Cairo superlotada e fedorenta, eu só pensava em meus irmão Ayub e Eliphas, em meu mano Felício, em meus companheiros de armas e na maneira como os salvaria, se pudesse. Era uma idéia fixa, que não me abandonava em nenhum instante, revoluteando em minha mente, enquanto meu corpo se submetia a ser o que tinha que ser. Eu estava vivendo uma espécie de obediência totalmente diferente daquela que conhecia: no Templo, as ordens vinham de encontro a nosso desejo e compromisso, mas aqui, entre os *mamluqs*, as ordens eram opressoras e desumanas, feitas rigorosamente para obrigar-nos a ser quem não desejávamos ser, num exercício de domínio da vontade que eu nunca conhecera. Em vista disso, tornei-me uma cópia fiel daqueles a quem imitava, aprendendo tanto no processo, que, por vezes, ao recordar minha vida templária, sentia como se ela fosse um sonho vívido que eu tivesse tido e que me parecesse real, sem sê-lo. Com o passar do tempo, por necessidade de sobrevivência entre os *mamluqs*, eu me transformara em um deles, e cheguei mesmo a duvidar que algum dia pudesse voltar a ser o Templário que ia deixando de ser a cada grito de devoção a Allah e a Muhammad, seu único profeta.

Quando as quatro luas passaram, o Cairo se moveu, abrindo suas portas para que, cercados pelo fidelíssimo exército de Qalawun, agora exército de seu filho al-Ashraf, começássemos a nos mover com rapidez quase inacreditável em direção a Acre, subindo o litoral sobre o lombo de dromedários e cavalos, enquanto pelo mar, avançando na mesma velocidade que nós, os navios árabes carregavam inúmeras peças de guerra, que se juntariam a outras catapultas e manganelas que haviam sido capturadas dos Francos em Trípoli e que agora seriam usadas contra seus antigos donos, no ataque final a Acre. Quando, um mês depois, nos movemos para o interior do território, deixando o mar à nossa esquerda, chegamos à planície de Montmusard, ao norte de Acre, com fortificações separadas da cidade propriamente dita por um fosso quase invencível. Nessa planície, dois dias depois, a nós se juntaram os soldados de al-Ashraf que vinham de Damasco, e pelas minhas contas já éramos, naquele acampamento da planície, pelo menos 60 mil cavaleiros e seguramente 160 mil soldados, dispostos a tudo, sendo estreitamente vigiados para que não houvesse nenhuma fuga. A confiança de al-Ashraf em seu exército era baseada no medo e na intensa vigilância: não foram poucos os que, no início da campanha, tentando agir de maneira diferente daquilo que al-Ashraf ordenara, foram sumariamente degolados e deixados à morte pelo caminho. Do meio da viagem em diante, tornamo-nos todos obedientes carneiros, e quando finalmente pousamos na aldeia, enquanto montávamos as manganelas e catapultas, eu lentamente voltei a sentir despertar dentro de mim o Templário adormecido, começando a planejar minha fuga para poder lutar junto com meus verdadeiros irmãos.

Dali de onde eu estava podíamos ver as muralhas da fortificação de Acre, pontuadas por torres de defesa, entre elas a de Eduardo, aparentemente terminada, mesmo sem o dinheiro que a ela fora destinado: meus irmãos, Filhos de Salomão, haviam cumprido sua tarefa, ainda que o custo disso fosse incalculável. Meu custo pessoal também iria além de qualquer perspectiva: eu sabia que em Acre não contávamos com mais que mil cavaleiros, a maioria da Ordem do Templo, e quatorze mil soldados a pé, entre eles os venezianos, bolonheses e lombardos, que já haviam sido foco de muitos problemas. Se eu conseguisse juntar-me a eles, certamente o faria para morrer em sua companhia, defendendo a cidade: se não, teria que combatê-los da melhor maneira possível, e sendo por eles confundido com um *mamluq*, provavelmente morreria em combate sem que ninguém soubesse quem eu realmente era. Minha escolha, em vez de me destacar do meio dos outros, me faria ser idêntico ao menos importante deles, desaparecendo no deserto de minhas próprias ilusões.

Só me restava uma possibilidade: estar na linha de frente do ataque e, ao penetrar em Acre, revelar-me não como um *mamluq*, mas sim como um Templário que voltava de sua inacreditável missão. Foi o que decidi fazer: caminhei pelo acampamento até o grupamento de soldados que se preparava para atacar o trecho de fortificações sobre o qual flutuava a *Beauséant*, negra e branca, indicando que ali a defesa estava sob a responsabilidade dos Templários.

Havia mais de quarenta mil pessoas vivendo em Acre, e se as mulheres, crianças e velhos já estivessem nos subterrâneos, ocultos, os homens válidos também seriam postos nas muralhas, trêmulos de medo, aumentando um pouco o contingente de defesa, ainda que não o suficiente, nem em termos numéricos nem em capacidade de combate. Sem ninguém que me obedecesse ou desse atenção, só me restava estar colocado em um ponto estratégico dos atacantes, para poder entrar pelas muralhas com a menor dificuldade possível, enquanto aparentasse estar invadindo a cidade. Os bastiões que os Templários defendiam desciam até o mar, onde vários navios do Templo se moviam, prontos para defender a cidade de alguma surtida, ao mesmo tempo em que manteriam uma linha de suprimentos pela água, cuidando para que a sede e a fome não fossem o motivo da queda. Isso seria fácil: os árabes não se sentiam muito à vontade na luta marítima, preferindo o chão firme onde pudessem, de pé sobre o lombo de suas montarias, disparar flecha após flecha na direção dos inimigos.

Atrás de nós havia várias manganelas e catapultas, as segundas maiores que as primeiras, e cada uma delas requerendo o serviço de inúmeros homens apenas para armar-lhes um tiro: as três manganelas que eu via tinham à sua volta pelo menos uma dúzia de homens prontos a armá-la e carregar seu saco de projéteis, menores que os das catapultas, mas muito mais efetivos. Eram precisos poucos tiros para que se fixasse um alvo escolhido, e como as pedras atiradas eram mais ou menos do mesmo tamanho, obtinha-se grande foco, abalando uma estrutura simplesmente ao acertar sempre no mesmo lugar, o que deslocava o edifício e o fazia, com o tempo, ruir. As catapultas eram bem maiores que as manganelas, mas muito mais difíceis de operar: mais de vinte homens com estrados de madeira carregavam as pedras brutas que seriam projetadas pela máquina operada a contrapesos por outras tantas dezenas, e o tempo entre cada tiro e o próximo era de pelo menos meia hora, o que as tornava pouco eficazes.

O mais triste foi perceber, olhando as pedras arredondadas que seriam atiradas pelas manganelas, as marcas das ferramentas e das mãos de irmãos pedreiros, que haviam transformado pedras brutas em enormes balas. Analisando friamente, ali estava a prova de que as mesmas mãos que erguiam templos e muralhas de defesa também podiam produzir destruição, usando da mesma arte e capacidade que possuíam para criar beleza: algumas das pedras eram perfeitamente redondas, e as marcas do cinzel que lhes dera essa forma eram elegantes e decididas, enquanto outras tinham marcas apressadas e pouco firmes. Nem todos os pedreiros são artistas, e não é em todos que a verdadeira arte se forma e funciona, e mesmo em plena guerra eu podia ver o resultado dessa arte, saída das mãos de um homem que, sem consciência de seu verdadeiro papel, era incapaz de se responsabilizar pelos resultados do que fizesse.

A noite passou depressa, entre preparativos para o ataque, que certamente se daria na manhã seguinte, 6 de Abril, um dia depois do dia de São Vicente Ferreri, em cuja honra ouvimos cânticos incessantes, vindos da cidade de Acre, também feericamente iluminada, à espera da batalha. As bandeiras do Templo e dos Hospitalários estavam juntas, adejando uma ao lado da outra: por maiores que fossem as dissensões, quando em batalha não havia nada que nos impedisse de lutar lado a lado, ainda que contra a vontade de nossos Comandantes.

A manhã chegou, e com ela uma onda de energia incontrolável, que se podia perceber pelos gritos que vinham de todos os combatentes, parados na planície, aguardando a hora de começar a invadir a cidadela que desejavam tomar e destruir. Eu era dois: o Emir al-Fakhri, vestido simplesmente e transformado em um soldado comum, e o Templário Esquin de Floyrac, ansioso por poder retornar ao convívio do Templo e voltar a dominar o corpo onde estava preso. Junto a eles dois, no entanto, estava o pedreiro Esquin, que fora empreiteiro de obras e tudo abandonara para poder ser o que seu pai deixara de ser: Templário. Eu ansiava mais do que tudo poder retornar ao tempo feliz em que a precisão dos golpes na pedra bruta era tudo que me importava, pois cada um deles se refletia em meu próprio interior, transformando-me em alguma coisa melhor do que eu era antes. Esse era o meu verdadeiro eu, aquele que tinha erguido alguma coisa em meu interior, e que, de cada vez que essa obra ruía, trabalhava dentro de mim, reencontrando as pedras do edifício destroçado e, pondo-as em ordem, reerguendo as paredes e até substituindo por outras as pedras que já não mais existiam, transformadas em pó pela realidade dos fatos. Cada um de meus vícios e minhas paixões brutas era trabalhado até ganhar as puras arestas da virtude, acrescentando-se ao edifício que se erguia dentro de mim. Quando teria novamente a oportunidade de ser eu mesmo, livre e desembaraçadamente, usufruindo daquilo que era meu?

Al-Ashraf, usando um capacete de três plumas muito parecido com o que eu um dia vira na cabeça de Baibars, passou em revista as tropas e depois se dirigiu para um grupamento de cavaleiros arqueiros que só tinham utilidade bélica em terreno aberto, mas que em casos como este podiam usar sua precisão de tiro para criar uma nuvem de flechas sobre o alvo, impedindo uma defesa real. Al-Ashraf olhou as bandeiras do Templo e do Hospital, e, com um sorriso de satisfação, ergueu a mão direita e apontou-a para a frente, arrancando de todas as gargantas um grito de ódio e empurrando o grande exército, enquanto as manganelas e as catapultas começavam sua obra terrível, atirando projéteis aos muros de Montmusard, enquanto em toda a volta de Acre essa cena se repetia idêntica, levando o desespero aos defensores da cidade, que também atiravam pedras aos atacantes, e, por estar em muito menor número, causavam muito menos danos, apesar de contar com uma posição superior privilegiada.

Em volta de Acre, cercadas por inúmeros soldados prontos para entrar em combate, estavam quase cem máquinas de cerco: quando conseguimos nos aproximar o bastante, os mineiros de Al-Ashraf se puseram a trabalhar nos contrafortes dos muros, cavando buracos debaixo deles, enfiando-lhes cunhas e abalando sua posição com marretadas contínuas, enquanto os arqueiros os protegiam com uma chuva contínua de flechas sobre os defensores. Eu já estava bem próximo dos muros da cidade, e a cada golpe de uma pedra sobre os grandes muros a gritaria era ensurdecedora. Mais à frente, exatamente onde os muros de Montmusard se juntavam aos de Acre, estava a bandeira dos Teutônicos lado a lado com a de Amauri, sofrendo o mesmo ataque que todos os outros. Havendo paciência, era só uma questão de tempo a queda de Acre, e eu esperava ansiosamente que uma brecha se rompesse nas muralhas para que eu pudesse entrar na cidade e me revelar como quem realmente era. Até lá, em minha primeira batalha eu estaria do lado do inimigo.

Os fossos já tinham sido cobertos por grandes pranchas capazes de atravessá-los de um lado a outro, e as pedras que caíam do alto acabavam por alojar-se nesses canais, facilitando a travessia. Os mineiros, protegidos pela casamata móvel dos carneiros, chegavam bem perto dos muros, trabalhando neles como se estivessem escavando a terra, buscando não apenas maneiras de enfraquecer a base dos edifícios, mas também ver se seria possível cavar um túnel que desse entrada à cidade. Enquanto isso, nós, os soldados a pé, íamos nos aproximando mais e mais, aguardando o momento em que uma fresta surgisse e pudéssemos tentar entrar em Acre. Nenhum homem saía de lá para nos atacar: abrir os portões para que um batalhão saísse poderia ser tudo que um exército precisava para entrar, e esse risco ninguém queria correr.

O FIM DO TEMPLO

Eu devia estar passando para quem me visse uma impressão de bravura indômita: mal sabiam eles que, por trás dela, eu era apenas um trêmulo covarde, ansioso por voltar ao abrigo de meus pares, de quem me afastara meses antes. Deviam me acreditar morto, e se eu não fosse cuidadoso, certamente me tornaria mais um: entre os *mamluqs* já havia baixas, e eu ficava imaginando o que não estaria se passando dentro dos muros de Acre, enquanto as cornetas e tambores árabes preenchiam o ar à nossa volta com vigor e ansiedade.

Somente dois dias depois foi que me surgiu a chance de entrar em Acre: bem ao lado da torre de Eduardo, próxima ao contraforte do litoral, havia um caminho de pedra que eu conhecia, já que nele ficava a abertura que usara para sair de Acre, atravessando os subterrâneos. Era um risco maior ainda tentar penetrar na cidade por uma abertura dessas: se os árabes tomassem conhecimento dela, poderiam usá-la para invadir a cidade, surgindo de supetão no meio dos refugiados. Era um risco que eu deveria correr sozinho, e quando a noite chegou, fui-me afastando para a zona de sombra entre dois grupos de archotes, atravessando em ziguezague o território que ficava entre os *mamluqs* e a muralha, para tornar mais difícil ainda ser visto. Tudo me era prejudicial: a ira dos *mamluqs* cada vez maior, à medida que o tempo passava sem trazer a vitória, a irritação dos sentinelas que tinham ordens de degolar quem quer que tentasse mover-se sem ser sob as ordens dos Comandantes. No entanto, tive sorte: ninguém me percebeu atravessar a zona morta, e quando a luz do dia se apagou, deixando tudo em escuridão, eu já estava nos contrafortes do caminho, tentando achar a abertura pela qual saíra. Quando a encontrei, ela estava barrada por grandes blocos de pedra, ali colocados por algum esperto Comandante, sem nenhuma vontade de revelar aos inimigos a existência de uma entrada para Acre. Eu só contava com meus próprios músculos para mover essas pedras, e imediatamente me apliquei em uma delas, a que me pareceu mais solta, e que sustentava dois grandes calhaus pontudos, fixados sobre ela pelo simples peso que tinham.

Nas construções, eu aprendera que todo edifício tem uma pedra-chave, aquela que o sustenta como um todo, e cuja retirada o faz desmoronar sem esforço: só era preciso movê-la. Se eu estivesse certo, a pedra sobre a qual eu aplicava a força de meus músculos seria capaz de abrir o grande buraco pelo qual eu passaria. Segurei-a com as duas mãos e comecei a, diligentemente, tentar sacudi-la de sob os dois grandes calhaus. Nada aconteceu, mas não esmoreci, insistindo no movimento lateral de meu corpo, tentando transferi-lo para a pedra. Era um trabalho difícil, entediante, desses que nos dão a mais absoluta sensação de desânimo e impotência: mas eu insistia, usando aquilo que tinha, a minha própria força física, para alcançar o objetivo que perseguia.

Ali fiquei, movendo o corpo de um lado para outro, tentando fazer com que a pedra me obedecesse, e a continuidade do esforço repetido me fez acabar por entrar em um estado de desligamento, o mesmo que experimentava de cada vez que, treinando a luta de espadas, me esquecia de meu corpo e perdia a noção do tempo e do espaço. Na minha mente surgiu um arco de pedra, parecido com aquele para o qual eu tinha feito a pedra que fora recusada e mais tarde recuperada, no dia em que finalmente dissera a meu pai quem era. Que longo caminho eu percorrera desde a tarde chuvosa em que meus primos me haviam expulsado de Capestang, e quanto eu aprendera nesse tempo.

Na minha mente, o arco se configurava muito preciso e seguro, e eu, sem entender como, me vi chegando até seu topo, colocando as mãos sobre a pedra-chave e retirando-a sem muito esforço. Fitei-a: lá estava a minha marca, um EDF feito de linhas retas e combinadas. O arco abaixo de mim caiu ao chão.

Com um choque, percebi que a pedra abaixo dos dois calhaus se movera: minhas mãos, sujas de sangue e terra, haviam conseguido abalá-la. Agora era só continuar persistindo, ampliando o âmbito do movimento até que a pedra pudesse ser tirada de onde estava e os dois grandes calhaus se movessem. Foi o que aconteceu, quando meus músculos das costas e dos ombros já queimavam como se tomados por fogo: a pedra subitamente saiu de onde estava, jogando-me ao chão. Foi a minha sorte: os dois calhaus se desequilibraram e caíram um por sobre o outro, exatamente onde eu estivera, uma aresta afiada do maior deles cortando minha coxa de alto a baixo. Se eu não tivesse caído ao cão, ele teria me esmagado sob seu imenso peso. O corte era enorme, mas não doía tanto quanto eu temia, pois ainda tive forças para afastar umas três ou quatro pedras menores e me arrastar para dentro do subterrâneo. As paredes de pedra polida me guiavam, na escuridão total, e quando comecei a ver luminosidade à frente, arranquei meu turbante e amarrei-o como torniquete na perna, logo abaixo da virilha, subitamente me recordando que deixara a entrada desguarnecida e retornando para arrastar mais pedras para ela e fechá-la, deixando-a como estava.

Quando dei acordo de mim, estava em um leito improvisado numa ala do subterrâneo: eu havia desfalecido ao tentar retornar à abertura secreta, e não me recordava de nada. Sobre mim, vi as faces ansiosas de Ayub e Eliphas, e, estendendo a mão para baixo, toquei minha perna, que doía, fortemente atada com bandagens e um ungüento meloso. Tentei movê-la: a dor na coxa era insuportável.

— Foi uma sorte que te reconhecêssemos, irmão Esquin. — Eliphas me segurava a mão direita, e Ayub, a esquerda. — Quando percebemos que alguém estava tentando entrar pela passagem secreta, ficamos de sobreaviso, prontos para chamar uma coluna de soldados e rechaçar os invasores. Quando te encontramos, tu te esvaías em sangue, tentando arrastar pedras para fechar a boca da passagem, e mesmo quando te tiramos de lá, tu, meio enevoado, ainda fazias os movimentos de antes. Perdeste muito sangue, irmão: acreditamos que nunca mais acordasses, pois dormiste e deliraste por dez dias. Esta foi a tua primeira noite sem febre.

— Foi Allah quem te fez decidir exatamente pela porta que nos dois vigiávamos: se tivesses entrado por outra, hoje serias um homem morto. — Ayub sorria. — Até mesmo quando te transformas em árabe, manténs tua capacidade de escolha, não é?

Eu me sobressaltei:

— Que dia é hoje?

— Dezesseis de Abril.

Quase não acreditei: dois dias depois do dia de São Justino, o Mártir, e ainda estávamos em Acre! Tentei erguer-me, mas fui impedido por meus dois irmãos, com quem gritei:

— Preciso falar com meu Grão-Mestre! Se não deixais que eu me erga, pelo menos trazei Guilherme de Beaujeu até mim!

Os dois se entreolharam e Ayub me disse:

— Vai ser difícil, irmão: o Grão-Mestre está na cerimônia de velório dos cavaleiros que morreram ontem, na surtida contra o acampamento de al-Ashraf...

Fiquei mudo: o que teria acontecido? Eliphas me contou:

— Eles resolveram atacar o acampamento *mamluq* na noite passada, e desabalaram para fora de Acre completamente ajaezados com suas armaduras, cavalgando em direção à planície. Mas estava escuro, e se os *mamluqs* nada viam, os Francos ainda menos: os cavalos se enroscaram nas cordas das barracas e tropeçaram, atirando seus cavaleiros ao chão. A maioria deles morreu na queda, e os que ficaram vivos foram degolados pelos árabes, que chegaram portando archotes. Morreram 18 de teus irmãos, entre eles teu escudeiro Yves, que se apresentou ao combate trajando tua armadura e montando teu cavalo.

— Mas por quê?

Ayub explicou:

— Aqui, estávamos todos seguros de que tinhas morrido, e ele resolveu te homenagear, levando tua presença para o combate.

Fiquei desesperado:

— Ele não tinha nenhuma competência para isso, e nem sequer desejava enfrentar inimigos em luta aberta! Por que o deixaram fazer isso?

— Na escuridão da noite, ninguém percebeu haver entre os atacantes um cavaleiro a mais, Esquin... a intenção dele foi a melhor possível...

Deitado na cama dura, respirando o ar viciado do subterrâneo, não tive outra coisa a fazer a não ser chorar mansamente, purgando uma dor tão doída que custava a sair de meu peito. Não havia dúvida em minha alma de que Yves morrera em meu lugar, e isso me fazia mais triste ainda. Eu sofrera um rude golpe do destino, mas nem por isso merecia perdão: estávamos todos à beira de perder nossas vidas e quem sabe até mesmo nossas pobres almas imortais nas mãos de inimigos incruentos. Muitos dentre nós se sentiam defendidos da morte por estar, como eles mesmos diziam, "a serviço de Deus": mas entre os muçulmanos que nos atacavam, todos acreditavam piamente na mesmíssima coisa. Quem sabe durante a batalha, a exemplo do que dissera o dominicano no ataque aos cátaros, devêssemos todos morrer, e só depois disso Deus escolheria os seus? Para quem, como eu, aprendera a crer em um só Deus, sem levar em conta os diversos aspectos que ele tomasse na crença e na religião de cada um, a morte em nome de qualquer divindade era um holocausto sem sentido. De toda forma, eu aprendera a não temer a morte, ainda que temesse morrer para alcançá-la: ela fora um largo e perigoso rio que eu não desejava atravessar, ao contrário de minhas certezas, que eram um riachinho de não mais que dois palmos. Pois, com o passar do tempo, se minhas certezas não se alargaram, a morte tornou-se um riacho ainda mais estreito, que eu atravessaria em um salto, sem sequer molhar os pés.

Neste momento, no entanto, sofrendo as dores físicas e emocionais que a vida me trouxera, eu me sentia inerte e incapaz, pronto apenas para ser levado em frente pela vontade alheia, já que não podia mover-me nem mesmo por minha própria vontade. Era o coroamento da vida que eu escolhera viver, sem vontade própria, sem responsabilidade alguma, pronto a sempre obedecer e a nunca retrucar, fazendo o que me mandavam fazer e me dando por satisfeito. Eu me tornara finalmente um fardo para os que me comandavam. Cada homem tem um trabalho a executar, deveres a cumprir, influências a exercer, que são puramente suas, e que só a sua própria consciência pode ensinar-lhe: eu, como abrira mão da minha, não tinha mais clareza nenhuma de qual seria a minha tarefa, ou mesmo se ela existia.

Os dias se seguiram desesperadamente lentos, o fragor das batalhas soando abafado pelas paredes do subterrâneo onde eu estava, mas mesmo assim forte e violento, e quase sem descanso. O movimento das tropas pela cidade era idêntico ao movimento dos desesperados que a cada instante temiam mais por suas vidas e riquezas, e essa ansiedade se tornava mais e mais poderosa, comandando os anseios mais diretos de todos que eu via. Meus irmãos estavam destacados para defender determinados lugares na cidade, e quando não apareciam para que eu pudesse vê-los, deixavam-me com o gosto amargo da perda na boca, preenchendo-me com a certeza de que haviam morrido.

A primeira torre atingida desmoronou em 8 de Maio, dia consagrado à aparição de São Miguel Arcanjo, que não surgiu dos céus armado com a espada de fogo para salvar-nos, como muitos esperavam: a guarnição que a defendia, vendo que não se sustentaria por muito tempo mais, ateou-lhe fogo e abandonou-a, deixando o sinistro por conta dos *mamluqs*, que dela nada quiseram. Uma após outra, as torres de defesa de Acre foram caindo, e, no dia 16, eu soube de um ataque desesperado de al-Ashraf à porta de Santo Antônio, que foi defendida pelos Templários e Hospitalários juntos, com exceção de Guilherme de Beaujeu, que no dia anterior, sabendo de um ataque *mamluq* à Torre Maldita, correra sem se preparar para a sua defesa, sendo atingido na axila por uma flecha. Fora levado para o Templo pelos companheiros de batalha, e nessa mesma noite me trouxeram a notícia de sua morte, deixando o Templo acéfalo e sob o comando de vários homens que nem sempre se entendiam: depois da chegada das tropas do Rei Henrique, que haviam aportado em Acre uma semana antes, o comando da guerra virtualmente perdida não era desejável, mas apenas um fardo que ninguém queria carregar.

Ali onde estava, no subterrâneo, eu sentia o ruído surdo das ferramentas dos *mamluqs* solapando os contrafortes da muralha: pelo que eu vira, havia muito mais de mil mineiros em cada Torre, e a queda de todas elas era só uma questão de tempo. Os poderosos senhores de Acre já se dirigiam para o porto, embarcando nos navios disponíveis e velejando para longe dali, na maior parte das vezes deixando em terra muito mais riquezas do que aquilo que conseguiam carregar consigo. No dia 18 de Maio, dia de São Venâncio Mártir, não houve ninguém para assistir à missa *Protexísti Me*, cujas orações longínquas ouvi de meu leito.

A vergonha por estar ali impossibilitado de lutar em minha primeira batalha, enquanto outros o faziam e até morriam ao fazê-lo, me amargava o coração: quando me disseram que a Torre Maldita havia caído e que nela fora atingido o Grão-Mestre do Hospital, Jean de Villiers, e morrido Matheus de Clermont, o Marechal Hospitalário que havia carregado Guilherme de Beaujeu para longe da refrega, dei a guerra por perdida: precisava me levantar dali, e se não me fosse possível lutar, que pelo menos me livrasse e fugisse para lutar outro dia.

Quando me arrastei pelo subterrâneo apoiado em uma lança quebrada que encontrei, o fiz em companhia de centenas de homens e mulheres que haviam decidido não morrer como ratos de terra, mas atirar-se ao mar e quem sabe morrer como ratos de navio, se não conseguissem embarcar em nenhuma nave. Mesmo assim, o subterrâneo foi fácil, perto do que encontramos do lado de fora da montanha: o porto estava um verdadeiro caos, navios se movendo no mar a uma distância considerável, com medo das pedras dos *mamluqs*, que ainda não se tinham decidido a atacar quem estava na costa, mas que quando o fizessem dizimariam muito mais do que podiam acreditar.

O pior, no entanto, eram os mercadores e Comandantes de navios, se aproveitando da situação para obter ganhos incalculáveis: ficavam com seus longos escaleres logo depois da arrebentação das ondas, leiloando lugares em seus navios, entregando-os àqueles que lhes dessem mais, o que fez da praia e do porto um verdadeiro inferno de terror e perdas. Alguns tinham privilégios, como o Rei Henrique e seu irmão Amauri, atravessando as ondas e indo sem problemas para seu navio particular, abandonando a luta no momento em que eram mais necessários, sob os gritos de desespero da multidão que também desejava fugir dali.

O patriarca de Acre, que eu vira rezando a última missa, estava na praia, e negociou com um capitão de má catadura seu embarque em um buque. Quando o escaler se pôs ao mar, havia tantos nadando à sua volta, mulheres, crianças, que ele se dispôs a recebê-los em seu escaler: mas foram mais do que a embarcação podia receber, e ela afundou diante de meus olhos, afogando a todos, enquanto eu manquitolava pela praia, buscando uma saída.

Na minha frente, sem nenhum pejo, estava Rogério de Flor, um Templário naval, Comandante de um buque da Ordem, que se decidira a fazer fortuna, gritando para as mulheres que estavam na praia, todas damas de alto valor e carregadas com suas riquezas e jóias:

— Gentis senhoras, se quereis salvar vossas vidas, deveis dar-me todas as vossas riquezas! Se não o fizerdes, continuareis ricas, mas perdereis a vida... o buque do Templo vos aguarda, e é só fazerdes o pagamento de vossa passagem para poder nele embarcar...

Dois outros Templários que eu conhecia, boquiabertos, gritaram com Rogério de Flor:

— O que é isso, cavaleiro? Como podes fazer uso do nome do Templo para tua pirataria e roubo?

— Pretendes envergonhar-nos a todos, destruindo nosso bom nome?

Rogério de Flor, saltando lepidamente para dentro do escaler já cheio, gargalhou:

— João de Grailly, Otto de Grandson, meus queridos irmãos: meu lucro já está de bom tamanho, e para alguma coisa há de servir a Ordem, quando mais não seja para emprestar-me seu nome e me permitir amealhar grande fortuna! Recomendo-vos que façais o mesmo: quem pretender agir com honestidade e limpeza de princípios certamente morrerá nesta praia!

Otto de Grandson, quase púrpuro, de ódio, gritou:

— Sois um pirata, não um cavaleiro!

Rogério de Flor, com um sorriso cínico e uma mesura, disse, enquanto seu escaler se dirigia para o buque da Ordem fundeado a várias braças da praia, as velas brancas e a bandeira negra com a caveira e os fêmures cruzados batendo ao vento do mar:

— Se for esse o meu destino, tanto melhor! Minha equipagem nada tem contra isso, e quem sabe a bandeira de combate dos Templários não nos seja útil em nossa arte da pirataria? Adeus, irmãos! Que as pedras vos sejam leves!

João de Grailly, enquanto isso, dominava pela força das armas um capitão de escaler que tinha se aproximado demasiadamente do molhe: com a ponta da espada, atirou-o ao mar, gritando:

— Tomo este escaler e o navio ao qual ele pertence em nome da Ordem do Templo! Templários, aproximai-vos e embarcai!

Mesmo mancando, fui um dos primeiros a atirar-me no fundo do bote, sendo seguido por vários irmãos e sargentos-de-armas, inclusive Teobaldo de Gaudin, que comandava um imenso contigente de soldados com baús e caixas, o que só nos permitiu zarpar quando elas estavam seguras em outro escaler que João de Grailly, usando o mesmo estratagema, tomara para a Ordem.

Enquanto nos dirigíamos para o navio que estava ao largo, olhei para Acre, sentindo um surdo ruído que nos envolveu desde a montanha: a Torre de Eduardo estava ruindo, e, com um susto, eu me recordei de meus dois irmãos, Ayub e Eliphas, ambos destacados para defender a torre que tinham erguido com suas próprias mãos. Era como se o fogo do céu houvesse se encarregado de pô-la ao chão. Pode ter sido impressão minha, mas acredito ter visto quando duas figuras, que tenho certeza eram Eliphas e Ayub, meus dois bravos e sinceros irmãos pedreiros, caíram do alto da Torre de Eduardo antes que ela viesse ao chão. Num arremedo das figuras na lâmina dA Torre, que não me saía da cabeça, eles também tinham mergulhado para a morte, tentando livrar-se da destruição de tudo que lhes era mais caro. Eu nunca mais os veria, mas deles nunca mais me esqueceria, porque seus espíritos estariam para sempre marcados indelevelmente dentro de mim.

Capítulo 17

1312

Geoffroy de Charney não acreditou no que via: um prisioneiro torturado e seu algoz abraçados, chorando lágrimas de verdadeira amizade, um no ombro do outro. Deve ter entendido menos ainda quando Jacques de Molay, afastando-me, os olhos ainda molhados, disse:

— És o mais disciplinado Soldado do Templo que já existiu, meu irmão: cumpriste com sabedoria e sem hesitar todas as ordens que eu te dei, intuindo de maneira exemplar aquelas que eu daria se pudesse estar em contato contigo. Estamos a poucos passos de livrar o Templo para sempre: tudo o que realmente nos importa está a salvo da sanha de nossos inimigos, e se devemos isto a muitos que fizeram o que deveriam fazer, o mais importante deles és tu, que fizeste ainda mais do que era esperado. Vamos, conta-me: como viveste durante todos estes anos?

Narrei a meu depauperado Grão-Mestre, com a maior concisão possível, o que me acontecera, e de que maneira eu chegara a estar presente em sua sessão de tortura, como convidado do próprio Grande-Inquisidor. Sua face descorada pelos maus-tratos e a perda de sangue pouco reagia, e a luz externa, que entrava na cela pela pequena janela ao alto da parede sul, caminhou pelo chão da cela até chegar exatamente ao meio dela. Quando eu terminei, Jacques de Molay me disse:

— Pois bem, de Floyrac: eu também pensava que este seria o fim de nossa tarefa, mas não é. Temos ainda muito a fazer, percorrendo todos os degraus do Direito Canônico, até provarmos nossa integridade e amor à Verdadeira Igreja. A cada um destes passos, estaremos comprovando mais uma vez o nosso real valor, e quando todos os passos tiverem sido dados, ninguém poderá dizer uma migalha que seja contra o Templo.

— Meu Grão-Mestre, meu irmão: continuo às tuas ordens para o que quer que seja necessário. O irmão de Charney aqui está, incrédulo, vendo-nos falar de coisas que ele não conhece, e mereceria uma explicação de nossa parte.

— Não por isso, de Floyrac. — O irmão de Charney sacudiu as mãos. — Se meu Grão-Mestre te aceita como um irmão de valor, não me resta fazer outra coisa que não seja imitá-lo. Cada um de nós recebeu do Templo uma missão, escolhido para ela exatamente pelo talento que tem para realizar determinada tarefa: se eu não conhecia a tua, tu também não conheces a minha, e nem por isso me tratas mal, como eu fiz contigo. Espero que me perdoes, mas eu não podia agir de maneira diferente...

Abracei e beijei meu irmão de Charney, sentindo o cheiro do medo no suor que secara em sua roupa: eu agora compreendia que Jacques de Molay, sempre o soberbo estrategista, havia determinado a cada um de nós, irmãos do Templo, uma tarefa específica, que deveríamos realizar sem o conhecimento de mais ninguém que não fosse ele mesmo. Como apóstolos do Cristo, cada um de nós dele recebeu uma missão, e se a mim coubera o papel de Judas, a quem teria cabido o papel de Pedro, de Tiago, de Tomé? Eu talvez nunca o soubesse, e de Charney, percebendo isto, me disse:

— Para todos os efeitos, continuo publicamente teu inimigo, irmão de Floyrac: não te tratarei melhor que trato aos que odeio, e espero sinceramente que compreendas o que eu fizer, se isso te ferir. Como num Milagre representado na Semana Santa, temos papéis a viver, e quanto mais sinceros formos, mais acreditarão em nós.

— É exatamente isto o que espero de ti, irmão Geoffroy. — Jacques de Molay sorriu fracamente. — Quanto a mim, hei de me erguer desta enxerga de torturado, e exibir aos tribunais do Papa as iniqüidades que seus fiéis cometem em nome de um Cristo sem substância. Visitá-los-ei um por um, e quanto mais for erguendo meu libelo dentro da Igreja de Roma, mais deixarei às claras o verdadeiro fundamento daquilo que somos. E tu, de Floyrac, tua tarefa está longe de terminar: agora começa a outra parte dela, que certamente te dará tanto trabalho quanto a primeira.

— Meu Mestre, meu irmão, basta que me digas o que devo fazer, e lá estarei a teu serviço.

Jacques de Molay se recostou, cansado, e falou:

— Dentre todos tu és o único que pode mover-se livremente por todas as partes, graças a teu talento tão especial, e é graças a ele que poderás fingir ser auxiliar de nossos inimigos enquanto trabalhas a favor do Templo. Ninguém mais desconfia de ti, depois do que fizeste, e por isso poderás sem problemas agir a nosso favor. Como me colocaram sob tua responsabilidade, tens o pretexto perfeito para que nos reunamos com regularidade e possamos definir juntos a nossa linha de ação. Mas para isso terás que transformar-te quase que em tempo integral no Esquin de Floyrac que os outros pensam que tu és, reservando teu verdadeiro eu para o trabalho a favor do Templo.

Fiquei ouvindo, pensando no que aquilo significaria, e meu Grão-Mestre continuou:

— É preciso que cobres o preço de tua traição, para que te creiam verdadeiramente traidor: o que te derem, deve ser usado discretamente a favor do Templo, enquanto tua figura pública será a do criminoso que se locupleta com seu crime. Entendes o que te digo? Exige algum poder, alguma propriedade, algum título, para que tenhas onde basear tua verdadeira tarefa: todos te crerão partidário do Rei e nosso inimigo, como tantos que existem, e em meio a eles tu te desvanecerás, podendo agir a nosso favor sem que te vigiem. Juntos criamos o momento que desejávamos, e agora só precisamos levá-lo adiante ainda mais um pouco, para que nos tornemos definitivamente livres de todos que nos querem ver destruídos!

Eu concordei: já havíamos chegado até aqui, com grandes perdas pessoais, simplesmente para preservar os dedos cujos anéis não mais existiam. Agora só me restava, sendo publicamente o traidor que me fizera, tornar-me o braço ativo da salvação do Templo, seguindo as ordens de meu Grão-Mestre, irmão e amigo, que me disse:

— Pois se nascemos no mesmo dia, como eu não confiaria em ti, irmão de Floyrac? Vai: mantém teu ar de desagrado por teres recebido a responsabilidade sobre minha vida, que eu e de Charney manteremos o asco pela tua presença, sempre que estivermos sob os olhares de estranhos à nossa Ordem. Deus o quer!

Saí daquela cela e me dirigi diretamente para o andar superior do Palais de Paris, onde o Chanceler e Procurador do Rei tinha seus aposentos e oficinas de trabalho, me privilegiando dos salvo-condutos que o Grande Inquisidor me havia dado.

Guilherme de Nogaret estava imerso em papéis, como sempre, e ao ver-me franziu o cenho, olhando em toda a volta para certificar-se de que eu estava só e ele não: seus quatro beleguins mantinham o olhar posto sobre nós da mesma forma que o mantinham sobre ele, antes que eu chegasse, tornando-o prisioneiro de seu próprio exagero. A privacidade e a servidão, como sempre, lhe davam a impressão de ser maior e melhor do que realmente era: felizmente não existe nada como o mundo real para nos recordar de todos os nossos defeitos, ampliando-os cada vez mais até que os corrijamos em definitivo. Não era o caso de Nogaret: untuoso e pouco franco, não conseguia usar de honestidade nem mesmo consigo, tratando-se como se fosse grande coisa, porque o orgulho é sempre o vício de que um homem busca provas nos outros, nunca o notando em si mesmo.

Não tergiversei, indo direto ao assunto, como achava que devia:

— Procurador, nunca vos pedi nada, nem a ti nem ao Rei de França: mas agora que minha tarefa está cumprida, venho buscar minha recompensa.

Nogaret recostou-se na poltrona, mordendo os lábios com ironia:

— Que mudança, cavaleiro! Parecias ser impermeável aos bens materiais... durante algum tempo cheguei a acreditar que fazias o que fazias por absoluta crença na correção de nossos argumentos e posições, mas eu sempre desconfiei de ti. Quando te dispuseste a torturar teu antigo Grão-Mestre, só então fiquei tranqüilo quanto às tuas motivações... e agora me apareces aqui desejando aquilo que todos sempre desejam: dinheiro, poder... Mas infelizmente já cumpriste teu papel em nossa comédia, cavaleiro: quem te possui agora de corpo e alma é o Grande-Inquisidor. Eu e meu Rei não temos para ti nenhuma utilidade. Passar bem, cavaleiro...

Quase desmaiei com a desfaçatez de Nogaret: ele me usara e agora me dispensava como se eu fosse um osso roído, cortando todo e qualquer laço comigo e se livrando de minha presença. Era nisso que ele acreditava, sem entender que eu, seu verdadeiro inimigo, tinha contra ele uma arma infalível: o seu passado.

— Não creio que te possas livrar de mim assim tão facilmente, Procurador. — Minha voz e atitude se tornaram as de um canalha, como todos deveriam acreditar que eu fosse. — Não sou um desses cátaros que a Igreja tortura e queima, derrubando-os de seus altos patamares de poder, ao perceber-lhes a heresia... Se eu fosse um deles, ou quem sabe filho e neto de algum deles, talvez tivesses com que me ameaçar. Não sendo, tens que dar-me o que te exijo, antes que eu tenha que dirigir-me ao Grande-Inquisidor e delatar-te... afinal, eu sou o homem que apontou as ações dos Templários ao Rei de França...

A face de Nogaret ficou lívida, e quando eu disse a palavra "cátaro" suas mãos começaram a tremer, sem parar. Seus olhos arregalados me fixaram, e sua boca se abriu em descrença. Eu continuei, ameaçando-o mais e mais:

— Posso contar tudo que sei, revelando a verdade sobre coisas que já passaram mas ainda não foram esquecidas, e que certamente tornarão tua vida o oposto do que ela agora é. Fatos não podem ser ocultados para sempre, Nogaret, e em tua terra natal deve ainda haver registros de tua existência e da existência de tua família, ou mesmo quem se recorde de teu pai e teu avô... não é verdade?

Todo mentiroso que usa da inverdade para se fazer melhor do que realmente é acaba acreditando no que inventou e deixando de perceber que todos podem mentir tão bem quanto ele. A verdade, além de tudo, costuma surgir em seu caminho de maneira insidiosa e inesperada, e eu neste momento me tornava a Nêmesis de Nogaret, revelando-lhe saber mais sobre seu passado do que ele mesmo gostaria de recordar-se. Por detrás de seus olhos eu podia sentir sua cabeça privilegiada analisando as possibilidades, medindo o poder que tinha sobre mim e que eu tinha sobre ele, pesando qual dos dois era maior neste momento, e finalmente chegando à conclusão de que eu o vencera. Fechou os olhos, respirou fundo e disse:

— Cavaleiro, longe de mim desejar prejudicar-te... ninguém é mais merecedor das benesses reais que tu, nosso auxiliar indispensável na obra a que nos propusemos. E não é nem mesmo o caso de comprar-te algum silêncio, mas sim de premiar-te com aquilo que é indiscutivelmente teu. O que desejas?

Para não prolongar a narrativa desta conversa entre dois canalhas, sendo eu um deles, devo dizer que saí do palácio no fim da tarde com as escrituras de posse de uma antiga Comendadoria chamada Montricoux, tomada à força dos Templários, a noroeste de Montauban, no Tarn-et-Garrone, nas bordas do antigo Languedoc, algumas milhas ao sul de minha antiga Comendadoria de Montfaucon. Era tudo meu, os selos reais justapostos em todos os documentos, e próxima o suficiente de Paris para que eu pudesse seguir as ordens de meu Grão-Mestre sem grande dificuldade. Junto a esta propriedade, com todos os lucros que dela pudessem advir, ainda consegui tirar do amedrontado Procurador um estipêndio real, quase como se fosse um daqueles nobres que bajulavam Filipe, o Belo, Rei de França, com toda a força de sua alma servil. Eu não me incomodava mais em fingir ser um deles, porque tinha coisas mais importantes a fazer do que me preocupar com aquilo que poderiam pensar de mim. Vencera a necessidade de ser adorado por todos: a mim me bastavam a minha própria opinião sobre mim mesmo e o amor e amizade daqueles a quem eu prezava.

Nogaret não foi pouco esperto. Tudo o que ele desejava era tirar-me de perto da corte e do Inquisidor, mesmo sabendo que a saúde de Jacques de Molay continuava sendo minha responsabilidade: mas pensou com acerto que, dando-me aquilo que eu lhe pedira, eu me satisfaria por algum tempo e me afastaria dele, até que pudesse vingar-se de mim. Este era o tempo de que eu precisava, e em meu empenho para salvar meus irmãos e meu Templo me tornara tão impiedoso quanto qualquer um de seus inimigos. Para ser tolerante, como me haviam ensinado entre os Filhos de Salomão, era preciso saber ser intolerante, principalmente consigo mesmo, e eu, neste momento, me tornara na prática aquilo que me haviam ordenado, sem ser minha vontade ou vocação.

Fui imediatamente para o Pátio do Marais, dar a notícia a Moira: éramos agora senhores de terras, pequenos senhores rurais, e eu não tinha certeza se ela desejava esta posição, acostumada que estava a ser livre e sem fronteiras. Eu precisava mudar mais uma vez toda a minha vida, e enquanto me aproximava de minha casa, já sentia saudades dos tempos que ali passara, seja como Lepidus, o sapateiro aleijado, seja como Lentus, o Hubertino pouco falante: sentiria muita falta de todos, principalmente de Felício, o mano a quem reencontrara depois de tantos anos, mas de tudo o que se tornara meu a única pessoa da qual não poderia nem desejava abrir mão era Moira. Ela havia se transformado em minha coluna de sustentação, o espelho no qual eu me mirava e podia me ver positivamente em todas as ocasiões que a vida me empurrasse para atitudes e ações pouco dignas de um homem: sendo ela mesma uma malandrina, acostumada desde jovem à vida cigana e ao pequeno roubo como forma de sobrevivência, podia entender-me melhor que eu mesmo.

Encontrei-a com os cabelos escondidos debaixo de um turbante, as mangas arregaçadas e as saias arrebanhadas na cintura, enquanto lavava nossas roupas na fonte que ficava ao centro do Pátio. Sua juventude trigueira, sua alegria incessante, seus olhos de profundo verde, me enchiam o coração de amor a cada vez que eu a olhava, e me era difícil acreditar que sendo velho o bastante para ser seu pai ou mesmo seu avô, ela tivesse por mim o amor que não se cansava de demonstrar, como quando ergueu a cabeça e, me vendo, sua face se iluminou de prazer. Largou tudo e veio a meu encontro com passo apressado, chamando-me daquele jeito que nunca deixou de causar-me arrepios na espinha:

— Meu homem... estás em casa de vez ou pretendes sair novamente?

Passei-lhe o braço pela cintura, sentindo-me com a metade da idade que tinha, e fui caminhando com ela em direção a nossos aposentos, contando-lhe o que fizera e o que nos acontecera, e de que maneira nossas vidas mudariam, se ela assim o quisesse. Moira só fazia muxoxos de espanto a cada revelação, e quando lhe disse que agora éramos o senhor e a senhora de Montricoux, estancou sobre os próprios pés:

— Tens certeza disso, meu homem? Crês realmente que eu serei a companhia ideal para um senhor de terras? Olha que com o que agora possuis podes ter a herdeira que te der na veneta...

Olhei-a longamente: ela estava séria e um tanto preocupada. Foi então que percebi que nos amávamos tanto e de maneira tão igual que seríamos capazes de fazer qualquer coisa para que o outro fosse feliz, mesmo que à custa de nossa própria felicidade. Beijei-lhe a testa, os olhos, a boca, abracei-a e senti meu coração batendo em uníssono com o dela, como se fôssemos mais que amantes, irmãos nascidos um para o outro e separados pelo destino até o momento deste reencontro. Eu amava profundamente pela primeira vez em minha vida, e valera a pena esperar por estes anos de maturidade, depois que a juventude fora o território de meu celibato consciente, na qual eu subjugara impulsos e desejos simplesmente para não me tornar igual a meu pai.

— Meu homem, vou contigo até o inferno, se isto for necessário: sendo contigo, não há o que eu não faça. Mudaremos de vida, portanto?

— Moira, eu ainda tenho muitas tarefas a cumprir para o Templo, e elas certamente serão difíceis e nada agradáveis: não pretendo impor a ninguém aquilo que é minha responsabilidade exclusiva. Se não desejas partilhar comigo as duras obrigações que meu destino me impõe, eu saberei entender.

Moira me olhou, seus olhos escurecidos pela seriedade do momento:

— Esquin, sempre desejei um homem como tu, que amasse a chuva e a casa e que olhasse a vida com calma, para segui-lo através de qualquer tempestade até que pudéssemos estar juntos à frente de nossa lareira. Tu já me deste muito mais que isto, e o que agora me prometes é mais do que eu sempre desejei: para quem sempre sonhou com a casa e a terra onde pudesse ser aquilo que bem entendesse, o que me ofereces é um paraíso, e eu não tenho nenhum problema em pagar o preço que me for exigido.

Assim o fizemos, organizando nossas pequenas posses para fazer a mudança e assumir nossa propriedade. Quando Felício soube de nossa partida, amuou, mas logo depois soube ser generoso:

— Mano, perder-te depois de reencontrar-te é mais do que eu poderia suportar: mas se esta é a tua vida, quem sou eu para tentar te segurar aqui? De toda forma, lembra que não só este mas todos os Pátios de Paris são teu território, e como um dia nosso mestre Nazimus te deu o anel que abriu todas as portas dos malandrins, eu te faço presente deste. Basta que o exibas a qualquer malandrim, bandido, salteador e mendigo de Paris e ele fará tudo por ti. Só os verdadeiros Coësres podem usá-lo, mas eu te reconheço plenamente merecedor desta honra. E em qualquer momento que precisares de mim, aqui estarei a teu dispor, para o que der e vier, não importa o que seja!

Em Notre-Dame também fui tratado com imensa solicitude: Pierre de Chelles me surpreendeu, abraçando-me fortemente e dizendo:

— Que pena, meu irmão! Meus aprendizes estavam se tornando tão competentes com teus ensinamentos... Jean Ravy, por exemplo, a cada dia que passa tem maior domínio das ferramentas, e eu já tenho podido deixar a maior parte do serviço criativo a seu cargo, sem me preocupar. Fizeste uma imensa diferença quando vieste até nós: o teu exemplo nos mostrou uma nova forma de ser pedreiro, e é uma pena que tenhamos que perder tua companhia.

— Nada perderemos, meu irmão: onde quer que eu esteja, meus irmãos pedreiros terão em mim o meu melhor. Não deixarei, no entanto, de visitar Paris: estarei perto o suficiente para estar aqui pelo menos uma vez a cada quinzena, e sempre que aqui estiver, podes contar com meus braços no trabalho da pedra.

Nesta noite houve reunião dos pedreiros de Notre-Dame, e Pierre de Chelles me fez passar por emoções indescritíveis, apresentando-me aos novos aprendizes e elogiando-me aos velhos. Nossa fraternidade de operários do Universo só se justificava pelo serviço que deveríamos prestar, realizando o projeto do Grande Arquiteto com o máximo de nossas capacidades.

Trilhamos as estradas rumo ao sul até chegar a Montricoux, uma aldeia tão pequena que quase a perderíamos, não fosse a maciça construção templária que a encimava, por cima de uma das gargantas do Aveyron, rio rápido que a atravessava tão rapidamente que, quando de barco, o mais comum era perder-se o pequeno cais de Montricoux, inesperadamente arrastados pela celeridade da água. A propriedade havia caído em mãos templárias depois de uma sentença arbitral contra os cônegos de Saint-Antonin, por causa dos dízimos das paróquias de Montricoux, Saint-Maurice e Castras, que os padres optaram por pagar através de medidas anuais de trigo e de cevada: estava em bom estado, porque quando os Templários foram presos os camponeses que lá trabalhavam se asseguraram da proteção dos campos e da casa, e principalmente da imensa pedreira que ficava no fundo, de onde se retirava belíssimo granito amarelo, o mesmo de que todas as construções da região eram feitas. Eu e Moira, sentados na boléia de um carroção que Patapouff nos havia conseguido sem dizer como, trilhamos as estradas em dois dias de viagem, dormindo em plena natureza e chegando a Montricoux com os corações leves como duas crianças: no fundo do carroção estavam todas as nossas posses, que eu e Moira recolhêramos e entrouxáramos rapidamente, junto com os presentes que os malandrins do Marais nos haviam dado.

Foi interessante chegar logo depois do meio-dia a Montricoux e ser recebidos como senhores da propriedade: os camponeses, meeiros do cultivo e da criação, falavam conosco de olhos baixos, respeitosamente, o que fez Moira rir, deliciada. Ela assumiu imediatamente a faxina da casa, surpreendendo as mulheres que ali trabalhavam, enquanto que eu, seguido pelo mais velho dos camponeses, um careca chamado Pére-Gervais, fiz o reconhecimento de meu novo lar.

Moira me convencera, quando lhe disse que precisaria de uma nova face, a pintar meus cabelos, deixando barbicha e bigodes à moda espanhola, que também sofreram tintura com a alquimia que ela me pusera ao dispor. Alguns camponeses haviam pensado sermos pai e filha, o que muito me envergonhou, por isso a solução da tintura nos cabelos me foi agradável. Ao olhar-me num espelho que havia num dos quartos, percebi que a linha de meu cabelo recuara muito, e que pintados de preto me deixavam com um ar diabólico que de certa forma me seria vantajoso: o senhor Esquin de Floyrac, proprietário de Montricoux, deveria manter certa distância de seus serviçais, para que ninguém percebesse quem eu realmente era. Moira, ao contrário, deveria ser a benevolente e caridosa senhora da casa, residindo o mais profundamente possível nas orações dos pouquíssimos camponeses da Comendadoria, para que nem os oficiais do Rei nem os padres das igrejas próximas tivessem conosco qualquer intimidade. Para ela não foi difícil, já que seu espírito e vocação eram os da verdadeira caridade, tendo conhecido por dentro a miséria, mas eu me ressentia muito do papel que me coubera: tudo que eu desejava era poder finalmente libertar meu espírito e minha maneira de ser, que depois de tantos anos nem eu mesmo sabia mais qual fosse.

Assumimos, pois, nossos novos papéis de senhor e senhora de Montricoux, e eu, percebendo as vantagens disso, decidi explorar a pedreira ao fundo da propriedade: o mundo continuava em desenvolvimento, e havendo necessidade de erguer castelos, fortalezas, conventos e igrejas, a pedra de qualidade ainda era a escolha mais acertada. A que dali se extraía era excepcionalmente boa, fácil de lavrar e firme depois de esquadrejada, com grande valor de mercado. Além disso, novamente envolvido com a pedra e seus negócios, eu poderia abrigar tanto meus irmãos pedreiros quanto meus irmãos Templários, sem que ninguém estranhasse o fluxo e o movimento de homens em nossas terras. Poderíamos finalmente servir ao Templo como meu Grão-Mestre me ordenara, realizando as tarefas necessárias sem chamar a atenção de nossos inimigos.

Assim que o mês de Fevereiro começou, um frio cortante assobiando pelas frestas da Comendadoria, o que nos obrigava a ficar com as lareiras permanentemente acesas, fui a Paris rever meu Grão-Mestre e tomar pé da situação: tudo indicava que Filipe, o Belo, nada conseguiria contra o Templo, porque nenhum dos outros Reis da Cristandade havia sequer obedecido ao decreto papal de investigação sobre os Templários. Entrei no Palais de Paris fazendo uso dos mesmos salvo-condutos que o Grande-Inquisidor me tinha dado, e descendo até as masmorras onde apodreciam meus irmãos.

Na cela que tinha sido reservada a Jacques de Molay, não havia ninguém: fiquei sem entender nada, até que um carcereiro se aproximou e me confirmou meus piores temores, nascidos no momento em que vi a cela vazia:

— Foram levados de novo para o andar de baixo, e estão sob os cuidados do Grande-Inquisidor.

Desci os degraus para o porão mais profundo com o peito estraçalhado, ainda que minha aparência fosse orgulhosa e altiva. Lá, em celas asquerosas e sem luz, estavam cento e trinta e oito irmãos, pelas contas do carcereiro, nos mais diversos graus de sofrimento e feridas, gemendo e orando. Haviam todos sido torturados à exaustão, segundo percebi, e pelo que o carcereiro me informou, em voz baixa para que não nos percebessem, haviam todos confessado tudo de que o Grande-Inquisidor os havia acusado, os documentos que haviam assinado já em poder do Papa.

Voltei a galgar os degraus, desta vez indo para o andar superior, onde ficavam o Procurador e seu Rei: nenhum dos dois estava em palácio. Só encontrei um frade do séquito do Grande-Inquisidor, que me reconheceu e deu notícias, que ouvi sem permitir que meu rosto exibisse meu terror:

— Confessaram todos os seus crimes, cavaleiro, e estão novamente sob a autoridade do Papa. O Rei Filipe não conseguiu o que queria: com exceção de seu Procurador, todos os juristas profanos e eclesiásticos disseram que a única autoridade que detém poder sobre os Templários é Sua Santidade, e que o Rei nada pode contra eles, nem mesmo processá-los, caso se confirme sua heresia.

— E o Papa pretende processá-los, na forma da lei?

O frade fez cara de dúvida:

— Isto depende exclusivamente da vontade de Sua Santidade: o Rei mandou convocar os Estados Gerais, assim que acabe a Páscoa, para conseguir apoio de todas as classes contra os Templários. Ele pretende forçar o Papa a fazer o que ele deseja, mas eu duvido muito que o consiga: o Papa Clemente não é o fantoche do Rei, como muitos querem acreditar.

— E Jacques de Molay, o Grão-Mestre dos Templários? Onde o esconderam? Afinal, eu sou responsável por sua saúde até que seja julgado pelo Tribunal de Deus...

— Cavaleiro, parece que o Grão-Mestre dos hereges, junto com mais três de seus auxiliares próximos, foi levado a Poitiers, ficando sob a guarda do Papa. Mas ninguém garante isto oficialmente: há no último porão uma cela vazia e trancada, da qual ninguém pode nem deve se aproximar, onde os homens do Rei dizem estar aprisionados estes homens...

Meu coração deu um salto: se meus irmãos estavam sob os cuidados do Papa as possibilidades eram melhores do que eu pensava: Filipe e seu Procurador estavam apenas com a arraia-miúda do Templo nas mãos. Havia nas masmorras apenas quinze cavaleiros, e todos muito jovens, ainda sem cumprir o prazo de nove anos, e nenhum deles membro do Círculo Interno, eu tinha certeza. Devia haver sacerdotes da Ordem, sargentos, serviçais, quem sabe até mesmo criados e agricultores, já que eu os conseguira avisar do ataque. Quem ali estava, como eu, tinha uma missão a cumprir, talvez simplesmente a de entregar-se à sanha dos torturadores para aplacar-lhes a sede de sangue e riquezas, enquanto o verdadeiro Templo se transformava nas sombras de si mesmo e vencia seus inimigos sem que eles o percebessem.

Retornei para Montricoux o mais rapidamente possível: pelo que tinha combinado com meu Grão-Mestre, ele me daria notícias através de algum irmão que surgiria em minha frente disfarçado, a quem eu deveria abrigar e direcionar para lugar seguro, pois esta era agora a minha função na cabala que havíamos organizado. Com poder e propriedades, quase fora do alcance do Rei, não havia o que eu não pudesse fazer por meus irmãos. Chegando em minha casa, notei um cavalo à porta, e ao entrar nela percebi haver na sala uma visita, que quando tirou o capuz me fez dar um passo atrás, de susto: era Flavien, meu antigo escudeiro em Montfaucon, e que também abriu a boca e os olhos, incrédulo. Não nos víramos nos últimos quatro anos, e ele amadurecera belamente, ao passo que eu, envelhecido, pintava os cabelos para parecer mais jovem, certamente sem o conseguir:

— Meu mestre! — Flavien não sabia como se dirigir a mim, pois havia tomado conhecimento de minha traição, apesar de entre nós ainda haver resquícios de amizade e respeito. — Fui enviado até aqui com uma mensagem para o senhor de Montricoux. Sabe onde posso encontrá-lo?

— Estás falando com ele, Flavien, meu irmão.

Flavien hesitou:

— Mas me disseram que aqui morava um certo Squin de Flexian...

— Ou também Esquieu de Floryan... os camponeses, por algum motivo insondável, não conseguem todos dizer-me o nome da mesma maneira. Podes tranqüilizar-te: é comigo que vieste falar. Acompanha-me ao salão.

Flavien me seguiu com passo inseguro, e quando nos sentamos na penumbra do salão ficou mordendo o lábio inferior, sem conseguir dizer a que vinha. Afinal, sem mais a fazer, tirou de seu peitoral uma carta com um selo negro e me entregou, dizendo:

— Espero sinceramente estar na presença do homem certo, meu senhor: se fores o traidor que me disseram que és, estaremos todos irremediavelmente mortos!

O FIM DO TEMPLO

Desta vez fui eu quem riu tristemente: minha fama era pública, mas de certa forma era isto que garantia a segurança do serviço que eu deveria fazer. Ser um falso traidor envolve um tipo de empenho que nem todos possuem, e eu, que acreditava ser um deles, havia descoberto dentro de mim o talento necessário para isto. Abri a carta: era de Jacques de Molay, escrita em Poitiers, no palácio do Papa:

"Irmão Esquin:

Desejando que esteja em boa saúde, aviso-te que fomos transferidos para o palácio do Papa, contra a vontade de Filipe, que só quer de Sua Santidade o comprometimento absoluto com suas vergonhosas decisões. Aqui seremos julgados pelo Tribunal Eclesiástico, em absoluta honradez, porque o Papa nos protegerá com todas as suas forças. Com exceção de Filipe, nenhum outro Rei da cristandade prendeu ou torturou Templários, nem tomou posse de suas propriedades, passando por cima da vontade de Sua Santidade. Ele está do nosso lado e tudo fará para que tenhamos um julgamento justo e perfeito.

Seguiremos com nosso plano em melhores condições, portanto. De tempos em tempos receberás a visita de vários irmãos nossos, com tarefas a cumprir em nome do Templo, e que para isto necessitarão de tua ajuda inestimável. Ainda nos encontraremos no Estado Templário Livre!

Deus o quer!

Jacobus de Molayo, G.M."

Com o auxílio do Papa seríamos vencedores! Meus olhos se encheram de lágrimas, e Flavien estranhou:

— Meu mestre, o que se passa? Por que tanta emoção?

— Flavien, magníficas notícias: muito em breve estaremos livres de nossos inimigos e poderemos voltar a ser quem somos...

Narrei a Flavien os motivos que me haviam levado a trair o Templo, e as tarefas que ainda me restava cumprir neste sentido. Ele, tão emocionado quanto eu, depois de ouvir-me, fez uma pergunta que não tinha resposta, e que me ficou rodando na mente durante muito tempo, depois desta conversa:

— Meu mestre, mesmo se tudo voltar a ser como era antes, acreditas que poderás retomar tua vida como ela era? Poderás deixar de ser o traidor em que te tornaste e voltar a ser aquele Esquin de Floyrac que foste?

Eu não tinha resposta para isto, mas estava disposto a tudo para que o futuro me trouxesse algum tipo de alívio neste sentido. Flavien acabou ficando comigo em Montricoux, trabalhando como meu secretário, pois escrevia melhor que eu, e a pedreira ao fundo de minha propriedade começava a render bons negócios, fazendo-me pensar que, na próxima vez em que estivesse em Paris, tentaria contratar alguns pedreiros de minha irmandade, para quem sabe recriar à beira do Aveyron a empresa que meu pai tivera no *Outremer*.

Moira finalmente engravidou, e sua barriga crescia a olhos vistos: ela, no entanto, não deixava de lado suas tarefas, sendo quase que uma serviçal de si mesma. Trabalhava noite e dia para que nossa casa deixasse de ser a abandonada Comendadoria templária e se transformasse num verdadeiro lar para nossos futuros filhos. Os campos em volta estavam endurecidos pelo inverno, mas assim que chegasse a primavera, recomeçaríamos o trabalho de aradura e plantio: nossos camponeses não passavam nenhuma necessidade pois, sendo poucos, podiam se privilegiar das medidas de trigo e cevada que dormiam nos celeiros sem que nossa riqueza se esgotasse. Além disso, havia em Montricoux o hábito das conservas doces e salgadas, e o que tínhamos nas barricas e moringas da despensa era mais do que necessário para nosso sustento.

Meu grande esforço não era o de me transformar numa cópia fiel de meu tio, única referência de senhor familiar que eu conhecera: mas ao lado de Moira isto era fácil, porque ela nunca permitia que eu me levasse a sério mais do que o estritamente necessário, aliviando meus dias de problemas e complicações, e preenchendo minhas noites com alegria e prazer, ainda que sua barriga cada vez maior nos atrapalhasse um pouco.

Em maio de 1308 recebi a notícia de que o julgamento dos Templários se daria em Poitiers, na presença dos tribunais eclesiásticos de França, aos quais o Rei Filipe, através de seu bastante Procurador, faria as denúncias iniciais e exigiria o processo legal. A carta de meu Grão-Mestre nada me pedia ou ordenava: só me comunicava sobre o julgamento, deixando-me mais uma vez à vontade para fazer o que eu mesmo considerasse que devia ser feito. Como ninguém esperava mais nenhum depoimento ou testemunho, a não ser o dos acusados, se o Papa assim o exigisse, minha presença não era necessária: mas eu precisava ver com meus próprios olhos o resultado de nossas manobras cuidadosamente preparadas, tomando também atenção aos atos de nossos inimigos. Flavien me acompanhou nesta viagem, que fiz cercado das aparências de poder que minha nova situação me dava. Nossos cavalos eram bons, e em pouco tempo chegamos ao palácio papal de Poitiers, onde os salvo-condutos do Grande-Inquisidor mais uma vez me foram úteis: eu e Flavien entramos no grande salão papal e fomos dirigidos para o balcão do coro, de onde sem ser vistos poderíamos ver tudo, o que me agradou sobremaneira.

Havia neste balcão do coro diversos representantes da nobreza cristã, curiosos sobre o desenvolvimento dos fatos, porque os Reis de Chipre, Alemanha, Itália, Portugal, Aragão, Castela, Irlanda e Inglaterra haviam recebido a bula papal que ordenava a prisão dos Templários, mas não tinham obedecido a ela, ciosos que eram de seu real poder. Eduardo de Inglaterra, por exemplo, só mandou prender os Templários ingleses em janeiro de 1308, mas deixou-os em prisão domiciliar, e os mais importantes deles continuaram recebendo pensões da Coroa, principalmente o Grão-Mestre inglês, William de La More. Jaime II de Aragão, o Rei a quem eu fizera as primeiras denúncias, também não cumpriu a ordem papal, e até se uniu aos Reis de Portugal e Castela numa oposição aberta a todos os desejos de Filipe IV. Nenhum Templário fora da França perdeu nem a vida nem teve que entregar as propriedades do Templo, e isto era importante para que Filipe pudesse reconhecer, através deles, o verdadeiro tamanho de seu poder.

O Rei se sentava no lado oposto à cadeira papal, em assento tão grandioso e rico quanto o Trono de César, que o Papa havia mandado trazer a Poitiers, como símbolo do poder da Igreja de Roma longe do Vaticano. A seu lado, fazendo-se de entristecido e sério, o Procurador Guilherme de Nogaret, usando borla e capelo. Do outro lado da sala, em um trono ao lado do Papa, estava o Grande-Inquisidor, orando ungidamente, cercado por seus acólitos. A assembléia era completamente formada por poderosos e representantes de poderosos da aristocracia e do clero, e eu mesmo só tinha conseguido imiscuir-me entre eles graças ao selo do Grande-Inquisidor. Flavien a tudo olhava com curiosidade infinita: o mundo exterior à Comendadoria, onde vivera até muito pouco tempo atrás, era fascinante, com seu cortejo de pompas. Ele não percebia que por trás das aparências vicejavam as mentes cruéis de homens que haviam escolhido o Mal como sua prática diária, simplesmente por ter nele o melhor aliado do poder que tanto almejavam.

Cânticos irromperam, e Sua Santidade o Papa entrou na sala, razoavelmente mais velho do que eu me recordava, mas seguro de si e ainda imponente: sentou-se ao Trono de César e, erguendo o báculo, deu sinal para que os trabalhos se iniciassem. A assembléia ficou atenta quando Nogaret, pigarreando, se pôs a falar. Eu já conhecia os argumentos, e permiti que minha mente divagasse, enquanto Nogaret e Plaisans, o Grande-Inquisidor, dividiam a cátedra para expor a toda a assembléia os motivos pelos quais a Ordem do Templo deveria ser extinta.

O Papa havia suspendido em Fevereiro o processo inquisitorial, até este dia, impedindo que ele fosse feito às pressas, como Filipe desejava: este tribunal teria que decidir se o processo continuaria, e de que maneira. A face beatífica de Clemente nada revelava, mas eu percebia seu jogo: ele estenderia ao ponto máximo os prazos legais, contando com uma desistência de Filipe, conhecido por sua pouca determinação e sua volubilidade. O Papado e a Ordem tinham ligações muito mais fortes e firmes que o Rei de França desejava crer, e a lealdade dos Templários ao Papa nunca pudera ser desqualificada: ao mesmo tempo, Filipe dominava Clemente, a quem elegera e defendia, desejando colocar o Papado de Poitiers a serviço da casa real de França. O rosto contraído de Filipe indicava sua pouca satisfação. Se tivesse alguma coisa em mãos, certamente a atiraria longe, em um rompante, como era seu costume.

Quando a peroração de Nogaret e Plaisans terminou, sem que a assembléia ouvisse nelas mais do que já sabia, o Papa ergueu sua mão e disse em voz forte:

— Que entrem os acusados!

Meu corpo tremeu, antecipando o momento em que eu veria meu Grão-Mestre e meus outros irmãos, à frente de seus acusadores: mas quando a fila de uns setenta Templários, sendo cavaleiros não mais que quatorze, além de três padres e vários serviçais, dos mais diversos tipos, entrou no salão, eu não compreendi. Os cavaleiros eram homens sem muita importância na Ordem, ou muito velhos ou então jovens demais. Ali não estava nenhum conhecido, nenhum Comandante, ninguém que tivesse qualquer importância nos destinos da Ordem. Onde estaria Jacques de Molay, a quem todos esperavam?

A face sorridente e beatífica de Clemente era um sinal claro de sua ação neste sentido, e eu me pus a rir silenciosamente, percebendo o que estava ocorrendo. O Papa havia esvaziado de sentido o momentoso julgamento, tirando das mãos de Filipe o prêmio que ele já considerava seu, e ainda por cima dando-lhe um sinal claro de que nada seria como o Rei de França planejara. Filipe, em seu trono, como um jogador de xadrez que já tivesse a vitória nas mãos e subitamente se visse colocado em xeque-mate, tinha as faces purpúreas. Colocar frente aos acusadores eclesiásticos estes membros da Ordem que nenhuma importância tinham e de nada sabiam era destroçar os planos de Filipe e Nogaret: o Grande-Inquisidor, a quem nada importava senão sua própria vontade, não percebeu o plano de Clemente, e os Templários sem valor começaram a responder a seus questionamentos, através de seus acólitos, enquanto Filipe e Nogaret confabulavam em voz baixa.

Alguém tocou-me a manga da veste: era um pagem, que me fez sinal para que o seguisse. Ergui-me de meu lugar, fazendo sinal a Flavien para que não se movesse, e sem chamar atenção sobre mim, segui o menino, que me levou a uma sala no mesmo andar do salão, logo depois de um corredor muito longo. Lá, quando a porta se abriu, encontrei Jacques de Molay e mais três irmãos: Charney, que sorriu ao me ver, Payraud e o comendador da Aquitania, Gonneville. Abraçamo-nos e beijamo-nos como irmãos da Ordem, felizes em nos rever, e Jacques de Molay me disse:

— Já compreendeste o que estamos fazendo, irmão?

— Só não consigo compreender o papel do Papa nisto tudo, meu mestre...

— Como te disse faz muitos anos, é preciso entregar a Filipe todos os anéis, para preservar os dedos: hoje ele finalmente percebeu que não tem poder total sobre o Papado, da mesma forma que não conseguiu impor sua vontade aos Reis cristãos. Os homens que ali estão representando a Ordem, e prontos a testemunhar, não fazem a menor idéia daquilo que realmente somos, nem de nossos projetos mais caros e importantes, os quais o próprio Papa sustenta, ainda que ocultamente. Hão de dizer coisas vis, confessar tolices e superstições, mas nada disto será suficiente para que o processo siga como Filipe deseja. A esta altura devem estar exigindo nossa presença, mas como oficialmente ainda estamos na masmorra sob o Palais de Paris, será o próprio Filipe que será responsabilizado por nossa ausência, ficando em péssima situação frente aos doutores da Lei Canônica que nos deveriam julgar. Podem ler todos os depoimentos, mas serão levados em conta apenas os daqueles que estão presentes, e que nada significam no cômputo geral das coisas.

— E enquanto isso, irmão Esquin, continuamos a construir nosso estado Templário, sob as bênçãos do Papado. — Charney sorria. — O Languedoc já é quase totalmente nosso, e retomá-lo de França será fácil: mesmo se Filipe quiser uma guerra, não a fará, porque teme ter que enfrentar a força militar templária. Clemente nos apóia, e tudo fará para que Filipe perca o poder momentâneo que tem sobre o Papado.

Jacques de Molay recostou-se na cadeira:

— Do lado de fora deste mundo onde ele nos protege, só existes tu, que serás nosso braço armado para organizar tudo o que precisamos fazer por nossa salvação: deu-nos trabalho encontrar-te, mas o destino te pôs em lugar ideal para que ajas em nosso benefício. Da mesma forma que teu escudeiro Flavien, muitos de nós irão até tua casa, e tu os ajudarás em tudo que for necessário, porque o que ainda não conseguimos ocultar de Filipe precisa urgentemente sair de seu alcance. Não importa o que venha a acontecer, é preciso livrar o Templo da sanha cobiçosa dos Capetos, e se para isso for preciso que nossas vidas sejam entregues em holocausto, que seja! Estás preparado para isto?

Eu não tinha mais vontade de fazer nada neste sentido, mas ainda precisava continuar: se era verdade que Deus só dá a cada um a carga exata que ele pode suportar, enquanto eu a suportasse não teria chegado a meu limite. Meu papel, ao qual eu me comprometera por juramento, não podia ser repassado a ninguém, era só meu e eu sozinho devia vivê-lo até que se exaurisse. Abaixei a cabeça, em submissão a meu Grão-Mestre, que se ergueu e me abraçou com verdadeira emoção.

Não retornei à sala de julgamentos: o que lá se dava não me interessava a mínima. Eu precisava realizar minha missão à revelia dos fatos aparentes, porque o que era oculto tinha mais importância que aquilo que se via. O mundo material não era toda a verdade, e a busca dela invariavelmente deveria se basear no que eu conhecia, para que eu pudesse ser quem devia ser e cumprir o meu desiderato.

Do lado de fora do palácio papal em Poitiers, enquanto esperava Flavien com nossos cavalos, olhei o trabalho de alguns pedreiros que ali estavam, reformando uma ala do palácio que parecia em franca decadência, quando uma idéia súbita me veio à mente: se tínhamos tantas ligações assim, e tão profundas, por que os Filhos de Salomão não poderiam ser o disfarce para a salvação do Templo? Eu tinha tudo o que era necessário, em Montricoux: a pedreira, próxima o bastante para conseguir suprir as obras das grandes cidades com nosso belo granito amarelo, e distante o suficiente para que ninguém interferisse conosco, com a vantagem de podermos fazer uma fortuna muito útil através do que produzíssemos. Isto me permitiria receber a todos que ali chegassem e ajudá-los da maneira que me fosse possível, sem que ninguém soubesse de meus verdadeiros atos.

Chegando em casa, contei a Moira os meus planos: ela, atarefada como sempre com os trabalhos da casa, que pareciam preencher-lhe um vazio na alma, me olhou encantada, mas já fazendo as contas do quanto isto poderia modificar sua rotina de proprietária rural, prestes a se transformar em dona de uma pedreira. Grávida como estava, andava rapidamente pela propriedade, cuidando de tudo, dando todas as ordens, como se tivesse nascido para aquilo, e de noite, quando caía na cama com um suspiro, era de alegria que suspirava. De vez em quando fazíamos amor, e eu tomava o máximo de cuidado possível com ela, coisa que não a agradava nem um pouco:

— Se meu homem ficar me tratando como uma pepê qualquer, salto fora e vou à lida! Não estou aqui para engrossar a pança e virar uma dessas inválidas! E ainda te atrapalho os projetos, ouviste?

Calei-a com um beijo e um amor mais forte: ela se deliciou e me devolveu outra vez um prazer sem jaça. Eu podia contar com ela indubitavelmente, e foi um de seus primos ciganos, aparecido em nossas terras, que levou meu recado a Florêncio e a Pierre des Chelles, no Pátio e na Catedral. Nem uma semana se passou e já começaram a chegar a Montricoux os pedreiros que Pierre me escolhera, entre os quais ele mesmo, cansado de Notre-Dame:

— Não suporto mais aquilo: uma obra que nunca terminará, porque o cardeal não quer pagar os impostos da obra acabada... deixei Jean Ravy como mestre da obra, pois ele aprendeu tanto contigo que não há nada que não possa fazer, e eu me disponho a ser teu comandado no negócio da pedra. Podemos ver a pedreira?

Em poucos meses Pierre de Chelles, que já tinha determinado de que maneira a pedreira seria mais bem aproveitada, havia montado uma operação de corte e polimento de pedras que espantava a todos: as encomendas vinham de toda parte, e eu fazia questão de pagar integralmente os tributos e contribuir largamente com os dízimos para os oficiais do Rei e os sacerdotes da região, de maneira a que nunca quisessem de mim mais do que eu lhes dava. Era importante que assim fosse, pois enquanto na superfície o negócio das pedras ia de vento em popa, nos subterrâneos dele a Ordem usava Montricoux para abrigar, salvar, convalescer e direcionar irmãos Templários que tinham outras tarefas a cumprir. Para isso eu contava em Paris com meu mano Felício des Nuits, Coësre do Pátio dos Milagres do Marais, que também se tornou uma estação de trânsito para Templários de toda a França, e até alguns de outros países, necessitados de abrigo e salvação: ele levava uma boa parte dos lucros das pedreiras, o que o ajudava a criar uma verdadeira rede de caminhos ocultos para irmãos necessitados, além de ser um porto seguro para pedreiros de toda a Europa, em seu trabalho itinerante e quase tão nômade quanto o dos gitanos.

Era preciso que nos firmássemos em outros lugares, já que em França havia tal animosidade contra nós. De todos os territórios e reinos onde os Templários poderíamos sobreviver em paz e com tranqüilidade, até que a crise se resolvesse, estávamos em excelente posição para guiá-los até eles, simplificando sua viagem e ajudando-os em tudo que fosse necessário. A união prática de Templários e pedreiros, como acontecia em Montricoux, tornou-se uma forma de sobrevivência, e não foram poucos os Templários que, disfarçados de pedreiros itinerantes, fizessem seu caminho por uma Europa conturbada até o lugar onde finalmente descansariam de suas atribulações.

Em Agosto nasceu meu primeiro filho, Vincent, e Felício des Nuits, meu mano querido, veio até Montricoux para batizá-lo e tornar-se, além de meu mano, meu compadre. Olhar o rosto de meu primeiro filho foi uma emoção que nunca deixou de me acontecer: mais próximo de ser seu avô que seu pai, eu ficava às lágrimas só por sabê-lo vivo. Moira, notando isso, me manteve o mais próximo possível de Vincent, em todos os momentos que o trabalho me permitia, e assim que pôde, engravidou novamente, dando-me a seguinte explicação:

— Tú és um pai tão bom que outras crianças também te merecem: eu pretendo encher Montricoux de filhos...

— Moira, eu já sou um velho, mais próximo dos setenta anos que dos sessenta: não me faça favores que eu não possa retribuir...

Ela me passou a mão pela face, com extremo carinho:

— O maior favor quem o faz és tu, meu homem...

Com as acusações de heresia que nos cercavam, recordei-me de um ensinamento de Nazimus, muitos anos antes:

— A palavra heresia vem do grego, e quer dizer escolha: o que a Igreja de Roma não admite é que cada homem possa escolher pessoalmente a sua crença, sem obedecer a nada que não seja o Deus que fala em seu interior. No fim das contas, havendo um só Deus, como creio, todos são o mesmo, manifestando-se de acordo com as necessidades de quem os adora.

Era isto: o Rei, arrogando-se um poder que não tinha, tentava substituir a Igreja de Roma no controle das mentes e almas, insidiosamente impondo ao povo a sua opinião, através da torpe propaganda de Nogaret. Não funcionou: é certo que houve confissões terríveis, arrancadas à força pela tortura da Inquisição, mas logo depois deste Maio de 1308, as retratações e negações começaram a ser cada vez mais constantes, enfraquecendo terrivelmente o processo que Filipe tornara na coisa mais importante de sua vida. A Comissão papal anunciou em Fevereiro de 1310 que estava disposta a ouvir qualquer Templário que desejasse defender a sua Ordem. Cento e trinta e oito tinham sido presos em França, e deles cento e trinta e quatro haviam sido torturados para confessar: os outros quatro eram o Grão-Mestre e seus auxiliares mais próximos, que nada haviam confessado. Os torturados haviam dito tudo que Filipe desejava ouvir, mas agora, oitenta e um deles declararam desejo de defender o Templo na frente da Comissão Papal. Isto foi um ato de coragem, que deflagrou outros atos de coragem explícita, e quando chegou o mês de Março já havia quinhentos e noventa e sete desejos oficiais de defesa dos Templários, e a Comissão papal, pretendendo encontrar a verdade, pôs-se a visitar todos os lugares onde estas testemunhas estivessem.

Em Montricoux recebemos neste meio tempo dois sacerdotes do Templo, Renaud de Provins e Pierre de Bolonha, que haviam sido torturados e desejavam declarar seu asco e repulsa pelos métodos utilizados: numa longa noite de conversa sobre o assunto, com outros Templários presentes, e mais Pierre de Chelles e Felício, que nos visitava na ocasião, este nos disse, com grande sabedoria:

— Reverendíssimos, pelo que posso ver, o povo de França ama seus Templários: podem ter lá suas críticas a eles, e quem não as tem, mas no frigir dos ovos preferem que haja Ordem do Templo a que não haja. Será que vossos argumentos pessoais não serviriam como argumentos gerais para defender os Templários e a Ordem? Afinal, fizeram convosco o mesmo que fizeram a todos...

— Senhor, tua palavra tem fundamento. — Pierre de Bolonha apertou os olhos, como se quisesse ver Felício com mais detalhes. — O Grão-Mestre Jacques de Molay acaba de me designar oficialmente como Procurador Templário para a Corte Papal, e se eu e o irmão Renaud conseguirmos articular em um só processo todas as iniqüidades de Filipe, quem sabe não consigamos reverter este momento ridículo pelo qual estamos passando?

Renaud pigarreou:

— Bastaria que Pierre estivesse à frente dos doutores da Lei Canônica: eu conheço o seu poder retórico e a sua eloqüência, a sua capacidade de articular argumentos. Se ele assim o desejar, nenhum processo fica de pé, nem mesmo se tiver sido elaborado por seu mestre, o Procurador do Rei ele mesmo...

— Agradeço os elogios imerecidos, irmão Renaud. Precisaríamos, isto sim, de muitas outras opiniões a nosso favor, que não fossem de membros do Templo: se conseguíssemos depoimentos de gente de fora, a Corte Papal teria que levá-los em consideração.

Pierre de Chelles estendeu a mão:

— Perdão, irmão, mas... será que as opiniões de outros sacerdotes não ligados ao Templo seriam úteis?

Pierre de Bolonha sorriu:

— Claro, irmão pedreiro! Seriam as mais fortes possíveis, já que a Corte Papal tem para com os sacerdotes Templários uma certa animosidade, pois não devemos obediência à Igreja e sim ao Papa: o irmão sabe como conseguir isto?

No dia seguinte, além dos Templários que, disfarçados de pedreiros, seguiram caminho para Portugal e Escócia, sairam de Montricoux dois padres Templários muito contentes, acompanhados por Pierre de Chelles, que os levaria até Paris para conseguir o apoio de todos os sacerdotes católicos com quem privavam, a despeito de serem pedreiros e livres. Muito foi conseguido com isto: quando o documento preparado por Renaud e Pierre de Bolonha chegou às mãos da Comissão Papal, no dia 7 de Abril, foi acompanhado por inúmeros depoimentos de grande importância, não só da parte de sacerdotes, mas também de alguns juristas famosos. Os Filhos de Salomão davam mostras de sua força, arregimentando defesas para o Templo: um frade cisterciense chamado Jacques de Thérines, de quem se dizia ser o maior teólogo de sua Ordem, não conseguiu chegar a nenhuma conclusão, tal o acúmulo de contradições que encontrou nas provas apresentadas por Nogaret, e um frade dominicano, Pierre de la Palud, além de seu depoimento, se dispôs a apresentar-se pessoalmente para repeti-lo onde fosse preciso, a favor da Ordem. Os argumentos de um tristemente famoso inquisidor, o dominicano Bernardo Güi, eram também contundentes: mesmo sendo ele um grande caçador e teórico da Inquisição, teve que confessar não ter encontrado no processo contra os Templários nenhuma prova que pudesse ser interpretada como sendo garantia de culpa.

Fui a Paris logo depois disso, e o sentimento geral era o de escárnio para com o Rei de França, incapaz de levar adiante seu projeto de extinção do Templo: todos riam dele e de seu Procurador, que tanto haviam trabalhado, mas nada tinham conseguido. Durante dois anos a luta legal nos tribunais se seguiu, cada vez mais intensa, e cada vez mais prejudicial ao Rei de França e seus desejos: o Papa Clemente estava realmente trabalhando a favor do Templo, e os Templários seriam finalmente inocentados das acusações de heresia, se dependesse de sua vontade. Mas subitamente tivemos que estancar nosso riso de alegria, porque Filipe, incansável batalhador por tudo que lhe desse na veneta, sacou uma cartada terrível contra o Templo. Era 12 de Maio, dedicado ao martírio de São Pancrácio e da Virgem Domitila, quando ele retirou das masmorras do Palais de Paris 44 Templários que haviam renegado suas confissões e, sem hesitar nem dar notícias disto a ninguém, mandou queimá-los na fogueira dos hereges, num campo fora de Paris.

O terror tomou nossos corações, e Paris tornou-se uma cidade escura e silenciosa, amedrontada ao extremo. Ninguém ousava dizer nada, pois qualquer coisa seria tomada como ofensa ao Rei. Houve vários casos de pessoas que foram presas e torturadas simplesmente por estarem cantando uma copla do poeta popular Geoffroy de Paris, que dizia:

"Mais a torto que a direito
os Templários da esperança
se acabaram nas masmorras
a mando do Rei de França."

Nenhum dos Templários queimados reconheceu qualquer de seus crimes, negando-os todos, declarando estar sendo queimados sem motivo justo, mas tão-somente pela vontade do Rei de França, que ao mesmo tempo em que fazia isto, também mandou transferir o Papa de Poitiers para Avignon, onde teria muito mais controle sobre ele. Em volta do novo palácio papal colocou um verdadeiro exército: ele convenceria Clemente a dar-lhe a condenação dos Templários quer isto fosse legal ou não.

Por amor ao poder, como no caso de Filipe, ficava cada vez mais aparente o seu medo constante de tudo: ele desejava o controle absoluto por medo que outros homens tivessem controle sobre ele. O único verdadeiro poder, no entanto, é aquele composto de tempo e paciência, duas coisas que Filipe nem possuía nem controlava, pois tendo alcançado seu poder à custa de imensa culpa por seus atos, nenhum de seus objetivos poderia ter bom fim. Pelo poder, abandonava qualquer idéia de justiça, sem entender que poder e justiça são forças equilibradas: a justiça sem poder é ineficiente, mas o poder sem justiça é apenas tirania, devendo portanto ser articulados de forma complementar, para que tudo que é justo seja poderoso, e tudo que for poderoso seja justo.

O Papa estava dominado pelo poder material de Filipe, e com isso sendo lentamente engolido pelo Reino de França: Filipe decerto pensava que, sendo os Templários servidores diretos do Papa, quem controlasse o Papado controlaria os Templários. Ledo engano: o que Clemente faria era procrastinar mais ainda a posse das riquezas do Templo, afastando-as cada vez mais das mãos de Filipe. O Concílio era todo formado por cardeais pró-Filipe, mas Clemente, com sua autoridade de Pontífice, fez valer sua própria vontade, e através da bula *Ad Providam* entregou a custódia de todas as propriedades templárias para a Ordem dos Hospitalários, com exceção daquilo que ficava em Portugal e Espanha, pois nestes países os Templários já haviam se transformado na Ordem de Cristo e na Ordem de Calatrava, e como Clemente sabia disso, entregou as posses templárias a elas, dando o que era dos Templários aos próprios Templários, ainda que sob nome diferente. Eu estava mais uma vez em Paris, ajudando Jean Ravy numa balaustrada especialmente elaborada, quando um irmão pedreiro veio até nós dando notícias:

— O Rei vai administrar as posses dos Templários, mas as despesas com esta administração e até mesmo com a prisão deles deve ser deduzida do total do que possuem!

Jean Ravy se persignou, e disse:

— No Inferno tudo se paga: certamente os cavaleiros queimados tiveram a lenha usada nas fogueiras descontada de suas fortunas...

Também fiquei descontente, mas pensei bem, e pude tranqüilizá-lo:

— Irmão Jean, de onde Filipe vai tirar este ressarcimento, se nada mais existe que ele possa controlar ou administrar? E nos outros lugares, nenhum Rei abrirá mão das posses templárias para quem quer que seja. Clemente foi esperto: o Hospital se encarregará da briga, livrando o Papado da responsabilidade...

Rimos muito, mas quatro dias depois, a caminho de Montricoux com alguns pedreiros para trabalhar com Pierre de Chelles, ocultos entre eles alguns Templários que iriam para Marselha em busca de navio, fomos avisados que o Papa havia promulgado nova bula. Quando chegamos a Montricoux, onde Vincent e Laure, minha filha mais nova, me receberam ao lado da mãe, uma Moira novamente embarrigada, mas ainda assim linda, é que soube do que se tratava, pois ali havia uma carta de Jacques de Molay, que era novamente prisioneiro do Rei:

ESQUIN DE FLOYRAC

"Meu irmão: não te escrevo com minhas próprias mãos, pois não as tenho em condição de ser usadas. Os oficiais da Inquisição foram substituídos pelos beleguins de Filipe, sem nenhuma obrigação que não seja a de nos fazer confessar a qualquer preço. Dias terríveis se avizinham, meu irmão, e se nada mais conseguirmos salvar de nossa amada Ordem de agora em diante, devemos nos contentar com aquilo que já pusemos em segurança. Na bula de 6 de Maio o Papa ordena que nós, os chefes do Templo, sejamos julgados pela Corte Papal, enquanto os Concílios provinciais julgarão os irmãos comuns. Filipe conseguiu dominar Clemente de uma maneira como não esperávamos. Da mesma forma que Pierre de Bolonha conseguiu os depoimentos a nosso favor, Filipe acaba de gerar inúmeros depoimentos contra nós, alguns de quem verdadeiramente não nos conhece, mas a maioria deles por parte de antigos amigos e colaboradores, entre os quais o sargento Estevão de Troyes, de quem te recordas, acredito. Ele acusa Hugo de Pairaud de ter-lhe dado ordem para conúbio homossexual com outros irmãos, e garante que viu a famosa cabeça de Baphomet sendo levada para a Capela do Templo de Paris. O pior foi ter revelado que nosso tesouro saiu do Templo na noite anterior à nossa prisão: isso deixou Filipe de tal maneira irritado que as ordens são de aumentar as torturas até que alguém confesse o paradeiro de nossa fortuna. Já confessamos tudo o que podemos confessar, mas isso não o satisfaz: parece movido por uma obsessão mais forte que sua própria vontade.

Clemente mudou de idéia, irmão: ao que tudo indica, está convencido de que nós Templários devemos ser sacrificados pelo bem da Igreja. Precisa livrar-se de Filipe, e a única maneira de fazer isto, pensa ele, é dar o que Filipe quer: sendo neto do Santo Luís, e considerado pelo próprio Clemente como estando a seguir os passos de seus ancestrais, o soberano pode muito bem pretender ser, além de Rei, Papa! Afinal, seu reino já é a sede do Papado, e ele tem verdadeira volúpia por todos os tipos de poder, inclusive o espiritual.

Quando saímos de Poitiers fomos levados para Chinon, onde a maioria dos Templários está presa: foi lá que começaram a nos destruir o corpo e a vontade de resistir. Mesmo se ela ainda existisse, a vontade do Papa é superior à nossa: se ele desejar que morramos para salvar a Verdadeira Igreja, aquela que não fica em Roma nem em qualquer quadrante desta terra, deveremos seguir para o sacrifício como os cordeiros seguem para o abatedouro, mansamente. Não temos o direito de reagir nem de combater quem nos comanda: seria a pior espécie possível de traição.

Eu confessei tudo o que me pediram que confessasse, e na hora certa saberei o que fazer com isto. Como eu, meus irmãos mais próximos também o fizeram. Da mesma forma que aconteceu contigo, nós também tentamos adivinhar a vontade de Clemente, para segui-la sem causar-lhe nenhum constrangimento. Cada um de nós deve ser o Judas de seu próprio Cristo.

Beijo-te por três vezes, meu irmão. Ora por nós.

Jacopus de Molayo, G.M.

Deus o quer!"

Chorei como nunca, não apenas pela destruição de nosso projeto de salvação completa, mas principalmente pelo tratamento cruel que meus irmãos estavam recebendo, sofrendo as maiores torturas possíveis em nome da cobiça de um Rei e o temor de um Papa. Eu fora parte essencial neste resultado equivocado, e tudo o que fizéramos em benefício da Ordem acabava por voltar-se contra ela, pois os que possuíam o poder desejavam apenas satisfazer sua própria volúpia, sem atentar para a verdade mais comezinha.

Eu, Esquin de Floyrac, Templário e pedreiro, agora senhor de terras e comerciante de pedras, mestre construtor, pai de família, casado e feliz, devia meu sucesso pessoal ao plano de traição controlada que meu Grão-Mestre havia urdido e que eu seguira sem hesitar. De todos os Templários vivos, eu certamente era o que melhor tinha se saído, ao perjurar: confessara apenas mentiras, sem ser torturado, e com elas conseguira apenas a destruição de meus irmãos, causada exclusivamente por meu equívoco. Por quanto tempo mais deveria manter esta impostura que me engordava o corpo e a burra ao mesmo tempo em que envenenava a alma? Não havia o que eu pudesse fazer, a não ser seguir em meu projeto de salvação dos Templários que para isso a Montricoux chegassem, gerando a maior fortuna possível para que nada lhes faltasse nesta peregrinação forçada rumo à salvação possível.

Nos dias seguintes Clemente foi mais fundo ainda em seu projeto de livrar-se dos Templários para salvar sua Igreja: proclamou a bula *Vox in Excelso*, através da qual defintivamente a Ordem do Templo de Salomão, proibindo que ela alguma vez se reorganizasse, com ou sem o beneplácito do Papado, ameaçando quem isso pretendesse, ou mesmo tornar-se Templário, com a excomunhão líquida e certa. O mais interessante, contudo, era que sua bula não condenava a Ordem, mas apenas as dúvidas e suspeitas que a mesma havia levantado no espírito da humanidade no decorrer de sua existência, principalmente o segredo e as formas de recepção dos irmãos da Ordem, que considerou como sendo em tudo e por tudo diferentes da vida e dos hábitos de outros crentes em Cristo. Levantava de forma simples e direta as acusações que haviam sido proferidas contra a Ordem, limitando-se a verberá-las, alegando que muitos irmãos haviam cometido o pecado de apostatar, de ser idólatras e até mesmo de praticar a sodomia, sem em nenhum instante acusar a Ordem de nenhum desses crimes. Os irmãos Templários que chegaram a Montricoux depois disso estavam todos boquiabertos, sem nada compreender: afinal, a Ordem havia sido abolida sem que contra ela nenhuma acusação verdadeira fosse erguida. Tranqüilizei-os da melhor forma possível: eles não me conheciam como o traidor que eu era, mas tão-somente como um homem rico ligado à Ordem e que fizera da salvação dos Templários o motivo principal de sua vida. Se soubessem que tudo o que estavam vivendo se iniciara com minha traição, certamente me esquartejariam: mas se lhes fosse dito que esta traição fazia parte de um plano maior da própria Ordem, como reagiriam?

 Mexendo em meus papéis, derrubei uma caixa que salvara no *Outremer*: ela se abriu e de dentro dela caiu um saco de veludo vermelho, de cuja existência eu me esquecera completamente. Nunca mais consultara as gravuras, e sabia por quê: eu temia profundamente que elas indicassem meu erro e meu engano, sem que eu os pudesse corrigir. Acabara preferindo errar por mim mesmo, sem me preocupar com os oráculos ou os indicativos de correção de rumo que as gravuras me pudessem dar.

 Abri o saco, com cuidado, temendo pelo destino das lâminas de marfim, assim como pelo estado das gravuras, que só tinha em minhas mãos graças a três homens: meu mestre Nazimus, que me apresentara os originais, e meus saudosos irmãos Eliphas e Ayub, essenciais à realização do que estava ali, à minha frente. Um quarto homem também havia, e era Felício, que conseguira deus sabe como as lâminas de marfim que eu tinha agora nas mãos: eu o reencontrara e ele se tornara novamente peça importantíssima em minha vida. Por isso me arrisquei, com um suspiro amedrontado: eu sabia que o que quer que as gravuras me dissessem, seria o melhor indicativo de meu futuro mais próximo, além de um comentário bem vivido sobre meu próprio eu.

Quando peguei a carta de cima, senti-a mais grossa que de costume, e antes de virá-la, percebi que eram duas, grudadas uma à outra. O tempo se encarregara de uni-las pelas tintas de que estavam recobertas, e eu as separei com extremo cuidado, para que a gravura da que estava colada à outra não se estragasse. Só depois de separá-las, virei-as: se tinham vindo juntas, algum motivo havia, e eu não saberia honestamente qual delas descartar.

Eram duas gravuras seguidas, a dA Lua e a dO Sol, opostas e complementares, e eu, como Nazimus me ensinara a fazer, olhei-as alternadamente, apreendendo suas diferenças e semelhanças, sua oposição e complementaridade. A animalidade física da gravura dA Lua, com suas duas torres ladeando os animais que uivavam, o crustáceo se erguendo da lama, como a doença insidiosa que me matara o pai, ou a traição de que eu era portador, erguendo-me do seio da Ordem. Nazimus me dissera que esta carta é sempre indicativa de algum retorno a acontecimentos anteriores, dos que minha mente me avisava, mesmo não dando disso nenhum sinal claro: era preciso que eu libertasse a minha intuição para que ela, somada ao meu raciocínio mais claro e isento, pudesse me indicar o caminho.

A outra gravura, O Sol, era semelhante em tudo e por tudo à dA Lua, mas se opondo a ela de maneira sutil e sábia: as torres se transformavam em um muro, que cercava um jardim onde os animais uivantes se transformavam em um par de gêmeos quase idênticos. A ausência do crustáceo era digna de nota, como se o que havia de mais oculto houvesse desaparecido, e o orvalho que escorria dA Lua se transformava numa chuva de ouro que O Sol dava aos que estavam no jardim. Esta era a Verdade sem ilusão, brilhando perpetuamente como o Sol verdadeiro o faz, dando aos que o sentem a certeza de que tudo já está previsto, todas as possibilidades determinadas, sem exceção de nenhuma, restando-nos apenas o trabalho de escolher qual delas será a nossa, responsável e conscientemente.

Meu trabalho havia se transformado em outro, criativo, salvador, consciente, e eu me responsabilizava não apenas pela salvação de meus irmãos Templários, mas também pelo auxílio e empenho para com meus irmãos pedreiros, encontrando entre eles tanta semelhança que poderia facilmente tê-los a todos juntos em meu espírito, apesar das diferenças. Chegaria o dia em que eu não teria mais um Grão-Mestre que se responsabilizasse por meus atos, e eu teria que ser o senhor de mim mesmo: quem sabe este momento tivesse chegado e eu já fosse meu próprio senhor. Isto, no entanto, eu só saberia quando a vida me colocasse à frente o último dilema, um que eu tivesse que solucionar por mim mesmo, tornando-me finalmente o único responsável por mim.

Ruídos do lado de fora de Montricoux me chamaram a atenção, e pela janela eu vi a chegada de mais um grupo de pedreiros, estes muito empoeirados e cansados, como se tivessem vindo de muito longe. Desci para o pátio, como sempre fazia, para saudá-los: no caminho encontrei com Moira, atarefada como sempre, mas sempre pronta a receber mais um bando de homens famintos e cansados com o melhor de sua hospedagem. Fiz com que ela pousasse sua mãozinha sobre a minha, e assim atravessamos o umbral da grande porta ao lado do *donjon* que eu mandara erguer, como homenagem e lembrança dos templos que a Ordem havia erguido em todo o mundo.

No meio dos homens havia dois velhos cansados, um apoiado no outro, além de seus cajados, em tudo e por tudo figuras opostas e complementares, e alguma coisa se acendeu em minha memória. Aproximei-me deles, sem hesitar, cada passo mais ágil e determinado que o anterior, porque minha alma já me dizia aquilo que meus olhos ainda não tinham visto. Os dois ergueram seus olhos para mim, e o maior deles sacudiu o braço do menor, agitando-o. Estendi minha mão direita para a frente e toquei a mão direita do mais alto: ele a abriu. Dentro dela estavam várias pedrinhas negras e brancas, que eu olhei já enevoado pelas lágrimas. Não nos abraçamos como seria de se esperar, porque amigos verdadeiros nunca se separam, e sendo assim a saudade nunca precisa se instalar entre eles: mas minha vida ali subitamente recuperava suas imensas riquezas. Como filhos pródigos, os dois reentravam em minha vida exatamente no momento em que me seriam mais úteis, eu nem imaginava quanto. Renascidos de um passado oculto, ali à minha frente estavam Ayub e Eliphas, unidos como sempre, transformando Montricoux em um jardim sobre o qual o Sol derramava todo o ouro do Universo.

Capítulo 18

1294

A travessia do braço de mar entre Acre e Chipre, para onde nos dirigimos, fugindo dos *mamluqs* que haviam tomado e destruído nossa cidade, não foi nem fácil nem agradável: uma destas raríssimas tempestades mediterrâneas nos perseguiu durante toda a viagem, como se fosse a última das armas muçulmanas usadas contra nós, desta vez pela Natureza, sob as ordens de Allah. Teobaldo, nosso Grão-Mestre, eleito depois da morte de Guilherme de Beaujeu, ainda passou por Sidon, último baluarte Templário no *Outremer*, tentando fazer com que a guarnição que ali ficava fosse suficiente para garantir a presença do Templo no lugar de onde ele havia sido definitivamente expulso.

Durante os dias anteriores, pelo que depois soube, a situação teria sido ridiculamente grotesca, se não envolvesse tanto sangue derramado. Havia sido feito um acordo que garantia aos Templários e todos os habitantes de Acre a saída segura dali, em troca da entrega da fortaleza assim como ela estava. Os primeiros muçulmanos que lá entraram, no entanto, ciosos de seu poder próximo ao absoluto, começaram a maltratar as mulheres e as crianças dos cristãos, pretendendo tomá-las e vendê-las como escravos. Isso era um rompimento do acordo, e os

Templários imediatamante passaram o batalhão de cem *mamluqs* pelo fio da espada, rasgando o estandarte de al-Ashraf que havia sido erguido como prova de boa-vontade, jogando os trapos e os corpos pela amurada. Os muçulmanos recrudesceram e destroçaram a cidade, atacando até os que dela tentavam escapar por mar. Fora neste momento que eu deixara o subterrâneo, conseguindo com dificuldade chegar até a praia e embarcar no escaler que João de Grailly havia tomado em nome do Templo. Teobaldo já havia conseguido embarcar a si e ao tesouro do Templo em outro navio, e nos embarcamos no seguinte, todos cavaleiros derrotados, soldados sem batalha.

Nosso navio se dirigiu a Chipre, seguindo as ordens de João de Grailly, que obedecia a seu Grão-Mestre, enquanto este ia para Sidon, tentando garantir alguma espécie de defesa templária para o *Outremer*. Tiro também já estava em vias de render-se a al-Ashraf, que levou para o Cairo o portal da igreja de Santo André, em Acre, como lembrança e prova de sua arrasadora vitória sobre os infiéis Francos. Teobaldo de Gaudin, com seus trinta anos de *Outremer*, parecia saber o que fazia: mas um mês depois de chegar a Sidon, ameaçado por uma surtida de *mamluqs* que o obrigara a ir para a cidadela templária à beira do mar, embarcou o tesouro do Templo, a si mesmo e a seus auxiliares mais próximos, e logo aportou em Chipre, onde já estávamos mais ou menos organizados, sentindo-nos seguros. Os que ficaram em Sidon acabaram, deixando a cidade, tentando ir para Chipre: mas como os *mamluqs* impediram que navegassem nesta direção, seguiram para o norte e aportaram em Tortosa, que caiu um pouco antes do famoso Krak dos Peregrinos.

A ferida profunda em minha perna, feita pela pedra que por pouco não me esmagara, fechou com lentidão exasperante. Houve momentos em que tive a certeza de que ficaria para sempre aleijado, o que só piorava meu estado de espírito, abandonado por Felício, de quem não tive mais notícias, e de meus irmãos Ayub e Eliphas, que eu tinha certeza terem morrido na queda da última torre de Acre. Nosso abrigo era uma construção bem grande, com a marca dos trabalhos de meu pai em cada pedra e detalhe, o que me fazia sentir-me em casa, mesmo não havendo em Chipre nenhum pedreiro: ficávamos quase que parede-meia com o templo dos Hospitalários, que nos olhavam com cara fechada e extrema desconfiança. Nunca estivéramos tão próximos uns dos outros, em todo o nosso tempo de *Outremer,* e o conflito e a competição entre as duas Ordens terminaria por gerar disputas sem sentido, e quem sabe entreveros mais perigosos, ali na pequena e limitada Chipre. Soldados sem guerra em que lutar acabam por inventar suas próprias batalhas, voltando-se uns contra os outros, se não houver algum inimigo por perto: o fato de sermos frades soldados não mudava em nada nosso espírito, porque a disciplina férrea a que ser frades nos acostumara servia apenas para exaltar o que de pior tínhamos como soldados. Os Hospitalários, sem sombra de dúvida, ansiavam por ter tanta importância e poder quanto nós, Templários, principalmente em relação ao Papado, de quem éramos interlocutores privilegiados, quando isto se fazia necessário.

Certo dia, andando de muletas pelo jardim do Templo, reconheci uma voz às minhas costas: virei-me e vi meu padrinho Jacques de Molay, que não encontrava desde que tinha acompanhado Eduardo para a Inglaterra, tornando-se Visitador Geral e depois Grande Preceptor da Ordem no reino de Inglaterra. Estava mais velho, cansado, sem aquele viço que antes tinha: em lugar dele havia uma tenacidade nunca vista, marcada pelo maxilar trincado e o queixo projetado para a frente. Quando meu padrinho deu comigo, só seus olhos sorriram: a face estava por demais contraída para isso. Caminhamos um na direção do outro, beijando-nos como irmãos, e ele me disse:

— Irmão de Floyrac, soube de teu acidente.

— Infelizmente recebi-o sem ser em batalha, meu mestre: até hoje não peguei em armas nenhuma vez, seja na defesa do *Outremer,* seja na defesa de nossa Ordem. Só fui soldado no exército de al-Ashraf, e dele fugi logo que pude...

— Mesmo assim, tua vontade de fazê-lo existe, e isto nos basta a todos: temos certeza de que nunca recusarás nenhuma tarefa que o Templo te dê, por mais terrível que ela seja.

Sentamo-nos em um banco de pedra, e eu estiquei minha coxa cicatrizada ao sol de Chipre, para que ela se curasse mais rapidamente, como acreditávamos. A casca da ferida se formara sem dificuldade, e não havia mais pontos de inflamação: a pele ficara repuxada, mas o músculo por baixo dela já voltava a ter a elasticidade de antes. Jacques de Molay continuava me olhando com extremo interesse, e eu lhe perguntei:

— O que foi, meu mestre?

— Vejo em ti grandes ações e feitos, de Floyrac: sem sombra de dúvida és um dos mais valorosos cavaleiros de que o Templo pode dispor. Não te apresses por batalhas: não precisamos nunca procurá-las, porque elas têm o firme costume de correr atrás de nós. Se ainda não pegaste em armas pelo Templo, deves ter paciência, porque a tua hora chegará.

— Se chegar, meu mestre: com a perda de território a que estamos sendo forçados, temo que a Ordem deixe de ter validade. Afinal, fomos criados para defender o *Outremer* dos muçulmanos e judeus, sendo este nosso único objetivo: sem ele, que valor teremos?

— Certamente um valor insuspeito, até mesmo por nossos inimigos: hoje somos a maior força existente no mundo, e nosso poder se compara ao dos Reis, principalmente porque estes Reis dependem de nós em todos os sentidos. Temos pensado seriamente nisto, e a conclusão a que chegamos é a de que nosso poder real só precisa de um reino onde seja exercido.

Não compreendi bem: a quem ele se referia ao dizer "temos"? Não pude no entanto perguntar-lhe nada, pois ele continuou falando, olhando para o amanhã, visionariamente:

— Sonhamos um mundo unido, de Floyrac, onde os poderes tirânicos dos soberanos não sejam senão uma triste lembrança. Nossa maneira de ser, que construímos durante dois séculos de existência, nos levou a compreender qual deve ser nosso verdadeiro papel.

— Que papel é este, meu mestre?

— O de reconstrutores do mundo, erguendo uma sociedade onde todos estejam juntos não por causa de suas semelhanças, mas sempre e principalmente apesar de suas diferenças, por sua vontade expressa e sob a luz do Deus Universal. Precisamos constituir, acima dos reinos, dos povos, das cobiças tribais, um governo geral e amplamente satisfatório para todos, que nasça da vontade de todos e se constitua a partir de suas necessidades físicas e espirituais. Da mesma forma que a Igreja de Roma tem usurpado o poder temporal através de suas alegações espirituais infundadas, o poder temporal dos Reis tem tentado fazer uso desta espiritualidade para alcançar seus objetivos materiais mais terríveis. Ambos, no entanto, só desejam uma coisa: o controle e a posse dos corpos e das almas, tiranicamente imposto sobre todos os que lhes estiverem abaixo.

Não compreendi muito bem por que, mas tive a sensação de que Jacques de Molay estava tentando medir minha aceitação ou recusa daquilo que ele me dizia, e que me soava muito lógico e coerente. Eu vivera no *Outremer* entre povos de todos os tipos, e percebera que em todos os grupamentos humanos existe gente boa e gente má, sem que isso dependa da cor de sua pele, de sua forma de organização ou do nome dos deuses a quem prestam homenagens. Seus chefes, no entanto, seus Reis e emires, seus sultões e paxás, insistem em ter sobre eles um poder absoluto, de vida e morte, impedindo-os de ser quem são e forçando-os por todos os modos a ser iguais a seus senhores, alegando ser esta a vontade de seu deus, o que sempre me pareceu pelo menos ridículo.

Disse isso a Jacques de Molay, que me pareceu satisfeito:

— A tua experiência no *Outremer*, ao contrário da de tantos outros, te deu uma consciência real daquilo que é possível, quando existe vontade verdadeira. A verdadeira autoridade é a de indicar, sugerir, apresentando sempre alternativas positivas de escolha, nunca a de impor ou forçar: cada homem deve desenvolver por si mesmo a consciência necessária para agir como deve agir sem precisar de ordens expressas de ninguém, e isto só é possível numa sociedade onde não exista nenhum poder temporal ou espiritual.

— Mas como se pode ter isso, meu mestre?

— Em nosso caso, começaremos pelo poder material que já temos, e é muito: a maioria dos Reis, ou o Papado de Roma, depende de nossos cofres. Deveremos estabelecer um território onde nossa maneira de ser seja a regra geral, com fronteiras abertas para todos que nele desejem entrar ou dele queiram sair, sem maiores dificuldades: a comparação entre a vida num território de liberdade e a simples e dura sobrevivência sob o jugo das tiranias será suficiente para que os homens percebam haver outra maneira de viver, e decidam por si mesmos qual destas duas maneiras de viver preferem...

— Meu mestre não quer dizer que Chipre será nosso território para esta experiência... quer?

Meu mestre sorriu, os olhos apertados:

— Não, de Floyrac: aqui ainda estamos longe demais dos lugares onde nossa ação se faz necessária. Além disso, temos que dividir a ilha com os Hospitalários, esta imitação sem substância do Templo... ah, se tivessem persistido em sua vocação de medicina e cura! Ah, se não tivessem tentado transformar-se em soldados como nós! Hoje o *Outremer* não estaria perdido: seríamos como unha e carne, uns lutando e outros curando. Os avanços que os Hospitalários alcançaram na arte de curar, principalmente por causa de sua ligação com a Escola de Medicina de Dimashq, são imensos, e não deveriam ser empanados por suas débeis ações como Cruzados, sempre competindo com o Templo para ver quem matou mais, quem foi o mais bravo, quem passou mais infiéis no fio de sua espada, e porcarias deste tipo. De que adiantava haver um Hospital que curava se dentro dele não se aceitava nenhuma vítima dos Hospitalários? Quem não sabe amar seu inimigo não o merece. Hoje aqui estamos ao lado deles, perto demais para meu gosto, e pelo que me contaram já começa a haver mal-estar entre membros do Templo e do Hospital. Temos que sair daqui o mais depressa possível, e tomar posse de nossa propriedade em Paris, onde está sendo erguido o maior de todos os nossos Templos. O reino de França é nossa origem, e dele partiremos para conquistar nosso próprio território: temos a riqueza, temos os meios e, principalmente, temos a vontade para isto.

Jacques de Molay se ergueu, pondo-me a mão ao ombro:

— Pensa no que eu te disse, irmão: cura-te o mais rapidamente possível e acredita que, sem sombra de dúvida, temos grandes tarefas para ti. Quem pensas que continuará o erguimento de nossos templos e fortalezas? Pedreiros como tu, meu irmão. Deus o quer!

Meu mestre se afastou e eu continuei ali, sentado sob o sol de Chipre, meu peito repleto das palavras e idéias que ele havia plantado em mim. Era realmente tarefa digna e importante reorganizar e reconstruir o mundo: quando pedreiro, já havia pensado nisto, porque nos considerávamos todos apenas operários do Grande Arquiteto, que nos havia dado seus infinitos planos, desejando simplesmente que os transformássemos em realidade de pedra. Tudo começava pela pedra, tudo era pedra, e quanto mais nossos âmagos de pedra se polissem, perdendo suas arestas e se retificando, melhor seria nossa ação sobre o mundo, ele também se modificando à medida que nos transformássemos. A grande verdade que eu aprendera em todos estes anos de obediência e serviço era uma só: se um homem não muda sua maneira de pensar, o mundo em que ele vive também não muda. Eu mudara o suficiente para que o mundo à minha volta, visto sob a ótica do que eu antes fora, se transmutasse em um mundo novo, vivo, brilhante e divino. Todos podíamos ser deuses, se este fosse o nosso desejo verdadeiro: era preciso apenas escolher o próprio caminho, conscientes de toda a responsabilidade que cada escolha traz consigo, podendo um homem responsabilizar-se por si, como eu já tinha feito, pelos que lhe estão à volta, como eu aprendera a fazer, ou por todo o Universo, como Jacques de Molay me propunha. Cada caminho levava ao próximo, se este fosse o desejo do homem que o trilhava, e era impossível chegar a qualquer um deles sem antes ter percorrido todo o caminho anterior, porque a glória do trono do Grande Arquiteto só é possível quando buscada através da ordem, cada coisa por sua vez, degrau após degrau, conhecimento após conhecimento, tarefa após tarefa. Sem realizar a primeira, a segunda se torna impossível, e da mesma forma que é desperdício ficar para sempre no caminho egoísta do Eu, sem ele é impossível chegar ao caminho do Nós, e depois ao do Todo, como a lógica da vida pede. A cada entroncamento, uma mudança de pensamento, e esta sem dúvida muda o caminho já percorrido e o que ainda se vai percorrer.

Assim sendo, busquei uma forma de tornar-me útil, a partir daquilo que conhecia, e que era o trabalho de pedreiro: o prédio onde nos abrigáramos estava em péssimas condições, e não havendo em Chipre nenhum pedreiro digno deste nome, dispus-me eu mesmo a fazer o que fosse preciso. Consegui com alguma dificuldade as ferramentas necessárias, e que não tinham nem de longe a qualidade com que eu estava acostumado: mas, sendo elas aquilo de que eu podia dispor, era com elas que faria o que me fosse possível, da melhor maneira possível, com a alegria do trabalho, em vez de chafurdar no pântano das exigências paralisadoras.

As notícias que chegavam a Chipre sobre os *mamluqs* eram intensamente poderosas: eles estavam agora escarnecendo dos cristãos, dizendo que seu Deus era fraco. Não salvara seu próprio filho nem tentara salvar os cristãos em Acre, Tortosa, no Krak dos Cavaleiros: isto não era Deus que se apresentasse como sendo digno de respeito. Os cristãos, por sua vez, ignorando os aspectos mais materiais da disputa, se colocavam como sendo mártires da fé. João de Villiers, que fora durante a fuga de Acre um excepcional líder, só revelou quando chegou a Chipre o ferimento de flecha que tinha no flanco e que quase o matou, mas ainda houve quem o acusasse de falta de bravura, dizendo que deveria ter morrido em Acre em vez de salvar a vida inutilmente. Ou seja: sempre era tudo muito pouco a favor do Templo, e da mesma forma que antes nos consideravam os Salvadores dos Lugares Santos, hoje éramos apenas os traidores que haviam permitido sua perda para os muçulmanos. Grande parte desta campanha insidiosa contra nós vinha dos Hospitalários, que também haviam fugido de Acre, e que decerto nos acusavam de covardia antes que alguém se recordasse de lançar-lhes a mesma acusação. Não tenho dúvida que partiu de Fulco de Villaret, o Grão-Mestre do Hospital, a campanha de união das duas Ordens: ele pretendia, baseado em sua imagem mais pura e menos discutível, tornar-se Comandante da fortuna templária, inclusive em termos de importância pessoal. A tensão entre as duas Ordens, principalmente quando nos encontrávamos na rua, breve passaria dos comentários à socapa para coisa muito mais perigosa.

Eu aproveitava meu tempo no trabalho de pedreiro para pensar, pensar muito, tentando estabelecer o mundo em que viveria daí em diante. A idéia de um país Templário, que Jacques de Molay colocara em meu espírito, me fascinava, principalmente depois que soube que os Teutônicos, que tinham fugido de Acre para Veneza, estavam organizando o seu *Ordenstadt* com capital em Marienburg, na Prússia, lutando sem cessar contra prussianos e lituanos não-cristãos.

O Templo tinha várias propriedades em Chipre, nas aldeias de Khirokitia e Yermasoia, mas a única que podia abrigar-nos com conforto era a de Limassol, ao lado do Hospital, a tal ponto que os cânticos de cada Ordem, quando realizados num mesmo horário, se confundiam uns com os outros, gerando discórdia. Foi esta a propriedade que eu me dispus a consertar, trabalhando diariamente nas falhas dos muros, na argamassa das paredes, na lepra dos tetos, enquanto meus irmãos, soldados sem nada o que fazer, davam espaço dentro de si para os piores sentimentos possíveis, direcionando-os para o inimigo mais próximo, os Hospitalários. Vários deles me disseram, entre risos:

— Acorda, irmão! Não ficaremos aqui por muito tempo! Que vantagem tens nestes consertos de que não farás uso? Por que não vais para Famagusta, a fortaleza abandonada de Chipre, e a reergues? Os fantasmas dos Templários que lá morreram muito te agradecerão...

Eu me mantinha em silêncio, fazendo a minha parte e deixando que cada um fizesse ou não fizesse a sua: não era da minha conta a decisão pessoal de cada um. A casa precisava de muitos consertos, porque havia ficado abandonada desde a disputa pela coroa de Jerusalém até 1280, quando o Rei Hugo de Chipre finalmente suspendeu o castigo que nos havia dado, por termos apoiado seu rival Carlos d'Anjou. Nos últimos anos não tinha acontecido nenhuma tentativa de manutenção da propriedade, que estava literalmente caindo aos pedaços.

Fomos formalmente visitados pelo atual Rei de Chipre, Henrique II, que também fugira de Acre em seu navio particular, sem nem mesmo tentar colaborar na defesa da cidade. Sua cara de desagrado era patente, mesmo sendo tratado com toda a civilidade e honras possíveis. Pelo que soubemos depois, em sua visita ao Hospital ele foi muito mais afável e benevolente, e quando o Templo ficou do lado de seu irmão Amauri, na disputa pelo trono que Amauri venceu graças ao apoio dos poderosos barões de Chipre, seu último ato como rei foi enviar a Roma uma violenta queixa contra nós, que pelo estilo da escrita havia sido traçada no quartel dos Hospitalários, seus protetores.

Para mim nada mudou: meu corpo já curado dos ferimentos estava a cada dia mais propenso ao silencioso trabalho na pedra, e eu só me ressentia pela ausência de irmãos pedreiros ao meu lado, não para que me ajudassem com seu esforço físico, mas sim para que me apoiassem em minha luta pelo crescimento pessoal, o único de que eu realmente podia dar notícias seguras. Cada golpe de meu cinzel sobre a superfície rugosa era um golpe em uma minha ilusão, vício, vontade mesquinha. Eu chegava a acreditar que sairia desta experiência perfeitamente limpo e curado, vazio de defeitos. Nunca compreendi que depois de limpar o terreno infértil é preciso plantar nele alguma coisa de útil, senão ele volta a ser alvo das pragas que o sufocavam.

O FIM DO TEMPLO

Fiz isto durante três anos, praticamente isolado de todos, enquanto o estado de ansiedade e conflito entre o Templo e o Hospital chegava às vias de fato: poucos eram os encontros entre Templários e Hospitalários que não gerassem alguma cabeça quebrada, muitas machucaduras e um acirramento das tensões. Enquanto os Grão-Mestres das duas Ordens se tratavam com elegância e desconhecimento forçado da realidade, seus comandados iam gradativamente perdendo o respeito uns pelos outros, tornando-se o anátema de Chipre, como a população da ilha veio a conhecê-los.

No dia 2 de Abril de 1293 uma comoção tomou a casa do Templo em Chipre: eu estava nos subterrâneos, trabalhando em uma rachadura importante de uma das fundações, quando o burburinho finalmente me alcançou. Limpando-me da melhor maneira possível, e muito curioso, subi até o rés-do-chão: lá os Templários estavam em grande movimento, pois havia morrido inexplicável e subitamente o Grão-Mestre de todos os Templários, Teobaldo de Gaudin. Alguns irmãos que não me conheciam estranharam a figura suja de pó de pedra e com trajes tão velhos, tentando expulsar-me dali como forma de expurgar sua própria dor. Foi preciso que Estevão de Troyes, sargento-mor do Templo, gritasse meu nome e dissesse a eles quem eu era: mesmo assim alguns mais jovens ainda me olhavam com a cara torcida, tomados por imensa desconfiança.

Havia chegado o momento da escolha de um novo Grão-Mestre, e no mês que se seguiu chegaram a Chipre vários dos Preceptores e Priores do Templo em toda Europa, para reunir-se e decidir por votação quem seria o próximo Comandante em chefe dos Templários. O aumento do contingente Templário em Chipre causou abalos no Hospital, mas souberam respeitar-nos a dor e o período de luto, como lhes obrigava a regra de cavaleiros. Eu me banhei, como era meu costume, mas desta vez me vesti de acordo com minha posição de cavaleiro, aparando meus cabelos, penteando minha barba, e calçando as botinas de marroquim vermelho que Nazimus me havia feito e que ainda resistiam ao tempo. Vesti as casulas, a dalmática e o manto com a cruz bordada que jazia no fundo de minha bagagem, a única que eu conseguira tirar de Acre. Por estar sempre junto a meu peito, o saco de veludo com as gravuras do livro-mudo também haviam sobrevivido, e eu as mantive no mesmo lugar. Espada eu não possuía mais, e por isso não coloquei nem mesmo o cinto de couro negro onde a bainha seria atada, me dirigindo a passo lento e cuidadoso para o salão onde os Templários se reuniam.

Circulei no meio dos cavaleiros Templários de todas as idades, que me deram pouca atenção, inclusive os mais jovens, os mesmos que me haviam estranhado a presença por causa das vestes de pedreiro. Ali ficamos por muito tempo, até que a porta da galeria superior se abriu e o Procurador do Templo, Hugo de Pairaud, disse em voz alta:

— *Habemus Magister*! O Comandante já foi escolhido. Apresento-vos o Grão-Mestre do Templo de Salomão, Jacques de Molay!

Certamente havia outros desejos na assembléia, e isto ficou claro pelo burburinho que se seguiu ao anúncio, mas finalmente todos superaram suas vontades pessoais e aplaudiram com vivas a eleição de meu padrinho, meu irmão gêmeo, como ele mesmo se denominava, ao mais alto e mais importante cargo na hierarquia da Ordem. Quando meu irmão surgiu na galeria, a face contorcida pela responsabilidade que lhe havia sido imposta, os aplausos recrudesceram, só cessando quando ele, erguendo a mão, conseguiu silêncio da assembléia:

— Irmãos, aqui estou às vossas ordens e ao vosso serviço, para que o Templo realize sua tarefa gloriosa. Necessitaremos do apoio de todos vós, velhos e moços, experientes e novatos, cavaleiros, frades, soldados e auxiliares: nossa fraternidade não pode nem deve ser prejudicada pelas tarefas que devemos cumprir. Somos todos iguais perante Deus, e Deus é o mesmo para todos: se Ele não vê em nós nenhuma diferença, por que nós a veríamos? Meu orgulho hoje é ter sido anunciado Grão-Mestre pelo homem que me recebeu na Ordem, quando a ela cheguei pela primeira vez: Hugo de Payraud, meu padrinho.

O Procurador do Templo baixou a cabeça, emocionado: Jacques de Molay, também emocionado, continuou:

— Depende de nós a continuidade de nossa missão: quem sabe não seremos nós mesmos os reconquistadores do *Outremer*, retomando-o definitivamente de nossos inimigos?

Os aplausos cresceram mais uma vez: os cavaleiros Templários desejavam antes de tudo a oportunidade de cumprir o dever para o qual haviam sido convocados, e Jacques de Molay lhes dizia com todas as letras que eles o fariam. Eu nada compreendi: o que ele me dissera alguns anos antes negava peremptoriamente o que ele dizia agora em público. Teria mudado de idéia? Os aplausos cessaram, e ele continuou:

— O Grande Templo de Paris está pronto, e de lá eu pretendo comandar a Ordem, fazendo de Chipre a cabeça de ponte de nosso retorno vitorioso ao *Outremer*! Os Reis da Europa serão todos convocados para este objetivo, e eu os visitarei um por um, até que um novo *passagium generale* se torne possível como esforço de vitória sobre os inimigos! Deus o quer!

A assembléia, movida por estas palavras, entrou em franco delírio: eu, no meu lugar, fiquei em silêncio, tentando entender os objetivos de meu irmão com esta alocução. Todos foram se dirigindo para seu lugares, e quando eu ia me afastando, de volta às tarefas que eu mesmo me tinha determinado, fui abordado por um sargento que me comunicou estar sendo chamado à sala do Grão-Mestre. Segui-o, o coração vazio de tudo, menos de uma certeza: quanto mais eu me afastava do que os Templários desejavam, mais próximo do Templo me sentia.

Na sala escura estavam Jacques de Molay e seus auxiliares mais próximos, o Procurador Hugo de Payraud e o cavaleiro Geoffroy de Gonneville, que eu sempre via junto de meu irmão. Este se ergueu de sua cadeira, vindo até mim e me beijando à moda templária, acenando para que eu me sentasse em um escabelo que estava à frente da grande mesa coberta de documentos e objetos. Eu o fiz, sem nada dizer, e o silêncio que tomou a sala tornou-se pesado, a partir de algum tempo.

Jacques de Molay, finalmente, o cenho franzido, me perguntou:

— Algo te incomoda, irmão de Floyrac?

Pensei em manter o silêncio, mas não pude:

— Sem dúvida, irmão Grão-Mestre: não pude deixar de perceber a contradição entre o que o irmão me disse há três anos, e as palavras de hoje. Só pude pensar que o irmão tenha mudado de idéia, e gostaria de saber os motivos disto.

Jacques de Molay olhou para Gonneville e Payraud, sorrindo mansamente, e depois me disse:

— Tinha certeza de que tua memória era primorosa, como é: antes que entrasses, disse a meus dois irmãos que tu sem dúvida me cobrarias a mudança de propósitos. No entanto, tranqüiliza-te, de Floyrac: nada mudou. Ainda estamos trabalhando para o erguimento do Estado Templário, mesmo que minhas palavras tenham parecido coisa diferente.

— Não compreendo. — Eu me sentia no meio de uma mentira. — Se desejamos uma determinada coisa, para a qual temos que contar com todos, é preciso que todos a conheçam...

— ... e concordem com ela, antes de tudo. De todos os cavaleiros que enchem os salões desta casa, quantos concordariam com isto? Assim que lhes dei aquilo com que sonham, tornaram-se todos unidos e positivamente engajados no trabalho do Templo. Não percebes, irmão de Floyrac, que a imensa maioria dos cavaleiros do Templo aqui está por motivos fúteis que nada têm a ver com nosso verdadeiro objetivo? Além do mais, o que ganharíamos revelando nossos planos a quem não só não os consegue entender, mas principalmente seria capaz de destroçá-los pela denúncia impensada ou pela reação ignorante?

— Eu entendo, Grão-Mestre, mas não acho nem justo nem certo. Cada cavaleiro Templário deve ter direito à sua opinião e vê-la respeitada, desde que ela não fira os objetivos do Templo. Por que mentir?

— Irmão de Floyrac, raciocinemos; quantos Templários serão capazes de entender da maneira correta aquilo que pretendemos? A imensa maioria só se interessará por um Estado Templário se isso significar lucro e poder pessoal para eles, da mesma forma que, quando ouvem falar em uma nova Cruzada, se interessam apenas pelo que podem ganhar em termos de poder e lucro, além da exibição de coragem irracional que tem sido o apanágio dos novos cavaleiros que têm surgido. Não engano a ninguém: se houver uma nova Cruzada, o que eu não creio, seremos parte importante dela, principalmente porque nenhuma outra Ordem consegue agir com a lisura com que o Templo age. Até mesmo os Reis cristãos ou o próprio Papa precisam ser convencidos disto, para que as Ordens de cavalaria não se tornem um estorvo para eles. Nosso verdadeiro objetivo, aquele pelo qual temos lutado nos últimos cinqüenta anos, só pode ser conhecido pelos poucos capazes de entendê-lo, e tu és um deles.

— Grão-Mestre, agradeço a subida honra que o irmão me dá, colocando-me entre os escolhidos. Temo, no entanto, que isto não seja suficiente: a Ordem é os seus cavaleiros...

— Irmão, irmão, não cometa o engano de confundir a Ordem do Templo com os Templários: são coisas bem diferentes. Pensa que, se fossem uma e a mesma coisa, nossos inimigos teriam razão em desqualificar a Ordem, porque a qualidade dos atuais Templários é risível. A Ordem e os Templários não se confundem, volto a repetir: aqui estamos para preservar da melhor maneira possível os objetivos mais importantes da Ordem, que sobreviverá para sempre, mesmo que os Templários sejam todos extintos, um por um.

Calei-me: a fala de Jacques de Molay fazia sentido, e tudo o que precisávamos era recuperar o valor dos antigos Templários, para que a Ordem não precisasse correr o risco de ser mal-entendida, ao ser confundida com eles. Obediente, disciplinado, curvei-me ao desejo de meu Grão-Mestre: era assim que eu sabia ser. Meu irmão continuou me olhando, e por fim disse:

— Todos os que temos alguma função importante na Ordem fazemos parte de um Círculo Interno, onde efetivamente se definem os rumos de nossa ação. A cada grão-mestrado que se instala, este Círculo recebe novos membros, que por seu trabalho e desenvolvimento pessoal tenham merecido fazer parte dele. Chamei-te até aqui para dizer-te que foste escolhido como um de nós, e que em breve se dará a tua iniciação neste Círculo Interno, o verdadeiro poder por trás do poder da Ordem. Prepara-te, pois, para isto, com silêncio e meditação: deves estar permanentemente pronto, pois a qualquer momento, sem aviso, chegará a tua hora.

Eu nada disse: depois de um tempo, meu irmão sussurrou:

— A não ser que não o desejes... é isto?

Suspirei profundamente: não era mais a minha vontade que estava em jogo, mas sim a da Ordem, com quem eu me comprometera permanentemente, a ela entregando minha vontade e liberdade. Se não confiasse em meus irmãos, em quem o faria? Enquanto eu não soubesse comandar, só me restava obedecer, e se tinha decidido não ser senhor de mim mesmo, como poderia pretender tomar o controle de minha vida?

Meu irmão, parecendo ler o que me ia na mente, disse:

— É neste Círculo que aprenderás o que significa o verdadeiro mando, o verdadeiro poder, a verdadeira vontade. Já aprendeste a obedecer e agir: está chegando a hora de aprenderes a mandar e decidir.

ESQUIN DE FLOYRAC

Isto me tranqüilizou: se só neste Círculo se encontravam os que tinham missões de mando dentro da Ordem, eu estaria dentro dele para aprender o que ainda não sabia, e quando chegasse o dia, talvez me coubesse a maior tarefa de todas, se eu estivesse preparado para ela. Curvei a cabeça, ajoelhando-me à frente de meus irmãos, e dizendo:

— Vossa vontade é a minha. Aceito.

Saí da sala temendo descobrir que até na Ordem que eu amava havia tirania e imposição de vontades: esperava ansiosamente que nada disso se concretizasse, porque se assim fosse eu perderia completamente o sentido de minha existência. Seria o mesmo que se descobrisse que as pedras em que trabalhara durante minha vida como pedreiro eram feitas de papel e lama, derretendo-se à primeira chuva, e que nenhuma das arestas que delas eu retirara, com esforço e dedicação, tivesse alguma vez existido, e que eu tivesse sido enganado o tempo todo, iludido por algum mago poderoso que me tivesse enevoado os olhos e feito perder a compreensão das coisas. Por isso voltei para os subterrâneos da casa templária de Limassol e me concentrei no trabalho das pedras, enquanto minha alma se digladiava entre as certezas e as dúvidas, cada uma delas tornando-se seu oposto em questão de instantes, deixando, na maior parte das vezes, um solene e substantivo nada dentro de mim. Esta vaziez de certezas, que me substituía as dúvidas, em nada me tranqüilizava: mas meu cinzel feria as pedras constantemente, sem cessar, e seu ruído cíclico se tornou tão familiar quanto o bater de meu coração.

Meu Grão-Mestre tinha razão quanto à qualidade dos Templários de que a Ordem agora dispunha: o melhor exemplo disto era Rogério de Flor, o Templário que comandara as mais importantes galeras da Ordem, agindo de maneira tão torpe na queda de Acre que o Templo como um todo preferiu esquecer seu nome e sua existência. Era um filho menos dotado de Rogério de Blume, e tendo o mesmo prenome de seu pai, preferiu latinizar o nome familiar, como forma de destacar-se. Isto era muito comum, sendo eu um dos que mudaram de nome simplesmente para não ter que usar o familiar, sem que ninguém o estranhasse. Jacques de Molay, ele mesmo, era filho de um Longwy e de uma Rohan, e acabou por escolher o nome de uma afastada propriedade de seu pai em Bésançon, em vez de carregar consigo as famílias da mãe e do pai. Seus motivos para isto eu não sei, podendo ser idênticos aos meus ou aos de Rogério de Flor, que se aproveitou do esquecimento forçado para tornar-se aquilo que seu coração pedia: pirata. O pior de tudo foi ter continuado a usar em seus navios a bandeira negra com o crânio e os dois ossos cruzados, que era a marca templária quando estávamos no mar: muitos navegadores em navios de carga se tranqüilizavam ao ver aproximar-se um navio Templário, sentindo-se em segurança, apenas para perder as riquezas e até a vida nas mãos do desonesto Rogério de Flor. Os piratas do Mediterrâneo, percebendo o sucesso de sua manobra, passaram também a usar esta bandeira, que imediatamente se tornou a marca dos piratas, deixando de ser a dos Templários, mas não sem que o pejo e a desonra disso caíssem sobre a Ordem, como neste instante já estavam caindo todos os outros males possíveis.

Só havia jovens sem controle, título ou herança, sonhando com uma batalha vitoriosa que lhes permitisse voltar para casa como heróis, o que provariam com os butins e as presas que conseguissem tomar, ou então velhos cavaleiros sem forças no corpo mas ainda iludidos pela experiência do passado, quando o cavaleirismo era mais uma regra de comportamento positivo que uma técnica de guerra e destruição, a tal ponto que os inimigos preferiam morrer em combate com Templários que com membros de qualquer outra ordem, simplesmente pelo respeito que colhiam dos Soldados do Templo de Salomão. O Templo se preservava acima de seu corpo: em espírito, por assim dizer.

Eu, no entanto, não me metia nisso: a pedra fundamente encravada no chão de Chipre, alicerce feito para sustentar a casa do Templo, era minha única preocupação, e eu a tratava como se estivesse tratando de meu próprio alicerce. Curei-o, limpei-o, acrescentei-lhe o que faltava, caiei-o para protegê-lo da umidade, e quando vi, já não me restava nada a fazer. Portanto, saí de uma vez dos porões para onde me dirigia todos os dias, só os deixando quando chegava o fim do dia, limpando-me para poder comer, não tão perto dos outros irmãos que eles desejassem conversar comigo, nem tão longe que me sentisse alheado de seu convívio. Obedeci a meu Grão-Mestre: ele me recomendara silêncio e meditação, e eu o obedecera à risca. Estava pronto.

Em minha cela, com uma pequena janela que deixava entrar a luz, quase uma seteira, e que possuía uma gelosia trabalhada à grega, eu passava a maior parte do tempo pensando no que o futuro me reservava:

a inação forçada a que Chipre nos obrigava ainda era melhor que a agitação belicosa que levava o Templo às refregas com o Hospital. Pude, portanto, rever toda a minha vida, tentando entender o que ela tinha sido, absorvendo-lhe as perdas e os ganhos, preservando o que era bom como fonte de alegria e o que era ruim como experiência educativa. Estava a alguns meses de completar cinqüenta anos de idade, ainda rijo, ainda disposto, e tendo vivido entre irmãos Templários durante a maior parte de minha vida, pouco conhecia do mundo real, a não ser a época em que convivera com meu pai, tentando entender seu mundo e de que maneira ele poderia ser o meu, se eu assim o quisesse. Com a morte de meu pai, eu desistira do mundo profano, ocultando-me no Templo, e meu talento para a imitação me levara a ações que minha mente hoje olhava como sendo apenas ilusões, porque meu corpo não as desejava registrar com muitos detalhes, para sobreviver sem sofrimento. Pelo que pude entender, de tudo o que vivi até este dia, nascer é sofrer, envelhecer é sofrer, morrer é sofrer, perder o que se ama é sofrer, estar atado ao que não se ama é sofrer, suportar o que nos desagrada é sofrer, enfim: para crescer e estar vivo, é preciso estar em contato com a dor e o sofrimento, preparando-nos sempre para escolher aquilo que melhor nos souber, e que para alguns nunca deixa de ser o sofrimento crônico, com o qual já se acostumaram tanto, que não se arriscam a substituir por uma felicidade que desconhecem. Eu não era desses, e me sentia preparado para, daí em diante, viver uma vida de felicidade suave e sem sobressaltos.

Fui acordado no meio da noite, em determinado dia, por batidas fortes na porta de minha cela: do lado de fora estavam dois irmãos completamente vestidos de armadura de combate, armados com o espadagão de campo, que sem proferir uma palavra sequer, fizeram-me vestir a longa dalmática branca sobre o corpo nu, com os pés descalços, e segui-los até um porão da casa do Templo, que eu mesmo havia reformado, mas que estava irreconhecível, transformado em alguma outra coisa que eu não sabia o que fosse. Ladeado pelos dois, com seus elmos abaixados, de forma a que eu não pudesse saber quem eram, ouvi de dentro do porão um grito: — Maranatha!

Havia tanto no hebraico quanto no árabe coisa parecida, e enquanto me levavam para dentro da sala, só pude pensar se não estaria ouvindo alguma frase em aramaico, fonte original das duas línguas que eu conhecia e comparava, e que pelo jeito queria dizer "o senhor chega." Eu só não entendia o porquê disto, mas certamente acabaria por sabê-lo, se estivesse entrando onde pensava estar.

O lugar estava iluminado por várias luzes, a maior parte delas colocadas em lados opostos da sala: contei de um lado trinta e seis lâmpadas, e do outro dez, organizadas no mesmo formato triangular. Havia outras luzes isoladas pela sala retangular, e um trecho dela estava reservado por um balaústre.

Um pequeno sino soou, e a assembléia, composta de inúmeros homens, todos com as cabeças cobertas por elmos, disse em voz sussurrada mas perfeitamente clara:

— A Humanidade só existe quando existem liberdade e responsabilidade pessoais. O Nós é a soma dos verdadeiros Eus.

Senti um choque, com esta frase: então eu vivera durante anos subjugando meu Eu ao coletivo do Templo, convencendo-me de que meu valor individual nada significava frente ao subido valor do Todo, apenas para neste momento perceber que estava equivocado?

Não posso efetivamente contar tudo que vi e ouvi, estando preso a um juramento de segredo que me mantém a boca fechada: mas posso dizer que em toda a volta do porão havia estandartes, doze para ser mais exato, e cada um deles trazia desenhos, sinais e nomes que os identificavam claramente como sendo as insígnias das doze tribos de Israel. Conhecendo o hebraico como conhecia, não me era possível estar enganado: ali se tratava de coisas judaicas, e eu não compreendi por que motivo estaríamos nós, cavaleiros Templários, envolvidos com isto. Meu espanto foi maior ainda quando, ao falar de Tabernáculos Sagrados, o chefe desta reunião mencionou dois: o Templo de Salomão em Jerusalém, e inexplicavelmente o Tabernáculo de Mecca, onde os adeptos de Maomé erguiam loas a Allah. Muçulmanismo em uma reunião de Templários não me soava coerente, mas me mantive em silêncio, buscando entender.

Logo depois ouvi a narrativa da campanha de Godofredo de Bouillon, desejoso de garantir a posse do túmulo do Cristo, desalojando os infiéis de Jerusalém: isto eu conhecia bem, e sabia ser parte integrante da mística do Templo. Subitamente, como que em um sonho, percebi que todos os cavaleiros armados que me cercavam rejeitavam peremptoriamente a idéia de tomar armas para impor uma determinada religião sobre quem não fosse naturalmente seu fiel. Isto ficou claro quando todos, sem exceção de nenhum, atiraram ao chão seus espadões e, retirando seus elmos, mostraram os rostos iluminados por uma intensa emoção, que eu não pude entender qual fosse. Pois se éramos Soldados do Templo, como poderíamos abrir mão de nossa função essencial, a de combatentes das Cruzadas?

Uma frase ouvida em meio a minha confusão ficou indelevelmente gravada em meu peito:

— Para que se erga o Terceiro Templo, todos os outros devem ser derrubados!

Eu cada vez entendia menos: mas quando os cavaleiros presentes recitaram uma longa lista de profetas, entre os quais Zaratustra, Buda, Kung-Fu-Tsé, Moisés, Platão, Jesus, Maomé, comecei a intuir que nenhuma religião determinada poderia estar à frente das outras, e que seus porta-vozes, profetas todos eles, cada um com suas próprias palavras, estabeleciam um futuro de igualdade, de verdade e de liberdade para todos os homens. O chefe da reunião, ninguém menos que Jacques de Molay, disse, olhando em meus olhos:

— Todos estes homens são exemplos para nossa vida, e devemos seguir-lhes os passos, pois cada um deles é, para aqueles que o ouvem, a verdadeira fonte da sabedoria divina. Ser livre e responsável, para todos eles, é estar cada vez mais próximo de Deus, e para estar próximo de Deus, é preciso conhecer intimamente a Sua verdade. Somos todos livres para escolher entre o Bem e o Mal: mas quem ouve sua própria consciência, deixando-se inspirar por sua própria intuição e sendo guiado por sua própria razão, estará realizando a Obra para a qual foi criado.

Um silêncio, e meu Grão-Mestre continuou:

— Uma linha firme e reta de pensamento verdadeiro, baseado no conhecimento de Deus, vem sendo preservada, geração após geração, por aqueles que aprenderam a ouvir a Divindade dentro de seus próprios espíritos. Assim se alcança o Conhecimento, do que fomos, do que deveríamos ter sido, de onde estávamos e para onde fomos lançados, para onde vamos e de onde viemos. Em todos os que buscam o Conhecimento se preservou esta Verdade, e por nos reconhecermos como Irmãos na Verdade é que preservamos vivo o pensamento que nos une a todos.

Eu nunca havia ouvido nada semelhante, mas tudo me soava tão lógico que era como se meu corpo e meu espírito estivessem finalmente encontrando seu próprio rumo, e a cada vez me senti mais profundamente tocado, quando outras coisas foram sendo ditas e me maravilhando com seu poder:

— Por que o Templo foi a única Ordem de cavaleiros que se recusou a partipar do massacre dos cátaros? Porque neles reconhecemos nossos Irmãos na Verdade, e com eles partilhamos o verdadeiro Conhecimento. O Estado Templário será erguido no território do Languedoc, como forma de, pelo Conhecimento, vingar o massacre de nossos irmãos cátaros.

Depois de tantos anos, subitamente, a figura de minha mãe em chamas me sorriu, aceitando-me como seu filho verdadeiro e sem me impor nenhuma espécie de culpa, cercada por labaredas de cálida luz espiritual. Esta luz invisível me preencheu a alma, tornando-se mais forte que eu mesmo: finalmente me encontrava entre verdadeiros irmãos, partilhando com eles este Conhecimento que já soava silenciosamente dentro de mim, e que eu nunca me permitira ouvir por não crer em mim mesmo. Por isso foi com verdadeiro amor e emoção que ouvi pela primeira vez a verdade, que já intuira mas sempre calara em meu próprio íntimo, temeroso dos castigos que os dogmas me fizessem sofrer:

— Jesus não foi um Deus que se fez homem para nos salvar, mas sim um Homem que se fez Deus para nos dar o exemplo! Esta é a verdadeira imitação de Cristo que João, o Batista, nosso padroeiro, nos ensina! Sigamos os passos de Cristo: sejamos todos Deus!

Uma espada foi colocada em minhas mãos, e o Grão-Mestre disse:

— Uma espada só causa temor quando é dirigida por mão forte e valente: assim também o Templo só tem poder quando é dirigido por Regras Superiores. Luz, Renúncia, Sacrifício. Com esta espada separamos a virtude do vício, o bem do mal e a verdade da ilusão.

Dizem que os afogados, ao subir à superfície por três vezes antes de morrer, vêem passar na frente dos olhos toda a sua vida: eu, me afogando na luz que me banhava inteiro, vi passar à minha frente toda a minha vida, direcionada sem hesitação para este momento que eu vivia. Tudo se processava cada vez mais rápido, como uma avalanche, com relâmpagos que iluminavam mais fortemente os momentos cruciais de minha existência, e tantos que minha vida parecia ser feita apenas de momentos cruciais. Subitamente, a avalanche se interrompeu, exatamente quando chegou no momento que eu estava vivendo, interrompendo sua vertiginosa corrida rumo ao futuro, sem revelar nada dele, e me deixando vazio. Ali fiquei, trêmulo de emoção, a mente e o espírito abertos para o Conhecimento e o Deus que eu poderia ser, se assim o desejasse com todas as minhas forças: o que eu seria daí em diante dependeria exclusivamente de minha vontade, não de meus desejos ou minhas ilusões. Meu talento, minha vocação, os dons que eram meus, até mesmo minha sorte, estariam daí em diante voltados para a realização de minha missão pessoal, se eu assim o quisesse. Qual seria ela, só eu mesmo poderia decidir, se assim o desejasse.

Quando dei por mim, estava deitado de barriga para cima, olhando o círculo de irmãos que me observava: o suor cobria meu corpo, empapando minha dalmática, e a espada que eu apertava com muita força, segurando-a pela lâmina logo abaixo do punho, cortara as palmas de minhas mãos, traçando para sempre mais uma linha entre as muitas que o nascimento e a vida me haviam dado.

No dia seguinte acordei em minha cela, e se não fosse a dalmática encharcada jogada a um canto, a espada encostada na parede e os cortes já cicatrizados em minhas mãos, creria ter sido tudo apenas um sonho. Ergui-me: era cedo o suficiente para que me levantasse, ainda que meu desejo fosse o de permanecer no leito, revivendo os momentos da noite anterior e tentando compreendê-los um pouco mais. Fiquei certo de que o que me haviam dito era assunto muito perigoso, e que este conhecimento fora o mesmo que matara a tantos outros nas mãos dos carrascos da Igreja de Roma, minha mãe entre eles. Era preciso resguardá-lo dos que não tinham como compreendê-lo. Não se tratava apenas de reconhecer humanidade em Cristo, como tantos hereges antes de nós haviam feito, mas de percebê-lo como um homem igual a todos os outros, dos quais se destacara exatamente pelo poder de sua vontade. Isso me parecia sem dúvida muito mais divino que a simples ocupação de um corpo humano por um deus, ou coisa parecida, impondo aos meramente humanos uma imitação impossível: mas um homem que se faz deus pela sua própria vontade, tornando-se capaz de realizar o que for preciso, este sim é um exemplo digno de ser imitado, e isto é possível para todos, sem exceção.

Daí em diante retomei meu contato com meus irmãos, percebendo em cada um deles a possibilidade de Deus, ao mesmo tempo em que via seu descaso consigo mesmos. Nenhum deles se dispunha a pensar sobre si mesmo nem naquilo que deveria ou poderia fazer, mas tão simplesmente na satisfação mais comezinha de seus desejos animais, e de maneira muito mais intensa do que a que eu já percebera no grupamento Templário de Acre. Era como se a Ordem fosse gradativamente deixando de ser o que era para transformar-se numa imitação mal-feita de si mesma, tornando-se tudo aquilo que nossos inimigos nos acusavam de ser. Alguns homens, no entanto, não agiam desta forma, e não foi surpresa descobrir que todos faziam parte do Círculo Interior: a experiência do Conhecimento, aquele a que os gregos chamavam de Gnose, certamente mudava em um homem a relação interna entre vontade e desejos, ficando os últimos sob a direção rígida da primeira. Jacques de Molay, quando pudemos conversar, semanas após a cerimônia, disse-me:

— Compreendes agora a diferença entre o que eu te disse e o que eu disse a teus irmãos?

— Creio que sim, meu mestre, apesar de não ter absoluta certeza disto...

Jacques de Molay sorriu:

— A certeza absoluta não é alcançada com esta facilidade, meu irmão: aquilo que tu vislumbraste na noite em que foste iniciado no Círculo Interior terá que ser firmemente embebido em teu espírito no decorrer dos tempos, para que te tornes verdadeiramente parte do Templo. Muitos há que têm este vislumbre e nunca conseguem concretizá-lo dentro de si: é que cada um de nós serve ao Conhecimento de uma forma pessoal e intransferível, e a experiência de cada um é exclusiva de cada um, não havendo nenhuma semelhança entre o que se passa nos diversos espíritos que dele se aproximam.

— Se meu mestre assim o diz, aguardarei pacientemente o dia em que isto ocorra dentro de mim: se for simplesmente parecido com o que passei naquela noite, estarei satisfeito.

— Posso te garantir, de Floyrac: é mais do que o que já conheces. Nada parecido com a iluminação repentina que Saulo de Tarso diz ter recebido em pleno caminho de Dimashq, mas em tudo e por tudo bem diferente dela. É como se, em determinado momento de tua vida, decidisses acender uma vela por dia em uma sala escura. Acendes uma hoje, outra amanhã, e assim sucessivamente, uma vela por dia, não mais, lembrando-se sempre de reacender as que porventura tenham se apagado. Um belo dia, assim que abres a porta da sala, a vês toda iluminada, percebendo em meio a teu encantamento que isto não aconteceu repentinamente, mas foi feito gradativamente, uma vela por dia. Uma iluminação fulgurante, garantida pelo teu trabalho constante e fiel. Claro, se estiveres disposto a ele...

Eu não tinha certeza, mas desejava muito estar no caminho:

— Meu mestre, meu irmão, nada me seria mais agradável: as certezas de que fui alvo ontem à noite me deixaram na alma um gosto imenso pelo que ainda pode vir. Eu o quero!

— Se o queres, já estás no bom caminho: o mais importante ingrediente desta busca é a tua vontade, pois é com ela que escolhes aquilo que serás.

Deste momento em diante, me dispus a ser o melhor homem que pudesse: mesmo se soubesse naqueles dias que é exatamente ali onde nos consideramos mais sábios que reside nossa mais terrível fraqueza, não teria sido diferente. Vivi, a partir destes fatos, movido exclusivamente por minha vontade, contrapondo-a a tudo que me surgia na frente, para ter certeza de que minha vontade era soberana, pelo menos naquele reino dentro de meu próprio peito. Isto gerou uma confiança em mim mesmo que dificilmente poderia ser abalada, e os resultados eu pude sentir no dia em que, esboroando-se uma parede interna da casa do Templo, tivemos que buscar pedreiros para uma obra de emergência. O lugar mais próximo onde eles poderiam ser encontrados era o agora destroçado reino da Armênia, de onde haviam vindo os primeiros pedreiros da empresa de meu pai, e cujos compatriotas, espremidos entre capadócios e seljúcidas, tentavam viver sua vida da melhor maneira possível. Dois buques do Templo, restos de nossa frota do *Outremer*, foram designados para fundear nas costas da Armênia, perto o bastante daquela Tarso de onde Saulo tinha partido para a Palestina, e que por estar exatamente a meio caminho entre os territórios dos seljúcidas e dos capadócios, ficava um tanto abandonada, pois cada força preferia crê-la pertencente à outra, agindo como se ela não existisse, por não se sentirem prontos para enfrentar mongóis, se eles por acaso estivessem passando pelo território.

Como ninguém entre os Templários de Chipre conhecia o ofício de pedreiro, a não ser eu mesmo, fui naturalmente escolhido para guiar a expedição aos armênios: além de entender do ofício, também falava o árabe, o aramaico, e conhecia as palavras que meu pai usava com os armênios que para ele trabalhavam: com isso certamente me faria entender pelos que lá encontrasse. Foi uma viagem tranqüila, volteando pelo lado mais profundo do Mediterrâneo, procurando não chamar a atenção nem de muçulmanos nem de piratas. Quatro dias no mar, sem aportar, até que o Comandante, um cipriota silencioso mas muito competente, embicou a proa do navio na direção norte e foi singrando os mares até que víssemos terra. Não havíamos nos desviado muito de nosso rumo: a correção de rota foi mínima, e assim que houve chão para isso, jogamos a poita e aguardamos.

Os armênios tinham sido a primeira nação a aceitar o cristianismo como religião, por motivos muito estranhos: tendo sido adoradores de Mithra, a quem chamavam de Mihr, ficaram muito impressionados com as semelhanças entre a história deste Mithra e a de Jesus, tendo ambos nascido em mangedouras, de uma mãe virgem e na mesma data. Para todos os efeitos, Jesus e Mithra eram um só e o mesmo deus, e subitamente os descendentes do povo de Uratur, vindos da Babilônia mítica, que já se denominavam armênios, tornaram-se cristãos por decorrência dos fatos. Ficavam a meio caminho entre a Europa e o Oriente longínquo, e todas as invasões mongóis, por ser o caminho mais curto, atravessaram seu território, com as decorrências de praxe. Não havia nenhuma segurança naqueles lugares, portanto, e foi só depois de dois dias que, olhados já com alguma familiaridade pelos que tinham vindo à costa nos observar, descemos nosso escaler e saltamos em terra.

Fiz uso do que sabia dizer e de muitos gestos, dizendo-lhes que era um construtor de Chipre necessitando de pedreiros para uma obra. Dois mais velhos vieram me cumprimentar, e por seu aperto de mão percebi que eram membros de alguma fraternidade de pedreiros, o que simplificou muito nossa conversa. Um deles falava mau latim, o outro falava péssimo árabe, e desta maneira canhestra consegui deixá-los à vontade para conseguir-me pedreiros de qualidade para acompanhar-me de volta a Chipre. Na conversa ele me perguntou de onde eu era, e não querendo revelar-me, disse ser de Acre. Ele abriu os olhos e falou:

— Lá existe um grande pedreiro, um cavaleiro Franco a quem demos nosso nome.

Não haveria outro: era de meu pai, Jean-Marc L'Armenius, que falavam. Emocionado, disse-lhes que era seu filho: os dois me abraçaram, e um deles sussurrou em árabe:

— *Meh'mari!*

Graças a meu pai e sua fama de construtor, que se espalhara entre os pedreiros de todo o Mediterrâneo, eu fui reconhecido como construtor, e graças a isso no dia seguinte já estava de volta a Chipre, levando em meu buque oito pedreiros jovens e que me pareceram os mais competentes. Um dos que escolhera tive que deixar em terra, antes de alçar velas: depois de observá-lo bem, percebi que era uma mulher vestida como homem, com gestos e comportamento puramente masculinos, praticamente impossível de ser descoberta. Se a levasse conosco, quantos problemas teríamos! Era competente, mas não nos servia: a sanha masculina de meus irmãos do Templo certamente a transformaria em pasto. O armênio que falava árabe me explicou: quando uma família perde todos os homens, uma das virgens que tenha sobrevivido se registra na comunidade como homem, e passa a cumprir as tarefas que os homens da família deveriam realizar, para que a vida não se interrompa. Elas abrem mão de todas as características femininas, e também do sexo: permanecem para sempre virgens e intocadas, cumprindo o papel de homem que aceitaram. O caso desta que ali estava era bem mais triste: o resto da família foi toda dizimada por mongóis depois que ela já se tinha transformado, e hoje ela era sozinha, sem ninguém, e não podendo retornar ao estado anterior, pela tradição, teve que recorrer ao trabalho de pedreiro, que tinha sido o de seu pai, para sobreviver.

Pedi-lhe desculpas com um gesto, rogando que entendesse os motivos de minha recusa: ela me olhou firmemente todo o tempo, não se movendo nem mesmo quando as grossas lágrimas de desespero correram por suas faces abaixo. Aquele rosto eu nunca mais esquecerei, nem o ódio com que jogou ao chão o dinheiro que lhe dei. Ela não queria caridade, mas sim respeito, e eu não pude dar-lhe aquilo de que ela mais precisava. A caridade só a envergonhara, e eu fora o causador de sua vergonha. Chegaria um dia em que não houvesse mais esta diferença sem sentido entre homens e mulheres, restando apenas o talento pessoal para definir o valor de cada um?

De volta a Chipre, percebi que o estado belicoso entre o Templo e o Hospital aumentara muito. As escaramuças noturnas entre as duas ordens já se haviam tornado corriqueiras, e agora nem mesmo a luz do sol era respeitada: saíam pela cidade em franca exibição de truculência armada, buscando uma oportunidade de experimentar o combate que não haviam conhecido, por terem chegado atrasados às últimas lutas no *Outremer*. Criavam seus próprios inimigos com aqueles que lhes estavam mais próximos, e isto a despeito de serem visitantes em terra estranha, a quem incomodavam mais do que tudo.

Acompanhei Jacques de Molay a um encontro com Fulco de Villaret, o Grão-Mestre do Templo, um sujeito desagradável que nunca olhava a ninguém nos olhos, preferindo mirar o céu, as árvores, as pedras dos muros, falando macio e sem dar atenção ao que lhe era dito, como se qualquer conversa fosse um de seus intermináveis monólogos. Jacques de Molay, que já o conhecia bem, aceitou o encontro para tentar preservar a integridade de todos os cavaleiros que estavam em Chipre, independente de sua filiação: mas Fulco de Villaret, como percebemos, tinha outras idéias na cabeça:

— Não te considero capaz de controlar teus comandados, de Molay: pelo que tenho visto, são apenas tunantes, mandriões, sem um pingo de disciplina. Se estivessem sob meu comando, ah! Que diferença!

Jacques de Molay sorriu:

— Villaret, meu primo, parece que só olhas o cisco no olho alheio em vez de observar a trave que está no teu: os teus comandados, tão jovens e ansiosos quanto os meus, começaram este interminável entrevero simplesmente por já estar em Chipre antes que chegássemos, considerando-se proprietários da ilha.

— Ah! Que diferença! Basta olhar para meus comandados: são disciplinados, firmes, incapazes de romper as fileiras sem ordem superior.

Na comparação não resta dúvida a ninguém: se existe uma ordem militar religiosa que tenha verdadeiro valor, esta é a do Hospital!

— Bem, eu me comprometo a cuidar dos meus: posso confiar em que mantenhas esta tão decantada disciplina entre os teus?

Villaret continuava discursando:

— A proximidade excessiva com os indisciplinados soldados do Templo tem prejudicado muito a vida dos Hospitalários: se pelo menos não estivéssemos assim tão próximos uns dos outros... quem sabe posso interessar-te em uma oferta vantajosa por esta casa do Templo que tens usado? Precisamos ampliar nossas instalações, e sendo a casa do Templo parede-meia com a nossa sede cipriota, acreditamos que isto seja uma excelente idéia.

— Pois eu te faço a mesma proposta, Villaret: a Ordem do Templo quer comprar a propriedade Hospitalária com a qual dividimos o muro. Como podemos fazer?

Foulques de Villaret olhou com raiva para de Molay:

— Que idéia estapafúrdia! Por que deixaríamos Chipre, que sempre foi nossa base no Mediterrâneo? Para satisfazer o desejo de arrivistas sem tradição? De forma alguma: tua Ordem tem outras propriedades em Chipre, inclusive a velha fortaleza em Famagusta, longe o bastante de nós para que possamos preservar nossos hábitos e costumes sem ter que passar pela influência deletéria dos Templários. Ah! Fossem eles meus comandados, e tudo seria bem diferente!

— Infelizmente, primo, só poderias almejar o Grão-Mestrado Templário se fosses um de nós. Mas ainda está em tempo: podes requerer filiação à nossa Ordem, e se fores aceito, terás um longo caminho a percorrer, até dar provas de que mereces a posição. Quem sabe dentro de trinta ou quarenta anos?

Um Hospitalário da comitiva de Villaret se ergueu, bufando agressivamente, mas ninguém lhe deu atenção. Jacques de Molay, sempre coerente, continuou:

— Daremos toda a atenção à tua proposta: discuti-la-emos e te diremos qual é a nossa decisão. E até lá, por caridade, em nome do bom nome dos Francos, contém teus comandados: eu farei o mesmo com os meus.

Fulco de Villaret, sem hesitar nem se despedir, virou as costas e saiu, acompanhado por sua comitiva, com a altivez de um soberano, coisa que mais do que tudo almejava ser, ainda que de um reino inexistente. Nós retornamos à Casa do Templo, e eu disse a meu Grão-Mestre:

— Irmão, se for necessário, poderemos em tempo mínimo deixar habitável a fortaleza de Famagusta, e ocupá-la sem grandes percalços. Basta que me ordenes que o faça e eu obedecerei.

— É bem possível que isto seja necessário. — Jacques de Molay estava pensativo. — O que me preocupa, no entanto, não é isto, mas sim o desejo expresso por Villaret de comandar o templo. Isto só será possível se as duas Ordens forem unidas em uma só, o que não faz nenhum sentido para nós. As frases dele mostram que esta idéia já ganhou corpo, e não apenas no Hospital: o Procurador do Rei de França, Pierre Dubois, e até Raimundo Lulio, o pensador de Maiorca, falam nisso abertamente. A verdade é uma só: o Templo, sem o *Outremer*, se torna mais um incômodo que uma vantagem. Precisamos urgentemente erguer nosso Estado Templário, transformando-o em inegável realidade: que fiquem com o resto do mundo, se este for o seu desejo mais ardente!

E assim, em vez de se ocuparem com a reforma da parede meio caída, os pedreiros que eu trouxe da Armênia se dirigiram para Famagusta, a leste de Limassol, na baía de mesmo nome, protegida do continente pela península de Karpaz. Lá havia duas fortalezas, uma delas apenas as ruínas que seus donos, os Hospitalários, haviam deixado: a outra, pertencente ao Templo, estava em estado razoavelmente melhor, podendo ser colocada em condições de ser habitada em menos de três meses de trabalho intenso. Eu, graças à minha experiência em Acre, poderia fazer com que isto acontecesse: além dos pedreiros que conheciam o ofício, eu arregimentaria operários entre os pescadores de Paralimni e Varosha. Não estávamos sem recursos, e havendo uma decisão firme, ela seria implementada: e eu, que passara três anos em solidão, labutando sobre a pedra nos porões da casa do Templo, agora teria que comandar um exército de pedreiros para reerguer Famagusta.

Recordei de meus tempos em Acre, antes de tornar-me Templário em tempo quase integral: fizera na direção oposta o caminho de meu pai, mas não conseguia optar, sendo Templário e pedreiro, pois para ser um, não conseguia abrir mão do que o outro me dava, e que se tornava parte essencial da experiência de ser pedreiro ou Templário, permitindo-me ambas as coisas no meu íntimo. Os pedreiros que eu trouxera já se comunicavam comigo pela língua universal das matemáticas, do desenho e dos gestos, além de algumas palavras que íamos mutuamente aprendendo e ensinando. Eles me chamavam de *Meh'mari*, construtor, em árabe, o mesmo nome pelo qual meu pai fora conhecido em sua terra, e eu tentava de todas as formas preservar este papel com o máximo de qualidade e discernimento.

Tendo que guiá-los durante o trabalho com o máximo de minha capacidade, acabei por ficar mais tempo em Famagusta que em Limassol, e quando me percebi apertado pelo tempo que combinara com meu Grão-Mestre, pedi-lhe permissão para levar alguns Templários mais novos, que me parecessem capazes disso, para treiná-los no trabalho da pedra, e assim adiantar os serviços. Obtida a permissão, o mais difícil foi encontrar na Casa do Templo quem se dispusesse a isso: a grande maioria dos Templários era cheia de soberba e empáfia aristocráticas, incapazes de compreender o que significava o trabalho da pedra para um espírito determinado a crescer. Três deles, no entanto, curiosos pelo que poderiam aprender, se permitiram seguir-me, sob os apupos de seus camaradas: o trabalho braçal já se tornara um anátema para os ricos e nobres, e praticá-lo significava humilhar-se, segundo a maneira de pensar que se estabelecera não apenas entre os nobres, mas principalmente entre os camponeses, artesãos e servos.

Levei-os, portanto, para Famagusta, onde passei a maior parte do dia ensinando-os a separar das grandes rochas marinhas as pedras que nos serviriam, e delas fazer os cubos perfeitos com que ergueríamos uma parede que nos faltava. Os três, chamados Antoine de Richerenches, Bernard Merluz e Charles de Biéle, progrediram muito e rapidamente, desenvolvendo não apenas a capacidade de trabalho na pedra, mas principalmente uma nova forma de encarar a vida e o Templo, enriquecendo profundamente seus espíritos e suas mentes, tornando-se com isso homens melhores. Se o mesmo pudesse ser feito com os outros Templários, até pelo exercício de humildade a que o trabalho braçal nos levava, o Templo seria grandemente enriquecido: decidi levar a idéia a meu Grão-Mestre, assim que ele voltasse da Europa, para onde fora em sua campanha de convencimento geral da utilidade do Templo, enquanto o Estado Templário fosse sendo, lentamente e de maneira oculta, transformado em realidade. Era preciso trabalhar em silêncio pela causa verdadeira, enquanto propagandeávamos escandalosamente aquilo que era apenas a nossa fachada: Jacques de Molay chegou a distribuir entre os soberanos cristãos os documentos que enviara ao Papa Bonifácio VIII, o sacerdote que assumira o Papado quando o Papa Celestino V inexplicavelmente abdicou de seus deveres e poderes. Nele o Grão-Mestre não só mencionava o assunto da união do templo e do Hospital, explicando claramente os motivos pelos quais era contra ela, mas também sua defesa de um *passagium generale*, uma nova Cruzada que a todos unisse contra o Islã, em vez de defender aquilo que todos desejavam, o *passagium particulare* de soldados profissionais para defender a Armênia Cilícia dos muçulmanos e mongóis que a cercavam.

Quando meu Grão-Mestre retornou, fui vê-lo, e o encontrei tranqüilo e até alegre:

— Tudo vai muito bem, de Floyrac: os Reis cristãos apóiam o Templo em todas as alternativas possíveis, e nos concederam uma série de favores que só nos beneficiam. Em toda parte, Inglaterra, Escócia, até mesmo em Roma, somos recebidos como valorosos e indispensáveis. Sei que em França isso não é verdade, mas antes que tentem alguma coisa contra nós, estaremos plenamente estabelecidos no Languedoc, sede de nosso Estado Templário. O Papa nos concedeu aqui em Chipre as mesmas isenções e benefícios que tínhamos no *Outremer*, e todos esperam que nós reforcemos nossas bases em Chipre e Tortosa, como cabeças de ponte para o novo ataque aos muçulmanos. E é isso que faremos...

— Meu mestre, não perderemos muito tempo e dinheiro com isto?

— Não temos outra alternativa, meu irmão: precisamos convencê-los a todos de que nosso maior objetivo é uma nova Cruzada, enquanto fazemos o que deve ser feito. O irmão imagina quantas Comendadorias temos só em França?

— Não faço idéia, meu mestre: mais de cem?

Jacques de Molay sorriu, debruçando-se em minha direção:

— São hoje mil cento e vinte e três Comendadorias organizadas em priorados, espalhados por todo o país de Filipe, o Belo. A França depende mais do Templo que o Templo da França, e aí reside a má vontade de Filipe para conosco, e também a sua cobiça incomensurável: ele não deseja ser Grão-Mestre do Templo por outro motivo que não a nossa riqueza. Os Hospitalários também são movidos por cobiça quando pensam em unir as duas ordens, e como eles muitos outros. Não conseguem compreender que devemos obediência exclusivamente ao Papa, não a eles ou qualquer Igreja. E como vão as obras em Famagusta?

Contei a meu Grão-Mestre os detalhes de nosso trabalho, inclusive o fato de ter levado três irmãos Templários para trabalhar junto com os pedreiros, e como isso a meu ver os tornara melhores cavaleiros. Jacques de Molay franziu o cenho, acenando com a cabeça enquanto eu falava, e quando eu terminei, disse:

— Interessante esta tua idéia, de Floyrac. Tu foste o primeiro de nós que, sendo pedreiro, tornou-se cavaleiro: mas teu pai fez o caminho inverso, com grande sucesso. Quem sabe não esteja aí, nesta união de Templários e pedreiros, uma nova forma de sobrevivência para aquilo em que acreditamos? Pergunta a estes irmãos se desejam tornar-se pedreiros em toda a verdade do nome: se eles assim o quiserem, eu garantirei minha permissão para isto, sem que percam nenhum de seus direitos como cavaleiros do Templo.

— Assim o farei, meu mestre: com vossa permissão, nada me será impossível.

— Quanto a isto que chamas de trabalho na pedra, e que dizes ser muito vantajoso para o crescimento e valorização pessoal dos Templários, pode até tornar-se prática comum entre nós: afinal de contas, nem sempre encontraremos quem erga nossas edificações, e se formos capazes de fazer este serviço, ele será mais um de nossos talentos possíveis. Pensa nisso, irmão de Floyrac: em breve falaremos mais sobre isto.

A quebra do orgulho, este terrível pecado, menos terrível por ser pecado aos olhos dos homens que por ser orgulho aos olhos de Deus, tinha sido objeto de um dos inesperados ensinamentos de Nazimus, na sua sapataria:

— Orgulho é sempre uma questão de graduação, da qual depende a dignidade de cada um. Para ser glutão, coisa que nem todos são, é preciso comer, coisa que todos fazem. Para beber ou fornicar, idem: as bebedeiras e a luxúria exacerbada são apenas o excesso daquilo que em quantidades adequadas é o normal de todos. Com o orgulho não é diferente: um mínimo é necessário, o exagero é que o torna ridículo.

O que Nazimus dissera, certamente com conhecimento de causa, se comprovava como sendo verdade: os cavaleiros que se recusaram ao trabalho na pedra passavam seus dias em vagabundagem disfarçada de privilégio, e em vez de fazer alguma coisa com o corpo e a mente que Deus lhes dera, desperdiçavam-se a si mesmos no poderoso exercício do nada. Os que haviam ido comigo, entretanto, eram em tudo e por tudo grandemente superiores aos outros. As reuniões que os pedreiros faziam, condicionadas pelos rituais que repetiam sem mudanças, criavam a condição real para uma transformação positiva dos espíritos, dando fundamento simbólico ao que parecia ser apenas trabalho braçal, e neste sentido tinham muitos pontos em comum com os Templários, já que se baseavam em conhecimentos muito antigos dos quais não sabíamos a origem. Meu mestre Jacques de Molay tinha provavelmente acertado ao pensar em unir pedreiros e Templários: como isto se daria, só o tempo podia dizer, a partir da experiência real e o contato mais profundo e íntimo entre eles. Os verdadeiros soldados do Templo sabiam a importância que a geometria sagrada tinha, por serem herdeiros de uma de suas maiores conquistas, e isto os ajudaria a atravessar a ponte pouco costumeira em direção a uma terra nova e ainda inexplorada.

Eu também me sentia a caminho desta terra inexplorada: fazer parte do Círculo Interno me dava esta sensação, e cada ação e movimento que fazia a partir de meu ingresso nele acentuava o novo rumo dentro de mim. Pelo que podia perceber, estava mais próximo de meu objetivo inicial do que qualquer outra vez em minha vida. Haveria de fazer coisas cada dia mais importantes e significativas, tornando-me essencial não apenas para meus irmãos mas principalmente para o Templo. Eu escolhera obedecer, entregando totalmente minha vontade e autoridade pessoais, e isto se mostrara acertado: ninguém dentre todos os que eu conhecia, era capaz de tanta obediência quanto eu. Não reagia, não discutia as ordens recebidas, não tentava sequer entender o motivo delas: se a estrita obediência era o meu objetivo pessoal, eu finalmente o alcançara, libertando-me de toda e qualquer vontade própria. Um frade e um soldado, eu acabara por ser mais que a soma dos dois, em matéria de obediência.

ESQUIN DE FLOYRAC

Só havia uma forma de eu me tornar responsável e capaz de tomar decisões por mim mesmo, e esta era chegar ao ponto mais alto da hierarquia do Templo, onde tudo dependeria de mim e eu poderia finalmente exercer minha vontade sem que ninguém pretendesse discuti-la. Neste momento eu seria senhor não apenas de minha vontade mas das vontades de todos os outros, estando acima deles indiscutivelmente.

Desse momento em diante eu comecei a liderar os pedreiros e os cavaleiros que estavam em Famagusta num sério treinamento de excelência, para que se tornassem os melhores pedreiros do mundo, de corpo e de alma, sem perder as capacidades de soldado e frade que eram o que nos unia dentro da Ordem: a compreensão do trabalho aparentemente humilde era indispensável para o crescimento pessoal, e eu os guiava através dos golpes de maço e cinzel que davam em cada calhau, tentando ver o caminho que percorriam dentro de si mesmos, ao mesmo tempo em que recordava meu próprio caminho interior, este que eu intuía mais do que conhecia e era o único que eu podia trilhar. Por vezes o caminho dos outros era mais visível que o meu, mas eu pensava que a proximidade só me permitia ver os detalhes, e nunca o todo, como se estivessse trilhando uma velha estrada romana pedregulho a pedregulho, sem vê-la como uma estrada. Mesmo assim, segui em minha labuta e cumpri as obrigações a que tinha me comprometido, até o dia em que completei cinqüenta anos de idade, 14 de Outubro de 1294. Fui chamado à sala de Jacques de Molay, meu irmão gêmeo, como ele mesmo se dizia, e ao entrar saudei-o pelo cumprimento de mais um ano de vida a serviço da Ordem. Ele me saudou de volta pelo mesmo motivo, acrescentando:

— Tenho hoje para ti, e para mim também, um presente, comemorando nosso natalício, meu irmão. Estamos reorganizando as Comendadorias de França, e tens um papel importante nisto. Preciso que leves para lá o teu novo sistema de preparação de monges-soldados, que também se tornam pedreiros para melhor viver... Crês que isto seria possível?

Meu coração se acelerou, enquanto eu olhava sua face envelhecida e sorridente, como eu nunca havia visto: perguntei-lhe:

— Meu irmão, este é um belo presente para mim... mas como pode ser também para ti?

— Tu te esqueces que és meu afilhado, e que uma vitória tua é também uma vitória da Ordem? És o melhor cavaleiro que já encontrei em minha vida, de Floyrac...

Senti meu rosto se afoguear:

— Irmão Grão-Mestre, não me envergonhes, por favor: como posso ser isto se nunca ergui minha espada contra qualquer inimigo, nem algum dia carreguei contra qualquer exército atacante?

— Aí é que tu te enganas, de Floyrac. — Jacques de Molay me olhou profundamente. — O que já fizeste como soldado do Templo requer muito mais bravura que a luta para a qual sempre estiveste preparado, e duvido que algum de nossos irmãos tivesse sido capaz de realizar o que tu realizaste. Teus trabalhos dentro e fora de nossos enclaves são sem sombra de dúvida atos de extrema coragem, e hoje que ambos chegamos a meio século de existência, trazes contigo uma nova força a dar para a Ordem, com esta idéia de aprimoramento pessoal através do trabalho na pedra. Tu sempre foste capaz de, mesmo com risco da própria vida, fazer o que te era exigido, com a mesma humildade com que te dispuseste a consertar os alicerces de pedra desta Casa, reconstruindo o que estava em vias de se esboroar. Ninguém te perguntou se era isto que tu querias: tu foste lá e fizeste o que te mandaram fazer, assim como o que era preciso fazer, sem uma palavra de recusa ou desgosto. Isto é coisa de que só um homem de verdade é capaz.

Revelei-me a meu irmão:

— Ah, meu mestre, se soubesses o quanto eu tremi por dentro, desejando estar muito longe dali, de cada vez que me via envolvido em uma destas imposturas, não me imporias o epíteto de corajoso...

— Tu te enganas mais uma vez: a coragem não consiste em enfrentar cegamente o perigo, mas em vê-lo e conquistá-lo sabendo o que ele significa. Muitos há que sustentam sua coragem em um físico privilegiado ou em uma agilidade física que os outros não têm: é nestes que a coragem sempre acaba por falhar. A tua, não: ela nasce do teu senso de dever, e por isso nunca falha.

Abaixei os olhos, as faces em fogo: eu nunca fora elogiado desta maneira, e me sentia repleto de algo que eu nunca conhecera. Jacques de Molay, no entanto, adicionou ainda mais a meu sentimento, dizendo:

— Prepara-te, portanto: no próximo navio irás para a Europa, e quando aportares em Marselha um grupo de irmãos estará te esperando para te acompanhar em tua jornada até o Priorado de Montfaucon. É lá que passarás o resto de teus dias, instruindo e preparando os novos cavaleiros da Ordem, soldados, monges, pedreiros, para defender, zelar e erguer os novos Templos de que necessitarmos. Aqui neste momento te consagro como Prior de Montfaucon, com plena autoridade sobre todas as Comendadorias deste priorado, respondendo apenas a mim e à tua consciência por todos os atos que realizares. Parabéns, meu irmão! Deus o quer!

Um violento choro de alívio e felicidade explodiu para fora de mim, enquanto eu e Jacques de Molay nos abraçávamos, irmãos na capacidade de nos darmos àquilo que tinha se tornado o motivo de nossas vidas. Quando nos afastamos, o mundo enevoado pelas lágrimas que ainda me corriam pelo rosto, ele me disse:

— Só posso contar contigo meu irmão: acredita que esta não é tua última tarefa, e a tua próxima será a mais importante de todas. Breve chegará o dia em que o Templo precisará de ti para novas ações, novos sacrifícios, novas aventuras! Temos ambos um compromisso com o Templo. Somos ambos servos de nossa Ordem, à qual devemos preservar acima de tudo, para que a busca por nossos objetivos não se interrompa. Eu seria incapaz de dar-te uma ordem que eu mesmo não pudesse seguir... e espero que sigas com a mesma bravura de hoje as ordens que eu tiver que te dar...

Apertei-lhe a mão calosa, que em minha palma pareceu a de Nazimus, na última vez em que o vi, e disse-lhe:

— Conta comigo para tudo, irmão: eu te obedeço como se obedecesse a mim mesmo.

— Pois recorda-te sempre desta promessa que nos fazemos agora: quando chegar o dia em que a Ordem mandar te buscar para coisas ainda maiores, será por causa desta promessa que ela o fará!

Semanas depois, em pleno mar, eu olhava ao longe a terra européia onde aportaria, para viver o último trecho de minha vida, antes que a Ordem do Templo me convocasse para ser aquilo com que eu sonhara toda a minha vida. Seria importante, e finalmente poderia expressar a minha vontade sem que ninguém, a não ser Deus, tivesse qualquer coisa a dizer sobre meus atos. Meu irmão Jacques de Molay, sem dúvida, me preparava para sucedê-lo, e eu o faria, erguendo a Ordem do Templo de Salomão a alturas incomensuráveis, glorificando-a e me glorificando no processo. Eu finalmente podia assumir sem hesitações nem medos em minha mente aquilo que sempre desejara e pelo qual entregara sem discutir a minha vontade e autoridade pessoais: eu seria Grão-Mestre do Templo de Salomão, o homem mais poderoso sobre a face da terra, mesmo que não fosse senhor de minha própria alma, ou até mesmo usando-a para pagar o preço por esta última conquista.

Os cabos e velas ao vento do Mediterrâneo cantavam em meus ouvidos, assim como as aves marinhas que já nos cercavam, cheirando o lixo de nossa viagem: Grão-Mestre! Grão-Mestre! Grão-Mestre!

Eu chegara a meu ápice: o que eu seria daí em diante, pela primeira vez em minha vida adulta, dependia exclusivamente de mim.

Capítulo 19

1314

Poder ter meus irmãos Ayub e Eliphas sentados à mesa de minha casa, cada um deles com um de meus filhos ao colo, foi um prazer que nunca acreditei ser possível: não me cansava de olhá-los, como se tivessem ressuscitado de entre os mortos, e percebi que por trás das marcas irrecusáveis que o tempo lhes deixara nos corpos, dentro deles ainda viviam os mesmos Eliphas e Ayub de nossa juventude, que eu podia ver no brilho de seus olhos, e que traziam à superfície dos meus o Esquin que eu havia sido. Moira, que já os conhecia das histórias que eu lhe contara, tinha também os olhos rútilos, reconhecendo com prazer a amizade que nos unia. Pierre de Chelles, meu contramestre-em-chefe, sentou-se conosco à mesa, enquanto nos recordávamos dos velhos tempos: para ele a história dos velhos pedreiros do *Outremer* soava como um conto de fadas, já que antes de vir para Montricoux nunca tinha saído de Paris, aprendendo a Arte Real com seu pai, de quem se tornou aprendiz muito cedo. Éramos todos gente do mesmo quilate, inclusive Moira, cheia de experiência com os ciganos entre os quais nascera e os mendigos de Paris, por isso repleta de sabedoria, certamente mais que sua tenra idade lhe daria.

Quando as crianças foram colocadas em suas alcovas, a conversa se tornou mais densa, dolorida, carregada de lembranças sangrentas e indeléveis. Eu queria muito saber como meus irmãos haviam escapado de Acre, e Eliphas começou a contar:

— Quando percebemos que havia mineiros solapando os alicerces das torres, entendemos que a queda delas seria apenas o prenúncio sucessivo da queda da cidade. Descemos até os subterrâneos, com alguns irmãos dispostos, e ficamos aguardando que os subterrâneos se abrissem e as hordas de *mamluqs* nos invadissem, como formigas. No entanto o que aconteceu foi que os muçulmanos mandaram na frente exatamente os mineiros, e alguns deles, sendo pedreiros e não soldados, tinham tanto medo do combate quanto nós. Sua obrigação era deixar limpos os subterrâneos para que alguns soldados mais afoitos pudessem nos atacar por dentro, atirando-nos das torres abaixo.

— Um deles trazia o turbante à moda dos *hashishin*, e como meu irmão fora seguidor do Velho da Montanha, saudei-o: ele respondeu à saudação, fazendo outra, aquela que os pedreiros sempre usamos em momentos de desespero ou perigo. — Ayub manipulava suas pedras. — Pronto: estávamos entre irmãos, e como eu lhes falava a língua, sentamo-nos naquele porão escuro, ouvindo ao longe o ruído brutal da refrega, e pensando em como nos safaríamos todos daquilo que fatalmente seria a nossa morte.

Ali estávamos, homens cuja arte sempre foi criar, prontos para destruir o que outros iguais a nós haviam criado. Não era o nosso ofício, este da destruição, e deveríamos sem sombra de dúvida reagir contra isso da maneira que nos fosse possível.

Olhando-nos bem, que diferença havia entre nós e eles? As roupas? Mas estas já estavam tão empapadas de poeira e lama que se igualavam todas num mesmo tom de terra. Francamente, podíamos ser confundidos com qualquer um, dependendo da maneira como nos comportássemos e das atitudes que tomássemos. Foi assim que nos reunimos através do laço que une todos os pedreiros em todo o mundo e trilhamos os subterrâneos de Acre na direção Oeste, saindo um dia depois pelo aqueduto que trazia água desde as fontes de Zafed, onde acabamos emergindo, encharcados de água gelada, cansados e estropiados. Olhamo-nos uns aos outros: éramos todos desertores, tendo abandonado ambos os lados da luta que nos opusera, colocando nossa fraternidade acima das necessidades da guerra, como havíamos aprendido.

Um pedreiro mais velho, sem um dente na boca, acabou dizendo uma verdade que me soou absoluta: "Lutam para conseguir a paz, sem perceber que a Paz é algo que basta querer e praticar. Aqui estamos nós, inimigos pelo nascimento, e irmãos pela escolha. Se nós escolhemos a Paz, por que não a escolhem todos?"

Um duro e pesado silêncio tomou a sala, quebrado depois de algum tempo por Moira que, levantando-se, abraçou-me para que eu não me erguesse, e disse:

— Conheço a hora de sair da sala e deixar os homens conversando: por mais que eu deseje ficar com meu homem e os irmãos de meu homem, sei que agora começam os assuntos que não devem ser ouvidos por mim. Tenho muitas tarefas pela manhã, e por isso deixo-vos com vossos planos e desejos.

Ela saiu e nós ficamos nos olhando todos, sem coragem de revelar nossas vidas. Pierre de Chelles foi quem rompeu o silêncio embaraçoso, dizendo:

— E como vós sobrevivestes depois de sair de Acre?

Ayub respondeu:

— Fomos para Jerusalém, com os pedreiros que nos ajudaram a sair da cidade destruída, e lá encontramos serviço bastante para nos sustentar por dez anos: mas o *Outremer* não é mais o mesmo que era, agora que lá não existem mais cristãos. Os conflitos entre islamitas e judeus começam a se tornar doentios, e antes que Eliphas tivesse problemas, fomos para o porto de Joppa onde a tripulação de um navio europeu garantiu que as construções na Europa eram muito mais avançadas que na Palestina.

— Eu nunca tinha atravessado o mar, e jurei não morrer antes de ver aquilo que os irmãos pedreiros erguem do outro lado. Transformamos tudo o que tínhamos em dinheiro, compramos nossa passagem, agregando-nos a um grupo de pedreiros que ia para Marselha, e graças a outro grupo que vinha para esta pedreira, aqui estamos.

— É preciso acreditar na força do destino. — Eu estava seriamente emocionado. — Não é verdade, meus irmãos?

Eliphas pigarreou:

— O destino é apenas uma frase que nasce nos corações fracos, irmão Esquin, a desculpa perfeita para todos os erros. Homens fortes e virtuosos não precisam do destino.

— Deus observa do Céu: sobre a terra é a consciência quem domina. — Ayub não olhava para ninguém. — O destino é só um fantasma que conjuramos para silenciar o primeiro e destronar a segunda...

Pierre de Chelles falou, em voz baixa:

— Sou apenas um pedreiro sem muito valor, e não pretendo me expor ao ridículo dizendo, como fazem tantos, que tudo o que acontece ao homem é para seu bem: mas sei por experiência própria que aquele que faz o melhor uso possível do que lhe acontece vive a vida como um homem bom e sábio...

— Então eu não sou nem um nem outro, meus irmãos. — Minha voz estava embargada. — Hoje tenho a certeza de que meu maior desejo é minha maior impossibilidade, e que aquilo que eu mais temia se tornou minha obrigação irrecusável. Destino? Vontade? Consciência? Deus? Não posso saber: permiti que vos conte, Ayub e Eliphas, o que se passou comigo nos últimos anos, e entendereis como me sinto. Quem sabe não esteja em vós a solução para o dilema em que minha vida se transformou?

Enquanto a madrugada escorreu, narrei-lhes com o máximo de fidelidade tudo o que me aconteceu, desde que meu Grão-Mestre dera a ordem fatídica que me virara a vida de cabeça para baixo: meus empenhos de traidor, minhas burlas e imposturas, meus disfarces, meus medos e equívocos, as crueldades de que fui capaz por obediência. Ali estávamos nós, sentados na casa e conforto que minha traição me dera, enquanto eu contava com uma espantosa frieza como me tornara o canalha que agora era. Meus motivos poderiam ser muitos, e neles creria quem assim o desejasse: havia uma imensa possibilidade de que eu estivesse mentindo, tentando apenas justificar meus atos através desta história quase inacreditável e sem testemunhas. Poucas conheciam os fatos, todas apenas por minha narrativa, e só Jacques de Molay e eu sabíamos a verdade do que ele planejara e eu executara, com todo o sucesso possível. Por isso, enquanto as palavras saíam de minha boca, eu percebia que tudo poderia parecer apenas uma mentira elaborada, através da qual eu estivesse tentando justificar o injustificável, sem que nada à minha volta garantisse a veracidade do que eu dizia: quanto mais eu falava, menos eu mesmo acreditava no que dizia, sentindo-me cada vez pior, e isto foi-se acentuando de tal maneira que minha voz foi-se tornando-mas baixa, minhas frases mais espaçadas e menos coerentes, até que eu silenciei, incorporando meu próprio silêncio ao fragoroso silêncio de meus irmãos.

Ayub, de quem eu só ouvira até agora o ruído das pedras sendo manipuladas por seus dedos longos, colocou-as sobre a mesa formando um triângulo com a ponta voltada em minha direção, como uma seta acusadora, e disse:

— É uma história assustadora, e tão improvável que só pode ser verdadeira. Nós que aqui estamos não temos nenhum motivo para duvidar de ti, e mesmo que tivesses sido o canalha que certamente não foste, ainda poderias contar com nossa amizade e fraternidade, além de nosso empenho em reconduzir-te no caminho certo.

— Como não fui canalha, meu irmão? Menti, enganei, fingi, prejudiquei a tantos, chegando mesmo a ferir fisicamente aquele a quem mais amo e respeito, e tudo em nome de quê? Da Ordem e de sua salvação? De um Estado Templário que nunca saiu da cabeça de quem o engendrou? Da perpetuação de um Templarismo que a ninguém mais interessa ou serve, já que nem mesmo o Papa pretende mais salvar-nos? Não há mais riquezas, tesouros, exércitos! Não há mais nada!

Eliphas se ergueu do lugar onde estava e, vindo até mim, levantou-me de minha cadeira e abraçou-me estreitamente, colocando minha cabeça em seu ombro e segurando-a lá com a palma de sua mão esquerda:

— Meu irmão, tranqüiliza-te: se houve pecado, o que não creio, ele já foi mais que purgado por teu mal-estar e remorso. Era preciso que, a esta altura de tua vida, tu finalmente te tornasses responsável por teus próprios atos, exercendo sem hesitar o livre-arbítrio de que Deus te dotou. Lembra-te que o Bem e o Mal, *tov-ve-rá*, não são independentes um do outro, mas ambos criados por Deus, e tudo que Ele faz, Ele faz por bem, ainda que a princípio não pareça ser assim. Neste sentido, tu te assemelhaste a Deus, usando teu livre-arbítrio para escolher teu caminho e ações, e gerando o Bem em última instância. Lembra-te que poderias ter recusado a ordem de teu Grão-Mestre: mas como decidiste agir, te tornaste Deus, e tudo o que fizeste, ainda que a princípio não o pareça, é para o bem.

Enquanto meu irmão me abraçava, dando-me o privilégio de sentir seu corpo apoiando o meu, recordei-me daquilo que ouvira ao entrar no Círculo Interno dos Templários, e que se repetira de cada vez que eu nele estivera, inclusive a última, onde iniciei minha traição pactuada: Jesus não foi um deus que se fez homem para nos salvar, mas sim um homem que se fez Deus para nos dar o exemplo. Eu, que nunca ousara ser eu mesmo ou ter minha vontade própria exposta ao mundo, finalmente o fizera, impulsionado por meu Grão-Mestre, que apenas me indicara o caminho a ser seguido, deixando a meu cargo a escolha dos passos e o ritmo da jornada. Não era tarefa fácil, eu reconheço, e se eu a executara, deveria haver em mim algum valor, exatamente aquele que eu me recusara permanentemente a deixar existir dentro de mim.

— Agora que a tarefa já foi cumprida, estando todas as pedras colocadas sobre o tabuleiro, resta uma última decisão. — Ayub desmanchou o triângulo e recomeçou a organizar outro, com as mesmas pedras, mas colocadas de maneira singularmente diversa. — O que deve ser feito contigo, Esquin de Floyrac, se já realizaste tua missão e nada mais te resta a fazer neste sentido? O que te resta realizar, para que te iguales integralmente a este Cristo que imitaste, tornando-te Deus?

Eliphas, sem hesitar, disse:

— A morte.

Um vento frio balançou as chamas das velas que nos iluminavam, e eu o senti congelando meus próprios ossos. Eliphas continuou:

— Para os que não te conhecem a não ser como o traidor de teus irmãos, é a única saída que resta: estarás morrendo por causa daquilo que eles consideram como sendo teus pecados. A utilidade de Esquin de Floyrac já terminou: que mais poderás fazer em teu caminho senão dar aos que te crêem infiel e perjuro a satisfação de ver-te abandonar o mundo dos vivos, indo para o Inferno que, certamente, é o teu lugar, por ser o lugar de todas as almas dos traidores?

— Além disso, aqueles que foram traídos por ti serão recompensados pela justiça divina, aos olhos dos que te odiarem: só será preciso que sejam testemunhas de tua morte e que te vejam sofrê-la, a caminho de tua última morada infernal, aquela onde pagarás todos os teus pecados.

O frio continuou permeando meu corpo, e meus irmãos o notaram: Ayub, que tinha dito a última frase, prosseguiu:

— Há quem viva a sua vida escravizado, sendo servo de corpo e alma, sem que nada em sua existência a justifique: isto certamente não é Vida, parecendo-se por demais com a morte para ser respeitada. Há também os que, ao deixar esta vida de escravidão e sofrimento, se sintam transportados para outro lugar, onde existe felicidade verdadeira: isto, a meu ver, não é Morte, por parecer-se demais com a melhor idéia de Vida que se pode ter. Por isso não entendo nem o apego que tantos têm a uma vida de degradação nem o medo que sentem de uma morte que os libertaria permanentemente de seus piores tormentos. Este me parece ser o teu caso, aqui e agora, irmão Esquin. Não gostarias de pensar mais um pouco sobre o assunto, em vez de descartá-lo definitivamente?

Os três me miravam com decisão, sem desviar os olhos de mim, e começaram a falar sobre o assunto de uma maneira tão coerente que eu fui, lentamente a princípio, mas depois com cada vez mais tranqüilidade, aceitando seus argumentos e entendendo que só uma morte ritualizada e pública justificaria a minha existência, dando a tudo que eu fizera um final perfeito e inesquecível.

Aceitar a idéia da própria morte não é nada fácil, mas quando ela se reveste de significado tudo se torna muito mais simples. Era preciso que eu deixasse o mundo dos vivos com razoável escândalo, para que os meus inimigos não só se regozijassem com minha morte mas também sentissem que os traídos estavam vingados. O sofrimento que isto causaria aos que me queriam bem, Moira e meus filhos em primeiro lugar, devia ser tratado com o máximo de cuidado, pois quanto menos soubessem do que ali começávamos a planejar, menos sofreriam: era preciso que a surpresa fosse um jogo bem urdido, para que nada ficasse fora do controle e minha morte se tornasse exemplo, antes de tudo. Só me preocupava com a forma pela qual meus irmãos pedreiros me veriam, quando me reconhecessem como o traidor que eu fora.

Pierre de Chelles, que estava silencioso, disse:

— Havia entre os pedreiros um ritual já esquecido de sagração dos alicerces de cada obra importante, como eco de hábitos muito mais antigos, de que todas as sociedades já foram praticantes, em um momento ou outro de suas histórias. Consiste no sacrifício de um ser humano sobre a pedra fundamental da obra que se deseja erguer, banhando-a com seu sangue ainda quente e vivo, e com isso dando à obra a vida daquele que a ela foi sacrificado.

— Holocausto... — disse Eliphas, sorrindo. — Nosso pai Abrão esteve a ponto de fazer o mesmo com seu filho, sobre a Pedra que é o umbigo do mundo, só interrompendo seu impulso e substituindo o menino por um carneiro porque o anjo do Senhor Deus assim lhe ordenou. Teria sido a indiscutível Sagração do Mundo como território do Povo Escolhido.

— Entre os islamitas isto também já foi real, e hoje ainda se preserva como dia santificado o dia em que os animais eram sacrificados em honra a Allah... — Ayub movia as pedras com imensa rapidez. — Ouvimos falar de sacrifícios humanos em todos os lugares por onde passamos: pode ser uma excelente idéia, que dê sentido ainda maior à tua morte, justificando-a perante teus irmãos pedreiros. O que pensas disso?

Eu não pensava nada, tomado por imensa confusão em meu espírito: mas a cada instante a idéia me parecia mais coerente, capaz de limpar-me o nome na memória dos que me seguissem e de tornar-me indiscutivelmente culpado daquilo que haviam decidido culpar-me. Todos ficariam satisfeitos, e o mundo seguiria seu percurso da melhor maneira possível, graças à minha morte.

Pierre de Chelles continuou:

— Nos últimos tempos deste costume, ainda antes do ano mil, para que as pessoas não se assustassem com um sacrifício que aos seus olhos cristianizados pareceria coisa dos pagãos, dois irmãos pedreiros simulavam uma briga no canteiro de obras, e um deles, o que se tinha disposto a dar sua vida pelo edifício, sangrava sobre a pedra fundamental até esvair-se. Isso com o tempo deixou de ser feito, por influência de nossos patronos, os sacerdotes da Igreja de Roma, que preferem simbolizar a verdadeiramente realizar.

— Impressionante como a Igreja de Roma se preocupa com o sangue dos sacrifícios pagãos, mas nunca com aquele que é derramado em suas torturas cruéis... — Eliphas estava sério. — De toda forma, era bom que fizéssemos uso deste artifício para que a tua morte, conhecida apenas dos pedreiros, não assustasse a ninguém.

Os três me olharam durante um bom tempo, e eu finalmente lhes disse:

— Confio em muito poucas pessoas neste mundo: delas, aqui estão quase todas, faltando apenas meu mano Felício des Nuits... se não for pelas mãos de algum de vós, não me sinto seguro quanto a esta morte.

— Pois peçamos que Felício venha até nós! — Ayub estava razoavelmente eufórico. — Garanto que ele, sabendo do que se trata, não se eximirá de prestar-nos toda a colaboração possível.

Pensei durante algum tempo e, batendo com a mão por sobre a mesa, disse:

— Farei ainda melhor: vamos a Paris encontrá-lo e trazê-lo conosco, assim que a ocasião certa se apresentar! Cercado por vós, nada temo.

Eu exagerava: não havia em meu peito nada a não ser temor. O que se me apresentava como opção era morrer, apagando de sobre a face da terra a figura ridícula de Esquin de Floyrac, traidor sem desejar sê-lo, e que neste mister fora rigorosamente competente. Havia ainda uma oportunidade, caso o Papa recuasse em seu desejo de sacrificar os Templários para salvar sua Igreja: era remota, difícil, quase inacreditável. Se ele prosseguisse em seu intento de extinguir tudo o que significasse Templo e Templários, no entanto, eu deveria extinguir-me com eles, para que não restasse na face da terra nenhum sinal de minha traição. Se desejasse seguir a tradição, deveria atirar ao rosto de meus senhores as riquezas que me haviam dado e enforcar-me em uma árvore nodosa, deixando meu corpo ao léu: mas sendo estes os tempos que vivíamos, precisava buscar novas formas de caracterizar-me como Judas, dando àqueles que me odiavam a satisfação permanente de seu desejo de vingança.

Partimos para Paris em poucos dias, e seguimos a estrada que antes se traçava pelas Comendadorias e Priorados Templários que haviam florescido à sua margem, ficando tristes ao perceber que, saindo das mãos dos Templários, estas regiões haviam se tornado tão pobres e indigentes quanto as que sempre haviam estado nas mãos dos Reis ou dos padres. Vestido de maneira comum, agindo como pedreiros itinerantes, só pudemos nos privilegiar do encontro com os irmãos de ofício que passavam pelo caminho: as propriedades templárias onde eu havia me hospedado sempre que por ali passara estavam abandonadas e maltratadas, como se a fartura e o desenvolvimento que o Templo havia dado a estas terras fosse uma ofensa aos Reis ou aos sacerdotes que agora as dominavam. Levamos seis dias nesta viagem, hospedando-nos em tabernas rústicas, e em uma delas, na antes próspera aldeia de Angoulême, até participamos de uma reunião de pedreiros, sem que eu me revelasse como o traidor do Templo. Foi enriquecedor fazer parte desta reunião: a fraternidade dos pedreiros-livres se tornava a cada dia mais e mais forte e concreta, havendo entre nós uma ligação natural e poderosa que se ampliava a cada encontro.

Entrar em Paris no início da madrugada depois de passar tanto tempo na felicidade simples de Montricoux foi um choque: a cidade estava mais pobre e mais suja, em flagrante contraste com a riqueza dos nobres, que a atravessavam como se a sobrevoassem, sem tocar o solo nem dar atenção aos pobres que os sustentavam com seus trabalhos e tributos. Atravessamos as mesmas chácaras que eu já conhecia, mas que desta vez exibiam apenas restos de uma colheita pouco rendosa: a velha estrada romana já exibia as cicatrizes dos maus-tratos a que era submetida, pois, na falta de melhor material, os necessitados arrancavam as lajes centenárias que a formavam, deixando no piso imensos buracos lamacentos. As ruas que levavam ao Marais, depois da porta romana, estavam encharcadas, e eu só entendi por que quando, ao tomar a antiga rua do Templo, percebi que os moinhos que bombeavam a água para dentro do Esgout estavam parados, por absoluta falta de cuidado. Fiz questão de dar a volta pelo quarteirão do Templo, antes de dirigir-nos ao Pátio do Marais: a muralha da *Cousture* estava rompida em diversos pontos, e animais pastavam no terreno que antes fora nosso território exclusivo. A oficina onde eu fora Lepidus estava fechada, mas o óculo do segundo andar ainda se mantinha limpo e com visão perfeita da rua: com certeza havia lá dentro espaço bem cuidado, por ordem de Felício.

No portão do Pátio desmontamos, e eu gritei bem alto a fórmula de passagem, dando a senha, que logo foi respondida com uma contra-senha: os meninos que ali brincavam imediatamente se dispuseram a tomar conta de nossos cavalos, depois que me dirigi a eles na língua Verde que voltara à minha boca assim que eu pisara as pedras daquele lugar. O dia se iniciava, e a maioria dos habitantes do Pátio estava acordando, dando início a suas atividades. Eu pude perceber em seus olhos uma ansiedade maior que a normal: a vida não deveria estar fácil para quem, honesta ou desonestamente, vivia da caridade pública.

Reencontrar Felício, de quem só tinha notícias por portadores ou cartas, foi um encantamento: ele havia engordado, e estava junto com alguns parentes de Moira cuidando de roupas usadas, que separavam cuidadosamente, recordando-me de Patapouff, o tio de Moira, que eu conhecera no Pátio de Notre-Dame. Ao ver-me, Felício arregalou os olhos, correndo em minha direção:

— Mano querido, data faz que não te butucava! Por onde bateste as asas? E quem são os passarões que te seguem?

— Não me questiones sobre aquilo de que já és sabedor, mano velho: reluca bem a cara dos dois, arranca daí uma boa dezena d'anos, e vê se os manjas...

Felício abriu ainda mais a boca, reconhecendo nos dois velhos os nossos companheiros de juventude em Acre:

— O hebreu e o pé-preto! Mas de que fosseta saíram? Não tinham passado a espada pra outra mão, não tinham quebrado o cachimbo? Que milagre é este?

Abraçamo-nos os quatro, como nunca antes havíamos feito, e durante um instante foi como se o tempo tivesse andado para trás e nos recolocado como um dia fôramos na beira do Mediterrâneo, exercendo nossos ofícios a serviço de quem precisasse de nós. Logo a realidade se impôs, no entanto, e mesmo em meio à mais profunda alegria soubemos que o assunto que ali nos levara era mais sério do que gostaríamos que fosse. Sentamo-nos os quatro à beira do fogo, em uma sala que Felício usava exatamente para isto, reuniões secretas e de grande seriedade, e de vez em quando éramos interrompidos por gente que vinha dizer-lhe alguma coisa à socapa, ouvindo com grande atenção suas ordens murmuradas. Ficamos a sós, pois nem mesmo a nova Coësrette que ele me apresentara, com seu séquito de Marquesas, ficou em nossa companhia: como Moira, elas também sabiam reconhecer os assuntos que não deveriam saber, ainda que deles provavelmente tomassem conhecimento através de seus homens, mais tarde, pelos métodos mais deliciosos que existem.

Foi nesta manhã que eu soube dos fatos mais recentes, que haviam acontecido nos últimos anos, exatamente aqueles que eu vivera isolado de tudo, me privilegiando das benesses de minha propriedade e minha posição: os Templários que por lá passavam, em direção a Portugal, Aragão, Escócia e Inglaterra, lugares onde ainda eram bem-vindos, sabiam apenas o estritamente necessário para compreender sua própria posição, e pouco me esclareciam sobre a realidade dos fatos, como Felício estava fazendo:

— O Papa hoje é propriedade de Filipe, o Belo: desde que foi transferido de Poitiers para Avignon, tornou-se prisioneiro do Rei, um mero menino de recados, pois só tem poder para fazer aquilo que Filipe lhe ordenar. A Corte Eclesiástica é toda composta por cardeais que Filipe elevou a esta altura, com exceção de quatro parentes de Clemente que também estão sob domínio real, e o Rei os usa para imprensar o Papa e deixá-lo sem outra saída que não seja fazer o que ele deseja.

— Que vergonha para a poderosa Igreja de Roma! — disse Ayub. — Um homem que seria o representante de Cristo na Terra, estar subjugado às idiossincrasias de um simples Rei, tornando-se seu marionete? Era preciso que os poderes temporal e espiritual estivessem rigorosamente separados um do outro, para que esta situação ridícula não se repetisse nunca mais...

— Para que um Papa deixe de ter poder, antes é preciso que se torne Papa: não havendo Papado, nada disto seria possível... — Eliphas filosofou. — Estar aos pés de um Rei significa estar aos pés de todos, e mesmo assim cada um dos Reis que o subjugam age de acordo com seus próprios interesses, sendo impossível satisfazer a todos sem incomodar a muitos.

— O Concílio de Vienne, faz três anos, foi vergonhoso: o Papa convidou a todos, e pouquíssimos compareceram. — Felício continuou sua narrativa. — Acrescentou à pauta dos trabalhos uma pretensa Reforma da Igreja, mas isto não deu resultado, porque a corrupção e a ganância da Igreja empobreceram tanto os fiéis que estes não acreditam mais em nenhuma reforma para melhor. A tal da Nova Cruzada, que parecia ser assunto de interesse de todos os Reis, também não levantou os ânimos, e o assunto mais importante do Concílio, a Ordem do Templo, foi o único assunto que efetivamente suscitou interesse, pois havia riquezas e propriedades envolvidas, e cada Rei cristão desejava ardentemente tomar posse de tudo o que pudesse, o mais rápido possível.

Eu havia apenas ouvido boatos de segunda e terceira mão, e por isso perguntei:

— É verdade que em nenhum lugar da Cristandade se conseguiu confissões templárias que justificassem o processo?

Felício me olhou, com tristeza:

— Com exceção da França, nenhum. Em todos os países onde se tentou estabelecer o processo contra os Templários e o Templo, ele foi tão ridiculamente desenvolvido que mais parece não ter havido nada neste sentido. Aqui em França, não: as ordens do Rei continuam sendo as da destruição completa da Ordem, e neste sentido o Papa vem agindo, mesmo não sendo apoiado pelo Concílio.

— O Concílio não apoiou o Papa, mesmo garantindo o controle do Papa pelo Rei?

— Exatamente: os cardeais Le Maire e Duéze, indicados pelo Papa para traçar o relatório final sobre o templo, depois de muito tergiversar, disseram claramente que o fim da Ordem não devia ser atribuição do Concílio, mas sim um dever pessoal do Papa, aquele a quem esta Ordem devia obediência exclusiva. Tudo o que se disse no Concílio foi não haver nenhuma prova definitiva contra o Templo, e que sem isso só a vontade pessoal do Papa poderia extingui-lo, porque o Concílio, conhecendo a verdade sobre as relações entre o Papa e o Rei, não deseja assumir nenhuma responsabilidade sobre o assunto.

Ficamos em silêncio algum tempo, e Filipe prosseguiu:

— O pior foi os Templários terem aceitado o convite do Papa para ir defender a Ordem neste Concílio: estando todos presos, a idéia era a de que nenhum compareceria e seriam todos julgados e condenados à revelia. Por isso a comissão permitiu que o Templo organizasse uma defesa, e enquanto isto era feito, o Rei Jaime de Aragão exigiu que o Templo fosse desfeito e que suas propriedades em Aragão passassem para uma recém-fundada Ordem de Calatrava, o Rei de Portugal quer que o mesmo seja feito com uma Ordem de Cristo que ele acaba de fundar.

— Isto já era esperado. — Eliphas comentou com um sorriso. — O método destes Reis para proteger a Ordem que lhes é agradável, sem deixar de obedecer ao Papa, é transformá-la em uma outra com os mesmos cavaleiros e as mesmas propriedades e poderes. Nada se perderá, ainda que tudo se transforme. O Templo continuará sendo o Templo, ainda que sob outro nome...

Eliphas manipulava suas pedras negras e brancas:

— Em França isso não se dará: o embate entre os poderes de Filipe e do Papa só terá fim quando houver obediência perfeita de ambas as partes, e para que isto aconteça, a Ordem do Templo deve morrer.

Em meu coração um aperto recordou o assunto que nos levara até ali, e Felício, que ainda não o conhecia, tranqüilizou meu espírito ao dizer:

— É estranho: sempre encontro quem me diga que a autoridade é agradável e que a obediência é dolorida. No entanto, minha experiência me leva a entender que o contrário é que é a verdade: comandar gera muita ansiedade, ao passo que a obediência é cada vez mais fácil.

— Pode ser que sim, pode ser que não, Felício. — Eliphas sussurrou, olhando-me fixamente. — O direito de comandar não é uma vantagem que a Natureza transmita. Mais que uma herança, é o fruto de esforços pagos com o preço da coragem. A coragem de obedecer é a mais difícil de todas, e sem ela ninguém aprende a comandar... Só é senhor de sua vontade aquele que sabe submetê-la à vontade de outro alguém, ou de uma causa: quem nunca submeteu sua própria vontade e paixões não é senhor delas, mas sim seu escravo.

Era de mim que ele falava: eu havia vivido toda a vida até este instante submetendo minha vontade às ordens de minha Ordem ou de meus Grão-Mestres. Faltava-me apenas uma última ação neste sentido, um último rompante de obediência absoluta: se meu mestre fora torturado como Cristo, eu, como seu Judas, deveria morrer para justificar minha existência e traição.

Depois de ouvir atentamente o que um homem que entrou na sala lhe disse, como se lesse meu pensamento, Felício me falou:

— Já sabes que teu Grão-Mestre vai morrer, não sabes? Quando esteve entre os cardeais, rejeitou a confissão que tinha feito, e que lhe garantiria viver, ainda que prisioneiro... na frente de todos, tornou-se publicamente recalcitrante, renegando todas as confissões que assinara, retratando-se delas e acusando a Igreja de tê-los torturado a mando do Rei e do Papa...

— Mas quando foi isto? Como sabes disto? Responde, vamos!

ESQUIN DE FLOYRAC

Eu perdera completamente a compostura, que mantinha mesmo quando minha morte estivera sendo discutida: a morte anunciada de meu mestre, irmão, amigo, trazia de volta todos os mitos e lendas que eu ouvira entre pedreiros e Templários, mortes gloriosas e exemplos de coragem absoluta, dos quais os rituais dos Filhos de Salomão e da Ordem do Templo estavam carregados. Osiris, o filho de Abrão, os faraós Sekenenre Tao e Nefer Keprurewaenre, também conhecido como Akhenaton, Hiram-Abiff na Jerusalém de Salomão, o carpinteiro Yeoshua ben Joseph, chamado de Cristo, seu irmão Thiago, seu primo João, seu amigo Pedro, todos os homens que eu vira soçobrar sob as armas dos *mamluqs*, meu pai corroído pelo cancro que comera seu pulmão, minha mãe totalmente esturricada na fogueira em que os cátaros tinham sido eliminados, cada um que tivesse rejeitado a ordem inconstante de um poderoso, Rei ou Papa, um imenso desfile de cadáveres que a intolerância havia produzido, palestinos, egípcios, siríacos, gnósticos judeus e gregos, dositeus, adrianitas, masboteus, atactitas, nicolaitas, cerintianos, cortenianos, eutiquitas, menandrianos, Basilides e Valentiniano, os ofitas, cainitas e setianos, Saturnino, Bardesanes de Edesa, Carpócrates, Pródico, Epífanes, Cerdon, Marcion, Luciano e Apeles, e mais todos a quem um dia se chamou de gnósticos, hereges e infiéis, se sucedeu ante os olhos de minha mente, enquanto eu tremia como vara verde, tomado por uma febre que me deixava a cabeça à roda, sem que eu soubesse mais a diferença entre o que via e o que imaginava.

A voz de Felício soava como se viesse de muito longe, dos confins do mundo:

— Não foram todos: dos três que estavam presos com ele, apenas Geoffroy de Charney também recalcitrou. Hugo de Payraud e Geoffroy de Gonneville aceitaram a sentença de prisão perpétua sem discutir. Jacques de Molay é tão velho quanto nós, Esquin: que vantagens teria em aceitar as ordens de um Papa que o traiu, traindo a sua Ordem?

— Mas quando foi isso?

— Pelas notícias que tivemos, agora pela manhã, na mesma hora em que tu chegavas a Paris...

Eu me ergui, assustado:

— O Rei já sabe disto?

— Creio que a esta altura, sim: logo que os dois renegaram suas confissões, agora de manhã, a notícia foi levada a Sua Majestade... meus homens e mulheres no Palais de Paris mandaram avisar que a consternação foi geral: havia sido feito um acordo para que os chefes Templários não fossem executados, pois tudo haviam confessado, estando portanto arrependidos. O próprio Rei já havia aceito isso, como solução possível: Jacques de Molay e o cavaleiro de Charney, no entanto, destroçaram seu melhores planos, rejeitando a benevolência dos cardeais e acusando a Igreja de Roma e o Rei de França de os terem obrigado a mentir.

— Mas por que isto, a esta altura dos acontecimentos? Por que este enfrentamento desnecessário? Eu não deveria ter abandonado meu Grão-Mestre! Se tivesse permanecido em Paris isto não teria acontecido! — Ergui-me, sobraçando minha bolsa de viagem. — Devo vê-lo antes que a situação se torne irreversível! Vou ao Palais de Paris!

— E como pretendes entrar lá, mano? — Felício sorriu. — Não creio que as portas estejam franqueadas a todos...

Escarafunchei o fundo da bolsa de viagem que não usava havia tempo: de um bolso disfarçado no forro, retirei um dos salvo-condutos que o Grande-Inquisidor me havia dado, amassado e sujo, mas ainda legível. Eu o havia guardado nesta bolsa, colocando-a no fundo de um arcaz, pretendendo esquecer dela para sempre:

— Com isto e muita ousadia entrarei no Palais e salvarei meu Grão-Mestre de uma morte desnecessária! Com minha idade, aparência, e este salvo-conduto, hei de conseguir entrar lá e salvá-lo!

Nada me demoveria de meu intento: eu estava tomado pela sensação de que só dependia de mim o salvamento de meu irmão mais querido, como se em determinado momento Judas voltasse ao *sanhedrim* e, devolvendo os 30 dinheiros, comprasse de volta a liberdade de seu mestre, levando-o de volta ao grupo de nazoreanos ao qual os dois pertenciam. Eu não pretendia nem mesmo tirar meu Grão-Mestre da prisão, mas simplesmente mantê-lo lá, vivo. Em meu espírito, se eu o salvasse das chamas da fogueira que se acendia para queimar o corpo dos reclacitrantes, quem sabe não estaria salvando minha mãe da fogueira que a queimara, recuperando-a íntegra e perfeita dentro de mim? Montei no cavalo, saindo do Pátio, sem me preocupar com nenhuma segurança, o mais rápido que pude, cavalgando pelas ruas sujas que se enchiam cada vez mais de gente, o que me atrasava sensivelmente. Uma chuva miúda começou a cair, e eu rezei para que se transformasse em hecatombe de dimensões titânicas, impedindo que qualquer fogueira se acendesse. Em meu estado febril, as imagens se me sucediam na mente sem fazer o menor sentido, e quando cheguei ao Palais de Paris ele cresceu sobre mim como uma montanha prestes a ruir.

Os guardas na porta desconfiaram muito, mas como mostrei grande pressa e intimidade com os negócios do Palais, dizendo ser enviado especial do Grande-Inquisidor, finalmente me deixaram passar. Não desci para as masmorras: dirigi-me diretamente para a sala do Procurador Nogaret, disposto a devolver-lhe toda a minha fortuna em troca da vida de meu mestre: ele estava debruçado à sua mesa de notário, a cabeça entre as mãos, como que perdido entre emoções violentas e pensamentos imperfeitos. Ao ver-me, arregalou os olhos, dizendo:

— De Floyrac! Quanto tempo! Vieste ver a morte de teu Mestre?

Respirei fundo: se permitisse que Nogaret me envolvesse, perderia o controle e estragaria tudo. Era preciso que eu mantivesse o personagem até o fim:

— Tu és imbecil, Nogaret: vais permitir que De Molay escape à pena que merece desta maneira? Ele tem que ficar apodrecendo numa masmorra até que seu corpo e alma se desfaçam, e não subir aos céus em holocausto a seu deus pagão! Tu e o Papa e o Rei de França desejais assim tão ardentemente dar ao povo um mártir? Estais fazendo um excelente trabalho! O povo vos agradecerá por mais este santo a quem prestará homenagens!

Nogaret riu, tristemente, abrindo os braços em desencanto:

— Ah, Floyrac, se dependesse de mim! Eu apenas cumpro ordens, e a lei me mantém preso em cadeias muito estreitas, não me permitindo mover-me além de um determinado ponto. Pensas que não sei disso? Pensas que não sei que De Molay seria muito mais útil a todos, principalmente ao Rei, se permanecesse vivo, definhando nas masmorras? Se assim o fizesse teria aceitado seu veredicto, reconhecido a autoridade do Rei e do Papa, se submetido a eles, em vez de reagir desta maneira impensável: quando diz que o Rei e o Papa mentiram, quando diz que a Igreja de Roma e a Inquisição os torturaram para que colaborassem com uma inverdade, está simplesmente lançando a semente da revolta entre o povo, mostrando-lhes não haver nenhum divindade ou infalibilidade nos reis, nos papas, nos reinados, nas igrejas... esta semente há de florescer, de Floyrac: Jacques de Molay sabe muito bem o que faz!

Avancei para Nogaret, tomando-lhe o braço:

— Pois então, Procurador: se sabemos disto, por que dar-lhe o gosto de deixá-lo fazer o que quer? Joguemo-lo em uma masmorra profunda e sem *oubliette*, para que sobreviva dentro dela até o último instante de seu fôlego, enquanto lhe recordamos sem cessar o seu crime!

— Não é mais possivel! — gritou Nogaret, puxando o braço. — A lei já foi posta em movimento, e não há como recuar: qualquer um que recalcitre se torna novamente pecador, e não havendo como levá-lo a confessar outra vez, pois pode outra vez desistir de arrepender-se, a única saída é a fogueira, para que Deus receba sua alma finalmente livre do corpo que cometeu os pecados! O fogo tudo purifica, de Floyrac! Por mais que eu deseje impor a Jacques de Molay o castigo devido, ele se livrará de nós todos após alimentar as chamas!

Sentei-me a um escabelo, recusando a derrota:

— Procurador, Sua Majestade não é nenhum imbecil: ele saberá compreender o que está acontecendo, e o uso que os Templários farão dessa sentença... quem sabe, se falarmos com ele...

O Procurador também se sentou, colocando a cabeça entre as mãos:

— Se soubesses a que coisas o cargo me obriga, de Floyrac... as esposas dos filhos do Rei foram descobertas em flagrante de adultério na Torre de Nesle, onde se encontravam com os dois irmãos d'Aunay, Gautier e Philippe: quem revelou isto ao Rei foi sua única filha, Isabelle, quando estiveram juntos na abadia de Maubuisson.

Nogaret se ergueu e foi até a mesa, brandindo um rolo de pergaminho com o selo real:

— Vês? Esta é a ordem de envio das duas noras do Rei para uma sentença perpétua de aprisionamento no castelo Gaillard, e seus dois amantes serão empalados vivos assim que forem encontrados. Percebes a insegurança de Sua Majestade, que não tem mais certeza de que seus descendentes sejam realmente frutos de sangue Capeto? Crês que exista em sua mente outra coisa que não este temor? Por que se preocuparia com a vida e a morte de Jacques de Molay, se este está apenas vulnerando sua autoridade?

O Procurador do rei sentou-se novamente, cabisbaixo:

— Momentos de grande vergonha para ao reino de França, e o Rei só deseja tirá-los de sua mente o mais rápido possível: por sua vontade também queimaria as princesas, mas infelizmente não pode fazê-lo, para não reconhecer a possibilidade de não haver sangue Capeto nas veias de seus descendentes. Ele deseja vingança: quando lhe anunciei a recalcitrância de Jacques de Molay, disse-me: — "Pois que morra! Quem sabe o adultério na Torre de Nesle não será mais uma manobra templária para me incomodar?" ... Como vês, de Floyrac, não há mais nada que eu possa fazer: Jacques de Molay será queimado, por sua própria vontade, junto com o cavaleiro de Charney, que também recalcitrou.

Ocultei da melhor maneira possível minha tristeza e desespero: para o Procurador exibi minha face contrariada, dizendo:

— Preciso então ver Jacques de Molay uma última vez, para que ele ouça de minha própria boca a notícia de que sua morte em nada o enriquecerá... onde o encontro?

— Não está mais no Palais, de Floyrac: foi levado por ordem do Rei para a Île-de-Javiaux, onde as fogueiras dos hereges são erguidas. Ao cair do sol, ao soar das Vésperas, ambos serão queimados...

Virei-me subitamente para a janela, percebendo que o sol já estava bastante próximo do horizonte de Paris: ergui-me num salto, e disse a Nogaret:

— Perdoa-me então, Procurador, mas esta execução eu não posso perder... com tua licença!

Desta vez foi Nogaret quem me segurou o braço, com mão de ferro:

— Mas que ansiedade, de Floyrac! Calma... sem mim ou meu representante legal nenhuma sentença é aplicada. Neste caso eu mesmo pretendo dar a ordem de execução, já que Sua Santidade continua em Avignon e o Rei não pretende aparecer em público, por causa dos últimos acontecimentos. É a minha obrigação... Vem comigo em meu carro: o cocheiro conhece os melhores caminhos.

Eu não tinha nenhuma vontade de estar junto com Nogaret, mas não podia em nenhuma hipótese recusar-lhe a companhia: ele nunca confiara em mim, e depois de tantos anos de impostura, seria uma estupidez agir da forma como eu realmente me sentia. Precisava manter a fraude até o fim, e por isso, com ar irritado, sentei-me ao lado do Procurador do Rei no carro de dois cavalos que imediatamente partiu, costeando a Île-de-France e atravessando para a margem do Sena, por onde seguiu em direção leste. À nossa esquerda foram ficando a Île-de-Notre-Dame, sua catedral praticamente pronta mas ainda cercada por um imenso exército de pedreiros, depois a Île-aux-Vaches, e logo depois a Île-de-Javiaux, para a qual reatravessamos o rio por uma ponte mal cuidada erguida sobre o brejal das margens, perto da Torre de Billy, já fora dos limites da cidade.

Não havia muita gente, a não ser os eternamente ávidos por violência, capazes de trilhar léguas e léguas, enfrentando os maiores incômodos, apenas para ver os maus-tratos sobre um outro corpo humano que não o seu. Quase à beira da água, na ponta leste da pequena ilha, estava erguida sobre um monte de terra e pedras muito escuro uma fogueira circular, do centro da qual se projetava uma longa e alta estaca vertical, com argolas de ferro e correntes que eram usadas para prender os condenados ao suplício. Um grupo muito compacto de soldados se destacava em meio à assistência, e logo abaixo da estaca três carrascos, embuçados como reza a tradição, colocavam cavacos e trapos por entre as achas de madeira, preparando-as para queimar firme e constantemente. O carro do Procurador quase atolou na lama da beira d'água, mas os cavalos bufaram e seguiram em frente. Arrastando-nos para uma pequena esplanada que faceava a fogueira. Nogaret, cruel, olhou-me e perguntou:

— Queres descer comigo? Ou temes ser visto por tuas vítimas?

O ódio que a pergunta de Nogaret gerou dentro de mim foi suficiente para reforçar minha atitude: eu iria até o fim no cumprimento das ordens que me haviam sido dadas, mas não deixaria que ele se sentisse tão seguro:

— Por que não desceria? A fogueira não me mete medo, Procurador: não tenho parentes que a tenham enfrentado por heresia...

Desci imediatamente do carro, pisando no chão de terra: eu mentira para feri-lo, pois se algo nos unia era exatamente ambos termos mães queimadas na fogueira com que a Inquisição tentara extinguir os cátaros. Éramos fruto da intolerância, que levara cada um de nós em uma direção diferente, e ali estávamos naquele instante, lado a lado, esperando o momento crucial que se avizinhava.

Durante alguns instantes, sem que eu entendesse por que, houve um silêncio profundo, em que até mesmo os pássaros pararam de gritar ou voar, como se a Natureza ela mesma tivesse prendido a respiração: mas logo depois começamos a ouvir os sinos dos conventos próximos tocando as Vésperas, primeiro o das Celestinas e logo depois o das Catarinas, sendo seguidos em série pelos sinos de todos os conventos e igrejas da cidade. Nogaret ergueu os olhos para o céu plúmbeo, certificando-se do horário, e gritou:

— Trazei os prisioneiros!

O grupo compacto de soldados se abriu, pondo-se em forma e começando a caminhar em ordem unida: no meio deles estavam, de burel e atados com um baraço que lhes mantinha as mãos muito próximas ao pescoço, Geoffroy de Charney, um imenso hematoma sobre o olho esquerdo, e meu mestre Jacques de Molay, apertando os olhos para enxergar. Suas barbas templárias haviam sido cortadas sem nenhum cuidado, assim como seus cabelos, e os soldados os empurravam para a frente sem hesitar, mesmo vendo que a corda que lhes atava o pescoço também lhes atava os pés, não permitindo passos largos. Charney era mais moço, mas não tinha nem a metade da postura ereta de meu Grão-Mestre, que corria os olhos por toda a multidão, apertando-os para reconhecer quem ali estivesse. Seus olhos bateram em mim e ele, reconhecendo-me, disse algo a Charney, que também me olhou, fixando-me com o olho que ainda estava aberto. Os dois seguiram em frente, arrastados, e ao passar por mim Jacques de Molay disse em voz mais alta:

— Deus o quer!

Na assistência alguma vozes de homens gritaram a mesma frase: olhei para trás e reconheci, sem ser reconhecido, alguns de meus irmãos Templários, vestidos como homens do povo e comerciantes, suas barbas aparadas o suficiente para não revelar sua verdadeira identidade. Por um instante pensei que ali estavam para, num rompante de bravura, libertar seu Grão-Mestre e o preceptor da Normandia, enfrentando os soldados do Rei: mas logo percebi que isso não aconteceria. Jacques de Molay, acompanhado por seu irmão, caminhava para a fogueira sem hesitar, e quando Charney tropeçou numa pedra menos ajustada do solo, pôs as mãos atadas para a frente, segurando-o e tranqüilizando-o. Os dois subiram ao monte, atravessando com cuidado as achas de madeira, e os três carrascos começaram a atar Geoffroy de Charney à estaca, enquanto Jacques de Molay ficou ao lado, aguardando.

O Grão-Mestre deu uma volta sobre si mesmo, olhando ao longe para a Paris que dali se descortinava, e gritou:

— No último dia de minha vida, é justo que eu faça a verdade triunfar! O que nos obrigaram a confessar sob torturas, negamos aqui antes do suplício, para que saibam que o que dizemos é a mais pura verdade! A liturgia nas igrejas dos Templários é mais bela e devota que em qualquer outra igreja! A Ordem do Templo foi sempre pródiga em doações para a caridade da Igreja! Nenhuma outra Ordem derramou tão prontamente seu sangue em defesa da fé cristã!

Geoffroy gritou, já atado à estaca:

— Creio num só Deus! Quando minha alma estiver separada do corpo, ela será visível para quem for bom e para quem for mau, e cada um de nós saberá a verdade das coisas templárias!

Jacques de Molay, sendo levado para a estaca, continuou:

— Clemente! Juiz iníquo e Carrasco cruel! Eu te convoco a comparecer, dentro de quarenta dias, ao tribunal de Deus! Filipe, soberano digno de escárnio, dentro de um ano deves estar também diante do mesmo tribunal, para responder por teus crimes!

E Geoffroy o secundou!

— Malditos! Malditos! Sereis todos malditos até a décima terceira geração de vossos filhos! O último deles será supliciado, como nós o estamos sendo hoje! Todos os que nos traíram estarão em breve conosco frente ao Tribunal de Deus!

Enquanto dois dos carrascos começavam a acender a pira, por ordem de Nogaret, o terceiro passava gordura no burel e na cabeça dos dois condenados, desejando apressar-lhes a combustão. Eu dei graças a Deus que um vento vindo do rio fizesse a fumaça revolutear perto do chão, pois assim tinha desculpas para as lágrimas que escorriam de meus olhos, contra a minha vontade.

As chamas começaram a crescer, graças a este vento, e Geoffroy, sentindo seu calor, começou a debater-se, gritando:

— Irmãos traidores! Templários perjuros! Vosso fim está traçado! Morrereis todos nas mãos dos justos! Vossa cabeça será cortada, vossos membros arrancados, vosso sangue espalhado no solo!

Jacques de Molay, as chamas começando a lamber-lhe os pés, gritou:

— Perjuros devem morrer! Traidores devem ser destruídos! Todo supliciado tem seu Judas, e Judas deve morrer! Quem de vós nos vingará? Deus o quer! Deus o quer! Deus o quer!

Uma voz no meio da multidão, sem que se pudesse precisar de onde, gritou, criando agitação entre os soldados:

— A vontade de Deus será feita! Tu serás vingado, Jacques de Molay!

As chamas se ergueram mais e os gritos dos dois supliciados se transformaram em terror e desespero, enquanto os dois se sacudiam, tentando desatar-se das correntes que ali os mantinham. A primeira coisa que pegou fogo foram os buréis engordurados, que enegreceram a pele revelada, fazendo-a estourar em imensas bolhas, enquanto os urros de dor dos dois tomavam o céu. As cordas que os atavam também pegaram fogo, e as correntes que os mantinham no lugar começaram a avermelhar-se onde ficavam mais perto das chamas, queimando-os ainda mais por contato. O cheiro adocicado de gordura e carne frita se uniu ao fedor asqueroso de cabelos queimados, enquanto as pálpebras dos dois se derretiam com o fogo e seus globos oculares estouravam de dentro para fora, consumindo-se no calor. Tudo se tornava gradativamente cada vez mais negro, e ao fim de algum tempo, quando não havia mais movimento da parte dos dois corpos e nenhum som saía de suas bocas escancaradas e fumegantes, o que restava entre as chamas eram apenas dois bonecos feitos com carvão, que se tornavam pó na medida em que o movimento do fogo os desmontava, os ossos brancos se destacando por entre os restos de carne, as articulações ressecando e separando, desmontando as figuras que já não se pareciam mais com nada.

Eu não pude olhar mais: dei as costas ao suplício e afastei-me, esfregando a face com as mãos até não sentir mais na pele o cheiro que se já impregnara perpetuamente em minha memória, tornando-se deste dia em diante meu companheiro permanente. Pisei na lama da beira do rio, notando que ali havia uma espécie de vau, que me permitiu atravessar com água pelos joelhos até alcançar a margem oposta, encaminhando-me lentamente para o Marais, onde cheguei derrotado e sujo, após assistir ao suplício de meu irmão, no qual eu tivera importante papel. Quanto mais não fosse, somente por isso eu já mereceria ser justiçado: como ele mesmo dissera, e tenho certeza de que era a mim que se dirigia, "Judas deve morrer". Sem essa morte a vingança nunca teria início: ela deflagraria a correção da história, direcionando os fatos para um fim mais coerente.

No Pátio do Marais, novamente em companhia de meus irmãos e meu mano Felício, fui banhado por algumas das Marquesas de sua Coësrette, que me trataram como uma criança de setenta anos de idade, incapaz de cuidar-me por mim mesmo. Meu corpo estava velho, alquebrado, desgastado, mas ainda estava íntegro, enquanto que o de meu irmão Jacques de Molay deixara de ser um corpo humano. Eu deveria segui-lo, em seu caminho irrecusável para o fim.

Acordei na manhã seguinte aos gritos, depois de um sonho em que Jacques de Molay, minha mãe e eu mesmo nos confundíamos sobre uma fogueira, que alternadamente acendíamos, queimávamos e apagávamos. De repente a fogueira se transformou em uma cova rasa, da qual saíamos os três, enquanto no céu o Arcanjo Gabriel tocava as trombetas do Juiz Final. A impressão de que já tinha visto aquilo era imensa, e quando dei por mim estava folheando as gravuras de marfim que ficavam sempre junto a meu peito, primeiro fixando o olhar na gravura dO Enamorado, vendo que era quase aquilo mas não era bem aquilo, encontrando finalmente o seu oposto e reflexo, a gravura dO Julgamento. Olhando para a figura do centro, de costas, estavam uma mulher e um velho barbado: nos dois eu reconheci sem dificuldade minha mãe e Jacques de Molay, os dois fora da sepultura, orando, enquanto eu, pois em dúvida era eu a figura de costas, me erguia de entre os mortos.

Fui ao encontro de meus três amigos queridos, na sala fechada de Felício, e eles me receberam com todo o carinho possível: sabiam instintivamente que eu sofrera uma perda gigantesca, insuportável, e nada havia que pudesse ser feito para minimizá-la. Na verdade, nosso objetivo agora era transformá-la em coisa mais poderosa, de modo a justificar sem deixar dúvidas o valor e o poder do Templo. Tudo o que estivesse ligado a ele e à morte de Jacques de Molay precisava ser preservado, pois só assim o Templo se preservaria. Materialmente eu já não tinha mais nenhum contato com meus irmãos cavaleiros: os que se abrigavam de passagem em Montricoux só me conheciam como um cavaleiro enriquecido que se decidira a ajudar o Templo em sua sobrevivência: se me conhecessem como o traidor, eu já estaria morto há tempos.

Foi de morte que falamos, ali naquela sala escura, enquanto do lado de fora o primeiro dia do mundo sem Jacques de Molay prosseguia igual a todos os outros. Ayub, sua mente matemática traçando todos os cálculos necessários, disse:

— Pelo menos algum tempo devemos esperar: quarenta dias, não mais que isto. Temos que ter certeza da maldição de Jacques de Molay, e isto acontecerá a quarenta dias de ontem, 18 de Março...

— O décimo oitavo dia de Março é dedicado ao Santo Cirilo, Bispo de Jerusalém. — Eu me recordava com precisão do calendário que usávamos no Templo. — Vinte e oito de Abril é a festa de São Paulo Confessor da Cruz.

— Creio estar entendendo, Ayub. — Eliphas sacudia o dedo no ar. — Se até o dia de São Paulo o Papa Clemente não tiver partido ao encontro de Jacques de Molay do outro lado da vida, nada poderemos fazer. Será perfeito, no entanto, que o Papa deixe de existir até a data correta, e que Filipe o Belo também faleça dentro de um ano: se ele ainda estiver vivo depois de 18 de Março de 1315, o que teremos a fazer? Nada, a não ser nos aquietarmos e esperar que o mundo esqueça estas datas.

— Se o mundo tiver que esquecê-las, podemos também esquecer de ti, Esquin, e deixar-te morrer de causas naturais no teu próprio tempo, sem que também tenhas que participar desta demonstração de força e poder por parte do Templo.

Meu irmão Felício sorria: também não era meu o desejo de morrer, mas preferia ter que fazê-lo a ver meu Templo esquecido pelos que viriam depois dele. Despedimo-nos com alegria, e eu, com um cavalo emprestado por Felício, já que deixara o meu nas cocheiras do Palais de Paris, voltei para Montricoux com Eliphas e Ayub, tentando retomar minha vida normal enquanto não tivéssemos notícias dos desdobramentos da morte de meu mestre.

Levamos a vida em aparente normalidade, com a inclusão de Eliphas e Ayub na empresa e na pedreira: exímios conhecedores do assunto, promoveram um melhor aproveitamento dos veios, de forma a não perder muito material, como sempre acontece no trabalho da pedra. O uso de cunhas encharcadas de água e de planos inclinados cobertos de lama para descer os calhaus até o ponto mais baixo tornou ainda mais perfeitos os jogos de roldanas usados para erguer pedras até as carroças que os levariam para fora de Montricoux. No fim desta semana chegou até nos a notícia da morte de Guilherme de Nogaret, o Procurador do Rei, encontrado sobre sua mesa de trabalho, hirto, os olhos arregalados e a boca aberta como se tivesse tomado um enorme susto. Sobre sua mesa, uma vela que ninguém sabia como ali chegara, havia derretido completamente: a cera de que era feita era estranhamente irisada, havendo no meio uma pasta cinza esbranquiçada que, mesmo fria, tinha cheiro fortíssimo e desagradável. Depois se soube que a vela havia sido levada até Nogaret pelo antigo Templário Evrard, a pedido de Mafalda d'Artois, mãe das princesas que Nogaret havia feito encarcerar por ordem do Rei.

— Isto é muito comum. — Comentou Ayub. — No Oriente há muitas formas de envenenar-se alguém com os eflúvios de uma vela: pela cor deve ser o pó chamado Serpente de Faraó.

— No entanto, nada muda em nossos planos: a morte de Nogaret não foi profetizada por ninguém. — Eliphas mantinha a calma. — É preciso aguardar ainda algum tempo: os quarenta dias que nos separam da morte ou sobrevivência de Clemente V ainda não terminaram.

Eu não resistia mais a esta espera: acabei equipando Flavien, que voltara a ser meu homem de confiança, e pedi-lhe que fosse para Paris e aguardasse alguma notícia sobre a saúde do Papa. Se até o dia 28 de Abril não acontecesse nada, que voltasse para Montricoux e me tranqüilizasse: mas se em algum momento de sua estada em Paris houvesse qualquer coisa, ainda que leve, que tivesse a ver com a saúde de Sua Santidade, que retornasse imediatamente para dar-me a notícia.

Ficamos em Montricoux agindo como se tudo estivesse em seu devido lugar: Moira, novamente grávida, estava cada dia mais linda, e eu me sentia vivendo com tempo emprestado, enquanto as notícias não chegassem. Quanto mais o tempo passava, contudo, menor ia ficando a minha ansiedade: se Clemente sobrevivesse ao prazo fatal, eu estaria livre, e ele parecia estar indo muito bem.

ESQUIN DE FLOYRAC

No dia 22 de Abril, à hora do almoço, um alarido me chamou a atenção: pelo caminho que levava à Comendadoria um cavaleiro vinha se aproximando em carreira desabalada. Quando saltou, empoeirado e esgotado, vimos que era Flavien, chegando em casa muitos dias antes do previsto. Ele se aproximou de mim, ofegante, e me disse:

— Meu mestre, Sua Santidade morreu anteontem de uma complicação intestinal, depois de ser medicado por físicos que o visitaram em Avignon por recomendação de seu irmão.

A maldição, portanto, seguia seu curso: eu deveria me preparar para morrer assim que tudo estivesse planejado, e eu desse esta satisfação a meus irmãos do Templo, desejosos de uma vingança que os mantivesse de pé. A última ordem que Jacques de Molay me dera saiu de seus lábios gretados em plena fogueira: "Todo supliciado tem seu Judas, e Judas deve morrer!". Eu não ousava desobedecê-lo, até mesmo porque o nome de Esquin de Floyrac tinha que tornar-se anátema daí por diante e para todo o sempre: este era o plano original, e eu o seguiria sem hesitar.

Reunimo-nos no fim da tarde na barraca de trabalho, ao pé da pedreira: eu, Pierre de Chelles, Ayub, Eliphas, Flavien, que já fora informado de meu futuro e, mesmo não o aceitando friamente como todos nós, estava pronto a colaborar da melhor maneira possível para que ele acontecesse. Era preciso descobrir o lugar e o momento certo para que minha morte se desse, satisfazendo os anseios de vingança dos Templários menos informados, reforçando o poder do Templo ao reforçar sua ubiqüidade quase divina. Ayub foi bastante prático:

— Temos que encontrar uma obra que tenha importância suficiente para que alguém seja sacrificado sobre sua pedra fundamental: seria importante que a morte acontecesse em Paris, centro de todos os acontecimentos, e que Templários de todo o mundo pudessem comparecer ao evento, ainda que sem saber do que se dará.

— Concordo: — Eliphas estava seriíssimo. — Paris espalhará a notícia para todos os cantos, sem deixar dúvidas quanto ao que se passou. Mas se é lá que agiremos, temos que incluir Felício em nossos planos: ninguém melhor que ele para direcionar nossos esforços na cidade da qual é um dos senhores, ainda que ninguém deseje reconhecer isto.

Pierre de Chelles pigarreou:

— Creio ter uma boa opção para nós: foi finalmente decidida a terceira ou quarta reconstrução da Igreja de St. Séverin, ao pé da Sorbonne, e a paróquia nos encomendou as pedras para erguer uma nova catedral em estilo *flamboyant*, a partir da fachada e das três primeiras arquitraves, que foram tudo que restou dela. A grande nave terá que ser novamente dedicada, e podemos estabelecer a pedra fundamental desta nave como o lugar ideal para aquilo que pretendemos: fica logo depois da rua do Petit Pont, na margem esquerda do Sena, e a afluência de estudantes e teólogos ao local, além dos pedreiros que estarão presentes por motivos óbvios, facilitará muito o conhecimento do evento. Muitos poderão ver o acontecimento, e ninguém estranhará a afluência de tanta gente ao local... o que achas, de Floyrac?

Era de minha morte que falavam, e minha opinião devia ter algum valor:

— De minha parte o que meus irmãos decidirem está bem decidido: só peço que Moira e meus filhos, vossa cunhada e sobrinhos, não tomem conhecimento disto a não ser depois que já tiver acontecido. Quero que sejam felizes a meu lado enquanto eu aqui estiver...

— Então façamos assim. — Ayub era muito prático. — So resta agora decidir quem desferirá os golpes que te matarão, irmão de Floyrac.

— Só confio na precisão de tua mão ou na de Eliphas: qual dos dois aceita scr meu algoz?

A decisão acabou ficando para mais tarde, porque o almoço foi servido e os pedreiros e canteiros começaram a mover-se à nossa volta em grande alarido. Cada um de nós tinha tarefas a cumprir, e eu mandei avisar a Felício que o lugar estava escolhido, só nos faltando decidir a data. São Séverin, em que a Igreja de Roma havia transformado o eremita que vivia no mesmo sítio onde a catedral seria reconstruída, era comemorado a 27 de Novembro, e em princípio nos preparamos para esta data: eu já estaria com setenta anos e um mês de idade, excelente momento para que Esquin de Floyrac deixasse o mundo dos vivos, engrandecendo minha traição e dando a tudo um objetivo claro. Começamos a planejar a obra, que levaria mais adiante o estilo floreado e flamejante que vinha sendo experimentado na decoração final de Notre-Dame, quando chegou às nossas mãos uma gravura muito antiga, que mostrava a mãe de Jesus, Maria, de pé, envolta em uma guirlanda de flores em formato de *vesica piscis*, cercada por quatro medalhões, em cada um deles um santo: Valentin, Escholastique, Benoit d'Aniane e Séverin.

A imagem não me era de todo desconhecida, e eu me recordei de onde a vira: era *ipsis literis* a gravura dO mundo, que eu raras vezes estudara com afinco, por estar no fim das gravuras do magnífico livro-mudo que Nazimus me presenteara quase sessenta anos atrás. O que ele me dissera desta gravura me servia como uma luva, neste momento:

— Olha bem, Esquin: os quatro seres que envolvem a deusa, águia, anjo, leão e touro, significam a união de tudo que se torna importante para um homem, quando ele se torna íntegro consigo mesmo: o conhecimento, a vontade, a ousadia e principalmente o silêncio. É assim que um homem consegue juntar todas as suas partes, através de seu próprio sangue: só o sangue consegue produzir a gloriosa consciência, através da qual o Diabo não tem mais poder solitário, mas seja finalmente, junto com Deus, parte integral do Homem Completo e Perfeito.

A frase de Nazimus me soava quase como uma profecia: ele me dera o saber da sabedoria, me ensinara a querer profundamente aquilo que eu desejava, me permitira compreender o valor do risco que se corre para viver de maneira honesta, e finalmente me mostrara o valor do silêncio como o cimento que a tudo isto amalgama. Não sei por que ao ensinar-me ele falara em sangue, mas neste momento esta palavra se mostrava perfeita, essencial, defintiva: só através do sangue eu me tornaria finalmente aquilo que escolhera ser, e Judas finalmente se uniria ao Cristo num mesmo corpo. Eu sentia profundamente a sua falta, porque era exatamente a ele que eu precisava mostrar o que havia feito de mim mesmo, e ele, como Jacques de Molay, não estava mais no mundo dos vivos. Eu, Esquin de Floyrac, também abandonaria este mundo, por motivos mais importantes que uma traição ou uma vingança: desta vez eu obedeceria à minha própria vontade e decisão.

O mês de Novembro foi-se aproximando, e as notícias de meus irmãos Templários não podiam ser melhores: haviam todos conseguido abrigo em outras Ordens, algumas das quais exatamente o Templo sob novo nome, como em Portugal e na Espanha, sem mencionar Aragão e Escócia, para onde nosso tesouro havia sido levado da maneira mais sub-reptícia possível e agora estava servindo no reerguimento dos santuários de nossos verdadeiros tesouros, aqueles que nunca podem ser revelados em palavras ditas ou escritas, mas apenas vistos pelos olhos de cada um que se aproxime deles.

Quando chegou o dia 22 de Novembro eu me preparei para, junto com meus três irmãos pedreiros e mais Flavien, fazer minha visita final a Paris, dando início às obras no canteiro de St. Séverin. Organizei da melhor maneira possível minha vida, deixando meus negócios todos em perfeito estado. Moira de nada desconfiou: era meu hábito fazer isto antes de cada viagem, já que nunca sabíamos se haveria volta, ainda mais com minha idade avançada. Se eu, que desistira de pintar os cabelos, parecia cada vez mais com o avô de Moira, de meus filhos eu era certamente o bisavô, a quem eles amavam e respeitavam. Moira, a única verdadeira mulher de minha vida, estava nas últimas semanas de sua terceira gravidez, e mesmo com este nascimento previsto para o periodo em que eu estaria fora de casa, foi incapaz de pedir-me que não a deixasse: ela conhecia bem as minhas prioridades e fidelidades, e nunca tentava substituí-las, segura de seu próprio e inalcançável lugar em minha existência.

Quando saímos de Montricoux, Moira e meus filhos acenando do alto do *Donjon* que eu erguera, tive um momento de choro, que logo passou: meus irmãos nada disseram, compreendendo bem o que se passava comigo. Nossa viagem até Paris foi feita em grande silêncio, menos nos momentos em que meus irmãos me contaram com detalhes como se daria o meu sacrifício e de que maneira a vida de meus filhos e mulher seguiria dai em diante. Eu a tudo ouvi, em silêncio: este era o ingrediente mais importante deste momento.

Quando chegamos a Paris, no dia 25 de Novembro, e nos dirigimos ao Pátio do Marais, pedi a Felício que me deixasse ocupar até o último minuto o segundo andar da loja de Lepidus, através de cujo óculo eu fiquei horas a fio observando a Rua do Templo e a *Cousture* abandonada, no terreno onde apenas a grande torre do *Donjon* permanecia de pé, e por minha mente passou mais uma vez toda a minha vida, pela qual eu chorei muito, menos pela perda que pela certeza da perda.

Quando acordamos no dia 26 pela manhã, Felício me trouxe dois malandrins sob sua responsabilidade: um deles, Équarrieur, era um velho de unhas roídas e roupa muito suja, e o outro, Saignant, muito alto e espigado, tinha um sorriso aberto e franco, ainda que lhe faltassem muitos dentes:

— São eles que vão te ajudar para que o sacrifício se dê da melhor maneira possível. — Felício também sorria. — Posso dizer que, dependendo deles, o evento será um verdadeiro espetáculo: são da maior competência para assuntos de sangue e morte.

Nesta noite, durante o jantar comunitário, Felício fez questão de contar aos malandrins do Pátio do Marais a nossa amizade de mais de cinqüenta anos, fixando-se em nosso encontro inicial, e depois de narrá-lo me fez a seguinte pergunta:

— Mano, mas por que cargas d'água te sentiste à vontade para me tornar em teu amigo, companheiro, mano? Eu tinha te roubado, e tu podias ter-me matado que ninguém te acusaria de nada: afinal, um cigano e ladrão a mais ou a menos não faz falta nenhuma...

— Dizem que a amizade precisa enfrentar os choques da adversidade para ser verdadeira: a nossa começou por um destes choques, suficiente para que nascesse forte de um momento para outro. E como mais de cinqüenta anos mostraram, eu não me enganei, mano Felício...

Diversos brindes foram erguidos à amizade, ao amor, à fidelidade, ao respeito entre os homens, e quando nos retiramos para dormir eu estava bastante cansado, mas não o suficiente para que minha cabeça descansasse finalmente no travesseiro, como deve acontecer com todos os condenados à morte. Como dizia Felício, que abominava o tempo perdido com o sono, "para que dormir, meu mano? Dormiremos obrigatoriamente depois de mortos, portanto..."

A manhã seguinte estava fria, mas estranha e fracamente ensolarada: a roupa que Équarrieur e Saignant me haviam preparado era muito confortável, com pele marrom na gola, ombros e punhos, muito acolchoada. De tudo que me trouxeram, paramentando-me como se eu fosse um Rei ou um Papa, só rejeitei os calçados: não eram bem-feitos, e um sapateiro de ofício como eu não os calçaria nunca, e por isso fiquei com minhas velhas botas de marroquim vermelho, remendadas até por sobre os remendos mais antigos. Subimos no carro puxado por quatro cavalos gigantescos, eu sentado no lugar de destaque, agindo como o grão-senhor em que o destino me tornara, enquanto os homens e mulheres à volta do carro, seguindo ordens de Felício, iam em voz baixa divulgando minha biografia aos transeuntes, apresentando-me como o dono da grande pedreira de Montricoux, dizem que por artes do Diabo, ele foi bem pago por uma traição que cometeu, parece que foi quem denunciou os Templários à Inquisição, é amigo do Rei que o protege, este tipo de homem deveria ser morto, como ele pode flanar tão seguro de si entre homens de bem, o que é dele está guardado, Deus não desampara os seus, ele há de sofrer tanto quanto aqueles a quem denunciou. Tudo isto eu ouvia sem mover um músculo, um poderoso ar de tédio em minha face enrugada sob o chapéu estofado: quando chegamos ao sítio de St. Séverin, já lá estava uma imensa multidão, entre os sacerdotes de sobrepeliz, as devotas do santo, o povo em geral, no meio do qual eu podia ver inúmeros malandrins em ação: alguns rostos eram conhecidos, e os mais irados eram os que pareciam Templários, menos pela barba e cabelos que pelo porte altaneiro, para quem eu dirigi um olhar esmaecido e sem interesse. Quando saltei do carro, o movimento da multidão foi grande, mas meus irmãos pedreiros me cercaram, levando-me até o lugar onde um imenso cubo de pedra amarela, que eu mesmo escolhera na pedreira de Montricoux, esperava seu batismo.

Tirei o chapéu, curvando-me profundamente: neste momento uma mão me pegou pelo cotovelo e me fez girar. Era Pierre de Chelles, os olhos marejados, um gládio na mão direita, que me segurou pelo gasnete, gritando:

— Explorador maldito! Isto é para vingar os inúmeros pedreiros que fizeste morrer à míngua em tua pedreira, que mais parece uma prisão!

A multidão soltou um "oh" de incredulidade, tão grande quanto a minha: eu esperava por Ayub ou Eliphas, mas Pierre me dava a subida honra de ser meu supliciador. Quando eu segurei sua mão, vi em seus olhos que ele hesitava, e seus lábios balbuciaram um pedido de perdão, que eu interrompi, dizendo-lhe em voz baixa:

— Faz o que tens a fazer...

Pierre ergueu o gládio e cortou minha mão esquerda, que se separou do pulso erguendo um grande arco de sangue que respingou na assistência. Eu gritei e caí de quatro, tentando escapar dele, mas seu gládio cortou-me a mão direita, novamente fazendo espirrar sangue. Quando não pude mais me apoiar, ele em dois golpes seguros e certeiros cortou-me as duas pernas na altura da virilha, atirando-as para um lado, virando-me de frente e, olhando fixamente em meus olhos, separou-me a cabeça do corpo, cortando meu pescoço e erguendo seu sanguinolento troféu para o alto, gritando:

— Jacques de Molay! Aqui começa a tua vingança! Teu traidor está morto!

O sangue escorreu por toda a pedra, e eu não me movi mais.

pílogo

Assim que a cabeça foi erguida, escorrendo sangue em golfadas, um grupo de pedreiros pulou sobre a pedra e, atirando uma grande lona alcatroada sobre o corpo ensangüentado, arrastou Pierre de Chelles dali para fora, gritando:

— É assunto de pedreiros! Assunto de pedreiros! Ninguém se meta!

Ninguém se meteria: a multidão estava por demais abalada com o inesperado para conseguir pensar. A gritaria por parte dos que ali estavam, principalmente os malandrins de Felício, preparados para isto, trouxe ainda mais confusão às pessoas:

— Um crime! A vingança! O Rei está por trás disso! Quem matou o Papa? Um sacrifício humano! O sangue é amaldiçoado! Deus nos salve!

Em pouco tempo o canteiro de obras de Sr. Séverin estava vazio, com exceção de um grupo de pedreiros grandes e musculosos, cada um deles carregando um grande porrete, postado em círculo à volta da grande pedra, tirando de quem quer que lá estivesse a vontade de chegar mais perto do crime. Outros grupo de pedreiros, enrolando o cadáver na lona alcatroada, tirou-o rapidamente de cima da pedra ensangüentada e colocou-o em uma carroça, que partiu em desabalada corrida pelas ruas, assustando os transeuntes e tirando faíscas do chão.

A lona foi levada para o subterrâneo de Notre-Dame, para onde Pierre de Chelles também foi levado, buscando o santuário, antes que os beleguins do Rei chegassem a ele. No porão do porão, ali onde ficava o velho Templo de Mithra, iluminado por archotes fumarentos, a lona foi aberta. Pierre de Chelles, afastando-se dos que o seguravam, ajoelhou-se ao lado do corpo e disse:

— O que devia ser feito, foi feito, irmão de Floyrac.
Eu abri os olhos, empapado pelo sangue do sacrifício, e disse a ele:
— Por um instante achei que estava mesmo morto, irmão Pierre.
Sentei-me sobre a lona, apalpando meu braços e pernas, observando as mangas falsas de onde tinham saído as mãos e braços feitos de grossa pele de carneiro, que Équarrieur havia costurado com perfeição e Saignant tinha enchido com sangue de ovelha temperado com vinagre, para que não coagulasse e pudesse escorrer e ser projetado para fora como se um verdadeiro coração o estivesse impulsionando. As pernas tinham sido feitas da mesma maneira, e na confusão ninguém notara que elas não estavam calçadas com as botas de marroquim vermelho, mas sim com uma réplica dos sapatos que me haviam feito, e que eu me recusara a usar: a cabeça falsa que Pierre erguera no ar, e que eu não cheguei a ver, deve ter sido uma verdadeira obra de arte, imitando a minha o suficiente para que a multidão emocionada não duvidasse de que eu tinha sido degolado.
Eu acreditara durante todo o tempo que seria morto, sacrificado à minha crença e obediência, e a manobra de meus irmãos por um instante me deixou sem ação: se não fossem os quatro pedreiros e malandrins escondidos dentro da pedra oca, cuja camada superior de argila fina se rompeu para que eu pudesse esconder minhas mãos, pernas e cabeça dentro dela, enquanto eles atiravam para o ar o sangue oculto nas bexigas preparadas por Équarrieur, creio que teria me erguido e gritado alegremente que estava vivo: um deles no entanto tampou-me a boca e sussurrou:
— Tata e fixa, malandrim: não te dês ao luxo de ressuscitar fora de hora...
Quando a lona foi jogada por sobre mim, respirei mais aliviado, mas qualquer movimento de minha parte era seguido por um apertão de um dos quatro, mantendo-me imóvel até que a lona foi enrolada em volta de mim e me carregaram para a carroça em que eu ali tinha chegado.
No subterrâneo de Mithra, debaixo de Notre-Dame, estávamos enfim todos reunidos, e muito a propósito: ele também havia sacrificado um touro a si próprio, vencendo-o e cortando-lhe a garganta. Deram-me um pano molhado e eu tentei me limpar o melhor possível do

sangue que endurecia em minha pele e cabelos, com seu cheiro ao mesmo tempo doce e azedo. Estava redivivo, e quando me ergui e abracei Pierre, chorei de alegria, principalmente ao ouvi-lo dizer:

— Bem-vindo ao mundo dos vivos, irmão: estás finalmente livre daquele que não precisas mais ser... agora és o único dono de tua nova vida...

E eu, que tantos havia sido em minha vida até este dia, vivera minha última impostura sem em nenhum instante tomar conhecimento dela: de minha parte estava verdadeiramente disposto a dar meu sangue por minha Ordem, mas a idéia de meus irmãos tinha sido melhor que a minha, porque eu morrera e continuava vivo, pronto para ser quem eu desejasse da maneira que melhor me aprouvesse...

Ayub, Eliphas e Felício entraram no subterrâneo, olhando-me com um ar divertido em seus rostos até então seriíssimos. Eu lhes perguntei:

— Mas por que não me avisaram disto, meus irmãos?

Eliphas me respondeu:

— Era preciso que estivesses acreditando piamente em tua própria morte, para que ela convencesse a todos. Se soubesses do que se passava, duvido que tua reação tivesse sido tão perfeita quanto foi...

Eu sorri, me apalpando:

— Bem que senti o gibão um tanto estofado demais... era o recheio de sangue e braços falsos?

Felício riu, pondo à minha frente Équarrieur e Saignant, que estavam completamente sem jeito: era a primeira vez que sua discutível e oculta arte servia a propósito tão diverso. Sendo Guinholescos, era seu costume e hábito preparar falsos assassinatos tremendamente sangrentos, com esquartejamentos e degolas, para que suas vítimas, os pobres patinhos de que se aproveitavam, levados a cometer os crimes que a seus olhos pareciam verdadeiros, pagassem qualquer dinheiro para se livrar das conseqüências, muitos deles para sempre sustentando a troupe de impostores, que os seguiam sempre atrás de mais um pouco, ameaçando cantar como um pássaro se não recebessem o que queriam. Esta, no entanto, era a primeira vez que sua fenomenal arte tinha sido exibida à frente de uma multidão, e eu os cumprimentei, deixando-os envergonhados e ao mesmo tempo orgulhosos.

ESQUIN DE FLOYRAC

Esperamos a noite para deixar o subterrâneo e abandonar a catedral em silêncio, vestidos como frades penitentes, em direção ao Marais, onde eu dormi um sono sem sonhos nem sobressaltos: a morte de Esquin de Floyrac me livrara de todas as ansiedades dos últimos tempos. Na manhã seguinte, passando pelas ruas vestido como eu mesmo, percebi que só se falava na morte de Esquin de Floyrac, elogiando o Templo e exaltando o poder que os Templários tinham, mesmo depois de mortos. Aquele que eu fora se tornara o assunto do momento, e em muitas conversas se revelava com alegria a morte de Judas, enchendo de valor a morte de Jacques de Molay.

Isto durou apenas até o dia seguinte: por volta do meio-dia, uma comoção tomou a cidade. O Rei Filipe, o Belo, participando de uma caçada aos javalis, subitamente estancara, levara a mão ao peito e caíra do cavalo em movimento, em estado de estupefação, que não se interrompeu nem mesmo quando lhe fizeram uma sangria para aliviar a pressão sobre a cabeça machucada, cujos olhos estavam injetados de sangue. A boca aberta, os olhos escancarados, a incapacidade de reconhecer quem quer que fosse, duraram até as primeiras badaladas do meio-dia: na sexta delas ele soltou um grito estrangulado, e ao soar a décima segunda, expirou.

A morte do Rei esgotou imediatamente todo e qualquer interesse sobre o traidor que morrera esquartejado dois dias antes, na ermida de St. Séverin: tudo o que interessava às pessoas era saber que a profecia de Jacques de Molay havia sido cumprida com precisão. O Papa dentro de quarenta dias, o Rei antes de um ano, haviam se juntado ao Grão-Mestre do Templo no grande Tribunal dos Céus, aquele a que nenhum de nós pode recusar comparecer.

Eliphas comentou:

— Entre meu povo se crê que o Tribunal do Senhor traz primeiro a sentença e só depois o julgamento...

— E como isto seria possível, meu irmão? — Eu não compreendia a inversão. — Como sentenciar antes de julgar?

— Simples; quando cada alma chega ao céu, lhe pedem para que seja o juiz da vida de uma certa pessoa: mostram-lhe toda a vida desta pessoa e lhe pedem que passe a sentença sobre ela da maneira mais justa e perfeita. Assim que a sentença é dada, a alma descobre que a vida

que julgou é a sua própria, e que cada um é juiz de si mesmo. Primeiro a sentença do outro, depois o julgamento de si mesmo...
   Três dias depois disso saímos de Paris: eu acreditava que voltaríamos para Montricoux, mas isso não aconteceu. A notícia da morte do senhor da grande pedreira, aquele que se casara com uma mulher tão jovem que podia ser sua neta, emprenhando-a sucessivamente e sem descanso, já chegara a todo o país, seguida de perto pela narrativa da morte do Rei: eu não poderia nunca mais entrar na Comendadoria que havia conseguido pelos mais inaceitáveis meios possíveis.
   — Para onde iremos, então? Devo transformar-me em cigano, atravessando o mundo sem cessar?
   Felício, que estranhamente nos acompanhara nesta viagem, disse:
   — Não seria nada mau: mas nossa idade avançada já não nos permite tanta agitação. Eu também procuro um lugar onde possa descansar e viver sem esforços nem cuidados de hoje em diante. Conheces algum, Eliphas? Tu conheces, Ayub?
   Pierre de Chelles, o mais novo de meus velhos amigos, disse:
   — Soube de uma aldeia ao norte de Montpellier, no Lozére, onde poderemos nos abrigar: fica encravada nas montanhas, e nela existe uma herdade que seu verdadeiro dono enfim pode retomar, depois de muitos anos...
   — E quem é este dono? Que aldeia é esta?
   — O proprietário é um tal Villefranche: a aldeia se chama Floyrac...
   Meu susto foi tal que quase caí do cavalo, minha surpresa causando em meus irmãos um riso sem fim. Quando eu saíra de Montricoux, para morrer em Paris, a pedreira e tudo que a cercava fora vendida, e com a fortuna acumulada Felício havia comprado em meu nome a velha herdade de Floyrac que meu pai me havia deixado, tomada por meus primos Raymond e Yves:
   — Quando lá chegarmos, encontrarás Moira com um filho novo ao colo, e uma propriedade que necessita de muitos cuidados, muito trabalho, muitas obras e reformas... ainda bem que tens companheiros capazes de te ajudar nisto, não é verdade? Eu entreguei o Pátio a um novo Coësre: de agora em diante não sou mais ninguém... se me quiseres contigo... Estes três pássaros-pedreiros também pretendem ficar em tua companhia: crês que isto será possível?

ESQUIN DE FLOYRAC

Assim se deu: nossa vida em Floyrac, cinco velhos cuidados por uma jovem senhora, mãe de três crianças, correu suave e gentilmente deste dia em diante. Estávamos longe o suficiente do bulício de França para podermos ser felizes sem grandes preocupações, o mundo exterior não nos afetando em nada, até que um belo dia, chegando pela estrada, um cavaleiro bem vestido nos abordou enquanto cuidávamos das vinhas, aparando suas folhas e educando seu galhos:

— Sabeis onde posso encontrar o senhor destas terras? Venho de Rosslyn, na Escócia, e trago-lhe uma mensagem perdida.

Adiantei-me, tirando o chapéu desabado que todos usávamos quando no sol:

— O senhor destas terras sou eu.

O cavaleiro, maduro mas não velho, saltou do cavalo e saudou-me, dizendo:

— Salve, senhor de Floyrac!

Aquele nome eu não ouvia fazia algum tempo, e não me interessava usá-lo: por isso eu o corrigi rapidamente:

— Não sou de Floyrac, cavaleiro, mas de Villefranche...

O cavaleiro continuou:

— Tu não és senhor desta propriedade de Floyrac, herdada de teu pai, Jean-Marc de Villefranche?

Era muito conhecimento de minha vida pregressa para que eu pudesse negá-lo: o passado sempre volta a bater em nossa porta como uma alma do outro mundo e não há como fingir não estar em casa. Suspirei e concordei:

— Sim, sou eu.

O cavaleiro se aproximou e, beijando-me à moda templária, disse:

— Eu te saúdo, meu irmão: Deus o quer!

Um irmão do Templo! Havia tempo que nenhum deles cruzava meu caminho, estando todos espalhados pelo mundo, e eu o saudei com alegria, insistindo para que nos dirigíssemos à casa, onde ele se dessedentaria e poderíamos conversar mais à vontade.

O irmão se apresentou como sendo Thomas Theobald, nascido em Alexandria, tornado Templário depois de nossa ida para Chipre, onde viveu e lutou desde então. Havia passado os anos do processo Templário na Escócia, acompanhando o cavaleiro SaintClair, que lá mudara o nome para Sinclair, erguendo com o auxílio dos pedreiros que lá havia os prédios onde conservaria nossos segredos mais caros:

— De lá vos trouxe esta carta, meu irmão, escrita na prisão do Palais de Paris e perdida entre outros documentos que foram parar na Escócia inadvertidamente. Note que no sobrescrito ela indica todos os detalhes possíveis e necessários para encontrar o irmão Esquin de Floyrac, a quem ela se dirige. És tu?

Estendi a mão: não havia mais como escapar do que me estava reservado, mesmo porque eu já não temia mais nada. O irmão Theobald me entregou a missiva, cujo lacre eu quebrei, revelando três páginas escritas numa letra miúda e insegura que eu logo reconheci: Jacques de Molay me havia escrito esta última carta ainda na prisão, poucos dias antes de morrer, e eu quase podia vê-lo, a mão diligentemente traçando as letras sobre o pergaminho, a língua entre os dentes, estufando a bochecha. Meus olhos se encheram de lágrimas: limpei-os e li:

"Meu amado irmão!

Chegamos ao fim de nossa missão, e sem dúvida a realizamos exatamente como devia ter sido realizada: cumprimos nossos papéis, seguimos o plano como devia ter sido seguido e nada pode ser dito de nós que não seja o reconhecimento de nosso valor, neste sentido. Não tenho mais energia para continuar vivendo prisioneiro do Papa e do Rei, ainda por cima carregando o estigma de ter traído a Ordem e a Cristandade, como a Inquisição me obrigou a confessar. Declaro a ti, meu irmão, apesar de minha vergonha eterna, que tenho cometido o maior dos crimes, e que este é do conhecimento de todos que me acusam e acusam nossa Ordem. Nosso crime é um só: somos todos inocentes, meu irmão! Declarei-nos culpados somente para interromper a dor excessiva infligida pela tortura a nossos irmãos, e para tranqüilizar aqueles que me fizeram suportá-la. Conheço as punições que vêm sendo infligidas as todos os homens que têm a coragem de revogar as confissões que fizeram, para não sofrer mais. O terrível espetáculo que farão de mim, tornando-me matéria inflamável para as fogueiras da intolerância, não me fará confirmar uma mentira depois de outra: a vida infame que me oferecem com minha confissão eu abandono sem pesar."

Meus olhos novamente se enevoaram, mas eu continuei lendo:

ESQUIN DE FLOYRAC

"O que faremos de nós, Templários, depois deste dia, agora só depende de ti: não existe em toda a Cristandade nenhum irmão mais valoroso que tu, como eu já te havia dito, e nem capacitado para seguir-nos a vocação. É por isso que te dou um último encargo, através desta carta que nem mesmo sei se um dia irá te encontrar.

Meu irmão, através deste documento que assino e marco com meu anel de sinete, pelos poderes de que fui investido, te indico e declaro como meu sucessor: tu és, a partir de hoje, o Grão-Mestre da Ordem do Templo, e este será o último serviço que poderás prestar a teus irmãos e tua Ordem, ainda que ela permaneça para sempre oculta, a partir desta data. Aceita este encargo não como um fardo, mas como um prêmio de reconhecimento pelo teu valor imenso, este de que nem mesmo tu suspeitavas ser possuidor. Crê no que te digo, meu irmão, pois eu nunca o disse com tanta verdade e crença: Deus o quer!

Guarda-me sempre em teu coração, e quando te encontrares à frente do Tribunal de Deus, enfrenta-o com tranqüilidade: eu serei a tua mais fiel testemunha!
Jacobus de Molayo,
Ordo Templis Salomoniis Magister
Masmorras do Palais de Paris"

Logo abaixo uma outra assinatura atestava:
"Testemunho a verdade deste documento, por tê-lo visto ser escrito, assinado e chancelado.
Geoffroy de Charney, Cav. Ordo Templis Salomoniis"

Estranho: aquilo com que eu sempre sonhara, e que finalmente havia descartado como sendo o meu sonho impossível, me caía nas mãos sem que eu esperasse ou desejasse. Olhei para meus amigos e para Moira, que se aproximara de nós trazendo taças do refrescante vinho que produzíamos em Floyrac. O documento de um homem de valor, vítima da intolerância e da cobiça, que são os frutos do medo de todos os poderosos sempre que se dispõem a regulamentar o mundo segundo seus próprios desejos, estava ali à minha frente, dando-me o que eu não desejava mais.

O FIM DO TEMPLO

Contei a todos o que acabara de ler, mostrando o documento e as assinaturas. Theobald, ao ouvir os desejos do Grão-Mestre morto, se ajoelhou à minha frente: eu o ergui, dizendo:

— Tranqüiliza-te, meu irmão: um Templo oculto não requer nenhum sinal exterior de existência. Não te ajoelhes mais à frente de nenhum homem, de nenhum deus, a não ser aquele Homem que verdadeiramente fores e do Deus que estiver dentro de ti. O Templo viverá para sempre dentro de cada Templário, e é assim que deve ser. Já que é preciso, estas são as primeiras ordens que dou, e também as últimas e únicas que um dia darei: não pretendo que nenhum de nós seja nem mais nem menos do que pode ser, mas exijo que isto nasça da consciência e da responsabilidade de cada um, sem que deva haver um Grão-Mestre que lhes ordene o rumo a seguir.

Theobald ergueu a cabeça, olhando-me ali entre meus irmãos e a companheira de minha vida, na existência frugal de quem vive das benesses da terra: meus filhos neste momento entraram na sala, a gritar e brincar, e ele sorriu, finalmente compreendendo o que eu lhe dissera. Colocando-se em posição de sentido, perguntou-me:

— Devo então levar vossas ordens aos irmãos espalhados pelo mundo, Grão-Mestre?

— Sem dúvida, mas não me apresentes a eles pelo nome com o qual fui conhecido entre os irmãos, o mesmo nome com o qual traí, obedecendo a meu Mestre: haverá quem não seja capaz de entender como um traidor se torna Grão-Mestre, e isto não deve ser empecilho para o bom combate que deveremos todos combater.

— E sob que nome o Grão-Mestre deseja ser conhecido?

— Em todas as questões relativas ao Templo, deste dia em diante, usarei o nome de um homem que, sendo Templário e pedreiro, deu o melhor de si para as duas Ordens: Jean-Marc L'Armenius, meu pai...

Nesta mesma noite, depois de acariciar por muito tempo a barriga novamente esticada de Moira, ouvindo-a mais uma vez chamar-me de "meu homem" antes de adormecer, ergui-me de meu leito e, à luz de uma vela, embaralhei as lâminas de marfim que nunca mais consultara. Virei a lâmina e, para minha surpresa, ali estava a única gravura que nunca me havia surgido: em quase sessenta anos de uso, eu nunca havia sido aquinhoado com a carta dO Louco, que brilhava à minha

ESQUIN DE FLOYRAC

frente, o homem de roupa colorida com sua trouxa ao ombro, alegremente seguindo por uma estrada que não conhece, açulado por um cão que lhe morde as nádegas. Eu agora me reconhecia nele, pois finalmente era todos e tudo o que podia ter sido e fora, Lepidus, Léon de Cazelier, o Emir al-Fakhri, Lentus, Viocque, Esquin de Floyrac, sapateiro, soldado, mamluq, *pedinte, pedreiro, cavaleiro, traidor, senhor, Grão-Mestre e finalmente eu mesmo, soma absoluta de tudo o que existia dentro de mim. Tudo fora principalmente vaidade e orgulho, ainda que eu não o notasse, mas mesmo assim eu ganhara o respeito de mim mesmo, por sempre ser o melhor homem que podia ser, ainda por cima ajudando a muitos, com a caridade silenciosa que me parecia ser a única possível, pagando sem sentir a dívida com que Nazimus sabiamente me empenhara.*

Feliz por fazer o que desejava e viver como me era natural, eu me sentia repleto, completo, perfeito e, ainda assim, pronto para reiniciar meu caminho em direção ao Todo do qual finalmente fazia parte: como O Louco que sorria na lâmina à minha frente, eu estava no Caminho.

São Paulo
13 de Setembro de 2004/15 de Janeiro de 2007

Z. RODRIX

Agradecimentos

Um dia assisti a uma entrevista com Norman Mailer, em que ele informava não ter nenhum interesse em escrever a própria biografia, alegando que, se o fizesse, estaria daí em diante impossibilitado de escrever o que quer que fosse. Sua vida é o jogo de lentes através das quais ele enxerga as histórias que conta, e se ele entregar ao público estas lentes, não terá como filtrar suas histórias através de sua própria experiência, tornando-se incapaz de continuar sendo escritor.

Completando a Trilogia do Templo, tive a certeza de que Norman Mailer está mais do que certo: está certíssimo. Só depois de escritos os três livros, cotejando-os com a minha vida, é que pude perceber a que ponto estou imbricado com as histórias que contei, e de que maneira ela surge a cada instante, mesmo quando o que narro são fatos históricos irrefutáveis com os quais minha vida pessoal nada tem a ver. Na verdade, tem tudo a ver. A história da humanidade está cheia de repetições, e nem sempre se repete como farsa: às vezes as tragédias ou o ridículo são insistentemente permanentes, principalmente quando se lida com o poder, os erros, os preconceitos e a intolerância.

No caso deste terceiro livro, minha intenção foi, antes de tudo, escoimar o assunto Templários de uma série de incorreções e delírios sem sentido que o vêm cercando, ora desqualificando-o como sendo apenas a loucura de mentes obtusas, ora endeusando-o como sendo o ápice do esoterismo de boutique, ambas as partes fazendo de sua visão a única possível, dando à outra o beneplácito de seu desprezo absoluto. A mim não importa nem uma nem outra, porque o assunto me serviu para revelar uma série de descobertas factuais que foram se articulando uma à outra durante o tempo de pesquisa e escrita, organizando-se de tal forma e com tal lógica e racionalidade que me foi impossível negá-las. Ao lado disso, vieram as emoções mais viscerais e plenas que um escritor pode sentir, e que se servem dos fatos para explodir na página em branco, sem haver qualquer possibilidade de ser negadas ou descartadas.

Sendo tudo pretexto, até mesmo o contexto, a Trilogia se completa, explorando aspectos pouco conhecidos da Maçonaria, inclusive dos que a praticam diuturna e intensamente, e os exibe de forma a nunca desvendar qualquer segredo para quem quer que não esteja apto a percebê-lo, enquanto que os que já se encontram no Caminho sabem reconhecer os passos dados e os passos ainda a dar.

Como sempre, a maior parte se deve a inúmeras pessoas, as quais têm suas obras anotadas e declaradas na Bibliografia, havendo inclusive quem estranhe que um romance, mesmo histórico, revele as fontes de sua pesquisa, como se o que escrevo nascesse apenas de mim. O que é história não se confunde com o que é ficção, porque esta ocorre exatamente nos interstícios do não-registrado, e às vezes, para meu imenso espanto, esta ficção mostrou-se historicamente verdadeira, sem que eu o soubesse ao criá-la.

Os outros, os que me deram de si (na maior parte das vezes sem o saber) para que o livro se fizesse, são os seguintes:

— Os Iir:. Maçons de todas as oficinas do Universo, nos Graus Simbólicos, Filosóficos, Capitulares, Kadosh, Consistórios, de Marca, de Arco Real e Nautas da Arca, em todos os ritos e de todos os tempos.

— Aos irmãos do Grande Priorado da Religiosa, Militar e Maçônica Ordem do Templo, a quem saúdo na figura de meu mestre, irmão e amigo D. Santiago Ansaldo de Arostegui.

— Aos incansáveis buscadores da verdade nas listas de discussão Hecate, Estertores da Razão, Ofitopique e NaLatadoPoeta.

— Aos amigos do Clube Caiuby de Compositores e a todos os músicos e maestros, cantores, atores, diretores, coreógrafos, cenógrafos, figurinistas e bailarinos com quem tenho convivido diariamente, sempre com prazer.

O FIM DO TEMPLO

— À Associação dos Profissionais de Propaganda e ao Clube dos Cem Amigos, em quem saúdo todos os publicitários que conheço.

— Aos queridos manos da Sociedade dos Poetas Vivos, principalmente Humberto Mariotti e seu pensamento complexo.

— À Confraria des Arts: Ronald Carvalho, Pedro Galvão, Neil Ferreira, J. M. Leal Paes e José Nêumanne Pinto.

— À minha mãe e meus amigos, em particular Roger Chadel pelas referências de França; Elder Braga pela ajuda na compreensão do papel do Papado e da Igreja de Roma; e Luís Otávio de Mello Carvalho (Tavito), a quem consegui recuperar para meu convívio e alegria diários depois de tantos anos de vida em cidades diferentes.

— A meus filhos Marya, Joy, Mariana, Rafael, Antonio e Barbara, minhas netas Morgana e Amodini, e minha única sobrinha Luisa.

— À Julia, minha incansável crítica e ouvinte, em cuja face sempre pude ver as emoções que meu texto produzia, ao lê-lo para ela a qualquer momento do dia. Sem suas sugestões, preocupações e enlevos, este livro não seria metade do que é. A outra metade é o exercício da escolha, que continuamos fazendo juntos em todos os momentos de nossa vida.

Bibliografia

New Encyclopedia Britannica, 83ª edição
Diccionario de Sectas y Herejias, RUIZ, Luis Alberto, Ed. Claridad, Buenos Aires, 1977
Los Gnosticos, CHURTON, Tobias, Ed. EDAF, Espanha, 1988
Os Templários, READ, Piers Paul, Ed. Imago, 2001
Templários — Os Cavaleiros de Deus, BURMAN, Edward, Nova Era, 2005
Templários — Sua Origem Mística, CAPARELLI, David/CAMPADELLO, Pier — Madras, 2003
Tarot and Individuation, GAD, Irene, Nicolas-Hays, USA — 1994
A história da Franco-Maçonaria (1248-1782), FERRÉ, Jean, Madras, 2003
Uma história dos Povos Árabes — HOURANI, Albert — Companhia das Letras, 1994
O Árabe Prático — HAYEK, Luis —
A New Encyclopedia of Masonry — WAITE, Arthur. — Weatherwane Books, NY — 1970
A Chave de Hiram — KNIGHT, C./LOMAS, R. — Ed. Landmark-2002
O Segundo Messias — KNIGHT, Christopher./LOMAS, Robert. — Ed. Landmark-2002
Dicionário Básico Português-Hebraico, ZLOCHEVSKY, H., Chevra Kadisha, 1998
Dicionário Hebraico-Português, BEREZIN, Rifka., EdUSP, 1995
História Ilustrada das Cruzadas. BARTLETT, W.B. Ediouro — 2002
História Universal — CANTÚ, C. — Ed. Das Americas, 1958
New Dictionary of Thoughts — EDWARDS, Tryon. Stanbdard Book Company — NY-1955
Jogos dos Deuses — PENNICK, Nigel. — Mercuryo — 1992
Dictionaire des Symboles, CHEVALIER & GHEERBRANT — Ed. Robert Lafont, França, 1982
La Palestine des Croisés — AZIZ, Phillippe — Ed. Famot. Genève, 1977
Antiphonale Monasticum Pro Diurnis Horis — STOTZINGEN, Fidelis (Abbas Primas) Roma, 1933

Graduale — De Tempore et De Sanctis — RASNEUR, Vedatis Antonius, Paris, 1924
Dicionário Latino-Português — TORRINHA, Francisco — Gráficos Reunidos, Porto, 1924
Dicionário Grego-Português-Grego, PEREIRA, Isidro — Livraria A.I., Braga, 1990
O Mistério das Catedrais, FULCANELLI — Ed. 70, Portugal, 1964
Locais Sagrados dos Cavaleiros Templários — YOUNG, John K., Madras, 2005
Kabbalah, SCHOLEM, Gershon — Meridian Books, NY, 1974
Maçonaria—Introdução aos Fundamentos Filosóficos, SCHÜLER Sob., Octacilio, Letras Contemporâneas, 2002
O Mundo do Islã — BELT, Don (org.) National Geographic, 2001
Vieilles Églises de France. RÉAU, Louis, Ed. Fernand Nathan, Paris, 1950
The Encyclopedia of Prophecy — GARRISON, Omar V., Secaucus, N.J. 1978
Alquimia & Misticismo, ROOB, Alexander, TASCHEN, Portugal, 1966
Diós és Inconsciente, REGNAULT, François, Manantial, Buenos Aires, 1965
O Livro dos Dias 2002, RIBEIRO, João Guilherme (ed.) — Infinity —2002
Dicionário Hebraico-Português & Aramaico-Português — Vozes, 1987
Comentários sobre Moral & Dogma — CLAUSEN, Henry — Neyenesch Printers, Califórnia, 1974
Atlas Classique, SCHRADER & GALLOUÉDEC, Hachette, *Pars, 1920*
L'Itinéraire en Terre d'Aude — GIROU, Jean, Causse, Graille et Castelnau, Montpelier, France — 1936
Os Templários, CELAYA, Fernando D., Ed. Angra, 2001
Eyewitness Travel Guide-France, KINDERSLEY, Dorling — Pearson, GB, 1996
http://perso.orange.fr/famille.renard/roles/vampire/paris.gif
http://images.google.com.br/imgres?imgurl=http://
http://www.insecula.com/article/F0010121.html
http://www.jacquesdemolay.info/jdm4.html
http://actuparanormal.oldiblog.com/?page=articles&rub=11064&nba=2
http://www.insecula.com/salle/MS01342.html
http://membres.lycos.fr/historel/moyenage/14e/lebel.html
http://fr.wikipedia.org/wiki/Inquisition
http://filoumektoub.free.fr/gaibeur/gayculture/histoire/templiers/interrogatoires.htm
http://www.templiers.net/accusateurs/
http://www.tempeliers.be/artikels/artikel26.htm
http://www.samauma.com.br/portal/conteudo/opiniao/ap00212templarios.htm
http://www.brad.ac.uk/webofhiram/?section=ancient_accepted&page=27knightcom.html
http://www.templarhistory.com/scotland.html
http://www.freemasonrywatch.org/hermetic.html
http://sric-canada.org/stewart4.html
http://www.astonisher.com/archives/corporation/corporation_ch2.html
http://www.glrbv.org.ve/Historia%20de%20la%20Masoneria%20Universal.htm
http://www.masonicworld.com/education/files/feb04/chapters_of_masonic_history_ii.htm

O FIM DO TEMPLO

http://www.spectrumgothic.com.br/ocultismo/misterios/templarios.htm
http://www.terra.com.br/planetanaweb/flash/transcendendo/religiao/cavaleiros2.htm
http://www.cav-templarios.hpg.ig.com.br/pobres_cavaleiros.htm
http://fr.wikipedia.org/wiki/Cour_des_miracles
http://www.france-pittoresque.com/traditions/19b.htm
http://www.paris-pittoresque.com/rues/136b.htm
http://www.france-pittoresque.com/rois-france/philippe-IV-7b.htm
http://castrum.chez-alice.fr/revue_04.htm
http://encyclopedia.jrank.org/TAV_THE/TEMPLARS.html
http://www.friesian.com/outremer.htm
http://www.templiers.net/proces/payns.php?page=ordre-arrestation-des-templiers
http://theses.enc.sorbonne.fr/document117.html
http://www.cosmovisions.com/ChronoCriminaliteMA.htm
http://www.historia.presse.fr/data/thematique/98/9801601.html
http://pythacli.chez-alice.fr/chrono.html
http://www.geocities.com/interzonelibrary/dptsg8Origine.html
http://www.e-prod.com/pubmag.htm
http://www.sud-aveyron.com/histoire/temp-fin.htm
http://www.cosmovisions.com/ChronoTempliers.htm
http://www.allaboutturkey.com/harem.htm
http://www.heraldaria.com/templarios.php
http://i-cias.com/e.o/baybars1.htm
http://castrum.chez-alice.fr/revue_04.htm
http://www.france-pittoresque.com/rois-france/philippe-IV-7b.htm
http://www.ebooksbrasil.org/eLibris/comunalismo.html
http://perso.wanadoo.fr/gatinais.histoire/glossG.htm
http://www.lemonde.fr/web/articleinteractif/0,41-0@2-3208,49-651885@45-417,0.html
http://argots.free.fr/
http://vulgum.org/article.php3?id_article=449
http://www.saveursdumonde.net/ency_11/pain/lexique/p.htm
http://membres.lycos.fr/mjannot/froggy/argot.htm
http://www.umbandaracional.com.br/cigano1.html
http://www.miniclan.org/pathrell/romany.html
http://www.paris-pittoresque.com/rues/136b.htm

Este livro foi composto na tipografia
Revival 565 BT, em corpo 11/14, e impresso em
papel off-white no Sistema Digital Instant Duplex
da Divisão Gráfica da Distribuidora Record.